« Meglio dirlo subito: è lo scrittore più amato dagli italiani. »
LA GAZZETTA DELLO SPORT

Wilbur Smith (1933-2021) è nato nella Rhodesia del Nord (l'attuale Zambia) da genitori inglesi, ma è cresciuto e ha studiato in Sudafrica. Con il suo primo libro, *Il destino del leone*, pubblicato nel 1964, ha ottenuto un successo immediato. Da allora si è dedicato a tempo pieno alla narrativa, pubblicando numerosi romanzi, basati su attente ricerche e appassionanti esplorazioni condotte in ogni angolo del pianeta. È stato il maestro incontrastato dell'avventura e uno dei massimi autori di best seller, con oltre 130 milioni di copie vendute nel mondo, 26 milioni solo in Italia. Tra i suoi romanzi più famosi ricordiamo *Uccelli da preda*, *Il leone d'oro*, *La notte del leopardo*, *Vendetta di sangue*, *Il dio del deserto* e *L'ultimo faraone*.
www.wilbursmithbooks.com

Dello stesso autore in edizione TEA:

Il ciclo dei Courteney
Uccelli da preda
Orizzonte
La voce del tuono
Gli eredi dell'Eden
Il leone d'oro
Grido di guerra
La spiaggia infuocata
La Volpe dorata
Il giorno della tigre

Il ciclo dei Ballantyne
Il trionfo del sole
Gli angeli piangono
La notte del leopardo

Le avventure di Hector Cross
Vendetta di sangue
La notte del predatore

La saga del mago Taita
Alle fonti del Nilo
Il dio del deserto
L'ultimo faraone

Gli altri romanzi
Dove finisce l'arcobaleno
Un'aquila nel cielo
L'ombra del sole
L'Uccello del sole
Una vena d'odio
Sulla rotta degli squali
Ci rivedremo all'inferno

Wilbur Smith

con David Churchill

Grido di guerra

Romanzo

Traduzione di
Sara Caraffini

TEA

IL LIBRAIO.IT

il sito di chi ama leggere

Visita www.tealibri.it
per scoprire anteprime,
novità e promozioni

TEA - Tascabili degli Editori Associati S.r.l., Milano
Gruppo editoriale Mauri Spagnol

I versi di pag. 144 sono tratti da W.B. Yeats, *Il secondo avvento*, in *L'opera poetica*, Mondadori, Milano, 2005

Titolo originale
War Cry

Prima edizione «I Grandi» TEA settembre 2019
Seconda ristampa «I Grandi» TEA novembre 2020
Prima edizione SuperTEA agosto 2024

GRIDO DI GUERRA

Dedico questo libro a mia moglie Mokhiniso,
la mia gioia e la mia ispirazione
negli ultimi decenni della mia vita
e in tutti gli altri ancora da venire.
Ti amo, mio vulcano.

Erano trascorsi due mesi dalla dichiarazione di guerra; il sole autunnale brillava nel terso cielo azzurro della Baviera, talmente splendido che sembrava invitare a bere birra e cantare canzoni con voci stentoree e gioiose. L'Oktoberfest però era stata annullata e la limousine Double Phaeton che stava risalendo il vialetto d'accesso della villa di Grünwald, appena fuori Monaco, recava notizie tutt'altro che liete.

L'auto si fermò. Lo chauffeur aprì la portiera del passeggero a un distinto signore, prossimo alla settantina, che un maggiordomo in livrea fece entrare in casa. Dopo un istante Athala, contessa di Meerburg, alzò gli occhi mentre l'avvocato di famiglia, Viktor Solomons, entrava in salotto. Capelli e barba erano ormai argentei e il passo meno vigoroso di un tempo, ma il taglio impeccabile del completo, il candore scintillante del colletto inamidato alla perfezione e l'ineccepibile lucentezza delle scarpe rispecchiavano una mente precisa, acuta e perspicace come non mai.

Si fermò davanti alla poltrona di Athala, le rivolse un rispettoso cenno del capo e disse: « Buongiorno, contessa ».

Aveva un'aria mesta, ma era logico che fosse così, rammentò Athala: l'amato figlio di Solomons, Isidore, si trovava al fronte. Nessun genitore poteva sentirsi in pace sapendo che la vita del figlio era alla mercé degli dei della guerra.

« Buongiorno, Viktor, vedervi è un piacere inaspettato. Accomodatevi, prego. » Athala tese la mano elegante verso la poltrona di fronte alla propria, poi spostò l'attenzione sul maggiordomo che aveva appena condotto lì l'ospite ed era in attesa di ulteriori istruzioni. «Braun, potreste portare del caffè per l'avvocato Solomons? Gradite un dolce, Viktor? Una fetta di strudel, magari?»

«No, grazie, contessa.»

Lei si rese conto che la voce di Solomons aveva un tono grave e che lui sembrava insolitamente restio a guardarla negli occhi. Mi porta brutte notizie, capì. Si tratta dei ragazzi? È successo qualcosa a uno di loro?

Si impose di mantenere la calma. Non sarebbe stato opportuno lasciar trapelare i propri timori, soprattutto mentre un domestico si trovava nella stanza. «È tutto, Braun», disse al maggiordomo, che si allontanò. D'impulso cercò di posporre le brutte notizie per qualche altro secondo. «Ditemi, come sta Isidore? Spero sia sano e salvo.»

«Oh, sì, sta benissimo, contessa, grazie», rispose Viktor con aria distratta, ma andava talmente fiero dell'adorato figlio che non resistette alla tentazione di aggiungere: «Sapete, la divisione di Isidore è attualmente al comando di sua altezza il principe Guglielmo. Non è incredibile? Solo la settimana scorsa abbiamo ricevuto una sua lettera in cui ci annunciava di essere entrato in azione per la prima volta. A quanto pare il suo maggiore ha dichiarato che si è comportato in maniera mirabile sotto il fuoco nemico».

«Ne sono sicura. Isidore è un ragazzo straordinario. Ora... Di cosa si tratta, Viktor? Perché siete venuto?»

Dopo un attimo di esitazione per radunare le idee, Solomons replicò con un sospiro: «Temo che non vi sia nessun altro modo per dirlo, contessa. Oggi il ministero della Guerra di Berlino mi ha informato che vostro marito, il conte Otto von Meerbach, è morto. Il generale von Falkenhayn ha ritenuto preferibile che veniste informata da un conoscente, invece di ricevere un telegramma o la visita di un ufficiale sconosciuto».

Athala si accasciò contro lo schienale, a occhi chiusi, incapace di proferire parola.

« Posso immaginare quanto la cosa vi addolori. »

In realtà il dolore era l'ultima cosa che Athala provasse. Il sentimento predominante era il sollievo. Non era successo nulla ai suoi figli. E finalmente, dopo tanti anni, era libera. Ormai il marito non poteva fare più niente per ferirla.

Riuscì a dominarsi. Era stata educata fin dalla prima adolescenza ad atteggiare i propri lineamenti di porcellana a un'espressione di quieta e aristocratica eleganza, a dispetto delle circostanze. Ormai per lei era naturale celare i sentimenti dietro quella maschera, nello stesso modo in cui l'acqua di uno stagno nasconde il perenne movimento delle zampe che consentono a un cigno di solcarne la superficie scintillante con apparente facilità. « Come è morto? »

« In uno schianto aereo. Mi è stato detto che sua eccellenza era impegnato in una missione di enorme importanza per l'impero tedesco. I particolari sono coperti dal segreto militare, ma sono autorizzato a riferirvi che l'incidente è avvenuto nei cieli dell'Africa orientale britannica. Il conte si trovava a bordo della sua splendida e nuova aeronave, l'*Assegai*, per il volo inaugurale. »

« Lo hanno abbattuto gli inglesi, dunque? »

« Lo ignoro. Il nostro ambasciatore a Berna è stato avvisato della morte del conte dal suo omologo inglese. È stato un atto di cortesia dovuto alla posizione di rilievo del vostro defunto marito. So, tuttavia, che gli inglesi non hanno unità del Royal Flying Corps stanziate in Africa, quindi dobbiamo presumere che si sia trattato di un semplice incidente. Il gas usato per far alzare quei 'dirigibili' è molto instabile, a quanto pare. »

Athala lo guardò negli occhi e, con la massima calma, chiese: « Lei si trovava sull'*Assegai*, in quel momento? »

L'avvocato non aveva alcun bisogno di chiedere chi fosse « lei », come non ne aveva bisogno chiunque fosse seppur lontanamente legato all'alta società tedesca. Il conte von Meerbach era stato a lungo un famigerato donnaiolo, ma negli ultimi anni era parso ossessionato da un'amante in particolare, un'autentica bellezza dai lucenti capelli color sabbia e dagli occhi blu violetto, Eva von Wellberg. Aveva implorato Athala di concedergli il divorzio, così da poter sposare la donna, ma lei aveva rifiutato: la fede cattolica non le consentiva di mettere fine al matrimonio. Erano quindi giunti a un accordo. La contessa Athala viveva, con i due figlioletti, nella magnifica villa in stile neoclassico nell'elegante cittadina a sud-ovest di Monaco in cui risiedeva la crema della società bavarese. Il conte Otto aveva conservato il castello di famiglia sulle rive del lago di Costanza e lì ospitava la sua amante o – come la definiva Athala – la sua sgualdrina, e vedeva i figli nelle rare occasioni in cui ne aveva la possibilità (o il vago desiderio).

« L'*Assegai* era custodita nei terreni della Meerbach Motori », spiegò Solomons, riferendosi all'enorme complesso industriale da cui derivava l'ingente patrimonio della famiglia. « Alcuni alti funzionari della compagnia presenti alla partenza dell'aeronave mi hanno riferito di aver visto una donna a bordo. Sono inoltre stato informato dal ministero della Guerra che l'*Assegai* è precipitata con l'intero equipaggio. Non ci sono sopravvissuti. »

Athala accennò un sorriso amaro. « Non fingerò nemmeno che la sua morte mi dispiaccia. »

« E io non posso fingere di biasimarvi per questo. So benissimo quanto avete sofferto a causa sua. »

« Caro Viktor, siete sempre così gentile, e così giusto. Siete... » Si interruppe per correggersi. « Eravate l'avvocato di mio marito, eppure non avete mai fatto nulla per ferirmi. »

« Sono l'avvocato di famiglia, contessa », rettificò pacatamente lui. « Eravate, e rimanete, parte della famiglia von Meerbach, quindi vi considererò sempre una mia cliente. Ora, posso chiedervi se siete pronta a parlare delle conseguenze della tragica dipartita di vostro marito?»

«Sì, sì, lo sono», replicò lei, poi, per motivi che non sarebbe riuscita a spiegare sino in fondo, tutto a un tratto percepì l'enormità della perdita che fino a quel momento l'aveva lasciata impassibile. Nonostante tutto quello che aveva sofferto, aveva sempre pregato che un giorno il marito si rendesse conto del proprio errore e tornasse in seno alla famiglia. Ormai qualsiasi speranza in tal senso era sfumata. Scoppiò a piangere e cominciò a rovistare nella borsa ai suoi piedi, cercando un fazzoletto.

«Posso?» chiese Solomons, infilando una mano in tasca.

Lei lo fermò con un gesto della mano, scuotendo il capo e senza osare parlare. Alla fine trovò ciò che stava cercando, si premette il fazzoletto sugli occhi, si tamponò il naso e trasse un bel respiro. «Vi prego di perdonarmi.»

«Mia cara contessa, avete appena perso vostro marito. Quali che siano le difficoltà che avete affrontato, era comunque l'uomo che avete sposato, il padre dei vostri figli.»

Lei annuì e replicò mesta: «A quanto pare non ho il cuore di pietra, alla fine».

«Non ho mai pensato che lo aveste, neppure per un istante.»

Athala lo ringraziò con un cenno del capo. «Continuate, vi prego. Credo che foste sul punto di illustrare le conseguenze della...» Non riuscendo a pronunciare la parola «morte», concluse semplicemente: «... di quanto è successo».

«Esatto. Purtroppo non potrà esservi un funerale, perché, se anche il corpo è stato recuperato, ormai sarà stato sepolto dagli inglesi.»

«Mio marito è morto servendo il proprio Paese oltreoceano», sottolineò lei, raddrizzando la schiena e riassumendo la sua aria di pacata compostezza, «quindi è logico che sia così.»

«Infatti, ma ritengo che sarebbe appropriato, anzi, doveroso, organizzare una cerimonia di commemorazione, magari nella Frauenkirche di Monaco. O forse giudicate più adatta una funzione nella cappella di famiglia nello Schloss Meerbach, se non alla Meerbach Motori.»

«La Frauenkirche», replicò Athala senza esitare. «Dubito che uno stabilimento sia la sede adatta per commemorare un conte dell'impero germanico, e la cappella del castello è troppo piccola per ospitare tutti coloro che vorranno partecipare. Qualcuno del vostro studio potrebbe mettersi in contatto con l'arcivescovado per fissare una data e collaborare all'organizzazione della cerimonia?»

«Certo, contessa. Potrei suggerire il Bayerischer Hof per il rinfresco? Se specificate le vostre esigenze al direttore dell'albergo, il personale saprà fornirvi esattamente ciò di cui avete bisogno.»

«Temo di non essere affatto in grado di pensarci, in questo momento.» Chiuse gli occhi, tentando di mettere ordine nella ridda di pensieri ed emozioni. «Cosa sarà dei miei figli e di me?»

«Ecco, il numero e l'eterogeneità dei beni del conte rende complesso il suo testamento, ma i fatti fondamentali sono che la tenuta di famiglia qui in Baviera e una quota maggioritaria della Meerbach Motori andranno al vostro primogenito, Konrad, insieme al titolo di conte von Meerbach. Il secondogenito, Gerhard, otterrà una più modesta quota azionaria della compagnia. Le altre proprietà e il reddito da esse prodotto verranno gestite da un fondo fiduciario per conto di ogni figlio fino al compimento dei venticinque anni. Fino ad allora godranno entrambi di una rendita generosa, oltre al sostenimento dei costi della loro istruzione, com'è ovvio. Qualsiasi spesa aggiuntiva dovrà essere approvata dagli amministratori dei fondi.»

«E chi saranno?»

«Inizialmente voi e io, contessa.»

« Buon Dio, è incredibile che Otto mi abbia concesso un simile potere. »

« Era un tradizionalista, convinto che una madre dovesse essere responsabile dell'educazione dei figli. Ma avrete notato che ho detto 'inizialmente'. Una volta che Konrad avrà compiuto venticinque anni e assumerà il controllo degli affari di famiglia, svolgerà anche il ruolo di amministratore del fondo del fratello, che a quel punto ne avrà diciotto. »

« Quindi per sette anni Gerhard dovrà andare a implorare Konrad, se mai gli servisse qualcosa? »

« Sì. »

Athala si accigliò. « Mi preoccupa che un fratello eserciti un simile potere sull'altro. »

« Sua eccellenza era fermamente convinto che una famiglia, al pari di una nazione, richieda la guida energica di un solo uomo. »

« Non ha per caso...? Presumo che abbia provveduto anche a me. »

« Oh, sì, non avete motivo di preoccuparvi. Conserverete il vostro denaro di famiglia, oltre a tutte le proprietà, i gioielli, le opere d'arte e via dicendo che avete ricevuto durante il matrimonio, e godrete di una rendita annuale assai cospicua per il resto della vita. Avrete anche un posto nel consiglio di amministrazione. »

« Non mi importa di quel maledetto consiglio d'amministrazione. È dei miei ragazzi che mi preoccupo. Dov'è previsto che viviamo? »

« Spetta a voi deciderlo, che preferiate risiedere qui a Grünwald o nello Schloss Meerbach, o in entrambi i luoghi. Sua eccellenza ha messo da parte fondi per la manutenzione del castello e i relativi terreni, oltre che per il mantenimento del personale necessario, così da rispettare anche in futuro il livello che lui stesso esigeva. Ridiventerete la padrona di casa dello Schloss, se vorrete. »

« Fino al venticinquesimo compleanno di Konrad... »

« Sì, a quel punto sarà lui il padrone. »

Quando Solomons se ne andò, Athala salì al piano di sopra, nella stanza dei giochi in cui si trovava Gerhard. Lo considerava un autentico dono di Dio, un'inaspettata benedizione, la cui nascita aveva introdotto un raro momento di felicità in un matrimonio ormai da tempo irrecuperabile. Gerhard era stato concepito durante l'ultimissima notte che lei e Otto avevano passato insieme. Era stato un coito breve, distratto; la sera della nascita di Gerhard lui era via con Fräulein von Wellberg, dettaglio che era servito solo a farle sembrare ancora più prezioso il suo bambino.

Si chiese come spiegargli che il padre era morto. Come si comunica una notizia del genere a un bimbo di tre anni? Per il momento non se la sentiva di interromperlo mentre si divertiva con i mattoncini di legno per le costruzioni, il suo gioco preferito.

La affascinava sempre guardarlo sistemare quei blocchetti dai colori vivaci. Il figlio possedeva un autentico dono per la simmetria: se posava un mattoncino di un determinato colore o forma su un lato del suo più recente castello, casa o fattoria (Gerhard sapeva sempre esattamente cosa stava costruendo), doveva collocare un altro mattoncino identico sul lato opposto.

Si chinò a dargli un bacio sulla testa. « Il mio piccolo architetto », mormorò, e lui sorrise radioso: era il suo vezzeggiativo preferito.

Glielo dirò, si ripromise Athala, ma non ora.

* * *

Diede la notizia ai due figli dopo il ritorno da scuola di Konrad, che aveva solo dieci anni ma si considerava già l'uomo di casa, e come tale si premurò di non mostrare la minima traccia di debolezza quando sentì annunciare la morte del padre cui somigliava tanto. Volle invece conoscere i dettagli dell'accaduto. Suo padre aveva combattuto contro gli inglesi? Quanti ne aveva uccisi prima che lo colpissero? Quando Athala si rivelò incapace di fornirgli le risposte che esigeva, montò su tutte le furie e le diede della stupida.

« Papà aveva ragione a non amarti », disse con disprezzo. « Non sei mai stata degna di lui. »

In qualsiasi altro giorno lei lo avrebbe schiaffeggiato, ma in quel caso lasciò perdere. Poi la rabbia di Konrad sbollì repentina com'era divampata. « Se papà è morto, adesso il conte sono io? »

« Sì. Sei conte di Meerbach. »

Konrad gridò di gioia. « Sono il conte! Sono il conte! » cantilenò, marciando in giro per la stanza dei giochi come un tarchiato soldatino dalla testa rossa. « Posso fare ciò che voglio e nessuno può impedirmelo! » Si fermò accanto alla costruzione di Gerhard che, mattoncino dopo mattoncino, era diventata quasi alta come il suo creatore. « Ehi, Gerdi, guardami! »

Il bambino alzò gli occhi sul fratello maggiore, sorridendo con aria innocente.

Konrad sferrò un calcio al suo magnifico edificio, facendo volare i mattoncini su tutto il pavimento, poi un altro e un altro ancora, fino a demolirlo del tutto; rimasero solo le variopinte macerie, sparse per la stanza.

Il visino di Gerhard si contrasse per la disperazione e lui corse dalla madre singhiozzando.

Mentre cingeva il bimbo con le braccia, Athala guardò il giovanissimo conte, fermo con aria fiera accanto allo scempio appena provocato, e si rese conto, con amara disperazione, che era libera dal marito solo per ritrovarsi schiava di un figlio ancora più terribile.

La ragazzina ossuta portava un paio di calzoni da cavallerizza, che rimanevano flosci sulle cosce, tanto era magra. I corti capelli neri tagliati a caschetto, di solito liberi da fasce e mollette di sorta, erano stati raccolti in un piccolo chignon sotto il cappellino da equitazione. Il viso lentigginoso sfoggiava un'abbronzatura dorata e gli occhi erano di un azzurro limpido, come i cieli africani sotto i quali aveva trascorso ogni giorno della sua vita.

Tutt'intorno e fino all'orizzonte c'erano colline erbose solcate da ruscelli scintillanti, come se le Highlands scozzesi si fossero trasferite nel giardino dell'Eden: una magica terra di illimitata fertilità, inconcepibili dimensioni, eccitante e indomita selvatichezza. Lì i leopardi oziavano sui rami degli alberi che ospitavano anche scimmie urlatrici e serpenti, quali il luccicante e iridescente mamba verde o il timido ma letale boomslang. L'erba alta nascondeva leoni con denti e artigli affilati e il bufalo maschio, persino più letale, i cui corni potevano infilarsi nelle viscere di un uomo con la stessa facilità di un ago da cucito nel lino pregiato.

La bambina non pensava quasi mai a quei rischi perché non conosceva un altro mondo. Inoltre aveva cose ben più importanti per la testa. Stava accarezzando il muso vellutato della giumenta saura allevata in Somalia da cui non si era mai separata da quando, otto mesi prima, l'aveva ricevuta in dono per il suo settimo compleanno. Si chiamava Kipipiri, che in swahili significa « farfalla » oltre a essere il nome della montagna che svettava sull'orizzonte orientale, sfavillando come un miraggio nella foschia portata dal caldo.

« Guarda, Kippy », le disse la bambina con un bisbiglio rassicurante. « Guarda quei ragazzi cattivi e i loro orrendi stalloni. Facciamogli vedere cosa sappiamo fare! » Si mise accanto alla cavalla e, rifiutando con un gesto l'offerta dello stalliere di aiutarla a montare, infilò il piede nella staffa, si diede la spinta e saltò in sella con l'agilità di un fantino il Derby Day. Poi si allungò in avanti, sopra il collo di Kipipiri, accarezzandole la criniera mentre le sussurrava: « Vola, tesoro mio, vola! »

In preda a un inebriante turbinare di emozioni in cui orgoglio, aspettativa ed eccitazione lottavano contro nervosismo, ansia e il disperato desiderio di non fare brutta figura, la bambina si impose di calmarsi. Aveva imparato da tempo che l'amata Kippy riusciva a percepire il suo stato d'animo e se ne lasciava influenzare, e l'ultima cosa al mondo di cui avesse bisogno era una cavalcatura nervosa, ombrosa e sovreccitata. Trasse quindi un respiro profondo, come le aveva insegnato la madre, poi espirò lentamente, finché non sentì alleviarsi la tensione alle spalle. Raddrizzò la schiena e premette i talloni sui fianchi della giumenta per farla partire, sollevando polvere dalla terra rosso pepe, mentre si avviavano verso il cancelletto di partenza della pista per l'esibizione equestre, allestita su uno dei campi del Wanjohi Valley Polo Club per la gimkana del 1926.

Gli occhi della bambina fissarono gli ostacoli disseminati in maniera apparentemente casuale lungo il percorso. In testa aveva soltanto un pensiero: Vincerò!

A una delle travi di legno che reggevano la copertura in ferro ondulato della veranda della Clubhouse era appeso un altoparlante, da cui usciva la voce aspra e metallica di un uomo: « E ora l'ultimo concorrente della gara di salto a ostacoli per la categoria fino ai dodici anni, Miss Saffron Courteney, su Kipi-pi-

pi-piri... » Vi fu un attimo di silenzio. « Scusatemi, temo di aver esagerato con i 'pi'. »

« E anche con i Pink Gin, eh, Chalky? » gridò uno degli spettatori sulle tribune – semplici panche di legno – della gimkana annuale organizzata dal Polo Club per i figli dei soci.

« Verissimo, ragazzo mio, verissimo », confessò lo speaker, prima di proseguire. « Finora è stato effettuato soltanto un percorso netto, a opera di Percy Toynton su Hotspur, quindi Saffron è l'unico ostacolo fra lui e la vittoria. È di gran lunga la più giovane partecipante a questa gara, quindi facciamole un bell'applauso di incoraggiamento. »

Alcuni svogliati battimani si levarono dalla cinquantina di coloni bianchi venuti a guardare i figli impegnati nella gimkana, o semplicemente per approfittare dell'occasione e lasciare le rispettive fattorie e aziende per un po' di vita sociale. Erano intorpiditi dal tepore del sole del primo pomeriggio e dall'aria rarefatta; i campi da polo infatti si trovavano a circa duemila metri di altitudine, particolare che sembrava accentuare gli effetti del loro eroico consumo di alcolici. Alcune anime piuttosto disincantate e decadenti erano ancor più inebetite dall'oppio, mentre chi sfoggiava palesi tracce di energia o eccitazione aveva molto probabilmente sniffato la cocaina che negli ultimi tempi, fra i membri più audaci della società keniota, era diventata familiare come un cocktail prima di cena.

Ma la madre di Saffron, Eva Courteney, era del tutto lucida. Al settimo mese di gravidanza e reduce da due aborti spontanei dopo la nascita della figlia, si era vista proibire qualsiasi sostanza più forte dell'occasionale, tonico bicchiere di Guinness. Guardò verso gli ostacoli montati su uno dei campi da polo, sussurrando: « Buona fortuna, tesoro » e strinse con forza la mano del marito. « Spero solo che non cada », soggiunse, gli occhi viola scuro colmi di ansia materna. « È solo una bambina, e guarda le dimensioni di alcuni di quegli ostacoli. »

Leon Courteney sorrise alla moglie. « Non preoccuparti, amore mio. Saffron è tua figlia, quindi è coraggiosa come una leonessa, graziosa come un fenicottero rosa... e coriacea come un vecchio rinoceronte. Ne uscirà senza nemmeno un graffio, credimi. »

Eva gli sorrise e gli lasciò andare la mano per permettergli di alzarsi e scendere verso il campo da polo. Tipico del mio Ratel, pensò. Non sopporta di restarsene seduto a guardare la sua bambina da lontano; lui deve avvicinarsi al teatro dell'azione.

Gli aveva assegnato il soprannome di Ratel – il termine che in afrikaans indica il tasso del miele – una mattina di dodici anni prima, poco dopo il loro primo incontro. Erano andati a fare una cavalcata mentre l'alba cominciava a rischiarare la Rift Valley ed Eva aveva notato un animaletto dall'aspetto bizzarro, grande all'incirca quanto un cane tozzo, robusto e con le zampe corte. Aveva il pelo nero sul ventre e nella metà inferiore del corpo, ma grigio-bianco su testa e schiena, ed era intento a rovistare fra l'erba, tirando su col naso, come un anziano che cercasse i propri occhiali.

« Che cos'è? » aveva chiesto, e Leon aveva risposto: « Un tasso del miele », spiegandole che quell'improbabile animale era una delle creature più feroci e impavide dell'intera Africa. « Persino il leone se ne tiene alla larga. Chi lo infastidisce lo fa a proprio rischio e pericolo. »

Sembra quasi che stia parlando di sé, aveva pensato lei. All'epoca Leon non aveva nemmeno trent'anni e si guadagnava da vivere come guida nei safari. Adesso che gliene mancava solo uno a compierne quaranta, l'espressione di entusiasmo tipicamente giovanile che un tempo gli illuminava gli occhi era stata sostituita dalla più pacata sicurezza di un uomo maturo nel pieno delle forze, certo della propria abilità di cacciatore e combattente. Aveva un solco profondo fra le sopracciglia e rughe d'espressione intorno a occhi e bocca. Con la frustrazione che da secoli accompagnava le donne, per le quali le rughe erano uno sgradito segnale del fatto che gioventù e bellezza stavano svanendo, Eva doveva ammettere che sul volto del suo uomo denotavano invece esperienza e autorevolezza e lo rendevano ancora più attraente. Il fisico di Leon appariva leggermente più massiccio sul tronco e la vita meno sottile di un tempo, ma – altra ingiustizia! – tutto ciò riusciva a farlo apparire, se possibile, più forte e possente.

Eva si guardò intorno, osservando gli altri uomini della comunità di esuli radunati in quell'angolo del Kenya, e i suoi occhi si posarono su Josslyn Hay, l'erede venticinquenne del conte di Erroll, gran connestabile di Scozia. Era un uomo alto e dalla corporatura robusta e, come spesso faceva per onorare il proprio retaggio, portava il kilt, con uno scialle somalo rosso ocra drappeggiato su una spalla. Era davvero avvenente, con i capelli biondi da idolo delle matinée pettinati all'indietro. I suoi freddi occhi azzurri scrutavano il mondo, e in particolare le sue abitanti, con l'impudenza indolente di un predatore che con le palpebre pesanti occhieggi il pasto successivo. Hay aveva sedotto metà delle donne bianche nell'Africa orientale britannica, ma Eva conosceva troppo bene i tipi come lui ed era troppo felice con il proprio uomo per desiderare anche solo vagamente di aggiungersi al numero delle sue conquiste; inoltre lui era di gran lunga troppo giovane e inesperto per interessarla. Quanto al resto degli uomini presenti, rappresentavano un insieme eterogeneo di aristocratici in fuga dal nuovo mondo dell'Inghilterra post-bellica, esuli mantenuti dalle famiglie in patria che si davano un sacco di arie mentre imploravano l'assegno successivo, e avventurieri attirati in Africa dalla promessa di una vita in cui non potevano certo sperare a casa.

Leon Courteney era diverso. La sua famiglia viveva in Africa da due secoli e mezzo. Lui parlava lo swahili con la fluidità dell'inglese, conversava con i masai della zona usando la loro lingua e parlava un ottimo arabo, strumento essenziale per chi aveva ereditato dal padre un'attività commerciale nata da un unico battello a vapore sul Nilo, ma che ormai si estendeva dalle miniere d'oro del Transvaal ai campi di cotone in Egitto ai pozzi petroliferi in Mesopotamia. Leon non faceva giochetti, non ne aveva bisogno. Era maschio esattamente com'era.

Sì, Ratel, sono fortunata, pensò Eva. Sono la donna più fortunata del mondo ad amarti ed essere amata da te.

All'inizio del percorso Saffron si impose di restare calma. Devo solo battere Percy! si disse.

La settimana successiva Percy Toynton avrebbe compiuto tredici anni, quindi si era qualificato per l'evento per un soffio: non soltanto aveva quasi il doppio degli anni di Saffron, ma lui e il suo cavallo erano di gran lunga più alti e forti di lei e Kipipiri. Percy non le era simpatico: le sembrava un grande spaccone e gli piaceva far passare per stupidi gli altri bambini. Tuttavia era arrivato in fondo al percorso senza commettere nemmeno un errore, quindi lei doveva assolutamente fare la stessa cosa e poi batterlo nel giro supplementare.

« Non essere precipitosa », le aveva consigliato suo padre quella mattina, a colazione. « È una lezione di vita molto importante. Se hai un compito difficile e impegnativo da svolgere, non innervosirti, ma suddividilo in parti più piccole e semplici, poi affrontale una alla volta, con calma. Così riuscirai a fare con facilità qualcosa che sembrava difficile. Hai capito? »

Lei aveva fatto una smorfia e aveva arricciato le labbra, senza troppa convinzione.

« Bene, pensa di arrivare in fondo alla gara di salto senza errori. Sembra molto difficile, vero? »

« Sì. »

«Ora pensa a un singolo ostacolo. Scommetto che saltarlo ti sembra sempre facilissimo.»

«Sempre!» aveva confermato Saffron.

«Benissimo. Allora non pensare a quant'è difficile arrivare in fondo senza errori. Pensa a un unico salto facile, poi a un altro e a un altro ancora... Arriverai in fondo dopo avere saltato tutti gli ostacoli e non ti sarà sembrato per nulla difficile.»

«Oh, ho capito!» aveva esclamato lei, entusiasta.

Saffron guardò la fila disordinata degli altri concorrenti con i rispettivi genitori che correva lungo un lato della pista e vide il padre. Lui incrociò il suo sguardo e le rivolse un saluto allegro, accompagnato da uno dei suoi ampi sorrisi pieni di ottimismo e sicurezza, che la facevano sempre sentire felice. Sorrise a sua volta, poi spostò l'attenzione sul primo ostacolo: una semplice coppia di pali bianchi incrociati a formare una X, con il centro basso. È facile! pensò, e a un tratto si sentì più forte e sicura di sé. Spronò Kipipiri e la giumenta partì al trotto, per poi passare al piccolo galoppo. Varcarono il cancelletto di partenza e puntarono verso gli ostacoli.

Leon si era premurato di non tradire nemmeno un pizzico della tensione che provava mentre Saffron iniziava il percorso. Il suo cuore traboccava di orgoglio. La figlia avrebbe potuto gareggiare nella categoria sotto gli otto anni, ma l'idea di saltare gli ostacoli per bambini, il più alto dei quali arrivava a stento al ginocchio del padre, la turbava profondamente. Quindi aveva insistito per partecipare alla gara con i bambini più grandi, cosa già di per sé notevole. La possibilità che vincesse era remota, ma Leon conosceva la figlia: Saffron avrebbe puntato alla vittoria.

«Forza, Saffy», sussurrò, per paura di spaventare la cavalla.

La bambina raggiunse la prima siepe al piccolo galoppo e

stabilizzò Kipipiri, poi si lanciarono in avanti e balzarono sopra l'ostacolo con un ampio margine. Leon sorrise fra sé: Saffron e Kippy erano entrambe volitive e caparbie. Come diceva sempre sua madre: «Siete degne l'una dell'altra!»

Nei giorni in cui non andavano d'accordo ottenevano risultati disastrosi, ma quando invece collaboravano e puntavano allo stesso obiettivo sembravano capaci di conquistare il mondo. L'energia con cui Kippy aveva saltato, il perfetto equilibrio con cui si era staccata da terra e vi era tornata, il ritmo delle sue falcate e il modo vigile e solerte in cui drizzava le orecchie facevano sperare a Saffron che potesse essere una giornata buona.

Ma la sfida seguente era molto più impegnativa: l'ostacolo era doppio, due staccionate a distanza di un unico passo. «Brava!» disse quando Kippy superò con un balzo il primo elemento, eseguì una perfetta falcata e saltò anche il secondo.

Ormai il nervosismo era scomparso. Saffron era tutt'uno con l'animale sotto di sé, controllava appieno il potere dei muscoli sotto il morbido e lucido manto scuro.

Rallentò il passo e fece ruotare la cavalla di novanta gradi verso destra, costeggiando la fila di tre ostacoli che si parava loro davanti. Il primo era un semplice cancello bianco e lo superarono senza problemi. Saffron aveva le gambe lunghe per la sua età, benché sottili come quelle di una cicogna, ma teneva le staffe corte per potersi sollevare meglio dalla sella quando saltava e guidare con più agilità la giumenta fino all'ostacolo e al suo superamento. Fu poi la volta di un altro cancello singolo, ma posato su fascine di albero fiamma, ancora coperte da fiori di un rosso e un giallo sgargianti. Nemmeno quello si rivelò troppo difficile per Saffron e Kipipiri.

«Courteney, la vostra bimba è leggera come una piuma, sulla sella», commentò uno degli altri spettatori, un maggiore di cavalleria in pensione che fungeva anche da magistrato locale, mentre Saffron affrontava un oxer composto da due barriere affiancate. «Inoltre tiene le redini in modo magistrale. Ottima prestazione.»

«Grazie, maggiore», replicò Leon, mentre la figlia riportava indietro Kipipiri per affrontare gli ostacoli successivi, un muro e una riviera disposti in diagonale sulla pista. «Sia chiaro, non ho alcun merito. Saffron è figlia di sua madre, quando si tratta di equitazione. Non potete immaginare quante ore Eva abbia trascorso con lei sulla pista di addestramento. Sono caparbie e litigiose come due gatti in un sacco, ma, santo cielo, la cosa ha dato i suoi frutti.» Sorrise con affetto, pensando alle due persone più preziose della sua vita, poi si scusò e riportò l'attenzione al percorso.

Per qualche motivo, la cavalla di sua figlia aveva la cattiva abitudine di «mettere i piedi in acqua», come diceva lui: saltava senza problemi gli ostacoli più alti, larghi e spaventosi che c'erano, ma era quasi impossibile convincerla che l'acqua fosse un ostacolo da evitare, non uno stagno in cui tuffarsi.

Mentre Saffron si preparava ad affrontare l'ostacolo, Leon fece un respiro profondo, tentando di calmarsi.

Non so cosa provi Saffy mentre gareggia, pensò, ma guardarla mi rende nervoso.

«Un ostacolo alla volta, un ostacolo alla volta», si ripeté Saffron, fissando lo sguardo sul muro. «Andiamo, bella!»

Spronò Kippy sul prato riarso. Il muro era alto. Lo superarono senza far cadere nessuna delle casse da tè dipinte che lo componevano, ma la cavalla incespicò nel toccare terra e servì tutta l'abilità di Saffron per tenerla in piedi, preservare lo slancio in avanti e consentirle di riacquistare l'equilibrio. Avanzarono con decisione verso il salto del fossato.

Saffron era fermamente decisa a non combinare pasticci con l'acqua. Si lanciò al galoppo, ma calcolò male la velocità e dovette spiccare il salto lontanissima dall'ostacolo. Stava andando talmente veloce, però, che Kipipiri volò come una freccia sopra la barriera e la pozza di limacciosa acqua marrone. Riuscì a fatica a farla rallentare e girare di nuovo, stavolta a sinistra, prima che corresse fuori dalla pista.

Era senza fiato, ma in cuor suo esultava. Nessun errore! Ci siamo quasi!

L'ostacolo di fronte a loro era formato da tre pali striati l'uno sopra l'altro. Il comitato responsabile della gimkana aveva deciso di renderlo poco impegnativo, perché dietro di esso era situato l'ultimo ostacolo, il più difficile in assoluto: un crudele triplice costituito da uno steccato semplice, una balla di fieno con barriera e infine un oxer, disposti a intervalli di una sola falcata. Alcuni concorrenti avevano grattato sul primo elemento, urtato il secondo e cozzato contro il terzo, del tutto incapaci di gestire un altro salto. Solo Percy era riuscito a oltrepassarlo senza commettere nemmeno un errore.

Saffron doveva superarlo in maniera perfetta. Chiamò a raccolta ogni briciolo di energia rimastole e costeggiò il lato della pista più vicino agli spettatori, calcolando la serie di passi necessari per arrivare al triplice al punto ideale e alla giusta velocità. Fece a malapena caso ai pali mentre Kipipiri ci balzava sopra.

Quando gli zoccoli posteriori della cavalla passarono sopra l'ostacolo, a Saffron parve di sentire un rumore alle sue spalle. Si voltò e scoprì che il palo più in alto vibrava. Rimase al suo posto, e lei non ci pensò più. Vedeva a malapena gli spettatori davanti ai quali sfilava e non li sentì trattenere il respiro mentre lei raggiungeva il primo elemento del triplice. Lo raggiunse con tempismo perfetto, superò lo steccato, tenne Kippy in equilibrio durante la falcata successiva, balzò sopra la barriera e affondò i talloni nei fianchi della giumenta. Tirò così energicamente le redini che quasi la sollevò di peso da terra, portandola dall'altra parte dell'oxer.

Ce l'ho fatta! Ce l'ho fatta! pensò esultante, mentre galoppava verso la linea del traguardo. La oltrepassò e uscì dalla pista, tirando le redini. Vide il padre correre verso di lei, zigzagando fra gli spettatori che applaudivano, e gli rivolse un ampio saluto con la mano, ma lui non ricambiò.

Saffron si accigliò chiedendosi perché il padre non stesse sorridendo.

Poi sentì lo speaker all'altoparlante, e fu come se un cavallo le avesse dato un calcio al ventre.

« Oh, accidenti! Una vera disdetta per l'ardimentosa Saffron Courteney, che ha colpito il penultimo ostacolo quando era così vicina a compiere un percorso netto. Santo cielo, quel palo ha impiegato un secolo per cadere! Questo significa che la coccarda del vincitore va a Percy Toynton. Complimenti, ragazzo mio! »

Saffron si rese conto a malapena di quanto stava succedendo, mentre lo stalliere prendeva le redini di Kipipiri. Come ho potuto abbattere quello stupido, sciocco, semplice paletto? Era l'unica cosa cui riuscisse a pensare. Aveva le lacrime agli occhi e quasi non vide il padre mentre la sollevava dalla sella e se la stringeva al petto, abbracciandola con forza prima di posarla delicatamente a terra.

Saffron gli abbracciò le gambe mentre lui le accarezzava i capelli. « Sono più brava di Percy, lo so », singhiozzò. Poi alzò lo sguardo, l'espressione sul suo viso tanto furibonda quanto disperata. « Ho perso, papà, ho perso! Non riesco a crederci... Ho perso! »

Leon aveva da tempo imparato che era inutile cercare di far ragionare la figlia in momenti come quello. Il temperamento di

Saffron era turbolento come un temporale africano, ma si placava altrettanto rapidamente. A quel punto il sole sorgeva dentro di lei proprio come nella savana, brillando con lo stesso fulgore.

La bambina si ritrasse dal suo abbraccio, si strappò il cappellino e lo prese a calci.

Leon udì un borbottio di palese disapprovazione dietro di sé e si voltò.

Il maggiore Brett era accigliato davanti a quell'esibizione di rabbia femminile. « Dovreste leggere alla signorina qualche verso di Kipling, Courteney. »

« Perché si sta comportando come una delle scimmie del *Libro della giungla*? »

Il maggiore non colse affatto l'ironia, o forse riteneva che non fosse né il momento né il luogo adatto per simili frivolezze. « Buon Dio, certo che no! Mi riferisco a quella poesia, sapete: trionfo e disastro sono impostori e vanno trattati allo stesso modo, e via dicendo. »

« Ah, ma mia figlia è una Courteney, e noi non siamo mai riusciti a dimostrarci all'altezza di ideali tanto nobili. O trionfiamo, o è una catastrofe. »

« Non è un modo molto britannico di vedere le cose. »

Leon sorrise. « Sotto diversi aspetti, non siamo molto britannici. Inoltre la poesia che stavate citando, *Se...* »

« Esatto, proprio quella. »

« Se ben ricordo Kipling l'ha scritta per il figlio, che è morto in guerra, poveretto. »

« Credo di sì, una cosa terribile. »

« E il succo dell'intera poesia è sintetizzato nell'ultimo verso, che, se la memoria non mi inganna, dice: 'E – quel che più conta – sei un uomo, figlio mio'. »

« Esatto. Ottimi consigli, davvero. »

« Sì, per un ragazzo. Ma Saffron è una ragazzina, e nemmeno Rudyard Kipling può trasformarla in un uomo. »

« Caro Leon, siete stato davvero gentile a venire », disse Lady Idina Hay.

« È un vero piacere. »

Alcuni membri del pubblico della gimkana erano stati invitati nella proprietà degli Hay, Slains – che aveva preso il nome dalla dimora ancestrale di Josslyn Hay –, a cenare e dormire. Leon aveva riflettuto a lungo prima di accettare l'invito. Idina era una donna bassa ed esile dagli occhi enormi e ammalianti, che eguagliava il marito in fatto di appetito sessuale e potere di seduzione. Era rapidamente diventata fonte di scandalo nella società keniota tanto quanto lo era stata a Londra. Giunta ormai al terzo matrimonio, con stuoli di amanti alle spalle, era incline ad accogliere gli ospiti mentre faceva il bagno, nuda, in una vasca di onice verde, a intrattenerli indossando soltanto una sottilissima vestaglia di cotone, legata sotto il seno in stile indigeno, senza niente sotto, e a offrire loro una ciotola con le chiavi delle camere da letto di Slains, suggerendo loro di andare a letto con chiunque trovassero all'interno.

« A quanto pare è un vero inferno per i domestici », aveva detto Eva, mentre gli riferiva il pettegolezzo. « Raccolgono tutta la biancheria sporca dal pavimento, la lavano, la stirano e poi non sanno a chi restituirla. »

Quella sera, tuttavia, il comportamento di Idina era esemplare. Era vestita come se fosse in un illustre salotto parigino, con un abito incredibilmente corto, traslucido ma non indecente, di vaporoso chiffon di seta color champagne. Leon era sicuro che Eva sarebbe riuscita a identificarlo all'istante come la creazione di un rinomato stilista che lui non aveva mai sentito nominare.

«Mi dispiace tanto che Eva non se la sia sentita di venire», disse Idina, come se gli avesse letto nel pensiero.

«Be', si stanca parecchio, con un bambino in grembo», replicò Leon. «È convinta che sia un maschio, perché pare che sia grande il doppio di Saffy nello stesso periodo di gestazione, così è tornata a Lusima con lei e la cavalla.»

«Non guida lei, spero.»

«Voleva farlo. Era decisissima a mettersi al volante, ma ho puntato i piedi e mi sono opposto categoricamente. Loikot, l'amministratore della mia tenuta, la sta riportando là con la Rolls. Tornerà a prendermi domani.»

Idina scoppiò a ridere. «Siete l'unico uomo in Kenya a cui verrebbe in mente di percorrere quelle terrificanti strade sterrate a bordo di un'auto così stravagante!»

«Al contrario, è un'auto molto resistente e pratica. È stata costruita come veicolo corazzato e durante la guerra sfrecciava in giro per l'Arabia e la Mesopotamia. Al termine del conflitto, l'esercito si è ritrovato ad averne molte più del necessario, così ne ho comprata una. L'ho rimessa un po' in sesto, ma sotto sotto è ancora un veicolo militare.» Leon sorrise. «Se la situazione dovesse nuovamente aggravarsi, posso corazzarla, montare una torretta sopra i sedili dei passeggeri e raggiungere direttamente il campo di battaglia.»

«Forse dovrei procurarmene una anch'io», replicò Idina in tono meditabondo. «Naturalmente ho già la mia Hispano-Suiza, che è davvero magnifica.»

«Eccome. Grandiosa almeno quanto la mia Rolls, e in fatto di stile la cicogna d'argento sul cofano è una degna rivale dello Spirito dell'estasi.»

«Verissimo, ma preferirebbe comunque scivolare sulle strade di Mayfair che non sobbalzare sulle sterrate dell'Africa... Ora devo andare a controllare che stiano preparando la cena come si deve. Il semplice fatto di trovarsi molto lontani da casa non è una valida scusa per abbassare i propri parametri. »

Però lo è per scambiarsi le chiavi delle camere, pensò Leon mentre andava a vestirsi per la cena. Sempre che non lo si faccia anche a Mayfair.

Prima di cena gli ospiti si erano riuniti per l'aperitivo raggruppandosi in base al sesso. Gli uomini in cravatta bianca e frac da una parte e le signore, simili a uno stormo di colibrì dal piumaggio scintillante, da un'altra. Leon si era preso un bicchiere di whisky e parlava con un gruppetto che includeva il padrone di casa, Josslyn Hay. I due spiccavano perché erano più alti degli altri ma anche perché erano palesemente i maschi dominanti in quel particolare branco, due autentiche calamite per gli attenti occhi femminili.

« Credo proprio che tenterò la fortuna con Leon Courteney », annunciò Amelia Cory-Porter, una giovane ed elegante divorziata, pesantemente truccata e con un caschetto corto come imponeva la moda. Era in Kenya ad attendere che si posasse il polverone sollevato dal suo adulterio, responsabile della fine del suo matrimonio. « È davvero un gran bell'uomo. Non trovi, Idina? »

« Tesoro, sprechi solo il tuo tempo. Courteney è l'unico uomo in tutto il Kenya che va a letto solo con la moglie. Non guarda neppure le altre. È davvero sconcertante, in realtà, e comincio a chiedermi se sto perdendo il mio smalto. »

Amelia era sbalordita, come se si trovasse di fronte a un aspetto totalmente nuovo e inatteso del comportamento umano. « Rifiuta di fare sesso con le altre? Sul serio? Non sembra normale, soprattutto quando sua moglie non è nelle condizioni di accontentarlo. Pensi che sia un invertito? »

« Santo cielo, no! Ho saputo da fonti affidabili che in gioventù era un autentico dongiovanni, ma si è innamorato di Eva a prima vista e non ha mai smesso di amarla.»

«Presumo di non poterlo biasimare», disse Amelia, benché con un'aria di palese disapprovazione. «Ho visto sua moglie alla gimkana, è davvero incantevole. Cos'è che dicono nei romanzi d'amore? Occhi limpidi come laghi? I suoi sono viola, per di più. Ma è comunque incinta. Oggigiorno nessuno pretende che un uomo conduca una vita monacale solo perché sua moglie è grossa come un pallone di sbarramento.»

«Ebbene, forse Courteney è semplicemente un gentiluomo vecchio stampo.»

«Oh, non essere sciocca, sai bene quanto me che non è mai esistito nulla del genere. Comunque, tesoro, raccontami tutto di Eva. È molto strano, ma mi è parso di cogliere un accento della Northumbria. Papà andava a caccia lassù e tutti noi lo accompagnavamo; i domestici, i guardacaccia e così via parlavano con quella stessa cadenza. Ma ho sentito dire che in realtà è tedesca, vero?»

Idina e Amelia accostarono quasi impercettibilmente la testa, come cospiratori impegnati in una missione segretissima. «I veterani dell'Africa orientale britannica, come Florence Delamere, ricordano ancora quando Eva è comparsa per la prima volta a Nairobi, circa un anno prima che scoppiasse la guerra. Un orrendo industriale tedesco è arrivato in città con l'equipaggiamento da safari più sontuoso che chiunque avesse mai visto, accompagnato da una magnifica automobile scoperta con cui andare a caccia, vari autocarri per il trasporto dei suoi bagagli e due enormi aeroplani costruiti dalla sua compagnia.»

«Buon Dio, che spettacolo straordinario», commentò Amelia, impressionata da quello sfoggio di potere e ricchezza.

«Infatti. Naturalmente tutti sono andati a vedere le macchine volanti, ma prima di sera si parlava solo della splendida creatura che sfilava a braccetto dell'industriale, senza fare il minimo tentativo di nascondere che era la sua amante e presentandosi come Eva von Qualcosa... »

« Ed era la stessa Eva che ho visto oggi? »

« In persona. E indovina chi era il cacciatore che faceva da guida ai tedeschi? »

« Cielo, era forse Leon Courteney? »

« Proprio lui. Comunque, in seguito, Eva e l'industriale – che a quanto pare era il prototipo del tedescone prepotente e cocciuto – sono tornati in Germania e sembrava che la cosa fosse finita lì. Ma, pochissimo tempo dopo l'inizio della guerra, lei è tornata misteriosamente in Kenya, lanciandosi con il paracadute da un enorme dirigibile. »

« Oh, non mi dire! È davvero incredibile! »

« Ho sentito raccontare la storia da molte persone che all'epoca si trovavano qui e penso che sia vera. A quanto pare il dirigibile è precipitato nel cuore della terra masai, abbattuto proprio da... » Idina si interruppe per stuzzicare l'amica.

« No! Non dirmelo! Di nuovo Leon? »

« Esattamente. E dai rottami, bella come il sole e fresca come una rosa, sbuca l'incantevole Eva, che gli sviene fra le braccia! »

« Che ragazza fortunata. Sarei felice di svenirgli fra le braccia anch'io, se me ne desse l'occasione. »

« Non lo farà, quindi dovrai trovare un altro uomo per cui cadere in deliquio. »

« Sei sicura? » chiese Amelia, aggrottando la fronte di porcellana in un lieve cipiglio. « È un vero peccato arrendersi senza lottare. In fondo Leon è ricco, oltre che bello come un dio. Lusima dev'essere una delle tenute più vaste del Paese. »

« Ha pagato la terra in contanti, sai? Mezzo milione di sterline per cinquantamila ettari, e non ha dovuto farsi prestare nemmeno un penny. Lo so per certo perché me l'ha detto il tizio che ha organizzato la vendita. »

Amelia restò senza fiato. « Mezzo milione? In contanti? »

« Esatto. Una volta ho preso il coraggio a due mani e ho chiesto a Leon da dove provenissero i soldi, ma è stato molto evasivo. Prima li ha definiti un 'indennizzo di guerra' e poi ha detto che erano il ricavo di diversi brevetti appartenuti al padre di Eva. »

« Magari è un gangster e quel denaro è il ricavato dei suoi crimini. Non mi dispiace affatto l'idea di diventare – qual è il termine? – la pupa di un gangster. »

« Ne sono sicura, dolcezza, ma Leon può essere tutto tranne che un criminale. Secondo me quei soldi sono in qualche modo collegati alla guerra. » Gli occhi di Idina brillarono, maliziosi. « Sai cosa ti dico, mia cara? Ti propongo una sfida. Cambierò la disposizione dei posti a tavola per la cena di stasera e ti metterò accanto a Leon. Se scopri dove ha preso il denaro prima che ci ritiriamo per lasciare gli uomini al loro brandy e ai sigari, sarò davvero molto impressionata. »

« Ci sto! E, moglie o non moglie, riuscirò anche a sedurlo, vedrai. »

Idina inarcò un sopracciglio. « Su, su, tesoro, meglio non essere avide. »

Grazie agli sforzi combinati di Idina Hay e della sua straordinaria governante Marie, il personale di cucina di Slains sapeva preparare piatti francesi che non avrebbero sfigurato a un banchetto in un castello sulla Loira. Il vino, difficile da conservare in condizioni ottimali ai Tropici, si rivelò altrettanto squisito. Leon aveva imparato da tempo a non esagerare con l'alcol, a una certa altitudine, ma la donna seduta al suo fianco, che si presentò come Amelia Cory-Porter, sembrava decisa a tracannare quanto più chiaretto Premier Cru possibile. Era attraente in un modo plateale che annullava il suo interesse, e di gran lunga troppo truccata, per i suoi gusti. Era anche palesemente decisa a ottenere qualcosa da lui, ma Leon non aveva ancora capito di cosa si trattasse.

All'inizio aveva pensato che stesse flirtando: la sua esperienza in fatto di donne gli diceva che, se le avesse fatto delle avance, lei sarebbe stata più che felice di accontentarlo. Quando l'antipasto di petto d'anatra confit, accompagnato da insalata di verdure coltivate negli orti di Slains, lasciò il posto a superbe bistecche di filetto in salsa al pepe, Leon si rese conto che Amelia non mirava al suo corpo – almeno non in quel preciso momento – ma era a caccia di informazioni. Naturalmente il galateo prescriveva di mostrarsi interessati agli altri commensali, e qualsiasi donna con un briciolo di cervello sapeva come dare a un uomo l'impressione di considerarlo il più saggio, affascinante e spiritoso che avesse mai incontrato, ma Amelia, più che adularlo, lo interrogava, esaminando sempre più a fondo la sua vita e ponendogli domande via via più incalzanti. Sembrava interessata in modo particolare al suo servizio durante la guerra. Leon aveva cercato di liquidare la questione dichiarando che non parlava mai del conflitto e aggiungendo che, in base alla sua esperienza, chiunque lo facesse era quasi certamente una canaglia bugiarda. «A meno che, naturalmente, non sia un poeta», aveva aggiunto nella speranza che Amelia, come molte giovani donne idealiste, venisse distratta dal pensiero di Wilfred Owen, Siegfried Sassoon e gli altri bardi del conflitto.

La donna, tuttavia, non si lasciò sviare nemmeno per un secondo. Era come un terrier che avesse fiutato l'odore di un coniglio particolarmente succulento. «Ho sentito raccontare una storia davvero incredibile su come avete abbattuto da solo un dirigibile gigantesco. Sembra un gesto estremamente coraggioso. È successo davvero?»

«Lo trovo alquanto improbabile. Abbattere un dirigibile è difficilissimo, come qualsiasi pilota può confermarvi. Ma ho già parlato troppo. Ditemi di Londra, cosa c'è di nuovo e interessante? Eva sarà al settimo cielo, se le porto qualche notizia della madrepatria.» Era la verità, almeno fino a un certo punto. Era molto difficile abbattere un dirigibile con una mitragliatrice, infatti lui non aveva mai fatto nulla del genere. Ed Eva sarebbe stata davvero felice di sapere quali nuovi abiti, spettacoli teatrali, romanzi e musica stessero ammaliando la società londinese.

Amelia, però, non cedeva. «Oh, a chi interessano stupidi vestiti e libri ancora più sciocchi? Voglio sapere di quel dirigibile.»

Lui sospirò. Non aveva la minima intenzione di affrontare l'argomento, ma come poteva sottrarsi alle grinfie d'acciaio di quella donna senza dare prova di un'imperdonabile maleducazione?

Stava rimuginando sul da farsi quando si alzò una voce maschile, impastata per il troppo vino. «Courteney, è vero che avete un fratello di sangue masai?»

La voce apparteneva a un nuovo arrivato in Kenya, un certo Quentin de Lancey, che ostentava modi aristocratici benché il suo aspetto fosse tutt'altro che nobile. Era sovrappeso e il caldo lo rendeva paonazzo e sudato, tanto che i radi capelli castano rossiccio gli aderivano in ciocche umide alla pelle chiara e floscia.

«Qualcosa del genere.» Quando era sottotenente del terzo battaglione dei King's African Rifles, a diciannove anni, Leon aveva un sergente di plotone masai di nome Manyoro. Gli aveva salvato la vita in battaglia e in seguito, quando era stato deferito alla corte marziale a causa di false accuse di codardia e diserzione, era stata proprio la testimonianza di Manyoro a evitargli la condanna a morte. Non c'era uomo al mondo la cui amicizia gli fosse più preziosa.

«E avete un nome da negro? Bongo-qualcosa, mi hanno

detto.» Alcuni uomini sorrisero e una donna ridacchiò. De Lancey sembrava deliziato dal proprio umorismo. «Bongo della Terra dei Bongo-bongo o qualcosa del genere?»

«Il nome che mi hanno dato è M'Bogo», puntualizzò Leon, e forse un uomo più saggio o più sobrio di de Lancey avrebbe colto la nota di rabbia repressa nella sua voce.

«Insomma, che genere di nome è mai questo?»

«È quello del grande bufalo maschio, e simboleggia forza e spirito combattivo. Considero un onore averlo ricevuto.»

Di nuovo, soltanto uno stolto non avrebbe notato il monito racchiuso nell'espressione «forza e spirito combattivo», ma anche in quel caso de Lancey non se ne accorse. «Oh, avanti, Courteney», disse, come se lui fosse la voce della ragione e il suo interlocutore il classico babbeo. «Va benissimo andare d'accordo con questa gente, presumo, ma non fingiamo che non siano una razza inferiore. Qualche mese fa un mio conoscente si è spinto nel Nord del Paese, a cercare un luogo adatto per avviare un'attività agricola. Quando si è fermato per la notte, ha appeso una lampada a cherosene accanto alla tenda, e in men che non si dica una mezza dozzina di negri è sbucata dalla savana, tutti completamente nudi a parte quella specie di mantello rosso che portano.»

«Si chiama *shuka*.»

Accanto a lui, Amelia Cory-Porter aveva sgranato gli occhi. Il suo respiro era diventato più affannoso nell'istante in cui lei aveva intuito che l'uomo al suo fianco si accingeva a far valere la propria autorità, magari con la forza.

«Comunque sia, hanno terrorizzato a tal punto quel poveretto che se l'è quasi fatta addosso. Si è scoperto che i negri volevano solo piazzarsi accanto alla tenda, con l'uccello penzoloni, per fissare la lanterna a bocca aperta. Il mio amico non sapeva dove guardare! Non avevano mai visto niente del genere, pensavano fosse una stella chiusa in una bottiglia.»

Leon si rese conto che aveva stretto con forza il tovagliolo nel pugno destro e riconobbe le prime avvisaglie di un'imminente esplosione. Controllati, si disse, conta fino a dieci. Non ha senso fare una figuraccia per colpa di un perfetto idiota. Si sforzò di calmarsi, con profonda delusione di Amelia, le cui crescenti aspettative furono deluse. « È innegabile che vedere per la prima volta un bianco e i suoi oggetti rappresenti una grossa sorpresa », disse Leon nel tono più piatto possibile, sperando di chiudere l'argomento e passare oltre.

Ma de Lancey era altrettanto ansioso di prolungare l'eccitante sensazione di essere sotto gli occhi di tutti. « Ma certo! Questa gente non ha sviluppato nulla di seppur vagamente simile alla civiltà. »

Leon proruppe in un sospiro spazientito. Maledizione! Dovrò rimettere al suo posto quel buffone.

« I masai non hanno grattacieli, aeroplani o telefoni, è vero, ma conoscono cose che noi non possiamo nemmeno azzardare a comprendere. »

« Continuate, vi prego. Quale genere di cose? »

« Fra i masai, persino un bambino è in grado di seguire per giorni le tracce di un animale in fuga in campo aperto o di distinguere i vaghi contorni di un'orma di elefante su un terreno roccioso, dove voi e io non vedremmo altro che terra battuta e sassi, e identificare l'esemplare che l'ha lasciata. Se i soldati masai che un tempo avevo il privilegio di comandare si imbattevano nelle tracce lasciate da un drappello di guerrieri di un'altra tribù, erano subito in grado di stabilire quanti fossero gli uomini in questione, quanto tempo fosse trascorso dal loro passaggio e quale fosse la loro destinazione. Se dubitate della capacità del cervello africano, de Lancey, rispondete a questa domanda: quante lingue conoscete? »

« Ho sempre trovato perfettamente adeguato l'inglese del re, grazie, Courteney. »

«Allora ne conoscete due in meno di moltissimi africani, che di prassi ne parlano tre: la loro lingua tribale, la lingua franca usata da tutti i membri della nazione di cui fa parte la loro tribù e la lingua dei loro colonizzatori. Il masai che mi chiama M'Bogo è cresciuto parlando il masai. Da giovane è entrato nei King's African Rifles, i cui membri parlavano lo swahili, che ha padroneggiato rapidamente, e da qualche anno parla un ottimo inglese. Questi uomini non sono negri o selvaggi, come li chiamate voi. Sono una razza fiera, nobile e guerriera che fa pascolare il suo bestiame su queste terre da tempo immemorabile, e nel loro ambiente sono in tutto e per tutto pari a noi, se non superiori.»

«Ben detto», commentò un uomo di bassa statura, con la testa calva a parte radi capelli argentei, e un paio di occhiali dalla montatura metallica.

«Sono tuttora convinto che ci sia un motivo se noi siamo i padroni e loro i nostri servi», insistette de Lancey. «Sono soltanto un branco di selvaggi straordinariamente indolenti e noi li superiamo sia nella mente che nel corpo.»

Leon si chiese come poteva dare a de Lancey la lezione che meritava senza arrivare a pestarlo a sangue, e alla fine ebbe un'idea. «Sareste disposto a mettere alla prova la fondatezza della vostra affermazione?»

«Ooh...» tubò Amelia. «Ci sarà da divertirsi!»

«In che modo?» Per la prima volta una nota di cautela si insinuò nella voce di de Lancey, mentre cominciava a sospettare di essersi appena cacciato in una trappola.

Leon rifletté per un attimo, escogitando il modo perfetto per coinvolgerlo e al contempo umiliarlo. «Scommetto che un unico masai di Lusima può correre più velocemente di tre bianchi scelti da voi.»

«In una gara, intendete?»

«In un certo senso. Ecco cosa ho in mente...» Leon si sporse in modo che tutti potessero vederlo e sentirlo chiaramente. Voleva che la faccenda diventasse di dominio pubblico. « Fra una settimana esatta ci riuniremo di nuovo al Polo Club. Tenderemo una corda tra gli angoli di un campo da polo e i concorrenti correranno in tondo restando al di fuori di essa. Mi seguite? »

« Credo di sì », ribatté de Lancey. « Corrono tutti intorno al campo, se un bianco vince la gara io vinco la posta in gioco e se invece vince il vostro negro la intascate voi. Giusto? »

Leon sorrise. « Così sarebbe troppo facile per il mio uomo. I masai troverebbero offensiva l'idea e obietterebbero che uno qualsiasi dei loro ragazzi, o persino una donna, potrebbe vincere. »

« Carissimo, così date l'impressione di odiare la vostra stessa razza. »

« Non direi proprio. Penso soltanto che si può essere un gentiluomo oppure no, e il colore della pelle non c'entra nulla. Il più orrendo prepotente e mascalzone che abbia mai conosciuto era un bianco. » Leon si interruppe per un attimo e guardò i volti colmi di disapprovazione intorno alla tavola. « Sia chiaro, era tedesco. »

I cipigli si trasformarono in sorrisi e risate, e qualcuno gridò: « Allora, cosa ne è stato di quel terribile mangiacrauti? »

« Il suo petto è finito sulla traiettoria di un fucile da caccia calibro 470 Nitro Express. »

« È questo che avete fatto nel vostro servizio in guerra? » chiese de Lancey, acido. « Sempre meglio di niente, immagino. »

L'uomo con gli occhiali si schiarì la voce. Aveva un'espressione rassegnata, quasi triste, e una smorfia beffarda, come se fosse fin troppo consapevole delle imperfezioni del genere umano e della brevità della vita. Eppure tutti i commensali si zittirono di colpo. L'uomo era sua signoria Hugh Cholmondeley, terzo barone Delamere e leader indiscusso della popolazione bianca del Kenya. Era stato fra i primi coloni inglesi nell'Africa orientale britannica, possedeva due enormi tenute ed era noto per avere speso un patrimonio nel tentativo di avviare l'allevamento di bovini e pecore e la coltivazione del grano sulle sue terre, preservando al contempo la fauna selvatica nelle vaste aree che lasciava intatte. Allo schienale della sua sedia era appoggiato un bastone da passeggio, perché zoppicava in seguito all'attacco di un leone, eppure c'era un autentico vigore dietro quegli occhi dallo sguardo distaccato. « Signori, signori, non litighiamo. Posso attestare che il qui presente Courteney ha servito al mio fianco durante l'intero conflitto, inseguendo quell'esasperante canaglia tedesca di von Lettow per tutta l'Africa orientale. Potrebbe anche interessarvi sapere che Mrs Courteney ci ha aiutato in veste di navigatore e pilota d'aerei e, dietro mia espressa richiesta, è stata premiata con la medaglia al valor militare per il coraggio dimostrato sotto il fuoco nemico. I Courteney hanno fatto la loro parte, ve lo assicuro. »

Leon chinò il capo. « Grazie, signore. »

« Non c'è di che, mio caro ragazzo. Ora, vi prego, continuate a parlarci della vostra scommessa. Come ben sapete condivido pienamente la vostra opinione sui masai. » Anche quello era noto a tutti gli inglesi in Kenya. Delamere costruiva le sue case con lo stesso fango e la stessa paglia usati dai masai per le loro capanne. « Sono convinto che nel complesso la nostra civiltà europea sia più avanzata di quella africana, è ovvio, ma il singolo masai è un uomo davvero sopraffino e potrei persino puntare anch'io una ghinea o due, una volta che saprò su cosa sto scommettendo. Courteney? »

« Benissimo. » La discussione sulla guerra era stata completamente dimenticata e, mentre Leon parlava, si creò una palpabile atmosfera di crescente eccitazione. « Propongo che i tre bianchi corrano in staffetta contro l'unico masai in gara. Uno di loro gli si piazzerà accanto e, dopo lo sparo della pistola dello starter, cominceranno entrambi a correre intorno al campo. Il bianco continua finché non si arrende oppure viene doppiato dal masai.»

«Esiste davvero la possibilità che succeda, Courteney?» chiede Josslyn Hay. «Un campo da polo è grande il doppio di un campo da calcio. È un percorso molto lungo.»

«Forse, ma non voglio che qualcuno si limiti a camminare. Questa è una gara che va fatta di corsa.»

«Giustissimo, ma immagino che le regole valgano anche nell'altro senso. Vale a dire che voi perdete la scommessa se il masai si ferma per primo oppure viene doppiato.»

«Naturalmente.»

«Capisco. E poi cosa succede?»

«Il secondo uomo prende il posto del primo, alle stesse condizioni, e infine viene sostituito dal terzo. La mia proposta è molto semplice. Scommetto cinquemila sterline, de Lancey, che quando l'ultimo dei tre bianchi si fermerà o verrà doppiato il masai starà ancora correndo.»

De Lancey impallidì. Gli sguardi di tutti si spostarono su di lui. «Insomma, Courteney, cinquemila sterline sono un po' troppe. Superiori alle mie possibilità.»

«D'accordo.» Leon bevve un sorso di chiaretto con aria pensosa, tentando di reprimere un ampio sorriso quando ebbe l'idea. «Presumo che non vogliate rimanere in braghe di tela, eh?»

«Preferirei di no.»

«Ma è esattamente quello che mi piacerebbe fare. Ecco cosa vi propongo. Se perdo non vi darò cinquemila sterline, ma diecimila.»

Gli altri commensali trattennero il fiato. Idina Hay sorrise fra sé. Con le diecimila sterline che le aveva regalato sua madre aveva comprato la propria auto, Slains e i vestiti che era orgogliosa di farsi spedire direttamente dal couturier Molyneux.

«E se invece perdete voi, de Lancey, mi consegnerete i pantaloni e ogni altro indumento che portate, e non li riavrete prima di aver fatto un giro completo del campo da polo. »

« Cosa? Correre intorno al campo? Nudo come un verme? » chiese con un fil di voce de Lancey, mentre gli altri invitati se lo immaginavano intento a correre in costume adamitico. Le risate cominciarono a scoppiare intorno al tavolo.

« Nudo come vi ha partorito vostra madre. »

« Vi ha fregato, de Lancey », disse Joss Hay, con un sorriso che andava da un orecchio all'altro. « Diecimila sterline contro una galoppata intorno a un campo, non potete rifiutare... Qual è la splendida espressione con cui ve ne siete uscito poco fa? Oh, sì, con l'uccello penzoloni. Scommetto che ogni donna bianca del Kenya accorrerà solo per vedere la scena. »

De Lancey capì che ormai la sua unica speranza era fingersi baldanzoso. « Fatemi capire bene: state puntando diecimila sterline contro un giro del campo sul fatto che un unico indigeno africano sia in grado di battere tre gentiluomini inglesi? »

« Precisamente. »

« Capisco... Oh, un'ultima cosa: anche il vostro uomo correrà nudo? Non è questo che fanno gli indigeni? »

« Presumo di sì. È un problema? »

« Temete di sembrare piccolo al confronto dei masai, de Lancey? » domandò qualcuno, provocando un altro scroscio di risate.

« No, certo che no. Stavo solo pensando alle signore. Non voglio che restino turbate. »

Mentre alcune invitate si scambiavano sguardi per poi alzare gli occhi al cielo e scuotere leggermente la testa, Leon fece una proposta. « Sapete cosa vi dico? Fornirò un paio di calzoncini al mio uomo, cosa ve ne pare? »

De Lancey si guardò intorno, sapendo che la sua reputazione nella colonia dipendeva da quanto stava per dire. Come se fosse in procinto di tuffarsi in uno specchio d'acqua gelida, si fece forza, trasse un bel respiro e si buttò. « In tal caso, Courteney, accetto la scommessa. »

Si alzarono grida di esultanza, si chiesero altri drink e si diede davvero inizio ai festeggiamenti.

Alla fine della Grande Guerra, Leon Courteney possedeva un patrimonio persino più cospicuo di quanto non immaginassero Amelia o Idina. Dopo essere stato sull'orlo dell'indigenza, si ritrovava in grado di comprare una delle più pregevoli tenute dell'Africa orientale. L'aveva chiamata Lusima in onore della madre di Manyoro, di cui era giunto a stimare profondamente le doti di guaritrice, consigliera e veggente. Intendeva seguire l'esempio di Lord Delamere, che lasciava intatta gran parte delle proprie terre come riserva naturale e destinava il resto all'agricoltura. Quando si trattava di organizzare safari capaci di attirare ricchi clienti dall'Europa e dalle Americhe, Leon si sentiva nel suo elemento, ma l'agricoltura era tutt'altra faccenda. Non poteva fare a meno di notare come molti coloni inglesi finissero per perdere ogni avere nel tentativo di conciliare le tecniche agricole europee con il terreno, il clima e le epidemie africani, quindi aveva deciso di adattarsi alla vita keniota, invece di contrastarla. Aveva stipulato un accordo con Manyoro in base al quale lui e la sua famiglia allargata avrebbero potuto usufruire liberamente dell'intera tenuta, se avessero accudito il bestiame di Leon insieme al loro. Visto che i masai calcolavano il valore di un uomo non in termini di denaro ma in base al numero di mucche e di figli che aveva, Leon li pagava nella loro valuta preferita: ogni dieci vitellini nati dalle sue mucche, uno andava a loro.

Sulle prime, c'erano state alcune difficoltà. I masai credevano che ogni mucca sulla Terra appartenesse a loro e, di conseguenza, si sentivano pienamente autorizzati a rubare quelle altrui. Inoltre si cibavano del sangue e del latte dei propri animali, quindi tenevano in vita il bestiame il più a lungo possibile, invece di mandarlo al macello. Persino Manyoro, che era avvezzo agli usi e costumi inglesi dopo il periodo trascorso nell'esercito, trovava bizzarra l'idea di allevare gli animali di un altro uomo fino a quando non venivano portati via per essere venduti e uccisi.

D'altra parte, aree di pascolo sconfinate e un incremento garantito delle mandrie sue e del suo popolo erano un'offerta troppo allettante per poterla rifiutare. Con il passare degli anni Manyoro si era arricchito, soprattutto quando aveva capito che il bestiame era redditizio e che il denaro era molto utile, in un mondo ormai gestito dai bianchi. L'accordo aveva funzionato egregiamente anche per Leon, visto che le sue mandrie erano molto più in salute rispetto a quelle degli altri agricoltori. I suoi mandriani masai conoscevano i terreni incontaminati da piante velenose o da insetti portatori di malattie, e quelli in cui invece cresceva foraggio sano e dolce. Proteggevano i loro bovini e quelli di Leon dai leoni e dagli altri predatori, e vivevano del sangue e del latte presi dagli animali che accudivano. Una volta appurato che non nuoceva affatto al bestiame, Leon aveva chiuso un occhio.

Con il tempo, Manyoro aveva ceduto la gestione quotidiana della tenuta a Loikot, un membro della tribù che Leon aveva visto trasformarsi da giovane ribelle a uomo degno di fiducia e rispetto. In quel momento Manyoro viveva nel villaggio in cui era cresciuto, in cima al monte Lonsonyo, che si levava dalla scarpata orientale della Rift Valley, un territorio che faceva ancora parte della tenuta di Lusima.

Due giorni dopo la cena a Slains, Leon raggiunse il monte con la propria auto e la lasciò ai piedi del rilievo, sorvegliata da due suoi uomini. Erano incaricati di tenere lontani animali curiosi, più che esseri umani inclini al furto: nessuno che tenesse alla propria vita infatti avrebbe mai toccato un bene di M'Bogo e rischiato l'ira di Manyoro.

Leon si incamminò lungo il sentiero tortuoso che risaliva il ripido pendio e, come faceva sempre in occasione delle sue visite, ripensò alla prima volta in cui era andato lì. All'epoca era in preda all'inedia e a una sete terribile, con i piedi sanguinanti e coperti di vesciche, i calcagni scorticati, ferito in modo così grave e in preda a dolori così atroci che non era riuscito a salire per più di mezzo chilometro prima di stramazzare a terra. Aveva coperto il resto del tragitto su una *mushila*, o barella, sorretta da quattro uomini.

Erano passati vent'anni, eppure il ricordo di quell'episodio e del suo primo incontro con Lusima era vivido, come se fossero passati giorni e non decenni. Ricordava anche il periodo trascorso con Eva in quel luogo, il loro rifugio segreto isolato dal mondo. Facevano l'amore e nuotavano nel laghetto di Saba, un santuario cristallino celato sotto una cascata che scendeva dalla cima della montagna. Sorrise mentre ripensava alla moglie che correva giù per il sentiero, andandogli incontro, incurante del baratro che le si spalancava di fianco, e gli si gettava fra le braccia. Si stava eccitando: non era stata certo la salita a fargli accelerare il battito cardiaco e a rendergli il respiro più affannoso, ma il pensiero del corpo nudo di Eva, così flessuoso e aggraziato nell'acqua, le gambe serrate intorno a lui e le morbide labbra tiepide premute sulle sue.

Oh, Eva, tesoro mio, amore mio, eri così splendida, così delicata e fragile eppure così fiera e forte. Sorrise mentre pensava che ancora preferiva fare l'amore con lei piuttosto che con qualsiasi altra donna al mondo.

Loro due erano invecchiati, ma il monte era rimasto identico. Sui pendii meno elevati, il sentiero era ombreggiato dai boschetti di acacie, i cui rami si allargavano a ombrello verso l'alto e verso l'esterno, prima di erompere in un'ampia chioma pressoché piatta. A mano a mano che saliva, Leon sentì l'aria diventare più fresca e umida, quasi simile a nebbia. Le piante intorno a lui si fecero più lussureggianti: orchidee dalle vivide sfumature rosa e violette fiorivano tra i rami degli alberi più alti, su cui aquile e falchi facevano il nido. Guardò i rapaci volare in tondo nella vastità del cielo senza nubi, scrutando la savana sottostante a caccia di eventuali prede.

Quando raggiunse la cima, venne accolto da un gruppetto schiamazzante di bambini che strillarono felici. « M'Bogo! M'Bogo! »

Una donna, una delle nuove mogli di Manyoro, lo guardò con sfacciato apprezzamento. Fra i masai vigeva la consuetudine di condividere le mogli con gli ospiti più illustri, ma soltanto se le consorti trovavano di loro gradimento l'aspetto dell'ospite in questione. L'ultima parola spettava a loro.

Quando Leon lo aveva conosciuto, Manyoro aveva soltanto una moglie, perché l'esercito non consentiva altrimenti, e lei gli aveva dato cinque splendidi figli, tre maschi e due femmine. Ma i masai erano per tradizione poligami ed era tacitamente incluso nell'accordo che Leon li lasciasse vivere come volevano sulla sua terra. Avendo raggiunto un altissimo livello di agiatezza, Manyoro aveva attualmente quattro mogli e una decina di nuovi figli, tutti sottoposti all'autorità e alla supervisione della sua prima consorte, la più anziana. La comunità era sempre stata fiorente, i suoi membri avevano cibo in abbondanza e vivevano in capanne solide. Quando Leon l'aveva visitata la prima volta, le donne sfoggiavano magnifici ornamenti di avorio e perline, il bestiame era grasso e con il manto lucido. Era ancora così, ma Leon notò un paio di lampade al cherosene e, davanti alla più ampia e sontuosa di tutte le capanne, un incongruo insieme di sedie da giardino intorno a un tavolino in giunco.

Manyoro era su una sedia e beveva una bottiglia di birra chiara Bass. Ormai deve avere più di cinquant'anni, rifletté

Leon, che lo trovò anche ingrassato, prova tangibile del suo potere e della sua prosperità. Eppure non dava la minima impressione di debolezza. Quando si alzò per salutare il nuovo arrivato, lo sovrastò in altezza.

« Ti vedo, Manyoro, fratello mio », disse Leon, in lingua masai.

Sul volto di Manyoro si aprì un largo sorriso. « E io vedo te, M'Bogo, e il mio cuore canta di gioia. »

Lì accanto c'era un secchio in metallo pieno di acqua sorgiva gelida, da cui Manyoro prese una bottigia di birra e la offrì a Leon.

Lui la accettò con gioia: la scarpinata gli aveva messo una gran sete. « Sei l'unico masai di mia conoscenza che abbia sempre a portata di mano una cassa di birra chiara. »

« Più di una, te lo assicuro. È un'abitudine che ho preso nell'esercito. Servivano questa birra nella mensa sottufficiali. » Fece schioccare le labbra con gusto. « È la cosa migliore che voi inglesi abbiate mai portato in Africa. Salute! »

« Salute! »

Sollevarono le bottiglie in un brindisi e per un attimo assaporarono la bevanda in silenzio. Poi cominciarono a parlare in inglese di mogli e figli. Leon si sentiva quasi in imbarazzo ad avere solo una rappresentante per entrambe le categorie, anche se Manyoro si mostrò impaziente di avere notizie del maschietto che Eva di sicuro portava in grembo, e della vittoria sfiorata da Saffron nella gara di equitazione.

« Ha lo stesso temperamento del padre », commentò in tono di approvazione, quando sentì come Saffron aveva reagito alla sconfitta. « Non ho mai capito la tua gente quando dice che bisogna saper perdere. Cosa c'è di buono, nel perdere? Perché un uomo dovrebbe andare fiero di accettare la sconfitta? Miss Saffron fa bene a provare rabbia e vergogna: non commetterà l'errore di perdere una seconda volta. Ah, ma devi essere molto fiero di lei. Da grande sarà bella come la madre. »

« Ma non come una vergine masai, vero? »

« No, quello sarebbe impossibile, ma diventerà una celebrata bellezza fra la sua gente, e con quello spirito combattivo... Credimi, M'Bogo, servirà un uomo forte per conquistare il suo cuore. »

Passarono poi agli aggiornamenti su Lusima. Benché Manyoro scendesse di rado dalla sua vetta e la tenuta coprisse poco più di cinquantamila ettari, era al corrente di qualsiasi cosa succedesse. Leon non aveva mai bisogno di punire un mandriano: nei rari casi in cui uno di loro faceva qualcosa di sbagliato, Manyoro si occupava personalmente della faccenda prima ancora che lui ne venisse informato.

« Allora, Bwana, cosa ti porta qui oggi? » Manyoro lo chiamava « padrone » ma non per servilismo, bensì per rispetto.

« Vengo da te con una richiesta che spero troverai interessante. Due sere fa ho cenato a casa di Bwana Hay e ho parlato con un certo de Lancey, che ha denigrato i masai definendoli uomini di scarsa qualità, inferiori ai bianchi della sua tribù. »

« Allora quest'uomo non è altro che un babbuino, e un babbuino assai stupido, per di più. Dovrebbe ritenersi fortunato che non ci fossi io quando parlava così. »

« Sono d'accordo. Io però conosco la verità, così gli ho assicurato che i miei fratelli masai sono guerrieri orgogliosi che dominano su questa terra sin dall'alba dei tempi. Gli ho suggerito in quale modo potrei dimostrare la loro forza. »

Manyoro sorrise. « Ci sarà una battaglia? È da troppo tempo che la mia *assegai* non assaggia il sangue. Continua a lamentarsi: 'Dammi sangue, ho sete!' »

Leon soffocò una risata mentre si fingeva sdegnato davanti a sentimenti così violenti. « Sergente Manyoro! Hai forse dimenticato il giuramento di difendere il mio popolo? Sei diventato un nandi ribelle che striscia come un serpente sulla terra battuta? »

Il masai scrollò le spalle. « Hai ragione, M'Bogo, ho dato la mia parola e intendo mantenerla. Ma, ti prego, non paragonarmi mai a un nandi, nemmeno per scherzo. Il loro è il popolo più abbietto della Terra. »

« Ti chiedo scusa. » Era stata proprio una freccia nandi, conficcata nella gamba di Manyoro, a condurlo per la prima volta lì, da Lusima. « Voglio però assicurarti che né a te né a nessuno dei tuoi verrà mai chiesto di combattere contro chicchessia. I *morani* terranno le loro lame nel fodero. Mi serve solo un uomo che sappia correre. » Cominciò a spiegare cos'aveva in mente, ma Manyoro non reagì come lui aveva previsto: lungi dal sembrare divertito o almeno ispirato dalla sfida, assunse un'aria offesa.

« Perdonami, M'Bogo, ma mi sento insultato nel profondo dell'anima. Perché hai contrapposto soltanto tre bianchi a un masai? È troppo facile. Dieci, o magari venti, renderebbero la gara più interessante. »

« Adesso sei tu a insultare la mia gente. Non siamo tutti deboli o dotati di scarsa resistenza. Ti ho portato sulle spalle per cinquanta chilometri fino a questo stesso monte, quando eri ferito troppo gravemente per poter camminare. »

« È vero, ma tu non sei come gli altri. Tu hai la forza del bufalo, ecco perché il mio popolo ti considera nostro pari. »

« Sono fiero di questo onore. È per questo che ho lanciato la sfida: perché i masai ottengano il rispetto che meritano. »

« Forse per un giorno », sottolineò Manyoro, con il tono di un uomo orgoglioso il cui popolo veniva ritenuto inferiore da chi occupava la sua terra. « Ma meglio un giorno solo che nessuno. Chi farà gareggiare de Lancey contro il mio uomo? »

« Nessuno che tu abbia motivo di temere, ma qualcuno che dovresti rispettare », ribatté Leon. « De Lancey sta spargendo la voce e riuscirà a radunare alcune persone davvero in gamba, puoi starne certo. Non siamo tutti babbei indolenti giunti dalla Valle della Felicità, sai.»

Manyoro rifletté per un istante. «Dici che perderai diecimila sterline, se questo de Lancey vince?»

«Sì.»

«Quindi, in caso di vittoria del mio uomo, tu risparmierai quella cifra. Siccome avrà fatto lui tutto il lavoro, non dovrebbe essere ricompensato per i suoi sforzi?»

Leon sussultò. Fratello o non fratello, Manyoro era sempre deciso a spremere tutto il possibile da qualsiasi negoziato. «Hai ragione. Cosa proponi?»

«Un uomo che compie una grande impresa dovrebbe avere una moglie che segnali il suo trionfo.»

«Purtroppo non sono in grado di fornirla.»

«Allora dagli il bestiame che gli permetterà di attirarne una e spingerà il padre di lei a pensare: 'Questo è un uomo che merita di avere accanto mia figlia'.»

«Benissimo, gli darò un toro e tre mucche...» Vedendo l'espressione dell'amico, Leon capì che l'offerta, a suo parere estremamente generosa, non si era rivelata all'altezza delle aspettative. Poi capì e si chiese come aveva potuto essere così stupido. «... e un toro e cinque mucche per te, anche se hai già talmente tanti capi di bestiame che non noterai nemmeno l'aggiunta.»

Manyoro sorrise, felice sia per l'offerta sia per l'intuito di Leon. «Ah, M'Bogo, un masai nota sempre una nuova mucca. Tu dovresti saperlo meglio di chiunque altro!»

«Allora, posso contare su di te? Porterai uno dei tuoi uomini migliori ai campi da polo?»

«Porterò un uomo che vincerà la tua scommessa. Ma non ti so dire se sarà uno dei miei uomini migliori: potrebbero giudicare troppo facile questa sfida. Non temere, M'Bogo, i tuoi soldi sono al sicuro... così come le mie cinque mucche e il mio toro. Ora vieni con me. Sai che qui c'è un'altra persona che sbraiterebbe come il tuono se tu andassi via senza vederla.»

«Non mi sognerei mai di fare una cosa simile.»

«Allora seguimi.»

Mama Lusima sedeva come un'imperatrice su uno scranno intagliato nel ceppo di un albero imponente. Non appena vide Leon, si alzò. Il viso le si illuminò con un affettuoso sorriso materno: da quando Leon aveva salvato la vita a Manyoro, anche lui era diventato suo figlio.

Leon non sapeva di preciso quanti anni avesse Lusima: non meno di settanta, forse molti di più. Vent'anni prima sembrava del tutto immune al trascorrere del tempo, ma nemmeno la sua stregoneria poteva tenerlo a bada in eterno. Ormai i capelli erano bianchi, i seni nudi leggermente più cascanti e scavati di un tempo, e il ventre tatuato un pizzico più flaccido, la pelle simile a carta crespa. Ma la schiena era dritta come sempre, sfoggiava ancora un'andatura felina e, nonostante le rughe intorno agli occhi scuri, il suo sguardo riusciva ancora a trafiggere Leon fin nei più remoti recessi della sua anima.

Lui fu pervaso da una profonda tranquillità e sicurezza, come gli succedeva sempre quando incontrava Lusima. Stare con lei era come entrare in un santuario, un luogo in cui si sentiva invariabilmente al sicuro e accudito. Ricambiò con affetto il suo sorriso e allargò le braccia per stringerla a sé.

Poi vide guizzare qualcosa negli occhi di Lusima, che si fermò. La sua postura e la sua espressione si irrigidirono, come se all'improvviso si fosse accorta di un pericolo, come se il demonio le avesse attraversato la strada e qualcosa di malvagio strisciasse furtivo fra gli alberi, in attesa del momento giusto per attaccare.

Leon rimase allarmato dal cambiamento verificatosi nella donna, consapevole che era avvenuto mentre lo fissava. «Cosa c'è?»

« Non... non è niente, figliolo. Forza, vieni a farti abbracciare. »

Leon la tenne a distanza. « È successo qualcosa. Hai visto qualcosa. » Si interruppe, cercando di farsi coraggio. Si sentiva un ragazzino, anziché un uomo adulto all'apice della potenza. « Non mi hai mai mentito, Mama Lusima. Mai. Ma temo che ora tu lo stia facendo. »

Lei lasciò ricadere le mani lungo i fianchi e abbassò le spalle. Quando lo guardò di nuovo, gli anni sembravano di colpo incisi sul suo volto. « Oh, figlio mio. Verrai messo a dura prova. Conoscerai una sofferenza mai sperimentata finora. Ci saranno momenti in cui penserai di non poter sopravvivere, in cui implorerai il sollievo della morte. Ma devi credermi... » Prese le mani di Leon e lo guardò con occhi febbrili, imploranti, « ... un giorno troverai pace, felicità e gioia. »

« Ma ho già tutte queste cose! Mi stai dicendo che mi verranno sottratte? Come? Dimmelo, per l'amor del cielo... Cosa succederà? »

« Non posso dirtelo, non ne ho le capacità. Le visioni mi giungono sotto forma di enigmi e di frammenti. Vedo una tempesta che giunge per te, vedo un pugnale nel tuo cuore. Ma riuscirai a sopravvivere, te lo giuro. »

« Ma Eva... e Saffron... e il bambino. Cosa puoi dirmi di loro? »

« Davvero, non lo so. Vedo del sangue, vedo un grande vuoto dentro di te. Vorrei tanto che non fosse così, vorrei poterti mentire. Ma non ci riesco, M'Bogo, e non posso negarlo. Vedo del sangue. »

Leon trascorse i giorni seguenti con un peso addosso e una perenne sensazione di ansia che gli girava nella mente come un cane al guinzaglio, mentre lui faceva del suo meglio per non soffermarsi sui funesti presagi di Lusima. Non dubitava che dicesse sul serio, né che la sua profezia fosse fondata: in passato Lusima aveva dimostrato troppo spesso di avere ragione perché lui potesse mettere in dubbio le sue capacità. Ma l'esperienza gli aveva anche insegnato che non aveva alcuna possibilità di cambiare il destino, quindi era inutile angosciarsi per questioni su cui non aveva controllo. Quando Eva gli confessò di avere le vertigini, tuttavia, insistette per accompagnarla da Doc Thompson.

Prima della guerra, il dottor Hector Thompson e la moglie erano stati i soli a fornire cure mediche alla comunità di esuli. In seguito era stato creato un ospedale europeo destinato alla comunità bianca e i Thompson erano andati parzialmente in pensione, limitandosi a gestire un piccolo ambulatorio nell'entroterra.

Doc, uno scozzese gioviale e rassicurante dalla folta chioma candida e dalla curatissima barba dello stesso colore, misurò la pressione sanguigna a Eva. « Mmm, centotrentacinque su ottantacinque, un po' alta. Ditemi, mia cara, avete avuto altri sintomi oltre alle vertigini? Emicrania, per esempio, o vista annebbiata? »

« No. »

« Senso di nausea o vomito? »

« No, da quando sono finite le nausee mattutine, un paio di mesi fa. »

Il medico rifletté. « In passato avete avuto problemi a portare a termine la gravidanza e non vogliamo certo perdere questo bambino. D'altra parte, viviamo a un'altitudine nettamente maggiore di quella per cui sono stati creati i nostri corpi inglesi, e in un clima tropicale, quindi ci sono una miriade di motivi per cui potreste non sentirvi molto bene. Vi prescrivo riposo quasi assoluto e niente sforzi. Vi darò anche delle aspirine. Prendetene due in caso di mal di testa o nausea, e se i sintomi persistono per più di un paio d'ore chiamatemi. Non fatevi scrupolo di telefonarmi anche in piena notte, sono qui per questo.»

La scommessa con de Lancey, un tempo così importante per Leon, era diventata irrilevante. «Vado a dirgli che è tutto annullato», comunicò a Eva quando tornarono a casa dopo il consulto di Doc Thompson. «Se mi costringe a pagare la scommessa, tanto peggio. L'importante è rimanere qui con te e assicurarmi che tu stia bene.»

«Ma io sto bene! Ho solo un po' di vertigini, e hai sentito cosa ha detto il dottor Thompson: probabilmente è stato solo un leggero attacco di mal di montagna. Devi vincere la scommessa, voglio assistere al tuo trionfo.»

«Assolutamente no! Non devi fare sforzi, come ha ordinato Doc.»

Eva scoppiò a ridere. «Farmi scarrozzare al Polo Club non è certo uno sforzo, e nemmeno restarmene seduta su una comoda poltroncina all'ombra. Dove pensi che saranno i Thompson, il giorno fatidico? A guardare la gara, esattamente come chiunque altro nel raggio di chilometri. Quindi, se mi sentissi male, sarà il posto più sicuro in cui trovarsi, giusto?»

Leon non poteva negare che il ragionamento della moglie filasse, e così, all'alba del settimo giorno dopo la cena a Slains, partì con Eva e Saffron – che saltellava per l'emozione – verso il Wanjohi Valley Polo Club. Loikot li seguiva guidando uno degli autocarri della tenuta, pieno di tutto ciò che sarebbe servito alla famiglia durante la giornata, nonché di tutti i domestici e membri del personale di Lusima che riuscirono a stiparsi nell'abitacolo e sul pianale o ad aggrapparsi all'esterno del veicolo.

Sembrava che gli abitanti dell'intero paese fossero per strada. Fattorie e aziende erano state abbandonate da capi e lavoratori indiscriminatamente. Botteghe e ristoranti avevano esposto in vetrina il cartello con la scritta CHIUSO. Molti chef e negozianti, tuttavia, avevano solo trasferito le attività al Polo Club, dove era sorto un mercato improvvisato: le bancarelle vendevano parasoli, sedie pieghevoli e bibite in bottiglia, il fuoco veniva attizzato nelle buche, pecore intere ed enormi quarti di bue giravano sullo spiedo, braciole e salsicce sfrigolavano sulle griglie.

Non erano venuti ad assistere allo spettacolo soltanto i coloni. Quando gli indigeni del Kenya avevano scoperto che uno di loro avrebbe sfidato i padroni bianchi, le rivalità tribali erano state accantonate – almeno per il momento – e metà degli abitanti autoctoni del Paese si erano messi in movimento. Uomini e donne dei popoli masai, kikuyu, luhya e meru si spostarono a piedi, su carri trainati da buoi, in autobus e con qualsiasi altro mezzo disponibile per unirsi alla festa.

I coloni erano tutti schierati davanti alla Clubhouse su un lato del campo da polo, intorno al quale si sarebbe svolta la gara, mentre gli indigeni erano su quello opposto. Il campo era sgombro, per far sì che i concorrenti fossero sempre visibili e per impedire scorrettezze. I capi delle due squadre sarebbero rimasti al centro, insieme ai corridori bianchi in attesa del proprio turno di gareggiare. Il maggiore Brett fungeva da arbitro; una decina di agenti di polizia africani, piazzati lungo la pista e comandati da un sergente bianco, avrebbero avuto il duplice compito di riferire eventuali violazioni alle regole del fair play ed evitare disordini tra la folla.

« Sarò sincero, Courteney, non sono molto contento del trambusto causato dalla vostra dannata scommessa », disse il maggiore Brett, quando Leon arrivò con la sua famiglia.

« Non immaginavo una simile affluenza. »

« Be', sia come sia. Se devo essere obiettivo – e non si può non esserlo, nel mio mestiere –, riconosco che non potevate prevedere questo interesse pubblico per una scommessa privata, fatta da due gentiluomini durante una cena. »

« Esatto. »

« Mi aspetto però un considerevole fermento, quando l'indigeno verrà sconfitto. I masai sono eccitabili, quando si infiammano, soprattutto se hanno fatto uso di alcol. Ne ho proibita la vendita alla popolazione indigena, naturalmente, ma sono sicuro che troveranno il modo di bere un sorso. Se si convincono che abbiamo complottato per far perdere il loro amico... be', spero solo che non avrete nulla di grave sulla coscienza, stasera. Non posso dire altro. »

Per un attimo Leon si chiese se il sangue di cui aveva parlato Lusima potesse essere quello degli spettatori, e lo turbò scoprire che l'eventualità lo colmava di sollievo. Sembrava quasi una sospensione della pena, per la sua famiglia.

Il maggiore Brett interpretò il suo silenzio come un rifiuto di assumersi responsabilità. « Per l'amor del cielo, non credete che tre inglesi non siano in grado di battere un unico indigeno? »

La domanda costrinse Leon a tornare al presente. « Non avrei certo scommesso diecimila sterline sul masai se non fossi convinto che vincerà, maggiore. »

Brett scosse il capo con aria di disapprovazione. « De Lancey non mi piace. Mi sembra un mascalzone inaffidabile, ma ha ragione quando vi accusa di amare i neri più della vostra razza. Forse io non userei termini così categorici, ma non ha tutti i torti. » Estrasse la pipa e la riempì di tabacco, che premette con cura, poi vi accostò un fiammifero acceso e diede qualche energica boccata.

Leon si guardò intorno per cercare Manyoro, ma furono i suoi avversari quelli che vide per primi.

« Parli del diavolo... » disse Brett, guardando un punto alle spalle di Leon. « È arrivato de Lancey, e a quanto pare ha portato con sé la sua squadra. »

De Lancey era già rosso in volto e sudato, benché il sole avesse a malapena iniziato a dissolvere la caligine mattutina che rimaneva sospesa sulla valle. Dietro di lui c'erano tre uomini che sfoggiavano vari abbinamenti di scarpe, scarponi, calzoncini, giubbetti, camicie, sciarpe e maglioncini da cricket. Due di loro avevano scarpette da corsa chiodate appese al collo per i lacci. Uno portava un maglioncino con una sottile striscia blu che correva lungo lo scollo a V e l'orlo inferiore e, sul petto, le lettere OUAC sormontate da una corona d'alloro; un secondo ne sfoggiava uno quasi identico, ma con la striscia azzurra e le lettere CUAC. Leon sapeva della tradizionale rivalità fra i Blu e gli Azzurri: erano studenti di Oxford e di Cambridge, e le lettere UAC stavano sicuramente per University Athletics Club.

Non si può mai dire, potrebbero benissimo essere saltatori in lungo o lanciatori di giavellotto, pensò, cercando di rincuorarsi, mentre de Lancey gli tendeva un palmo umido e gli riservava una delle strette di mano più fiacche che Leon avesse mai sperimentato.

« 'Giorno, Courteney. Spero che abbiate portato la grana », esordì de Lancey. « Ho reclutato la miglior squadra che si possa trovare a sud di Suez. Volete che faccia le presentazioni? »

« Certo. »

« D'accordo! Bene, innanzi tutto voglio presentarle Jonty Sopwith, anche se tutti lo chiamano 'Camel', come l'aereo da caccia, sapete. »

Annuì. « Sì, persino noi africani conosciamo il Sopwith Camel. Lieto di conoscervi. »

Si scambiarono una stretta di mano, stavolta molto più energica. Sopwith aveva la pelle chiara, i capelli rossi e gli occhi azzurri. Era alto e snello, con gambe lunghe e torace massiccio, il che lasciava presagire una bella falcata e cuore e polmoni capaci di darle potenza. Dimostrava fra i venti e i venticinque anni, abbastanza giovane per evitare l'arruolamento in tempo di guerra ma nel periodo di massimo fulgore per un atleta.

« Avete studiato a Oxford, vedo. »

« Sì, signore. Ho fatto parte della squadra di corsa dell'università per tutti e tre gli anni. »

« Qual era la vostra specialità? »

« Sono un discreto mezzofondista. Ho partecipato più di una volta ai campionati della AAA, arrivando due volte in finale. »

Doveva essere abbastanza bravo per arrivare in finale dell'Amateur Athletics Association, gareggiando per il titolo di campione nazionale. Non mi stupisce che de Lancey sia così tracotante, pensò Leon.

« E lui è il dottor Hugo Birchinall. Lavora all'ospedale europeo. A Cambridge la sua specialità era lo scatto. »

L'uomo con il maglioncino dalla striscia celeste gli porse la mano.

« Buongiorno, dottore », disse Leon, studiandolo.

Come si addiceva a uno scattista, Birchinall era leggermente più basso di Sopwith, ma dalla corporatura più possente, con fianchi e spalle più massicci. I corti capelli bruni e la carnagione scura lo rendevano più cupo e minaccioso del compagno di squadra dall'aria più giovanile.

De Lancey sogghignò, come per insinuare che, pur avendo cominciato le presentazioni dai due atleti più rinomati, aveva tenuto per ultimo il migliore. « E ora il terzo membro della nostra squadra. Lo confesso, non è inglese ma è bianco, e molto orgoglioso di esserlo, il che – come di sicuro confermerete – era il requisito essenziale nella nostra scommessa. Quindi, Courteney, vi presento un gentiluomo giunto di recente qui in Kenya per cercare opportunità come agricoltore: Mister – o forse dovrei dire *Mijnheer* – Hennie van Doorn. È un po' un indigeno africano, proprio come voi. »

Van Doorn non gli strinse la mano. « Siete forse parente di quel bastardo di Sean Courteney? » chiese, con un accento afrikaans gutturale.

« È un mio lontano cugino. Perché? »

« Perché ho perso tutta la mia famiglia nella guerra contro gli inglesi, ecco perché. »

Leon sapeva che si riferiva alle guerre boere e non al conflitto più recente.

« Mio padre è morto combattendo contro uomini come il generale Courteney. Mia madre e il mio fratellino sono morti nel campo di concentramento di Bloemfontein. Ormai non mi rimane nessuno, nemmeno lontani cugini. »

« Mi dispiace davvero che la vostra famiglia abbia sofferto tanto », replicò Leon, « ma io sono nato in Egitto. Mio padre si è arricchito con il commercio lungo il Nilo, e quando è andato in guerra lo ha fatto contro il Mahdi, a Khartoum. Non abbiamo avuto parte in quanto è successo in Sudafrica. »

« Avete una grande tenuta qui, *jah*? »

« Sì. »

« Noi avevamo *'n klein plaas*, una piccola fattoria. Si trovava sull'Highveld, a milleseicento metri d'altitudine, più o meno come qui. Ogni giorno andavo a scuola a piedi, sei chilometri per andare e sei per tornare. Ogni giorno. Ma non camminavo quasi mai, perché se camminavo dovevo partire prima che il sole fosse alto e non mi piaceva attraversare il veld al buio, con tutti gli animali selvatici là fuori che aspettavano solo di mangiarsi il piccolo Hennie per colazione. Così rimanevo a letto fino al sorgere del sole. Ma a quel punto avevo un altro problema, perché se arrivavo tardi a scuola il maestro mi picchiava e poi, quando tornavo a casa, mio padre me le suonava ancora più forte. Quindi dovevo correre a scuola. Ogni giorno. Sei chilometri per andare e sei per tornare. A milleseicento metri d'altitudine. Quindi forse il vostro *kaffir* può battere questi *rooinek*, ma credetemi, Courteney, non può certo battere me. »

* * *

Leon non poteva negare che de Lancey avesse radunato un terzetto davvero in gamba per vincere le diecimila sterline, ma dov'erano Manyoro e il suo uomo, l'avversario di de Lancey?

Si guardò intorno, scrutando la folla in cerca di due masai alti e autoritari. Poi sentì un grido dall'estremità opposta del campo: « M'Bogo! »

Manyoro sbucò dal lato riservato agli indigeni. Come faceva sempre quando si avventurava nel mondo dei bianchi, si era appuntato sullo *shuka* rosso lo stemma del reggimento dei King's African Rifles, lucido e brillante come per una parata. Subito sotto erano allineate le numerose medaglie da lui ricevute per il coraggio dimostrato, le campagne contro il nemico e il prolungato servizio. Il messaggio era chiarissimo: Ho servito l'impero britannico con onore e distinzione, e merito rispetto.

Leon stava per salutarlo ma si interruppe, ammutolito per lo stupore.

Manyoro non era in compagnia di un fiero guerriero *morani*, che si era guadagnato il diritto di essere considerato un vero masai uccidendo un leone armato soltanto della sua *assegai*. Con lui c'era invece un giovane minuto che poteva avere al massimo vent'anni. Era nettamente più basso del masai medio, con la sommità del cranio rasato e lucido che arrivava appena alla spalla di Manyoro. Laddove i masai erano più alti e assai più snelli dell'europeo medio, quell'esemplare dall'aspetto insignificante non era tanto snello quanto ossuto. Indossava un paio di calzoncini dell'esercito inglese troppo grandi per lui – doveva averglieli prestati Manyoro –, stretti in vita da una cordicella. L'orlo gli arrivava a metà polpaccio, fluttuando intorno alle gambe magrissime. Sembrava un bambino che si fosse infilato i vecchi mutandoni della nonna.

« Ti vedo, Manyoro », replicò Leon, senza curarsi di celare l'irritazione nella voce quando aggiunse, in inglese: « Mi avevi promesso un uomo in gamba ».

Manyoro ricambiò l'occhiata e replicò in tono piatto: « No, fratello, non te l'ho promesso io, l'hai preteso tu. E io ti ho detto che i miei uomini migliori avrebbero considerato questa sfida indegna di loro. Questo è il corridore che ti ho portato. Bwana de Lancey può decidere se vuole gareggiare contro di lui oppure no ».

« Difficile che dica di no, vero? »

« Quindi devo portarlo via? Puoi rinunciare alla scommessa, se preferisci. »

Leon si costrinse a calmarsi prima che lui e Manyoro finissero per chiudersi in un angolo da cui non sarebbero usciti. « Benissimo, in tal caso ti conviene presentarci. »

« M'Bogo, ti presento Simel, il figlio di una delle mie sorelle. Simel, porgi i tuoi rispetti a mio fratello M'Bogo. Quando corri per lui corri anche per me e per tutta la nostra gente. Non deluderci », disse Manyoro, in masai.

« Ti vedo, Simel », disse Leon.

« Ti vedo, M'Bogo, e ti prometto di correre come vento sull'erba, che soffia per tutto il giorno senza mai fermarsi. »

Quando osservò il giovane con più attenzione, Leon vide che aveva un ventre piatto e muscoloso nascosto sotto il girovita rimboccato dei calzoncini. E aveva un'aria decisamente sana, con la schiena ben dritta come un soldato, e gli occhi che brillavano di vivacità e ottimismo giovanile. Sì, pensò, potresti anche riuscirci. Bene, per ora non si può fare altro. Meglio presentarlo agli avversari.

Condusse Simel fino al punto in cui de Lancey aveva allestito la propria base, facendo montare una grande tenda con due brandine sulle quali i corridori potevano riposare prima o dopo la gara. Una quantità di facchini aveva portato casse di champagne e di Tusker, la prima marca di birra keniota prodotta in zona. Qualcosa ribolliva in un grosso paiolo di ferro su un fuoco da campo. L'odore delle salsicce che sfrigolavano sulla griglia sotto l'occhio vigile di un paio di *totos*, garzoni di cucina, suggeriva che si stesse preparando una colazione tardiva ma sostanziosa.

Un viso femminile dall'aria familiare attirò l'attenzione di Leon, che dopo un istante riconobbe Amelia Cory-Porter, la donna seduta accanto a lui alla cena di una settimana prima. Alzò educatamente una mano per salutarla, ma lei non ricambiò il gesto, di proposito. Lui sogghignò: l'ira di una donna ignorata non ha pari. Non ho mostrato il minimo interesse per lei, quindi ha piantato le tende nell'accampamento di de Lancey. Almeno mangerà bene. « Ecco il mio uomo », annunciò.

Gli parve quasi di veder girare le rotelle nella testa di de Lancey mentre quest'ultimo cercava di stabilire se si trattasse di un raggiro. Simel gli sorrise in maniera affabile e tutt'altro che minacciosa. Era così minuto che i suoi tre avversari – che stavano spuntando da angoli diversi del campo per scoprire chi dovevano affrontare – sembravano campioni dei pesi medi contrapposti a un peso mosca inesperto.

De Lancey squadrò un'ultima volta Simel, ma non vide alcuna minaccia. « Benissimo, allora. Affare fatto. »

Jonty Sopwith correva da abbastanza tempo per sapere che esistevano bravi atleti di qualsiasi corporatura. Quel piccolo masai aveva l'aria del fondista. Lo aveva fatto notare a Hugo Birchinall, che si era detto d'accordo.

« Mi sembra il classico nilota ectomorfo. Significa 'magro', Camel », aggiunse, sapendo che l'altro aveva studiato economia agraria e quindi non conosceva la terminologia dei somatotipi. « La loro scarsa massa corporea disperde il calore più rapidamente rispetto a un uomo robusto come me. Inoltre possono correre su lunghe distanze senza surriscaldarsi come il motore di un'auto, cosa che, invece, succede a noi. »

« In tal caso ci conviene portare a termine la gara il più in fretta possibile. Ho intenzione di partire a piena potenza, e a quel punto lui dovrà decidere se adattarsi o no alla mia andatura. Se non lo fa lo distanzierò, se invece mi viene dietro credo di poterlo sfiancare come ho fatto con Bobby Snelling nella gara universitaria del '21. Ricordi? »

« Certo. Ti è stato appiccicato fino all'ultima curva, poi tu hai fatto uno scatto e il poveretto è praticamente stramazzato. Non gli era rimasto nemmeno un briciolo di energia. »

« Esatto. Dunque, credo di poter fare un buon chilometro e mezzo, come minimo, quindi ho intenzione di dare il massimo e poi lasciarti il posto quando sento che comincio a perdere le forze. »

« E a quel punto subentro e lo sfinisco. Bravo, Camel, è davvero un piano con i fiocchi. »

« Quindi sbrighiamo noi due il lavoro, d'accordo? Non possiamo certo permettere che si dica che due campioni universitari hanno avuto bisogno dell'aiuto dei *polloi*. »

« No, non possiamo davvero. »

La sagoma alta e chiara di Jonty Sopwith si stagliava sulla linea di partenza accanto al piccolo Simel. I due si strinsero la mano.

« Buona fortuna », disse Sopwith, perché era giusto trattare gli avversari con garbo e rispetto persino quando si intendeva far mangiare loro la rossa polvere africana.

La pistola dello starter sparò e i due concorrenti partirono, accompagnati dalle sfrenate urla di incoraggiamento degli indigeni kenioti su un lato del campo e dei coloni sull'altro. Come promesso, Sopwith assunse subito un'andatura spedita. Quando lo avevano presentato a Leon Courteney, aveva sminuito i propri trionfi atletici: due anni prima stava per entrare nella squadra inglese per le Olimpiadi di Parigi, ma poi una grave distorsione al ginocchio gli aveva impedito di gareggiare. Aveva quindi tutti i motivi di credersi in grado di battere Simel, e piuttosto in fretta, per di più.

Per qualche secondo, Simel tentò di tenersi al passo con l'avversario, i cui capelli avevano il colore dei fiori dell'albero della fiamma, ma poi rammentò cosa gli aveva detto Manyoro mentre si dirigevano verso la linea di partenza. « Non cercare di competere con nessuno di loro. Corri e basta. E continua a correre. Pensa: 'Sto tornando sul monte Lonsonyo per vedere Mama Lusima, quindi devo correre per tutto il giorno'. Ma non lasciare che i bianchi ti spingano a correre più rapidamente o più lentamente di quanto vuoi fare. Devi essere uno gnu, non un ghepardo. Corri e basta. »

Adesso capiva il senso delle parole di Manyoro. L'uomo che gli si era presentato così educatamente stava cercando di indurlo a correre veloce, come un ghepardo, ma un ghepardo non poteva correre veloce a lungo. Se non catturava la preda nel giro di pochi secondi si fermava, raccoglieva le forze e riprovava dopo un po'. Lo gnu, d'altra parte, non si fermava mai: correva tutto il giorno con i suoi fratelli e sorelle, da un orizzonte all'altro.

Adesso sarò lo gnu, pensò Simel, e rallentò, passando dallo sprint iniziale a lunghe e calme falcate. I suoi piedi correvano leggeri come gli zoccoli di un'antilope e le mani erano alte sul petto.

Nel giro di pochi secondi, fra i due concorrenti si aprì un divario di cinque metri, che ben presto divennero dieci e poi venti. Le acclamazioni da parte dei bianchi aumentarono di volume. Nel campo di de Lancey, gli opportunisti gli davano pacche sulla schiena mentre le donne incitavano a gran voce Jonty Sopwith.

È persino più bravo di quanto abbia detto, pensò Leon. Le

falcate di Sopwith erano molto più lunghe e possenti di quelle di Simel, simili al galoppo di uno stallone.

Hugo Birchinall si stava già scaldando. Puntano a un'uccisione rapida: il mezzofondista lo stanca, poi lo scattista gli dà il colpo di grazia, rifletté Leon. Ottima tattica, potrebbe funzionare.

Manyoro osservava attentamente Simel, senza mostrare alcuna emozione.

« Capisci cosa sta facendo? » gli chiese Leon, guardando Sopwith, che aveva distanziato l'avversario di quasi cinquanta metri.

« Certo. »

« E funzionerà? »

Manyoro osservò i due corridori in pista e poi lanciò un'occhiata a Birchinall. « Lui ne è sicuramente convinto. Sta intonando il suo canto di vittoria prima che il leone sia stato ucciso. »

« Non è mai saggio farlo. »

« No, M'Bogo, non lo è affatto. »

Jonty Sopwith percorse l'ultima curva del campo da polo e puntò verso il traguardo, con il grosso dei coloni raggruppati davanti alla Clubhouse poco più avanti, alla sua destra. Si guardò alle spalle, dove la lontana sagoma di Simel stava girando l'angolo. Aveva uno svantaggio di circa metà campo, che cresceva sempre più a ogni falcata.

« Bene, figliolo, vediamo cosa ne dici di questo », borbottò Sopwith, poi scattò di nuovo, un atleta di livello olimpionico che si beava del talento donatogli da Dio.

Simel si allarmò quando vide l'avversario accelerare di nuovo. Non sembrava affatto che si stesse stancando come un ghepardo, anzi stava acquistando velocità. Lui sentì un profondo sospiro, quasi un gemito, levarsi dalla sua gente assiepata su un lato del campo, rapidamente inghiottito dalle urla e dalle acclamazioni di tutti i Bwana bianchi e delle loro donne.

Soffocando l'impulso di provare a tenere il passo, si disse che non tutto era perduto. Si sentiva ancora fresco come a inizio gara e, benché la distanza fra lui e l'avversario che lo precedeva si ampliasse, non era nemmeno la metà del percorso intorno al campo. Mentre passava davanti ai bianchi, alcuni di loro lo insultarono. Non capiva le parole perché non parlava inglese, ma non ce n'era bisogno: l'espressione, i pugni che si agitavano e il modo in cui gli uomini urlavano e le donne strillavano nella sua direzione recavano un'inconfondibile impronta di ostilità, persino di odio.

Poi si rese conto di una cosa. Queste persone mi odiano, hanno paura che io possa dimostrarmi bravo come loro, se non di più.

Pur rimanendo del tutto inespressivo, in cuor suo Simel sorrise, perché sapeva che i bianchi avevano ragione ad avere paura. Per tutta la vita si era vergognato di essere piccolo, ma aveva l'occasione di dimostrare che poteva fare qualcosa di buono per il suo popolo.

Sono un masai. Ora devo mostrare a tutti cosa significa.

Nella Clubhouse, Saffron continuava a saltellare per l'emozione, guadagnandosi occhiate di palese disapprovazione dalle donne tutt'intorno a lei mentre, con la sua vocina acuta, urlava per incitare il corridore masai. Aveva un problema, però: le riusciva molto difficile vedere la gara, c'erano troppi adulti a ostacolarla.

Le avevano detto di rimanere con la madre, e infatti si trovava accanto alla poltroncina su cui Eva sedeva in tutta tranquillità, per sprecare meno energia possibile. Per quanto fosse decisa a non permettere a Leon di trattarla come un'invalida o di costringerla a restare in casa, non poteva certo disobbedire agli ordini di un medico, nemmeno se provava il desiderio di saltare in piedi e gridare con lo stesso entusiasmo della figlia, spronando l'ometto cui era stato assegnato il ruolo di campione di suo marito.

Quando i corridori scomparvero in lontananza, vicino all'estremità del campo, Saffron si girò verso di lei per implorarla. « Ti prego, mamma, posso andare a mettermi accanto a papà, al centro del campo? »

« Non sono sicura che sia una buona idea, tesoro », rispose Eva, allungando una mano per prendere la sua. « Non voglio che tu ti perda o venga calpestata dalla folla. E non sono sicura che papà abbia davvero voglia di preoccuparsi per te, quando sta cercando di concentrarsi sulla gara. »

« Oh, posso infilarmi tranquillamente tra tutte quelle persone! » insistette Saffron, guardando sprezzante la barriera umana. « E prometto di essere bravissima con papà. Non farò la monella. » Fissò gli enormi occhi azzurri sulla madre, quasi sfidandola a negarglielo. « Ti prego, mamma... Ti prego! »

Eva sorrise. Provo pietà per qualsiasi poveretto cerchi di resistere a questi occhi, pensò, quasi in una visione su come sarebbe stata Saffron da adulta. Io di certo non ci riesco. « Mi prometti che starai attenta? »

« Sì, mamma. » Saffron annuì con un'espressione di assoluta sincerità.

« E mi prometti di fare la brava e di non creare problemi a papà? »

« Sì, mamma. »

« Benissimo, allora, puoi andare. »

« Grazie, grazie! » strillò Saffron, riempiendola di baci. « Sei la mamma più gentile, carina e buona del mondo! »

« Oh, un'ultima cosa. »

Saffron si bloccò a metà di un passo e si girò verso di lei. « Sì? »

« Di' a papà di non preoccuparsi per me. Deve concentrarsi sulla gara, quindi digli che ho una poltrona comodissima e molti domestici a disposizione. Sto benissimo. Ricordi tutto? »

« Papà non deve preoccuparsi perché hai una poltrona comodissima e va tutto bene. »

« Perfetto. Ora vai! »

Eva osservò la sua bambina scomparire fra la folla, infilandosi intrepida fra gli adulti intorno a sé, poi sospirò, chiuse gli occhi e abbassò per un attimo la testa, assalita da una fitta improvvisa e acuta, come se un dardo l'avesse colpita alla fronte.

È solo un leggero mal di testa, si disse, quando il dolore fu seguito da un vago senso di nausea. Probabilmente un'emicrania, niente di preoccupante.

Per un attimo pensò di mandare uno dei domestici del club a consegnare un messaggio a Leon, ma scartò subito l'idea. No, non devo disturbarlo, ha cose ben più importanti per la testa.

Saffron sgattaiolò sotto la fune, sfrecciò attraverso la pista e raggiunse il campo da polo prima che potessero impedirglielo. Si fermò per un attimo e si guardò intorno. Era trascorsa solo una settimana da quando lei e Kippy avevano saltato gli ostacoli proprio su quel campo, ma sembravano passati anni. Era tutto così diverso: c'erano tantissime persone raggruppate intorno a una grossa tenda. Le osservò per capire se fra loro c'era suo padre, poi lo vide più lontano, in disparte, intento a parlare con Manyoro. Capì che la tenda era il campo nemico e si mise a correre nell'altra direzione.

« Ti vedo, principessina », disse Manyoro, quando la vide sfrecciare verso di sé.

Saffron si fermò a un paio di passi da lui e, serissima, replicò in masai: « Ti vedo, zio Manyoro ».

Il viso dell'africano alto e imponente si aprì in un largo sorriso affettuoso: considerava la bambina una sua nipote, esattamente come le figlie dei suoi fratelli e sorelle masai.

« Ciao, papà », disse lei, rivolgendosi a Leon.

« Saffy! » Suo padre la sollevò e la fece roteare in aria, ridendo dei suoi gridolini. La strinse a sé, stampandole un bacio sulla testa prima di rimetterla a terra. « Allora, cosa ti porta qui? »

« La mamma ha detto che potevo venire », affermò lei, per mettere in chiaro che era autorizzata. « Dalla Clubhouse non riuscivo a vedere la corsa per colpa di tutte le persone davanti a me, ma ho promesso alla mamma che sarò bravissima e non causerò problemi. »

« Mmm... Dubito che sarà davvero così. Allora, dimmi, come sta la mamma? »

Saffron, obbediente, gli riferì il messaggio di Eva quasi parola per parola.

« Bene, sono felice di sapere che si è sistemata. E complimenti a te per esserti ricordata tutto. »

Saffron si illuminò. « Come si chiama il tuo corridore, papà? »

« Simel. »

« È molto piccolo. »

Leon fece una risatina mesta. « Sì, anch'io l'ho pensato quando l'ho visto, ma credo che stia andando molto bene. »

Saffron guardò i due corridori, separati in quel momento da una distanza di poco superiore al rettilineo. Sopwith aveva completato il secondo giro mentre lei negoziava con la madre e raggiungeva il padre, e attualmente si trovava a metà del terzo. Ormai non dava tanto l'impressione di precedere Simel quanto di inseguirlo.

« Quell'uomo raggiungerà Simel, papà? »

«Spero di no, tesoro, ma se non ci riesce verrà sostituito da Mr Birchinall, l'uomo che sta facendo degli allungamenti laggiù e ha un'aria alquanto zelante.»

«Oh! Non sembra molto giusto.»

«Be', sono le regole che ho fissato.»

«Penso che siano regole terribili per Simel. Voglio andare a risollevargli il morale.» Corse fino all'angolo opposto del campo ad aspettare che il piccolo masai le si avvicinasse e, quando fu a pochi passi di distanza, gridò: «Forza, Simel! Forza, Simel!» Poi si mise a correre accanto a lui. Riuscì a tenere il passo solo per una manciata di falcate, ma i sostenitori di Simel la imitarono, riprendendo a spronarlo a gran voce.

Manyoro, tuttavia, guardava da un'altra parte. «Guarda Bwana Sopwith, fratello. La sua falcata si è accorciata e la velocità è diminuita.»

«Buon Dio, hai ragione.» Prese il binocolo e lo puntò su Sopwith, che presto avrebbe superato per la terza volta il traguardo. «Sta ansimando. Probabilmente è colpa dell'altitudine, non c'è abituato.»

«Ma Simel continua a correre. Ben presto la distanza ricomincerà ad allungarsi.»

Birchinall aveva preso posizione in fondo al rettilineo accanto alla Clubhouse. Sopwith fece un ultimo sforzo, racimolando tutta l'energia rimastagli per correre fin dove l'altro lo aspettava con la mano allungata dietro di sé, come in attesa del testimone di una staffetta. Sopwith allungò la propria, schiaffeggiò quella di Birchinall e cadde carponi, la testa bassa e il petto che si alzava e abbassava affannosamente.

Toccava dunque a Birchinall, che era un atleta molto diverso. Correva come un autentico scattista, le braccia che si muovevano a stantuffo, la schiena dritta, le ginocchia alte: di colpo la distanza fra lui e Simel parve accorciarsi di nuovo, e più in fretta della volta precedente. Il pubblico di coloni incitò a gran voce il suo uomo e si spinse verso il cordone che delimitava la pista. I pochi poliziotti incaricati di coprire quel lato del percorso – nessuno aveva considerato la possibilità che i bianchi potessero causare disordini – si ritrovarono impegnati ad arginare una marea di agricoltori e uomini d'affari urlanti e con i pugni in aria.

Prima della fine del rettilineo, davanti ai sostenitori di Simel, Birchinall accorciò le distanze di altri cinquanta metri. Percorso un lato corto del campo, Birchinall curvò sul rettilineo della Clubhouse mentre Simel superava il traguardo. Il piccolo masai cominciava a preoccuparsi, lanciando occhiate nervose dietro di sé, ma non accelerò.

«Per l'amor del cielo, corri più veloce, amico!» gli gridò Leon, pur sapendo che non poteva sentirlo, con il frastuono della folla.

Manyoro scosse il capo. «No, deve mantenere i nervi saldi, è la sua unica speranza.»

«Spiegalo a de Lancey, che pensa di avere già i soldi in tasca.»

In effetti il campo degli avversari stava festeggiando. Una cassa di champagne era stata trascinata fuori dalla tenda e i *totos* erano impegnati a stappare bottiglie e riempire bicchieri. I brindisi per la vittoria stavano per cominciare.

Simel girò l'angolo in fondo al rettilineo della Clubhouse, sgranando gli occhi per il timore della sconfitta ma attenendosi alle istruzioni di Manyoro: aveva più paura di disobbedire al suo capo che di perdere la gara.

Birchinall gli si avvicinava in fretta, continuando a guadagnare terreno e a tenere il passo, pur avendo ampiamente superato i limiti della distanza che correva di solito. Sfoggiava un'espressione di furia selvaggia, quella di chi stia lottando benché ormai sfinito, ignorando il dolore ai muscoli, il cuore sul punto di scoppiare e i polmoni brucianti.

Avrebbe vinto anche a costo della vita. Lui lo sapeva. La folla lo sapeva. Simel lo sapeva.

La distanza fra loro continuava ad accorciarsi. Venti metri... quindici... dieci...

Simel udiva i passi dell'inglese sempre più vicino e il suono stridulo del suo respiro, come se avesse un animale selvatico alle calcagna.

Non riuscì a trattenersi e scattò in avanti.

Birchinall accelerò ulteriormente, spingendosi ben oltre i suoi limiti, più in là di dove si fosse mai spinto durante una gara.

Continuava ad avvicinarsi.

Simel chiuse gli occhi, a stento consapevole di correre, preparandosi psicologicamente al momento in cui l'inglese lo avrebbe raggiunto.

Poi sentì un improvviso grido di dolore. Aprì gli occhi, guardò nuovamente dietro di sé e vide Hugh Birchinall steso a terra che si contorceva per il dolore, stringendosi la coscia destra e massaggiandosi disperatamente il tendine strappato.

Simel rallentò fin quasi a camminare. Si voltò di nuovo, non sapendo cosa fare. Un altro essere umano stava soffrendo. Era sicuramente giusto prendersene cura. Doveva tornare indietro o continuare a correre?

Confuso e trafelato, non si accorgeva delle grida e dei gesti di Leon e Manyoro, che correvano verso l'angolo del campo da polo in cui era avvenuto l'incidente. Alle loro calcagna c'era Saffron, seguita a sua volta da de Lancey e Jonty Sopwith.

Ormai il masai si muoveva a stento e de Lancey gridava: «Arbitro! Arbitro! Si è fermato!» Ma la sua voce era sovrastata dal pandemonio scoppiato in entrambi i gruppi di tifosi.

Poi Birchinall dimostrò l'altissimo livello del suo coraggio e spirito combattivo. Con una smorfia di sofferenza, si rimise in piedi e ricominciò a seguire Simel, zoppicando e saltellando sulla gamba sana. La vista di un atleta così possente ridotto a quella disperata parodia di se stesso bastò a ridurre in lacrime molte delle donne riunite sotto la veranda della Clubhouse, mentre non pochi degli uomini intorno a loro si tamponavano gli occhi con discrezione o venivano colti dall'improvviso bisogno di soffiarsi il naso.

Simel, tuttavia, ebbe una reazione completamente diversa. Sapeva che un animale ferito poteva rivelarsi il più pericoloso di tutti. Quando vide Birchinall dirigersi di nuovo verso di lui, per quanto lento e goffo, sentì dileguarsi la compassione. Aveva l'occasione di incrementare il vantaggio sull'avversario e non intendeva certo lasciarsela sfuggire.

Non vide nemmeno Birchinall che, alla fine, accettava la sconfitta e lasciava il posto a van Doorn. Nel tempo impiegato dal sudafricano per raggiungere il punto del percorso in cui il compagno di squadra era crollato, Simel riuscì ad accrescere il proprio vantaggio di circa duecento metri.

Erano passati meno di dieci minuti e lui era arrivato a due terzi del tragitto necessario per dimostrare che persino il più minuto dei masai era superiore a qualsiasi bianco.

Sulla sua poltroncina nella veranda della Clubhouse, Eva scivolò in un sonno leggero che le fornì una breve tregua dall'emicrania e dalla nausea sempre più violenta che la affliggeva. I suoi sogni furono però inquieti, sconnessi e pervasi da un senso di minaccia così forte da svegliarla.

Le sembrava che la testa le si spaccasse. Non devo creare problemi a Leon, pensò. Era in preda alle vertigini, come se avesse bevuto troppo, anche se quel giorno non aveva toccato nulla di più forte di una tazza di tè al limone. Un paio di aspirine l'avrebbero fatta sentire meglio.

Rivolse un fiacco sorriso a una cameriera di passaggio. « Potreste procurarmi un bicchiere di acqua di soda, per favore? »

« Certo, signora. »

« Grazie mille », disse Eva prima di abbandonarsi, esausta, contro lo schienale.

Hennie van Doorn vantava l'implacabile e ostinata robustezza dei pionieri afrikaner. Per generazioni i membri della sua famiglia si erano battuti per accaparrarsi, conservare e coltivare i loro appezzamenti nell'High veld. Lottavano contro la terra stessa, gli elementi e le altre persone che bramavano quei terreni, che fossero gli zulu – che li consideravano di loro proprietà – oppure gli inglesi, animati dall'insaziabile brama di colonie per allargare l'impero. Pregavano un Dio severo e inesorabile come loro, che insegnava a serbare rancore, cercare vendetta e lasciare il perdono a gente più debole e ingenua.

Simel riusciva a percepire la minaccia emanata da quel tipo ben diverso di bianco, simile a quella di un leone o un serpente infuriati. Non si trattava di un uomo le cui membra potessero tradirlo, come era successo a Birchinall. Tutto in lui diceva che Hennie van Doorn avrebbe vinto, non era possibile nessun altro risultato. Ogniqualvolta Simel guardava dietro di sé lo scopriva leggermente più vicino di prima.

Ormai il sole stava sorgendo e la crescente calura spingeva sempre più persone a cercare l'ombra, che fosse all'interno della Clubhouse, al riparo di un albero o sotto un parasole. Ma i corridori proseguivano. Per Leon, il fatto stesso che van Doorn stesse posponendo il colpo fatale così a lungo gli rendeva impossibile distogliere lo sguardo. Era come guardare un ragno tessere la sua tela per ore, sapendo che gli insetti sarebbero stati inevitabilmente catturati e uccisi una volta terminata l'impresa. E Simel cominciava a perdere le forze.

Ormai Leon e Manyoro svolgevano un ruolo attivo nella gara. Ogniqualvolta Simel li oltrepassava, raggiungevano il margine del percorso, con Saffron al seguito. Mentre la bambina incitava il suo eroe e Leon applaudiva e lo incoraggiava a gran voce, Manyoro gli impartiva istruzioni in lingua masai, sollecitandolo a continuare e dandogli consigli su come risparmiare le forze.

All'inizio Leon riusciva a capire tutto quello che diceva Manyoro, perché parlava il masai da più di vent'anni, ma a un certo punto le parole dell'amico gli parvero in una lingua straniera: era passato a un imprecisato dialetto che nemmeno Leon poteva seguire? « Cosa gli hai detto, un attimo fa? »

Manyoro si strinse nelle spalle. « Niente di speciale, M'Bogo. »

Leon stava per insistere, ma si accorse che il passo da metronomo di Simel aveva cominciato a rallentare. Van Doorn, con il suo istinto da cacciatore capace di cogliere l'indebolirsi di una preda, parve acquistare vigore e accelerò. La distanza fra i due si accorciò molto più in fretta.

Leon sospirò e alzò gli occhi al cielo, come a invocare un imprecisato intervento divino. Qualcosa attirò il suo sguardo: molto in lontananza, dietro le colline più distanti, un enorme ammasso di nubi temporalesche era comparso sopra l'orizzonte occidentale e avanzava verso i campi da polo. Riuscì a distinguere dei lampi, a diversi chilometri da lì. *Gara sospesa per pioggia*, pensò. *Potrebbe essere la nostra unica speranza.*

La testa di Simel ciondolava e il suo passo aveva perso elasticità. Sentiva van Doorn che si avvicinava. Guardava dietro di sé sempre più spesso e con gli occhi sempre più sgranati. Il sudafricano sorrideva beffardo, assaporando l'imminente trionfo e continuando ad accelerare.

Stavano per svoltare e imboccare il rettilineo opposto al traguardo. Van Doorn non distava più di trenta passi dal piccolo masai e guadagnava terreno. Simel scorse Manyoro, Bwana Courteney e la sua figlioletta più avanti. Li aveva quasi raggiunti, e il divario fra lui e van Doorn si era nuovamente dimezzato, quando vide il suo capo rivolgergli un quasi impercettibile cenno d'assenso. Era il segnale da loro concordato durante i giri precedenti. Simel capì esattamente cosa significasse.

Come un uomo che si desti da un lungo sonno, riprese vita: il suo corpo si liberò del pesante e pigro torpore, la testa si alzò e la falcata si ampliò. Dopo una decina di passi, era quasi tornato alla sua massima velocità. I kenioti assiepati lungo il rettilineo si rianimarono di colpo quando capirono che il suo apparente sfinimento era stato un semplice stratagemma ai danni dell'avversario. Lanciarono grida di gioia per l'astuzia del masai e la stupidità del bianco, e per ognuno di loro che incitava a gran voce Simel ce n'era un altro che scherniva sonoramente van Doorn.

L'afrikaner, concentrato sulla corsa, non badò a loro. Il suo sorriso fu sostituito da una smorfia mentre si costringeva a tenere il passo di Simel, ma non bastava: doveva batterlo in velocità. Ormai era arrivato troppo vicino alla vittoria schiacciante per potersi accontentare di qualcosa di meno.

Simel non aveva mai sperimentato una simile sofferenza. Ogni suo muscolo bruciava, ogni respiro era una disperata e stridula inalazione per risucchiare aria nei polmoni sempre più affamati. Nel suo cuore sembrava esserci un esercito di suonatori di tamburo che picchiavano le bacchette contro le sue costole.

Correva da tanto, tantissimo tempo. Se manteneva un passo

costante, misurato, moderato, poteva continuare ancora più a lungo. Ma quello era diverso, era correre come il ghepardo. E il ghepardo non correva a lungo.

Simel cominciò a rallentare, e quella volta non era una finta.

Il mal di testa era diventato insopportabile. Eva tentò di chiamare una cameriera per farsi portare un altro po' d'acqua, ma non udì neppure la propria voce nel chiasso della folla che gridava, esultava, pestava i piedi. Sentiva un rombo nelle orecchie, come la risacca che si frange sulla costa, ed era accecata da lampi guizzanti, come se qualcuno le stesse puntando una luce direttamente negli occhi.

Tentò di chiedere aiuto, ma dalle labbra le uscì solo un fioco gemito inarticolato.

Dopo un attimo, una cameriera passò accanto alla poltroncina di Eva e il suo grido di orrore fu sufficiente a fendere il frastuono. Una decina di persone si girarono e guardarono orripilate la donna in preda alle convulsioni, inerme e incosciente come una marionetta nelle mani di un burattinaio folle, mentre una chiazza rosso scuro le si allargava sulla gonna.

«Un medico! Per l'amor di Dio, qualcuno vada a chiamare un medico!» gridò un uomo.

Van Doorn era ormai allo stremo delle forze, ma vide l'avversario rallentare e capì che, se fosse riuscito a proseguire ancora per un po', avrebbe potuto vincere.

Ma ne era in grado? Soffriva atrocemente a causa del sole, del caldo e della mancanza d'acqua. Sentiva la bocca riarsa e agli angoli delle labbra si era formata una crosticina di schiuma bianca. Gli girava la testa, la visione periferica cominciava a farsi confusa e sentiva fischiare le orecchie come se fosse sul punto di svenire.

No! Non mi arrendo, si disse. Solo i deboli soccombono al dolore o al disagio. Posso ancora battere questo *verdoem kaffer*!

Si impose un ultimo sforzo e costrinse il proprio corpo esausto a continuare, ignorandone gli appelli a rallentare.

La distanza fra i due avversari si ridusse di nuovo.

« Be', se non altro ci ha provato. »

« Simel non è ancora stato battuto, papà! » insistette Saffron, baldanzosa fino all'ultimo.

« Temo che tuo padre abbia ragione », affermò Manyoro, con un tono carico di delusione. « Simel ha combattuto con il cuore e il coraggio di un leone. Ha sgominato due cacciatori, ma non è riuscito a sconfiggere il terzo. Non c'è nulla di vergognoso in questo. »

« Non mi interessa cosa dite », ribadì Saffron, incrociando le braccia e guardando in cagnesco i due uomini. « Secondo me vincerà. »

Leon fece un sospiro mesto. Stava per perdere diecimila sterline in pubblico, e con un uomo come de Lancey... Che ti serva di lezione, si disse. Niente più stupide scommesse al tavolo della cena.

Tre visi africani di fronte a lui, pochi istanti prima così allegri, erano abbattuti. Era calato il silenzio mentre aspettavano la fine.

E poi, tra la folla, una voce cominciò a cantare:

Siamo i giovani leoni!

Alcuni uomini si unirono al canto con titubanza, poi si aggiunsero altre voci, più energiche, e poi altre ancora.

Quando ruggiamo, la terra trema!
Le lance sono le nostre zanne!
Le lance sono le nostre mascelle!

Un sorriso di esultanza si aprì sul volto di Leon e di Manyoro. Era il Canto del Leone, tramandato a tutti i ragazzi masai come parte dell'insegnamento che doveva condurli verso l'età adulta. I loro padri e i loro fratelli lo intonavano, come un giorno avrebbero fatto anche loro, quando andavano ad attaccare tribù meno nobili e a depredarle di bestiame e donne, oppure ad affrontare il possente leone armati di *assegai*. Quel canto celebrava la forza e la donava. E Leon aggiunse la propria voce a quelle di tutti gli altri masai, unite nelle ricche, sonore ed esultanti armonie che costituivano una delle meraviglie dell'Africa, dalla vellutata risonanza dei bassi ai più acuti e trillanti falsetti.

Temeteci, o bestie! Temeteci, o stranieri!

Dalla parte opposta del campo, Simel si sentì chiamare dalle voci del suo popolo e cominciò a cantare insieme a loro, ansimando.

Allontanate gli occhi dai nostri volti, donne!
Non osate guardare la bellezza dei nostri volti!

Si accorse a malapena del vigore che gli rimontava dentro, come trasportato nell'aria dal canto stesso, perché all'improvviso la corsa gli sembrava agevole, il suo corpo quasi privo di peso, come se il suo spirito lo avesse lasciato e stesse osservando la scena dall'alto.

I masai videro quale effetto aveva il loro canto su Simel e alzarono ancora di più la voce, mentre gli comunicavano che loro e lui erano una cosa sola.

Siamo i fratelli dell'orgoglio del leone!
Siamo i giovani leoni!
Siamo i masai!

Simel sfrecciò lungo il rettilineo finale, oltre la folla dei padroni bianchi del suo popolo, notandone a malapena la presenza. La musica lo aveva colmato, ritemprato e spinto a continuare.

Non si accorse di tutte le persone che correvano verso di lui, e quando le prime braccia lo afferrarono e spezzarono l'incanto della musica si divincolò e le spinse via con forza, gridando: « No! No! Non devo fermarmi ».

Poi sentì la voce di Manyoro e la forza del suo abbraccio. « Fermati, piccolo guerriero. Fermati. La battaglia è conclusa, la vittoria conquistata. Guarda... Voltati e guarda. »

Simel obbedì e si girò a osservare la pista. Vide un corpo steso sul prato e alcuni uomini che correvano verso di esso come avevano fatto con lui. Si rese conto che era il corpo di van Doorn e per un orrendo istante temette che il suo avversario fosse morto.

« L'ho ucciso? » ansimò, anche se boccheggiava così affannosamente da riuscire a malapena a parlare.

« No. Guarda, si alza. »

Simel strinse le palpebre e vide delle braccia allungarsi verso il basso per afferrare l'atleta caduto e tirarlo lentamente in piedi. « Bene. Sono contento. »

« Hai vinto. Hai corso come un vero masai, un vero *morani*. »

Simel sorrise. Solo a quel punto perse i sensi per lo sfinimento.

Saffron fremeva ancora per l'emozione degli ultimi minuti di gara e l'euforia per la vittoria di Simel, ma vederlo svenire fra le braccia di Manyoro la gettò in un abisso di timore e preoccupazione. Poi lo vide riprendere i sensi, battere ripetutamente le palpebre e guardarsi intorno come se non capisse bene dove si trovava. Tutte le sensazioni negative svanirono, e lei prese a saltellare su e giù e ad acclamare Simel a pieni polmoni, mentre lui veniva issato sulle spalle di Manyoro. Persino gli spettatori bianchi si unirono allo scrosciante applauso per quello che era stato palesemente uno sforzo immane e un superbo trionfo.

« Facciamo dieci mucche! » gridò Leon a Manyoro. « Simel se le merita. E, sì, dieci anche per te! »

La folla di indigeni, oltrepassati i poliziotti di gran lunga troppo impegnati a esultare per fermarla, invase il campo da polo in direzione della Clubhouse, ballando e saltando di gioia.

In mezzo a quel pandemonio Saffron si rese conto all'improvviso che la mamma avrebbe dovuto essere lì, a godersi la festa insieme a lei e a papà.

Forse dovrei andarla a prendere, si disse.

Poi vide il dottor Thompson farsi largo fra la calca. Di tutte le persone intorno a lei, di colore o bianche, era l'unico a non avere il viso illuminato dall'emozione. Sembrava triste e irritato mentre si apriva un varco nella ressa che gli bloccava la strada. Guardava da una parte e dall'altra, cercando palesemente qualcuno, poi la vide. L'aveva curata spesso per raffreddori, mal di pancia, bernoccoli e lividi assortiti, quindi la riconobbe e si diresse subito verso di lei. « Ciao, Saffron. » Non aveva il consueto sorriso. Prima ancora che lei potesse ricambiare il saluto, aggiunse: « Dov'è tuo padre? »

« Laggiù, accanto a Manyoro. È successo qualcosa? » Il medico non replicò e all'improvviso lei ebbe la terribile, spaventosa sensazione di sapere cos'era successo. Allungò una mano e gli tirò la manica. « La mamma sta bene? »

Lui la guardò con un'espressione grave, aprì la bocca ma poi la richiuse come se non sapesse cosa dire. Girò la testa, guardò verso il padre di Saffron e si aprì un varco fra la calca di persone in fila per fargli le congratulazioni.

Lei lo guardò parlare con il padre. Vide la felicità scomparire dal volto di Leon, sostituita da un'espressione triste e seria come quella del medico. Si voltò verso Manyoro e gli disse qualcosa. I due uomini guardarono Saffron e poi cominciarono a muoversi: suo padre con il dottor Thompson in direzione della Clubhouse, Manyoro verso di lei.

Saffron capì cosa significasse: papà stava andando dalla mamma – che doveva stare davvero male, altrimenti lui e il dottore non sarebbero sembrati così preoccupati –, e Manyoro era stato incaricato di badare a lei.

Voleva bene a Manyoro, ma voleva ancora più bene a sua madre e doveva vederla, a prescindere da quanto stesse male. Doveva assolutamente vederla.

Rifletté per un attimo. Le persone di colore non possono entrare nella Clubhouse, a meno che non siano dei domestici: se riesco ad arrivare là prima di lui, Manyoro non potrà seguirmi dentro.

Per un attimo i loro sguardi si incrociarono, poi Saffron si voltò e corse via, sfrecciando tra adulti molto più alti di lei, mentre Manyoro avanzava in maniera lenta e costante, chiedendo il permesso prima di passare. Saffron si rendeva conto che era crudele da parte sua costringere un uomo così fiero e dignitoso a umiliarsi davanti a uomini e donne che non valevano nemmeno la metà di lui a causa del colore della sua pelle, ma non aveva scelta: doveva vedere la madre.

Continuò a correre, aspettandosi da un momento all'altro di sentire sulla spalla la mano dell'uomo, finché non ebbe raggiunto la bassa rampa di gradini della veranda della Clubhouse. La salì in fretta, sapendo che una volta lassù sarebbe stata al sicuro, e solo a quel punto si voltò per vedere dove fosse Manyoro.

Non fu certo difficile individuarlo: superava di una buona

testa persino il più alto dei coloni e la stava guardando con un'espressione che denotava delusione e qualcos'altro che Saffron non gli aveva mai visto sul volto. Si accigliò chiedendosi di cosa si trattasse, poi si rese conto che Manyoro stava soffrendo. Lui serrò la mano a pugno e se la picchiò sul cuore.

Sta soffrendo per me, capì Saffron mentre si voltava e raggiungeva il punto in cui aveva lasciato la madre. La poltroncina era vuota, ma la sua borsa era ancora sul tavolino lì accanto, e anche il libro che lei si era portata da leggere, *Il cappello verde*.

Rammentò quando aveva visto il volume per la prima volta, qualche giorno prima. « Chi mai vorrebbe leggere un libro su un cappello? » aveva chiesto.

La mamma aveva riso. « Non parla solo di un cappello ma soprattutto della donna che lo porta. Si chiama Iris Storm ed è molto coraggiosa e un po' crudele. »

« È lei il cattivo, quindi? »

« No, è più un'eroina tragica, una persona splendida ma condannata a una triste fine. »

« Oh... » Saffron non aveva capito bene cosa intendesse dire la madre, ma aveva ritrovato il vigore quando la mamma si era allungata verso di lei, con un sorriso sfrontato sul volto e uno scintillio malizioso negli occhi, e aveva sussurrato: « Ti piacerebbe conoscere un segreto su questo libro? »

« Ooh, sì, ti prego! » aveva gridato Saffron, che adorava i segreti e riusciva a capire dall'espressione della madre che quello si sarebbe rivelato magnifico.

« Bene, Iris Storm è un personaggio inventato ma si ispira a una persona reale. »

« È questo il segreto? » aveva domandato, delusa.

« Solo una parte del segreto », aveva risposto Eva. « L'altra parte è che la persona reale è qualcuno che conosci. »

Quello sì che era interessante. Saffron aveva sgranato gli occhi. « Chi? » aveva chiesto con un fil di voce.

« Non posso dirtelo perché è un segreto, ma... » Eva aveva lasciato la frase sospesa nell'aria, per stuzzicarla. « Nel libro Iris Storm guida una gigantesca automobile Hispano-Suiza gialla con una cicogna d'argento sul cofano. Cosa ne pensi? »

Lei si era accigliata, concentrandosi, e poi aveva capito. Aveva già visto un'enorme auto gialla con una cicogna. « Lo so, lo so! » aveva strillato eccitata. « È... »

« Ssst... » La mamma le aveva posato un dito sulle labbra. « Non dire niente, è un segreto. »

Momenti come quello, quando sembravano vivere in un piccolo mondo tutto loro – benché potessero entrarvi anche papà e Kippy, naturalmente – erano fra le cose che Saffron più amava della madre. Sorrise mentre prendeva il volume e lo infilava nella borsa di Eva, badando di non farne uscire il segnalibro.

« Ehi, tu... signorina! » gridò qualcuno. « Cosa pensi di fare con quella borsa? »

Saffron si voltò e vide un uomo dall'aria seccata che non riconobbe. « È la borsa della mamma. Sto andando a portargliela. » Poi si interruppe e, sentendosi tutt'a un tratto molto spaventata, disse: « Non so dov'è ».

L'uomo fece una smorfia e si guardò intorno come se stesse cercando una via di fuga.

« La mia mamma è Eva Courteney », aggiunse lei. « Sapete dov'è andata? »

« Ah... io... insomma... devo scappare », disse lui, poi scomparve tra la folla.

Saffron era circondata da molte persone eppure completamente sola, più sola di quanto non fosse mai stata in vita sua. Rimpianse di non aver permesso a Manyoro di prendersi cura di lei. Si sentiva perfettamente al sicuro quando era con lui.

Una cameriera la raggiunse e si accosciò davanti a lei. « Vi porto dalla mamma », disse tendendole la mano.

Saffron la prese. La sensazione della pelle liscia e tiepida della cameriera riuscì a tranquillizzarla e consolarla un po'. Raggiunse insieme a lei il corpo centrale della Clubhouse, stringendosi al petto la borsa della madre con la mano libera. Lì c'era un bar dove i bambini non erano autorizzati a entrare, pieno di uomini che parlavano della gara, pagando o incassando la posta delle scommesse fatte e chiedendo a gran voce altra birra. Nessuno badò a lei mentre la cameriera la accompagnava attraverso il locale e infine apriva una porta alla quale era appeso un cartello di legno con la scritta SALA DEL COMITATO.

« Entrate pure, signorina », le sussurrò, spingendola delicatamente.

Saffron si infilò furtiva nella stanza, sapendo che non avrebbe dovuto trovarsi lì. Non voleva disturbare nessuno.

Vide alcune persone raggruppate intorno al tavolo al centro della sala. Nella donna ferma a un'estremità del tavolo, girata di schiena, riconobbe Mrs Thompson, la moglie del dottore, che aveva accanto papà, anch'egli di spalle. In mezzo a loro, sul lato opposto del tavolo, riuscì a intravedere la sommità candida come neve della testa del dottor Thompson, che sembrava stesse fissando qualcosa sotto di sé. Al suo fianco c'era qualcuno e quando lei allungò il collo per vedere meglio scoprì che era il corridore, Birchinall, ancora in calzoncini e maglione da cricket bianco ma con la coscia fasciata.

Solo a quel punto vide sul tavolo le gambe e i piedi nudi della madre, sdraiata fra suo padre e Birchinall.

I piedi della mamma sobbalzavano a scatti, come se lei stesse tremando o scalciando, ma in modo molto strano, come nessuno avrebbe fatto normalmente.

Saffron sgattaiolò lungo un lato della sala fino a trovarsi quasi a un'estremità del tavolo. Non aveva mai alzato gli occhi per non incrociare lo sguardo di nessuno, ma alla fine li abbassò sul tavolo.

La mamma era stesa supina, con le braccia lungo i fianchi. I Thompson erano ritti accanto alla sua testa e le tenevano ferme le spalle con le mani mentre suo padre le premeva le gambe. E il motivo per cui tutti la stavano tenendo giù era che la mamma si dibatteva da una parte all'altra, il corpo che tremava con violenza e gli arti che sussultavano.

Saffron non capiva cosa stesse succedendo, né perché la madre si stesse muovendo in quel modo, perché avesse gli occhi aperti ma desse l'impressione di non vedere nulla. Il bel viso che l'aveva sempre guardata con occhi colmi d'amore era distorto in una smorfia irriconoscibile. Il vestito le si era sollevato e c'era una macchia scura fra le sue gambe e sulla superficie del tavolo. Poi lei gemette, un suono orrendo che non somigliava affatto alla sua voce normale, quanto all'ululato di un animale ferito.

Saffron non riuscì a trattenersi un secondo di più. Lasciò cadere la borsa e corse verso il tavolo. « Mamma! »

« Chi ha fatto entrare la bambina? Portatela subito fuori! » urlò il dottor Thompson.

Saffron vide il padre lasciar andare le gambe sussultanti della mamma e dirigersi verso di lei con un'espressione talmente rabbiosa e disperata che scoppiò a piangere. Quando lui la prese in braccio non c'era nessuna felicità e nessun affetto, solo il suo viso arrabbiato e le sue mani che la stringevano così forte da farle male. « Mamma! Mamma! Devo vedere la mamma! »

Fu tutto inutile. Il padre la portò fuori dalla stanza e attraverso il bar, sebbene lei gli sferrasse pugni e calci e urlasse: « Lasciami andare! Lasciami andare! » Leon si aprì un varco fra la calca sulla veranda e scese i gradini fino a raggiungere Manyoro, fermo lì sotto, in attesa.

Soltanto a quel punto Leon Courteney posò a terra la figlia, tenendole strette le braccia per impedirle di scappare. Guardò torvo Manyoro con occhi furiosi; nella sua voce non vi era la minima traccia di affetto quando ringhiò: « Pensavo di averti detto di badare a lei ».

Manyoro non replicò, limitandosi a prendere per mano Saffron, un po' più gentilmente di quanto avesse fatto suo padre ma con una presa altrettanto salda. Leon aspettò un attimo per accertarsi che la figlia fosse finalmente sotto controllo, poi girò sui tacchi e risalì di corsa i gradini della Clubhouse.

Mentre lo guardava allontanarsi, Saffron si sentì abbandonata, infelice e totalmente incapace di capire cosa stesse succedendo. Il suo mondo, che fino a pochi minuti prima le era sembrato così sicuro e felice, le stava crollando addosso. La madre era gravemente malata, il padre la odiava. Niente era come avrebbe dovuto essere e nulla aveva senso.

In quel momento sentì cadere le prime gocce di pioggia, che schizzarono sulla terra rossa. Si udì l'improvviso boato di un tuono, seguito un paio di secondi dopo da un lampo accecante. Il vento le sferzò il vestito; nel giro di un attimo le sue lacrime vennero lavate via dalla pioggia torrenziale, e il suono del suo pianto fu sovrastato dal ruggito del temporale.

« Come sta? » gridò Leon per la centesima volta, cercando di farsi sentire al di sopra del rombo del motore surriscaldato e del martellare della pioggia. Era premuto contro lo schienale del sedile del conducente, la testa parzialmente girata all'indietro.

Dal sedile posteriore della Rolls-Royce sentì arrivare la stessa risposta di prima. « È molto debole, Mr Courteney, ma è ancora con noi. » Il dottor Hugo Birchinall sedeva con Eva fra le braccia. « È una combattente, signore, dovreste essere fiero di lei. Ma posso darvi un consiglio... come medico? »

« Dite pure. »

« Vostra moglie sta davvero molto male, nulla garantisce che sopravviva, ma sicuramente non lo farà se andiamo a sbattere contro qualcosa. Quindi, vi prego, concentratevi sulla guida. Vi aiuterà a distrarvi. »

Leon non replicò e riportò lo sguardo sulla strada. Birchinall aveva ragione. Era un gesto di pura disperazione anche solo tentare di raggiungere Nairobi in auto durante un temporale del genere. La distanza non era un problema: con il suo motore a sei cilindri e ottanta cavalli la Rolls avrebbe coperto in fretta i centoventi chilometri che separavano Gilgil dalla capitale, se avesse percorso strade pianeggianti e dritte, ma la realtà era ben diversa.

Come la maggior parte del settore occidentale del Kenya, Gilgil si trovava entro i confini della Rift Valley, la gigantesca frattura sulla superficie terrestre che traccia un enorme arco in direzione sud per quasi 6500 chilometri, partendo dalla costa etiopica sul mar Rosso e attraversando il cuore dell'Africa orientale fino all'oceano Indiano in Mozambico.

Nairobi, tuttavia, era situata al di fuori della Rift e l'unica via per raggiungerla in auto era una strada di terra battuta coperta di ghiaia che si inerpicava sulla scarpata – una parete di roccia quasi perpendicolare, che nei punti più elevati raggiungeva i novecento metri – su un lato della vallata. La strada si arrampicava su quel mastodontico muro naturale curvando sinuosa e cercando ogni possibile appiglio verso la cima.

Sul ciglio non c'erano barriere protettive di alcun tipo, nulla a segnalare dove finiva la carreggiata e cominciava lo spaventoso precipizio. Qua e là alcuni alberi erano aggrappati a minuscoli fazzoletti di terra sassosa sul bordo della strada e alcuni commercianti intraprendenti, o forse solo avventati, avevano costruito baracche dove vendere cibo e bevande sui rarissimi tratti di terreno pianeggiante, ampi solo pochi metri, fra la strada e l'abisso.

In un giorno limpido e soleggiato, con il fondo stradale asciutto, la vista sulla distesa apparentemente sconfinata della

Rift Valley era uno spettacolo così splendido da compensare il nervosismo che persino il conducente o il passeggero più imperturbabile provava nell'affrontare la salita. I timorosi potevano consolarsi con la consapevolezza che quella tratta terrificante del loro viaggio era lunga meno di quindici chilometri. Ma con la pioggia torrenziale avrebbero potuto anche essere quindicimila: nessuna persona dotata di buonsenso avrebbe osato affrontare quella che si trasformava in breve nell'infida via di mezzo fra un sentiero fangoso e un torrente in piena. L'acqua non cadeva solo dal cielo, ma precipitava anche dalle vette soprastanti, quindi non di rado alcune sezioni della carreggiata venivano spazzate via durante i temporali più violenti. Qualsiasi padrona di casa invitasse ospiti in qualsiasi punto della vallata lo faceva in base al reciproco accordo che, in caso di maltempo, avrebbero anche potuto trattenersi per una settimana.

Ma Eva Courteney non poteva aspettare una settimana, nemmeno un solo giorno. La sua unica speranza era raggiungere un ospedale, e il più vicino si trovava a Nairobi.

« Cercherò di fargli arrivare un messaggio per avvisarli che state andando là », aveva detto Doc Thompson. « Birchinall, badate a Mrs Courteney lungo la strada. Courteney, vi conviene pregare che quella vostra automobile tanto elegante sia davvero potente come dite. E che Dio vi aiuti, perché avrete bisogno di tutta la fortuna possibile. »

Quando erano partiti non era ancora mezzogiorno. Il primo attacco di Eva era cessato, ma potevano benissimo arrivarne altri. Il suo viso aveva perso la consueta abbronzatura dorata per assumere un pallore spettrale, grigiastro, eppure lei era parsa tranquilla, come se dormisse soltanto, mentre veniva portata in barella fino alla macchina e poi adagiata sul sedile posteriore.

Leon si era ammorbidito, aveva permesso a Saffron di vedere la madre e sussurrarle all'orecchio: « Ti voglio bene ». Aveva però resistito alle suppliche della figlia di accompagnarli in ospedale.

Saffron era stata portata via che scalciava e urlava, per essere ricondotta a Lusima a bordo dell'autocarro insieme a Manyoro, a Loikot e ai domestici.

La prima tratta del viaggio, in direzione sud-est sul fondovalle, fu relativamente semplice. La pioggia era troppo copiosa per i tergicristalli della Rolls, ma Leon conosceva così bene il tragitto che gli bastavano pochi punti di riferimento, anche confusi nella pioggia, per capire dove si trovava. D'altronde c'era ben poco traffico di cui preoccuparsi. Nel disperato tentativo di parlare di qualsiasi cosa a parte le gravi condizioni di Eva, riuscì persino a dire a Birchinall: « Questo temporale è scoppiato proprio al momento giusto per il vostro Mr de Lancey ».

« In che senso? »

« Be', dubito che si sia messo in costume adamitico e abbia fatto il giro del campo da polo, con questo tempaccio. »

« Sono felice che abbia vinto il vostro ragazzo. Gareggiare in quel modo contro noi tre è stato il gesto più audace che io abbia mai visto. Sarebbe stato terribile se van Doorn lo avesse sconfitto all'ultimo momento. Non posso dire di aver apprezzato granché l'atteggiamento di quel boero. È gente priva di attrattiva, non trovate? »

« Verissimo, ma probabilmente direbbe che il fascino è un lusso che non può permettersi. E, per rendere giustizia a van Doorn, va detto che non è come il novanta per cento dei bianchi che assistevano alla gara. Non è un colono o un colonizzatore, ma un vero e proprio africano. »

« Lo stesso vale per voi, a quanto ho saputo... Spero di non avervi offeso. »

« Niente affatto, lo considero un complimento. Da qui l'origine di quella assurda scommessa. Cristo, vorrei tanto non averla mai proposta a de Lancey: avremmo trascorso una tranquilla giornata in casa, senza nessuna emozione. Eva non avrebbe avuto problemi. Se le succede qualcosa, non riuscirò mai a perdonarmelo. Mai!»

«Non dite così, Mr Courteney. Vostra moglie soffre di eclampsia, avrebbe potuto avere un attacco in qualsiasi momento e ovunque. Il campo da polo era molto più vicino a Nairobi della vostra tenuta, e c'erano due medici a portata di mano, quindi semmai la vostra scommessa ha aumentato le sue chance di sopravvivenza, invece di diminuirle.»

Ormai la strada cominciava a salire, superando boschetti di agavi sisalane dalle foglie spinose ed euforbie candelabro, i cui rami succulenti spuntavano dal tronco come una miriade di candele verdi. Man mano che salivano, si vedeva una sezione sempre più ampia della vallata e delle colline circostanti.

«Magnifico, vero? Sembra un paesaggio preistorico, dà un'impressione di enorme potenza», disse Birchinall.

Leon capì cosa intendeva: il sole era completamente scomparso e l'unico chiarore era quello fornito dai fulmini, che cadevano su un crinale montuoso dopo l'altro con i loro ustionanti bagliori di pura luce bianca. Le montagne erano più scure del viola e del grigio antracite del cielo. Sembrava davvero che a scagliare le saette dall'empireo fossero divinità invisibili, come se la loro enorme energia contenesse la scintilla della vita stessa, oltre alla forza distruttiva della morte.

Poi la strada tortuosa riprese a inerpicarsi con una serie di tornanti, e all'improvviso si ritrovarono sul ciglio del burrone, su una carreggiata poco più larga dell'automobile, nel punto in cui la superficie si faceva più che mai insidiosa, tanto da essere quasi completamente esposta alla violenza del vento e della pioggia. Leon aveva ordinato per la sua macchina i fari più potenti possibili, ma il fascio di luce penetrava a stento la penombra acquosa. Riusciva a distinguere un breve tratto di manto stradale di fronte al cofano, ma oltre non c'era che il buio, ed era impossibile stabilire se l'oscurità fosse semplicemente quella della carreggiata in attesa di essere investita dalla luce oppure lo spazio vuoto oltre il ciglio del precipizio.

Leon avrebbe voluto premere sull'acceleratore: ogni minuto che passava le probabilità di sopravvivenza di Eva diminuivano. Di tanto in tanto, quando il frastuono all'esterno si placava, la sentiva gemere o lamentarsi.

La strada era sempre più pericolosa. L'acqua scrosciante liberava sassi che picchiettavano contro le ruote e la sezione inferiore del telaio, scavando buche laddove solo poche ore prima la superficie era stata relativamente piatta. Nei punti in cui la ghiaia era stata lavata via, il terriccio si stava trasformando in una poltiglia limacciosa e scivolosa come ghiaccio. Più di una volta Leon sentì la Rolls slittare verso il ciglio della strada e fu costretto a ruotare con forza il volante per controllare la sbandata e proseguire.

Si tratta di questo? È questa la catastrofe preannunciata da Mama Lusima? Ma com'è possibile? Ha detto che sarei sopravvissuto. Sembrava una maledizione, ma, se io ed Eva ce ne andassimo insieme, sarebbe quasi un atto di misericordia.

Poi riprese il controllo. *No! Qualsiasi cosa succeda, devo sopravvivere. Almeno uno di noi deve restare a prendersi cura della povera Saffy. Ti prego, Dio, salvaci entrambi. Ti prego, ti supplico, salva la mia adorata Eva.*

«Credi in Dio?» chiese Saffron a Manyoro mentre tornavano a Lusima, affrontando lo stesso temporale ma su strade molto meno impervie.

«Certo. Credo nel Padre, nel Figlio e nello Spirito Santo», rispose Manyoro, la cui istruzione formale era stata interamente impartita dai missionari.

«Loro li ho già pregati. Ho pregato e pregato per fare stare meglio la mamma. Hai un altro dio, un dio masai al quale possa rivolgermi? »

« Sì, abbiamo un dio che chiamiamo Ngai. Ha creato tutto il bestiame del mondo e lo ha donato ai masai. Quando beviamo il sangue e il latte del nostro bestiame, è come se stessimo bevendo anche il sangue di Ngai. »

« I cristiani credono di bere il sangue di Gesù, vero? »

« Sì, ecco perché credo nel vostro dio. Penso che in realtà sia Ngai! » Manyoro scoppiò a ridere per l'astuzia della sua teologia, poi spiegò a Saffron: « Ngai ha una moglie di nome Olapa, che è la dea della luna. Puoi pregare loro due, se vuoi ».

« Grazie. »

« Crediamo pure che ogni persona sulla Terra abbia uno spirito guida mandato per proteggerci e tenerci al sicuro, perciò quando preghi chiedi che lo spirito guida di tua madre venga mantenuto forte e vigile per poterla proteggere in questo momento. »

Così lei pregò Dio, Gesù, Ngai e Olapa. Pregò per la mamma e per il suo spirito guida. Promise a Dio di fare sempre la brava e non fare mai più dispetti, se la mamma fosse stata meglio. Poi raccontò a Manyoro delle sue preghiere e, una volta finito di elencarle, chiese: « Pensi che farà qualche differenza? »

L'infermiera fuori dall'ingresso principale dell'ospedale europeo di Nairobi strinse le palpebre per riparare gli occhi dal bagliore dei fari puntati verso di lei.

« Aspettate una grande auto con una signora alata sul cofano », le aveva detto il dottor Hartson.

Ma lei non riusciva a scorgere la parte anteriore della vettura a causa di quelle luci accecanti. Poi l'auto svoltò sul viale d'accesso circolare e riuscì a vederla di lato. Come previsto, ecco la signora alata. L'infermiera fece dietrofront e spinse con forza la porta a doppio battente. « Sono arrivati, dottore! » gridò mentre sfrecciava lungo il corridoio. « Sono arrivati! »

Mentre fermava la Rolls sotto il parasole che copriva l'ingresso, Leon vide l'infermiera scomparire dentro l'ospedale. Durante gli ultimi chilometri di strada non aveva aperto bocca, per paura di sentire parole che avrebbe trovato insopportabili. Mentre il motore si spegneva sputacchiando, non riuscì a trattenersi. « Respira ancora? »

« A malapena. Ma il polso è molto debole. »

« Grazie a Dio », mormorò lui, felice di essere riuscito a portare Eva fino all'ospedale ancora viva.

« Temo che dovrete dare voi una mano per tirarla fuori. Ho la gamba anchilosata. »

« Certo. »

Leon scese dalla Rolls mentre le porte dell'ospedale si spalancavano. Un inserviente uscì spingendo una barella su ruote, seguito dall'infermiera e da un uomo in camice bianco. Leon riconobbe Frank Hartson, l'unico chirurgo specialista della clinica. Si erano incontrati solo un paio di volte, in occasione di eventi mondani, e a Leon sembrava un uomo rispettabile e intelligente, anche se non la persona più acuta del mondo. La vita di Eva era nelle sue mani.

Leon spalancò la portiera posteriore dell'auto mentre la barella si fermava a poco più di un metro di distanza, poi mise un piede all'interno. Si allungò e infilò le braccia sotto le spalle della moglie.

« Ho preso le gambe, Bwana », disse l'inserviente.

« Tiratela su al mio tre. Uno... due... tre! »

Sollevarono dal sedile il corpo inerte di Eva, e Leon guardò in preda all'orrore la testa della moglie che gli ricadeva mollemente sul braccio. Gli occhi di Eva erano chiusi e grumi di saliva si seccavano agli angoli della bocca. Quando lui abbassò lo sguardo sulla gonna, vide che era bagnata. Sentiva odore di sangue e urina.

« Oh, mio povero tesoro », mormorò. La adagiò sulla barella e guardò l'inserviente assicurarla con le cinghie, poi le prese la mano e osservò il viso che lo affascinava da così tanto tempo. « Non mollare. Ti amo tanto. » Per un attimo gli parve di cogliere un guizzo delle palpebre e un fioco accenno di sorriso, ma forse era solo il desiderio di vederli.

« Mi dispiace, Mr Courteney, ma dobbiamo assolutamente preparare vostra moglie per l'intervento », gli disse Hartson.

« Capisco. » Leon si costrinse a lasciarle andare le dita.

« Il dottor Birchinall è sull'auto », spiegò Hartson all'infermiera. « Gli servono delle stampelle. Portategliele, per favore, e raggiungetemi in sala operatoria. » Si rivolse poi all'inserviente. « Avvisate la capoinfermiera che devo operare il prima possibile, quindi bisogna preparare subito Mrs Courteney, chiaro? »

« Sì, dottore. »

« Andate pure. »

Mentre l'inserviente spingeva la barella verso il cuore dell'edificio, Hartson si rivolse a Leon. « Mi spiace che dobbiamo incontrarci in circostanze così tristi. Sentite, non so quanto vi abbia detto Thompson sulla malattia di vostra moglie... »

« Nulla più di quanto abbia detto dopo il primo consulto. Oggi non ci siamo fermati a conversare, date le circostanze. »

« Giusto. Ecco la situazione. Come forse vi ha spiegato Birchinall, siamo quasi sicuri che vostra moglie soffra di eclampsia, che è quello che definiamo un disturbo ipertensivo. In parole povere, ha la pressione sanguigna molto alta e un eccesso di proteine nel sangue e nell'urina. Gli attacchi di cui ha sofferto sono tipici della patologia, ma devo avvisarvi che l'eclampsia può anche provocare insufficienza renale, arresto cardiaco, polmonite ed emorragia cerebrale. Temo di dover aggiungere che talvolta è letale.»

«In nome di Dio, perché mai Thompson non ci ha avvisato giorni fa, se era così grave?» chiese Leon, non riuscendo a celare la rabbia.

«Con le risorse a sua disposizione non avrebbe potuto prevedere quanto è successo. I sintomi iniziali – vertigini, emicrania e nausea leggera – potrebbero indicare una miriade di disturbi diversi, molti dei quali relativamente banali. E vostra moglie è una donna incinta che vive a una notevole altitudine: poteva benissimo soffrire di nausea o mal di testa senza che vi fosse motivo di preoccuparsi. I consigli di Thompson erano perfettamente adeguati. È una vera sfortuna che ci fosse qualcosa di più grave.»

«Quindi adesso cosa potete fare?»

«Darei a vostra moglie qualcosa che le abbassi la pressione, ma temo sia troppo tardi. Con il vostro permesso, tenterò un parto cesareo d'emergenza. Devo avvisarvi che ci sono molte probabilità di perdere il bambino, e probabilità più esigue ma comunque significative che nemmeno vostra moglie sopravviva. Dipende da quanto sono danneggiati i suoi organi.»

Leon tentò di dirimere le emozioni che affollavano la sua mente per dare un senso alle parole di Hartson, che con il suo pacato e imperturbabile accento inglese comunicava notizie tanto devastanti. Voleva qualcosa contro cui potersi battere, un nemico da sconfiggere; qual era mai lo scopo della sua esistenza se non proteggere sua moglie e suo figlio? Ma non c'era nulla che potesse fare, perché la guerra infuriava nel corpo di Eva, al di fuori della sua portata.

«Ho la vostra autorizzazione?» ripeté il dottor Hartson.

Leon annuì. «Fate quello che ritenete più opportuno, dottore. E, se si arriva a dover scegliere...» Si interruppe, cacciando le lacrime di disperazione. « Per l'amor di Dio, vi prego... salvate Eva. »

« Farò del mio meglio, ve lo assicuro », ribatté Hartson. Si voltò, ma poi si fermò e lo guardò. « Lungo questo corridoio c'è una sala d'attesa. Andate a sedervi là. Vi farò portare del tè, forte e dolce, per tenere alti i livelli di zucchero. D'accordo? »

Aveva già fatto cinque o sei passi quando Leon lo chiamò: « Dottore? »

Hartson si fermò. « Sì? »

« Buona fortuna. »

Il medico non replicò, limitandosi a fissarlo per un altro paio di secondi, poi si diresse verso la sala operatoria.

Leon lo guardò allontanarsi, fece un respiro profondo e andò a cercare la sala d'aspetto.

Trascorse un'ora nella saletta. Si sedette su ognuna delle quattro vecchie poltroncine, senza mai trovare un posto in cui riuscisse a dominare il bisogno di alzarsi e misurare la stanza a grandi passi nervosi, per scaricare l'agitazione che gli tendeva le viscere come una pelle di tamburo. Al centro della stanza, in mezzo alle poltroncine, troneggiava un basso tavolo di legno sul quale erano sparsi vecchi numeri di *Punch* pieni di orecchie, con accanto un portacenere di bachelite sporco. Prese le riviste, le sfogliò distrattamente, fissò le vignette con sguardo vacuo, vedendo a stento i disegni e apprezzando ancor meno le battute. Dopo quasi mezz'ora di attesa gli portarono il tè, che bevve in un paio di minuti. Lo zucchero lo rinvigorì, come previsto dal dottor Hartson, ma ciò non fece che aumentare la sua irrequietezza.

Prima che lasciasse la Clubhouse, Doc Thompson gli aveva

messo in mano un pacchetto di sigarette Player's Navy Cut. «Potrebbero tornarvi utili.»

«Non fumo», aveva ribattuto Leon, ma nella confusione Thompson non lo aveva sentito. Così si era infilato le sigarette nella tasca dei pantaloni, per poi dimenticarsene. In quel momento tirò fuori il pacchetto schiacciato e accartocciato. Thompson vi aveva infilato dentro una scatola di cerini su cui spiccava la scritta: *Henderson's General Store, Gilgil, Kenya.*

Leon era cresciuto con l'odore dei sigari spuntati che suo padre, Ryder Courteney, teneva fra i denti mentre pilotava i barconi fluviali su e giù per il Nilo, o mercanteggiava con venditori e acquirenti. Quando il dissidio fra padre e figlio era diventato troppo aspro perché potessero vivere nella stessa casa, Leon aveva lasciato la dimora di famiglia al Cairo per cercare fortuna nella nuova colonia dell'Africa orientale britannica, che all'epoca non si chiamava ancora Kenya. L'odore del fumo di sigaro era invariabilmente associato al padre e a tutto quello da cui aveva cercato di fuggire, e l'unica volta in cui aveva fumato in vita sua era stato durante la guerra. Come qualsiasi altro soldato nell'esercito inglese, lo faceva per passare il tempo e alleviare la tensione durante le lunghe ore di tedio e ansia che precedevano la battaglia. Il giorno in cui aveva lasciato l'esercito aveva gettato via le sigarette, ma si rese conto che Doc Thompson, più che dargli il pacchetto di Player's, glielo aveva prescritto per affrontare l'attesa di notizie che rischiavano di essere terribili.

Accese la prima sigaretta, percepì la sensazione familiare del fumo che gli riempiva i polmoni e poi la lunga, lenta e rilassante esalazione. Nel pacchetto ce n'erano altre otto: le accese tutte nelle due ore successive, al termine delle quali la sala d'attesa era invasa dal fumo, i suoi vestiti puzzavano e in bocca aveva un gusto orrendo, come un portacenere ormai pieno di mozziconi.

All'improvviso provò un disperato bisogno di aria fresca e pulita. Lasciò la stanza, percorse il corridoio e uscì dalla doppia porta a vento, tornando nel mondo esterno. L'ospedale europeo era situato in un grazioso parco delimitato su tre lati dal viale d'accesso e sul quarto dal muro che correva lungo la via in cui si trovava l'edificio. Vi erano state collocate alcune panchine per i pazienti e i visitatori. Il temporale era passato, era scesa la sera e l'aria era fredda e rinfrescante come l'acqua di un ruscello di montagna. Leon asciugò con la mano una panchina e si sedette. Allungò le gambe e si appoggiò allo schienale, ammirando la maestosa e sconfinata bellezza delle stelle nel cielo meridionale. Non c'era traffico e l'unico suono era il ronzio degli insetti fra i cespugli e sugli alberi. Chiuse gli occhi e per un attimo fu pervaso da una pace e un rilassamento profondi, che lenirono la tensione nei muscoli.

Poi sentì sbattere la doppia porta a vento.

Aprì gli occhi, raddrizzò la schiena e guardò verso l'ingresso dell'ospedale. Nell'acre bagliore bianco della luce che rischiarava la zona sotto il tendone parasole, vide il dottor Hartson avvicinarsi, con le spalle curve, il passo pesante e un'espressione che Leon aveva visto sul viso dei soldati che avevano appena subito una sconfitta e perso dei commilitoni.

Capì quale messaggio gli stesse portando il medico, con quel suo arrancare lento ed esausto sul prato. Gli sembrò che tutte le costellazioni fossero improvvisamente svanite dal cielo e che fosse piombata l'oscurità, perché aveva perso il sole, la luna e le stelle che gli avevano illuminato l'esistenza.

Ormai Hartson l'aveva raggiunto. Si rese conto che non c'era alcun bisogno di riferirgli l'accaduto, e infatti si limitò a dire: « Mi dispiace molto. Abbiamo fatto tutto il possibile, ma... »

Leon non sentì la conclusione della frase, perché la diga dentro di lui si ruppe e non udì altro che il suono dei propri singhiozzi.

Nella sua camera a Lusima, Saffron rimase sveglia per quelle che le parvero ore, prima di cadere in un sonno inquieto, tormentato da sogni colmi di rabbia, di pericolo e della terribile sensazione di non riuscire a trovare qualcosa, per quanto si sforzasse. Si svegliò di colpo ed ebbe l'immediata certezza che ci fosse qualcun altro nella stanza. Si mise a sedere, gli occhi sgranati, guardandosi intorno e cercando di cogliere eventuali suoni, ma non riuscì a vedere o udire tracce della presenza di nessuno, nonostante ciò che provava.

Accese la lampada sul comodino.

La camera era deserta, la porta chiusa.

E poi, con la stessa rapidità con cui era comparsa, la presenza svanì. In un istante di assoluta chiarezza, Saffron capì.

« Mamma! Mamma! Torna indietro! »

Ma la mamma se n'era andata e non sarebbe tornata mai più. Lei lo intuì, e a quel punto tutto il conforto e la sicurezza che Eva rappresentava scomparvero, per dare inizio a un capitolo totalmente nuovo della sua esistenza.

Quando Saffron compì tredici anni, Leon la mandò alla Roedean, un collegio femminile situato nel quartiere di Parktown, a Johannesburg. « È ora che tu riceva un'istruzione adeguata », le spiegò. « Quando non ci sarò più, sarai responsabile della tenuta e di tutti i miei interessi commerciali. Devi imparare a padroneggiare ben più che cucina, ricamo e disposizione dei fiori. »

« Ma perché devo andare fino in Sudafrica? Ci sono sicuramente ottime scuole anche qui in Kenya. »

« Infatti, ma mi sono informato e sembra che nessuna offra il tipo di istruzione per ragazze che riceverai alla Roedean. La scuola è sorella di un famosissimo istituto femminile in Inghilterra. Letteralmente, a quanto pare: tre sorelle hanno fondato quella in Inghilterra e poi una quarta è andata in Sudafrica e ha avviato con un'amica il collegio di Johannesburg, che in questi trent'anni ha continuato a migliorare, fino a diventare un istituto di altissimo livello. E, Saffy... » La voce di Leon si addolcì quando cominciò a parlare con il cuore più che con la testa. « ... vagabondare per la tenuta con il sottoscritto e il personale come unica compagnia non è una vita adatta a te. »

« Ma a me piace vagabondare per la tenuta! È casa mia. E tutte le persone che ci abitano sono la mia famiglia. »

« Lo so, tesoro, e fra loro non c'è nessuno che non ti ami come una figlia, ma hai bisogno di stare con ragazze della tua età, di avere vicino donne a cui ispirarti e da cui imparare. Ci sono cose che io non posso insegnarti, cose che soltanto le donne sanno. E... be'... mi capisci... »

Sì, Saffron lo capiva, naturalmente. In fondo, molte delle sue conversazioni con il padre tornavano sull'enorme spazio vuoto nella loro vita, laddove avrebbe dovuto esserci sua madre. Leon non aveva mai trovato un'altra donna che potesse prenderne il posto. A molte faceva gola l'idea di diventare Mrs Courteney nonché proprietaria di una delle tenute più vaste, meglio gestite e più splendide dell'Africa orientale. Molte erano riuscite ad arrivare fino a Lusima e si erano sforzate di fare colpo sul padre di Saffron adulando lei.

« Se un'altra stupida mi dice che è sicura che diventeremo grandi amiche, giuro che mi metto a urlare », aveva raccontato a Kippy durante uno dei loro colloqui a cuore aperto. (In realtà, la cavalla era interessata solo alla mela che la sua padrona nascondeva dietro la schiena.) Ognuna di quelle donne, tuttavia, era scomparsa nel giro di pochi giorni, qualche settimana o, in un unico caso, addirittura tre mesi, e Saffron aveva smesso ormai da tempo di badare a loro.

Ma non per questo amava meno il padre o trovava casa sua noiosa. Lusima era un regno incantato di cui lei era la principessa, e non esisteva nessun altro luogo al mondo in cui desiderasse stare. Quindi diede battaglia con ogni argomentazione logica a cui riuscisse a pensare e ogni ricatto emotivo che potesse mettere in atto, ma non servì a nulla. Suo padre aveva deciso, e quando Leon Courteney prendeva una decisione non esisteva forza sulla Terra che potesse fargli cambiare idea.

Per frequentare la Roedean, Saffron avrebbe lasciato Lusima per la prima volta. Leon sapeva che sarebbe stata un'esperienza difficile per lei, quindi era deciso a renderla il più emozionante possibile, per distrarre la figlia dalla nostalgia di casa. Non la fece salire a bordo di un piroscafo per Durban, il porto più vicino a Johannesburg, comprò invece i biglietti per il nuovissimo servizio della Imperial Airways che, con diverse tappe intermedie, collegava l'Inghilterra al Sudafrica. E non la condusse fino a Johannesburg: poco dopo il Natale del 1932, lui e Saffron raggiunsero Cape Town in aereo.

« Ho pensato che fosse giunto il momento di farti conoscere il ramo sudafricano della famiglia », le spiegò Leon, « a cominciare da tua cugina Centaine. »

« Che nome strano », commentò Saffron.

« È francese, significa 'centinaio'. Quindi *une centaine d'années* significa 'un secolo'. »

« Be', questo è ancora più strano. Chi mai chiama sua figlia 'Secolo'? »

« Un francese la cui figlia è nata la prima ora del primo giorno del primo mese del primo anno del nuovo secolo. Il cognome da nubile di Centaine è de Thiry. Ha conosciuto mio cugino Michael in Francia, dove lui era stanziato con il Royal Flying Corps durante la guerra. Era un pilota di caccia.»

«Si sono innamorati?»

«Sì.»

«Che romantico!» L'immaginazione di Saffron evocò subito la scena di un affascinante pilota e di una bellissima ragazza francese che perdevano la testa l'uno per l'altra, anche se lei sapeva ancora troppo poco sull'amore per avere un'idea precisa di cosa sarebbe successo in seguito. «Ho deciso che Centaine è un nome magnifico», affermò con la consueta risolutezza, ma poi si rese conto di una cosa. «Hai detto che Michael era un pilota di caccia, ma non hai detto che lo incontreremo in Sudafrica, quindi...»

«È morto, sì, abbattuto dai tedeschi.»

«Allora lei come è arrivata in Sudafrica?»

«Be', Michael e Centaine si erano sposati», cominciò a raccontare Leon. In realtà aveva sempre dubitato che i due fossero mai convolati a giuste nozze, ma la famiglia aveva accettato e accolto Centaine ed eventuali dubbi erano stati nascosti con discrezione sotto il tappeto. «Quando lui è morto, Centaine portava in grembo suo figlio e ormai non aveva più parenti in Francia, quindi si è deciso di mandarla in Sudafrica perché lì lei e il bambino, una volta nato, sarebbero stati più al sicuro.»

«All'epoca non c'era la guerra, là?»

«Nulla di preoccupante. L'Africa sudoccidentale una volta era una colonia tedesca, quindi parecchi suoi abitanti stavano dalla parte del Kaiser, così come alcuni boeri, perché odiavano gli inglesi. I tedeschi volevano aiutare i boeri a insorgere e conquistare il Sudafrica ma... Be', non è mai successo.» Soprattutto perché tua madre e io abbiamo impedito che accadesse, rifletté Leon, senza però dirlo. «Comunque, in Sudafrica si è combattuto molto meno che in Francia, quindi avrebbe dovuto essere un posto decisamente più sicuro per Centaine, se non che... »

« Ooh, se non che cosa? » chiese Saffron, sempre più curiosa riguardo alla cugina.

« La nave su cui si trovava Centaine è stata silurata da un sottomarino tedesco. Lei è riuscita a sopravvivere ed è finita sulla costa dell'Africa sudoccidentale. »

« L'ha scampata bella! »

« Sì, ma i suoi problemi non erano finiti, perché, come dovresti sapere se fossi stata attenta durante le lezioni di geografia, quella costa fa parte del deserto della Namibia, uno dei più antichi e aridi della Terra. Ecco perché la chiamano Skeleton Coast. Là non c'è acqua né cibo, niente di niente. Non per un bianco, almeno. »

« Allora come mai non è morta? »

« L'ha salvata una coppia della tribù dei san. I san vantano una straordinaria capacità di sopravvivere nel deserto e hanno tenuto in vita Centaine fino alla nascita del figlio. Mentre viaggiava insieme a loro, comunque, ha trovato un diamante per terra. »

« Un diamante! » esclamò Saffron. « Chi l'aveva lasciato in mezzo al deserto? »

Leon rise. « Nessuno. Era un diamante grezzo, si trovava lì naturalmente. Così Centaine ha rivendicato la proprietà del terreno e i relativi diritti minerari, e si è scoperto che c'erano molti altri diamanti, quindi lei è diventata la proprietaria di una miniera. »

Saffron aveva sgranato gli occhi color zaffiro. « Santo cielo! Dev'essere la donna più ricca del mondo! »

« Be', certo, era ricchissima, ma sono tempi difficili per chiunque. Oggigiorno non c'è poi questo gran mercato per i diamanti, o per qualsiasi altra cosa, a dire il vero. In tutta sincerità credo che sia stata fortunata a tenersi la miniera, ma mi dicono che sta mettendo in vendita la casa appena fuori Cape Town e, a quanto pare, il suo intero contenuto: quadri, mobili, argenteria di famiglia, tutto. È uno dei motivi per cui voglio vederla. Ho pensato che forse potrei aiutarla. »

Saffron lo giudicò un argomento piuttosto triste, quindi preferì cambiare discorso. « Puoi parlarmi del figlio di Centaine? Come si chiama? Quanti anni ha? »

« Si chiama Shasa e credo che ormai abbia una quindicina d'anni. Penso che fra voi due ci siano circa diciotto mesi di differenza. »

« Com'è? » domandò lei; in realtà voleva chiedere se era bello ma non osava essere così diretta.

« Non lo so proprio. Ho incontrato un paio di volte Centaine, ma mai suo figlio. Però sono sicuro che avrete parecchie cose di cui parlare. »

Quando atterrarono all'aerodromo di Winfield, poco a est di Cape Town, la prima cosa che Leon e Saffron videro fu un'enorme Daimler gialla parcheggiata sul campo, a meno di venti metri da dove si era fermato l'Atalanta.

« Guarda quell'auto! » disse Saffron al padre, indicando la vettura. « È più grande e più gialla dell'Hispano-Suiza di Lady Idina! »

Prima che Leon potesse replicare, la portiera del conducente si spalancò. Di solito al volante di un'automobile del genere c'era uno chauffeur in uniforme.

Invece ne scese una donna così straordinaria che Saffron si fermò a fissarla, sbalordita. « È... è la cugina Centaine? »

« In persona. »

A Saffron bastò un'unica occhiata per essere sopraffatta dall'ammirazione: Centaine era bella come una regina in uno dei suoi vecchi libri di fiabe illustrate. Sottile come un giunco, con capelli neri tagliati in un impeccabile caschetto e occhi così scuri e ipnotici da sembrare quasi neri. A conferirle un'aria regale non era soltanto l'avvenenza, ma anche la postura e l'espressione di fiera risolutezza.

Saffron aveva trascorso quasi metà della propria vita senza modelli femminili ma, guardando Centaine, fu presa da un'emozione che all'inizio non riconobbe, pur sapendo di averla già provata in precedenza. E poi capì di averla provata quando da piccola vedeva sua madre, altrettanto splendida ed elegante: era soggezione davanti alla bellezza e alla grazia muliebri, e ardente desiderio di poter forse, soltanto forse, somigliare un po' alla donna in questione, un giorno.

Leon la raggiunse a grandi passi per salutarla. Quando lo vide avvicinarsi, Centaine sorrise e rivelò di colpo l'altro lato della sua personalità, affascinante, civettuola e squisitamente femminile in presenza di un uomo.

Che splendida coppia sarebbero, pensò Saffron, guardando il padre, alto, forte e bello, accanto a quella donna magnifica. Colta alla sprovvista da quell'idea del tutto inaspettata, si rimproverò: Non essere sciocca!

Poi un'altra figura uscì dall'auto e a un tratto lei ebbe qualcosa di molto più importante a cui pensare.

Shasa Courteney non era stato entusiasta di farsi trascinare all'aerodromo per conoscere la cugina arrivata dal Kenya. Tanto per cominciare, la cugina stava per andare alla Roedean, e tutti sapevano che le ragazze della Roedean erano bruttine e brufolose, che portavano gli occhiali e non facevano altro che leggere. Non erano interessate ai ragazzi, volevano solo andare all'università e ottenere lavori creati per gli uomini. In più, quella Saffron aveva solo tredici anni, mentre lui ne avrebbe compiuti sedici entro pochi mesi e sarebbe diventato capoclasse nell'istituto che frequentava, il Bishops. Non poteva interessarlo in alcun modo.

Poi vide scendere dall'aereo una ragazza che doveva essere Saffron, perché l'unica altra passeggera che scese dall'Atalanta era una nonnina dai capelli argentati, a braccetto con un uomo altrettanto anziano. D'altra parte quella ragazza – con i lucidi capelli color cioccolato che ondeggiavano alla brezza, con una gonna che il vento sospingeva contro lunghe gambe, tanto da consentirgli di scorgere la forma delle cosce snelle e la pancia piatta –, quella ragazza, che adesso lo aveva notato e lo stava guardando, anzi *fissando*, tanto da dargli l'impressione di leggergli dentro... Quella ragazza non poteva essere Saffron Courteney, vero?

« Centaine! Sono felice di rivederti. »

« È lo stesso per me, Leon », replicò lei, baciandolo sulle guance come una donna nata e cresciuta in Francia.

Lui indietreggiò per osservarla. « Sei... » Stava per rivolgere un complimento banalmente lusinghiero al suo aspetto, quando il calore del sorriso di lei e il modo in cui le illuminò gli occhi gli fece cambiare idea. « Sei al settimo cielo, o sbaglio? Buone notizie? »

« Sì! »

« Posso chiedere cosa riguardano? »

« Più tardi. » Lei lo prese a braccetto e si girò verso la sua auto. « Tua figlia è davvero incantevole, Leon. Non passerà molto tempo prima che cominci a far impazzire gli uomini. Forse dovresti lasciar perdere la scuola e mandarla in convento. »

« Calma, mia cara », replicò lui. Come qualsiasi padre, aveva sempre dato per scontato che la figlia fosse la bambina più graziosa del mondo, ma non aveva mai preso in considerazione gli aspetti passionali della faccenda, nemmeno come ipotetica e assai remota possibilità. Dopo quell'osservazione, però, seguì lo sguardo di Centaine e osservò Saffron e Shasa che si avvicinavano.

« Santo cielo, la somiglianza salta subito agli occhi », disse.

« Mmm... » mormorò Centaine, pienamente d'accordo. I due ragazzi si somigliavano tanto da sembrare fratello e sorella, più che cugini. Forse gli occhi di Shasa erano di un azzurro più scuro di quelli di Saffron, ma entrambi avevano i capelli scuri e una corporatura snella e flessuosa. Crescendo, la bellezza del figlio era diventata meno delicata e femminea, ma Shasa non era ancora un uomo. Saffron aveva ancora qualcosa del maschiaccio, ma vaghi segni dell'imminente pubertà cominciavano ad apparire, come fianchi più ampi e tondi e un accenno di seno.

« Guardali, si stanno studiando », disse Centaine.

« Come giovani leoni. »

« Mi chiedo quanto impiegheranno a capire che hanno un evento luttuoso in comune: Shasa ha perso il padre e Saffron la madre. Sono entrambi molto ricchi da un certo punto di vista e molto poveri da un altro. » Si riscosse dai suoi pensieri. « Vieni! Sarai sicuramente esausto, dopo il viaggio. Devo portarti a Weltevreden. »

« Hai dovuto licenziare lo chauffeur? Parecchi sono stati costretti a farlo », osservò Leon, sperando che il suo tono suonasse abbastanza solidale da non far sembrare indelicato il commento.

Centaine scoppiò a ridere. « Cielo, no! Non mi piace avere uno chauffeur. Mi rifiuto di farmi controllare da un uomo, anche solo alla guida! »

Durante tutto il tragitto dall'aerodromo alla tenuta di Centaine, Saffron e Shasa parlarono della scuola di lui e formularono congetture su quella di lei. Ognuno fu costretto a concludere che i propri pregiudizi erano infondati. Come previsto da Centaine, capirono ben presto di essere accomunati dalla perdita di un genitore; nessuno dei due voleva parlare dell'esperienza, ma entrambi decisero tacitamente che una prova tanto dolorosa creava fra loro un legame che non c'era bisogno di evidenziare.

Saffron era incantata da Weltevreden. Si trovava fra le colline, come Lusima, ma quel paese era stato strappato da molto tempo al controllo di Madre Natura. Gli europei vivevano da secoli nella campagna intorno a Cape Town e in un certo senso avevano smussato gli spigoli del paesaggio: la terra sembrava più fertile, l'erba dei kikuyu più verde. La tenuta vantava persino un proprio vigneto ed era costellata di graziosi cottage imbiancati a calce.

« Oh, guarda, papà, un campo da polo! » esclamò Saffron.

« Sì », ribatté con disinvoltura Shasa, « abbiamo una squadra di polo, la Weltevreden Invitation. Un paio di settimane fa abbiamo vinto la junior league locale. Ho segnato io il punto della vittoria. »

« Adoro il polo! » disse lei, con un sospiro.

« Piace a parecchie ragazze. Credo sia un po' come ai tempi antichi, sai, le donzelle medievali che guardavano i cavalieri giostrare e via dicendo. »

« No, non intendevo *guardarlo*. Va benissimo, certo, ma non è divertente nemmeno la metà che *giocarlo*. »

« Ma non puoi giocare a polo! Sei... be', sei una ragazza! »

Nessuno dei due vide Leon alzare gli occhi al cielo mentre prendeva atto del terribile errore appena commesso dal ragazzo, né notò il sorriso di Centaine, la cui incrollabile lealtà verso il figlio era stata battuta dalla solidarietà femminile.

« Ci gioco eccome! E te lo dimostrerò! »

Prima che la discussione potesse spingersi oltre, Centaine annunciò: « Siamo arrivati ».

Quando scesero dalla Daimler trovarono ad aspettarli domestici in giacca bianca e cameriere dall'elegante divisa nera.

«Benvenuti a Weltevreden.»

Saffron si voltò a guardare, sbigottita, una replica a grandezza naturale di un castello francese che faceva somigliare casa sua a una fattoria fatiscente. Venne accompagnata in un ingresso fresco e silenzioso, dalle pareti tappezzate di quadri. «Adoro i tuoi dipinti, cugina Centaine.»

«Grazie, mia cara. Se vuoi ti mostrerò anche gli altri che ho qui in casa, credo che potrebbero piacerti.»

«Grazie, ne sarei felice.»

«La mamma ha un paesaggio che un certo Alfred Sisley ha dipinto nella tenuta in cui è nata, e un Van Gogh raffigurante un campo di grano», si vantò Shasa.

Centaine gli scoccò un'occhiata colma di disapprovazione, poi si rivolse agli ospiti. «Sono sicura che vorrete darvi una rinfrescata e cambiarvi prima di...»

«In realtà», la interruppe Saffron, guadagnandosi a sua volta un'occhiataccia del padre, «preferirei giocare a polo con Shasa, sempre che non gli dispiaccia misurarsi con una ragazza.»

«Oh, d'accordo», borbottò lui.

«Be', non puoi certo giocare con quel vestito», le disse Centaine. «Puoi prendere in prestito un paio dei miei pantaloni da equitazione e degli stivali. Non posso prometterti che siano della tua misura, ma saranno pur sempre meglio di niente.» Fece un cenno a una delle cameriere. «Potresti mostrare a Miss Courteney dove tengo la tenuta da cavallerizza?»

«Sì, signora. Da questa parte, prego, signorina.»

«Vado a cambiarmi anch'io e ci ritroviamo qui fra qualche minuto», annunciò Shasa, poi corse su per le scale per raggiungere la propria stanza.

«Saffy è molto ansiosa di mettersi all'opera, ma devo confessarti che io apprezzerei l'opportunità di fare un bagno, radermi, cambiarmi e bere un bel bicchiere di whisky, se ce l'hai », affermò Leon quando rimase da solo con Centaine.

« Naturalmente », ribatté lei. Guardò un antico orologio a pendolo, il cui delicato ticchettio era chiaramente udibile, dopo che i loro figli erano scomparsi. « Sono le sei meno un quarto. Dopo che ti sarai dato una rinfrescata, sarà l'ora giusta per un drink. »

Leon Courteney si lasciò sprofondare nel gradito abbraccio di una poltrona in pelle che poteva essere arrivata direttamente da un club privato di Pall Mall. Accettò con gratitudine il massiccio bicchiere di cristallo contenente scotch di puro malto che un valletto gli offriva su un vassoio d'argento e guardò Centaine, che portava un abito da sera costellato di gocce di cristallo e sorseggiava un Martini appena shakerato.

« Allora, dimmi di quel sorriso », le chiese. « Da quando siamo arrivati non ti ha quasi mai lasciato il volto, e dubito che sia dovuto esclusivamente al piacere della nostra compagnia. »

« Non esclusivamente, anche se sono davvero felice di avervi qui. »

« Voglio essere sincero: mi aspettavo di trovarti senza un soldo in tasca. Stando alle voci, avevi chiamato Sotheby's e messo tutto all'asta, ma in vita mia non ho mai visto nessuno che sembrasse meno al verde di te. »

« Le dicerie erano vere », ammise Centaine. Bevve un sorso del suo cocktail e posò il bicchiere sul tavolino accanto a sé. « Ero davvero nei pasticci. Chi non lo è, al giorno d'oggi? »

« Infatti... »

« Ma ho avuto un vero colpo di fortuna sul mercato azionario. Si dà il caso che fossi in possesso di parecchie azioni di compagnie minerarie, quando il governo del Sudafrica ha abbandonato il sistema aureo. »

«Ah, capisco», replicò lui, meditabondo. «Molto astuta.»

Per anni molte delle principali valute mondiali erano state legate al sistema aureo, vale a dire che il loro valore, in teoria, era sostenuto dall'oro, e questo lo aveva mantenuto artificialmente alto. Erano quindi enormemente sopravvalutate quando il crollo del 1929 era stato seguito da una depressione economica che aveva interessato l'intero mondo occidentale. A mano a mano che i vari Paesi abbandonavano il sistema aureo, le rispettive valute avevano perso valore, rendendo le esportazioni molto più vantaggiose per i compratori stranieri e rilanciando così la propria economia. Il Sudafrica era uno dei Paesi rimasti più a lungo legati all'oro, e il tasso di cambio della sterlina sudafricana superava di gran lunga quello della sterlina inglese, il che a sua volta rendeva l'oro, i diamanti e la lana del Paese talmente costosi che nessuno li comprava più. La decisione di abbandonare il sistema aureo era stata presa solo pochi giorni prima, sortendo l'effetto immediato di capovolgere la bilancia commerciale del Paese. Il valore delle azioni delle compagnie minerarie era salito a razzo e chiunque avesse comprato a prezzo ribassato avrebbe realizzato enormi profitti.

«Non ti chiederò come sei riuscita a realizzare il tuo colpo da maestro», aggiunse Leon, anche se il suo istinto commerciale gli suggeriva che Centaine doveva avere ottenuto informazioni riservate sulla decisione del governo. «Mi limiterò a congratularmi con te per essere diventata una vera Courteney. Noi troviamo sempre il modo di fare un sacco di soldi. I primi Courteney si sono arricchiti al servizio del nostro re, saccheggiando navi spagnole cariche di tesori.»

«Saccheggiare tesori altrui è ciò su cui si fonda l'intero impero britannico», commentò lei con un sorriso beffardo.

«Così come battere i francesi.»

«*Touchée!*» Lei rise.

In quel momento la porta a doppio battente del salotto in

cui erano seduti si spalancò e due adolescenti accaldati e rossi in volto, con gli abiti impolverati e i capelli fradici di sudore, irruppero nella stanza.

« Allora, com'è andata? »

« Gliel'ho fatta vedere! » gridò Saffron, trionfante. « L'ho costretto ad abbassare la cresta. »

« Solo perché te l'ho permesso », ribatté Shasa.

« Calmati, Shasa, e raccontami cos'è successo », gli ordinò Centaine.

« Ebbene, mamma, siamo scesi alle scuderie e le ho detto che ho due cavalli: Plum Pudding, tranquillo ed esperto, e Tiger Shark, che è più veloce e più forte, ma anche riottoso e molto difficile da controllare. Le ho detto di scegliere quale cavalcare, e pensavo che avrebbe preso Plum Pudding... »

« E io invece ho scelto Tiger Shark! » disse Saffron.

« Certo », replicò Leon, che lo aveva già indovinato.

« Per un po' abbiamo giocato, tenendo i punti. È stato divertente e Shasa si è dimostrato bravino... »

« Sono ben più che 'bravino'! » protestò lui, indignato, e con ragione.

« A un certo punto la palla era al centro del campo e siamo corsi tutti e due in quella direzione », continuò Saffron.

« Siamo andati in carica frontale », spiegò Shasa. « Proprio come ho fatto con Max Theunissen nella finale, ricordi, mamma? »

Centaine impallidì. Shasa aveva usato proprio quello stratagemma per vincere il torneo. Era stato uno dei momenti più terrificanti della vita di Centaine: una follia bellicosa si era impadronita del figlio, che aveva lanciato Tiger Shark al galoppo contro Theunissen e il suo cavallo. Se i due animali si fossero scontrati a quell'andatura, avrebbero dovuto sicuramente essere abbattuti e i loro cavalieri avrebbero rischiato ferite gravi o addirittura la morte. All'ultimo istante i nervi di Theunissen non avevano retto, lui si era scostato e Shasa aveva scagliato la palla in rete.

La sgomentava l'idea che il figlio avesse anche solo considerato l'ipotesi di utilizzare lo stesso trucchetto con un'ospite che per giunta era una parente, una femmina e più giovane di lui. « Cos'hai fatto? » chiese con un filo di voce. Era una domanda retorica. Prima che il ragazzo potesse rispondere, Centaine si alzò, lo guardò dritto negli occhi e aggiunse con voce roca: « Come osi? Come osi? È un comportamento imperdonabile, sgarbato, stupido, irresponsabile e pericoloso. Siete fortunati a non essere finiti all'ospedale. Sali subito nella tua stanza. Immediatamente! »

Shasa assunse un'aria mortificata e si morse il labbro inferiore cercando di trattenere le lacrime.

Poi intervenne Saffron. « Scusami, cugina Centaine, ma la colpa non è di Shasa. Sono stata io a catapultarmi verso di lui. E lui si è spostato... E so che non ti stavi comportando da fifone, Shasa, anche se l'ho detto. Ti sei spostato solo perché non volevi farmi male. »

Il silenzio calò sulla stanza. Leon esitò un attimo, restio a prendere in mano la situazione in casa di qualcun altro, e con il figlio di quel qualcuno, ma si rese conto di essere l'unico dei presenti che non avesse ancora preso parte alla discussione. « Vediamo di risolvere la questione, d'accordo? Saffron, hai fatto benissimo a confessare, ma non avresti dovuto lanciarti contro Shasa. Avete corso entrambi un grave rischio; tu e io sappiamo che lo hai fatto solo perché sei decisa a dimostrare di essere brava come un maschio e volevi mettere in imbarazzo Shasa. Adesso lo hai fatto finire nei guai e credo che tu abbia fatto una pessima figura. Gli devi delle scuse. »

Saffron fece una smorfia, ma si rendeva conto di essere nel torto. « Scusami, Shasa. Non volevo farti finire nei guai. »

« È tutto a posto. »

« Quanto a te, Shasa, che ti serva da lezione. Non comportarsi da gentiluomo con una signora è sia maleducato sia imprudente, soprattutto se la signora è una Courteney. Credimi, ragazzo mio, rispondono sempre all'attacco. Sinceramente, se al mondo esiste qualcuno che dovrebbe sapere di cosa sono capaci le donne, sei tu. Santo cielo, basti pensare a tua madre e a tutti i suoi trionfi. Dubiti forse delle sue capacità solo perché è una donna? »

« No, signore. »

« E ti dispiace di aver dubitato di Saffron? »

« Sì, signore. »

« Bene. Quindi è tutto sistemato e non ci sono stati danni. Ora, Saffron, è stata davvero una lunga giornata. Credo che dovresti andare a farti il bagno e forse, se glielo chiedi educatamente, la cugina Centaine ti farà portare la cena in camera. Qualcosina da mangiare e una bella dormita sono proprio quello che ti ci vuole, ragazza mia. »

« Ottima idea », commentò Centaine. « E credo che tu dovresti fare la stessa cosa, Shasa. Bagno, cena e letto... e domattina sarà un altro giorno. »

Shasa e Saffron andarono al piano di sopra insieme. Una volta raggiunto il pianerottolo, si fermarono prima di dirigersi verso le rispettive stanze.

« Sai, quando sono andata *down the throat*, non mi sarei tirata indietro », sottolineò Saffron, « anche se tu non ti fossi spostato. »

« Lo so. E io non mi sarei scostato, se a venirmi contro fosse stato qualcun altro. »

« Lo so. »

Con quello scambio di battute riuscirono entrambi a soddisfare il proprio orgoglio, e andarono a fare il bagno con l'onore e la dignità intatti, sapendo che sarebbero rimasti amici per tutta la vita.

A Saffron dispiacque lasciare il porto sicuro di Weltevreden. Come figlia unica orfana di madre, non le era sembrato vero di stare con un parente coetaneo con cui giocare e con un modello femminile più vecchio a cui ispirarsi. Ma, dopo il beato lusso bucolico della tenuta di Cape Town di Centaine, rimase sconvolta dalle dimensioni, dal frastuono e dal trambusto di Johannesburg. La città era grande cinque volte Nairobi, con più di un quarto di milione di abitanti, che sembravano tutti muoversi con una velocità e una fretta da lei mai sperimentate, come se ognuno di loro avesse qualcosa di urgente da fare in quel preciso istante.

« Quella è la borsa valori di Johannesburg », la informò Leon mentre superavano un edificio riccamente decorato, con due enormi colonne di marmo sulla facciata, che occupava un intero isolato su Holland Street. « Lì si scambiano le azioni delle compagnie che controllano metà dell'oro e dei diamanti del mondo intero. »

« Sembra una reggia », commentò Saffron.

« Be', in un certo senso lo è. È la reggia di Mammona, il demone del denaro. » Durante il pranzo spiegò rapidamente alla figlia come funzionavano le azioni delle compagnie e le borse valori, e si stupì della prontezza con cui lei afferrava quei concetti. Fino a quel momento la giornata era andata a gonfie vele, a suo parere. Era stato felice di comprare il baule per il collegio della figlia, sul quale in quell'istante stavano scrivendo il nome di Saffron in eleganti lettere nere. Prima della guerra, aveva accompagnato innumerevoli gruppi di viaggiatori e cacciatori nelle lande selvagge dell'Africa, come guida di safari, quindi aveva le competenze necessarie per decidere quali fossero i bauli più adatti al bagaglio sempre più voluminoso della ragazza.

Una volta lasciato il ristorante in cui avevano pranzato, raggiunsero la sartoria specializzata in capi di vestiario per la scuola. La conversazione si spostò su abiti, camicette, scamiciati e altri indumenti per ragazze, e la sicurezza di Leon lasciò il posto allo sconcerto. Quando la direttrice del negozio – che non aveva nemmeno avuto bisogno di guardare l'elenco per sapere cosa includeva – affrontò l'argomento dei calzoncini per la ginnastica, Saffron vide sul volto paterno un'espressione a lei sconosciuta.

Santo cielo, sta arrossendo! pensò, cercando di restare impassibile. È così imbarazzato che non sa nemmeno dove guardare.

« Forse sarebbe meglio se Mr Courteney andasse a sedersi e lasciasse che io e la signorina continuiamo da sole. Presumo, signore, di avere la vostra autorizzazione a scegliere gli articoli che serviranno a vostra figlia durante il suo soggiorno alla Roedean, vero? »

« Sì, sì, certo, qualsiasi cosa le serva, ottima idea », farfugliò Leon.

Saffron non avrebbe potuto giurarlo, ma era quasi sicura che la direttrice, che le aveva messo un po' di soggezione quando si erano conosciute, le avesse strizzato l'occhio mentre si allontanavano per occuparsi dei misteriosi aspetti dell'esistenza femminile che è preferibile tenere nascosti agli occhi maschili, incapaci di comprenderli.

Le sembrò di venire introdotta in un misterioso ma eccitante nuovo mondo quando la donna, che si presentò come Miss Halfpenny, le esaminò il petto e disse: « Qualcuno avrebbe ormai dovuto comprarvi una *brassière*, mia giovane signorina ». Sospirò. « Ma quello è il compito di una madre... »

« Non ce l'ho, una madre. È morta quando avevo sette anni. »

«Mi dispiace tanto, lo immaginavo. Quando una ragazza entra qui con il padre...» Non concluse la frase, ma poi fece un sospiro brioso e aggiunse: «Non importa, meglio proseguire, giusto? Una miriade di ragazzi hanno perso la madre, il padre o persino entrambi i genitori, con la guerra e la spagnola e chissà cos'altro, ma hanno trovato il modo di gestire la situazione, e sono sicura che lo farete anche voi. Permettetemi di aiutarvi; sono certa che riusciremo a fornirvi tutto ciò di cui avete bisogno».

Saffron sentiva da anni quel genere di stoico incoraggiamento, ma colse una sincera gentilezza nella voce di Miss Halfpenny.

Mentre frugava nei cassetti semitrasparenti per cercare reggiseni, mutandine e calze – mettendo ogni tanto un indumento davanti al corpo snello e privo di curve di Saffron –, la direttrice continuò a chiacchierare su cosa dovesse aspettarsi alla Roedean e su come fossero insegnanti e studentesse. «Vostro padre non avrebbe potuto scegliere un posto migliore. Le alunne della Roedean, in base alla mia esperienza, sono giovani donne brillanti, indipendenti e pienamente moderne. Inoltre, molte di loro poi vanno all'università. E sono tutte in grado di guadagnarsi da vivere.»

«Papà ha detto che dovevo imparare a fare ben più che cucinare, ricamare e disporre i fiori.»

Miss Halfpenny approvò con un cenno. «Ben detto. Sono sicura che sta pensando a vostra madre e a cosa avrebbe voluto per voi, e sta facendo del suo meglio per renderla felice.»

«Non ci avevo pensato», replicò Saffron, ma dal momento in cui sentì quelle parole cambiò atteggiamento verso la nuova scuola. Decise di fare il possibile per rendere a sua volta felice la madre.

Arrivata alla Roedean a metà gennaio per l'inizio dell'anno, si tuffò nella vita scolastica con tutte le sue energie. La sua struttura fisica naturalmente atletica e la sua indole competitiva la resero un autentico demonio sul campo da hockey e su quello da netball, e l'alta statura le permise di interpretare diversi ruoli maschili nelle produzioni teatrali dell'istituto. Le ci vollero un paio di trimestri per abituarsi del tutto alla vita del collegio, che impone alle allieve di andare d'accordo con persone con cui dividono non solo le aule, ma anche dormitori, bagni e ogni pasto della giornata. Si fece ben presto delle amiche, perché le sue compagne di classe sapevano che, a dispetto del temperamento talvolta focoso, non era né cattiva né falsa: diceva solo quello che pensava, nel bene e nel male, e una volta scelta una linea di condotta vi si atteneva a qualsiasi costo. Se i suoi antenati la guardavano dall'alto, sorridevano sicuramente, perché nessun Courteney si era mai comportato in modo diverso.

Poco dopo il suo ritorno dal Sudafrica, Leon dovette recarsi a Nairobi per sbrigare diverse incombenze amministrative legate alla tenuta di Lusima. Prese una stanza al Muthaiga Country Club, un'istituzione privata ed esclusiva che fungeva da centro di ritrovo per la comunità di esuli in Kenya. A dispetto del suo prestigio, il Muthaiga non era particolarmente elegante sotto il profilo architettonico, essendo poco più di un bungalow ampliato, con i muri intonacati di rosa, gli stipiti metallici – quelli in legno marcivano rapidamente nel clima subtropicale – e l'ingresso decorato da colonne classiche, a suggerire un certo lustro coloniale. All'interno si camminava su un parquet lucidissimo, fra pareti dipinte in varie tonalità di crema e verde. Come gli aveva detto una volta Hugh Delamere, sembrava « una via di mezzo fra la mia vecchia scuola privata e una casa di riposo di periferia ».

Una sera, dopo una lunga giornata di riunioni con avvocati e contabili, Leon si lasciò cadere su una delle poltrone foderate di velluto disposte nel salotto riservato ai soci. Un cameriere in livrea comparve subito a chiedergli cosa gradisse. Pochi istanti dopo, un gin tonic si materializzò accanto a lui e Leon firmò la ricevuta su un foglietto di carta colorata: nessuno maneggiava il sudicio denaro, all'interno del club. Bevve un sorso del drink ghiacciato, posò il bicchiere su un tavolino e si rilassò, chiudendo gli occhi per far scivolare via le preoccupazioni della giornata.

Poi sentì una voce familiare. « 'Sera, Courteney. Vi spiace se mi unisco a voi? »

« Accomodatevi, Joss », replicò Leon.

Negli ultimi anni erano cambiate diverse cose, nella vita di Josslyn Hay. Prima di tutto, era diventato il ventiduesimo conte di Erroll, avendo ereditato il titolo alla morte del padre, insieme alla carica onoraria di connestabile di Scozia. Non aveva però ereditato denaro, perché il padre non era ricco, e la mancanza di fondi aveva fatto naufragare il suo matrimonio con Lady Idina. La sua seconda moglie, Molly, era una ricca divorziata e, anche in quel caso, Joss non vedeva motivo per cui i voti nuziali dovessero applicarsi a lui. Era rimasto uguale a un tempo: capelli biondi pettinati all'indietro e testa sempre inclinata, tanto che i suoi occhi azzurri socchiusi sembravano guardare in tralice qualsiasi interlocutore. E un'unica occhiata gli bastava tuttora per prendere all'amo la stragrande maggioranza delle donne che trovava attraenti.

Dal punto di vista di Leon, Joss Erroll – come ormai preferiva essere chiamato – era, a dispetto del titolo nobiliare, un mascalzone privo di principi, e se avesse anche solo lanciato un'occhiata a Saffron lo avrebbe frustato fino ai dock di Mombasa per poi scaraventarlo sul primo piroscafo in partenza. Ma fino ad allora era contento di godere della sua compagnia, indubbiamente più piacevole di quella di moltissimi altri esuli.

« Avete saputo della faccenda all'Oxford Union? » chiese Joss, una volta che gli venne servito il suo drink.

« Quale faccenda? »

« Qualcosa di davvero strano, ve lo assicuro. » Joss prese una sigaretta da un sottile astuccio d'argento, la picchiettò sul tavolino, la accese e si abbandonò contro lo schienale, assaporando la prima boccata. « Vi si è svolto un dibattito sulla mozione: 'Questa società non combatterà in nessun caso per il suo re e il suo Paese'. »

« Per tutti i diavoli dell'inferno! Sarà stata sonoramente bocciata, ne sono sicuro. »

« Temo proprio di no. È stata invece approvata, con quasi trecento voti a favore e centocinquanta contrari. Una maggioranza di due a uno. »

Leon assunse un'aria sgomenta. « Mi state dicendo che il fior fiore della gioventù inglese di sesso maschile, presumibilmente i migliori e più capaci rappresentanti della loro generazione, hanno dichiarato che non combatteranno mai per il loro Paese? »

« Così sembra. I tedeschi, i comunisti e persino i francesi possono presentarsi sulle nostre coste, violentare le nostre donne e infilzare con i forconi i nostri figli, e le menti più brillanti del regno si limiteranno a dire: 'Prego, fate pure'. »

« Non ci credo. Certo, l'ultimo conflitto è stato sanguinoso, e so che alcuni lo definiscono 'la guerra che ha messo fine a tutte le guerre', ma questo pacifismo vigliacco non è che codardia e tradimento. Ci sono occasioni in cui la nazione va difesa e un uomo deve rispondere all'appello. »

« Non potrei essere più d'accordo, Courteney, ma in fondo noi due siamo uomini semplici e schietti. Non siamo come quegli intellettuali di Oxbridge. »

« Ebbene, vi assicuro che sulla Terra non c'è nulla di più pericoloso di uno stolto ben istruito. Ma, anche in tal caso, come diamine hanno fatto a convincere l'*audience* ad approvare la mozione? »

Joss diede una lunga e indolente boccata alla sigaretta, mentre un sorriso malizioso gli guizzava sulle labbra. « Oh, questo vi piacerà... Il tizio che ha avanzato la mozione, un certo Digby, ha detto che dovremmo tutti seguire l'esempio della Russia sovietica, che è l'unico Paese a combattere per la causa della pace... L'ho trovato un paradosso davvero interessante: combattere per la pace. »

« Forse era questo che facevano i rossi, quando hanno preso il potere durante una rivoluzione cruenta e assassinato lo zar e la sua famiglia. »

« Ah, giusto, dev'essere andata così. Stupidi noi a non cogliere i loro intenti pacifisti. Comunque, quando quel Digby ha esposto la sua tesi, ha ottenuto il sostegno di un pensatore di nome Joad – non posso dire di averlo mai sentito nominare, ma a quanto pare è considerato un astro nascente nei circoli filosofici – il quale ha suggerito che, se mai l'Inghilterra dovesse essere invasa, non avrebbe senso combattere i nostri nemici con le armi. Dovremmo invece impegnarci in una campagna di protesta non violenta, come quella propugnata da Mr Gandhi in India. »

Leon era quasi senza parole. « Santo cielo, riuscite a immaginare cosa succederebbe se queste persone dovessero averla vinta? Aerei nemici cominceranno a bombardare Londra e i loro carri armati abbatteranno Whitehall, e a difenderci saranno solo Joad e un branco di obiettori della Oxford University seduti in mezzo alla strada a intonare canti per la pace... »

« Be', guardate il lato positivo, Courteney. La maggior parte della gente non frequenta la Oxford University. »

« Immagino che sia un pensiero rassicurante. Volete un altro drink? »

La sera seguente Leon scrisse una delle sue regolari lettere a Saffron, fornendole un vivido resoconto del dibattito rivisitato da lui ed Erroll e palesandole senza mezzi termini la sua totale disapprovazione verso l'esito finale e gli studenti di Oxford che avevano votato in suo favore.

Ti avviso subito, mia cara ragazza, se mai tu venissi corteggiata da un uomo di Oxford, non gli permetterò di mettere piede in casa mia. Sono sicuro che leggerai queste parole e penserai: Oh, il vecchio sta solo scherzando, e potresti anche avere ragione. Ma mi sconvolge pensare che un'università un tempo ritenuta illustre sia diventata un covo di rossi, traditori e pacifisti, e rimarrei profondamente deluso da un tuo qualsivoglia legame con essa.

Saffron ricevette la missiva una settimana più tardi. Non aveva mai pensato molto a nessuna università, e men che meno a Oxford, ma l'idea di studenti così provocatori e irritanti agli occhi delle generazioni precedenti destò la sua curiosità. Chiese quindi alla sua tutor: « Scusatemi, signorina, le ragazze possono andare alla Oxford University? »

« Certo, Saffron. Nessuna delle nostre alunne ha mai frequentato Oxford, almeno non ancora, ma la nostra scuola sorella in Inghilterra iscrive regolarmente ragazze agli esami di ammissione sia per Oxford sia per Cambridge, e con notevole successo. »

« Quindi, se io frequentassi l'altra Roedean, potrei entrare a Oxford? »

L'insegnante rise. « Presumo di sì, ma dovresti lavorare molto più sodo di quanto tu non stia facendo ora. Nei grandi atenei inglesi ci sono pochissimi posti per le giovani donne, quindi la concorrenza è davvero spietata. »

Quelle parole sarebbero bastate a dissuadere molte ragazze da qualsiasi proposito di istruzione universitaria, ma Saffron era diversa. Il pensiero di attraversare mezzo mondo per impegnarsi in una competizione estremamente agguerrita la colmava di eccitazione ed entusiasmo.

« Vi sono stata d'aiuto, mia cara? »

« Oh, sì, signorina », rispose Saffron, con un sorriso radioso. « Mi siete stata di enorme aiuto! »

Di tutte le scoperte che aveva fatto dopo l'arrivo nella nuova scuola, la più sorprendente era stata quella di apprezzare le lezioni molto più del previsto. Non era certo un'intellettuale che preferiva il pensiero all'azione, ma aveva una mente pronta, afferrava facilmente i concetti e, visto che ci teneva a fare bene le cose, studiava per riuscirvi quanto più spesso possibile. Ma si dedicava a così tante attività che non sempre riusciva a farlo, almeno dal suo punto di vista: infatti le sue pagelle scolastiche erano piene di appelli degli insegnanti secondo cui, se solo fosse riuscita a dedicare agli studi tutta la sua concentrazione e i suoi sforzi, avrebbe sicuramente conseguito brillanti risultati. Ora, tuttavia, Saffron aveva uno scopo preciso. E, una volta che si fissava su qualcosa, cercava di ottenerlo con una determinazione che persino un terrier le avrebbe invidiato.

A metà gennaio 1934 tornò in aereo a Johannesburg, insieme a Leon, per l'inizio del nuovo anno scolastico. Gli aveva assicurato che era in grado di affrontare il viaggio da sola, essendo già andata dal Sudafrica al Kenya e ritorno per le vacanze di metà anno, ma lui aveva insistito.

« Che genere di padre sarei se non riportassi a scuola mia figlia almeno una volta all'anno? Inoltre, chi pagherà per tutte le tue spese, se non ci sono io? »

Lei non poteva certo contraddirlo, al riguardo, perché era necessaria una nuova spedizione negli empori di Johannesburg per rimpiazzare tutto quello che aveva rotto o consumato, o che ormai era troppo corto o stretto. Quando entrarono nella sartoria specializzata, Leon si tolse il cappello davanti a Miss Halfpenny e le rivolse un sorriso accattivante, sottolineando quanto fosse felice di rivederla. Poi obbedì quando lei gli disse: « Ora il signor padre può lasciarci. Noi signore ce la caveremo egregiamente anche da sole ».

Provò un'inaspettata fitta di delusione nel venire congedato, ma anche qualcos'altro, una dolceamara consapevolezza provocata da due paroline, « noi signore ». Miss Halfpenny aveva ragione: Saffron stava ormai diventando una donna, non era più la sua bambina. E, per quanto fosse orgoglioso della donna in cui si stava trasformando, lo rattristava dire addio alla sua piccina.

A ottomila chilometri di distanza da Johannesburg, alla Meerbach Motori – un vasto centro industriale che occupava diversi chilometri quadrati nell'angolo sudorientale della Baviera –, il capo del personale Oswald Paust stava per concludere la presentazione del suo rapporto annuale al consiglio di amministrazione della società. « Dopo diversi mesi di duro lavoro il compito di liberare la compagnia da tutti gli impiegati ebrei, così come da altre razze indesiderabili, da lavoratori con qualsiasi tipo di deformità mentale o fisica, per quanto lieve, e dai deviati sessuali o politici è quasi completato », dichiarò orgogliosamente. « Posso confermare che gli ebrei, che un tempo rappresentavano il 4,2 per cento della forza lavoro, sono completamente scomparsi da tutte le nostre fabbriche, laboratori, studi di progettazione, depositi per la manutenzione e uffici... »

Le parole successive furono sovrastate dal frastuono provocato dai consiglieri che, in segno di approvazione, battevano le mani sul lungo tavolo.

« Come stavo dicendo, rimangono sei casi di cosiddetti *Mischlinge*, vale a dire individui di sangue misto che hanno un unico genitore ebreo oppure uno o più nonni ebrei. Sto attualmente dibattendo con l'Ufficio centrale per la razza e l'insediamento delle SS per stabilire se costoro, dato che non mostrano alcun tratto somatico ebraico né praticano alcun rito religioso o domestico ebraico, meritino una speciale considerazione. Sono profondamente in debito con Herr *Sturmbannführer* von Meerbach per l'aiuto da lui fornito in tal senso.»

Le mani picchiarono di nuovo sull'enorme tavolo di quercia e l'imponente figura minacciosa seduta in fondo prese atto del tributo con un cenno del capo.

«Il compito, naturalmente, non è stato certo privo di difficoltà», sottolineò Paust, con il tono di chi porti un enorme fardello sulle spalle ma lo faccia volentieri. «È stato relativamente facile estirpare i comunisti, poiché sapevamo già chi fossero i sobillatori e i capi degli scioperi, che non hanno mai fatto segreto delle proprie affiliazioni. Accertare la devianza dei sospetti omosessuali ha richiesto invece accurate indagini che si sono rivelate costose. Comunque poco più dell'un per cento dei nostri dipendenti sono stati smascherati come omosessuali attivi e, di conseguenza, hanno perso l'impiego. Va sottolineato, purtroppo, che gli ex impiegati appartenenti a questi due gruppi svolgevano per lo più ruoli altamente specializzati, tanto che il nostro settore legale e quelli di contabilità, marketing, progettazione e ricerca ne hanno risentito duramente, e potrebbero impiegare mesi per riprendersi dalla perdita di personale esperto e, se mi è consentito dirlo, talentuoso. Naturalmente non è certo una sorpresa che l'ebreo, data la sua indole avida e litigiosa, tenda a gravitare verso l'attività legale e quella finanziaria, mentre l'effeminatezza degli omosessuali può conferire loro un certo gusto estetico nel disegnare locandine pubblicitarie, per esempio, o persino fusoliere di aerei. Ma sono sicuro che i membri del consiglio di amministrazione capiranno che qualsiasi perdita di profitti a breve termine per la compagnia sarà ampiamente compensata dai benefici di sapere che tutti i nostri dipendenti sono ariani sani e rispettabili.»

Quella volta i colpi sul tavolo furono decisamente meno calorosi. Per quanto i membri del consiglio volessero assicurarsi di mantenere i massimi livelli di purezza razziale, sessuale e politica, erano ancora più interessati a mantenere i massimi profitti possibili.

L'SS-*Sturmbannführer* Konrad von Meerbach aveva rinunciato al titolo nobiliare, preferendo il proprio grado nella gerarchia nazista, ma rimaneva presidente della società che portava il suo cognome. Palesemente irritato dalla mancanza di entusiasmo per le conclusioni di Paust, si premurò di picchiare sul tavolo la sua enome mano simile a una zampa di leone, con il dorso coperto da un vello di peli rossicci, con una tale violenza da far tintinnare tutte le penne e le tazze di caffè posate davanti ai consiglieri. « Grazie, Paust », disse, alzandosi. Era ancora giovane, poco più che trentenne, ma la sua statura e prestanza fisica – vantava le spalle muscolose, il torace massiccio, il collo taurino e il fosco cipiglio di un peso massimo –, abbinate alla sua innata prepotenza, gli conferivano l'autorevolezza di un uomo molto più vecchio. « Sono estremamente soddisfatto dei vostri sforzi e sono sicuro che tutti gli altri membri del consiglio vorranno unirsi a me nell'applaudire i vostri brillanti risultati. » Batté entusiasticamente le mani una mezza dozzina di volte, inducendo sei degli altri otto partecipanti alla riunione del Fondo di famiglia Meerbach a capire l'antifona e imitarlo con altrettanta foga.

Le uniche due persone i cui applausi parvero a dir poco svogliati furono una donna magra e dall'aria nervosa sui sessantacinque anni, le cui dita erano occupate a stringere un lungo bocchino nero, e il ragazzo seduto accanto a lei. Questi non sfoggiava completo formale e colletto rigido come gli altri presenti, ma aveva preferito una giacca di tweed grigioverde, camicia di flanella, cravatta in maglia e pantaloni di tessuto pettinato grigio. Sembrava un accademico o un intellettuale – definizioni ormai tutt'altro che elogiative, in Germania –, e l'impressione di anticonformismo era rafforzata dal ciuffo di capelli biondo scuro che si ostinavano a ricadergli sul sopracciglio destro, a dispetto della frequenza con cui lo spingeva verso la tempia. Poteva tuttavia permettersi di trattare Konrad von Meerbach con maggiore confidenza degli altri perché era suo fratello minore, Gerhard, mentre la donna seduta al suo fianco era la madre, la contessa Athala.

« Ora potete andare », disse Konrad a Paust, che uscì rapidamente dalla stanza. Rimase in piedi e osservò prima un lato del lungo tavolo rettangolare e poi l'altro, scrutando i visi rivolti verso di lui. « Sono sconcertato, signori, davvero sconcertato al pensiero che qualcuno, qui... Uno. Qualsiasi. Dei. Presenti... possa ritenere più importante qualche Reichsmark in più rispetto al portare a termine il compito a cui il Führer ha sacrificato l'intera esistenza, vale a dire la purificazione della razza ariana. Verrebbe da pensare che siate ebrei, visto come mettete il denaro al primo posto, al di sopra di qualsiasi altra cosa, laddove sappiamo tutti che il nostro principale dovere è quello verso il Führer. Sarei pronto a rinunciare a tutti questi stabilimenti, a tutti i terreni intorno a essi, persino allo Schloss che porta il nome della mia famiglia, a tutte le splendide opere d'arte e al mobilio al suo interno, a tutto ciò che possiedo, in realtà, piuttosto che separarmi da questo... » Indicò il distintivo del partito nazista fissato al bavero della sua giacca, la svastica nera su fondo bianco circondata da un cerchio rosso inscritto in una ghirlanda dorata che correva lungo tutto il bordo della spilla. « Il Führer in persona mi ha appuntato questo distintivo come ricompensa per i servigi speciali resi al partito, perché mi ricordava sin dai primi giorni, ricordava a questo ragazzino ricco, non ancora ventenne, che ha partecipato alla marcia di Monaco il 9 novembre 1923... »

Oddio, ecco che ci risiamo, pensò Gerhard con un sospiro.

« ... che è rimasto spalla contro spalla con gli altri che erano orgogliosi di definirsi nazionalsocialisti, che non hanno rotto le righe quando la polizia ci ha sparato addosso. Oh, sì, il Führer rammenta benissimo chi si trovava al suo fianco all'epoca e chi gli è sempre stato fedele da allora. Ecco perché abbino il ruolo di presidente di questa grande società all'ancor più grande onore di fungere da braccio destro dell'SS-*Gruppenführer* Heydrich, e perché ho il privilegio di godere della confidenza dei membri di più alto livello del nostro partito e del governo. Ed è qui che si chiude il cerchio, signori – e signora madre –, dato che è proprio perché metto al primo posto il partito, e tutti lo sanno, che posso ora annunciarvi che la Meerbach Motori sta per conoscere la maggior prosperità di sempre.» Si mise le mani sui fianchi e si guardò intorno con aria trionfante mentre nella stanza echeggiava di nuovo il suono delle mani sul legno. «Nel corso dei prossimi quattro o cinque anni, il Reich darà inizio a un periodo di espansione militare che farà tremare di paura i suoi nemici. Le fabbriche tedesche costruiranno migliaia di aerei e decine di migliaia di carri armati. I tempi in cui la nostra nazione era costretta a chinare il capo davanti alle potenze alleate sono finiti per sempre, così come finiranno gli ebrei, il cui tradimento ha minato il nostro Paese e ha portato alla sua sconfitta. E tutti questi caccia e bombardieri e aerei da trasporto militari – aerei da guerra che il mondo non ha mai visto prima – avranno bisogno di motori. Tutti questi nuovi carri armati, progettati in modo di gran lunga superiore a quello di qualsiasi altro carrarmato sulla faccia della Terra – perché chi mai può eguagliare la Germania, quanto a genialità ingegneristica? – richiederanno anch'essi dei motori. E chi fornirà questi motori? Chi altri se non una compagnia finalmente depurata da ebrei, comunisti e pervertiti, una compagnia la cui lealtà verso il partito è indiscussa, una compagnia, in breve, come la Meerbach Motori?» Konrad chinò il capo per prendere atto con modestia dell'applauso suscitato dalle sue parole, si sedette di nuovo e, quando tornò il silenzio, aggiunse: «Passiamo quindi alla parte privata della riunione. Herr Lange, sareste così gentile da farci rapporto sull'attuale condizione finanziaria del Fondo di famiglia Meerbach?»

Un ometto basso e occhialuto consultò i documenti di fronte a lui e fornì un lungo e dettagliato resoconto su capitale, introiti e spese con un tono piatto e nasale. La sua monotona inflessione, tuttavia, non riuscì a celare un fatto importante e innegabile: la famiglia Meerbach era straordinariamente ricca, in possesso di un patrimonio pari a quello dei Rothschild, dei Rockefeller e dei Ford. La tenuta Meerbach si estendeva per più di trenta chilometri lungo le rive del lago di Costanza. I depositi bancari a Francoforte, Zurigo, Londra e New York erano cospicui come le scorte monetarie di diverse nazioni.

Una volta concluso l'elenco di fatti e cifre, vennero trattate le altre voci all'ordine del giorno. Al termine della riunione, Konrad riprese la parola. «Benissimo, credo che possiamo interromperci per un pranzo più che meritato, a meno che qualcuno non voglia sollevare altre questioni.»

Il suo tono suggeriva molto esplicitamente che sarebbe stato meglio che nessuno lo facesse, e infatti vi fu un energico scuotere di teste da parte degli uomini in completo.

Ma Gerhard Meerbach alzò la mano. «In realtà avrei una richiesta da fare.»

«Oh, davvero? E quale?» ribatté bruscamente Konrad, senza la minima traccia di amore fraterno.

«Vorrei altri soldi.»

Quando Oliver Twist chiese una seconda porzione di porridge, non provocò una reazione più orripilata. Intorno al tavolo rimasero tutti senza fiato dallo shock.

«Altri soldi?» ripeté Konrad in tono beffardo. «Disponi di una cospicua rendita e sei sicuramente molto più ricco di tutti i tuoi amici studenti sfaccendati. Inoltre pensavo che voi comunisti non foste interessati al denaro o ai beni materiali.»

«Per l'ennesima volta, Konrad, non sono comunista né lo

sono mai stato. Peraltro, non capisco come mai li odi tanto. Sei membro del partito nazionalsocialista. I comunisti adorano la Russia o, come la chiamano loro, l'Unione delle repubbliche socialiste sovietiche. Tu sei socialista e loro anche. Perdonami se non riesco a cogliere la differenza.»

Quelle parole volevano essere provocatorie e Konrad lo sapeva. Fu solo per questo motivo che non sollevò di peso il fratello per sottoporlo al pestaggio che meritava. Facendo respiri profondi per dominare la rabbia, chiese: «Quanto vuoi? E per cosa ti serve il denaro?»

«Vorrei cinquemila Reichsmark, per favore. Voglio comprare una Mercedes.»

«Quindi vuoi spendere i nostri soldi per un'auto della concorrenza?»

«Considerala una forma di spionaggio industriale. Sono curioso di scoprire cosa stanno combinando.»

«Ma puoi comprare un'ottima auto per molto meno.»

«Non voglio un'ottima auto, voglio la migliore. E la voglio perché sono un von Meerbach e, contrariamente a te, Konnie, sono un esperto e un estimatore della tecnologia. Tu puoi anche essere un lodevole uomo di partito, ma sai smontare il motore di un'auto, pulirne e sistemarne i vari pezzi e poi rimontarlo? Io sì. E l'auto che voglio, una Type 29 Mercedes 500K, può anche sembrare un'utilitaria per gigolò e ragazze facili, ma ha un motore da cinque litri sovralimentato, in grado di produrre centoventi kilowatt di vapore e raggiungere una velocità massima superiore ai centosessanta chilometri orari. Inoltre possiede il sistema di sospensioni più avanzato del mondo. E, infine, è indiscutibilmente e del tutto tedesca. Lo stesso Führer viaggia a bordo di vari modelli della Mercedes-Benz. Come puoi obiettare se desidero la sua stessa auto?»

Konrad von Meerbach osservò il fratello minore con i gelidi occhi azzurri. Saprai anche smontare i motori, fratellino, pensò, ma non sei mai stato nel seminterrato del quartier generale della Gestapo al civico 8 della Prinz-Albrecht-Strasse, a due passi dall'ufficio di Heydrich, dove lavoro quando sono a Berlino. Non hai visto un uomo che viene smontato, non hai visto la sua mente e la sua anima – com'è che hai appena detto? Ah, sì – che vengono smontate, pulite e rimontate. Io sì, invece. Li ho sentiti gridare di dolore e implorare pietà. Li ho visti tradire se stessi, i loro amici, le loro famiglie, qualsiasi cosa pur di mettere fine alla sofferenza. E non credere che tu, con tutta la tua arroganza, i tuoi privilegi e i tuoi atteggiamenti da studentello saccente ti comporteresti in modo diverso. «Benissimo. Prendi pure i soldi, ma non incolpare me quando ti schianterai con la tua stupida auto.»

La riunione si sciolse. Konrad fu il primo a lasciare la sala, seguito dagli altri.

Athala von Meerbach posò una mano ossuta sul braccio di Gerhard. Un tempo era bellissima, con capelli biondo cenere, zigomi alti e lineamenti delicati, che facevano sembrare le altre donne, per quanto attraenti, goffe e poco raffinate. Ma un matrimonio infelice e una vita fatta quasi solo di solitudine e disillusione avevano lasciato il segno. Aveva le guance scavate, il volto rugoso e la pelle avvizzita e traslucida, percorsa da vene azzurrine chiaramente visibili. «Aspetta un attimo.»

Gerhard si fermò. «Sì, madre?»

Athala lo guardò con gli occhi di una donna che ha sentito troppe menzogne, scuse e fandonie maschili per farsene sfuggire una. «Dimmi, mio caro ragazzo, qual è il vero motivo per cui vuoi quei soldi?»

Una volta accompagnata Saffron a scuola, Leon non tornò in aereo a Nairobi, ma scese fino a Durban e salì sulla prima nave passeggeri diretta a nord. A Johannesburg aveva ricevuto un telegramma dal fratello David, amministratore delegato della Courteney Trading, l'azienda fondata dal loro padre.

> SITUAZIONE CT DISPERATA. FUTURO FAMIGLIA IN PERICOLO. PER FAVORE VIENI CAIRO PRIMA POSSIBILE.

« La *tua* parte del futuro della famiglia sarà anche in pericolo, piccolo Davey, ma di certo non la mia », borbottò lui quando ricevette il messaggio. « Possiedo solo il dieci per cento della compagnia, e il cento per cento del mio denaro, grazie tante. » Era stato sul punto di inviare una risposta di quell'ingeneroso tenore, ma si era trattenuto. Non essere stupido, si era detto. Non c'è bisogno di commettere due volte lo stesso errore.

Erano passati più di venticinque anni da quando se n'era andato di casa e da allora non aveva più messo piede al Cairo. Il suo ostinato rifiuto di tornarvi e riappacificarsi con il padre era stato uno dei pochi argomenti su cui lui ed Eva non erano d'accordo. Avendo perso il padre da giovane, lei non sopportava di vedere l'uomo che amava troncare deliberatamente i rapporti con il suo.

« La tua è semplice testardaggine », gli diceva. « Non devi fare altro che andare al Cairo, stringergli la mano e fare pace. »

« Perché dovrei andare là io? È ricco come Creso, potrebbe venire in Kenya quando vuole. »

« Perché sei stato tu ad andartene e perché è ostinato proprio come te. Uno di voi due deve essere abbastanza uomo per mettere fine a questa stupida faida. »

« Lo farò quando questa dannata guerra finirà. » Ma poi la guerra era finita e lui aveva cambiato pretesto: « Come posso lasciarti sola quando aspetti nostro figlio? »

Poi era arrivata Saffron e, per quante volte Eva avesse ripetuto: « Vengo con te. Sto benissimo e una bimba è facile da trasportare», o «D'accordo, allora, io rimango qui con Saffron. Saremo in grado di badare a noi stesse fino al tuo ritorno», non era riuscita a spingerlo a fare il primo passo verso il Cairo.

Poi suo padre era morto ed era stato sepolto prima ancora che la notizia del suo decesso raggiungesse Leon. L'occasione di riappacificarsi era sfumata per sempre e lui rimpiangeva di non aver fatto nulla quando ancora ne aveva la possibilità. Eva aveva ragione. Era stata semplicemente una questione di testardaggine e stupido orgoglio, e adesso che anche lui era padre si rendeva conto di quanto Ryder doveva avere sentito la sua mancanza e di quanto sua madre doveva avere sofferto per il loro dissidio.

La nave che lo stava riportando a Mombasa era diretta a Suez, così Leon si limitò ad ampliare la tratta coperta dal biglietto e mandò un cablogramma al fratello:

SONO IN VIAGGIO. INFORMAMI DEGLI SVILUPPI C/O NAVE P&O *BRABANTIA*.

Il viaggio verso nord, intorno al Corno d'Africa e poi su per il mar Rosso fino al canale di Suez, durò tre settimane, e praticamente ogni giorno Leon si recò nella sala radio della nave per dettare un cablogramma al Cairo o riceverne uno di risposta. La situazione era chiarissima e fin troppo tipica dell'epoca in cui vivevano.

Nei dieci anni dopo la fine della guerra, la Courteney Trading aveva ampliato l'eredità lasciata dal suo fondatore. Con il figlio maggiore di Ryder Courteney lontano dalla famiglia e il secondogenito Francis ferito in modo talmente grave da non poter lavorare a tempo pieno, la responsabilità di dirigere l'azienda era toccata a David, il terzogenito, così chiamato in onore del nonno materno David Benbrook, morto difendendo la famiglia durante l'assedio di Khartoum. Poiché l'economia mondiale era in pieno boom e la produzione di massa rendeva le automobili accessibili a milioni di nuovi clienti, David aveva concluso che, fra tutti gli interessi della famiglia, gli investimenti nei giacimenti petroliferi persiani offrivano le più rosee prospettive a lungo termine. Aveva quindi chiesto ingenti prestiti per finanziare l'ampliamento delle loro operazioni di trivellazione di prospezione, nonché della flotta di navi cisterna che portavano il petrolio fino alle raffinerie in Gran Bretagna e nel resto dell'Europa. Quella strategia avrebbe dato ottimi frutti, se il crac di Wall Street del 1929 non avesse scaraventato l'economia globale in una tremenda depressione. Con l'aumentare della fornitura di petrolio – dato che tutte le compagnie petrolifere del mondo si erano ingrandite – e il calo improvviso della domanda, il mercato era crollato e il prezzo del petrolio era sceso in picchiata.

Grazie all'appoggio di Francis e Dorian, il più giovane dei fratelli, David aveva mantenuto i nervi saldi. Non aveva annullato i contratti con gli armatori, ma rinegoziato nuovi prezzi, più bassi, sapendo che i cantieri navali erano disposti a ridurre all'osso i propri margini di profitto piuttosto che perdere completamente le commesse. Arrivò persino a rilevare, per una frazione dell'effettivo valore, la quota di proprietà dei giacimenti persiani di alcuni soci con una disponibilità finanziaria inferiore alla sua. Alla fine il mondo si sarebbe rimboccato le maniche, la richiesta di petrolio sarebbe aumentata e il prezzo avrebbe ripreso a salire, pensava.

Invece la depressione economica aveva continuato ad aggravarsi. Ormai la Courteney Trading non era il cacciatore, bensì la preda. Non riusciva più a finanziare i debiti accumulati durante il programma di espansione e si trovava di fronte lo stesso destino che aveva imposto ad altri: vendere tutto a prezzo stracciato e consegnare ai banchieri fino all'ultimo penny del ricavato. L'unica speranza era che qualcuno corresse in suo soccorso. Agli occhi dei fratelli minori, quel qualcuno era Leon.

Gerhard von Meerbach procedette lungo la strada che portava verso lo scalo merci, il bavero della giacca alzato contro il gelido vento invernale e il berretto ben calcato sulla fronte. Il chiasso della folla, dei camion e delle auto era sovrastato dal frastuono delle locomotive e dei vagoni che venivano assemblati e che, nelle ore seguenti, avrebbero trasportato decine di migliaia di persone fuori dalla stazione centrale di Monaco, a tre chilometri da lì. Era a Laim, un violento e irriducibile quartiere operaio dove le immacolate strade nelle zone più eleganti della città lasciavano il posto a marciapiedi crepati e costellati da fogli di giornale, verdure marcescenti ed escrementi di cane. Era gremito di persone, alcune impegnate nelle loro faccende e altre appoggiate a muri e lampioni, con la sigaretta in bocca, a guardare i passanti; altri ancora puntavano il dito, gridando e imprecando con un rozzo accento che colmava Gerhard di nervosismo all'idea di aprire bocca e rivelare la sua inflessione istruita, aristocratica.

Si era vestito in maniera consona all'occasione, con il suo completo più vecchio e malconcio, quello che aveva messo per conferenze, visite a cantieri edili, feste e innumerevoli lunghe serate in bar e cabaret fumosi durante tutti i suoi anni da studente. Il tessuto nero aveva assunto una lucentezza verdastra a causa dell'età e dell'uso eccessivo, c'erano toppe sui gomiti e un esame attento avrebbe rivelato un rammendo grossolano laddove una ex fidanzata aveva sistemato una delle tasche dei pantaloni, quasi strappata via quando uno scherzo fra studenti era sfuggito di mano. Portava la sua camicia più vecchia, senza il colletto rigido che vi era solitamente attaccato, e aveva preso in prestito uno dei berretti macchiati d'olio del meccanico che si occupava delle auto di famiglia.

Oltrepassò la bottega di un sarto, sulla cui vetrina era stata verniciata una rudimentale stella di David, con la parola GIUDEO scarabocchiata lì accanto. Sotto c'era un piccolo manifesto che strillava: NON COMPRATE DAGLI EBREI! Le luci del negozio erano spente e la porta chiusa con un lucchetto, i manichini in vetrina erano tutti impolverati, uno era caduto. Gli ebrei erano stati cacciati.

Da un *bierkeller* uscivano l'odore di birra stantia e il suono di voci rauche che intonavano l'antica canzone da osteria *Lang Lang Ist's Her* con l'accompagnamento di una fisarmonica. Davanti al locale un uomo si guardò furtivamente intorno e poi gli mise in mano un volantino stampato in modo approssimativo. «Sembri un amico», disse, poi sgattaiolò di nuovo nell'ombra.

Gerhard guardò il pamphlet, intestato *ISK – Giornale della lega militante socialista internazionale.* Sotto, si leggeva il titolo: *Socialismo internazionale sull'autostrada!* Una fotografia mostrava operai al lavoro su un nuovissimo tratto dell'autostrada che collegava Francoforte e Darmstadt, la prima al mondo nel suo genere e fiore all'occhiello di Adolf Hitler. L'articolo descriveva il malcontento degli operai per la paga irrisoria e le intollerabili condizioni di vita. Ma stavano reagendo, affermava l'autore, stavano organizzando proteste, rallentando il ritmo della costruzione, persino scrivendo slogan sui nuovi ponti sopra la carreggiata.

Gerhard si fermò di colpo, chiedendosi se ci fosse qualcosa di vero. I cinegiornali erano stati ricchi di servizi sulla nuova *Autobahn* ma nessuno di essi aveva menzionato una qualsiasi insoddisfazione fra la manodopera, sempre mostrata con un ampio sorriso sul volto mentre sgobbava per il bene della patria. E nessuno, in pubblico, aveva mai fatto parola di eventuali slogan dipinti. Be', logico che non ne parlino, pensò Gerhard, accartocciando il volantino e ficcandolo nel cestino della spazzatura più vicino. Poi anche lui si guardò intorno, come aveva fatto l'attivista dell'ISK e come facevano tutti a Monaco, la città che aveva dato origine alla Gestapo, dove si pensava che gli occhi e le orecchie della polizia segreta fossero perennemente all'erta, ovunque. Aveva raggiunto Laimer Platz in tram, osservando tutti gli altri passeggeri quando salivano e scendevano e poi, una volta smontato, accertandosi che nessuno lo seguisse. Mentre percorreva Fürstenrieder Strasse si era fermato ogni tanto a guardare nelle vetrine dei negozi per scoprire cosa stava succedendo dietro di lui, proprio come aveva visto fare agli attori nei film, ma non aveva notato nulla che gli facesse sospettare di essere pedinato, quindi aveva proseguito verso la sua destinazione.

E adesso era arrivato e stava salendo la corta rampa di gradini di pietra crepati all'ingresso di un caseggiato. La mattonatura intorno alla porta era piena di macchie lasciate dall'acqua sgorgata dalle grondaie stracolme e colata copiosamente lungo il muro, la malta fra i mattoni si stava sgretolando e aveva un disperato bisogno di essere ripareggiata. Il portone d'ingresso non era chiuso a chiave. Gerhard lo spinse e si ritrovò in un corridoio bordato di biciclette appoggiate a entrambi i muri. Un piccolo tabellone mostrava i numeri degli appartamenti in cima alla scala che gli si stagliava di fronte. Vide un nome scarabocchiato accanto all'ultimo numero, il 12-B: SOLOMONS.

Oh, Izzy, siamo arrivati a questo? si chiese, ripensando all'epoca in cui la madre lo portava a far visita ai Solomons nella loro splendida casa di Königinstrasse – «Via della Regina» –, proprio di fronte al Giardino inglese. I Solomons erano stati per generazioni gli avvocati di famiglia dei Meerbach e si erano integrati così perfettamente nella vita dell'alta borghesia tedesca che, come diceva sempre la madre di Gerhard, «nessuno direbbe mai che sono ebrei».

Una vetrinetta in sala da pranzo esibiva orgogliosamente le decorazioni che Isidore Solomons, il ragazzo prodigio della famiglia, si era meritato in guerra. Aveva combattuto fieramente e valorosamente per la Germania più di chiunque altro nell'esercito del Kaiser e, sopravvissuto per miracolo mentre tanti altri morivano intorno a lui, era passato a poco a poco dall'umile grado di *Leutnant*, « tenente », a quello di *Oberst*, « colonnello ». Aveva servito nella quindicesima divisione della fanteria bavarese, parte della Quinta Armata sotto il comando del principe Guglielmo di Prussia, l'erede del Kaiser. La lettera d'encomio scritta personalmente dal principe per lodare Solomons per il suo valore occupava il posto d'onore nella vetrinetta, accanto alla medaglia *Pour le Mérite*, la leggendaria Blauer Max: la massima onorificenza che un militare tedesco potesse ricevere. Gli era stata assegnata per lo straordinario coraggio dimostrato sul campo a Verdun e per l'altruistica disponibilità a rischiare la propria vita per proteggere quella dei sottoposti.

Solomons non amava parlare delle sue esperienze belliche. Tuttavia Gerhard ricordava una vigilia di Capodanno allo Schloss Meerbach: gli ospiti arrivavano per il veglione, e i gentiluomini erano stati invitati a sfoggiare le proprie decorazioni. Isidore Solomons era entrato, alto, malinconico e impeccabile, sfoggiando sul petto la croce blu appesa a un nastro bianco e nero, sormontata da quattro foglie di quercia dorate, con le parole *Pour le Mérite* incise sui bracci. Era bastata un'unica occhiata alla medaglia perché gli uomini gli tributassero il genere di deferenza che avrebbero riservato a un membro della famiglia reale, e le donne sembrassero falene attratte dalla sua fiamma. Personaggi più ricchi, più potenti e persino più famosi – perché la lista degli invitati comprendeva celebri attori, scrittori, pittori e musicisti – passavano lì accanto, nell'indifferenza generale.

E adesso i Solomons erano ridotti così, a scendere e salire quelle scale con le pareti scrostate a causa dell'umidità e il lezzo di cavolo stufato e sudore stantio che si mescolava al tanfo di escrementi umani proveniente dalle latrine, una ogni due piani. Gerhard ripensò ai bagni di marmo scintillante della vecchia casa dei Solomons.

Finalmente raggiunse l'ultimo piano. Imboccò uno stretto corridoio, poco più largo delle sue spalle, e bussò alla porta del 12-B.

« Entrate, mio caro ragazzo », disse con disinvoltura Isidore, come se nulla fosse cambiato. Lo fece accomodare in un angusto salottino, pieno dei massicci mobili provenienti dalla vecchia abitazione di Königinstrasse e del tutto fuori luogo in un posto come quello. Solomons era vestito di tutto punto, ben rasato e pettinato come se fosse ancora uno dei migliori avvocati di Monaco. La stanza era in perfetto ordine, a parte le lenzuola accuratamente piegate in fondo al divano su cui doveva dormire un membro della famiglia.

« Vi trovo bene », gli disse Gerhard. « Come se foste in procinto di andare in ufficio. »

Solomons si strinse nelle spalle. « Si cerca di preservare un certo decoro. E in realtà mi tengo in esercizio, ufficiosamente. In questo quartiere ci sono sempre persone che hanno bisogno di consigli legali. Quasi nessuna di loro può permettersi di pagare, ma la cosa mi tiene impegnato e... be', diciamo semplicemente che alcuni miei clienti possono assicurarsi che nessuno ci infastidisca, qui, il che vale davvero parecchio, oggigiorno. »

« Claudia è in casa? Immagino che i bambini siano a scuola. »

« In realtà vengono istruiti qui a casa, adesso. Ci è stato comunicato che la loro presenza a scuola non era più gradita. Ah, be', sarebbe comunque stato difficile pagare la retta... Quindi, per rispondere alla vostra domanda, no, al momento Claudia non è in casa. L'ho mandata al parco con i bambini e mia madre. Ho ritenuto preferibile che potessimo parlare faccia a faccia, e spero siate d'accordo. »

« Certo, è logico », replicò Gerhard. Poi non riuscì più a fingere che stessero chiacchierando del più e del meno, come ai vecchi tempi. « Izzy... Mr Solomons... Mi dispiace moltissimo. Vedervi in queste condizioni mi riempie di vergogna. »

« Sciocchezze, mio caro ragazzo, non preoccupatevi. Abbiamo una camera da letto, una cucina, un bagno in comune al piano di sotto. Non è Königinstrasse, certo, ma è un'autentica reggia in confronto al mio alloggiamento a Verdun. E ci sono molti meno ratti. »

Gerhard scoppiò a ridere. Solomons aveva oltre vent'anni più di lui, era abbastanza vecchio da poter essere suo padre, e alla fine della guerra aveva ereditato il ruolo di avvocato della famiglia dal defunto genitore. Essendo cresciuto senza un padre, perché aveva solo tre anni quando il suo era stato ucciso in azione nei primissimi giorni del conflitto, Gerhard aveva avuto bisogno di un uomo più grande a cui chiedere consiglio, o semplicemente di un paio di orecchie disposte ad ascoltare i suoi problemi, e Isidore Solomons – perspicace, garbato, molto competente in campo legale, leale fino al midollo alla famiglia von Meerbach e dotato di una saggezza innata degna del suo nome – era stato la scelta più naturale. « Konrad non avrebbe mai dovuto licenziarvi. Avrebbe dovuto battersi più strenuamente per convincere i suoi amici nel partito a garantirvi l'esenzione dalle leggi antiebraiche. Avete ricevuto la Max, santo cielo. »

Solomons reagì con un'alzata di spalle e un sorriso ironico, mesto. « Si scopre che la *Pour le Mérite* non è più quella di un tempo. Non biasimo Konrad. Il fatto è che non potevo più svolgere adeguatamente il mio lavoro e, per di più, le cose non sarebbero certo migliorate. Datemi retta, Gerhard, è solo l'inizio. »

« Allora avrebbe dovuto versarvi una liquidazione adeguata. Dopo tutti questi anni e tante generazioni, era il minimo che la mia famiglia potesse fare per la vostra. »

« Be', è vero, ma Konrad deve pensare alla sua carriera. Ho

sentito dire che adesso collabora direttamente con Heydrich, come una sorta di braccio destro, vero? »

« Esatto, è il suo segretario personale. Lavorano a Berlino, ora che Heydrich è a capo dell'intera Gestapo e della polizia di sicurezza. Konrad lo accompagna ovunque vada, è stato persino nello chalet del Führer a Berchtesgaden. »

« Tè sulla terrazza con Adolf ed Eva, davvero *gemütlich*! »

« Non così affascinante in realtà, temo. Comunque potete stare certo che almeno uno di noi capisce il concetto di debito d'onore. Sono riuscito a ottenere cinquemila Reichsmark dal mio fondo fiduciario. Gli amministratori pensano che voglia comprare una Mercedes. Spero solo che non si aspettino mai di vederla. »

« Grazie, Herr von Meerbach », disse Solomons, in tono più formale, mentre il giovane prendeva una busta dalla tasca interna della giacca e gliela porgeva. « Siete troppo generoso. La maggior parte delle persone non riuscirebbe a guadagnare questa somma nemmeno in un anno. Ci aiuterà più di quanto possiate immaginare. »

« La maggior parte delle persone non sono von Meerbach o Solomons. » Gerhard si interruppe per un attimo. « Non vi chiederò cosa intendete farne. Non voglio saperlo, ma qualsiasi cosa facciate e ovunque possiate andare vi auguro ogni bene e... » Sospirò. « Non è solo una questione di famiglia, benché io pensi davvero ciò che ho appena detto. È anche un fatto personale. Finché avrò vita, non dimenticherò mai la vostra gentilezza nei miei confronti o tutte le occasioni in cui vi siete preso il disturbo di ascoltarmi e aiutarmi. Mai. »

Solomons gli posò una mano sulla spalla. « Siete un brav'uomo, ma non siamo in un'epoca adatta alle brave persone. Ricordate: dovete essere duro, risoluto e, se necessario, spietato come i malvagi che stanno prevalendo in tutta Europa. Dovete combattere il loro fuoco con il fuoco, altrimenti trionferanno e sarà tutto perduto. Ditemi, conoscete le opere di William Butler Yeats? »

Gerhard scosse il capo.

« È un poeta irlandese, uno dei miei preferiti. Ha scritto una poesia intitolata *Il secondo avvento*. Naturalmente scrive in inglese, ma io possiedo le sue opere tradotte in tedesco. » Solomons raggiunse una traballante libreria di legno ed estrasse un volumetto che recava orgogliosamente i segni e le pieghe tipici di un libro molto letto e molto amato. « Yeats l'ha scritta nel 1919, quando il sangue versato nell'ultima guerra non si era ancora asciugato, ma come un profeta vedeva già profilarsi all'orizzonte quella seguente. » Sfogliò le pagine fino a trovare quella giusta. « *Ach so*, eccola! Ascoltate questi pochi versi, Gerhard, perché ci dicono parecchie cose. »

Le cose cadono a pezzi; il centro non regge più;
sul mondo dilaga mera anarchia,
l'onda fosca di sangue dilaga, e in ogni luogo
sommerge il rito dell'innocenza;
i migliori difettano d'ogni convinzione, i peggiori
sono colmi d'appassionata intensità.

« Siete uno dei migliori, Gerhard. Uno dei migliori in assoluto. Quindi dovete mostrare, nelle vostre buone azioni, la stessa convinzione e la stessa appassionata intensità palesate dai peggiori in tutti gli atti malvagi che commettono. E restate in vita. Per l'amor del cielo, Gerhard, fate come ho fatto io a Verdun: soprattutto, qualsiasi cosa succeda... restate in vita. »

I quattro fratelli Courteney si diedero appuntamento per pranzo sulla terrazza dello Shepheard's Hotel del Cairo, dove Leon alloggiava. Era arrivato dal porto di Suez in treno. L'aria era tiepida, ossia misericordiosamente fresca per i parametri del Cairo. Leon aveva prenotato il tavolo ed era arrivato in anticipo, sorseggiando un gin tonic mentre osservava il passeggio: europei in completo e cappello, arabi con le loro tuniche fluttuanti, venditori ambulanti che chiamavano a gran voce i clienti portando grandi ceste di mandorle e albicocche, ragazzini di strada che chiedevano la carità agli stranieri, carrozze trainate da cavalli che si contendevano la precedenza con asini, carretti e automobilisti che suonavano furiosamente il clacson. Durante la sua assenza l'abbigliamento femminile era cambiato, il numero di vetture e biciclette era aumentato, e ormai il tanfo dei fumi di scarico si mescolava all'eterno olezzo di polvere, sterco, legna bruciata e spezie che aleggiava da tempo immemorabile; ma la natura della città era invariata.

E i suoi fratelli? Li avrebbe riconosciuti, dopo così tanti anni?

Un cameriere in livrea bianca raggiunse il suo tavolo. « I vostri ospiti sono arrivati, Effendi. »

Leon guardò alle sue spalle e scorse tre uomini che si avvicinavano. Individuò subito David. L'ultima volta che lo aveva visto era un ragazzo alto e magro come un chiodo, e pur avvicinandosi ormai alla quarantina conservava lo stesso aspetto di un tempo. I capelli biondo rossiccio, i più chiari dell'intera famiglia, erano arruffati e spettinati proprio come quando era uno scolaretto. Riconobbe subito anche Dorian: bruno, esile e scattante come un folletto, aveva ereditato il talento artistico della madre. A dieci o undici anni sapeva disegnare caricature sagaci e perfide dei fratelli maggiori o dipingere paesaggi ad acquarello che sembravano opera di adulti. A giudicare dallo stazzonato completo color sabbia, con i pantaloni stretti in vita da una sciarpa invece che da una cintura e la camicia blu con il colletto aperto a rivelare un foulard di cotone, era tuttora l'artista della famiglia.

Rimaneva solo Francis, il fratello più vicino a Leon di età.

Forse troppo vicino, perché a Leon era sempre sembrato che lui lo guardasse con antagonismo invece che con affetto. Ma da allora erano passati quasi trent'anni e una guerra, durante la quale Francis aveva sofferto più di tutti loro ed era anche cambiato di più.

Ma era cambiato in meglio o in peggio? Mentre lo guardava zoppicare leggermente e appoggiarsi a un bastone, Leon pensò che era quella la chiave del piano che aveva escogitato, la chiave della sopravvivenza della stessa Courteney Trading.

Davy è ragionevole: se vede che mi dimostro equo, accetterà. Dorian seguirà il suo esempio. Ma tu, piccolo Frankie, cosa sceglierai?

Il capitano Francis Courteney aveva fatto parte della Forza di spedizione mediterranea sbarcata a Capo Helles, nella Turchia occidentale, nell'aprile 1915. Sul versante settentrionale del Capo c'erano le acque dell'Egeo e a sud i Dardanelli, lo stretto attraverso cui doveva passare tutto il traffico marittimo fra il Mediterraneo e il mar Nero. I Dardanelli erano controllati dall'impero ottomano, schieratosi con la Germania, ma se gli Alleati fossero riusciti ad assumerne il controllo avrebbero creato un canale diretto tra le forze britanniche in Nordafrica e la costa più lontana del mar Nero, dove c'erano gli alleati russi. Lo scopo originario della campagna dei Dardanelli, come venne inizialmente chiamata, era di utilizzare le navi da guerra francesi e della Royal Navy per aprirsi un passaggio con la forza lungo lo stretto, partendo dal mare. Agli occhi di Winston Churchill (o « quel dannato idiota di Churchill », come lo chiamò Leon da quel momento in poi) avrebbe dovuto essere semplice. L'impero ottomano era in decadenza, inefficiente e indebolito da sommosse interne, mentre la Royal Navy era la più grande forza marittima che il mondo avesse mai conosciuto.

Purtroppo una combinazione di mine navali e batterie turche sulla costa avevano fatto scempio della flotta britannica e di quella francese, costringendole a un'umiliante ritirata. Si era deciso di attaccare le batterie via terra, ed era così iniziata la seconda fase della campagna, che coinvolgeva truppe inglesi, francesi, indiane, australiane e neozelandesi. Le perdite subite da queste ultime due forze avrebbero simboleggiato alla perfezione il contrasto fra l'eroismo delle truppe e l'incompetenza strategica dei loro comandanti. Quello di Gallipoli era stato un disastro di dimensioni epiche persino nel contesto della Grande Guerra, non certo priva di sanguinose catastrofi. Contrariamente a quanto si credeva, proprio fra le truppe britanniche – che rappresentavano la stragrande maggioranza dell'esercito alleato – si erano registrati due terzi dei caduti e dei feriti complessivi. E uno di loro era Francis Courteney.

Con profonda delusione del padre, quando Francis era stato reclutato, le sue scadenti prestazioni nell'addestramento di base avevano fatto sì che venisse giudicato « privo della stoffa dell'ufficiale » e spedito fra i ranghi. All'epoca della battaglia di Gallipoli era un caporale che lavorava per il furiere del reggimento, controllando le provviste in entrata e in uscita come un comune impiegato. Laddove Ryder Courteney l'avrebbe considerata una mansione deplorevole, Francis ne era felice. L'onore di iniziare il servizio militare con il grado di sottotenente era, ai suoi occhi, ampiamente controbilanciato dallo spaventoso numero di vittime fra i giovani subalterni. Che guidassero pure loro le cariche contro trincee difese da mitragliatrici: lui era molto più contento di rimanere nel magazzino viveri a compilare ricevute e tenere in ordine i conti.

Verso la fine della disfatta di Gallipoli, un certo Garden, capitano della brigata speciale dei Royal Engineers, era arrivato di corsa al fronte dall'Egitto. Portava con sé tremila cilindri di gas al cloro, perché qualche disperato burocrate a più di tremila chilometri di distanza, al ministero della Guerra di Londra, aveva suggerito che il gas sarebbe stato il mezzo ideale per cacciare i turchi dalle loro posizioni, trasformando il disastro in un trionfo. L'idea, tuttavia, non era soltanto immorale, ma anche irrealizzabile: le brezze marine che turbinavano intorno a Capo Helles erano mutevoli e c'era la possibilità concreta che la nube di gas tossico sarebbe stata spinta contro le linee britanniche, anziché fino ai turchi. A peggiorare ulteriormente le cose, le posizioni turche si trovavano più in alto rispetto a quelle alleate, e il gas al cloro – essendo molto più pesante dell'aria – sarebbe stato più incline a scendere lungo il fianco della collina che non a salire.

Il piano era stato abbandonato e i cilindri di gas messi in deposito, in attesa di rispedirli ad Alessandria insieme al capitano Garden. Per puro caso, una granata turca vagante era esplosa lì vicino e un frammento di shrapnel aveva bucato un cilindro. In quel momento Francis stava ispezionando il deposito per accertare che i registri fossero corretti, e stava giusto oltrepassando i cilindri di gas quando era arrivata la granata. L'esplosione lo aveva scaraventato a terra, traumatizzato ma illeso, proprio mentre una violenta zaffata di gas sgorgava dal cilindro forato.

Un dolore bruciante gli si era propagato negli occhi e nella gola, un pugno gigantesco gli si era serrato intorno al petto e i suoi polmoni si erano contratti così tanto che si era sentito soffocare. Era riuscito ad alzarsi e ad allontanarsi barcollando dal gas, salvandosi così la vita. Era stato comunque preso da spasmi di tosse e conati di vomito, e accecato dalle lacrime prodotte nel tentativo di espellere la sostanza irritante. La bocca, all'opposto, era secca e la lingua gonfia e felpata. Era stramazzato a terra, dove i barellieri lo avevano trovato steso su un fianco, con la testa dolorante e la bocca spalancata mentre cercava di vomitare il liquido che gli riempiva i polmoni. Era giallo in viso, con sfumature verdognole, e nel corso delle ore seguenti altre parti del suo corpo avevano assunto macabre tinte mentre il gas e la carenza di ossigeno facevano effetto: il pallore itterico del volto aveva lasciato lentamente il posto a un vivido rosso violaceo e le unghie erano diventate azzurre. Francis si sentiva sfinito eppure irrequieto e ansimava, in preda a un'ansia che rasentava il panico a causa dell'incapacità di respirare. Sentiva dolore ovunque, mentre tutto il suo corpo erompeva in una violenta protesta: tosse, vomito e diarrea si susseguivano senza sosta.

Alla fine si era addormentato e al risveglio si era sentito molto meglio, ma poche ore più tardi era stato assalito da una seconda ondata di dolore mentre il suo corpo esausto cadeva vittima di una violenta febbre bronchiale. La tosse era tornata e i fazzoletti bianchi che accostava al viso si erano ricoperti ben presto di muco verde striato di sangue. La temperatura corporea aveva superato i quaranta gradi e il battito era diventato debole, eppure accelerato. Per alcune ore Francis era stato in preda al delirio e i medici dell'ospedale militare erano sicuri che si sarebbe aggiunto alla lista sempre più lunga dei caduti. Poi, quando tutto sembrava ormai perduto, la febbre era cominciata a calare. Francis era salvo.

Si è salvato perché è un Courteney, aveva scritto la madre di Leon nella lettera in cui gli raccontava l'accaduto. *Era troppo ostinato per morire e tuo padre non ha voluto sentire ragioni. È andato fino al ministero della Guerra per ottenere l'autorizzazione a farlo riportare ad Alessandria in nave, poi si è assicurato che venisse assistito dai migliori medici e le migliori infermiere del Levante. A Dio piacendo, si riprenderà.*

Era stata comunque una lenta guarigione. Francis era stato in convalescenza per quasi quattro anni, prima in ospedale, poi in un sanatorio e infine a casa. Era uscito dall'esperienza molto indebolito e con un'ipersensibilità alla luce, da cui il bastone e gli occhiali scuri. In confronto ai veterani ciechi, storpi o mutilati che erano diventati uno spettacolo così familiare sulle strade postbelliche, se l'era cavata a buon mercato.

« Sono felice di vederti così in forma, Francis », disse Leon, con un tono che non lasciava dubbi sulla sua sincerità.

Il fratello reagì come se lo avesse insultato. Emise un verso sprezzante e torse la bocca in una smorfia amareggiata. « Quindi non sei voluto tornare quando tuo fratello è rimasto a letto per mesi, ferito, e nemmeno quando tuo padre stava morendo, ma non appena i tuoi soldi sono in pericolo arrivi di corsa. Mi scuserai se non ne sono favorevolmente colpito. » Ansimava leggermente e, quando finì di parlare, diede un aspro colpo di tosse asinina che Leon giudicò un segno della sua furia più lampante di qualsiasi gesto puramente fisico.

« Calmati, Frank », disse David. « Non c'è alcun bisogno di rivangare il passato. »

Leon ignorò la provocazione. « Be', è comunque un piacere rivederti », disse, porgendo la mano a Francis, che finse di non vederla.

« Grazie tante di aver fatto tutta questa strada, Leon. Spero che riusciremo a escogitare una soluzione vantaggiosa per tutti noi. » La stretta di mano di David fu energica e sicura, tipica di chi è abituato ad assumersi responsabilità e a tenere fede alla parola data.

Dorian era rimasto indietro, osservando Leon come se volesse fargli un ritratto. « Mmm... leggermente sciupato dalla vecchiaia, ma fondamentalmente lo stesso fratellone di un tempo. » Sorrise e, con profondo stupore di Leon, lo strinse in un abbraccio affettuoso. « Sono felice di vederti. »

« Altrettanto », replicò lui. Indicò il tavolo. « Perché non vi sedete e ordinate un drink? »

« Mi sembra una splendida idea », commentò David.

Dorian rifletté per un secondo. « Credo che prenderò un vodka Martini, se per te va bene, fratellone. »

« Certo. E tu, Frank? »

« Johnnie Walker, liscio, niente ghiaccio, e doppio. »

I drink vennero portati al tavolo, il cibo ordinato, servito e mangiato. La conversazione non fu altro che normali chiacchiere tra fratelli rimasti a lungo separati. Leon chiese notizie della madre e delle sorelle, e si aggiornò sui dettagli delle varie famiglie. David era sposato con due figli, un maschietto di dieci e una femminuccia di sette. Francis era stato sposato, ma la moglie Marjorie lo aveva lasciato da parecchio tempo e lui non aveva ancora trovato un'altra donna. Dorian, invece, non era legato da alcun vincolo coniugale e preferiva divertirsi con un flusso ininterrotto di donne.

« Dubito che abbia mai ritratto una donna senza portarsela a letto », sottolineò David.

« Oh, non è giusto. Qualche anno fa un tizio mi ha chiesto di ritrarre sua madre, sostenendo di volere qualcosa che gliela ricordasse dopo che lei fosse morta. Era una splendida vecchietta, come minimo settantacinquenne, ma fisicamente in ottime condizioni, e molto arzilla. »

« Non dirmi che hai... » ribatté Leon, ridendo.

« Certo che no! » esclamò Dorian, come se trovasse offensiva l'insinuazione. « È proprio quello che stavo cercando di sottolineare: ci sono dei limiti. » Si interruppe per un attimo prima di aggiungere: « Anche se devo ammettere che l'idea mi ha attraversato la mente... »

« Non credo proprio che l'assoluta mancanza di continenza sessuale di Dorian rappresenti un argomento di conversazione interessante o proficuo », sottolineò Francis, stizzito. « Possiamo passare agli affari? È per questo che ci troviamo qui, giusto? E siamo sinceri, Leon, non avresti fatto tutta questa strada se non pensassi di poter trarre profitto dalla nostra sventura. Quindi perché non ci spieghi esattamente come intendi farlo? »

Leon guardò il fratello, intuendo che le cicatrici più profonde gli segnavano l'anima e non il corpo. Il vero danno era quello e, di conseguenza, era ancora più pericoloso.

Si sforzò di non reagire con rabbia o stizza. Chiamò invece il cameriere e ordinò un caffè per tutti loro, poi disse: « Benissimo, comincerò riepilogando la situazione come la vedo io, dopodiché possiamo discutere su cosa fare al riguardo. Ho già qualche idea, ma sono sicuro che ne abbiate anche voi ».

« Più che giusto », commentò David. « Spara. »

« Bene, innanzitutto voglio esprimere la mia convinzione che tu abbia agito in maniera estremamente ragionevole, Davy. Mi sembra evidente che la richiesta di carburanti derivati dal petrolio non farà che aumentare – persino le navi, oggigiorno, hanno le stesse probabilità di funzionare a metano che a carbone –, e non c'era motivo per cui avresti dovuto prevedere questa interminabile depressione quando nessun altro l'ha fatto. Quindi a mio parere non c'è alcun bisogno di recriminare.

« D'altra parte non si può negare che la Courteney Trading versi in gravi difficoltà. Non si tratta solo del petrolio: tutti gli investimenti di papà nell'industria mineraria sudafricana stanno soffrendo. Al giorno d'oggi, oro e diamanti sono le ultime cose al mondo che chiunque voglia comprare. Persino il prezzo del cotone egiziano sta crollando. E naturalmente le spedizioni sono arrivate in pratica a un punto morto perché nessuno può permettersi di commerciare. Quindi non c'è nulla che stia riempiendo il vuoto. E, in base ai miei calcoli approssimativi, i debiti totali della compagnia ammontano a poco più di sei milioni di sterline... »

« 6.239.472 sterline, diciassette scellini e dieci pence era la cifra esatta, l'ultima volta che il nostro capocontabile ha fatto i conti.»

«Bene, i diciassette scellini e i dieci pence non dovrebbero essere un problema», disse allegramente Dorian.

«E sono stati presi in prestito con un interesse annuo medio dell'otto per cento circa, giusto?» chiese Leon.

«Più o meno, sì», confermò David.

«Questo significa che la Courteney Trading deve trovare circa mezzo milione di sterline per coprire gli interessi, e inoltre rimborsare parte del capitale, cosa impossibile quando nessuno dei suoi rami di attività sta guadagnando.»

«Grazie mille, Leon, per averci detto quello che già sapevamo», ribatté Francis.

«Abbi pazienza, Francis, da bravo. Vedete, credo che sarà proprio il livello d'indebitamento della compagnia a fornirci la possibilità di trattare con i banchieri. Chiunque dei nostri creditori abbia un pizzico di sale in zucca capirà che, se siamo costretti a svendere, otterremo una vera miseria e loro saranno fortunati a riavere un decimo dei loro soldi. Per loro è molto meglio se restiamo in attività.»

«Frank non ha tutti i torti, Leon», affermò David. «Lo avevamo capito da soli e sto cercando da mesi di far arrivare il messaggio ai banchieri. In realtà è l'unico motivo per cui non ci hanno ancora precluso la facoltà di riscatto. Ma stanno per arrivare al punto in cui saranno pronti a portare la perdita a detrazione.»

«Infatti... ma se sapessero che gli interessi verranno coperti per un periodo, diciamo, di quattro anni – totalmente garantito – starebbero molto più tranquilli, giusto? E se sapessero che il loro capitale investito è più al sicuro li si potrebbe convincere a rinegoziare i termini del prestito. In fondo i tassi di interesse attuali sono molto più bassi di quanto non fossero quando avete stipulato quegli accordi. Gli americani sono scesi al due per cento circa. Non vedo perché non dovremmo essere in grado di indurre i creditori ad accettare un rendimento del quattro per cento, se sapessero che verranno rimborsati. »

« Ma non verranno rimborsati, vero? » protestò Francis, alzando la voce. « Non importa se l'interesse è pari all'otto per cento, al quattro per cento o alla radice quadrata di niente, non possiamo comunque pagarlo. »

« Dubito che sia una buona idea farlo sapere a tutto il Cairo », sottolineò Leon. « E comunque non è vero. Voi potete anche non essere in grado di pagarlo, ma io sì. »

« Come? » chiese Francis in tono amaro. « Con dei fagioli magici? »

« No, sovrane d'oro per un valore di un milione di sterline. »

« E tu possiedi un milione di sterline in oro, vero? Ti aspetti davvero che ci crediamo? Cos'hai fatto, hai disseppellito il forziere di qualche pirata? »

Leon si strinse nelle spalle. « Non è il momento adatto per scendere nei dettagli, ma la tua è una descrizione abbastanza accurata. »

David si accigliò. « Questo tuo oro, Leon, ammesso che tu lo abbia davvero... è legale, giusto? Non l'hai ottenuto in maniera criminale o altro, voglio dire? »

« Non ho rapinato una banca, se è questo che ti preoccupa. Se proprio vuoi saperlo, era un bottino di guerra, sottratto ai nemici della nostra nazione. Il che, come direbbe sicuramente il nostro caro defunto padre se fosse qui, è il modo in cui noi Courteney abbiamo dato inizio al patrimonio di famiglia. »

« La splendida tradizione Courteney di pirateria vagamente legalizzata... Non è l'espressione che usava? » chiese Dorian con un sogghigno. « Devi ammettere, Davy, che il vecchio era – nel senso più gradevole e affascinante possibile – un gran mascalzone e una canaglia. Sarebbe felice di scoprire che il suo primogenito gli somiglia così tanto. Un milione di sterline in oro, eh?

Papà sarebbe stato molto fiero di te, Leon... e anche un po' invidioso, direi.»

«Ammettiamo che tu ci dia questi soldi», disse Francis. «Cosa vuoi in cambio?»

«Ottima domanda, Frank», commentò Leon. «È da un po' che cerco di deciderlo. Innanzitutto mi sono chiesto se dovevo davvero fare qualcosa. Non voglio sembrarvi crudele, ma la verità è che un eventuale fallimento della Courteney Trading non mi causerebbe alcun problema, almeno sotto il profilo finanziario. D'altro canto causerebbe notevolissimi disagi a voi. E, cosa più importante, distruggerebbe il lascito di papà, che per me significa più di quanto possiate immaginare. Ma a preoccuparmi più di ogni altra cosa è che nostra madre e le nostre sorelle rimarrebbero senza mezzi di sostentamento, e non sono assolutamente disposto a lasciare che questo accada, quindi la compagnia deve essere salvata.

«Ora, papà ha lasciato a ognuno di voi tre un venticinque per cento della compagnia, perché eravate rimasti qui al Cairo e l'avreste gestita. La mia quota è stata ridotta al dieci per cento perché me ne sono andato... e prima che tu dica qualcosa, Frank, non ho mai avuto motivo di lagnarmene. La mamma, Penny e Becca hanno ottenuto il cinque per cento a testa, che sarebbe dovuto bastare a consentire loro di condurre una vita agiata.

«Naturalmente potrei limitarmi a dare a ognuna delle tre una somma sufficiente a compensare la perdita delle loro quote della Courteney Trading, il che sarebbe più economico per me a breve termine ma non comporta alcuna possibilità di profitto a lungo termine. Sono fermamente convinto che il futuro della compagnia sarà roseo, se riuscirà a superare la crisi attuale. Quindi ecco la mia proposta: darò un milione di sterline alla Courteney Trading e in cambio otterrò un ulteriore quarantun per cento della compagnia, portando così la mia quota al cinquantuno. Devo essere l'azionista di maggioranza, in fondo, per assicurarmi che il mio investimento sia tutelato. »

« Ma è un vero e proprio furto! » esclamò Francis, voltandosi poi a guardare gli altri. « Che cosa vi avevo detto? È solo un dannato ladro. » Spostò su Leon il suo sguardo velenoso. « Bastardo! Sai benissimo che vale molto di più. »

« Non al momento », puntualizzò David in tono beffardo.

« Precisamente », disse Leon, sforzandosi di mantenere la calma. « In questo modo conserverete una quota di partecipazione e la terrete abbastanza a lungo per vederla aumentare di valore, quindi nel frattempo sarete molto più ricchi. Ascolta, Frank, sto puntando praticamente tutta la mia liquidità sulla compagnia. Se questa cosa non funzionasse, potrei finire anch'io in guai seri, quindi voglio un premio cospicuo, altrimenti me ne vado e tengo il mio denaro al sicuro nel caveau in cui si trova attualmente. »

« Come proponi di ricevere questo quarantun per cento? » chiese Dorian.

« Mi cedete una parte delle vostre quote. Sta a voi decidere chi mi dà cosa, ma credo che Davy dovrebbe avere la seconda quota di partecipazione più cospicua dopo la mia, perché è lui il poveraccio che dovrà gestire l'intero progetto. Non voglio che le donne della famiglia ci rimettano troppo e, a proposito, pagherò io le loro spese vive per i prossimi quattro anni, perché una delle mie condizioni è che nessuno, me compreso, ottenga dividendi dalla compagnia durante quell'arco di tempo. Naturalmente voi tre potete chiedere uno stipendio per il lavoro che svolgete, e anche in questo caso sarà Davy a ricevere il più cospicuo. »

Leon si guardò intorno. David aveva preso un taccuino dalla giacca e stava facendo dei conti mentre valutava le implicazioni finanziarie della proposta. Dorian era rilassato, fumava con disinvoltura un sigaro e faceva gli occhi dolci a una donna molto graziosa seduta al tavolo accanto, il cui marito era di spalle e non si accorgeva di niente.

Francis spense con rabbia la sigaretta e chiamò il cameriere. « Portami un whisky. E che sia bello forte. »

« Sono d'accordo con Leon, le signore dovrebbero cedere solo una quota molto ridotta », affermò David, guardando le cifre scribacchiate sul taccuino. « Propongo un contributo del due per cento suddiviso equamente fra tutt'e tre. Questo lascia a noi il compito di trovare l'altro trentanove per cento, che si divide perfettamente per tre, in quote pari al tredici. Sei davvero gentile a offrirmi di più, Leon, ma a mio parere dovremmo fare tutto in parti uguali o niente. Presumo, per inciso, che noi non vedremo il denaro vero e proprio. »

« No, finirà tutto nei conti della compagnia », replicò Leon. « Se riusciamo a dimezzare il tasso di interesse, un milione di sterline dovrebbe bastare per tenere a galla la compagnia per quattro anni, e se per allora la situazione non sarà migliorata... be', a quel punto non avrà alcuna importanza se la Courteney Trading va a fondo, perché sarà fallito il mondo intero. »

« Perdonami per la mia limitata comprensione delle questioni finanziarie », intervenne Dorian, « ma se non sbaglio la tua proposta è che pochi spiccioli sono pur sempre meglio di niente. »

« Esatto. »

« Ma se la situazione migliora tu avrai un sacco di spiccioli in più del resto di noi. Mi rendo conto che sei quello che rischierà i soldi, ma noi rinunceremo al nostro diritto di nascita cedendo anche la nostra minestra di lenticchie, o qualsiasi cosa abbia ricevuto quel tizio nella Bibbia. Credo che se tutto fila liscio, il tuo denaro è al sicuro e tutt'a un tratto vale molto di più di un milione di sterline, noi dovremmo riavere un po' della nostra minestra di lenticchie, se capisci cosa intendo. »

Leon sorrise. « La mamma diceva sempre che non sei affatto

ingenuo come sembri, Dorian, e aveva ragione. Benissimo, ecco cosa vi propongo. Se, a un certo punto, la Courteney Trading si sarà rimessa in sesto e, come dici tu, il suo valore sarà notevolmente aumentato, potrete ricomprare metà delle quote di partecipazione che mi avete ceduto al loro valore nominale più un interesse del quattro per cento per ogni anno in cui le ho tenute. »

« Buon Dio, non c'è limite alla tua avidità? » chiese sprezzante Francis. « Fai pagare gli interessi ai tuoi fratelli? Sei sicuro di non essere ebreo, Leon? Lo stesso Shylock sarebbe fiero di te. »

« Non c'è limite alla tua amarezza, Frank? » replicò lui, in tono rammaricato. « Nella situazione che Dorian ha appena prospettato le quote varranno molto più di prima, il doppio o forse dieci volte tanto. Quindi, se vi addebito un interesse del quattro per cento potete pagarlo con gioia e incassare comunque ingenti profitti. L'unica cosa che voglio è assicurarmi di non perdere denaro. Tenete bene a mente che potrebbe benissimo rimanere depositato in banca fruttando comunque degli interessi. »

« Cosa ne pensi, Davy? » chiese Dorian.

« Penso sia un'offerta molto allettante. Probabilmente, se va tutto bene, Leon otterrà enormi profitti, il che è più che giusto, date le circostanze, ma ci sta fornendo l'occasione di condividerli con lui. Visto che al momento non abbiamo alcuna probabilità di ottenerne, il suo mi sembra un accordo estremamente equo. »

« Quindi accetti le mie condizioni, David? »

« Sì. Chiederemo agli avvocati di redigere i documenti, ma in linea di principio ci sto. »

« Dorian? »

« Oh, io sono solo l'artista sfaccendato della famiglia. Se va bene a David, va bene anche a me. »

« E tu, Frank? Voglio un consenso unanime, non posso permettere dissapori già all'inizio. Il piano non può funzionare, se non siamo tutti convinti. »

« Non mi fido di te. Troverai il modo di imbrogliarci, ne sono sicuro. »

« È a questo che servono gli avvocati », sottolineò David, « ad assicurarsi che nessuno imbrogli nessuno e che tutti i contratti siano al di sopra di ogni sospetto. »

« Ma perché mai dovrei imbrogliare qualcuno? » chiese Leon. « Non ne ho motivo. Ho appena elencato le mie ragioni: tutelare l'eredità di papà, aiutare la mamma e le ragazze e sì, approfittare delle opportunità commerciali che vedo, a beneficio di tutti noi. Sentite, se non vi fidate di me mi alzo subito da questo tavolo, me ne vado e non mi sentirete mai più dire un'altra parola sui miei progetti malvagi. »

« Leon ha ragione, Frank. Lui non ha bisogno della Courteney Trading, mentre noi abbiamo bisogno di un milione di sterline. »

« Quindi dovremmo accettare le sue condizioni perché ci ha messo con le spalle al muro? È questo che stai dicendo? »

« No, dovremmo accettare le sue condizioni perché non ne troveremo di migliori da nessun'altra parte e perché, per rispetto verso i nostri genitori e le nostre sorelle, non dovremmo permettere ai sentimenti personali di impedirci di fare la cosa giusta. »

Nel bicchiere di Francis Courteney era rimasto pochissimo whisky. Lui lo svuotò tutto d'un fiato, lo sbatté sul tavolo e guardò torvo Leon. « Benissimo, vedo che non ho altra scelta se non accettare le tue condizioni. Firmerò qualsiasi documento mi mettano davanti gli avvocati e farò buon viso a cattivo gioco, in pubblico. Ci sono abituato. Ma non pensare che la cosa mi piaccia, mio caro fratello, perché non è affatto così. Non mi piace nemmeno un po'. »

* * *

Poco più tardi, quando i quattro fratelli Courteney si separarono, Dorian si trattenne a scambiare qualche altra parola con Leon. «Hai intenzione di vedere la mamma, mentre sei qui?»

«Certo. Ho in programma di cenare con lei stasera, ma ho preferito sistemare prima questa faccenda.»

«Sì, è logico. Ascolta, mi dispiace per Frank. Negli ultimi tempi è terribilmente irragionevole.»

Leon si strinse nelle spalle. «Be', ne ha passate di tutti i colori, tra le ferite e l'abbandono di sua moglie, il che basterebbe a rendere suscettibile chiunque.»

«Mmm... Hai ragione, naturalmente, ma non è così semplice. Frank non è diventato così a causa delle ferite subite, anzi, è cambiato proprio quando si è parzialmente rimesso.»

«Cosa vuoi dire?»

«Credo che in un certo senso gli piacesse essere l'invalido della famiglia. Era sempre al centro dell'attenzione. Insomma, papà era ossessionato dal desiderio di fare tutto il possibile per farlo stare meglio, come gli sarebbe successo con chiunque di noi, naturalmente, te compreso. Quindi Frank veniva ricoperto di attenzioni e si sentiva speciale. Andare a trovarlo era un'esperienza terribilmente drammatica. Le finestre erano oscurate e lui era steso a letto, che tossiva piano. Solo Marjorie era autorizzata ad avvicinarglisi.»

«Dev'essere stato molto difficile per lei. Presumo che non la si possa biasimare se non ha retto.»

«Infatti. Ma stranamente non è quella la parte che non è riuscita a reggere. Insomma, Marjorie è una ragazza formidabile e si è dimostrata una vera e propria roccia, mentre Francis era in ospedale. I problemi sono iniziati quando è tornato a casa.»

«Come mai?»

«Be', non c'era alcun motivo per cui non dovesse vivere una vita del tutto normale, e credo che non gli andasse. Di colpo le persone non gli prestavano la stessa attenzione di prima. Dicevano: 'Piacere di vederti, carissimo', e poi si dedicavano alle loro faccende. Apparentemente Frank non è riuscito ad affrontarlo. Credo che il gas gli abbia fatto effetto più in testa che nel corpo. È cambiato. Ai vecchi tempi non era poi così male, davvero, ma a quel punto era circondato da un'aura cupa, e autocommiserazione. E poi, naturalmente, papà si è ammalato... » Dorian si interruppe, guardò Leon e aggiunse in tono rammaricato: « Saresti davvero dovuto tornare a casa ».

« Lo so... Credimi, lo so, e non c'è niente che io rimpianga di più. »

« Ah, be', inutile piangere sul latte versato. Comunque, come dicevo, papà si è ammalato e naturalmente l'attenzione di tutti si è spostata su di lui. »

« E Frank si è sentito tradito? »

« Temo di sì. Di certo è apparso sempre più risentito, non lo si può negare. Ed è stato questo a spingere Marjorie ad andarsene: non riusciva a sopportare la persona che suo marito era diventato. Se proprio vuoi saperlo, è questo che gli impedisce di trovare una nuova moglie. »

Leon sospirò. « È molto triste e controproducente. Si direbbe che Frank si sia rinchiuso da solo in un circolo vizioso: più è amareggiato, meno le persone gli si affezionano, il che lo rende ancora più amareggiato. »

« E più pericoloso. So che per il momento ha accettato il tuo piano. Sa di non avere altra scelta, ma dubito che voglia che funzioni. Secondo me vuole dimostrare che hai torto, persino se significa perdere tutto. »

« Oh, avanti, non arriverebbe sicuramente a questo. Quando cominceranno a entrare i soldi, si calmerà. »

« No che non lo farà, è proprio questo il punto. Se entrano dei soldi significa che avevi ragione, e significa pure che tu ne otterrai più di noi. A me non potrebbe importarne di meno:

tutto ciò di cui ho bisogno sono colori, tele e un posto in cui dormire. E a Davy non dispiacerà, perché è davvero una brava persona e capisce che è l'unico modo in cui la compagnia può sopravvivere. Ma Frank è diverso: preferirebbe che tutti noi fallissimo piuttosto di assistere al tuo trionfo. »

« Capisco. »

« Lo spero tanto, fratellone. Quindi ascolta il mio consiglio, anche se sono il piccoletto della famiglia: tieni gli occhi ben aperti e guardati le spalle. »

Leon cenò con la madre. Fu piacevole cominciare a ricostruire un rapporto che per più di un quarto di secolo era consistito solo in saltuarie lettere da parte di lei e risposte ancora meno frequenti da parte sua. La madre aveva pianto, lui aveva provato tutta una ridda di emozioni che non riusciva a decifrare fino in fondo. Era il genere di occasione in cui sentiva più che mai la mancanza di Eva, che lo avrebbe aiutato a sciogliere i nodi nella sua testa e nel suo cuore. Ma per il momento i sentimenti irrisolti lo colmavano di inquietudine. Era inutile andare a letto, sapeva che non avrebbe dormito, perciò raggiunse il bar dello Shepheard's Hotel, occupò uno sgabello e ordinò un brandy.

« Un peccato bere da soli, non trovate? »

La voce era femminile, americana, e Leon impiegò un secondo per capire che si stava rivolgendo a lui. Si girò e scoprì che la proprietaria della voce si era ispirata al look di Jean Harlow: capelli biondo platino, rossetto scarlatto che faceva sembrare le labbra più piene, grandi occhi invitanti e un abitino da cocktail nero che lasciava completamente nude le spalle color crema e solo un po' meno esposto lo splendido seno.

« Avete intenzione di dire qualcosa, e magari di invitarmi a sedermi, oppure devo rimanere tutta la notte qui, mentre mi guardate come un affamato in una macelleria? »

Lui sorrise. « Vi chiedo scusa, mi avete colto di sorpresa. Avevo la testa, ah... altrove. »

« Bene, riportatela qui e chiedetemi cosa voglio da bere. Diamine, vi risparmio il disturbo. Ehi, Joe! » esclamò, rivolta al barman. « Sai cosa voglio, vero? »

« Certo, Mrs Kravitz. Un Old Fashioned con bourbon, niente scotch, poca acqua e una ciliegina. »

« Bravo. »

« Buonasera, Mrs Kravitz », disse Leon. « Mi chiamo Courteney, Leon Courteney. »

« Buonasera a voi, Mr Courteney. Mi chiamo Mildred, ma preferirei che mi chiamassi Millie e mi dessi del tu. »

« E Mr Kravitz come ti chiama? »

« Oh, non saprei. 'Tesoro' se è di buon umore, 'stupida cagna' se non lo è. »

« Si unirà a noi per un drink? »

« Dio, spero tanto di no! Dovrebbe trovarsi da qualche parte nel deserto, a osservare piramidi e antiche mummie, anche se per quanto ne so potrebbe benissimo essere in un bordello qui al Cairo. »

« È un archeologo? »

« Hymie Kravitz, un archeologo? Questa sì che è buona. Lui non è nessun tipo di *-ologo*, credimi, a meno che non si possa ottenere una *-ologia* nell'essere ruffiani. No, il mio Hymie è un dirigente della Metro-Goldwyn-Mayer. Il suo capo, Mr Thalberg, è capo di produzione e gli è venuta l'idea di realizzare un film ambientato nell'Antico Egitto – sai, re Tut, Cleopatra eccetera eccetera – e magari farlo dirigere a Cecil B. DeMille. E sta pensando che magari potrebbero girarlo proprio in Egitto, per rendere tutto più realistico. Comunque ha mandato qui Hymie a dare un'occhiata. Insomma, dopo meno di dieci minuti era già evidente che non si potrebbe mai girare un film di Hollywood in questo porcile, ma Hymie non può limitarsi a dirlo. Deve fare ogni sforzo possibile, quindi è andato in perlustrazione per cercare location e parlare con gente che si intende di egiziani morti.»

«E ti ha lasciata qui in albergo? Che sciocco. Dev'essere molto noioso per te.»

«Puoi dirlo forte, Leon. Pensavo che sarebbe stato romantico. Sai, io e Hymie in barca sul Nilo, a dorso di cammello, in posa accanto alle piramidi e via dicendo... Invece non faccio altro che starmene in questo maledetto albergo. Diamine, posso restarmene in panciolle anche a casa, a Bel Air. Che senso ha? Ma cosa mi dici di te... e di Mrs Courteney?»

«Be', sono qui per affari e sono vedovo. Mia moglie è morta alcuni anni fa.»

«Oh, cielo, mi dispiace. Accidenti, a volte sono davvero indiscreta.»

«Non preoccuparti, non l'hai fatto apposta.»

«Forse dovrei farlo incidere sulla mia lapide: 'Qui giace Millie Kravitz. Non l'ha fatto apposta'.»

«Quello, oppure: 'Era una brava ragazza, davvero'.»

Lei lo guardò da sopra il suo Old Fashioned. «Be', sei un gran furbacchione, Leon Courteney.»

Lui capì che sarebbero finiti a letto insieme. Bevvero un altro drink e poi salirono nella sua stanza.

«Immagino che i tuoi siano affari molto redditizi», affermò Millie, non appena vide le dimensioni e la sontuosità della suite.

Scesa dai tacchi barcollanti gli arrivava a malapena alla spalla, ma Leon non intendeva certo lamentarsi. Per quanto fosse minuta, ogni suo centimetro sembrava creato per piacere. Aveva un corpo a forma di clessidra, con un sedere pieno, tondo e simile a una pesca, che implorava di essere accarezzato, ghermito o sculacciato, a seconda dell'umore, e un vitino talmente sottile che dava l'impressione di potersi spezzare. Quando aprì il vestito, lasciandoselo poi scivolare fino ai piedi, Leon vide che il seno non doveva nulla al corsetto o al taglio dell'abito: era esattamente pieno, morbido e invitante come sembrava.

Sorrise e si accorse che si stava eccitando. «Vedo che sei bionda dappertutto.»

Lei abbassò gli occhi sul pube color platino. «Sì, l'acqua ossigenata bruciava da morire, ma il tappeto deve intonarsi alle tende, giusto?»

Leon non rispose, limitandosi ad attirarla a sé e adagiarla sul letto. Lei lo guardò mentre le saliva sopra. Leon sapeva mostrarsi delicato e lento, stuzzicando, accarezzando e portando gradualmente una donna a un livello di eccitazione e bramosia insostenibile. Ma non quella sera: la prese e basta, perché era ciò che desiderava, e sapeva che per lei era lo stesso. Non era romanticismo ma puro istinto animale, e fu violento e rapido. Le grida di Millie, le sue unghie scarlatte che gli graffiavano la schiena e la disperazione con cui inarcava la spina dorsale per sentirlo ancora più dentro di sé gli confermarono che anche lei preferiva così. Quando i gemiti di disperato desiderio di Millie raggiunsero l'apice, Leon sentì i muscoli interni di lei contrarsi. A quel punto si lasciò andare, pensando solo al proprio piacere, muovendosi ancora più in fretta e con più energia, più in profondità. La tensione diventò sempre più intollerabile, finché non giunse lo sfogo finale, esplosivo, e Leon crollò sul letto accanto a lei.

Rimasero stesi, sudati e sfiniti, fissando il soffitto.

«Dio, ne avevo un gran bisogno», mormorò lei.

«Anch'io.»

Gli si rannicchiò accanto, la testa posata sulla sua spalla, le gambe avvinghiate alla sua coscia e le dita che giocherellavano oziosamente con la peluria sul suo petto. Poi le dita si fermarono, il ritmo del respiro di Millie cambiò e dopo un attimo Leon si accorse che stava piangendo.

«Cosa succede?»

« Oh, non lo so », rispose lei tirando su con il naso. « Solo che è stato fantastico, e non stavo scherzando, ne avevo davvero un gran bisogno. Ma credo di avere bisogno di qualcos'altro, capisci? Qualcosa di più. »

« Sì, lo so. »

« E non lo otterrò da te, giusto? È un vero peccato, perché sei davvero bello, e sei molto meglio di Hymie... in più di un senso. »

« Grazie per il complimento. »

« Credimi, tesoro, lo era. Comunque dovrei smetterla di blaterare. Chi vuole una donna che piagnucola a letto? Ma... hai capito cosa intendevo, giusto? »

« Sì, Millie, so esattamente cosa intendevi. »

Si addormentarono abbracciati. Quando Leon si svegliò, il sole si stava riversando nella stanza da uno spiraglio fra le tende e lui era solo nel letto. Sul cuscino vide un foglio di carta intestata dell'hotel. Si sfregò gli occhi assonnati e lo prese.

È stato bello conoscerti, Mr C. Con affetto M xxx

Quando scese a colazione, cercò Millie nella sala da pranzo dell'albergo e poi, prima di pranzo, al bar, ma non ce n'era traccia. Mentre saliva sul taxi che doveva portarlo alla stazione e al treno per Suez, capì che non avrebbe mai più rivisto Millie Kravitz, ma sapeva pure che lei aveva ragione: anche lui aveva bisogno di qualcosa di più.

Fra il 1855 e il 1860, dopo aver fatto fortuna costruendo motori a vapore, il bisnonno di Gerhard von Meerbach era stato invitato a una battuta di caccia regale nel castello di Hohenschwangau, la nuova dimora di campagna di re Massimiliano II di Baviera. Si trovava in cima a una rupe rocciosa, laddove un tempo sorgeva una fortezza medievale, e rispecchiava lo stile di quest'ultima. Era bordato di alte mura merlate e dai suoi bastioni gli ospiti potevano ammirare le acque cristalline dell'Alpsee, il lago che lambiva i piedi della rupe, oppure alzare lo sguardo verso le alte vette che si estendevano a perdita d'occhio. All'interno delle mura si levava un massiccio maschio quadrato, che sembrava pronto a resistere a qualsiasi esercito invasore. Il tema medievale proseguiva all'interno, dove le stanze erano decorate da affreschi raffiguranti re e regine impegnati nella loro vita da fiaba e il massiccio mobilio era intagliato in stile gotico. Eppure l'atmosfera antica era ingannevole, perché l'edificio era dotato di ogni comfort e lusso che la metà del XIX secolo potesse offrire.

Il vecchio Meerbach era rimasto così affascinato dal castello del re che decise subito di costruirne uno identico, ma più grande e che portasse il suo nome. Così aveva fatto costruire lo Schloss Meerbach in un luogo altrettanto pittoresco, sulle rive del lago di Costanza, nei pressi di Friedrichshafen, a est di Monaco. Era stata la dimora più sontuosa del regno di Baviera finché il successore di Massimiliano, il « re pazzo » Ludovico II, non aveva iniziato a costruire castelli in modo così dispendioso ed eccessivo che nemmeno i suoi sudditi più ricchi avrebbero mai potuto competere.

Gerhard von Meerbach era nato nel castello di famiglia. Conosceva ogni singolo centimetro quadrato dell'enorme edificio, dai nascosti recessi sotterranei delle cantine – progettate per somigliare a segrete medievali, e in cui quattro generazioni di padri von Meerbach avevano minacciato di rinchiudere i figli disobbedienti – agli angusti alloggi per la servitù nel sottotetto. Più cresceva e più si rendeva conto di odiare quel luogo.

C'era qualcosa di opprimente nelle mastodontiche dimensioni dello Schloss Meerbach. I saloni da ricevimento erano rivestiti di boiserie quasi completamente annerita da anni di fumo di candele, lanterne a gas e sigari, sulla quale erano appesi enormi ritratti di von Meerbach passati e presenti, dall'aspetto assai peculiare. Al pari del castello che portava il loro nome, apparivano possenti e imponenti, ma la loro forza sembrava creata per intimidire e tiranneggiare, non per proteggere i più deboli.

Il padre di Gerhard, il conte Otto, si era fatto ritrarre in tenuta da volo, davanti a un biplano alimentato da uno dei motori rotativi che avevano condotto la Meerbach Motori e il patrimonio di famiglia a vette ancor più alte. Aveva corti e ispidi capelli rossi, le gambe divaricate, le mani sui fianchi e occhi che sembravano trafiggere e sfidare l'osservatore. Quando il padre era morto, Gerhard aveva solo tre anni, quindi serbava pochi ricordi del tempo passato con lui, ma intuiva di averne avuto molta paura, visto che non riusciva a guardare quel viso severo senza avvertire un tremito d'ansia. Ecco cosa gli era rimasto, invece dello strazio per aver perso l'amore di un padre.

Fisicamente era molto diverso, avendo preso dal ramo materno della famiglia. Era di costituzione snella, flessuoso anziché tarchiato, e con lineamenti regolari, di una bellezza classica. Gli occhi grigio chiaro possedevano l'insolita capacità – da lui scoperta grazie alle donne che seduceva – di cambiare colore in base alla luce, passando da una sfumatura azzurra a una verde scuro. Anche i suoi gusti erano assai lontani dalla grandiosità gotica dello Schloss. Era figlio dei suoi tempi, stava studiando per diventare un architetto modernista, stile nel quale le pareti – sempre ammesso che esistessero – erano bianche, la luce entrava copiosa da enormi finestre e le forme erano semplici, pure, pulite, geometriche.

Eppure persino lui doveva ammettere che c'erano occasioni in cui l'imponenza del castello lo rendeva un magnifico fondale per ricevere ospiti. Quella sera, per esempio, Konrad von Meerbach aveva dimostrato che la sua influenza si estendeva sulla vecchia e sulla nuova Germania. In veste di primogenito di una famiglia aristocratica, aveva il diritto di farsi chiamare conte di Meerbach, eppure sosteneva che un tale simbolo di privilegio ereditato non si accordava con i suoi principi nazionalsocialisti. Aveva organizzato un'elegante cena a cui partecipavano membri delle più illustri e antiche famiglie aristocratiche della Baviera, gli industriali più ricchi della regione e i loro nuovi padroni nazisti, attualmente indaffarati a gettare le fondamenta del Reich millenario. L'ospite d'onore era l'SS-*Gruppenführer* Reinhard Heydrich in persona, comandante di fresca nomina sia della Gestapo, la polizia segreta della nazione, che dell'SD, o *Sicherheitsdienst*, il servizio segreto del partito nazista.

L'arrivo di Heydrich alla festa ricordò a Gerhard l'effetto suscitato dalla Blauer Max di Izzy Solomons una decina di anni prima, ma in quel caso a esercitare un fascino magnetico non era una decorazione al valore bensì l'uniforme nera dell'uomo, o più in particolare la sua giacca. Era corta, con il taglio di una marsina a cui siano state tolte le code in modo che arrivasse solo fino alla vita, e l'unico tocco di colore era rappresentato dalla striscia di un rosso scarlatto sul braccio sinistro, ornato da una fascia con la svastica.

Heydrich sfoggiava spalline con trecce argentate che attestavano il suo rango, così come la mostrina sul colletto, con ricamate le tre foglie di quercia da *Gruppenführer*. Sul lato destro del petto, un piccolo teschio metallico sogghignava con un'ilarità macabra.

Gerhard non era certo un sostenitore dei nazisti, ma con il suo occhio ben allenato non poteva negare la malvagia genialità con cui, nell'iconografia del partito, ogni cosa sottolineava la loro volontà di dominio assoluto sul mondo: dalla vasta scala dei raduni di Norimberga, con la cattedrale di luce creata dai riflettori nel cielo notturno sopra lo Zeppelinfeld, allo sguardo penetrante di quel teschio d'argento. E Heydrich, il giovane prodigio del partito nazista, emanava quell'aura con un fervore del tutto assente nella maggior parte dei capi nazisti.

Gerhard aveva sempre pensato che Hitler, Himmler, Goebbels e gli altri del loro stampo fossero lungi dall'appartenere alla razza padrona di cui parlavano con tanto entusiasmo, ma Heydrich era diverso. Alto, snello, elegante, affascinante come un attore, aveva capelli biondi pettinati all'indietro, occhi perennemente socchiusi e interrogativi, naso delicato ma leggermente aquilino e labbra sorprendentemente carnose e sensuali. Apparteneva a una famiglia di artisti – il padre era un cantante d'opera e compositore di moderato successo – e possedeva un carisma quasi da divo del cinema. Con un certo disagio Gerhard si rese conto che se lo avesse conosciuto in circostanze diverse avrebbe potuto giudicarlo un uomo molto gradevole. Durante la conversazione non sbraitò, non pestò il pugno sul tavolo né rimproverò i commensali. Rise, tacque educatamente per permettere ad altri di dire la loro e si mostrò molto cortese con le donne sedute ai suoi lati. Solo ascoltando con attenzione le parole che quell'avvenente demonio pronunciava con voce mielata si intravedeva la malvagità calcolatrice che si annidava, come una vipera in un'aiuola, dietro quella leggiadra facciata.

Gerhard aveva pensato di sgattaiolare nella sua stanza, al termine della cena. Pur essendo stato educato in modo da saper sostenere una garbata conversazione con chiunque e in qualsiasi momento, aveva ben poco in comune con i presenti, e voleva scrivere una lettera a una fidanzata a Berlino per esprimere le sue impressioni sulla serata finché erano ancora fresche nella sua mente. Ma, mentre si dirigeva con discrezione verso la porta del vasto salotto in cui si erano trasferiti gli ospiti, sentì un colpetto sulla spalla.

Era suo fratello Konrad, che indossava con fierezza la divisa da SS-*Sturmbannführer*, grado equivalente a quello di maggiore dell'esercito. « Seguimi, per favore », disse con gelida cortesia, come se si rivolgesse a un sospettato fermato per la strada, invece che a suo fratello.

« Grazie, ma stavo giusto andando a letto », replicò Gerhard, fingendo di non cogliere la minaccia nella voce dell'altro.

« Hai frainteso, il mio non era un invito ma un ordine. Seguimi. Subito. »

I membri della famiglia von Meerbach non facevano scenate davanti agli ospiti, così lui si accodò a Konrad, sorridendo a una coppia di invitati che incrociarono il suo sguardo. Uscirono dal salotto e attraversarono l'enorme atrio di marmo fino a una porta in quercia, costellata di borchie metalliche nere. Era lo studio di Konrad, ma quest'ultimo, con profondo stupore del fratello, bussò e aspettò di sentirsi dire « Avanti! » dall'interno della stanza.

Gerhard lo seguì dentro.

Di fronte a loro, dietro la scrivania che da più di cento anni apparteneva al capo della famiglia Meerbach, si stagliava una figura familiare dai capelli biondi, che si alzò e gli tese la mano. « Ah, Herr von Meerbach, grazie di averci raggiunto. Non credo che siamo stati presentati. Sono Reinhard Heydrich. Accomodatevi, prego. »

Gerhard gli strinse la mano e prese posto su una delle due sedie di fronte alla scrivania, mentre suo fratello occupava l'altra. Fece del suo meglio per restare impassibile davanti a uno dei più potenti rappresentanti della polizia segreta in Germania. « Posso chiedere a cosa devo il piacere di fare la vostra conoscenza, Herr *Gruppenführer*? »

Heydrich sorrise, come se il loro fosse solo un incontro mondano. « Oh, ci arriveremo fra un istante. Prima parlatemi un po' di voi. Avete ventitré anni, giusto? »

« Esatto. » Gerhard notò una cartellina grigio chiaro, aperta, contenente alcuni fogli scritti a macchina. Mio Dio, è il mio dossier? si chiese. È a questo che è arrivata la Germania?

« E studiate architettura a Berlino, vero? »

« Esatto. Sono iscritto al collegio di architettura dell'università per le arti di Berlino. »

« E prima di allora avete trascorso tre anni alla Bauhaus, l'ex scuola d'arte del Granducato di Sassonia, a Dessau. »

« Sì. »

« Posso chiedere cosa vi ha attirato alla Bauhaus? »

« Certo. Ammiravo profondamente il suo primo direttore, Walter Gropius, e i suoi principi modernisti. Quando sono arrivato io, però, era già stato sostituito da Ludwig Mies van der Rohe, dal mio punto di vista un architetto ancora più geniale. Inoltre, alcune delle più straordinarie menti artistiche del nostro tempo hanno insegnato alla Bauhaus. Per qualsiasi membro della mia generazione interessato alle arti rappresentava la scelta più logica. »

« Presumo che quando dite 'straordinarie menti artistiche' vi riferiate a uomini quali Paul Klee, Vasilij Kandinskij e László Moholy-Nagy, vero? »

« Esatto. »

« Immagino sappiate che al momento consideriamo le loro opere immondizia da degenerati. »

« Sì, lo so. Naturalmente questa particolare analisi critica non era ancora stata fatta, all'epoca in cui ho chiesto di accedere alla Bauhaus. »

Heydrich gli rivolse un'occhiata penetrante, come se stesse decidendo se le ultime parole fossero accettabili o derisorie, poi prese un breve appunto sul dossier. « Questo pattume modernista ha spiccate influenze semitiche, come sono sicuro che sappiate », commentò, posando la penna.

« Con tutto il rispetto, Herr *Gruppenführer*, è corretto dire che Moholy-Nagy è di ascendenza ebraica, ma gli altri uomini da voi menzionati non lo erano. In realtà c'erano alcuni docenti le cui opinioni sugli ebrei potrebbero trovarvi solidale. Sicuramente c'erano pochissimi studenti ebrei, se non nessuno, durante il periodo che vi ho trascorso io.»

Heydrich si schiarì la gola e diede un'occhiata al fascicolo. «Eravate ancora iscritto alla Bauhaus quando si è trasferita a Berlino...»

«Esatto.»

«Dove è stata chiusa per motivi politici.»

«A rigor di termini, Mies ha chiuso la scuola volontariamente, dopo avere ricevuto l'autorizzazione a proseguire.»

«Non cercate di fare il furbo con me, Herr von Meerbach. La Gestapo ha chiuso la scuola. Maria Ludwig Michael Mies, alias Mies van der Rohe, noto agli amici come Mies, nato il 27 marzo 1886 ad Aachen, in Prussia...» Heydrich si interruppe per consentirgli di apprezzare la vastità delle informazioni in suo possesso e ciò che implicava. «... si è appellato al mio predecessore a Berlino e ha ottenuto una proroga, poi si è reso conto che per lui non sarebbe stato saggio continuare. Al momento non riesce a trovare lavoro in questo Paese. La gente non vuole questa architettura 'modernista' che tanto ammirate, Herr von Meerbach. Dovreste tenerlo bene a mente. Ma, per tornare alla nostra discussione, gli agenti della Gestapo a Berlino erano giustamente preoccupati che la Bauhaus fosse un covo di sovversione comunista che promuoveva attivamente idee antitedesche e non poteva quindi essere tollerato dal Reich. Ditemi, siete un comunista?»

Gerhard non riuscì a trattenersi e scoppiò a ridere. «Anche voi, no, vi prego! Come ho già spiegato al vostro collega, mio fratello, non sono affatto comunista. Guardatemi, Herr *Gruppenführer*. Sono nel mio castello di famiglia, vestito per la cena, con cravatta bianca e frac. Vi sembro forse un comunista?»

«Non è una questione di cui ridere, e vi consiglio caldamente di non trattarla come tale. Rispondete alla mia domanda. Siete un comunista? »

« No, non sono né sono mai stato un comunista, né ho mai votato per il partito comunista. Sì, alla Bauhaus c'erano una miriade di studenti con simpatie comuniste, così come ce n'erano in ogni altra università del Paese, ma io non ero uno di loro, né loro sono mai stati autorizzati a formare un'organizzazione all'interno della scuola. E se proprio volete saperlo vi dirò in cosa credo, ossia che una forma moderna di architettura basata sui più moderni principi dell'ingegneria, della scienza e della manifattura sia conforme al retaggio industriale della mia famiglia, così come ai principi tipicamente tedeschi di abile artigianato e qualità rappresentati dal Deutscher Werkbund, associazione di cui faccio parte. Voglio abbattere le catapecchie delle nostre città industriali per fornire case pulite, ariose e sane alle normali famiglie tedesche che lavorano duramente. Cosa diavolo c'è di comunista in questo? »

Mentre l'appassionato interrogativo restava sospeso nell'aria, gli occhi gelidi e scettici di Heydrich esaminarono Gerhard come quelli di un collezionista di farfalle che studi un esemplare spillato su un cartoncino. « Avete idea di come suoniate privilegiato e arrogante? » chiese con voce tranquilla e pacata, di gran lunga più inquietante di uno sbraitare furibondo. « Il fatto stesso che voi, un semplice studente, vi sentiate autorizzato a rivolgervi in tal modo a me, fra tutte le persone possibili, di fronte a vostro fratello, senza considerare il gravissimo rischio che correte o l'imbarazzo e la vergogna che fate ricadere sulla vostra famiglia... Credetemi, Herr von Meerbach, nessun tedesco comune sarebbe tanto sciocco da parlare come avete appena fatto voi. »

« Se vi ho offeso vi chiedo scusa, Herr *Gruppenführer* », replicò rispettosamente lui, continuando però a guardarlo negli occhi. «Non ne avevo intenzione. Stavo solo cercando di dirvi la verità, ossia che non sono un comunista.»

«Siete però amico degli ebrei.»

Le parole colpirono Gerhard come la manganellata di una camicia bruna. «Co... come, scusate? Cosa volete dire?»

«Esattamente quello che ho detto. Circa cinque settimane fa, la mattina del 7 marzo – giorno del mio compleanno, si dà il caso – avete raggiunto in auto la periferia di Monaco, per poi prendere un tram fino a Laimer Platz. Da lì avete percorso a piedi la Fürstenrieder Strasse facendo una serie di tentativi pateticamente dilettanteschi di accertarvi se eravate seguito. Lo eravate, naturalmente, anche se non lo sapevate. Vi siete fermato per accettare un esempio di letteratura comunista vietata...»

«Non l'ho accettato!» protestò Gerhard. «Quell'uomo me l'ha ficcato in mano.»

«E prima di gettarlo lo avete osservato con considerevole interesse, per essere qualcuno che non nutre simpatie comuniste. Avete poi raggiunto la vostra destinazione, l'appartamento in cui risiede attualmente il vostro ex avvocato di famiglia, l'ebreo Solomons. Intendete forse negarlo?»

«Sapete che non posso negarlo. È quello che è successo. E scusatemi se sembro di nuovo arrogante, ma posso chiedere se è un crimine parlare con qualcuno che ha servito lealmente sia la mia famiglia che il nostro Paese, solo perché è ebreo?»

«No», ammise Heydrich. Rifletté per un attimo e poi aggiunse: «Grazie. Mi avete appena fatto capire che dobbiamo inasprire le leggi riguardanti ogni forma di associazione fra ariani ed ebrei. Ma persino ora vi si potrebbe incriminare per avere fornito i mezzi finanziari capaci di consentire a un ebreo di lasciare la Germania senza autorizzazione».

«Cosa volete dire?»

«Oh, avanti. Avete dato a Solomons cinquemila marchi. È

stato il vostro assurdo tentativo di convincere i membri del consiglio di amministrazione che vi servivano dei soldi per comprare un'auto elegante – come se uno studente, persino appartenente alla vostra famiglia, se ne volesse andare in giro su una Mercedes Gran Turismo – a indurre vostro fratello a chiedersi cosa stavate architettando. Mi ha debitamente informato e siete stato messo sotto sorveglianza.»

Gerhard si voltò verso Konrad, sgomento. «Mi hai tradito? Hai tradito il tuo stesso fratello? Come hai potuto?»

«L'ha fatto perché è un patriota e un bravo nazista», spiegò Heydrich, prima che l'altro potesse rispondere. «E forse perché è un bravo fratello e spera di salvarvi prima che sia troppo tardi.»

«Salvarmi da cosa? Come può mai essere un crimine parlare con un uomo che ha ricevuto la Blauer Max per il coraggio dimostrato a Verdun? Isidore Solomons era un colonnello ed è stato elogiato dal principe Guglielmo in persona. Per me rappresenta il miglior tipo di tedesco in assoluto.»

«È uno sporco ebreo, un verme avido, infido e impegnato in loschi complotti come il resto della sua razza», disse sprezzantemente Konrad.

«Come puoi dire una cosa del genere?» Gerhard alzò la voce, sgomento e incredulo. «Era nostro amico. Siamo andati nella casa della sua famiglia. Siamo stati ad ascoltarlo, io e te, mentre ci raccontava la storia della *Pour le Mérite*, gli occhi fuori dalle orbite quando l'ha tolta dall'astuccio per mostrarcela. Lo consideravi un eroe. Davvero! Come puoi negarlo?»

«Ero solo un bambino. Ora che sono adulto, ho imparato la verità sugli ebrei: non sono altro che feccia subumana. Tutti.»

Heydrich alzò la mano in un gesto ammonitore. «No, *Sturmbannführer*, vostro fratello non ha tutti i torti. Dobbiamo essere consapevoli dell'esistenza di quello che si potrebbe definire 'il buon ebreo'. Le persone potrebbero conoscere un personaggio del genere: il loro medico, per esempio, o una donna gentile che rammenda i loro abiti, o persino, come in questo caso, un eroe di guerra. Penseranno: Be', Herr Levy o Frau Goldschmidt non sono poi così male, non possono essere tremendi come dicono questi nazisti. Spetta a noi educarli in modo che capiscano che queste mele sane rappresentano l'eccezione, e che tutte le altre sono marce. E, visto che non è possibile separare il minuscolo numero di buoni dalla moltitudine di cattivi, bisogna trattarli tutti nello stesso modo. Ma per tornare a questo particolare ebreo, Isidore Solomons, e alla sua famiglia... Sapete per caso dove si trovano, Herr von Meerbach? »

« Presumo che abitino tuttora nello stesso appartamento di Fürstenrieder Strasse. »

Heydrich sospirò. « Sul serio? Pensate che Solomons e la sua progenie siano ancora in quel disgustoso isolato di stamberghe – proprio quelle che desiderate abbattere per sostituirle con scintillanti case moderniste – quando lui ha cinquemila Reichsmark nel portafogli, oltre a tutto l'oro e i diamanti che avrà sicuramente nascosto? No. Riprovate. »

« Non mi è sembrato un uomo che avesse dei diamanti nascosti da qualche parte. Altrimenti perché vivere in quel modo? »

« Perché Solomons è un ebreo, e gli ebrei hanno imparato che avidità, usura e meschino tradimento provocano senza fallo la giusta rabbia delle brave persone fra cui vivono. Quindi dispongono sempre – sempre – dei mezzi per fuggire, da sporchi vermi quali sono. E i diamanti, così piccoli e leggeri ma così preziosi, rappresentano la forma ideale di ricchezza facilmente trasportabile. Quindi ditemi, per favore, dove si trova Solomons. »

« Non lo so. Ve lo assicuro, Herr *Gruppenführer*, vi giuro solennemente che non lo so. » Il cuore di Gerhard batteva forte, il suo corpo era pervaso dall'adrenalina mentre reagiva alla minaccia rappresentata da Heydrich e alla paura da lui suscitata.

Sentì il sudore che cominciava a fargli pizzicare le ascelle. « Sto dicendo la verità, lo giuro! » aggiunse, non riuscendo a impedire alla disperazione di trapelare dal suo tono.

« Cosa ne pensate, *Sturmbannführer*? Il sospettato sta dicendo la verità? »

« Penso che sia un lurido bugiardo », rispose Konrad mentre la parola *sospettato* echeggiava nel cervello di Gerhard.

Lui osservò il fratello maggiore e vide l'odio inciso sui suoi lineamenti distorti. Non erano mai andati particolarmente d'accordo, avevano caratteri troppo diversi, ma Gerhard non aveva mai immaginato che una così violenta avversione infuriasse nell'animo di Konrad. « Non sto mentendo », affermò, tentando di non urlare per la frustrazione. « Non so dove sia andata la famiglia Solomons e nemmeno se sia andata da qualche parte. Ho dato dei soldi a Solomons perché pensavo che meritasse un qualche tipo di liquidazione da parte della nostra famiglia, dopo tutto quello che ha fatto per noi. Gli ho dato tutto ciò che sono riuscito a racimolare, benché fosse molto meno di quanto meritasse. Non gli ho chiesto come progettasse di usarlo e lui non me l'ha detto. »

Heydrich non replicò. Lasciò che Gerhard gli restasse seduto davanti e lo guardò passarsi una mano sulla fronte imperlata di sudore. Alla fine disse: « In realtà vi credo. Solomons è un avvocato troppo abile per dirvi qualcosa che potrebbe incriminare voi o, cosa ben più importante dal suo punto di vista, lui. Sono convinto che non sappiate dov'è andato, ma fortunatamente lo so io. Circa tre settimane fa l'ebreo e la sua famiglia hanno varcato la frontiera con la Svizzera – senza i dovuti documenti, è naturale – e attualmente vivono a Zurigo, dove Solomons ha trovato lavoro nello studio legale Grünspan e Aaronsohn, ebrei come lui, naturalmente. Presumo avesse già preso accordi con loro prima di andarsene, anche prima di accettare i vostri soldi. Mmm, chissà se ve li restituirà ».

« Non gli chiederei mai di farlo. »

« Meglio così, visto che ciò andrebbe contro la sua religione. »

Konrad ridacchiò servile alla battuta del suo capo.

« Le autorità svizzere ci hanno chiesto se vogliamo che deportino i Solomons ma, dopo avere soppesato i pro e i contro, abbiamo deciso che non sarà necessario. Le vostre proteste sullo stato di servizio di Solomons potrebbero benissimo trovare eco sulla stampa, in particolare grazie ai corrispondenti stranieri. Un uomo che combatte nobilmente per il suo Paese è un eroe in qualsiasi lingua, persino se un tempo era un nemico. Se dovesse succedere qualcosa ai Solomons, per noi sarebbe una distrazione, quindi è meglio che l'ebreo rimanga in Svizzera. Sono sicuro che non si farà notare, perché sa che potremmo arrivare a lui e occuparcene in qualsiasi momento, se mai dovesse creare problemi.

« Voi, tuttavia, ne avete causati e vi trovate qui. Voglio essere franco, Herr von Meerbach: il Reich ricompensa i cittadini leali ma punisce senza pietà i dissidenti e i deviati. Due anni fa, il mio comandante *Reichsführer*-SS Heinrich Himmler ha aperto un campo nei pressi della cittadina di Dachau, appena fuori Monaco. Conoscete il posto? »

« Conosco la cittadina di Dachau, ma non sapevo di nessun campo. »

« No? Bene, lasciate che ve ne parli. È destinato agli indesiderabili politici e sociali: comunisti, criminali, deviati sessuali, intellettuali... amici degli ebrei. In breve, persone che non hanno posto in una sana società ariana. Il regime è duro. Gli internati sono completamente isolati dal mondo esterno: niente visite, niente corrispondenza, niente giornali o trasmissioni radio, nulla che li colleghi in alcun modo alla società che loro stessi hanno rifiutato. C'è il lavoro forzato, ogni giorno, perché a Dachau non esistono fine settimana o vacanze. Le razioni alimentari forniscono il minimo indispensabile per la sopravvivenza, quindi non ci sono nemmeno internati grassi. La disciplina è molto severa e i castighi brutali. A chiunque commetta anche la minima infrazione si legano i polsi dietro la schiena, per poi assicurarli a un gancio sospeso a tre metri da terra; rimane appeso lì, soffrendo atrocemente, mentre le braccia escono lentamente dall'articolazione. Per violazioni più gravi si viene giustiziati sul posto, all'istante, senza alcun processo o una qualsiasi forma di appello.» Heydrich si interruppe per un attimo. «Sembrate pallido, Herr von Meerbach. Vi prego, Herr *Sturmbannführer*, siate così gentile da andare a prendere un bicchiere d'acqua per vostro fratello.»

Konrad impiegò poco meno di tre minuti per lasciare lo studio, raggiungere il salotto, trovare una delle caraffe di cristallo piene di acqua ghiacciata, versarne un bicchiere e tornare. Durante quel lasso di tempo Heydrich non aprì bocca, ma rimase seduto a fissare Gerhard con una freddezza da rettile, lasciando che la descrizione di Dachau gli penetrasse nella mente e gli incendiasse l'immaginazione con vivide scene di indicibile sofferenza.

Konrad posò il bicchiere di fronte al fratello, che lo svuotò tutto d'un fiato.

«Meglio?» chiese Heydrich. «Ora ascoltatemi molto attentamente, Gerhard von Meerbach, perché la vostra vita e la reputazione della vostra famiglia dipendono da questo. Potrei farvi arrestare in questo preciso istante e spedirvi direttamente a Dachau. Stanotte dormirete là e non metterete mai più piede fuori dalla sua recinzione, se lo dico io. Capite?»

«Sì.» Era un'unica sillaba, ma Gerhard riuscì a pronunciarla a stento, tanto aveva la gola chiusa.

«Tuttavia avete qualcosa in comune con Isidore Solomons, a parte la slealtà: rappresentate una potenziale fonte di imbarazzo. La Meerbach Motori è una componente fondamentale del nostro arsenale industriale. Inoltre la dedizione di vostro fratello agli ideali nazisti è un segnale molto chiaro, per altri membri dell'élite sociale e commerciale, del fatto che la loro classe fa parte come qualsiasi altra del nuovo ordine in Germania, e che da loro ci si aspetta lo stesso livello di lealtà che da coloro che considerano inferiori. Trovo molto allettante l'idea di punirvi, e di farlo pubblicamente, in modo tale da rendere evidente a tutti i ceti della popolazione che nessuno è al di sopra della legge del Reich, che nessuno può sottrarsi alla sua giustizia e alla sua vendetta. Come potete immaginare, sarebbe un messaggio assai gradito per i ceti inferiori della società, ma purtroppo è un dato di fatto che il Reich ha bisogno delle grandi famiglie industriali tanto quanto esse hanno bisogno di noi. Anche se potrebbe rivelarsi necessario assicurarsene la collaborazione tramite la paura, è preferibile averle come alleate e persino – come nel caso di vostro fratello – come sostenitrici entusiaste. Una parte di me gode all'idea di trasformare voi due in un esempio, come una sorta di Caino e Abele del Reich: il buon fratello nobile contrapposto al malvagio traditore dell'onore di famiglia. Persino adesso... » Sospirò. « *Ach*, che storia ne ricaverebbe Goebbels! Ma siete fortunato. Quando sono arrivato qui il vostro destino era in bilico, ma poi ho conosciuto vostra madre. Una dama così affascinante, così orgogliosa di entrambi i suoi figli, ma rimasta vedova così giovane. Questa donna ha già perso un marito, mi sono detto: posso privarla anche di un figlio? Così alla fine ho optato per una diversa soluzione del problema. Vi piacerebbe sapere quale? »

« Sì... sì, vi prego. » Sconvolto, Gerhard si rese conto che stava quasi implorando.

« Benissimo, eccola. Voi, Gerhard von Meerbach, diventerete un cittadino modello del Reich. Potete proseguire i vostri studi di architettura, ma non all'università per le arti di Berlino. Vi nominerò invece apprendista di Albert Speer, primo architetto del Reich. Imparerete i veri principi nazisti dell'architettura, come stabiliti dallo stesso Führer, mentre lavorate su edifici progettati per celebrare il Reich. Nel tempo libero vi dedicherete a un'attività che si adatta perfettamente all'orgogliosa storia della vostra famiglia come fornitrice di motori per gli aerei da guerra della nostra nazione.»

«Volete che lavori in una fabbrica?»

Heydrich scoppiò a ridere. «Be', se proprio insistete... Ma no, avevo in mente qualcosa di diverso. Come indubbiamente sapete, l'articolo 198 del trattato di Versailles proibisce alla Germania di avere una forza aerea. È un'assurda limitazione al nostro diritto all'autodifesa e una delle tante valide ragioni per cui il Führer ha ripudiato il trattato nella sua interezza. Di conseguenza stiamo attualmente addestrando dei piloti come riservisti per la Luftwaffe, in modo che, quando arriverà il momento di mostrare al mondo la vera potenza del Terzo Reich, disporremo di uomini sufficienti per garantirci il dominio assoluto dei cieli.

«Diventerete quindi uno di questi riservisti. Trascorrerete i fine settimana, e un periodo estivo prolungato, a addestrarvi come pilota. Indosserete con orgoglio la vostra uniforme della Luftwaffe. In nessun momento, che siate al lavoro o in fase di addestramento o in compagnia della famiglia e degli amici, vi discosterete anche solo di un millimetro dalla linea ufficiale del partito. Farete il saluto nazista, esclamerete 'Heil Hitler!' e lo penserete davvero. Se una qualsiasi conversazione dovesse toccare l'argomento degli ebrei, non sarete secondo a nessuno nel condannare la loro razza e i loro costumi malvagi e torbidi. Se la discussione dovesse spostarsi sulle arti, denuncerete il carattere decadente di croste astratte che non sembrano nulla più di ciò che potrebbe produrre una scimmia lanciando della pittura contro una tela.»

«Volete la mia anima.»

«Sì, voglio la vostra anima. Se doveste sentirvi pervaso da un fuorviato senso di integrità morale o nobiltà d'animo, e doveste decidere che preferite sacrificare voi stesso piuttosto che arrendervi al sottoscritto, lasciatemi aggiungere una precisazione. Se verrete denunciato come dissidente politico e amico degli ebrei, non mi fermerò qui. Tutti i vostri amici, i vostri compagni di università, le donne che avete amato, chiunque abbia mai avuto qualcosa a che fare con voi vedrà la propria vita venire attentamente esaminata dalla Gestapo. Verranno arrestati e interrogati, le loro abitazioni verranno perquisite e, se i miei uomini troveranno qualsiasi cosa – non importa quanto insignificante – che suggerisca che siano indesiderabili, vi raggiungeranno a Dachau. Quindi non condannerete solo voi stesso, ma anche loro. Allora, accettate le mie condizioni?»

«Ho forse altra scelta?»

«No. Voglio che mi promettiate solennemente di dedicarvi anima e corpo alla causa nazista, con vostro fratello come testimone. Adesso.»

Gerhard deglutì a fatica. Desiderava sputare in faccia a Heydrich, dirgli dove poteva ficcarsi le sue richieste, e al diavolo le conseguenze. Non gli importava come fosse Dachau, meglio soffrire là ed essere fedele a se stesso che vivere agiatamente nella menzogna. Ma non poteva tradire i suoi amici, non poteva condannarli ai campi. «Lo prometto», disse, e gli sembrò di consegnare la propria anima al diavolo in persona.

«Grazie. Non è stato poi così difficile, vero?» Heydrich si alzò, imitato da Konrad, poi fissò intensamente Gerhard, che si alzò a sua volta. Allungò il braccio destro di fronte a sé e gridò: «Heil Hitler!»

«Heil Hitler!» gli fece eco Konrad.

Vi fu un attimo di silenzio, poi un terzo braccio si sollevò, teso nel saluto nazista. « Heil Hitler! » esclamò Gerhard von Meerbach.

Nel maggio del 1934 Frank Courteney partì per l'Inghilterra, andando in nave da Alessandria al Pireo – il porto di Atene – per poi attraversare il continente in treno fino a Londra. Sapeva che il fratello maggiore viaggiava sempre più spesso in aereo, ma espresse chiaramente ai familiari la sua disapprovazione nei confronti di una simile prodigalità. « Leon può benissimo sperperare, visto che ci ha rubato le nostre quote di proprietà, ma io mi accontento di viaggiare in modo più sobrio, come si addice a un gentiluomo inglese. »

« Non sapevo che uno qualsiasi di noi fosse inglese, o un gentiluomo », replicò Dorian, « ma se è così che vuoi raggiungere la Perfida Albione, Frank, chi sono io per dirti di fare altrimenti? »

Il motivo principale per cui Francis andava a Londra era che voleva passare dal suo medico, il dottor Harold Gillies, perché aveva avuto qualche problema con l'innesto di pelle: un piccolo lembo sembrava essere morto, lasciando una chiazza dolorante e suppurante che doveva essere perennemente coperta da una benda. Ma non era quella l'unica ragione per il suo viaggio nella capitale inglese. C'era un altro uomo che desiderava vedere: Oswald Mosley, leader dell'Unione britannica dei fascisti, o Camicie Nere, come si facevano chiamare.

Il suo nome veniva citato sempre più spesso fra gli uomini che discutevano di politica allo Sporting Club del Cairo, dove Francis giocava saltuariamente a golf, esigendo uno speciale handicap in virtù delle sue ferite di guerra. « Naturalmente quel tizio è un autentico farabutto », aveva dichiarato una mattina uno dei suoi amici, un importatore di liquori di nome Desmond « Piggy » Peters, mentre raggiungevano il primo tee. « Ho saputo da fonte fidata che ha sposato quella Curzon – credo si chiami Cynthia – per i suoi soldi e attualmente se la spassa con la sorella e la madre di lei. »

« Per tutti i diavoli », aveva commentato il terzo giocatore, un commerciante di cotone di nome Hatton. « Non si può non ammirare la sua faccia tosta. »

« E la sua energia. » Dopo che le risate si erano placate, Piggy Peters aveva aggiunto: « Ma Mosley non è uno sciocco. È stato un membro del parlamento per i Tories e i socialisti e, a quanto si dice, sarebbe stato un primo ministro migliore di qualsiasi altro rappresentante di entrambi i partiti, ma non riusciva a sopportare il vecchio modo di fare le cose, capite? L'attuale situazione è troppo grave e servono misure più radicali. Questa è la sua opinione, e chi può dargli torto? »

« Nessuno che abbia un pizzico di sale in zucca », aveva concordato Francis. « È più che evidente che il mondo intero sta andando in malora. Il capitalismo è ormai agli sgoccioli, i rossi vogliono dominare il globo e i dannati ebrei se ne infischiano di chi vince perché tanto controllano le banche e i comunisti. »

« L'ebreo pensa solo a due cose: a se stesso e al denaro, non necessariamente in quest'ordine », aveva dichiarato Hatton, guadagnandosi versi di approvazione da parte degli altri due.

« Non si tratta solo di questo. Guardate le colonie: i negri sono tremendi come gli ebrei. In India quell'ometto ingrato di Gandhi vuole l'indipendenza, dopo tutto quello che abbiamo fatto per il suo Paese. »

« Be', è proprio questo che intende Mosley, per come la vedo io », aveva affermato Piggy. « Crede sia arrivato il momento di mettere al primo posto noi stessi, di pensare innanzitutto a noi, per così dire. Sostiene che esista una terza via, che non è né il capitalismo né il comunismo, ma il fascismo. E se guardi cosa sta facendo quel tizio in Germania, quell'Hitler, non si può certo dargli torto.»

«Certo che ha un aspetto davvero ridicolo. E cos'era durante la guerra, un semplice caporale, vero?»

«Lo stesso vale per Napoleone, che non se l'è cavata poi così male», aveva sottolineato Hatton.

«Comunque sta rimettendo in piedi la Germania», aveva aggiunto Francis. «Impressionante, a mio parere. Ha ridato autostima alla popolazione.»

«Esatto! Ed è quello che farà Oswald Mosley per gli inglesi, secondo me», aveva replicato Piggy Peters.

«Fra qualche settimana vado a casa per farmi curare questo dannato innesto di pelle. Credo che cercherò di scoprire qualcosa di più su questo Mosley.»

«Forse potrei aiutarti, Frank. Un paio di tizi con cui faccio affari a Londra sono importanti sostenitori delle Camicie Nere, pappa e ciccia con Mosley. Dimmi quando ci vai e farò in modo che tu venga presentato al grand'uomo.»

Gillies sistemò l'innesto di pelle e Francis trascorse due settimane in un sanatorio in riva al mare, a Eastbourne, mentre si rimetteva dall'intervento. La mattina del 7 giugno, sentendosi meglio di quanto non gli capitasse da mesi, raggiunse Londra in treno, prese una stanza in un albergo rispettabile ma modesto e poi si diresse verso la sala esposizioni Olympia di Hammersmith Road, nel settore occidentale della città, dove Mosley aveva organizzato un raduno di suoi sostenitori.

All'evento dovevano partecipare dodicimila simpatizzanti fascisti, ma contro di loro erano schierati migliaia di contestatori, chiamati dal comitato locale del partito comunista. A tutti i giornali cittadini, agli operatori dei cinegiornali e alla BBC era stato inviato un comunicato stampa secondo cui «i lavoratori nella capitale resisteranno con ogni mezzo alla minaccia fascista».

Proprio quella mattina il *Daily Worker*, organo di stampa comunista, aveva avvisato le Camicie Nere che «la reazione dei lavoratori vi farà tremare».

Da parte loro, le Camicie Nere avevano reso noto di non avere la minima intenzione di cancellare l'evento o fare dietrofront. Sinistra e destra sarebbero scese in guerra, e nessuna delle due si preoccupava granché di chi poteva finirci in mezzo.

Quando Francis uscì dalla stazione di Olympia, a pochi metri dall'omonimo centro espositivo, si accorse che coprire il breve tragitto fino all'ingresso principale significava passare sotto le forche caudine: chiunque volesse sentir parlare Mosley doveva correre a perdifiato per superare la calca di dimostranti che brandivano cartelli di protesta e stendardi rossi, su cui campeggiavano la falce e il martello gialli dell'Unione Sovietica. Davanti a loro erano schierati fascisti dall'espressione torva, interamente vestiti di nero e fin troppo pronti a ricambiare con un pugno in testa o un calcio nel ventre a ogni insulto dei manifestanti. Fra le due forze contrapposte una sottile striscia blu di poliziotti, alcuni dei quali a cavallo, tentava di offrire un passaggio sicuro ai civili prigionieri di quella baraonda furiosa.

Il chiasso assordante, la calca di corpi e la soverchiante impressione che quel caos potesse degenerare da un momento all'altro in aperta anarchia suscitarono in lui un entusiasmo ancora più acceso per la causa di Mosley: un uomo capace di infondere un simile odio in persone che Francis disprezzava evidentemente era sulla strada giusta. E il comportamento della folla sediziosa sottolineava il disperato bisogno di ordine e disciplina da imporre al popolo per il suo stesso bene e per mano di un uomo forte, e al diavolo la democrazia e i diritti civili.

Quelle erano idee antiquate, idee che si erano dimostrate fallaci. I tempi esigevano qualcosa di nuovo.

Mentre lui avanzava tranquillamente, deciso a non lasciare che quella gentaglia lo inducesse a correre, la rabbia che montava di passo in passo, sentì qualcosa di bagnato colpirgli il lato sinistro del viso. Si portò una mano alla guancia, esaminò quanto aveva trovato, vide un tiepido grumo di saliva schiumosa e capì che gli avevano sputato addosso.

Indignato per quell'oltraggio si voltò a sinistra e vide, un paio di metri più in là, una giovane donna vestita in modo sciatto e in compagnia di alcuni uomini, con il colletto della camicia aperto e senza cappello. E stavano tutti ridendo di lui. Lei lo guardò dritto in faccia e mimò il gesto di sputargli addosso, poi rise di nuovo.

Francis non riuscì a sopportare oltre. Fece un paio di rapidi passi verso il gruppetto, spingendosi in avanti con l'aiuto del bastone da passeggio, la cui punta d'acciaio provocava scintille ogniqualvolta colpiva le pietre della pavimentazione.

« Attento a non cadere, alla vostra età! » gli gridò uno degli uomini.

Francis aveva il viso contorto in una smorfia furibonda. Sollevò il bastone e cominciò a percuotere i suoi aguzzini. Colpì la ragazza in pieno volto. Lei urlò e si piegò in avanti, con il sangue che le colava fra le dita. I suoi compagni si avventarono contro Francis. Lui tentò di tenerli a bada agitando il bastone, ma loro continuarono ad avanzare imperterriti e uno gli diede un pugno sulla spalla che lo fece barcollare. Gli si fecero sempre più vicini, in preda a una rabbia cieca come la sua, decisi a vendicarsi.

All'improvviso fu assalito dal terrore: aveva provocato quei delinquenti e adesso volevano fargliela pagare. Sferrò un altro colpo con il bastone, ma qualcuno lo ghermì e glielo strappò di mano. Lui si piegò come un pugile messo alle corde, curvando le spalle, proteggendosi la testa. Stava aspettando il primo pugno, quando una mano rozza gli afferrò la spalla e lo tirò indietro. Cadde sul marciapiede, poi si rialzò, appoggiandosi ai gomiti mentre un manipolo di Camicie Nere si avventava contro i dimostranti, assalendoli con brutale e spietata efficienza. Cercò a tastoni il suo cappello, trovandolo per terra accanto a sé, e se lo rimise in testa, poi si alzò, tremante. Le Camicie Nere avevano messo in fuga gli avversari e una di loro sbucò dalla mischia stringendo il bastone di Francis. « Appartiene a voi, signore? » chiese. Aveva un'inflessione tipica delle classi inferiori ma chiara e rispettosa, come un sergente che si rivolga a un ufficiale.

« Sì, sì, grazie. »

« Vergognoso il modo in cui questa feccia comunista aggredisce i gentiluomini come voi. Non temete, signore, non abbiamo alcuna intenzione di tollerarlo. »

« Ben detto », replicò Francis e, prima di andarsene per la sua strada, si toccò l'orlo del cappello in un gesto di saluto.

All'interno del centro espositivo scoppiarono altri tafferugli perché alcuni dimostranti erano riusciti ad accaparrarsi dei biglietti e infiltrarsi fra gli spettatori. L'orario di inizio venne posticipato di trenta minuti, poi di quarantacinque, ed era passata quasi un'ora quando infine le luci si abbassarono di colpo. Si udì un immane boato non appena i potenti riflettori fendettero l'aria appesantita dalle innumerevoli sigarette fumate dagli astanti mentre aspettavano quel momento; i brillanti fasci di luce colpirono gli stendardi rosso acceso dell'Unione britannica dei fascisti su cui campeggiava il simbolo del partito, una saetta bianca inscritta in un cerchio blu. Gli stendardi appaiati erano retti da venti Camicie Nere che scendevano a grandi passi lungo il corridoio al centro dell'auditorium, in mezzo a migliaia di sostenitori con il braccio teso nel saluto fascista. Alla testa del gruppo marciava un'altra Camicia Nera, il comandante della loro unità.

Si levò il canto di migliaia di voci: « M-O-S-L-E-Y! Mosley, Mosley, Mosley! » Poi i coni di luce si spostarono dietro gli stendardi per illuminare l'uomo che li seguiva, l'uomo che aveva riempito la sala e le strade antistanti: Oswald Mosley in persona.

Tutto, nel suo aspetto, dava un'impressione di forza e virilità. Mosley era giovane, aveva trentasette anni, era alto e con la schiena dritta. Portava calzoni neri stretti in vita da un'alta cintura di pelle e un attillato dolcevita dello stesso colore che gli fasciava il torace muscoloso; teneva la testa alta, più come un gladiatore che entri nell'arena che come un politico sul punto di tenere un comizio. I capelli e i baffi erano neri come gli abiti. Era l'Hitler inglese.

Francis cadde ben presto in preda all'isteria generale, facendo il saluto fascista, applaudendo e intonando canti mentre Mosley raggiungeva i gradini del podio da cui doveva parlare e cominciava a salirli. Solo a quel punto Francis notò una leggera zoppia, ma la scoperta non minò affatto la sua convinzione che quello fosse l'uomo forte di cui il Paese e l'impero avevano un disperato bisogno.

I portastendardi presero posizione sui due lati del podio, tutti sull'attenti.

« Guardabandiera, presentat'arm! » gridò il comandante delle Camicie Nere, come fossero guardie impegnate nella Sfilata della Bandiera.

Gli uomini abbassarono subito le aste, puntandole oblique verso la folla. Si udirono alcune voci di dissenso sparse nell'enorme arena, ma Mosley e i suoi le ignorarono.

« Guardabandiera, riposo! » gridò il comandante e, come un solo uomo, i subalterni divaricarono leggermente le gambe.

Mosley rimase in silenzio, immobile, aspettando che i suoi si quietassero. Quando la baraonda si fu placata e gli astanti si furono seduti, cominciò a parlare. « Migliaia di nostri connazionali, uomini e donne, sono venuti a sentire le nostre ragioni. Migliaia di nostri connazionali si sono uniti alle file fasciste. » Il suo accento era inconfondibilmente aristocratico, senza però sembrare incongruo o affettato. Aveva il tono pastoso e sonoro e la perfetta dizione di un grande attore shakespeariano, tanto che le sue parole sembravano intrise di importanza e gravità. Il suono stesso della sua voce gli conferiva un'autorevolezza che ebbe un effetto immediato sulla folla, composta da persone educate sin dalla nascita a portare rispetto e obbedire all'autorità. « Questo movimento rappresenta qualcosa di nuovo nella vita politica del nostro Paese, qualcosa che giunge più lontano e più in profondità di qualsiasi altro movimento che questa Terra abbia mai conosciuto. »

Francis Courteney, seduto per terra al centro dell'Olympia, si sentì speciale, perché faceva parte di quel movimento, era un ingranaggio nel macchinario destinato a trasformare l'impero.

L'incantesimo venne spezzato quando un paio di dimostranti balzarono in piedi e agitarono il pugno in direzione del palco mentre inveivano contro Mosley.

Lui fece un sorriso rilassato, fiducioso e rassicurante, mentre alcuni steward in camicia nera intercettavano i disturbatori e li trascinavano via. « Non badate a queste piccole interruzioni. Non preoccupano me e non c'è motivo per cui debbano preoccupare voi. »

Gli spettatori espressero la loro approvazione con un ruggito, sentendosi baldanzosi come il loro leader. Nulla avrebbe potuto impedire a lui di perorare la sua causa né a loro di ascoltarlo.

« Questo raduno attesta i progressi compiuti dalla causa delle Camicie Nere nei primi venti mesi della loro esistenza. Durante questo lasso di tempo, il fascismo in Gran Bretagna è avanzato più rapidamente che in qualsiasi altro Paese del mondo, non perché il nostro popolo fosse costretto a adottarlo, né sotto la sferza della necessità economica come in altre nazioni, ma per il genuino desiderio popolare di vedere un nuovo credo e un nuovo ordine sulla nostra Terra. »

Il discorso proseguì per un'ora. Mosley parlò senza mai consultare appunti, senza esitare o ripetersi, con energia e fluidità. Francis fu conquistato. Gli sembrava di aver aspettato per tutta la vita di sentire le parole appena ascoltate: davano senso a tante cose, si rivolgevano al suo rancoroso senso di ingiustizia e promettevano un mondo in cui lui poteva essere uno dei vincitori, uno dei nuovi padroni.

Piggy Peters aveva mantenuto la parola e parlato ai suoi amici nello schieramento di Mosley, che si erano assicurati che il nome di Francis venisse aggiunto alla lista degli invitati a un piccolo ricevimento organizzato dietro le quinte dopo la fine dell'evento. Si sentì ancor più un privilegiato quando notò le occhiate invidiose che riceveva, mentre le Camicie Nere a guardia dell'ingresso della sede della festicciola si scostavano per lasciarlo passare.

Trovò il contatto di Piggy e si presentò.

« Mr Courteney! È davvero magnifico che sia venuto fin qui dall'Egitto soltanto per noi. Oswald sarà felice di conoscerla. È molto ansioso di far giungere le sue parole alle colonie, e chiunque possa dargli una mano sarà profondamente apprezzato. »

Pochi minuti più tardi, si ritrovò al cospetto del grand'uomo in persona. Visto da vicino era straordinario tanto quanto davanti a migliaia di seguaci. La sua ampollosa arte oratoria lasciò il posto a un fascino irresistibile. Concentrò tutta la sua attenzione su Francis, notò il suo bastone, chiese com'era rimasto ferito e disse: « Bravo, avete servito con onore il vostro Paese e ve ne rendo merito. Ho anch'io una gamba un po' malandata, come forse avrete notato. Sono stato ferito nel '16, quando facevo parte del Royal Flying Corps, e vorrei poter dire che è successo durante un combattimento leale, ma la verità è che ho fatto precipitare l'aereo mentre cercavo di mostrare la mia abilità come pilota a mia madre e mia sorella. Un dannato idiota, non pensate? » Prima che Francis potesse replicare aggiunse: « Ho saputo che siete considerato un astro nascente, al Cairo, e voglio assicurarvi che vi sarei enormemente grato per qualsiasi aiuto possiate fornire alla causa là. Dobbiamo portare con noi l'impero, se vogliamo riuscire nel nostro intento. Scusatemi solo un attimo... »

Mosley si voltò per salutare la donna più bella che Francis avesse mai visto in vita sua. Era snella e aggraziata come la Venere del Botticelli in abiti moderni, con capelli color miele e limpidi occhi celesti incorniciati da sopracciglia che formavano archi perfetti. Il naso era dritto, sottile e leggermente all'insù, le labbra scarlatte sdegnosamente sensuali; il mento, giusto un pizzico troppo prominente per essere giudicato grazioso, non faceva che rafforzare l'impressione che fosse sotto ogni punto di vista una creatura superiore.

« Tesoro, vieni a conoscere Mr Courteney », disse Mosley. « Farà cose magnifiche per noi in Egitto. Mr Courteney, posso presentarvi Mrs Diana Guinness? »

« Lieta di conoscervi », disse quell'epitome di leggiadria femminile. « Chiunque si batta per la nostra causa sarà sempre mio amico. »

« Vi assicuro, Mrs Guinness, che potete contare su di me », replicò Francis.

Lei gli strinse energicamente la mano, lo guardò dritto negli occhi e dichiarò: « Vi ringrazio tanto, Mr Courteney ».

Un attimo dopo, Mosley e la sua amante erano scomparsi,

senza mai guardarsi indietro. Il loro compito era concluso, Francis Courteney aveva aderito alla causa del fascismo inglese.

In un magnifico pomeriggio d'estate, Gerhard von Meerbach si issò faticosamente nel minuscolo abitacolo aperto dell'aliante Grunau Baby, sulla pista del campo d'aviazione privato della Meerbach Motori. Chinò la testa per non picchiarla contro l'ala, che formava una pura e ininterrotta distesa di tessuto e compensato, sulla sommità dell'apparecchio leggero come una piuma. Quello era il Ford Model T degli alianti, con un design appena più complicato dell'aquilone che uno scolaretto avrebbe potuto costruire con legno di balsa e carta, ma aveva aperto i cieli a decine di migliaia di tedeschi e, così facendo, consentito alla nazione di possedere una forza aerea e di addestrare la sua successiva generazione di piloti nonostante le disposizioni del trattato di Versailles.

Legò la cintura, si calcò in testa il casco di cuoio e lo allacciò. Controllò i comandi per accertarsi che tutti i flap dell'aliante funzionassero, poi fece oscillare un braccio per indicare che era pronto.

Un membro del personale di terra sventolò una bandierina bianca, e un'altra venne sollevata circa un chilometro più in là, per indicare che il segnale era stato ricevuto. Il secondo segnalatore si trovava accanto a un massiccio autocarro Mercedes L6500, su cui era montato un grosso verricello a motore, ovviamente azionato da un motore Meerbach, che girava da un paio di minuti mentre veniva portato alla massima potenza. Venne abbassata una leva, gli ingranaggi si misero in movimento e il tamburo del verricello cominciò a ruotare, prima lentamente e poi sempre più in fretta.

Per qualche secondo si limitò ad avvolgere il lungo cavo di filo d'acciaio ad alta resistenza che lo collegava al muso dell'aliante. Quando infine il cavo si tese, Gerhard sentì lo strattone, lo slancio in avanti e la brezza sul volto, mentre il Grunau Baby cominciava a rullare sulla pista. Quando l'aliante raggiunse la velocità di decollo di ottanta chilometri orari, la brezza si trasformò in vento e, così come una vela si gonfia non appena viene riempita dall'aria, l'ala reagì. Gerhard percepì il primo, magnifico istante di liberazione mentre l'apparecchio si sottraeva alla presa del terreno sottostante e, sfidando la forza di gravità, si librava nel cielo.

Non appena vide l'altimetro indicare cinquecento metri, sganciò il fermo che tratteneva il cavo, che piombò a terra. Adesso, finalmente, era davvero libero.

Le splendide schiere di picchi alpini, i lussureggianti prati verdi e l'abbagliante scintillio delle acque del lago di Costanza erano già splendidi dalle finestre dello Schloss Meerbach e quando fornivano fondali perennemente cangianti di colore, luce e forma a passeggiate, escursioni di sci di fondo o battute di caccia nella tenuta, ma non c'era niente di paragonabile alla loro bellezza o maestosità quando li si vedeva dal cielo. E il volo con l'aliante, aveva scoperto lui, rappresentava la più pura di tutte le forme di volo. Un motore produceva frastuono assordante, vibrazione costante e fumi di scarico soffocanti, ma un aliante era silenzioso come un'aquila, mentre cavalcava le invisibili correnti di aria calda che lo sollevavano e trasportavano attraverso i cieli.

Aveva il volto illuminato da un sorriso di esultanza. Grazie, Konrad! Grazie, *Gruppenführer* Heydrich! Non potete immaginare quale regalo mi avete fatto, quando mi avete ordinato di volare!

Lì, in quella beata solitudine, si liberava dai crucci del mondo sottostante. Negli ultimi tre mesi la sua vita si era completamente trasformata. Era stato costretto ad abbandonare molte vecchie conoscenze, per paura di condurre la Gestapo fino a loro;

altri amici, inclusi i più cari, avevano troncato i rapporti con lui, sgomentati dal suo apparente capitolare al fanatismo e alla crudeltà dell'ideologia nazista. Ai loro occhi, l'improvvisa comparsa di un distintivo del partito sul suo bavero e la sua inclusione fra i dipendenti dello studio di architettura di Albert Speer dimostravano che Gerhard aveva scelto di tradire la sua coscienza, i suoi ideali politici e la sua creatività come architetto. « Una volta che sei un ragazzino ricco e viziato, lo rimani per sempre », aveva commentato sprezzante uno dei suoi più vecchi e intimi sodali. « Alla fine non sei riuscito a resistere, vero? Ti hanno offerto tutto su un vassoio d'argento – privilegio, promozione, un posto al tavolo dei capi – e non sei riuscito a rifiutare. »

Lo dilaniava non poter dire la verità a nessuno. Odiava se stesso ogniqualvolta annuiva con aria di approvazione o esprimeva il suo sostegno ai commenti antisemiti di un ospite invitato a cena. Al lavoro quasi non apriva bocca senza prima riflettere sulle proprie affermazioni, per verificare che concordassero con la dottrina nazista approvata.

« Berlino ha quattro milioni di abitanti. Quanti uomini della Gestapo credi che servano per tenerli tutti in riga? » gli aveva chiesto un giorno Konrad.

« Non lo so. Diecimila? Ventimila? »

« No, ti sbagli di grosso. A Berlino ci sono meno di cinquecento ufficiali della Gestapo, ma in fondo ci sono anche quattro milioni di abitanti. È questa la genialità del sistema: tutti sorvegliano tutti, tutti sono poliziotti. Non puoi immaginare quante informazioni vengano portate ogni giorno alla nostra attenzione. Una miriade di persone denunciano una miriade di vicini, colleghi, amici, persino familiari. Riusciamo a stento ad archiviare tutte le accuse. » Konrad lo aveva guardato e l'espressione compiaciuta e prepotente nei suoi occhi era chiara come una minaccia espressa a voce: Ti stiamo sorvegliando, abbiamo occhi e orecchie ovunque, non sei mai al sicuro. Potrebbe essere la graziosa segretaria in ufficio, oppure il collega amichevole che ti invita fuori per un drink, oppure la proprietaria del tuo appartamento. Potrebbe essere chiunque. Non sei mai al sicuro da noi. Mai!

Ma lassù, nel cielo bavarese, non c'era nessuno a spiarlo, nessuno a denunciarlo per riflessioni controcorrente o discorsi avventati e inappropriati. Lassù poteva tornare se stesso, almeno in parte. Mentre scrutava il meraviglioso paesaggio e la costa svizzera sul versante opposto del lago di Costanza – quant'era forte, talvolta, la tentazione di rivolgere il muso dell'aliante verso quel porto sicuro e lasciarsi alle spalle le preoccupazioni! –, la sua mente tornò, come spesso faceva, sulla cartolina ricevuta dieci giorni dopo il suo incontro con Heydrich. Era una classica cartolina turistica, raffigurante la locomotiva che portava i passeggeri lungo quella che era definita la linea ferroviaria più ripida del mondo, fino in cima al Brienzer Rothorn. E il messaggio era altrettanto innocente.

Ehi, Gerd, dovresti proprio venire in Svizzera. Le ragazze qui sono ancora più belle delle montagne! Non vedo l'ora di rivederti. Se dovesse servirti qualcosa da qui – formaggio? Cioccolato? Orologi di lusso? – ti basta farmelo sapere.
Il tuo amico Maxi

Aveva capito subito che Maxi era Isidore Solomons, orgoglioso detentore della Blauer Max. Grazie a Dio la cartolina è arrivata prima che incontrassi quel bastardo delle SS, pensò. Non avrei mai potuto mentire a Heydrich sul fatto di non sapere dov'era Izzy, lo avrebbe capito subito.

La frase chiave era *Se dovesse servirti qualcosa*, prova del fatto che Izzy era convinto di avere un debito d'onore con lui. Forse un giorno lo avrebbe riscosso. Fino ad allora, tuttavia, Gerhard non ne avrebbe fatto parola con nessuno. Quando l'aliante fosse atterrato e la vita reale ricominciata, non si sarebbe nemmeno concesso di pensare a Isidore Solomons.

Quando iniziò il suo terzo anno alla Roedean, Saffron si sentiva ormai a casa nella nuova scuola, da cui andava e tornava da sola senza alcun problema.

Anche Leon era molto più rilassato, felice che la figlia apprezzasse la propria istruzione, anche se l'impossibilità di condividere quel sentimento con Eva gli gravava sul cuore. «Andiamo a trovare la splendida Miss Halfpenny», disse un giorno, raddrizzandosi la cravatta. «Peccato che mi butterà fuori a calci dopo meno di dieci secondi dal nostro arrivo. Una donna meravigliosa.»

«Papà, insomma!» esclamò Saffron, con finta indignazione. «Non puoi parlare così di Miss Halfpenny. Non è una delle tue amichette. Tanto per cominciare, è di gran lunga troppo vecchia.»

Lui scoppiò a ridere mentre le apriva la portiera dell'auto. «Mia cara ragazza, credo che Miss Halfpenny abbia solo una trentina d'anni. E, nel caso tu non l'abbia notato, quest'anno io festeggerò – o forse piangerò – il mio quarantasettesimo compleanno. Una donna di trent'anni può anche sembrare decrepita a te, ma per me è una ragazzina.»

Mentre raggiungevano in auto il centro di Johannesburg, Saffron rimuginò sulle parole del padre. Non si era mai soffermata a riflettere sull'aspetto fisico di Miss Halfpenny, anche perché il modo di vestire delle direttrici dei negozi mirava a farle apparire rispettabili, più che attraenti. Ma esaminando la questione si rese conto che capiva cosa intendesse il padre. Miss Halfpenny aveva magnifici capelli ramati, seppur raccolti in un severo e piccolo chignon. E i suoi lineamenti, benché non esattamente graziosi – il naso era troppo lungo, gli zigomi troppo pronunciati –, erano eleganti, fini e simmetrici. Aveva anche dei begli occhi color nocciola e, sebbene il suo lavoro non incoraggiasse certo la frivolezza, Saffy l'aveva vista sorridere abbastanza spesso per notare come le si illuminasse il volto quando lo faceva.

Dopo aver rimuginato su quei particolari in astratto, era ansiosa di esaminare l'oggetto delle sue riflessioni più da vicino e in carne e ossa, ma quando lei e il padre arrivarono nel negozio scoprirono che Miss Halfpenny non vi lavorava più. « Sua madre si è ammalata e lei è dovuta tornare a Londra per prendersene cura », spiegò la nuova direttrice. « Ma sono felice di occuparmi io delle vostre necessità. Da questa parte, prego... »

« Bene, lascio fare a voi », replicò Leon, molto meno allegro di quando erano arrivati.

Saffron non si sentiva molto più contenta, mentre seguiva la sconosciuta verso le rastrelliere e i cassetti pieni di indumenti.

Il nuovo anno scolastico non iniziò dunque sotto i migliori auspici, ma in seguito le cose migliorarono. Mancavano solo tre settimane a Natale, e Saffron stava per atterrare a Nairobi. Aveva sostenuto gli esami del diploma in lingua e letteratura inglese, matematica, scienze, storia, geografia, arte, francese, latino e – profondamente indignata all'idea che si valutasse la sua competenza in attività liquidate dal padre con tanta foga – scienze domestiche. Era sicura di averli superati tutti, quasi sempre con il massimo dei voti o addirittura con lode. A denti stretti, sotto tortura, sarebbe forse arrivata al punto di ammettere che aveva apprezzato anche le lezioni di cucina, e che andava piuttosto fiera della torta rovesciata all'ananas preparata durante l'esame.

Ma ormai quei giorni erano finiti. Aveva sedici anni, era autorizzata dalla legge a lasciare la scuola e, dal suo punto di vista, era praticamente un'adulta. Il padre la aspettava sul prato dell'aerodromo. Kippy, ormai decisamente troppo vecchia per poter essere cavalcata, ma ancora accudita con amore dai giovani stallieri, la aspettava a Lusima. E c'era pure una sorpresa ad attenderla.

Un sorriso felice le si allargò sul volto. A casa! Sono quasi a casa! pensò, esultante.

« Vorreste passarmi la vostra tazza di caffè, Miss Courteney? » chiese lo steward dell'Imperial Airways alla composta signorina di sedici anni che stava servendo, sull'aereo di linea Armstrong Whitworth Atalanta. Dovette quasi gridare, per farsi sentire sopra il ruggito dei quattro motori rotativi. « Fra poco atterreremo a Nairobi. »

Saffron sorrise all'uomo dall'elegante uniforme bianca, il cui berretto con visiera lo faceva somigliare a un ufficiale di marina che, per puro caso, si trovasse a svolgere il ruolo di steward su quel volo. « Certo, Symons, tenete », replicò, restituendogli tazza e piattino di porcellana pregiata. « Oggi l'ho trovato particolarmente buono. »

Symons sorrise. « L'ho preparato bello forte apposta per voi, proprio come vi piace. Quasi a casa, eh? »

« Sì. » Dopo tre anni di viaggi aerei, si era abituata ad alzare la voce per conversare sul velivolo. « Mio padre mi ha mandato un cablogramma subito prima che lasciassimo Johannesburg dicendo di avere una sorpresa per me, quando arriverò a casa. Sono un po' preoccupata, perché non ha specificato se fosse bella o brutta. Spero sia bella. »

« Sono sicuro di sì. Scommetto che vi ha comprato qualcosa di molto speciale per Natale. Visto come parla di voi quando viaggia con noi, immagino che voglia solo cose belle per sua figlia. È molto orgoglioso di voi, ma è meglio che non gli diciate che ve l'ho riferito! »

« Non lo farò, ma grazie mille per averlo detto, Symons. Siete molto gentile. »

Lo steward le rivolse un sorriso affettuoso e tornò verso la cambusa nella sezione posteriore dell'aereo, passando fra le sette coppie di passeggeri nella cabina. Lui e i colleghi, di stanza in Africa insieme ai piloti, i navigatori, i meccanici e il personale di terra dell'Imperial Airways, erano arrivati a conoscere a fondo Saffron nel corso degli ultimi tre anni, mentre lei faceva la spola fra Nairobi e la Roedean, all'estremità settentrionale di Johannesburg.

L'Atalanta dell'Imperial Airways si fermò sulla pista d'atterraggio dell'aerodromo di Nairobi. Dopo essere sbarcata ed essersi fatta timbrare il passaporto, Saffron si guardò intorno nel minuscolo terminal che accoglieva sia i passeggeri in partenza che quelli in arrivo. Quando vide il padre, gli si lanciò incontro, gridando euforica: « Papà! »

Quando si sciolse dall'abbraccio – il magnifico momento, a lungo atteso, in cui poteva assaporare la sensazione di totale sicurezza delle braccia paterne, e annusare il suo odore tipicamente maschile mentre gli premeva la testa sul petto –, Saffron vide una donna che aspettava paziente, ma palesemente ansiosa di presentarsi.

Portava un'ampia tunica di lino che le arrivava alle ginocchia, bianca ma con eleganti fiori dai colori vivaci ricamati intorno allo scollo e sull'orlo delle maniche a tre quarti, e ampi pantaloni, anch'essi bianchi, stretti e arricciati intorno alle caviglie. Ai piedi calzava semplici sandali. I capelli corti e grigi erano trattenuti da una sciarpa di seta, portava occhiali scuri e una borsa di paglia con la cinghia di pelle. I capelli grigi suggerivano che avesse una certa età, ma aveva una corporatura snella e flessuosa, e il suo modo di vestire – diverso da qualsiasi stile Saffron avesse mai visto – e il suo portamento avevano qualcosa di giovanile.

Chi è? si domandò. Poi un'orrenda eventualità le si affacciò alla mente. È questa la sorpresa di papà? Vuole presentarmi la sua nuova moglie?

La donna incrociò il suo sguardo, sorrise e disse: « Ciao, mia cara. Mi chiamo Saffron Courteney ».

Lei rimase di stucco.

« Saffron, ti presento Saffron », disse Leon, notando il suo sconcerto. « È tua nonna, tesoro, mia madre. Ti abbiamo chiamata come lei. »

Oh, grazie al cielo! Saffron provò un enorme sollievo ma anche stupore. In vita sua non aveva mai conosciuto i suoi nonni, e la donna che aveva di fronte non era affatto il genere di tenera vecchina che si era sempre immaginata.

« Sono davvero felice di conoscerti, finalmente. Vieni ad abbracciarmi. »

Saffron obbedì e si ritrovò avviluppata da un profumo speziato e misterioso, come se fosse stato rubato nelle camere più segrete dell'harem di un sultano. Si scoprì sempre più ammaliata dalla parente appena conosciuta. « I tuoi abiti sono favolosi. Siamo in piena estate, eppure non sembri minimamente accaldata. »

Sua nonna sorrise. « Grazie, mia cara, sei davvero gentile. Il fatto è che ho vissuto in Nordafrica per tutta la vita, e mi sono resa conto molto tempo fa che era assolutamente folle andarsene in giro con indumenti creati per le fredde e piovose giornate inglesi, quando si abita accanto al deserto del Sahara. Si dice sempre che le donne bianche non possono sopravvivere al sole... La gente ha ancora l'assurda abitudine di ficcare in testa alle figlie quel cappello pesante foderato di feltro rosso? »

« Oh, sì, un sacco di ragazze devono portarlo, ma io non l'ho mai fatto. »

«Tu provieni da una famiglia che sa come si vive qui. Per quanto mi riguarda, mi sono ispirata a ciò che ho osservato durante i miei viaggi in Mesopotamia, Etiopia, Egitto, Marocco – dappertutto, in realtà – e ho adattato l'abbigliamento locale ai miei gusti e bisogni. Faccio la pittrice, sai, quindi privilegio abiti con cui sia comodo lavorare. Niente corsetti né calze. Non sopporto quelle assurdità, a meno che non debba mettermi in ghingheri.»

«Sono d'accordo», ribatté Saffron. «È meraviglioso potersi togliere uniformi scolastiche e abiti inamidati durante le vacanze, e stare in pantaloni da equitazione o un semplice paio di calzoncini!»

«Brava ragazza! Ora, prima di procedere, dobbiamo prendere una decisione sui nomi. So che alcune nonne sono felici di sentirsi chiamare o 'nonnina', anche se non certo in società, potrei aggiungere. Io però preferisco semplicemente 'nonna', quindi possiamo accordarci su quello?»

«Certo, nonna», ribatté Saffron, felice di avere l'inaspettata occasione di pronunciare quella parola.

«Bene. E tu, ragazzo mio, puoi chiamarmi 'mamma' oppure, se ci sentiamo particolarmente amichevoli, 'ma''!»

«Sì, mamma», replicò Leon in tono stanco, senza notare la strizzata d'occhio di sua madre a Saffron.

«Benissimo, allora», dichiarò la nonna. «Adesso puoi portarci a pranzo.»

«Ho pensato che potremmo pranzare allo Stanley», disse Leon in auto, mentre lasciavano l'aeroporto per dirigersi verso Delamere Road, dove si trovava il New Stanley Hotel. «Il Muthaiga non è un posto adatto a madri e figlie: ultimamente è ancora più chiassoso del solito. Tizi appesi ai lampadari che fingono di essere scimmie, si ubriacano in pubblico e si tolgono i vestiti.»

«Oh, ma sono tutte cose che adoro!» esclamò Saffron. La notte che passava sempre al Muthaiga prima di prendere l'aereo per Johannesburg era uno dei momenti salienti del viaggio verso la scuola.

«Bene, sono sicuro che a tua nonna non piacerebbero.»

«Oh, Leon, insomma! Non sono certo una vecchia zitella rimbambita. A quindici anni ero sposata ed ero sopravvissuta all'assedio di Khartoum, mi avevano ucciso il mio povero papà davanti agli occhi e avevo avuto alcune avventure con tuo padre che non sono certo adatte a giovani orecchie.»

«Nonna!» boccheggiò Saffron, dimenticandosi all'istante del Muthaiga. «Come potevi essere già sposata a quindici anni? Non è nemmeno legale!»

«Lo è in Abissinia, dove io e tuo nonno ci siamo sposati. E posso dire che è stata davvero una cerimonia in grande stile. Vi hanno assistito l'imperatore e l'imperatrice in persona.»

Saffron sgranò gli occhi, sbalordita e ammirata. «Un imperatore... e un'imperatrice?» chiese con un fil di voce.

«Oh, sì, mia cara, l'imperatrice Miriam e io eravamo amiche per la pelle. Come te, era tanto gentile da interessarsi al mio modo di vestire. Veniva sempre a chiedermi consiglio, in realtà, benché ai suoi occhi fossi un po' una vecchia zitella, visto che lei si era sposata a tredici anni.»

«Santo cielo.»

«Quanti anni hai, Saffron?»

«Sedici, nonna.»

«Un'età bellissima, la stessa che avevo io quando è nato tuo padre.»

«Oh», disse Saffron, capendo come mai la nonna avesse un'aria così giovanile.

«Bene, comunque», continuò Leon, sforzandosi di riportare la conversazione su un terreno meno insidioso, « Mayence e Fred Tate, che gestiscono il New Stanley da tempo immemore – un gran bravo ragazzo, Fred, l'ho incontrato parecchie volte durante la guerra –, lo hanno appena ristrutturato, e devo dire che hanno fatto un ottimo lavoro, e... »

« Eri sorpresa quando il nonno ti ha chiesto di sposarlo? » chiese Saffron, ignorando il padre.

« Be', non è che me l'abbia esattamente chiesto. Sai, in realtà è successo che... »

« Non credo proprio che Saffron voglia sentire questa storia », la interruppe Leon.

« Oh, sì, invece! » Saffron si raggomitolò sul sedile del passeggero in pelle, mettendosi comoda e provando una sensazione molto simile a quando, da piccola, si rannicchiava al sicuro sotto le coperte mentre la madre le leggeva una storia della buonanotte.

« Mia sorella Amber e io avremmo dovuto andare a vivere con la famiglia del tuo prozio Penrod Ballantyne nella sua tenuta in Scozia, per venire cresciute come brave ragazze inglesi da una governante. Era previsto che partissimo da Gibuti a bordo della nave *Singapore*, ma io ero perdutamente innamorata di Ryder Courteney... »

« Lui quanti anni aveva, nonna? »

« Poco più del doppio dei miei, ma non mi importava. Sapevo che era il grande amore della mia vita, lo sentivo nel profondo del cuore, e non intendevo certo lasciarmelo sfuggire, così sono scappata e la nave è salpata senza di me. Alla fine Ryder mi ha trovata, dopo che lo avevo spedito su una falsa pista diretta verso l'Abissinia, in maniera piuttosto astuta, a mio parere... » La nonna le rivolse un sorrisetto sfrontato e per un attimo Saffron intravide la ragazza birichina, ribelle ma adorabile che doveva essere stata. « Il poveretto ha cercato di arrabbiarsi con me, ma sapevo che non faceva sul serio. Mi amava tanto quanto io amavo lui, solo che non se n'era ancora reso conto. Così gli ho detto che dovevamo sposarci e che era tutto a posto, perché avevo già parlato con l'imperatrice, che approvava il mio piano e aveva accettato di favorire la nostra unione. Non c'era nessun valido motivo per non sposarsi, e lui, che Dio lo benedica... » Il sorriso della nonna si era fatto malinconico e a Saffron parve di vederle gli occhi lucidi. « Quel caro uomo ha detto che non era una brutta idea, tutto sommato, poi mi ha baciata e io mi sono sentita la ragazza più felice del mondo. »

« Oh, nonna », ribatté Saffron con un sospiro, « è una storia magnifica. »

« Non temere, tesoro, è solo una minuscola parte di una storia ben più lunga, e credo che te ne racconterò un altro po', prima di ripartire. »

« Sì, ti prego, sarebbe bellissimo! »

« Bene, eccoci arrivati », annunciò con sollievo Leon, fermando l'auto davanti all'albergo.

Era un edificio a tre piani dipinto di bianco. Due enormi colonne sormontate da piccole cupole, simili a un paio di pepiere coordinate, fiancheggiavano l'ingresso. La facciata era traforata da alti archi che salivano fino al primo piano, a rivelare le balconate delle camere da letto decorate con ceste di fiori variopinti.

Avrebbero dovuto pranzare all'aperto. Appena prima che il maître li accompagnasse al loro tavolo, Leon disse: « Scusateci solo un istante ». Poi chiese alla madre e alla figlia di seguirlo.

Le condusse fino a un'antica acacia e loro videro che tutt'intorno al tronco erano fissati dei piccoli tabelloni di sughero coperti di lettere, telegrammi o semplici foglietti ripiegati con sopra scribacchiati dei nomi. « Questo è l'albero spinoso del New Stanley Hotel, il centro postale non ufficiale di Nairobi. Se volete mettervi in contatto con qualcuno in Kenya e non sapete dove si trova, vi basta affiggere un messaggio qui e prima o poi verrà trovato.»

«Mi piacerebbe attaccare un messaggio che dica: 'Ho fame. Dov'è il pranzo?'» disse la nonna.

«Anch'io sto morendo di fame», intervenne Saffron.

Mangiarono bene, come succedeva sempre in Kenya, dove la terra era così fertile e il clima così mite che la frutta e la verdura crescevano tutto l'anno, e le enormi distese di terreno da pascolo producevano squisita carne di maiale, agnello e manzo. La nonna interrogò Saffron sui suoi trionfi sportivi, scoprendo che nel corso dell'ultimo anno era stata capitano della squadra di hockey e di quella di netball della scuola, oltre a vincere il trofeo individuale di tennis.

«Inoltre cavalca meglio di chiunque io abbia mai visto. Riesce a colpire l'ala di un uccello da selvaggina come un tiratore scelto. E non solo sa guidare, sa anche cambiare una gomma, rabboccare l'olio o l'acqua...»

«E so trasformare le mie calze in una cinghia della ventola!» aggiunse Saffron.

«Non l'ho lasciata girare liberamente per la tenuta finché non è stata in grado di effettuare alcune riparazioni di base», spiegò Leon. «Non potevo certo permettere che si ritrovasse bloccata da un guasto, senza poter fare niente, a chilometri da casa.»

«Capisco...» replicò la nonna in tono pensieroso. «Dimmi, Saffron, sei stata brava anche a scuola?»

«Credo di sì, nonna. Sto giusto aspettando i risultati degli esami, che non dovrebbero essere andati male.»

«Quello che vuole dire è che spera di avere ottenuto il massimo dei voti in tutte le materie», spiegò Leon con un sorriso radioso.

«Bene... bene...» ribatté la nonna, pur suonando poco impressionata per qualcuno che aveva appena scoperto che la nipote era una campionessa sportiva e accademica. «Dimmi, cara ragazza, visto che sei così colta, cosa hanno in comune queste tre persone: Elsa Schiaparelli, Main Rousseau Bocher e Madeleine Vionnet? »

Saffron era sconcertata. Lanciò un'occhiata al padre, che però si strinse nelle spalle. « Ehm... » Si spremette disperatamente le meningi, rammentò che la nonna dipingeva e tirò a indovinare. « Sono degli artisti? »

« In un certo senso immagino che li si potrebbe definire tali, ma che genere di artisti? »

« Mmm, mmm... » Saffron alzò la voce, quasi in preda al panico. « Scultori? Pittori? » Tentò freneticamente di pensare a quali altri tipi di artisti esistessero.

« Sono tutti couturier », dichiarò la nonna, e poi, capendo dalla persistente espressione confusa della nipote che Saffron non sapeva cosa fosse un couturier, aggiunse: « Creano abiti da giorno e da sera magnifici, costosi e su misura per le donne ricche e alla moda ».

« Oh », disse lei, mortificata.

« E tu, mia cara bambina, saresti un autentico schianto con indosso una delle loro creazioni. Si contenderebbero l'onore di averti come cliente. Ti rendi conto di quanto sei incantevole, Saffron? No, mi basta guardarti in volto per capire che non lo sai. » Si rivolse al figlio. « Leon, tua figlia è meravigliosa. Hai provveduto a lei come meglio non si potrebbe, le hai garantito un'istruzione superlativa e il tuo amore per lei è evidente, come il suo per te. L'unica cosa che non hai fatto, perché non ne eri in grado, era insegnarle a essere una donna. »

« Se Eva non fosse morta... » cominciò a dire lui.

Lei gli posò una mano sul braccio. « Lo so, tesoro, lo so... Hai subito una terribile perdita, sei stato davvero eroico a crescere una figlia da solo e, tra l'altro, a garantire un tenore di vita agiato anche a tua madre e alle tue sorelle. Si direbbe che la Courteney Trading stia andando a gonfie vele. »

Leon sorrise con sollievo. « Sì, ultimamente le cose stanno migliorando. Il mondo è ancora ben lungi dal rimettersi in sesto, ma credo che siamo davvero un passo avanti rispetto alla concorrenza. Tutti i banchieri sono stati rimborsati prima del previsto, quindi non abbiamo più debiti. Ma in realtà è Davy che dovresti ringraziare, mamma. Ha fatto lui tutto il lavoro duro, io ho solo firmato gli assegni. »

« Be', non avrebbe potuto farlo se tu non fossi accorso in nostro aiuto. Quello che hai fatto è davvero magnifico, anche se non tutti lo riconoscono. Ora voglio portare Saffron a fare un po' di shopping. »

« Per comprare cosa? » chiese la ragazza, domandandosi se la nonna avrebbe fatto comparire, come per magia, degli abiti di alta sartoria nei modesti negozietti di Nairobi.

« Regali di Natale! » annunciò risolutamente lei. « Ne hai già preso uno per tuo padre? »

« A dire il vero no. »

« Lo immaginavo. Ora, Leon, tu rimani qui a berti una bella tazza di caffè, chiacchierare con i tuoi amici nel Long Bar – sono sicura che conosci la metà degli uomini che vi si trovano – e far passare il tempo fino al ritorno di noi signore. Saffron? »

« Sì, nonna? »

« Seguimi! »

Saffron era entusiasta dell'ingresso improvviso di quella donna straordinaria nella sua vita. Prima la cugina Centaine, e poi nonna Saffron: a poco a poco le si radunava intorno una vera e propria famiglia. Andarono a curiosare insieme nei negozi della nuova Stanley Arcade, appena fuori dall'albergo. La ragazza si diresse verso una rastrelliera di cravatte per scegliere un regalo, mentre la nonna si affaccendava altrove.

Si stava giusto passando fra le dita un paio di bellissime cravatte di seta dai motivi vivaci, chiedendosi se sarebbe mai riuscita a convincere il padre a metterne una, quando sentì una secca voce femminile dichiarare: « Devi essere la giovane Courteney. Santo cielo, quanto sei cresciuta! »

Si voltò per vedere un tipo di donna fin troppo familiare, lì in Kenya. Doveva essere stata piuttosto graziosa, un tempo, e – a giudicare dall'atteggiamento altezzoso, dai capelli biondo acceso acconciati in maniera stravagante e dal trucco pesante – era chiaro che si credeva ancora tale. Ma l'abbinamento di troppo sole e troppi drink, nel corso di più anni di quanti sarebbe stata disposta ad ammettere, le aveva reso la pelle coriacea come quella di una borsa di coccodrillo. Aveva rughe profonde intorno agli occhi e il labbro superiore solcato da minuscole linee, dovute all'arricciarsi troppo spesso intorno a una sigaretta.

« Mi spiace, temo che non siamo mai state presentate », replicò Saffron.

« Hai proprio ragione. Mi chiamo Amelia Cory-Porter. Conoscevo tuo padre. A dire il vero ci ha provato con me. »

Non ci credo, pensò Saffron, che aveva notato l'amarezza nella voce della donna. Ma scommetto che tu ci hai provato con lui, vero? E scommetto pure che ti ha ignorato. « Sul serio? Molto interessante. »

Amelia Cory-Porter le gettò uno sguardo che nella vita Saffron aveva incontrato di rado, se non mai. Era carico di pura malignità. « Buon Dio, sei anche arrogante e presuntuosa come lui. Guardati, bella come un dipinto e piena di soldi. Chi direbbe mai che tua madre era una sgualdrina? »

Le parole colpirono Saffron come un pugno allo stomaco, togliendole il fiato, ma lei riuscì a dire con un fil di voce: « Non è vero ».

« Oh, invece temo di sì, mia cara. Si guadagnava da vivere allargando le gambe per un grassone tedesco, finché non ha deciso che preferiva carne più giovane e ha messo gli occhi su tuo padre. Il poveretto è stato colto completamente alla sprovvista, a quanto si dice.»

«No, no, lei non era così», singhiozzò Saffron. «Non era così!» Fra le lacrime vide la nonna avvicinarsi.

«Cosa diavolo sta succedendo qui?»

«Ha... ha... ha detto che la mamma era una sgualdrina.»

«Meglio che me ne vada», disse Amelia Cory-Porter.

«Restate dove siete!» ordinò la nonna, con una voce che avrebbe intimidito presidenti e generali. «Cosa diamine credete di fare, riducendo in lacrime una ragazza con oscenità tanto meschine?»

«Chiamatela pure come preferite, ma non è altro che la verità. Sua madre era una puttana tedesca. Era una sgualdrina... e anche una traditrice.»

Nonna Saffron le si avvicinò di un altro passo. «Suppongo che voi sappiate un paio di cosette sull'andare a letto con gli uomini per soldi, anche se, a giudicare dal vostro aspetto, temo che oggigiorno troviate difficile suscitare l'interesse di qualcuno.»

«Non intendo rimanere qui ad ascoltare simili sciocchezze.»

«Rimarrete qui finché non vi dirò di andarvene. Ora ascoltatemi, volgare civetta che non siete altro. Se raccontate un'altra volta queste ignobili calunnie a qualcuno, a chiunque, la mia famiglia vi perseguirà con ogni mezzo legale a sua disposizione e vi rovinerà completamente. Sono stata chiara?»

«Non c'è bisogno di minacciarmi...»

«Ve lo chiedo di nuovo: ho illustrato in modo abbastanza chiaro le conseguenze di qualsiasi altra ignobile calunnia?»

Amelia Cory-Porter parve sgonfiarsi come un palloncino pieno di gas velenoso bucato da uno spillo. «Sì», farfugliò.

«Bene. Ora considerate che in questo preciso istante mio figlio, Leon Courteney, si trova a meno di duecento metri da qui. È un gentiluomo molto cortese, ma, se scoprirà cosa avete appena detto a sua figlia, potrebbe non riuscire a impedirsi di darvi la strigliata che vi meritate.»

«Bene, credo proprio di dovermene andare», disse Amelia, ma senza muoversi.

«Sì, lo credo anch'io. E andrei lontano, se fossi in voi. Sparite, e prego Dio di non posare mai più gli occhi su di voi.»

«Grazie, nonna», disse Saffron, guardando la donna che usciva in gran fretta dal negozio. «Ma tutte le cose orribili che ha detto... devo scoprire se sono vere.»

Leon aspettò che fossero tornati a Lusima e avessero consumato una cena leggera prima di condurre la madre e la figlia nel suo studio, l'angolo più privato e intimo della casa. La sua scrivania di mogano era sistemata accanto al bovindo e rivolta verso l'interno della stanza. Una parete era interamente occupata da librerie, mentre un'altra ospitava un caminetto. Sopra la mensola era appeso un ritratto di Eva, dipinto un anno dopo la nascita di Saffron da un émigré di nome Vassileyev. Il pittore era fuggito dalla rivoluzione, approdando sulle coste del Kenya e guadagnandosi da vivere dipingendo quadri per gli esuli e i turisti. Non pretendeva di essere altro che un pittore su commissione, eppure in quell'opera aveva superato se stesso: era riuscito a cogliere appieno la bellezza di Eva e la gioia nel suo cuore. Quella nel dipinto era una donna felicemente sposata, madre di una bimba che adorava, residente in un autentico paradiso e preservata per sempre in tutta la sua perfezione.

Leon si assicurò che Saffron e sua madre fossero sedute comodamente e avessero un drink a disposizione – un whisky forte per la donna, un'acqua tonica e limone con un goccio di gin per la ragazza –, poi si versò un brandy e si mise davanti al fuoco. Non era una storia che poteva raccontare da seduto e voleva avere la possibilità di muoversi, per scaricare un pizzico della tensione che narrarla avrebbe suscitato.

Sorseggiò il brandy mentre osservava il dipinto di Eva. Erano passati quasi dieci anni dalla sua morte, eppure la amava ancora come un tempo. « Perdonami, tesoro, ti prego », sussurrò al quadro, poi si voltò verso il suo uditorio. « Ho sempre sperato, in modo forse ingenuo, di non essere mai costretto a dirvi quello che ora volete sapere. » Parlava in tono sommesso, scegliendo le parole con cura e dando al racconto una certa formalità. « In parte dipendeva dal fatto che quanto vi rivelerò include alcune questioni ufficialmente top secret. Violerò la legge, parlandovene, e voi la violerete se le riferirete a chiunque altro. E intendo davvero chiunque, in qualsiasi momento. Quindi devo prima chiedervi di promettermi, sul vostro onore, che non ripeterete mai nemmeno una parola di quanto sentirete stasera. Me lo prometti, Saffron? »

« Sì, papà », rispose lei, in tono altrettanto serio.

« E tu, mamma? »

« Sì, certo, mio caro, capisco benissimo. »

« D'accordo, allora... C'era un altro motivo per cui speravo che questo momento non giungesse mai, Saffron, ed è che so quanto avrebbe turbato tua madre. Lei era il grande amore della mia vita. Era tanto coraggiosa quanto bella, e mi ha reso più felice di quanto avessi mai sognato. Mi ha dato te, tesoro, la figlia migliore che qualsiasi uomo possa desiderare, e ti amava con tutto il cuore, così come amava me. »

« Lo so, papà. » Gli occhi di Saffron si riempirono di lacrime.

« Era anche una patriota. Sai già che durante la guerra ha servito l'impero britannico ed è stata decorata per il suo coraggio... »

« Sì. »

« Ma quello che non sai è che serviva l'impero anche prima della guerra. »

« Possiamo sapere in quale modo? » chiese sua madre.

Leon annuì. « Sì, stasera potete. » Bevve un altro sorso di brandy. « Eva era una spia, un'agente del Secret Service Bureau, sezione spionaggio per l'estero, o Secret Intelligence Service, come lo chiamano oggigiorno. Quindi spero che adesso capiate come mai tutto questo è top secret. »

« Santo cielo », disse nonna Saffron.

« Che genere di spia? » chiese la nipote.

« Ci arriverò, ma prima è meglio che vi dica qualcosa sulla gioventù di Eva. Era nata nel Northumberland. Suo padre, Peter, era inglese, ma sua madre era tedesca; devi rammentare, Saffron, che all'epoca Inghilterra e Germania avevano legami molto stretti e non erano nemici. I suoi genitori non erano ricchi, ma si amavano e amavano lei, quindi è cresciuta in una casa felice. Quando aveva dodici anni, tuttavia, i suoi genitori hanno contratto la poliomielite e sua madre è morta... » Leon guardò la figlia. « Sì, lo so, come la mamma. Suo padre è sopravvissuto alla malattia, ma è rimasto menomato alle gambe e costretto su una sedia a rotelle. » Si interruppe per finire il brandy, poi posò il bicchiere vuoto sulla mensola del caminetto e guardò il ritratto di Eva, come in cerca di sostegno morale. « Tua madre era una ragazza intelligente, proprio come te, e avrebbe potuto frequentare l'università di Edimburgo, ma ha preferito rimanere a casa per prendersi cura del padre. » Fece un sorriso malinconico.

« Cosa c'è, papà? »

« Oh, niente, mi sono solo ricordato che la mamma mi ha raccontato che lo chiamava 'Ricciolo', perché non aveva un solo capello sulla testa. In ogni caso, Ricciolo era un valente ingegnere e inventore, e ha avuto intuizioni geniali per costruire motori a combustione interna ultrapotenti. Ha brevettato i suoi progetti, ma non aveva i soldi per svilupparli e metterli in produzione. Un industriale tedesco con ingenti fondi, però, gli ha offerto di entrare in società con lui sventolandogli un contratto sotto il naso. Essendo uno scienziato, lui non si intendeva affatto di contratti e non poteva permettersi un avvocato, perciò lo ha firmato. Per farla breve, ha ceduto ogni diritto sul lavoro di tutta una vita e sui suoi brevetti. Il tedesco se n'è andato e ha accresciuto il suo già enorme patrimonio, mentre il povero Ricciolo è morto in miseria.» Leon pensò che non c'era bisogno di dire in che modo, ossia facendosi saltare le cervella con un fucile. La povera Eva era stata costretta a pulire le macchie di sangue dal muro. «All'epoca tua madre aveva sedici anni – la tua età – ed era sola al mondo, senza un soldo, con nessuno che badasse a lei.»

«Oh, ma è terribile!» esclamò Saffron. «Perché il tedesco non si è preso cura di lei? Aveva guadagnato un sacco di soldi grazie alle invenzioni di Ricciolo, poteva permetterselo.»

«Eccome se poteva, ma era l'uomo più spietato, meschino e crudele che io abbia mai incontrato.»

«Lo conoscevi? Come?»

«Aspetta, tesoro, tutto a suo tempo... La giovane Eva doveva trovare il modo di mantenersi, così è andata a lavorare come operaia in fabbrica, ma un giorno una donna di nome Mrs Ryan ha bussato alla sua porta, dicendo che conosceva sua madre, che aveva saputo dei tragici avvenimenti e che voleva aiutarla. Eva si è trasferita nella casa londinese di Mrs Ryan, una convinta sostenitrice della grandezza dell'impero britannico, che sottolineava continuamente quale benedizione rappresentasse l'impero per il mondo e quale enorme privilegio fosse servirlo. Ed Eva era d'accordo, perché si ritrovava di colpo a godere di tutti i vantaggi di abitare nella capitale dell'impero: aveva una stanza tutta sua, arredata con cura, un'insegnante che le dava lezioni di bon ton, un maestro di equitazione e un cavallo tutto suo di nome Hyperion. Ben presto è diventata una giovane gentildonna molto elegante. Ha cominciato anche a prendere lezioni di tedesco, ogni giorno: era l'unica cosa su cui Mrs Ryan insistesse.

«Ciò che tua madre non sapeva, però, era che la stavano addestrando. Vedi, una rete spionistica può procurarsi informazioni segrete in vari modi. Può infiltrare agenti sotto copertura in organizzazioni nemiche. Può corrompere, persuadere o ricattare il personale nemico per indurlo a tradire la propria causa. Può picchiare o torturare i nemici catturati. Oppure può approfittare dell'insopprimibile desiderio maschile di ammaliare, sedurre e conquistare una donna, soprattutto se è molto bella.

«Eva, naturalmente, era splendida. E anche molto intelligente, avrebbe potuto frequentare l'università. E infine moriva dalla voglia di vendicare il padre e rimediare al torto che gli era stato fatto. Tutto questo la rendeva molto utile per i servizi segreti, perché a quel punto i venti politici erano cambiati e i tedeschi non facevano certo mistero del loro desiderio di sfidare gli inglesi, per assumere il ruolo di massima potenza mondiale. Le forze armate della Germania si ingrandivano a un ritmo incredibile, così come la sua industria degli armamenti, parte della quale apparteneva proprio all'uomo che aveva rubato i progetti di Ricciolo Barry. Così Eva Barry si è vista assegnare una nuova identità ed è diventata un'altezzosa aristocratica di nome Eva von Wellberg, poi è stata presentata all'uomo che aveva rovinato suo padre e...» Leon si interruppe, ma si fece forza e trasse un bel respiro. «... ed è diventata la sua amante.»

Saffron non riuscì a trattenersi. «Quindi era davvero una sgualdrina!» singhiozzò. «Quella donna orribile aveva ragione.»

La nonna la prese fra le braccia. «No, tesoro, non lo era... Non è affatto ciò che tuo padre sta dicendo. A volte noi donne siamo costrette a fare scelte molto difficili. Facciamo quello che dobbiamo per sopravvivere, come nel caso delle mie sorelle, quando erano prigioniere del Mahdi dopo la caduta di Khartoum, oppure facciamo quello che ci chiede il nostro Paese. Non possiamo combattere con i pugni o i fucili come gli uomini, così... »

« Così diventiamo prostitute? »

« Ora basta! » sbottò Leon. « Non ti permetto di parlare in questo modo di tua madre. Ha accettato di fare una cosa orrenda perché andava fatta. Guardami... guardami, ragazza! »

Saffron alzò la testa dall'abbraccio della nonna e lo fissò.

« Mentre servivo il mio Paese, non so quanti uomini ho ucciso. Li ho ammazzati con queste mani. Li ho lasciati a dissanguarsi nel fango mentre invocavano la madre. Quindi se tua madre era una prostituta io sono un assassino, un pluriomicida. Ma so che ho fatto ciò che ho fatto per una giusta causa, servendo il mio re, battendomi per la libertà e la giustizia, proprio come la mia cara Eva. E non riesco a credere che una lurida sgualdrinella come Amelia Cory-Porter abbia la faccia tosta di lanciare accuse maligne contro tua madre, nel cui dito mignolo c'erano più bontà e onestà che non nell'intero corpo deforme di quella donna. »

Per un attimo nessuno aprì bocca. Saffron guardò il padre, cercando di trovare un senso nelle sue parole. C'era così tanto da assimilare. Non lo aveva mai sentito parlare in quel modo, con una simile passione. Il ritmo del suo respiro rallentò e le lacrime smisero di scorrere.

« Tieni », le disse Leon, sfilandosi il fazzoletto di seta dal taschino e passandoglielo.

Lei lo usò per asciugarsi occhi e naso e glielo restituì. Tirò su con il naso, gli rivolse un sorriso coraggioso e dichiarò: « Almeno adesso so cosa regalarti per Natale ».

« I fazzoletti non sono mai troppi. »

« Com'è finita la storia di Eva e del tedesco misterioso? » domandò sua madre.

« Pochi mesi prima della guerra, sono venuti qui in Africa

per un safari e io gli ho fatto da guida. Io ed Eva ci siamo innamorati. Al termine del safari lei è dovuta tornare in Germania ed entrambi abbiamo temuto che fosse la fine del nostro amore, ma poi è scoppiata la guerra e i tedeschi hanno architettato un piano per allearsi con gli ex ribelli boeri in Sudafrica e insorgere contro il dominio britannico. I ribelli avevano bisogno di armi e denaro per pagare le truppe, e l'industriale tedesco di Eva disponeva del mezzo di trasporto ideale per far giungere loro il carico ben più rapidamente che con qualsiasi veicolo convenzionale: un potente dirigibile, persino più grande di uno Zeppelin, chiamato *Assegai*. Ha insistito per comandare la spedizione e portare con sé l'amante, non sapendo che era una spia nemica e che ci aveva già avvisati del piano. Ho intercettato l'*Assegai* con un aereo e, non avendo modo di abbatterlo, ho fatto cadere delle reti da pesca sui suoi propulsori, bloccando le eliche e impedendogli di continuare a volare.»

«Ma la mamma si trovava a bordo!» esclamò Saffron.

«Non avrebbe dovuto esserci, l'ho vista solo mentre stavo ormai sferrando l'attacco.»

«E hai proseguito comunque?»

«Certo. Non avevo altra scelta. Era il mio dovere, lo sapevamo entrambi.»

«Ma la mamma è sopravvissuta. Come ha fatto?»

«Grazie all'unico gesto altruista che quel maledetto tedesco abbia mai compiuto: le ha messo un paracadute e l'ha buttata fuori dall'aeronave.»

«Lui è morto a bordo?»

Leon rifletté. Dovrei dirglielo? Perché peggiorare le cose? Ma come posso lasciare che la responsabilità ricada unicamente su Eva? «No. Aveva anche lui un paracadute, che è rimasto impigliato in un albero subito prima che toccasse terra. La mamma lo ha trovato appeso lì, a contorcersi impotente come un pesce preso all'amo, ma non ha avuto il coraggio di ucciderlo a sangue freddo. Alcuni tedeschi sono arrivati e l'hanno fatta prigioniera, e lui stava per ucciderla in modo crudele e doloroso, quando sono arrivato io.»

«Hai forse...» Saffron non riuscì a concludere la domanda.

«Sì, ragazza mia. Ho sparato a quel bastardo nel petto, e non ho mai provato nemmeno un briciolo di rimorso. Se lo meritava. Mentre brucia nell'oltretomba, dovrebbe ritenersi fortunato che Manyoro non l'abbia raggiunto per primo, altrimenti la sua morte sarebbe stata molto più lenta e dolorosa.»

«Ah, Leon, come somigli a tuo padre...» commentò nonna Saffron. «Avrebbe adorato questa storia, e avrebbe compreso alla perfezione sia il tuo ruolo sia quello di Eva. Ma dimmi, quanti soldi trasportava quel dirigibile?»

«Circa cinque milioni di marchi tedeschi in monete d'oro.»

«A quanto ammonta, in sterline?»

«Poco meno di due milioni.»

«E sono mai stati recuperati?»

«Sì.»

«Da chi?»

Leon non rispose.

«Ah...» disse sua madre, facendo uno più uno e ottenendo due milioni.

«Oh...» disse Saffron, capendo di colpo come mai viveva in una tenuta così splendida. Poi aggrottò la fronte. «Papà?»

«Sì?»

«Non ci hai detto come si chiamava il tedesco.»

Dopo un attimo di riflessione, lui replicò: «Presumo che ormai non vi sia alcun motivo per non dirvelo, dopo che avete sentito tutto il resto... Benissimo, si chiamava von Meerbach. Conte Otto von Meerbach, per essere precisi».

* * *

Tre giorni prima di Natale, mentre erano tutti seduti intorno al tavolo della colazione, uno dei domestici entrò per consegnare a Leon un telegramma inviato dalla preside della Roedean.

LIETA RIFERIRE RISULTATI ESAMI SAFFRON. DIECI 10, SEI CON LODE (COMPR ECODOM MOLTO BUFFO). MAGNIFICO.

« Brava, ragazza mia, sei un genio! » esultò lui, allungando una mano per stringere quella della figlia. « Non potrei essere più orgoglioso di te. » Diede un'altra occhiata perplessa al foglio stretto nella sua mano. « C'è soltanto una cosa che non capisco. Cosa diamine è 'ecodom'? E cos'ha di tanto buffo? »

Stavolta fu Saffron a essere sconcertata. « Non ne ho idea, papà. Posso dare un'occhiata? »

Leon le passò il telegramma e osservò il viso della figlia passare dall'accigliata concentrazione all'orrore incredulo mentre lei mormorava con un fil di voce: « Oh, no! » e subito dopo veniva colta da un violento attacco di ridarella.

« Scusate », disse lui, « ma qualcuno vuole avere la cortesia di spiegarmi cosa diamine sta succedendo? »

« Oh, papà, non fare quella faccia preoccupata! » esclamò Saffron, ridendo. « 'Ecodom' è l'abbreviazione di 'economia domestica'. Miss Lawrence sa che la odiavo, quindi è buffo che alla fine sia stata abbastanza brava. »

« Sei stata ben più che abbastanza brava. Io avrei dato un braccio pur di ottenere la lode in una qualsiasi materia. »

« Potevi conseguire ottimi risultati in qualsiasi materia, mio caro ragazzo, se soltanto avessi studiato un po' », sottolineò nonna Saffron. « Non c'è mai stato nulla che non andasse nel tuo cervello, a parte il tuo scarso desiderio di usarlo. »

« Ero indolente, da giovane, vero? Bene, Saffron, ora che hai ottenuto questi splendidi risultati negli esami, che programmi hai? Tornerai alla Roedean per il biennio preuniversitario, immagino.»

«Ehm... sì... in un certo senso...» rispose lei, con fare misterioso.

«Cosa intendi?»

«Be', voglio andare alla Roedean per il biennio preuniversitario... ma alla Roedean in Inghilterra.» Proseguì senza lasciargli il tempo di ribattere, decisa a perorare la sua causa, soprattutto visto che aveva progettato con cura il discorso per renderle impossibile contraddirla. «Il fatto è che ho riflettuto a lungo su cosa voglio fare. Mi ha reso molto triste sapere che la mamma non ha mai frequentato l'università, pur essendo abbastanza intelligente per farlo. È terribile che non abbia mai avuto l'occasione di dimostrare cosa fosse in grado di fare come studentessa, quindi ritengo essenziale sfruttare pienamente le mie capacità e opportunità.»

«Sono d'accordo», replicò Leon. La titubanza nella sua voce tradiva però l'impressione che la sua scaltra figlia avesse allestito un'enorme trappola in cui aspettava di vederlo cadere.

«Quindi ho consultato alcune insegnanti della Roedean, che mi hanno parlato della loro scuola sorella in Inghilterra. A quanto pare è estremamente valida a livello accademico, persino più di quella di Johannesburg, e manda un sacco di ragazze nelle varie università, incluse Oxford e Cambridge.»

«Tu non andrai a Oxford!» sbottò Leon, capendo di colpo perché tentasse di circuirlo. «È un covo di codardi, traditori e rossi. Te lo proibisco!»

Saffron si sentì sprofondare. Non aveva dimenticato la lettera del padre sull'argomento, ma sperava che, per una volta nella vita, avesse cambiato la propria opinione. «Per l'amor del cielo, papà, tutti coloro che hanno votato in quello stupido dibattito hanno sicuramente lasciato Oxford, ormai. L'unica cosa che mi interessa è che è una delle più grandi università del mondo.»

« Be', allora frequenta una delle altre. »

« Non posso. Oxford è l'unica che offra il corso che voglio seguire. »

« E quale sarebbe, sventolamento della bandiera bianca? »

« Oh, per l'amor del cielo, Leon, non essere ridicolo », lo sollecitò la madre. « Cosa ti ha messo queste stupide idee in testa? »

« Non hanno niente di stupido, mamma. Saprai benissimo che la Oxford Union ha votato affinché i suoi membri non combattano mai, in nessuna circostanza, per il loro re e il loro Paese. Mi dispiace, ma è semplicemente inaccettabile. Troppi splendidi giovani, inclusi alcuni miei carissimi amici, sono morti combattendo perché potessimo restare liberi. Il fatto che la generazione seguente si trasformi in un branco di obiettori di coscienza è un insulto nei confronti del loro sacrificio. »

« Davvero? E io che pensavo che l'obiezione di coscienza fosse l'unica reazione onesta ed etica agli orrori della guerra. Dimentichi, mio caro, che io ci sono cresciuta, con la guerra. L'ho vista distruggere la casa della mia infanzia. Si è portata via mio padre e, indirettamente, mia sorella maggiore. Quando sono diventata madre ha trasformato il mio gentile, affettuoso e squisito secondogenito in un uomo amareggiato e contorto. Sono sicura che, se dovesse mai arrivare il momento – Dio non voglia – in cui l'impero britannico si vedrà costretto a difendersi da un'altra orda di barbari, i giovani d'Inghilterra faranno la loro parte, proprio come hanno sempre fatto. Ma, per il momento, che prendano pure le difese della pace. Non esiste donna al mondo che non li applaudirebbe per questo. »

Saffron, che fissava la nonna, tornò a voltarsi verso il padre come se guardasse una partita di tennis.

Leon trasse un bel respiro e si ricompose. « Senti, mamma, so quanto sia ripugnante la guerra. Non è stato piacevole seguire von Lettow per l'Africa orientale, e Dio solo sa cos'hanno passato quei poveracci nelle trincee. E, sì, ciò che è successo a Frank è terribile, ma non è giusto che adesso i giovani si voltino dall'altra parte e dicano che la faccenda non li riguarda. Spinge noi veterani a chiederci a cosa siano serviti tutti i nostri sforzi.»

«Sono serviti a garantire la libertà di organizzare dibattiti, parlare a favore di entrambi gli schieramenti e votare sull'esito finale, tesoro», ribatté nonna Saffron, in tono dolce e consolatorio. «Hai combattuto in modo che questi giovanotti potessero esprimere la loro opinione. E hai combattuto in modo che tua figlia potesse farsi strada da sola nel mondo. Quindi, Saffron, spiegaci perché vuoi andare a Oxford e perché tuo padre dovrebbe pagare una somma considerevole per consentirti di farlo.»

Sollevata nel vedere ristabilita la pace, lei replicò: «Ebbene, ora papà si occupa della tenuta e di tutti i suoi interessi commerciali, ma a un certo punto avrà bisogno che li gestisca qualcun altro, e non ha figli maschi, quindi... Be', pensavo solo che dovrei essere pronta, nel caso debba farlo io. E a Oxford c'è un corso di filosofia, politica ed economia, che credo sarebbe molto interessante e anche utile».

«Considerando che gli interessi commerciali di tuo padre si estendono dalle miniere d'oro e di diamanti in Sudafrica ai giacimenti petroliferi della Mesopotamia, una certa competenza in fatto di economia sarà davvero essenziale», commentò la nonna. «E, visto che le sue proprietà in Abissinia, donate a suo padre dall'imperatore stesso dopo il nostro matrimonio, sono attualmente minacciate da quell'orrendo ometto di nome Mussolini, direi che potrebbe esserti utile anche conoscere la politica. Studiare filosofia dovrebbe aiutarti a riflettere in maniera più razionale e persino più virtuosa. Brava, è un'ottima idea.»

«Grazie, nonna. Papà, possiedi davvero tutte queste cose?»

« Ho delle quote di partecipazione nell'azienda di famiglia che le possiede, sì. »

« Non immaginavo che ci fosse... be', così tanta roba. Credevo si trattasse solo della tenuta e... in realtà non so bene cos'altro pensavo che ci fosse. »

« È esattamente quello che volevo farti credere, Saffy. Non volevo che crescessi come una ragazzina ricca e viziata, che pensa solo ai soldi e a come spenderli. La vita non dovrebbe essere imperniata su questo. »

« Penso che i soldi non contino affatto, papà, davvero. »

« Be', quando non ne hai, contano eccome, credimi. Ma so cosa vuoi dire, tesoro, e sono davvero felice che la pensi così. Ora, mamma, a quanto pare approvi il progetto di Saffron di studiare a Oxford, anche se immagino che sia molto difficile accedervi, quindi non possiamo dare nulla per scontato. Cosa ne pensi del fatto che vada a scuola in Inghilterra? »

Nonna Saffron sorrise. « Be', non sono certo la persona più adatta per parlarne, visto che io ho rinunciato all'occasione di andarci. Sia chiaro, ero perdutamente innamorata e il mio uomo si trovava in Africa, quindi era una cosa diversa. Non stai progettando in gran segreto di sposare qualcuno molto più vecchio di te, vero? »

« Assolutamente no, nonna! » rispose Saffron, ridendo.

« Meno male, perché è stato un miracolo che il mio matrimonio abbia funzionato così bene. Ma, per rispondere alla tua domanda, Leon, la trovo una splendida idea. Che il denaro sia o meno una cosa positiva, Saffron ne erediterà una montagna, insieme alla posizione sociale che lo accompagna. Ha bisogno di imparare a comportarsi come una gentildonna inglese, invece che come un maschiaccio africano. »

« Mamma, sei troppo severa! » obiettò Leon. « È una ragazza incantevole. »

« Certo, ma al momento si sentirebbe fuori posto e impreparata in un elegante cocktail party di Mayfair, proprio come una debuttante londinese che venisse scaricata nel bel mezzo della savana africana. »

« Preferirei di gran lunga trovarmi nella savana... » disse Saffron con un sospiro.

« Ne sono sicura, e sono convinta che te la caveresti senza problemi. Ma devi anche imparare a conoscere il cosiddetto mondo civilizzato, perché è in tutto e per tutto una vera giungla. I predatori – maschi e femmine senza discriminazioni – hanno artigli affilati come un leone o un ghepardo, e sono altrettanto feroci. »

« Sembra terribile. Adesso non sono più sicura di volerci andare. »

« Sì che vuoi. La vita in una città come Londra, Parigi o persino il Cairo è stimolante, eccitante, entusiasmante... Oh, santo cielo, cosa non darei per essere giovane e carina come te. Avrai il mondo intero ai tuoi piedi e sarà la sensazione più splendida del mondo. Devi solo conoscere le regole del gioco, e non le imparerai mai vivendo in questa landa remota. »

« Voglio solo allontanarmi da orribili megere come Amelia Cory-Porter. Detesto che tutti, qui, sappiano tutto di tutti, ficcando il naso nelle faccende altrui, diffondendo tremende menzogne su altre persone. »

« Temo che troverai donne come lei ovunque tu vada », le spiegò la nonna, « e anche uomini che sono autentici mascalzoni e canaglie. Ma in una grande città è diverso: hai a disposizione più spazio per essere te stessa. Nessuno può osservarti da vicino come succede in una comunità ristretta. »

« Allora voglio andarci... Ti prego, papà, potresti darmi il permesso di farlo? »

« Bene... » replicò Leon in tono meditabondo, e Saffron sorrise: non le avrebbe detto di no. « Se ben ricordo, l'anno scolastico inglese comincia a settembre, quindi non potresti cominciare per altri nove mesi. La domanda è cosa farai fino ad allora.»

«Perché devo aspettare fino a settembre per tornare a scuola? A quel punto avrò diciassette anni, e prima di finirla ne compirò diciannove: sarei troppo vecchia. Preferirei iniziare subito.»

«Ma in tal caso avrai perso un trimestre, quindi sarai indietro rispetto alle altre ragazze.»

«Allora dovrò semplicemente lavorare più sodo e recuperare lo svantaggio. Preferirei così, piuttosto che essere la vecchia zitella della classe.»

«Sei quanto di più lontano esista da una vecchia zitella, ma capisco cosa vuoi dire.» Nonna Saffron rifletté per un attimo. «Devi accompagnarla in Inghilterra, Leon, e una volta là devi fermarti per qualche mese. Parlando in veste di tua azionista, benché molto di minoranza, credo sia ora che la Courteney Trading disponga di un ufficio a Londra. Magari potresti aprirlo mentre Saffron passa i primi due trimestri a scuola, dopodiché, in estate, potreste viaggiare in giro per l'Europa.»

«Sarebbe magnifico!» commentò la ragazza, entusiasta.

«Benissimo, allora è deciso.»

«Aspettate un attimo», intervenne Leon. «Ancora non sappiamo se Saffron riuscirà a frequentare la scuola in Inghilterra. Potrebbero non avere posto per lei, e anche se ce l'hanno bisognerà organizzare tutto in un paio di settimane. Non può semplicemente bussare alla loro porta e dire: 'Fatemi entrare!'»

«Mio caro ragazzo, siamo nel mondo moderno. Ci sono telegrammi e telefoni con cui comunicare e aeroplani capaci di portarti quasi in capo al mondo nel giro di pochi giorni. Usa il tuo spirito di iniziativa. Mettiti in contatto con la preside a Johannesburg, sollecitala a chiedere qualche favore, fai una discreta donazione come regalo d'addio alla scuola, se può aiutare a ungere gli ingranaggi. Sei sempre riuscito a ottenere qualsiasi cosa volessi, quando ce la metti davvero tutta, quindi... »

« Ce la metterò tutta », promise Leon.

Leon fece telefonate, mandò telegrammi, chiese favori e prenotò biglietti. Il 2 gennaio 1936, quattro giorni prima dell'inizio della scuola, lui e la figlia erano a Londra.

Un paio di giorni dopo, Saffron cominciò a chiedersi se andare in Inghilterra fosse stata la decisione giusta. Il clima era freddo e umido, il cielo grigio, i marciapiedi coperti da una poltiglia di neve semisciolta e sudiciume. Dalla finestra dell'albergo riuscivano a vedere Green Park ma, osservando le tonalità monocromatiche di erba secca, alberi spogli e sentieri, lei gemette: « A me sembra piuttosto Grey Park ».

Durante il giorno sembrava che non ci fosse mai il sole, mentre di sera calava sulla città una densa e soffocante caligine che odorava di gas di scarico e carbone, e che rendeva impossibile vedere a poco più di un metro di distanza. L'aria sudicia sembrava penetrare negli edifici, tanto che tutti i magnifici monumenti che il padre la portò doverosamente a vedere – da Buckingham Palace all'abbazia di Westminster, alla cattedrale di St Paul –, così come tutti i principali grandi magazzini e tutti gli uffici governativi su Whitehall, sfoggiavano sfumature che andavano dal grigio piccione a un nero talmente intenso e sporco che parevano scolpiti nel carbone, invece che costruiti con mattoni o pietre. Anche gli abiti delle persone, il pallore del loro incarnato e il cibo privo di sapore esprimevano una certa tetraggine. Persino gli ultimi addobbi natalizi ancora appesi nelle vetrine dei negozi o drappeggiati sopra le strade sembravano privi di colori festivi. Saffron era rimasta sbalordita dalle dimensioni di Johannesburg, ma quelle di Londra erano di gran lunga maggiori.

Raggiungendo in auto il centro città dall'aerodromo di Croydon, si videro sfilare accanto chilometri di casette a schiera tutte uguali, una serie di paesini identici agglomerati intorno a una stazione della metropolitana, ognuno con municipio, biblioteca, piscina coperta, negozi, pub e ristoranti, ognuno con le strade più affollate che lei avesse mai visto. E ognuno era solo uno dei numerosissimi sobborghi a sé stanti dell'enorme e imponente città.

Leon si sforzò di mostrare alla figlia quanto di meglio avesse da offrire il centro dell'impero. Prenotò una suite al Ritz – un autentico lusso – con due camere, enormi letti con materassi abbastanza alti e comodi anche per la principessa più schizzinosa e un bagno in cui la luce si rifletteva sul marmo lucido e sul cromo scintillante. La portò persino al London Palladium a vedere la Crazy Gang, e benché lei non avesse la minima idea di chi fossero tutti gli artisti o del perché il pubblico ripetesse insieme a loro – con enorme godimento e palese familiarità – le battute più famose, si ritrovò comunque catturata dall'atmosfera e ben presto iniziò a ridere e applaudire insieme agli altri.

Leon scoprì anche le delizie delle sale da tè Lyons Corner House, che parevano essere presenti in metà delle vie del centro. « Qui sì che sanno fare il tè: forte, in una tazza semplice, mi ricorda l'esercito. »

Benché facessero del loro meglio per restare allegri, nella mente di entrambi continuava ad affacciarsi lo stesso pensiero: Vorrei essere in Kenya. Ma avevano fatto troppa strada per cambiare idea, se anche ne avessero avuto la possibilità, quindi dovettero fare buon viso a cattivo gioco. Ancora una volta Leon andò con la figlia ad acquistare le ennesime uniformi e l'ennesimo equipaggiamento per la scuola. Chiese al concierge del Ritz dove comprare articoli del genere a Londra e venne indirizzato al negozio della Daniel Neal – un'autorità nel campo dell'abbigliamento scolastico – che si trovava a Portman Square, poco più a nord di Oxford Street.

« Santo cielo, è davvero enorme! » esclamò Saffron, quando scesero dal taxi e si trovarono di fronte tre gigantesche vetrine, ognuna delle quali larga come una villetta inglese e corredata di manichini di scolaretti vestiti in modo impeccabile. Il negozio occupava i due piani inferiori di un enorme palazzo elegante che copriva quasi un intero lato della piazza.

« Bene, possiamo presumere che abbia tutto quello che ti serve », affermò Leon, ansioso di comprare il maggior numero di articoli indispensabili in fretta e nel minor numero possibile di negozi. « Avanti, scopriamo se è vero. »

Entrarono e si fermarono di colpo, guardandosi intorno per cercare di capire dove diavolo dovessero andare. A qualche metro di distanza videro una donna con un elegante abito nero che dava loro le spalle, mentre impartiva istruzioni a una delle commesse.

« È proprio quello che ci vuole, qualcuno dotato di una certa autorità », disse Leon, cominciando a dirigersi verso di lei.

Ormai la donna aveva congedato la subalterna ma, essendo chiaramente una perfezionista decisa a porre rimedio a ogni minimo difetto, si era chinata su un tavolo per sistemare i maglioni esposti, spostandoli di pochi millimetri.

« Scusatemi, signorina », disse Leon. « Mia figlia e io avremmo bisogno di aiuto. »

Lei si raddrizzò e si voltò. Sul viso le balenò l'espressione sconcertata di chi ha appena visto qualcosa o qualcuno del tutto fuori contesto, e sa che gli è familiare pur non riuscendo a stabilire come.

Leon era in preda a un disorientamento molto simile, che si stava ormai trasformando in un imbarazzo condiviso, dato che si trovavano entrambi nella stessa difficile situazione. Per un attimo lui e la donna rimasero a fissarsi, senza sapere cosa dire.

Poi Saffron capì chi era.

« Miss Halfpenny! Sono io, Saffron Courteney... Da Johannesburg. Andavo alla Roedean. »

Il viso della direttrice fu subito illuminato da un sorriso affettuoso, ammaliante. « Certo! Mi ricordo di te... e anche di tuo padre. »

« Leon Courteney », disse lui porgendole la mano. « Temo che non ci siamo mai presentati come si deve. »

« Harriet Halfpenny... » Lei si accigliò. « Mmm, non so se dovrei dare tanta confidenza ai clienti, ma rivedervi è davvero un piacere inaspettato. Posso chiedere cosa vi porta qui? »

« La stessa cosa che ci ha portato nell'ultimo negozio in cui avete lavorato: uniformi scolastiche per Saffron. »

« Posso chiedere per quale scuola in particolare? »

« La stessa di prima, la Roedean », rispose Saffron, « ma stavolta in Inghilterra. »

« Benissimo, in tal caso ti serviranno blazer blu, gonne blu, camicette bianche e una cravatta a strisce con i colori della tua casa. »

« Non so ancora in quale casa sarò. È stato tutto molto improvviso. »

« Non importa, sono sicura che potrai comprare la cravatta giusta a scuola. Avrai anche bisogno di scarpe, calze e completi per l'educazione fisica, naturalmente, oltre ad alcune camicie da notte. Di queste ultime teniamo solo una gamma limitata, temo. Ti consiglio Selfridges o John Lewis se vuoi una selezione più ampia, il che vale anche per vestaglie e biancheria intima. »

« Oddio... » gemette Leon.

Miss Halfpenny lo osservò e poi spostò lo sguardo su Saffron, che con una leggera alzata di spalle le comunicò che dovevano cavarsela da sole anche in quel caso.

« Preferite che mi occupi di tutto io, Mr Courteney? Se ben ricordo, io e Saffron riuscivamo a cavarcela egregiamente anche da sole. »

Lui stava per accettare ma poi cambiò idea. « In realtà credo che verrò con voi. Quando penso a tutti i pericoli che ho affrontato, trovo un po' sciocco darmela a gambe davanti a un po' di acquisti. »

« Ben detto, signore! » esclamò lei, accennando un applauso.

Leon parve felice del complimento e Saffron, guardando come si sorridevano, si rese conto che la sua uniforme scolastica era ben lungi dall'essere al centro della loro spedizione.

Ripensò alla cura con cui Leon si era sforzato di apparire elegante e distinto quando andavano nel negozio di abbigliamento scolastico di Johannesburg, e alla delusione con cui aveva appreso che Miss Halfpenny era stata costretta a tornare in Inghilterra. Ripensò a quando le avevano annunciato che suo padre avrebbe avuto molte amiche, in futuro. Ma Miss Halfpenny è già mia amica, pensò, e so già che è adorabile.

Mentre si aggiravano per il negozio, fece tutto il possibile per includere il padre nelle proprie conversazioni con Miss Halfpenny e ascoltò estasiata i suoi commenti, che inducevano la donna a ridere o ribattere: « Giustissimo, Mr Courteney ». Si rese conto che vedeva un lato completamente nuovo del padre, il quale in compagnia di Miss Halfpenny appariva rilassato, più incline a ridere di se stesso e persino a flirtare in modo davvero dolce, perché non si rendeva conto di farlo.

Miss Halfpenny lo rende felice, rifletté Saffron; ma cosa direbbe la gente se Leon Courteney sposasse una commessa? D'altronde che importanza ha cosa pensano gli altri? L'unica cosa che conta è che sia la persona giusta. E in fondo non è una commessa, bensì la direttrice di un negozio, e papà detesta gli snob, quindi questo è quanto.

Quando Miss Halfpenny cominciò a battere il prezzo di tutti i nuovi indumenti, mentre varie commesse li infilavano nei sacchetti, Saffron aveva già deciso che spettava a lei tenere vicini i due adulti per il tempo necessario affinché capissero cosa era meglio per loro. Stava giusto riflettendo su come riuscirvi quando Miss Halfpenny disse: « I sacchetti sono davvero tanti. Se preferite, posso farli mandare dove alloggiate ».

« Grazie », replicò Leon, « abbiamo una stanza al... »

« Oh, non preoccuparti, papà, sono sicura che possiamo farcela », lo interruppe Saffron. Se Miss Halfpenny avesse scoperto che alloggiavano al Ritz, avrebbe subito pensato che fossero di gran lunga superiori a lei, a livello sociale, e rinunciato a qualsiasi velleità romantica.

« Oh, d'accordo, tesoro, sempre che non ti dispiaccia trascinartene dietro un paio anche tu. »

« Niente affatto », ribatté lei e poi, intuendo che serviva un gesto deciso e significativo, aggiunse: « Vi piacerebbe prendere il tè con noi quando finite di lavorare, Miss Halfpenny? Ci farebbe davvero piacere parlare con qualcun altro che conosce l'Africa. E papà ha sviluppato un'autentica passione per le sale della Lyons Corner House ».

« Ha ragione, sono splendidi locali. Ma io non stacco prima delle cinque, e sono sicura che oggi pomeriggio avrete cose più divertenti da fare che prendere il tè con me. »

Leon non aprì bocca. Saffron gli sferrò un calcio a una caviglia, come se stesse spronando un cavallo.

« Sciocchezze! » esclamò lui, resistendo alla tentazione di ricambiare il gesto della figlia. « Non riesco a pensare a nulla di più piacevole. »

Miss Halfpenny rifletté. « Piccadilly Circus sarebbe comodo, per voi? »

«Altroché. È molto vicino al nostro albergo.»

«Perfetto, allora», disse lei, riacquistando la consueta efficienza. «Conoscete il Trocadero? Ha un ingresso imponente, con enormi colonne e sormontato da un frontone come un tempio greco. È una vera e propria attrazione turistica, ed è gestito dalla Lyons, proprio come le Corner House, quindi il tè dovrebbe piacervi.»

«In tal caso Saffron e io vi aspetteremo là alle cinque e mezzo, appena dentro l'ingresso imponente. Cosa ne dite?»

«Dico che sarà uno spasso», rispose Harriet Halfpenny.

«Benvenuti al Troc», disse Miss Halfpenny quando raggiunse Leon e Saffron.

«Siete molto carina», commentò lui.

«Grazie.»

«Adoro i vostri capelli», le disse Saffron. «Sono una meraviglia, pettinati così.»

Miss Halfpenny se li era sciolti e le formavano onde ramate intorno al viso ovale; inoltre si era truccata con mascara e eyeliner e imbellettata labbra e guance. Saffron ne fu felice. Ti sei fatta bella per lui, e con ottimi risultati!

«Ah, quindi è di questo che si tratta. Mi sembrava che ci fosse qualcosa di diverso», commentò Leon. «Comunque sia, vi stanno davvero bene. Dunque, sembra che qui ci siano un sacco di sale in cui andare. Quale consigliate?»

«Dipende», rispose Miss Halfpenny. «Saffron, ti piacciono musica e danze?»

«Oh, sì, ma sono una vera frana. Non ho mai imparato a ballare.»

«Allora è arrivato il momento di farlo. Seguitemi.»

L'interno del Trocadero somigliava più a un maestoso teatro dell'opera che a una sala da tè. Un imponente scalone rivestito di moquette rossa, fra pareti decorate con affreschi raffiguranti la leggenda di re Artù e dei cavalieri della Tavola Rotonda, si levava al centro dell'edificio, girando intorno alla statua bronzea di una dea classica che reggeva una lampada a forma di torcia fiammeggiante. Fronde di palma spuntavano da vasi grandi e piccoli ai piedi della scalinata e lungo il pianerottolo del primo piano. C'era un meraviglioso bar accanto al cui ingresso spiccava la scritta SOLO GENTILUOMINI.

« La cosa mi fa venire una gran voglia di entrare », sussurrò Saffron a Miss Halfpenny mentre passavano.

« Dubito che ci perdiamo granché », replicò lei.

Saffron sentì un'orchestrina jazz che suonava in un punto imprecisato dell'edificio. La musica divenne più forte a mano a mano che si avvicinavano, poi entrarono in un gigantesco salone. Tavolini rotondi bordavano la pista da ballo dal pavimento di legno lucido. Lei alzò gli occhi e vide un complessino musicale sulla balconata che correva tutt'intorno alla stanza e ospitava altri tavolini, da cui i commensali potevano osservare la scena sottostante. « Saliamo lassù! » disse, indicandola.

« Scusatemi un attimo », replicò Leon, andando poi a cercare il maître.

« Allora... questa è l'Empire Hall », spiegò Miss Halfpenny a Saffron. « Cosa te ne pare? »

« È fantastica! Sono così felice che abbiate suggerito questo posto. »

« Ah! Forse ci siamo, tuo padre ci sta chiamando. »

All'estremità opposta del salone, Leon stava in effetti agitando un braccio per richiamare la loro attenzione. Era accanto a un uomo grassoccio e baffuto, con una divisa nera.

« Ah, che belle signorine! » esclamò il maître, in italiano. « Signore, non mi avevate detto che vostra moglie e vostra figlia erano così belle. »

« Be'... » cominciò a dire lui, poi si interruppe e preferì ribattere: « Sono incantevoli, vero? »

Bravo, papà! pensò Saffron mentre seguivano l'uomo su per lo scalone.

« Un attimo », disse il maître quando raggiunsero la balconata. Fece schioccare le dita, evocando come per magia due camerieri, poi cominciò a dare istruzioni in un turbinio di parole e gesti e, grazie a un altro gioco di prestigio, comparve uno spazio vuoto laddove un attimo prima non ce n'erano, proprio accanto alla balaustrata. Fu subito riempito da un tavolo coperto da una tovaglia candida, posate lucidate e bicchieri scintillanti.

« Le signore gradiscono qualcosa da bere? » chiese lui dopo che loro tre si sedettero.

Leon guardò l'orologio. « Mmm, sono quasi le sei. È davvero troppo tardi per il tè, non pensate? Una bottiglia di champagne, invece, sarebbe perfetta. »

Accanto al tavolo si materializzò un secchiello da ghiaccio, seguito poco dopo da un cameriere addetto ai vini che stappò abilmente una bottiglia e versò lo champagne a tutti e tre – Leon non fermò il cameriere mentre riempiva il bicchiere alla figlia, che fu invasa dalla gioia – per poi infilare la bottiglia nel secchiello.

« Salute! » disse Leon, alzando il bicchiere. « Brindo all'Africa... e a Londra... e a Miss Halfpenny. Dove saremmo, senza di voi? »

« In un posto molto meno splendido di questo », replicò Saffron, sollevando il proprio bicchiere.

La conversazione non si interruppe nemmeno per un secondo mentre gustavano la bevanda.

A un certo punto, Miss Halfpenny disse: « Credo sia giunto il momento di insegnarti qualche passo di danza, Saffron ».

« Cosa? Davanti a tutta questa gente? »

« Avanti », disse Leon, « scommetto che non ne hai il coraggio. »

« Prometti di non ridere se mi dimostro una frana? »

« Lo prometto. Rimarrò quassù a guardarvi da lontano. »

Le due donne scesero sulla pista da ballo, dove una mezza dozzina di coppie stavano danzando il valzer suonato dall'orchestrina.

« Faccio io l'uomo », annunciò Miss Halfpenny. « Allora, per cominciare infila la mano destra nella mia mano sinistra... Brava. Adesso posa la mano sinistra sulla mia spalla destra... Perfetto. Ora osserva i miei piedi e cerca di seguirli con i tuoi, come se ti stessi guardando allo specchio. Partiamo! »

Cominciarono a muoversi sulla pista. Poco dopo, i piedi di Saffron erano già aggrovigliati senza speranza, e le dita di Miss Halfpenny doloranti per essere state calpestate più volte.

« Non capirò mai come si fa! » protestò Saffron.

« Sì, invece. Ora riprova. »

Al sesto tentativo, la ragazza padroneggiava i passi di base. Prima della fine della seconda canzone si muoveva quasi con grazia e, quando la canzone terminò, alzò gli occhi verso la balconata e vide il padre che applaudiva e le rivolgeva un lieve cenno d'assenso. Quando la musica ricominciò, lo vide alzarsi dal tavolo e attraversare la balconata diretto verso lo scalone. Anche Miss Halfpenny lo aveva visto. Si spostarono tutt'e due verso il margine della pista da ballo per aspettarlo.

« Brava, Saffron, hai imparato davvero in fretta. Sono molto colpito. Adesso tocca al tuo goffo, vecchio padre fare un tentativo. Potete concedermi l'onore del prossimo ballo, Miss Halfpenny? »

« Certo. »

Leon la prese fra le braccia e Saffron vide che non era affatto goffo, e non sembrava nemmeno vecchio. Mentre si dirigevano verso il centro della pista da ballo e si univano alle altre coppie, tenne stretta Miss Halfpenny con aria sicura, e lei – notò Saffron – reagì rilassando le spalle e adattando il proprio corpo a quello di lui, in maniera quasi impercettibile. Piegò la testa in modo da guardarlo da sotto in su e i loro sguardi si incontrarono. Saffron captò la scintilla fra loro, l'immediato legame.

Tornò sulla balconata saltellando, i piedi che toccavano a stento i gradini, euforica, come se fosse lei quella che si stava innamorando: dopo tutti quegli anni, suo padre aveva finalmente trovato qualcuno. Alzò gli occhi e si chiese se la madre li stesse guardando, dall'alto; sapeva che, in tal caso, sarebbe stata felice anche lei.

Due carrozze del treno per Brighton erano riservate alle allieve della Roedean, e il marciapiede della Victoria Station brulicava di studentesse e genitori. Come le sue compagne, Saffron indossava già la divisa scolastica, perché le regole della Roedean entravano in vigore dal momento in cui le alunne salivano sul treno. Leon diede la mancia al facchino che aveva portato a bordo i bagagli della figlia, poi si rivolse a lei: « Buona fortuna, vecchia mia. Ti auguro un primo trimestre magnifico. Tieni la testa bassa, lavora sodo, sii affascinante come sempre e sono sicuro che in un battibaleno ti sarai perfettamente integrata ».

« Non temere, lo farò. E, papà... »

« Sì? »

« Miss Halfpenny mi piace davvero molto. »

« Allora siamo d'accordo, perché piace parecchio anche a me. »

« Lo so, e la cosa non mi disturba affatto. »

« Oh, sul serio? » Lui sorrise. « Davvero gentile da parte tua! Ora vieni ad abbracciare il tuo papà. »

Saffron gli si infilò fra le braccia, si alzò in punta di piedi per baciarlo sulla guancia e poi lo salutò un'ultima volta. Un istante dopo era sul treno, e si concentrò subito sulla scuola e sul trimestre che la aspettava, senza pensare quasi più al padre che si stava lasciando dietro.

Il primo problema fu dove sedersi. Ogni scompartimento sembrava pieno zeppo di ragazze immerse in una chiassosa conversazione, mentre riallacciavano i rapporti con le amiche dopo le vacanze natalizie. Alla fine ne raggiunse uno che ospitava solo una ragazza bionda, la cui divisa sembrava elegante e nuova di zecca. In genere, le divise delle altre studentesse erano informali, sciatte o consunte. Lei stessa si era sentita leggermente a disagio nella sua uniforme immacolata e si era accorta degli sguardi curiosi e dei sussurri, mentre le ragazze accostavano la testa e si chiedevano chi fosse la nuova arrivata. Ma forse non era sola, dopotutto.

Aprì la porta dello scompartimento ed entrò. « Ti dispiace se mi siedo qui? » chiese, indicando il sedile di fronte alla ragazza bionda.

« Niente affatto. Prego, fai pure. » La sua voce era un po' nervosa e aveva un accento straniero, anche se Saffron non riuscì a capire di quale Paese.

« Ciao, mi chiamo Saffron Courteney. »

« Buon pomeriggio, Saffron. Io sono Francesca von Schöndorf. »

« Oh, sei tedesca? »

Francesca fece una smorfia. « Sì », rispose con un sospiro, come se sapesse che l'informazione non sarebbe stata gradita.

« Sei nuova anche tu? »

« No, già per un trimestre sono stata alla Roedean. »

« Io invece sto per iniziare. Frequentavo l'altra Roedean, in Sudafrica. »

« C'è una Roedean in Africa? » Francesca era sbalordita. « Non lo sapevo. Quindi sei sudafricana, *ja*? »

« No, sono nata in Kenya. Allora, com'è la scuola? »

« Difficile, devo dire. Gli insegnanti sono ottimi, sì, e la posizione fantastica, giusto accanto al mare su alte... Com'è che le chiamate voi? *Klippen?*»

«Scogliere?»

«Sì, certo, scogliere. Quindi il mare è magnifico, anche se spesso sembra grigio, perché anche il cielo è grigio...»

Saffron scoppiò a ridere. «Lo so! È tutto grigio, in Inghilterra!»

Francesca si rilassò abbastanza per sorridere. «Lo penso anch'io!»

«E le altre ragazze?»

Il sorriso si trasformò in una smorfia. «Non così splendide... Voglio dire, molte sono davvero simpatiche, ma ce ne sono alcune a cui non piaccio.»

«Sul serio? Come mai?»

«Perché sono tedesca. Forse avevano padri che sono morti in guerra, oppure pensano che tutti i tedeschi siano dei mostri, ma in ogni caso mi fanno capire che non sono la benvenuta.»

«Lo trovo terribile! Secondo me sono soltanto prepotenti che cercano una scusa per trattare male le altre, così se la prendono con te perché sei tedesca.»

«Sì, questo è forse vero. Naturalmente non posso dire ai miei genitori cosa succede. Non ci crederebbero, perché hanno un sacco di amici e parenti in Inghilterra. Un tempo mio padre conosceva il Kaiser, e naturalmente la nonna del Kaiser era la regina Vittoria. Anche mia nonna era inglese, in realtà.»

«Che coincidenza! La mia era tedesca.»

«Sul serio? Non mi stai prendendo in giro?»

«Niente affatto. Era la madre di mia madre. Non l'ho mai conosciuta, perché è morta quando la mamma era solo una bambina.»

«Oh, è molto triste. Ma tua madre ti ha parlato di lei, vero?»

Saffron si strinse nelle spalle. «No, è morta quando avevo sette anni.»

«Oh, scusami tanto.»

«Nessun problema, non potevi saperlo. Ma ora raccontami tutto della tua famiglia. Incredibile che tuo padre conoscesse il Kaiser. È una persona importante?»

Si scoprì che lo era davvero. I von Schöndorf erano un'antica famiglia bavarese, anche se Francesca – pur parlando di sontuosi palazzi e castelli – diede l'impressione che i suoi genitori non fossero più ricchi o potenti come un tempo, e fossero costretti sempre più spesso a vendere ritratti, cimeli di famiglia e proprietà solo per far quadrare i conti. Da parte sua, Francesca fu elettrizzata dalla descrizione di Lusima e sbalordita quando Saffron le raccontò di vedere rinoceronti, elefanti e persino leoni come fossero cose di tutti i giorni.

Le due ragazze chiacchierarono durante tutto il viaggio fino a Brighton e poi sul pullman fino alla scuola. Si misero in fila con tutte le altre per passare davanti agli insegnanti che, come prescriveva l'usanza della scuola, erano schierati per stringere la mano di ognuna. Francesca – o, come la chiamavano in famiglia, Chessi – accompagnò Saffron in giro per l'istituto. Sapevano entrambe che adesso avevano almeno una persona accanto a cui potersi sempre sedere, il che, all'inizio di un trimestre scolastico, fa un'enorme differenza.

Leon tornò al Ritz attraversando Green Park, felice di quell'opportunità per sgranchirsi le gambe. Intuiva di avere parecchio nervosismo da scaricare. Buon Dio, mi sento come uno scolaretto, pensò. Cerca di darti una calmata, amico!

Qualche ora prima, mentre Saffron faceva i bagagli, aveva mandato un fattorino nel negozio Daniel Neal con un messaggio indirizzato a Miss Halfpenny, per invitarla a cenare con lui al Ritz. Il fattorino era stato sollecitato ad aspettare una risposta, che in seguito portò debitamente all'albergo, scritta con un'ordinata calligrafia tipicamente femminile.

Grazie per un invito molto gradito ma improvviso. Ho bisogno di rifletterci, ma vi manderò una risposta il prima possibile.

Non era ancora arrivata, quando lui aveva accompagnato Saffron fino al treno. Mandare la figlia a scuola gli aveva tenuto occupata la mente, ma subito dopo averla salutata l'attenzione di Leon si era spostata altrove, in particolare su Miss Halfpenny. Varcò il cancello del parco che dava su Piccadilly, svoltò a destra e dovette imporsi di non correre mentre copriva gli ultimi metri di strada, passava sotto l'ingresso ad arco dell'albergo, attraversava l'atrio e raggiungeva la reception. « C'è un messaggio per Mr Courteney? » chiese, sforzandosi di apparire disinvolto.

Il ragazzo dietro il bancone dovette concentrarsi, come se stesse scandagliando i più remoti recessi della memoria, prima di riuscire a rispondere: « Sì, credo che il nome mi dica qualcosa, signore. Vogliate scusarmi solo per un istante ». Andò a consultare un funzionario più vecchio e solenne, poi tornò con un messaggio che guardò prima di dire: « Miss Halfpenny ha chiamato, signore. Dice che sarebbe felice di accettare il vostro invito e vi incontrerà alle otto per cenare con voi ».

« Splendida notizia! » esclamò Leon, premendogli poi in mano una banconota da dieci scellini.

« È molto generoso da parte vostra, signore, ve ne sono davvero grato. Vi auguro di trascorrere una magnifica serata. »

Leon passò dal barbiere dell'albergo per farsi spuntare i capelli e radere, e l'uomo eseguì con maestria. Aveva già preso la precauzione di far lavare e stirare la sua camicia più elegante e lo smoking, e sembrava l'archetipo dell'eleganza maschile quando, alle sette e mezzo, scese al pianterreno. Alla reception trovò lo stesso addetto di prima, che fu più che felice di accontentarlo quando lui lo pregò di indirizzare Miss Halfpenny al Palm Court, non appena fosse arrivata. Andò poi ad accaparrarsi un tavolo collocato nell'angolino più intimo che riuscì a trovare, impresa tutt'altro che facile in un salone dipinto di bianco, rosa e oro, con il soffitto in vetro e pareti a specchio, il cui scopo era consentire ai clienti di vedere e farsi vedere. Infine ordinò un whisky on the rocks e cominciò ad aspettare che la sua ospite arrivasse.

Harriet Halfpenny scese dal taxi, diede uno scellino all'usciere che le aveva aperto la portiera e si fermò un attimo sul marciapiede per ricomporsi. Si costrinse a tenere la testa alta e a entrare al Ritz come se ne fosse la proprietaria. La sua prima meta fu il guardaroba, dove depositò il cappotto, che a un tratto le parve dozzinale e malconcio, pur essendo un indumento perfettamente pratico e funzionale, poi passò dalla toilette delle signore per guardarsi allo specchio. Il suo ritardo nel rispondere all'invito di Leon Courteney non era certo dipeso da una riluttanza a vederlo: non sopportava l'idea di entrare al Ritz con l'abito che indossava al lavoro. Durante la pausa pranzo era corsa da Selfridges e aveva speso una somma ben al di sopra delle sue possibilità – una somma che l'avrebbe costretta a vivere a pane e acqua per il mese seguente – per un lungo abito da sera di seta verde. Non pensava certo di avere il corpo di una grande seduttrice, ma era alta e longilinea e, grazie ai numerosi anni di associazione al club di netball della sua zona, era abbastanza in forma. Aveva un bel seno pieno, nonostante il fisico snello e i fianchi stretti. Guardandosi allo specchio, doveva ammettere che l'abito le calzava a pennello e metteva in risalto i suoi pregi. D'accordo, ragazza, all'attacco, disse al proprio riflesso.

Raggiunto il bancone della reception, non poté fare a meno

di sorridere quando il giovane concierge disse: « Mr Courteney sarà *molto* felice di vedervi, signorina ». Si diresse verso il Palm Court e dovette sforzarsi di non rimanere a bocca aperta, perché il salone era davvero sontuoso. Le palme da cui prendeva il nome erano disseminate lungo il perimetro, ma ad attirare l'attenzione di Harriet fu l'enorme composizione floreale al centro, corredata di festoni di enormi rose rosa, in contrasto con la stagione invernale.

Cercò con lo sguardo Leon Courteney e lo vide nell'angolo più lontano, mentre si alzava per salutarla. Santo cielo, sei davvero avvenente, pensò. Con la sua alta statura, le spalle ampie e la giacca dello smoking dal taglio impeccabile, non passava certo inosservato. Ma era il suo viso che lei amava, la pelle abbronzata che faceva sembrare pallidi e malaticci tutti gli inglesi intorno a lui, e faceva risaltare il candore dei suoi denti forti e regolari nello stesso modo in cui le rughe d'espressione incorniciavano i limpidi occhi scuri. Oh, quegli occhi! Esprimevano forza, intelligenza e calore, e un accenno di rabbia, ma anche tristezza.

Era un uomo la cui moglie era morta e non era mai stata rimpiazzata, anche se Dio solo sapeva quante donne dovevano aver tentato. Quindi perché mai lei, una zitella che lavorava in un negozio, pensava di avere una chance quando così tante altre avevano fallito? Era un progetto assurdo, o almeno avrebbe dovuto esserlo, ma Harriet aveva notato il modo in cui lui la guardava quando pensava che lei non se ne accorgesse. Sapeva quanto Saffron fosse stata contenta di vederla e quanto la sua approvazione significava per lui; era stata proprio Saffron a stabilire il passo per conto del padre, fungendo da paraninfa. Ma niente di tutto ciò contava davvero, al momento: l'unica cosa importante era il sentimento che l'aveva pervasa quando Leon l'aveva tenuta stretta per la prima volta sulla pista da ballo al Troc, l'espressione nei suoi occhi quando la guardava e l'inconfondibile prova della sua eccitazione quando lei premeva il corpo contro il suo.

Adesso lui sfoggiava un ampio sorriso, insieme a un'espressione di pura gioia da ragazzino. È felice di vedermi! pensò lei, e un attimo dopo si salutarono, senza sapere bene se stringersi la mano, darsi un bacio o fare cosa.

« Rammentatemi come vi ho definito, l'altra sera al Troc », chiese Leon.

« Avete detto che ero carina. »

« Sul serio? » Lui la guardò ancora, e i suoi occhi comunicarono un messaggio del tutto nuovo che Harriet non vi aveva mai visto.

Il loro sguardo famelico, predatore, penetrò così a fondo dentro di lei da costringerla ad aggrapparsi allo schienale della sedia accanto per paura che le cedessero le gambe.

« Bene, adesso non siete 'carina', mia cara, siete favolosa. »

Lei aveva il battito cardiaco accelerato mentre gli occhi di Leon continuavano a trafiggerla. Sentì un intenso calore esploderle dentro mentre un diavoletto nella sua testa diceva: *Prendimi subito!*

Poi Leon sorrise, spezzando l'incantesimo. « Ho ordinato cocktail allo champagne per tutti e due. Proprio come l'ultima volta, solo un po' più eccitanti. »

Harriet si sedette, si ricompose mentre beveva il drink e poi, facendo del suo meglio per somigliare a una donna sofisticata che intavolava una garbata conversazione, chiese: « Alloggiate in questo albergo? »

« Saffron e io abbiamo preso una suite. È tutto un po' troppo lussuoso per me, se devo essere sincero. In cuor mio sono solo un vecchio africano trasandato. »

« Non sembrate molto trasandato. »

Lui si strinse nelle spalle. « Merito dell'esercito: ti insegna a metterti elegante quando serve. Sinceramente sarei altrettanto felice di dormire sotto le stelle, accanto a un bel fuoco di campo, ma questo non è certo il clima o il posto adatto per farlo, quindi eccomi qua. A Saffron è piaciuto, comunque.»

«È una ragazza magnifica.»

«Sì, è vero...» Leon si interruppe e la guardò di nuovo, in modo forse non altrettanto famelico, ma i suoi occhi erano comunque scuri e seri quando aggiunse: «Anche lei vi è molto affezionata, sapete. È... ah, è la prima volta che prova una cosa del genere per qualcuno. Da quando è morta sua madre, intendo».

Harriet sapeva benissimo che lui stava parlando di sé, oltre che della figlia. «Ascoltate, Mr Courteney...»

«Per l'amor del cielo, chiamatemi Leon, vi prego.»

«Benissimo, Leon...»

«Io devo continuare a chiamarvi Miss Halfpenny?» chiese lui con uno sguardo beffardo negli occhi.

«No», rispose lei, ridendo. «Chiamatemi Harriet. E diamoci del tu, d'accordo?»

«Benissimo, allora, vada per Harriet e per il tu. Cosa stavi per dire, prima che ti interrompessi in modo così sgarbato?»

«Solo che sei un uomo di grande successo, è chiaro. Voli dall'Africa a Londra quasi senza preavviso e prenoti una suite al Ritz, porti uno smoking di alta sartoria...»

«Opera di un magnifico gentiluomo indiano di Nairobi che mi fa pagare pochissimo...»

«Be', a prescindere da dove lo compri, il fatto è che tu sei tu e io sono solo una zitella trentacinquenne che lavora in un negozio. E non vedo come potrei sperare di essere degna di te.»

«Be', se tu sei una zitella trentacinquenne, io sono un vedovo quarantottenne, quindi siamo pari. Quanto al tuo lavoro, lascia che ti spieghi come la vedo. Nutro un profondo rispetto per chiunque si alzi la mattina e affronti una dura giornata di lavoro in cambio di una paga equa, cavandosela da solo. Ti ammiro perché fai il tuo lavoro, e lo fai molto bene, potrei aggiungere. Non sei una pretenziosa dama di società che viene mantenuta dal papà, dal marito o da un fondo fiduciario, senza mai alzare un dito in vita sua.

« Senti, Harriet, lasciami mettere le carte in tavola. L'unica cosa che so – diavolo, probabilmente la so sin da quando ti ho vista, a Johannesburg – è che non solo sei la donna più attraente che abbia incontrato da chissà quanto tempo, ma anche la migliore. Sei forte e indipendente, ma pure gentile, spiritosa e cordiale. Ho visto il modo in cui hai portato via Saffron, la prima volta, ti sei presa cura di lei e l'hai fatta sentire a suo agio. Ho ripensato a tutte le altre donne che ho conosciuto, perché non ho certo condotto una vita monacale, credimi. Nessuna di loro, per quanto tentasse, è mai riuscita ad andare d'accordo con Saffy come hai fatto tu dall'istante in cui l'hai conosciuta. Questo mi ha detto parecchie cose sul tipo di donna che sei. »

« Grazie », mormorò lei, provando un improvviso desiderio di piangere.

« Non devi ringraziarmi, sono io che dovrei ringraziare *te*. La terza volta che Saffy e io siamo tornati a Johannesburg mi sono detto che mi sarei fatto coraggio e ti avrei invitata fuori per un drink, o a cena o altro, e quando la donna nel negozio mi ha spiegato che eri tornata in Inghilterra mi sarei preso a calci. Non riuscivo a credere di essere stato tanto stupido da averti lasciata andare via. Ma ora sei qui e mi stai offrendo un'altra chance. E, credimi, Harriet, ho intenzione di coglierla. » Fece una pausa, poi sorrise. « È tutto ciò che ho da dire. »

« Non preoccuparti, non hai bisogno di dire altro. »

« Bene. Ora, vogliamo ordinare qualcosa da mangiare? Non so tu, ma io ho una fame da lupo. »

Harriet non andò a letto con Leon quella prima sera, pur essendo molto tentata. Provò una forte delusione quando lui limitò le loro effusioni a un breve bacio, mentre si salutavano e il portiere dell'hotel chiamava un taxi. Dopo la seconda cena insieme, gli permise di accompagnarla a casa ed ebbe l'enorme piacere di baciarlo a lungo e di sentire le sue mani che esploravano quasi – *quasi* – ogni centimetro del suo corpo sul sedile posteriore del taxi, lungo il tragitto fino alla sua modestissima casetta a schiera, nelle stradine ben poco alla moda di Fulham. L'aveva ereditata dalla madre, deceduta un anno dopo che lei era tornata in Inghilterra, e con sua profonda vergogna si scoprì grata per la sua morte, perché le consentiva la libertà di fare ciò che voleva.

L'appuntamento seguente andarono al cinema, proprio come una coppia di ragazzi innamorati, a vedere *Il club dei 39*. Tutte le amiche di Harriet lo avevano definito magnifico, ma lei uscì dal cinema senza aver formulato alcun giudizio, perché aveva passato quasi tutto il tempo a baciare Leon invece che a guardare le peripezie di Robert Donat sullo schermo.

Andarono avanti così per un altro paio di settimane, entrambi felici da impazzire ma sempre più frustrati. Leon era generoso, gentile e divertente, e non le diede nemmeno una volta l'impressione di dovergli qualcosa in cambio delle cene che le offriva e, in seguito, degli abiti da indossare alle cene e di un paio di orecchini e una collana di perle per accompagnare gli abiti. «Senza di te sarei completamente solo, annoiato e senza la minima idea di dove andare», spiegò. «Con te, invece, sono l'uomo più felice di Londra.»

Harriet provava il desiderio di parlare con lui se le succedeva qualcosa di buffo, se leggeva un articolo di giornale che sapeva lo avrebbe interessato o persino se era stata costretta a sopportare un cliente maleducato e aveva bisogno di sfogarsi. Era affascinata dalla vita in Kenya e, quando lo sentiva raccontare della tenuta di Lusima, moriva dalla voglia di vederla, non solo perché sapeva che sarebbe stata diversa da qualsiasi cosa lei avesse mai sperimentato – più selvaggia, più meravigliosa, piena di animali e persone straordinari –, ma perché era la casa di Leon, che la amava, e lei voleva fare parte di quel sentimento.

Poi, un giorno, lui le chiese: «Ti andrebbe di passare un weekend in campagna? Mi hanno invitato a un incontro con tutti i miei cugini inglesi. Hanno una villa nel Devon chiamata High Weald, che appartiene alla famiglia sin dal XVII secolo. Non ci sono mai stato, ma mi dicono che è incantevole». Si interruppe per strofinarsi il mento e fingersi pensieroso. «Mmm, spero abbiano migliorato l'impianto idraulico e di riscaldamento, da quando si sono trasferiti là. E magari abbiano costruito un paio di bagni, quel genere di cose.»

Harriet ridacchiò. «Ti credevo un amante della vita all'aria aperta, che ama dormire sotto le stelle. Perché mai dovrebbe importarti degli impianti idraulici e del riscaldamento?»

«A quanto pare mi sto rammollendo, da quando ti ho conosciuto.»

«Soprattutto nel cervello, direi.»

«Comunque ti andrebbe di accompagnarmi?»

«Sei sicuro? Non vorrei rovinare una riunione familiare.»

«Sciocchezze, non rovinerai nulla. Ho parlato a tutti di te e non vedono l'ora di conoscerti. Possiamo partire venerdì pomeriggio, quando finisci di lavorare, e prometto di riportarti a Londra, sana e salva, in tempo per andare al lavoro lunedì mattina. Ti prego, mi piacerebbe davvero molto. E prima che tu me lo chieda, sì, naturalmente avrai una stanza tutta per te. Non siamo sposati e i membri inglesi del clan Courteney sono fissati con l'etichetta. Anche se immagino che le nostre stanze non saranno troppo lontane l'una dall'altra...»

Lei non era mai stata a una festa in una villa di campagna, ma aveva letto abbastanza romanzi per sapere che, laddove le regole sociali potevano essere scrupolosamente rispettate in superficie, si chiudevano parecchi occhi davanti a qualsiasi cosa succedesse una volta spente le luci. L'invito di Leon era una dichiarazione d'intenti. « Sì, sembra magnifico. Sarei felice di venire. »

High Weald era nascosta fra colline ondulate che guardavano verso il mare. I suoi prati digradavano fino a una bassa scogliera da cui un sentiero scendeva in un'insenatura sabbiosa. In una giornata fredda e tranquilla di fine gennaio, con il cielo terso come in piena estate che si rifletteva sul mare in bonaccia, era il posto ideale per gli innamorati, che potevano passeggiare per mano, con l'uomo che guidava la donna giù per il ripido sentiero sassoso, e poi restare a braccetto a guardare il mare.

Ormai si stringevano in maniera diversa, tipica di due amanti dopo che i loro corpi sono diventati uno solo, con quel perfetto e agevole adattarsi di una forma all'altra che diceva che erano fatti per stare insieme. Harriet attirò Leon ancor più vicino ed emise un sospiro appagato, che si trasformò poi in uno sbadiglio.

« Sei già stanca di me? »

« Solo stanca », rispose lei, la voce smorzata perché aveva la testa premuta contro il cappotto di lui. « Mi hai davvero sfinita, cattivone. »

« Bene, la fresca brezza marina dovrebbe riuscire a svegliarti. Vieni... » Leon la staccò da sé. « Fai qualche bel respiro profondo, così, da brava! » Lei fece del suo meglio per obbedire ma poi lui aggiunse: « D'accordo, ora qualche esercizio fortificante. Dieci saltelli a gambe divaricate... Uno! Due! »

« No! » replicò Harriet, sbadigliando nuovamente con aria di sfida.

« Oh, d'accordo, hai vinto, pigrona che non sei altro », disse lui, abbracciandola di nuovo, « ma devi ammettere che è stato un modo molto piacevole di stancarsi. »

« Mmm... » Lei annuì e lui si piegò per baciarla sulla testa. « Ti amo tanto, mia cara Hattie. »

Lei lo guardò dal basso. « Ti amo anch'io, con tutto il cuore. E amo il modo in cui mi baci, amo il modo in cui mi tocchi e mi accarezzi e... » Allungò una mano e gli carezzò l'inguine, strofinando con delicatezza finché non riuscì a sentirlo. « E amo più di tutto quello. Adoro quando sei dentro di me. Adoro il tuo sapore e il tuo odore. »

Leon grugnì come un leone indolente, appagato.

« Vuoi sapere un segreto? » gli chiese Harriet. « Ricordi la nostra prima cena insieme, soltanto noi due, al Ritz? »

« Come potrei dimenticarla? »

« Quando ci siamo salutati all'inizio, il modo in cui mi guardavi e l'effetto che aveva su di me... avresti potuto avermi lì. »

« Ti avrò adesso », replicò lui. La condusse in un punto della spiaggia dove la sabbia era asciutta, poi si tolse il cappotto e lo stese per terra, e lei vi si sdraiò.

« Accidenti! » bofonchiò lui, stendendosi sopra Harriet. « Fa un freddo cane. Rischio di congelarmi. »

Lei emise una bassa risata simile a fusa. « Sciocco, perché non cerchi di scaldarti? »

Leon abbassò una mano, e lei divaricò le gambe e si sollevò per consentirgli di alzarle la gonna fino ai fianchi e abbassarle le mutandine. Se le tolse scalciando e la mano di lui cercò la sua intimità. A quel punto fu Harriet a cercare i bottoni della patta. Leon si liberò freneticamente dagli indumenti che lo avevano tenuto prigioniero e lei lo guidò dentro di sé, gemendo di piacere.

Ormai lui non si curava affatto del freddo. Non gli importava se erano all'aperto né del rischio che uno degli altri ospiti della casa scendesse fino al bordo della scogliera e li vedesse. Contava solo il suo amore e il suo desiderio per la sua donna. Voleva che lei lo percepisse e lo comprendesse in modi che travalicavano le parole, voleva che ottenesse piacere in lui e da lui, ed era concentrato su Harriet con tutto se stesso, i sensi all'erta per cogliere ogni suo suono, ogni suo movimento. La baciò, lei ricambiò il bacio e i confini fra loro si fecero indistinti, come due pennellate di acquerello su un foglio di carta, che si univano per creare qualcosa di totalmente nuovo. Adesso Harriet era la sua donna e nulla li avrebbe mai separati.

« Sposami », le disse. « Per favore, ti supplico. Sposami. »

« Oddio », gemette lei. « Sì, sì, sì, sì! »

Tutte le persone presenti nella villa furono felicissime che il weekend fosse stato testimone di un così lieto evento. Andarono a prendere lo champagne in cantina, lo stapparono e brindarono alla coppia felice. Quando Leon e Harriet erano arrivati a High Weald, il venerdì sera, erano praticamente degli sconosciuti per i cugini inglesi, ma erano una coppia così palesemente incantevole e ben assortita, e la loro felicità talmente contagiosa, che domenica pomeriggio, quando si salutarono, tutti si sentivano parte di una grande famiglia.

« Grazie mille di averci ospitato », disse Leon al suo anfitrione, Sir William Courteney, mentre i domestici caricavano i bagagli suoi e di Harriet sull'auto che li avrebbe portati fino al treno per Londra.

« Mio caro ragazzo, è stato un vero piacere. Non capita tutti i giorni di veder annunciare un fidanzamento sotto il proprio tetto. Prima che la settimana finisca non si parlerà d'altro in tutto il Devon, credimi. E congratulazioni, vecchio mio, Harriet è una splendida ragazza. Ti sei trovato un vero schianto. »

« Dovete promettermi di venire a trascorrere qualche altro giorno qui prima di tornare in Kenya », disse Lady Courteney a Harriett, baciandola e stringendole la mano per sottolineare che si trattava di un invito sincero e non di semplici convenevoli.

« Ne saremmo felici », replicò lei, pensando a com'era strano ma anche magnifico essere diventata la metà di un « noi » dopo essere stata per così tanti anni un « io ».

« E portate Saffron con voi. Non vedo l'ora di conoscerla. »

Sorridevano tutti mentre si salutavano, e la piacevole sensazione di benessere durò fino alla stazione di Exeter. Una volta che si accomodarono nel loro scompartimento di prima classe e il treno partì, mentre calava il crepuscolo sulla campagna del Devonshire, Harriet si fece più taciturna e malinconica.

All'inizio Leon immaginò che fosse semplicemente stremata – durante l'intero weekend, nessuno dei due aveva chiuso occhio per più di qualche ora e le loro notti erano state tutt'altro che riposanti –, ma poi si rese conto che era tormentata da qualcosa. Era la prima volta che la vedeva infelice e ne rimase molto turbato. « Cosa c'è, tesoro mio? »

Lei sospirò. « Non lo so. »

Lui si intendeva abbastanza di donne per non crederle affatto, ma sapeva anche che era inutile insistere troppo. « Be', se c'è qualcosa che ti preoccupa, puoi dirmelo. Ti amo immensamente, Harriet Halfpenny, e nulla che tu possa dire potrebbe mai cambiare la situazione. »

« Temo che qualcosa potrebbe farlo, invece », ribatté lei, guardandolo con una tale tristezza negli occhi che Leon fu costretto ad abbracciarla.

« Mia cara Harriet », disse, baciandole i capelli e accarezzandola dolcemente, tentando con ogni mezzo a sua disposizione di farla sentire al sicuro, amata e protetta.

Lei cominciò a piangere e, ancora una volta, lui fu contento di avere sempre un fazzoletto nel taschino della giacca.

Aspettò che la crisi di pianto cessasse, poi si spinse leggermente all'indietro per poter guardare Harriet negli occhi e aggiunse in tono molto sommesso: « Ti prego, dimmelo. Voglio solo aiutarti ».

« Ho una gran paura di deluderti. »

« Non potresti mai! »

« È solo che avrei voluto dirtelo prima che tu mi chiedessi di sposarti, ma hai... » Lei riuscì ad abbozzare un sorriso. « Mi hai colta di sorpresa. »

« Ho colto di sorpresa anche me stesso, se per questo! Ma è stata una sorpresa magnifica, non trovi? »

« Oh, sì, la più splendida del mondo. Ma c'è una cosa che devo dirti, e se ti spinge a cambiare idea non te ne farò una colpa, né ti serberò rancore. »

Una nota di ansia si insinuò nella voce di Leon. « Cosa potrebbe mai indurmi a farlo? Per l'amor del cielo, tesoro, dimmelo. Cominci a preoccuparmi. »

« Bene, è molto semplice », ribatté lei, ricomponendosi. « Quando ero molto giovane, durante la guerra, avevo un fidanzato. Dovevamo sposarci, ma lui è stato ucciso durante l'offensiva dei cento giorni, solo un mese prima dell'armistizio. Ma in primavera era tornato a casa in licenza e, be', sono rimasta incinta... e ho perso il bambino... e... e... Oh, Leon, non posso più averne. Non potrò mai darti un figlio! » La determinazione che le aveva permesso di raccontare la storia si incrinò e lei gli si gettò sul petto, singhiozzando.

« Oh, Harriet, mia sciocca, splendida, bellissima ragazza, non mi importa. Non mi importa affatto. »

Lei lo guardò, stentando a credere alle sue orecchie. « Sul serio? »

« Sul serio... In realtà mi chiedevo come avrei potuto dirti che preferivo non avessimo figli. Temevo che ne saresti stata terribilmente delusa. In parte è perché comincio a invecchiare e non voglio diventare un anziano rimbambito che potrebbe essere il nonno dei suoi figli. Ma la verità è che ho già perso qualcuno che amavo immensamente perché portava in grembo mio figlio, e non potrei sopportare di perdere te nello stesso modo. Persino ora, dopo tutti questi anni, nella mia testa c'è una vocina che mi dice che ho ucciso io Eva.»

«Ma non è vero. Non devi pensare una cosa del genere», replicò Harriet, passando da consolata a consolatrice.

«So che è stupido, ma non riesco a evitarlo. E se tu rimanessi incinta... be', non sono sicuro di come lo affronterei. Quindi non devi affatto preoccuparti. Ho la fortuna di avere una splendida figlia e per me è più che sufficiente. Tutto quello che voglio da te, amore mio, sei tu. Ai miei occhi sei perfetta e ti voglio accanto a me fino alla fine dei miei giorni.»

«Credo che tu sia sciocco esattamente come me», affermò lei, rannicchiandosi contro il suo uomo.

«Allora siamo una coppia perfetta, vero?»

A Saffron venne permesso di assentarsi da scuola per una settimana per assistere al matrimonio del padre. Leon sposò Harriet nel municipio di Chelsea e la figlia fu la damigella d'onore, nonché l'unica invitata: fu infatti una cerimonia molto intima. In seguito pranzarono al Troc, dove i signori Courteney fecero il loro primo ballo da coppia sposata. Il maître che si era occupato di loro la prima volta era di turno e riconobbe subito il gentiluomo con le due «belle signorine». Il suo sorriso si allargò quando Harriet sollevò la mano sinistra con la fede nuziale d'oro e l'anello di fidanzamento con diamanti e zaffiri che Leon le aveva comprato alla Garrard & Co., la gioielleria di Mayfair che serviva da duecento anni la famiglia reale inglese. «E stavolta sono davvero sua moglie!» disse, raggiante.

Dal Troc sarebbero andati direttamente a Victoria Station, Saffron per prendere il treno per tornare a scuola e Leon e Harriet per salire sull'Orient Express diretto a Venezia. Prima, Saffron e Harriet raggiunsero la toilette delle signore per una chiacchierata privata, da donna a donna.

«Volevo solo ringraziarti», disse Harriet, mentre si ritoccava il trucco davanti allo specchio. «Sono sicura che molte ragazze nella tua posizione detesterebbero l'idea che il padre trovi una compagna e sarebbero veramente perfide. Non so dirti quanto significhi per me che tu, invece, sia stata così gentile e cordiale.»

«Oh, avrei potuto essere perfida, molto perfida, se avessi voluto», affermò Saffron, e risero entrambe. «Ma non con te, perché sapevo che non eri come tutte le altre. Non volevi niente da lui. Non hai cercato di ingraziarti la sottoscritta.» Le prese le mani. «Ti trovo adorabile, Harriet... Oh, va bene se ti chiamo Harriet?»

«Certo! È il mio nome, e non puoi certo continuare a chiamarmi Miss Halfpenny.»

«Be', a volte potrei farlo, solo per stuzzicarti.»

«Guai a te!»

«Comunque sono contentissima che papà sia così felice da quando ti conosce, e che fra tutte le persone al mondo che sarebbero potute diventare la mia matrigna lo sia diventata tu. E spero che vi divertiate alla follia in luna di miele. C'è soltanto una cosa che mi rattrista...»

Un'espressione allarmata balenò sul viso di Harriet. «Davvero? Qual è il problema?»

«Non saprei, è solo che vorrei essere presente quando vedrai Lusima per la prima volta. È un posto così magico.»

«Anch'io vorrei che tu ci fossi, ma non ci andremo prima di Pasqua. Devo continuare a lavorare fino al termine del preavviso...»

«Devi proprio? Non puoi semplicemente andartene?»

«Sì, potrei, ma in quel caso lascerei nei guai il mio principale e imporrei del lavoro extra alle mie colleghe, e non voglio essere il tipo di persona capace di fare una cosa simile. Inoltre la ragazza che mi sostituirà ha bisogno che le si insegni come vanno fatte le cose.»

« Sai, sei un po' una piccola tiranna... nell'accezione migliore del termine. » Saffron scoppiò a ridere.

« Hai ragione. Comunque tuo padre deve aprire e rendere operativo il nuovo ufficio, e abbiamo pensato che potremmo cercare una casetta, un posto in cui stare quando siamo qui in città. Magari puoi aiutarmi ad arredarla, scegliere tende e tappeti e via dicendo. »

« Ne sarei felice! »

« Bene, allora è deciso. Lo faremo prima di partire, e a quel punto non mancherà molto alle tue vacanze estive. Il Kenya sarà ancora un posto sconosciuto per me, quindi potrai accompagnarmi in giro per Lusima e portarmi in tutti i tuoi posti preferiti. »

« Lo farò, te lo prometto », replicò Saffron. « Ora ci conviene tornare al tavolo. Papà si starà chiedendo dove sei finita. Avanti, Mrs Courteney, tuo marito ti aspetta. »

« Mrs Courteney... » mormorò Harriet, non ancora abituata al nuovo cognome. « Incredibile. »

Come architetto, Albert Speer rappresentava tutto ciò che era disprezzato dai professori modernisti di Gerhard von Meerbach alla Bauhaus. Il suo lavoro non guardava al futuro ma al passato, il suo desiderio non era costruire case e posti di lavoro moderni, bensì creare mostruose copie di antichi edifici greci e romani su una scala monumentale che faceva sembrare minuscoli, al confronto, anche il tempio o l'anfiteatro classici più imponenti. E lo faceva non per migliorare la vita della gente comune, bensì per celebrare il suo capo, Adolf Hitler.

Eppure, per quanto Gerhard odiasse ammetterlo a se stesso, c'era qualcosa di profondamente eccitante nel ritrovarsi così vicini al centro del potere in Germania. Il Führer si considerava un artista e un architetto mancato, quindi nutriva uno spiccato interesse per tutti i progetti disegnati da Speer: insieme, immaginavano nientemeno che di ricostruire completamente Berlino, forse addirittura di reinventarla. Non importava quali vie o edifici li ostacolassero: Speer e il suo team – in cui Gerhard era attualmente incluso – erano liberi di progettare, partendo dal presupposto che qualsiasi cosa li ostacolasse sarebbe stata semplicemente rasa al suolo, se a Hitler fosse piaciuto quello che proponevano di erigere al suo posto.

La scala su cui Speer elaborava i propri piani permise a Gerhard di rendersi conto della grandezza delle ambizioni di Hitler, perché ciò che volevano creare non era la capitale di una nazione o persino di un Reich ampliato, bensì di un impero globale. In un altro settore di Berlino, un architetto di nome Werner March supervisionava la costruzione di uno stadio olimpico capace di ospitare centomila spettatori. Speer era esasperato dal fatto che March lavorasse con cemento, acciaio, mattoni e calce mentre lui era ancora vincolato a matita, inchiostro e carta, ma si vendicava proponendo strutture che avrebbero fatto sembrare un brufolo insignificante l'ambizioso stadio di March.

Un imponente boulevard trionfale chiamato Viale degli Splendori avrebbe tagliato il cuore della città, il suo imbocco contraddistinto da un arco di trionfo ben più grande dell'Arco di Trionfo o della Porta di Brandeburgo, e avrebbe condotto a una gigantesca piazza. A una sua estremità sarebbe sorto il Palazzo della Cancelleria – di dimensioni tali da far sembrare angusta la reggia di Versailles – e a quella opposta la Sala del Popolo, un edificio a cupola ispirato ai disegni dello stesso Führer. La cupola doveva essere alta duecento metri e larga duecentocinquanta, talmente colossale che uno dei compiti assegnati a Gerhard era trovare il modo di impedire alle nuvole di formarsi al suo interno, facendo poi piovere sulle persone sottostanti.

Gli artigiani lavoravano da mesi per creare un plastico dell'intero progetto grande come una stanza, che mostrasse un'enorme sezione della nuova città con tutte le strade e i principali edifici.

A fine febbraio 1936, Speer informò i propri collaboratori che il Führer avrebbe fatto una visita privata nel loro studio per esaminare il modellino e studiare i progetti architettonici.

«Al momento il Führer è sottoposto a notevoli pressioni», spiegò. «Ci sono questioni, di cui non sono autorizzato a discutere, che potrebbero ben presto trasformare la posizione del Reich e rendere nuovamente il popolo tedesco una potenza di rilievo all'interno dell'Europa. Il Führer porta sulle spalle l'intero peso della responsabilità del nostro glorioso futuro. Ha bisogno di un'occasione di rilassarsi, di distogliere la mente dalle sue responsabilità sia pure per pochi istanti, e se la merita ampiamente. Godiamo dello straordinario privilegio di potergli fornire questa occasione, quindi vi esorto a fare tutto quanto in vostro potere per rendere gradevole la visita del nostro glorioso leader.»

L'annuncio suscitò in tutto il personale qualcosa di molto simile alla frenesia. Le impiegate si fiondarono nella toilette delle signore per farsi belle per il loro capo. Gli uomini indossarono la giacca, raddrizzarono la cravatta, pettinarono i capelli e tentarono di adottare l'atteggiamento più consono. «Ma quale dovrebbe essere?» si chiesero a vicenda. Hitler voleva vedere uomini sicuri di sé e risoluti a cui si poteva affidare la creazione della sua capitale? Oppure dovevano mostrarsi ossequiosi, modesti e silenziosi finché non venivano interpellati?

E poi, all'improvviso, eccolo lì, con quel viso immediatamente riconoscibile e già noto al mondo intero, ma con indosso un completo di tweed invece della consueta uniforme marrone: il grande architetto, adesso, invece del grande leader.

Gerhard rimase ammaliato come chiunque altro. Se comparisse Gesù Cristo in persona non potrebbe mettermi più soggezione di lui, pensò, rendendosi conto all'improvviso di non essere diverso dagli altri, non più capace di loro di restare indifferente o scettico in presenza del Führer.

Erano stati sollecitati a proseguire con il loro lavoro, durante la visita: « Il Führer vuole vedere attivismo e progresso », aveva spiegato Speer. Così lui distolse faticosamente lo sguardo da Hitler per riportarlo sul suo tavolo. Stava disegnando un condotto di ventilazione per la cupola della Sala del Popolo quando udì, appena sopra la sua spalla sinistra, un colpo di tosse che mirava palesemente ad attirare la sua attenzione.

Si voltò e lì, a meno di due metri di distanza da lui, c'era Adolf Hitler, con accanto Albert Speer. Si alzò di scatto dall'alto sgabello su cui era seduto e, come per una reazione automatica, lo salutò gridando: « Heil Hitler! »

Il Führer rispose con un saluto nazista che fu poco più di un rapido movimento del polso, poi Speer disse: « Questo è uno dei nostri giovani impiegati più promettenti, Gerhard von Meerbach ».

« Gli stessi von Meerbach che producono motori? » si informò Hitler, guardandolo.

« Sì, mio Führer. Mio fratello Konrad è l'attuale conte von Meerbach. »

« Von Meerbach non è solo un promettente architetto, ma anche un pilota volontario della Luftwaffe. »

Hitler annuì con approvazione. « Vedete, Speer, questo è il nazionalsocialismo nella sua forma migliore. Ecco qui un giovane appartenente a una famiglia aristocratica, eppure non spreca il suo tempo in un mondo di privilegi ma contribuisce a costruire il Reich e anche a difenderlo. » Si fece avanti per dargli una pacca amichevole sul braccio. « Bravo, ragazzo mio. » I suoi occhi azzurri fissarono direttamente Gerhard, che si ritrovò impietrito. Hitler vantava un tipo di fascino che rasentava il mesmerismo. Trovarsi in sua presenza, a tu per tu, significava convincersi fino in fondo della sua grandezza, tanto da non desiderare nient'altro, nella vita, che fare qualsiasi cosa potesse favorire la sua causa.

«*Ach so*, vedo che state lavorando sulla grande sala. Allora, ditemi, von Meerbach, cosa pensate del mio progetto per l'edificio?»

E Gerhard, come se non vi fossero altre parole possibili, si ritrovò a replicare: «Lo trovo magnifico, mio Führer».

Saffron e la sua nuova amica Chessi von Schöndorf avevano fatto un accordo, poco dopo essere diventate amiche: Chessi avrebbe insegnato il tedesco a Saffron e in cambio lei le avrebbe insegnato lo swahili, cosicché, per usare le sue parole, «Potrò dare ai miei genitori il più forte degli shock! Mi hanno mandato qui in Inghilterra perché imparassi meglio l'inglese, ma adesso fingerò di stare qui alla Roedean parlando solo africano. Non capiranno cosa è successo».

Era un ottimo piano, concordò Saffron, ma alla fine Chessi imparò soltanto due parole: *Hujambo*, che significa «Ciao» o «Come stai?», e *Sijambo*, che è la risposta convenzionale, «Benissimo». Quando iniziarono a salutarsi con «*Hujambo?*» e «*Sijambo!*» il loro scherzetto privato divenne subito un tormentone nell'intera scuola: quattrocentocinquanta alunne inglesi e le pochissime studentesse straniere cominciarono a esprimersi in base alla propria idea di voce africana e a fingersi principesse zulu o masai.

La mania si esaurì nel giro di qualche settimana, ma a quel punto le due ragazze da cui tutto era partito erano già diventate le allieve più popolari del loro anno. La posizione di Saffy non fece che consolidarsi quando il suo talento sportivo, abbinato alla sua avvenenza, la rese l'oggetto di un centinaio di *pashes* – come venivano definite le infatuazioni delle ragazze più giovani per le più grandi – fra le studentesse del primo anno. La popolarità l'aveva sempre trovata senza che lei avesse bisogno di cercarla. Per Chessi, d'altro canto, vedersi di colpo accettata da ragazze che in precedenza l'avevano trattata con freddezza era una novità elettrizzante, e lei accantonò subito lo studio dello swahili per tuffarsi nell'emozionante nuova vita sociale. Saffron, invece, non cambiò affatto atteggiamento, migliorando pian piano la propria padronanza del tedesco finché non fu in grado di conversare con l'amica in quella lingua, pur essendo spesso costretta a usare parole e frasi inglesi quando ancora non ne conosceva il corrispettivo.

Il trimestre prima di Pasqua, che era sembrato eterno, finì in un attimo. Saffron trascorse la prima parte delle quattro settimane di vacanza a Londra con Leon e Harriet, che avevano comprato casa a Chesham Court. Il palazzo comprendeva una serie di appartamenti ricavati da un'enorme villa vittoriana su Chesham Place, nel cuore di Belgravia, da cui si potevano raggiungere a piedi in pochi minuti Sloane Square da una parte e Knightsbridge dall'altra. Si trovava al centro di uno dei quartieri più eleganti della città.

« Puoi alloggiare qui quando devi trascorrere un paio di notti a Londra », le disse Leon. « Abbiamo assunto una governante part-time, Mrs Perkins. Avvisala del tuo arrivo con un paio di giorni di anticipo e lei farà arieggiare l'appartamento. Credo che ti preparerà persino un paio di pasti, se glielo chiedi con gentilezza. »

Come promesso, Harriet si fece aiutare da Saffron ad arredare la casa: trascorsero una settimana a perlustrare grandi magazzini come Peter Jones e Harrods, e a visitare una miriade di negozi di antiquariato, tappezzieri, venditori di tappeti, mercanti di stoffe, mobilieri, fornitori di lenzuola, tappeti, tende e gingilli di ogni genere. Andarono anche a comprare dei capi di vestiario, perché a Harriet servivano indumenti adatti alla sua nuova vita ai Tropici, tra cui sahariane da indossare ogni giorno nella tenuta e gli abiti da sera per la settimana di equitazione a Nairobi, quando ci si aspettava che le ospiti del Muthaiga Club – dove tutti alloggiavano – sfoggiassero ogni sera un abito diverso. Saffron, nel frattempo, aveva già ricevuto i primi inviti alle feste di compleanno e ai weekend nelle case di campagna delle nuove amiche, quindi le servivano capi di ogni genere, dai vestiti eleganti per i party alle giacche di tweed per la caccia.

Leon mostrò un plateale e profondo sgomento per le spese che le due donne della sua vita stavano accumulando, ma tutti sapevano che era una semplice recita. Era generoso per natura ed era felice di poter viziare una moglie e una figlia che in cambio gli donavano tanta felicità. Visto che Saffron sarebbe stata sola per lunghi periodi dell'anno, mentre lui era in Africa, le aprì un conto presso la banca Coutts, con tanto di libretto degli assegni, da rimpinguare con una rendita di trenta sterline al mese. La somma le fece sgranare gli occhi per lo stupore e la gratitudine. Inoltre il padre le disse che poteva approfittare del conto da lui aperto da Harrods, ma a due condizioni: primo, che comprasse solo per autentica necessità e, secondo, che gli notificasse per iscritto qualsiasi acquisto superiore alle cinque sterline, cosicché lui potesse assicurarsi che stesse rispettando la prima condizione. « Ti sto trattando come una donna invece che come una bambina, dandoti la possibilità di accedere a somme da adulta. Ora dipende da te dimostrarti responsabile nel modo in cui le utilizzi. »

Tutto ciò parve perfettamente logico a Saffron, che era grata per la fiducia accordatale dal padre e, di conseguenza, decisa a non deluderlo.

« Tieni bene a mente una cosa: non voglio che mia figlia sembri una parente povera, ma nemmeno una marmocchia viziata, quindi trova una via di mezzo e cerca di non scostartene mai.»

Saffron, Harriet e Leon trascorsero il secondo weekend delle vacanze pasquali a High Weald, dove Sir William e Lady Violet assicurarono a Saffy che sarebbe stata la benvenuta, se avesse voluto trascorrere da loro le vacanze di metà trimestre o quelle estive. Non era possibile né pratico andare fino in Kenya più di un paio di volte l'anno. I loro figli, Philippa e Michael, avevano rispettivamente sei e quattro anni più di lei. Michael era a metà del corso per ufficiali al Royal Military College di Sandhurst, mentre Philly era già sposata con un agente di cambio della City, aveva un figlio in arrivo e una casa in finto stile Tudor nel Surrey a cui badare.

«Temo che siamo solo due poveri vecchi», le disse Lady Violet, che aveva solo quarantacinque anni e ancora conservava la delicata avvenenza tipica delle ragazze inglesi. «Ma parecchie delle famiglie qui intorno hanno figli della tua età, e ci sono sempre un sacco di eventi – gare di equitazione, regate, tornei di tennis e quel genere di cose –, quindi faremo in modo che tu non debba restartene qui con le mani in mano a farti annoiare da noi.»

La scuderia dei Courteney ospitava una mezza dozzina di cavalli e Saffron si era innamorata di un possente stallone, il cui manto marrone scuro brillava come un tavolo in mogano ben lucidato.

«Ah, quello è Tanqueray, il cavallo da caccia di Mike. Lo chiama Tank, perché è un vero carro armato. È alto più di un metro e settanta al garrese, sai?»

«A Mike dispiacerebbe molto se lo portassi fuori?» Saffron aveva già i pantaloni da cavallerizza e il cappellino da equitazione, per essere pronta nel caso si presentasse l'occasione di fare una cavalcata.

« Sei sicura che sia una buona idea, mia cara? È un cavallo da uomo. Mike è alto più di un metro e ottanta e quando andava a scuola giocava nella squadra di rugby della contea. Persino lui dice che talvolta deve usare tutta la sua forza per tenere sotto controllo Tank. »

« Io sono un metro e settantasei, tanto che a scuola mi chiamano la Spilungona, quindi posso benissimo cavalcare un cavallo alto. »

Subito dietro il cortile delle scuderie c'era un paddock dove molti anni prima, quando i figli dei Courteney avevano ancora l'età per le gimkane, erano state sistemate una mezza dozzina di staccionate. La vernice era ormai scrostata e il legno stava marcendo.

« Magari potrei portarlo là per una breve trottata, per scoprire se è davvero superiore alle mie forze », propose Saffron. « Non può scappare, perché lo spazio è recintato. »

Violet rifletté sulla questione. « Cosa ne dici, Leon? La ritieni all'altezza? »

« C'è soltanto un modo di scoprirlo. Ascoltami, Saffron: fai con calma e non esagerare, capito? »

« Sì, papà. »

« Solo un trotto delicato, e se fila tutto liscio puoi passare a un piccolo galoppo rilassato, ma niente di più! »

« D'accordo, papà. »

« Bene, se sei davvero sicuro, Leon... » Ma era evidente che Violet la considerava un'iniziativa tutt'altro che saggia. Chiese allo stalliere di sellare Tanqueray e ben presto il ticchettio degli zoccoli del cavallo sul lastricato echeggiò in cortile.

Saffron raggiunse lo stallone, che la guardò con qualcosa di simile al disprezzo, evidentemente scettico quanto Lady Violet sulla possibilità che quella femmina umana lunga e sottile come un giunco avesse qualche chance di tenerlo sotto controllo. Lei si avvicinò alla sua massiccia testa scolpita e gli carezzò le guance sode e muscolose, mentre gli parlava per abituarlo al suono della sua voce. A pranzo aveva sentito proporre la visita alle scuderie e aveva avuto l'accortezza di sgraffignare con discrezione mezza mela; la estrasse dalla tasca, tenendola nascosta in mano, poi controllò che Leon e Violet fossero assorti nella conversazione e non stessero badando a lei, e la fece scivolare sotto il naso del cavallo. Tanqueray capì al volo e la ingoiò in un batter d'occhio. Saffron gli diede un'ultima pacca sulla guancia e chiese allo stalliere di aiutarla a salire in sella.

« Siete sicura, signorina? Questo qui è un vero demonio, se mi è consentito dirlo. »

« Ne sono sicura, grazie. » Posò un piede sulle mani messe a coppa del ragazzo e balzò in sella. Prima che Tanqueray avesse l'occasione di obiettare, gli fece attraversare il cortile in direzione del cancello a cinque sbarre del paddock. Lo stalliere la precedette di corsa per aprirlo e lasciarli passare.

Leon e Violet li seguirono e si fermarono accanto alla staccionata, per vedere cosa sarebbe successo.

« Spero che Saffron non abbia problemi », affermò Violet in tono apprensivo.

Leon posò un piede sull'asse più bassa dello steccato. « Sono più preoccupato per il cavallo. Non immagina neanche lontanamente cosa sta per succedergli. »

Saffron lo fece andare al trotto, proprio come promesso, ma solo per pochi istanti. Subito dopo riuscì a condurlo a un piccolo galoppo elegante e rilassato, anche in quel caso solo per brevissimo tempo. Poi si sporse in avanti. « Bene, ragazzo mio, vediamo di che pasta sei fatto. » Lo spronò al galoppo, sfrecciando verso il primo ostacolo nel paddock.

Lanciò un urlo di gioia. Per la prima volta da quando era

atterrata in Inghilterra, tre mesi prima, sentiva di avere il pieno controllo della situazione. Durante i cinque minuti seguenti guidò Tanqueray avanti e indietro sul prato, avvicinandosi alle staccionate da ogni angolazione possibile e in ogni sequenza possibile, imparando a conoscere il cavallo, apprendendone vezzi e avversioni, cercando di entrare in perfetta e naturale sintonia con lui, come un velista che trovi il giusto equilibrio fra la barca e il vento.

Con gli animali, così come con le persone, è preferibile esercitare l'autorità come se fosse qualcosa di inevitabile e consolidato, che nessuna delle parti in causa possa mai mettere in dubbio. Uomini e donne sono felici di seguire un leader sicuro di sé e con il pieno controllo sul destino di tutti, e i cavalli obbediscono alla mano di un cavaliere che esprima la stessa autorevolezza. Saffron non aveva mai riflettuto su come o perché riusciva a far fare a un cavallo quello che voleva: sapeva soltanto che ci riusciva, lo sapeva senza ombra di dubbio e, come la classica profezia che si autoavvera, lo sapevano anche gli animali che cavalcava.

« Santo cielo », disse Lady Violet, mentre Tanqueray le sfrecciava davanti, con Saffron curva sopra di lui come un fantino. « Quella ragazza è veloce come il vento. »

« Lo so », replicò Leon con un ampio sorriso. « E aspetta di vedere come spara. »

Due settimane dopo la visita di Hitler nello studio di Speer, le truppe del Führer invasero la Renania, l'enorme striscia di territorio tedesco sulle due rive del Reno. Dalla fine della guerra, per decreto del trattato di Versailles, era una zona neutrale e demilitarizzata, in cui non poteva entrare nessun tipo di forza militare tedesca, e fino all'inizio degli anni Trenta era stata occupata da truppe francesi e britanniche. In quel modo Hitler sconfisse le potenze alleate e dimostrò di poterlo fare impunemente, perché non vi fu alcuna reazione a quella sua iniziativa unilaterale: la Renania ridiventò tedesca senza che nessuno potesse farci niente.

A prescindere dalle proprie idee politiche, Gerhard era un patriota: anche lui si lasciò prendere dall'entusiasmo che la maggioranza del popolo tedesco provò dopo il trionfo di Hitler. Aveva trascorso tre quarti della sua esistenza all'ombra della sconfitta e della vergogna. Politici stranieri avevano redatto trattati che negavano alla Germania i mezzi per difendersi, e imposto risarcimenti che avevano ridotto in miseria un popolo un tempo agiato. Lui non aveva mai sofferto sul piano materiale, com'era successo a molti suoi compatrioti, ma aveva percepito l'umiliazione dello svilimento del suo Paese, quindi sentì anche rinascere l'orgoglio nazionale e ne condivise il piacere.

Con l'invasione della Renania ancora fresca nella mente della nazione, Hitler indisse un referendum che sostituiva le elezioni convenzionali e chiedeva di rispondere con un unico sì o no a quelli che erano in realtà due quesiti: *Approvi la rioccupazione della Renania e l'elezione al parlamento del Reich dei seguenti candidati?* (Questi ultimi erano tutti membri del partito nazista, tranne una manciata di « indipendenti » simbolici e del tutto fittizi.) Su quarantacinque milioni di votanti, più di quarantaquattro milioni risposero di sì.

Gerhard fu uno di loro. Il giorno dopo l'annuncio del risultato del referendum, ebbe l'occasione di pilotare un nuovissimo aereo da combattimento per un volo di prova. Era stato sviluppato dal geniale ingegnere Willy Messerschmitt nella sua azienda, la Bayerische Flugzeugwerke. La Meerbach Motori aveva da tempo stretti legami con la società bavarese, per cui Gerhard era stato invitato a testare il nuovo velivolo. Capì subito che l'aereo, chiamato Bf 109, rappresentava una rivoluzione nella progettazione dei caccia.

Era leggero ma anche robusto ed efficiente, con ampie ali dalla punta squadrata inclinate verso l'alto e un abitacolo in vetro, che proteggeva il pilota dagli elementi atmosferici ma gli consentiva una perfetta visuale a trecentosessanta gradi. Aveva anche alcuni difetti: l'abitacolo era angusto per un uomo alto come Gerhard e l'aereo, una volta atterrato, rimaneva con la coda posata sul terreno e il muso rivolto verso l'alto, rendendo difficile per il pilota vedere dove stava andando mentre rullava sulla pista. Inoltre serviva un po' di tempo per abituarsi a un apparecchio ad ala singola, più massiccio e pesante dei fragili ma agili biplani dall'abitacolo aperto a cui erano avvezzi i veterani della Luftwaffe.

« Sembrano un branco di vecchie comari. Si lagnano in continuazione che va tutto in malora e nulla è come ai vecchi tempi », gli aveva confidato Messerschmitt. « Ma tu sei giovane e non li hai mai conosciuti, i vecchi tempi. Credo che ti piacerà. »

Aveva ragione. Dal momento in cui il 109 cominciò a librarsi nell'aria si dimostrò per Gerhard un'autentica rivelazione, rapido, maneggevole e resistente, reattivo a prescindere dalla delicatezza con cui lo manovrava. L'unica caratteristica deludente, a suo parere, era che il prototipo montava un motore inglese, un Rolls-Royce Kestrel. « Buon Dio, Willy, perché non hai chiesto a noi? Avremmo potuto creare un motore degno di un design così magnifico », gli aveva detto.

Verso la fine del volo, mentre tornava verso il campo d'aviazione e l'adrenalina delle acrobazie lasciava il posto al senso di profondo appagamento che provava sempre quando era in aria, si ritrovò a pensare a tutto quello che era successo a lui e al suo Paese durante l'ultimo mese.

Per Hitler, la conquista della Renania rappresentava solo il primo passo su una via ben più lunga, come dimostravano i progetti per la nuova Berlino. A Gerhard era evidente – viste le sue stesse reazioni alla presenza del Führer e la gioia dell'intera nazione per il successo del suo leader – che Hitler aveva il potere di far fare alla Germania qualsiasi cosa desiderasse. Basandosi non solo sul Bf 109 di Willy Messerschmitt, ma anche sui carri armati e sulle navi che gli ingegneri del Reich stavano progettando, le forze armate tedesche avrebbero avuto a disposizione gli strumenti con cui centrare qualsiasi obiettivo. Il futuro sembrava glorioso, ma Gerhard sapeva che il nazismo era anche qualcos'altro, qualcosa di cui era stato testimone durante la fatidica sera nello studio del padre. Da dietro la scrivania del defunto conte, Heydrich aveva dipinto il quadro di una Germania ben diversa, in cui il governo esercitava un potere assoluto, gli individui erano del tutto inermi, e gli ebrei, i comunisti, gli omosessuali – chiunque in breve non si adattasse all'idea nazista di una rinvigorita Germania – potevano essere perseguiti, puniti e uccisi senza avere diritto a difendersi. Sarebbe stato quello l'impero su cui Hitler avrebbe regnato, dal suo palazzo nella nuova Berlino.

Leon aveva ormai aperto e avviato in maniera soddisfacente la filiale londinese della Courteney Trading, quindi era giunto il momento di portare in Kenya sua moglie. Come sempre, avrebbe viaggiato in aereo.

« Non sono mai salita su un aereo in vita mia. Ho sempre viaggiato per nave. E adesso sto per volare fino in Africa. » Nella camera da letto padronale dell'appartamento di Chesham Court, Harriet era circondata da bauli aperti, valigie e vestiti sparsi.

« Non preoccuparti. A volte il viaggio è rumoroso, puzzolente e pieno di scossoni, e qualcuno soffre di mal d'aria, ma a me non è mai successo », replicò Saffron. Vedendo l'espressione allarmata di Harriet, aggiunse: « Sono sicura che nulla di tutto ciò ti creerà il minimo problema. E aspetta solo di volare sopra le Alpi, oltre le piramidi e lungo la Rift Valley. Anche se non ti senti troppo bene, te ne scorderai quasi subito vedendo il mondo che sfila sotto di te fuori dal finestrino».

Qualche giorno più tardi anche lei era in viaggio, diretta in treno verso Norimberga, dove la aspettavano Chessi von Schöndorf e i suoi genitori. Più o meno nello stesso momento in cui Gerhard von Meerbach pilotava il Messerschmitt, lei cambiava treno a Colonia e attraversava un atrio gremito di soldati tedeschi in uniforme. Una settimana prima, lo stesso Führer aveva sfilato per le strade cittadine in testa a un'imponente colonna di truppe in divisa grigia, e la stazione era ancora ornata dagli stendardi nazisti scarlatti appesi per celebrare il gran giorno. Ovunque si vedevano manifesti che pubblicizzavano i trionfi del nazionalsocialismo.

Norimberga era un baluardo del nazismo, perché ospitava i grandi raduni annuali di cui Saffron aveva letto e che aveva visto nei cinegiornali, persino mentre si trovava in Africa. Ma là, sul marciapiede ferroviario, c'era Chessi, che non vedeva l'ora di salutarla con uno strillo deliziato e un turbinio di abbracci, risatine e acute urla di «*Hujambo?*» e «*Sijambo!*»

I von Schöndorf non avrebbero potuto essere più cordiali e affascinanti, e lei faticò a convincerli, con il massimo garbo possibile, che non erano costretti a parlarle in inglese e che in realtà era molto ansiosa di fare pratica con il tedesco. Raggiunsero in auto Ratisbona, la città più vicina alla dimora ancestrale della famiglia, poi percorsero strette stradine su cui si affacciavano alte case medievali dal tetto spiovente, e un'antica cattedrale con due torri riccamente decorate. Si infilarono sotto l'arco di un edificio simile al barbacane di un castello, sbucando sopra un ponte secolare sul Danubio.

«Sembra di essere in una fiaba!» commentò Saffron con un sospiro. «In vita mia non ho mai visto una città così bella!»

Per dieci giorni visse come un membro della famiglia von Schöndorf e fu colpita da quanto la loro esistenza somigliasse, sotto molti aspetti, a quella dei Courteney nel Devon. Il cibo era leggermente diverso, naturalmente. Il primo giorno a colazione trovò fette di formaggio e vari tipi di affettato, pane nero e caffè, laddove i Courteney non iniziavano mai la giornata senza una bella ciotola di porridge, seguita da un abbinamento a scelta di aringhe affumicate, rognoni alla diavola, uova, bacon, salsicce, pomodori, funghi e, ovviamente, una squisita tazza di tè, il tutto seguito da una montagna di pane tostato e marmellata. A parte quei dettagli gastronomici, la vita agreste – fatta di lunghe passeggiate, cavalcate, pomeriggi piovosi passati a conversare e canzoni serali intorno al piano – era praticamente identica. Per quanto il padre di Chessi fosse un po' più formale e rigido di quello di Saffron, l'affetto che provava per la figlia e i suoi tre fratelli minori era identico all'amore di Leon per Saffy.

Un giorno, il barone von Schöndorf annunciò che quella sera avrebbero proiettato un film nella sala comunale. Dopo cena, tutti gli abitanti della casa, domestici e datori di lavoro, raggiunsero il villaggio più vicino con una carovana di auto. Quando entrarono, fu evidente che ogni uomo, donna e bambino presenti conoscevano i von Schöndorf: vennero accolti quasi come una famiglia reale e accompagnati a una fila di posti riservati. La pellicola era *Luci della città* di Charlie Chaplin che, essendo un film muto e quindi non presentando barriere linguistiche, poteva essere apprezzato da chiunque e in qualsiasi luogo. Un attore comico inglese che viveva in America faceva ridere a crepapelle duecento abitanti della campagna tedesca con le pagliacciate di Charlot, riducendoli in lacrime davanti alla triste situazione della fioraia cieca diventata amica del piccolo vagabondo con bombetta e bastone da passeggio.

Mentre Saffron e i suoi nuovi amici tornavano verso casa in auto, lei pensò alla loro condivisa umanità: le sue reazioni al film erano state identiche a quelle di tutti i tedeschi nella sala comunale. Il loro unico desiderio era condurre una vita pacifica, il che era ciò che bramava qualsiasi abitante dell'Inghilterra, o del Kenya, se per quello. I loro capi di Stato lo avrebbero sicuramente capito, e non avrebbero certo condotto il mondo a una nuova guerra.

Le persone vivevano da migliaia di anni nel luogo che gli egiziani chiamavano al-Qahira. Faraoni, macedoni e romani erano venuti e andati. Cristiani copti, ebrei e arabi conquistatori avevano creato una propria comunità. Ma per Francis Courteney il Cairo era sempre stata una città inglese. Era cresciuto in una grande casa vicina a quella dei suoi parenti, i Ballantyne, nel quartiere chiamato Garden City, dove strade tranquille, sinuose e piene di alberi erano bordate dalle ville e dalle sontuose magioni dell'élite coloniale. La vita in quelle dimore era essenzialmente inglese e, quando i fratelli Courteney erano stati portati allo Sporting Club di Gezira, situato su un'isola del Nilo e circondato dal sobborgo europeo di Zamalek, avevano giocato a cricket, golf e polo, come facevano i gentiluomini britannici ovunque nel mondo.

Adesso, però, Francis scopriva una città ben diversa, assai più affollata e sporca, ma anche più vibrante, pervasa dal profumo delle spezie, dall'aroma del denso e scuro caffè turco e del fumo di innumerevoli narghilè. Era lì che, nella massima segretezza e prendendo infinite precauzioni per accertarsi di non essere seguito, Francis Courteney – direttore della Courteney Trading e pilastro della comunità britannica al Cairo – si era recato, in tre diverse occasioni, in una stanzetta sul retro di un modesto ristorantino in un vicolo ombreggiato per incontrare Hasan al-Banna, fondatore dei Fratelli Musulmani.

Al-Banna aveva dieci anni meno di lui ma, come Oswald Mosley, era animato da una visione che toccava una corda particolare nell'intimo di Francis. Nei due anni trascorsi dal momento illuminante al raduno dell'Unione britannica dei fascisti, era giunto a capire che voleva vedere non solo la creazione di un'Inghilterra nuova, migliore e più pura, ma anche l'annientamento del passato. A ispirarlo non era l'idealismo, bensì l'odio, il risentimento, emozioni che affondavano le radici nei suoi sentimenti riguardo ai fratelli, in particolare Leon, ma erano cresciute a dismisura, fino a includere ogni cosa che lui aveva sempre dato per scontata ma si ritrovava a odiare: i cocktail party pieni di donne che non volevano andare a letto con lui, gli sport a cui non poteva più giocare, gli amici che sembravano ogni anno meno numerosi, l'attività di famiglia che era tornata fiorente e – a dispetto delle ridotte azioni in suo possesso – lo stava rendendo più ricco che mai. Eppure l'aumento dei profitti della Courteney Trading e l'ampliarsi dei suoi vari rami di attività riuscivano solo ad accentuare il suo risentimento, perché arricchivano anche Leon.

Francis voleva demolire l'intero, maleodorante edificio del dominio britannico in Egitto e, già che c'era, seppellire sotto le macerie gli ebrei del Paese. Hasan al-Banna condivideva entrambe quelle aspirazioni. Come moltissimi rivoluzionari, apparteneva a una famiglia relativamente abbiente e privilegiata, e lavorava come insegnante a Ismailia, nei pressi del canale di Suez, quando aveva fondato l'associazione dei Fratelli Musulmani. In seguito aveva denunciato il dominio esercitato sulle terre musulmane da padroni colonialisti e infedeli, ed esortato i correligionari a prepararsi a una grande *jihad* che avrebbe consentito loro di riprendere in mano le redini del proprio destino.

Era stato il suo vecchio amico Piggy Peters a parlare a Francis del sogno di al-Banna: una rivolta di immani proporzioni. « Dammi retta, Courteney », gli aveva detto, mentre beveva il terzo Pink Gin in un lungo pomeriggio afoso, « i negri cominciano a essere irrequieti. Un amico che lavora sul canale mi dice che c'è una nuova banda chiamata Fratelli Musulmani che sta facendo propaganda tra gli operai, sobillandoli contro i malvagi infedeli, dicendo all'arabo che dovrebbe condurre un'esistenza all'insegna della purezza e della devozione, leggendo il Corano tutto il santo giorno e Dio solo sa quali altre assurdità. Comunque il risultato di tutto questo è che la ribellione sta covando fra i ranghi. Ci vorrà ancora parecchio tempo prima che succeda qualcosa di concreto, ma succederà di certo. »

« Dannazione, Piggy, è una gran brutta prospettiva », aveva ribattuto Francis, ma in cuor suo era incuriosito. Aveva fatto qualche indagine, scoprendo che al-Banna si era trasferito al Cairo e gli aveva scritto, firmandosi *Un ammiratore* e offrendo sostegno finanziario ai Fratelli.

Hasan al-Banna si era mostrato estremamente cauto, temendo che fosse una trappola, ma dopo due donazioni da cinquecento sterline e nessun raid della polizia a casa sua, mandò un intermediario all'appuntamento con il suo misterioso finanziatore e poi incontrò Courteney a tu per tu. « La vostra assistenza mi è stata di enorme aiuto », gli disse. « Il messaggio di liberazione e osservanza religiosa della fratellanza si sta diffondendo. Abbiamo amici in tutta l'*ummah*, sia qui in Egitto sia altrove. Parliamo e facciamo progetti, preparandoci insieme alla *jihad*. Guardate il Nord, amico mio, osservate i gesti della Mano Nera e vedrete cosa sta comprando il vostro denaro. »

Francis sapeva già che l'*ummah* era la grande comunità musulmana sparsa per il mondo, oltre i confini nazionali. Durante la Pasqua del 1936, fomentati da un gruppo militante islamico che si faceva chiamare la Mano Nera, gli arabi in Palestina avevano fatto i primi passi verso l'aperta ribellione contro il dominio britannico e indetto uno sciopero generale. Francis capì di cosa parlasse al-Banna.

Ma non fu il solo messaggio che il capo dei Fratelli Musulmani gli portò. « Voi non siete l'unico abitante del Dar-al-

Harb, l'impero di infedeli che chiamiamo la Casa della Guerra, a sostenere la nostra causa. Altri sono d'accordo con noi sul fatto che i nostri più acerrimi nemici, persino peggiori degli inglesi, si trovino a Sion. Sono venuti a offrirmi il loro aiuto, proprio come avete fatto voi, e mi sono preso la libertà di indirizzarli da voi, convinto che possiate essere loro amico. Vi contatteranno presto.»

Poco tempo dopo, in quanto membro del consiglio di amministrazione della Courteney Trading, Francis venne invitato a un ricevimento organizzato presso l'ambasciata tedesca, in occasione della visita in Egitto di una delegazione commerciale proveniente dalla Germania. Il gruppo comprendeva funzionari del ministero del Commercio del Reich, accompagnati da alcuni eminenti uomini d'affari che avevano quasi tutti il distintivo del partito nazista appuntato sul bavero sinistro.

Uno dei funzionari ministeriali, Manfred Erhardt, si premurò di presentarlo a parecchi dei più importanti uomini d'affari e di spiegare chiaramente a questi ultimi che la Courteney Trading era una compagnia di grande successo, molto influente e utile, di cui Francis era uno dei principali amministratori e azionisti. «Herr Courteney può fornirci petrolio per le nostre fabbriche, cotone per i nostri stabilimenti e diamanti per le nostre amanti», riferì agli altri delegati, e la risata che seguì fissò il tono per alcune conversazioni ottimiste e potenzialmente redditizie.

«Grazie», gli disse Francis. «Siete stato davvero gentile. Avremmo potuto tentare per anni di introdurci nel mercato tedesco senza ottenere i risultati conseguiti grazie a quest'unica serata.»

«Non c'è di che», ribatté Erhardt. «Mi dicono che abbiamo amici e interessi comuni che – come posso dire? – vanno ben oltre i confini del mondo del commercio.»

«Ah, credo proprio di sì. Presumo abbiate seguito i recenti avvenimenti in Palestina.»

« Certo, e con enorme interesse. È meglio che non vi trattenga, ma sono sicuro che è solo l'inizio di una collaborazione fra la Courteney Trading e il Terzo Reich che sarà proficua per entrambe le parti. E spero anche che avremo l'occasione di parlare ancora di argomenti di comune interesse, nei mesi a venire. »

« Intendete trattenervi qui al Cairo, dunque? »

« Per qualche tempo, credo. » Erhardt sorrise affabile. « Com'è che direbbe un inglese? Ah, sì... A presto, vecchio mio. »

Mr Brown era un uomo assai eminente: parlava con estrema disinvoltura e senza alcuna vanteria dei propri incontri con vari primi ministri, da Gladstone – Mr Brown era molto giovane ai tempi della quarta e ultima amministrazione del grand'uomo – fino all'attuale occupante del 10 di Downing Street, Stanley Baldwin. Le sue opinioni erano accorte, misurate ma non prive di una certa nota tagliente. « Mr Baldwin ha già servito due re d'Inghilterra durante il suo primo anno in carica, e non sarei affatto stupito se finisse per servirne un terzo », aveva commentato una sera di giugno del 1936, mentre cenava a uno dei più raffinati tavoli ducali dell'Inghilterra.

Per fare quel commento aveva aspettato che le signore lasciassero il tavolo perché, come amava dire, « È sciocco e persino ingiusto aspettarsi riservatezza dal sesso debole ». (In realtà la sua carriera aveva fatto spesso affidamento sulla capacità femminile di estorcere segreti a uomini indiscreti, ma in fondo ben poco in Mr Brown era come sembrava.)

« Perbacco, amico mio, non potete dire una cosa del genere! » aveva esclamato il duca, chiamando un valletto a rabboccargli il bicchiere. « Sua maestà è giovane, nel fiore degli anni, e non c'è alcun motivo di immaginare che non vivrà ancora a lungo. Secondo me ci seppellirà tutti. »

« Con tutto il rispetto, vostra grazia, non stavo insinuando che sarebbe morto, ma solo che avrebbe smesso di essere il nostro sovrano.»

Sei mesi più tardi, Edoardo VIII aveva abdicato, rinunciando al trono per amore di un'adultera seriale tra i cui amanti – se le informazioni di Mr Brown erano corrette – era incluso l'ambasciatore tedesco a Londra, Joachim von Ribbentrop.

Durante un'altra cena subito prima di Natale, il duca disse ai propri invitati: «Voglio raccontarvi una storia davvero singolare. Un tizio di nome Brown, seduto a questa stessa tavola, ha praticamente annunciato che Edoardo avrebbe rinunciato al trono mesi prima che scoppiasse lo scandalo. Io l'ho deriso, accusandolo di dire scempiaggini. Be', tutto questo dimostra quanto ci si può sbagliare, vero? Un vecchietto bizzarro, Brown. Che io sia dannato se qualcuno sa cosa faccia nella vita, ma sembra al corrente di tutte le informazioni riservate».

«Sapete», replicò uno degli altri ospiti, «non sono nemmeno sicuro di aver mai sentito qualcuno chiamarlo per nome. Non ho la minima idea di quale sia il suo nome di battesimo. Non è strano?»

«Mr Brown è molto affascinante», commentò l'avvenente marchesa che il duca aveva insistito per far sedere al suo fianco. «Naturalmente deve avere come minimo settant'anni, ma ha ancora un vago scintillio malizioso negli occhi, il che è molto dolce.»

«Be', io ho quasi settant'anni e spero di riuscire ancora a scintillare dolcemente!» disse il duca.

«Non direi che il vostro scintillio sia dolce, quanto piuttosto malizioso.»

Il duca ne fu felice. Una volta che le risate si spensero, la conversazione tornò sulla crisi nella casa dei Windsor. «Come si può avere un re che non riesce a mettere in fila due parole senza gloglottare come un tacchino natalizio?» affermò lui.

Soltanto in seguito, dopo che le donne si trasferirono in salotto ad aspettare che gli uomini finissero di conversare, uno di loro menzionò nuovamente Mr Brown. «La cosa che più mi piace di lui è che ascolta il suo interlocutore. Quanto spesso ci si deve fingere ammaliati da noiosi egocentrici! Lui invece mostra un sincero interesse per la vita e le opinioni della persona con cui parla, che così si ritrova a dire cose che normalmente non le uscirebbero mai di bocca. Ho l'impressione che ai suoi tempi sia stato un po' un dongiovanni.»

Mr Brown era davvero un magnifico ascoltatore. Sapeva cosa si aspettavano da lui i suoi ospiti, e così si assicurava di avere sempre qualche piccolo pettegolezzo selezionato da Westminster o Whitehall da servire ai suoi anfitrioni, che fossero i proprietari di imponenti ville su Park Lane o i rettori di Oxford e Cambridge. Ma aveva imparato da tempo che non aveva bisogno di parlare molto, se quanto diceva era abbastanza interessante per fare colpo. Passava il resto del tempo a prestare attenzione a quanto stavano dicendo tutti gli altri e, nei mesi successivi all'abdicazione, gli capitò spesso di sentir parlare di una ragazza davvero fuori dal comune giunta in Inghilterra dall'Africa più nera, e che faceva parecchia sensazione nel ristretto mondo chiuso dell'Inghilterra upper-class in cui tutti conoscevano tutti, avevano frequentato le stesse scuole, servito negli stessi reggimenti o debuttato negli stessi balli. Tutte le famiglie più importanti erano connesse fra loro, e le donne in particolare erano in grado di illustrare con dovizia di dettagli i legami di sangue e di matrimonio fra loro e questo grande proprietario terriero o quel gigante della politica. Perciò quando sulla scena arrivava una persona nuova, fornita di doti che la distinguevano dal gregge, diventava ben presto famosa.

Fu proprio quello che successe con Saffron Courteney.

«L'altro giorno ero giù nel Devon a trascorrere il weekend da Gilbert e Gladys Acland, a Huntsham», gli raccontò un generale in pensione mentre bevevano uno sherry all'Army and

Navy Club, o « The Rag », come lo chiamavano i suoi membri a Pall Mall.

« Come sta Acland? » chiese Mr Brown.

« È sempre lui: un tipo magnifico, di specchiata onestà. Il suo principale motivo di vanto è che durante tutti gli anni trascorsi come rappresentante parlamentare di Tiverton non ha mai ritenuto opportuno aprire bocca alla Camera. 'Non troverete nemmeno una traccia del sottoscritto sulla raccolta ufficiale degli atti parlamentari', ecco cosa dice. Che tipo! »

« Ma è noto per essere un valente membro del comitato. Svolge parecchio lavoro dietro le quinte. »

« È stato anche un ottimo soldato. Ha servito in Sudafrica come colonnello, e durante la guerra si è guadagnato una Croce Militare. Naturalmente è anche Maestro di caccia di Tiverton e, durante il weekend in cui sono stato suo ospite, aveva organizzato una battuta a Huntsham. Gli Acland avevano invitato anche altri due amici, i Courteney, li conoscete? Sir William e Lady Violet, abitano in un posto chiamato High Weald, una coppia affascinante. »

« Credo di conoscerli », replicò Mr Brown, che aveva drizzato le orecchie al nome « Courteney ».

« Ebbene, avevano portato con loro una giovane cugina, Saffron Courteney. È un'alunna della Roedean, con i genitori che vivono in Kenya. Passa da loro le vacanze di metà trimestre o simili. Dunque, ormai io sono abbastanza in là con gli anni, proprio come voi, Brown, ma non mi dispiace ammettere che, se fossi un giovane ufficiale subalterno, felice e pieno di energie, ci avrei provato con la giovane Miss Courteney. Buon Dio, è davvero uno splendido esemplare. Alta, certo, riusciva a guardarmi dritto negli occhi, ma i suoi sono di un azzurro intenso, e ha una magnifica bocca dalle labbra carnose. Cosa non darei per essere di nuovo giovane... »

« Vi è per caso capitato di scoprire chi sono i suoi genitori?» chiese Brown, domandandosi se potesse trattarsi della figlia di Eva.

«A ben pensarci Violet ha menzionato qualcosa, lasciatemi riflettere... Sì, giusto. Suo padre è un certo Leon Courteney. Un tempo era un cacciatore bianco, credo. Conoscete il tipo: si guadagnava da vivere accompagnando ricchi turisti a fare dei safari. A quanto pare oggigiorno è lui stesso ricco come Creso, e nessuno sa esattamente come abbia fatto i soldi. Anni fa ha perso la prima moglie, la madre della ragazza, ma di recente si è risposato. La giovane Saffron è molto affezionata alla matrigna, se ben ricordo.»

Sì, è proprio lei, dopo tutti questi anni! pensò Mr Brown, mentre chiedeva con nonchalance: «Avete partecipato alla battuta di caccia?»

«Ho pensato di farlo, questo è certo. Non nego di essere stato tentato, ma temo che i miei giorni di cavalcate con i segugi siano ormai finiti. Però vorrei esserci andato, perché quando gli altri sono tornati non parlavano di altro che della prestazione della giovane Courteney.»

«Come mai?»

«Be', il succo della faccenda è che non avevano mai visto nessuno come lei. Era in sella a un gigantesco cavallo da caccia che i Courteney tengono per il figlio, come minimo un metro e settanta al garrese, non certo un animale adatto a una signora. C'erano un sacco di uomini, cavalieri esperti, ex cavalleggeri, e alcuni di loro si chiedevano quanto sarebbe passato prima che la ragazza finisse gambe all'aria, e le sarebbe stato bene, a montare un cavallo del genere. Ebbene, i cacciatori si sono diretti al trotto verso un boschetto dove i contadini della zona sostenevano di aver visto delle volpi e poi si sono disposti tutt'intorno ad aspettare, come di prassi. Da questo punto di vista, la caccia è come la guerra: attese interminabili intervallate da improvvisi sprazzi di attività spasmodica. Comunque alla fine i segugi hanno fiutato le tracce e guattito, e al grido di 'Dalli!' sono partiti tutti, chiaro? »

« Chiarissimo. »

« Ora, non so se la caccia in quella parte della West Country vi è familiare... »

« Non particolarmente. »

« È diversa dall'attività venatoria in qualsiasi altro luogo. Vedete, per lo più i campi non sono delimitati da muretti o siepi, bensì da terrapieni alti quasi quanto un uomo e molto ripidi, con la sommità ampia appena a sufficienza perché un cavallo possa posarvi tutte e quattro le zampe prima di saltare giù dalla parte opposta. Naturalmente, di solito i cavalieri non avvezzi a quel genere di cosa hanno bisogno di un po' di tempo per padroneggiare la tecnica e abituarsi al tutto. »

« Lo immagino. »

« Ma la nostra Miss Courteney ha condotto il suo enorme stallone oltre i terrapieni più alti e ripidi senza battere ciglio. Acland ha detto che era stato come guardare Fulke Walwyn che, in sella a Reynoldstown, saltava gli ostacoli ad Aintree. La ragazza sembra nata per cavalcare. Postura perfetta, il coraggio di un leone, ma purtroppo non aveva la minima idea del comportamento appropriato. Non c'è da stupirsene, presumo, visto che è cresciuta nelle selvagge lande africane. A un certo punto, mi hanno detto, è sfrecciata oltre i bracchieri e si è affiancata al Maestro di caccia, cosa del tutto inaccettabile. In seguito Acland ha dovuto scambiare due parole con Bill Courteney e pregarlo di istruire la sua giovane cugina, per così dire, ma non è riuscito ad arrabbiarsi con lei. Nessuno c'è riuscito, dopo che si era dimostrata una così splendida amazzone, capite? »

« Conoscevo sua madre », dichiarò Mr Brown, non riuscendo a escludere un'anomala nota sentimentale dalla voce e pentendosi all'istante della propria imprudenza.

« Anche lei era bellissima? »

Lui decise che tanto valeva continuare a giocare. « Era senza ombra di dubbio la donna più magnifica su cui io abbia mai posato gli occhi. »

« Capisco... La conoscevate bene, vero? »

Mr Brown reagì con una scrollata di spalle enigmatica ma allusiva.

« Siete un gran furbacchione! » esclamò il generale, poi ripeté: « Ah, cosa non darei per essere di nuovo giovane ».

Quando Saffron arrivò in Kenya per le vacanze estive, trovò Lusima pervasa da un'attività frenetica. Una squadra di muratori e imbianchini indiani – perché in Kenya i coloni assumevano sempre gli indiani per costruire e mantenere in buono stato le loro abitazioni, così come sceglievano sempre domestici somali – avevano allestito un ufficio e un dormitorio in uno degli edifici annessi, mentre Harriet supervisionava la trasformazione degli interni. La reazione iniziale di Saffron fu di shock: la matrigna le aveva scritto per dirle che si stava dedicando a qualche « lavoretto di ristrutturazione » ma non si immaginava certo che progettasse una rivoluzione del genere.

« Non lo sapevo neanch'io », confessò Harriet, quando la ragazza glielo chiese, « ma non appena ho cominciato ad abbellire una stanza, be'... Seguimi, voglio mostrarti cosa intendo. »

La guidò fino al salotto, la cui caratteristica più notevole erano due portefinestre che si aprivano su una terrazza, dalla quale si potevano ammirare il giardino e una vista spettacolare sui monti Aberdare, che svettavano in lontananza. Saffron notò che la stanza sembrava molto più luminosa, poi cominciò ad accorgersi di tutti i cambiamenti che l'avevano resa tale: la vernice bianca fresca intorno alle finestre, sulla cornice che correva in cima alle pareti e sul soffitto stesso; la nuova moquette rosa chiaro; la carta da parati nuova e i grandi vasi pieni di splendide rose provenienti dal giardino. Notò pure che Harriet non aveva cambiato i quadri alle pareti, né le foto di famiglia incorniciate sul pianoforte, alcune delle quali raffiguravano Eva. Aveva impresso la propria impronta sulla stanza senza cancellare quanto era successo prima di lei. « È bellissima. »

Harriet sospirò di sollievo. « Sono davvero felice che ti piaccia, ero così preoccupata. Vieni, andiamo in sala da pranzo. »

Saffron entrò nella stanza in cui aveva consumato una miriade di pasti, sempre seduta sulla sua sedia, sempre di fronte all'antica credenza di mogano in cui erano conservate le porcellane e l'argenteria. I mobili erano stati tolti, perché gli indiani dovevano cominciare a lavorare lì nei giorni successivi, ma il vuoto metteva solo in risalto quanto fossero sciatti e sbiaditi i tendoni che andavano dal pavimento al soffitto, quanto fosse consunta la moquette, quanto fosse scrostata e sporca la vernice sul battiscopa.

Capì subito come mai il processo di ammodernamento, una volta iniziato, fosse destinato a interessare l'intera casa. Dovette mordersi il labbro, però, perché vedere quanto fosse fuori moda e triste la stanza che aveva a lungo amato le faceva venire voglia di piangere. « Oh... » disse, una volta tanto senza parole.

« Lo so », disse Leon, entrando in sala da pranzo. « Ti fa capire quanto io abbia lasciato andare in rovina la casa. »

« Non è vero, papà. È solo che... » Saffron cercò le parole più adatte.

« Non vi ho prestato attenzione. Mi sono comportato come il classico maschio, concentrandomi sugli affari, sulla tenuta e su tutte le cose che mi interessavano, senza badare alla casa né dentro né fuori. »

« Ho dovuto cambiare tutta la biancheria da letto », spiegò Harriet. « Le lenzuola erano talmente consunte che in pratica ci si vedeva attraverso, e gli asciugamani... Be', meglio non parlarne. »

« La biancheria per la casa non è esattamente il mio campo », ammise Leon. « E voglio dirti un'altra cosa, Saffy: anche il vitto è nettamente migliorato. »

« La cena di ieri sera era squisita, ora che ci penso. »

« Be', ho fatto una chiacchierata con *Mpishi* e i suoi *totos* », spiegò Harriet, e gli altri due si scambiarono un'occhiata divertita per la rapidità con cui lei aveva imparato i termini swahili che indicavano il cuoco e i garzoni di cucina. « In base alla mia esperienza, al personale piace essere tenuto sull'attenti, perché dimostra che ci si tiene davvero. Se cucinano bene mi premuro di complimentarmi, se invece non lo fanno vengono presto informati anche di questo. Credo che ci capiamo alla perfezione. »

« Io credo che siano terrorizzati da te, mia cara », replicò Leon, « ma ti sono anche devoti, com'è giusto che sia. Ora, il motivo per cui vi cercavo è che mi sono reso conto che, negli ultimi dieci anni, il resto della tenuta potrebbe benissimo essersi deteriorato come è successo alla casa. Visto che il mio studio sta per essere sottoposto al trattamento Harriet Courteney, mi è sembrato il momento adatto per intraprendere un'accurata ispezione. Domattina, al levar del sole, partirò insieme a Manyoro, soltanto noi due, per esplorare la tenuta a piedi. Dormiremo sotto le stelle, come ai vecchi tempi. »

« Vorrei tanto che mostrasse lo stesso entusiasmo all'idea di passare del tempo con me », osservò Harriet con finta delusione, benché il suo sorriso suggerisse che sapeva quanto il marito amasse la sua compagnia.

« Hai detto che state per ristrutturare lo studio? » chiese Saffron, con una nota di ansia nella voce. « Cosa intendi fare con... » Lanciò uno sguardo a Harriet per scusarsi, prima di aggiungere: « Con il ritratto della mamma? »

« Ottima domanda. Harriet e io ne abbiamo parlato a lungo. Dubito che sarebbe giusto iniziare una nuova vita con la seconda moglie se il fantasma della prima prima aleggia in casa, come il Marley di dickensiana memoria.»

«Ma la mamma non...»

«Aspetta! Stai calma, Saffy, e lasciami finire. Amo quel quadro quanto lo ami tu. Ecco perché, dietro suggerimento di Harriet, ho chiesto a Vassileyev di copiare il volto della mamma, realizzando un ritratto più piccolo che appenderemo da qualche parte, anche se non ho ancora deciso dove. Nel frattempo, quello originale verrà impacchettato con cura e riposto, in modo che tu possa prenderlo quando sarai abbastanza grande per avere una casa tutta tua.»

«E faremo realizzare un nuovo quadro... di noi due», annunciò Harriet, raggiungendo Leon e prendendogli il braccio. La guardarono in un modo che le fece capire che speravano nella sua approvazione.

Saffron non aveva mai sperimentato quell'inversione di ruoli, ma la loro felicità e la loro speranza che includesse anche lei erano così sincere che ne fu conquistata. «La trovo una splendida idea. Ma, una volta che il ritratto sarà pronto, non dovreste nasconderlo nello studio. Dovreste appenderlo in sala da pranzo, dove tutti possano vederlo.»

«Be', ci penseremo», ribatté Leon. «Ora, se volete scusarmi, devo preparare il mio equipaggiamento per l'escursione.»

«È tutto così diverso, ora che tu sei qui», disse Saffron a Harriet, quando rimasero sole. «È come se il giardino segreto stesse riprendendo vita.»

«Oh, adoravo *Il giardino segreto*, quando ero bambina!» esclamò lei.

«Anch'io, anche se piangevo sempre a dirotto quando tornava il padre di Colin. Molto probabilmente immaginavo che la mamma tornasse da me.»

«Io non ho mai conosciuto mio padre. Ha lasciato mia madre prima che io nascessi. Ancora mi chiedo se si trovi là fuori da qualche parte, ad aspettare di vedermi... »

Saffron corse ad abbracciarla.

Harriet la strinse a sua volta, ma pochi secondi dopo si ritrasse. « Allora, andiamo a dare un'occhiata alla tua camera? Non ho osato toccare nulla senza il tuo permesso, e ti prometto che non faremo niente che tu non voglia. »

Il mattino seguente, Saffron si svegliò prima dell'alba, si infilò un paio di pantaloncini e un maglione e scese in cucina a prepararsi una tazza di tè, che poi portò fuori. L'aria era ancora fredda, mentre le prime luci del nuovo giorno tracciavano una chiara linea dorata lungo l'orizzonte orientale. Si sedette sui gradini che dalla cucina scendevano nel cortile posteriore, con le ginocchia al petto e le mani strette intorno alla tazza calda.

Quel settore della casa cominciò lentamente a prendere vita: i primi *totos* uscirono dai loro alloggi per mettersi all'opera, impastando e infornando i panini per la colazione. Le sorrisero e Saffron li salutò chiamandoli per nome, perché li conosceva da tutta la vita. In swahili misto ad arabo, chiese notizie delle loro famiglie, alcune delle quali vivevano a migliaia di chilometri di distanza, in Somalia, ascoltando le risposte e ribattendo con lo stesso interesse che avrebbe riservato a un amico.

Finalmente vide comparire il motivo della sua levataccia. « Zio Manyoro! » gridò, poi corse da lui come una bambina.

Si salutarono e lui la guardò con espressione seria, quasi accigliata. « Sei cambiata, mia piccola principessa. Sei diventata una donna. » Un enorme sorriso gli illuminò il volto mentre aggiungeva: « Adesso ti chiamerò 'mia regina' ».

Un *toto* lo raggiunse senza bisogno di essere chiamato e gli porse rispettosamente una tazza del caffè forte, nero e molto zuccherato senza il quale lui non riusciva a cominciare adeguatamente la giornata.

« Allora, Saffron, cosa ti ha spinto ad aspettarmi qui all'aperto, su questo gradino e nella fredda aria mattutina, quando potresti essere al calduccio nel tuo letto, in casa? »

« Avevo bisogno di scoprire una cosa. »

« E cosa può mai essere? »

« Cosa ne pensi di Harriet? Ti piace? Pensi che piacerà a tutti, qui nella tenuta? »

« Mmm... » replicò lui, sorseggiando il caffè. « Capisco dalla tua voce che a te piace molto e che vuoi sentirmi rispondere di sì. »

« Tu non vuoi rispondere di sì? » chiese lei, di colpo allarmata.

Manyoro bevve un altro po' di caffè, poi disse: « Sai che amavo moltissimo tua madre. Era la donna di mio fratello, quindi era come una sorella per me ».

« Sì, lo so. »

« Quando lei se n'è andata, la luce è scomparsa dalla vita di mio fratello. Lui camminava e parlava e aveva l'aspetto di un uomo, ma in realtà era solo un guscio vuoto. La perdita di tua madre gli aveva strappato il cuore. »

« Lo so... »

« Quindi per tutti questi anni io ho sentito la sua tristezza, che ha reso triste anche me. Avevo le mie mogli e i miei figli e loro mi rendevano felice. Volevo che anche mio fratello fosse felice. Ora lui ha una nuova Mrs Courteney... » Si interruppe e Saffron riuscì a stento a sopportare la tensione. « E ora la luce è tornata negli occhi di mio fratello. Ora il suo cuore batte di nuovo, riescono a sentirlo tutti. Il loro capo ha una donna che lo ha reso di nuovo uomo. E questo li rende molto felici, e rende molto felice me. »

« Oh, Manyoro, sono così contenta! » esclamò Saffron, abbracciando uno dei suoi forti bicipiti. « Provo esattamente la stessa cosa. È come con la casa: non mi ero resa conto di quanto fosse diventata sciatta finché non ho visto come Harriet la sta rinnovando. E non capivo davvero quanto fosse stato triste papà finché non ho visto com'era felice con lei. »

« È anche una donna forte... Questo mi piace. Un uomo come M'Bogo ha bisogno di una compagna la cui forza eguagli la sua. » Ridacchiò. « *Mpishi* mi ha raccontato una storia sulla sua nuova padrona, dicendo che è molto severa e che tutto va fatto esattamente nel modo giusto, come ordina lei. »

« Lo so », replicò Saffron, ridacchiando. « L'ho vista dare ordini. »

« Così lui si è chiesto: 'Cosa succederà se non faccio esattamente come dice la padrona? Lei se ne accorgerà?' »

« Oddio... »

« Così un giorno, mentre preparava la cena, ha cucinato tutto perfettamente, proprio come doveva... tutto tranne le patate. Gli era stato detto di preparare delle patate bollite, invece lui le ha fritte. Le ha fritte alla perfezione, ma non erano comunque bollite. »

« Cosa è successo? »

« La cena è stata servita e il cibo mangiato fino all'ultima briciola. In seguito Mrs Courteney è andata in cucina. Ha lodato *Mpishi* e i *totos* per il pasto, ha detto che il cibo era squisito e che i ragazzi lo avevano servito molto bene. Si è voltata per andarsene e poi, proprio mentre raggiungeva la porta, si è voltata e ha detto a *Mpishi*: 'Ma se mai cucinerai di nuovo le patate nel modo sbagliato, sarò costretta a dire due parole a Bwana Courteney per chiedergli di licenziarti'. »

« Oh, no! » Nemmeno Saffron aveva immaginato che Harriet potesse dimostrarsi tanto intransigente. « Dev'essere stato terribile per *Mpishi*! »

« Niente affatto, ne è stato felice. Mi ha detto: 'Da quando la prima *memsahib* è morta, sono stato invisibile. Adesso mi vedono di nuovo e va tutto bene'. E ha ragione: va tutto bene. Ora devo lasciarti. Tuo padre si starà chiedendo dove sono finito. E non devo farlo aspettare, perché questo renderebbe furiosa Mrs Courteney, che potrebbe farmi licenziare! » Ridendo fragorosamente della sua stessa battuta, entrò in casa.

Saffron era raggiante di felicità.

Gerhard e Konrad von Meerbach non trascorrevano molto tempo insieme, se potevano evitarlo. Era una perfetta serata estiva dall'aria tiepida, tuttavia, e Konrad andò a un ricevimento in terrazza sulle rive della Sprea. Si festeggiava il completamento dei preparativi per le Olimpiadi, che si sarebbero tenute in città in meno di due settimane. Era felice di essere stato invitato, perché si trattava di un evento mondano esclusivo e rivolto ai vertici del Reich, che avevano dato gli ordini, e non ai burocrati, artigiani e operai che avevano svolto tutto il lavoro. Portava la sua uniforme delle SS, ancora più notevole da quando una recente promozione aveva collocato una foglia di quercia sul colletto, e si sentiva ancora più soddisfatto per via delle occhiate di ammirazione delle signore.

Come ben sapeva, quando si parlava di ricevimenti esisteva un'infallibile correlazione fra la ricchezza e il potere degli invitati e la bellezza delle invitate. In quel caso erano presenti gli uomini più potenti dell'intero Reich e le ospiti, di conseguenza, erano incantevoli. Il clima mite aveva spinto molte di loro a indossare leggeri abiti di seta che lasciavano esposte braccia, spalle e décolleté, e in alcuni casi erano così scollati sulla schiena, arrivando a stento a coprire la parte alta delle natiche, da rivelare la mancanza di biancheria intima. Era in serate come quelle che Konrad era grato alla moglie Trudi per essere rimasta in Baviera, a crescere il loro figlio di due anni e la figlioletta appena nata. Trudi era una bionda carina e docile, ma insulsa, la cui caratteristica più affascinante era essere una pronipote di Gustav von Bohlen und Halbach, o Gustav Krupp, come preferiva essere chiamato da quando aveva sposato l'erede dell'enorme compagnia produttrice d'acciaio e armamenti. L'associazione alla più potente dinastia industriale della Germania giovava sia allo status personale di Konrad sia agli affari della Meerbach Motori. E giovava alla sua vita sessuale che la moglie si trovasse a varie centinaia di chilometri di distanza, in una deliziosa casetta nel parco dello Schloss Meerbach, mentre lui correva dietro alle sottane a Berlino.

Stava giusto decidendo il suo primo bersaglio quando la sua attenzione fu attirata da una figura familiare, con un completo di buon taglio ma troppo informale, che sorrideva con fare ammaliatore a tre bellezze incantate dalla sua compagnia.

No, impossibile... Dio del cielo, è proprio lui. Maledetto!

Konrad si obbligò a stringere i denti e stamparsi in faccia un fioco sorriso: era un sacrificio che valeva la pena di fare, se poteva portarlo più vicino alle donne. « Gerd, che piacevole sorpresa vederti qui. Forza, fratello, presentami alle tue incantevoli amiche. »

« Certo », replicò di buon umore Gerhard, mentre le donne rivolgevano un sorrisetto affettato all'imponente ufficiale delle SS con l'aria da duro appena comparso sulla scena. « Konnie, ti presento Gerda, Sabi e Jana. Signore, questo è mio fratello maggiore, l'SS-*Standartenführer* Konrad Graf von Meerbach. »

Lui batté i tacchi e chinò il capo per salutarle. « Lieto di conoscervi. »

Gerhard sorrise. Sembrava in tutto e per tutto un affezionato fratello minore, felice di poter sfoggiare il suo fenomenale consanguineo. « Sei arrivato proprio al momento giusto, Konnie. Stavo per raccontare alle ragazze del mio recente incontro con il Führer in persona. »

« Il tuo *cosa*? » replicò Konrad. Il suo tono non riuscì a celare lo shock o l'incredulità. Quel mocciosetto saccente stava sicuramente facendo il pagliaccio: era inconcepibile che dicesse la verità. « È forse uno scherzo? In tal caso devo farti presente che è di pessimo gusto. »

« Non temere, vecchio mio, non è altro che la sacrosanta verità. Ho davvero avuto l'onore e il privilegio di conoscere il Führer quando è venuto a visitare lo studio di architettura di Speer, dove lavoro. Mi ha persino dato una pacca sul braccio e detto che sono un esempio di nazionalsocialismo nella sua forma migliore. »

Il compiacimento che fino a pochi istanti prima aveva pervaso Konrad evaporò nella sera berlinese, lasciandolo amareggiato e avvilito. Si era vantato per anni della prossimità alle figure più potenti nella gerarchia nazista: lavorava ogni giorno con Heydrich, parlava di frequente con Himmler ed era stato presentato a Bormann e Goebbels. Si era persino trovato nella stessa stanza con Hitler ma non aveva mai parlato con lui, nemmeno una volta. « Com'è avvenuto questo incontro? » chiese, sforzandosi di lasciare che soltanto una minima parte del veleno nel suo cuore si insinuasse nelle sue parole. Mostrarsi invidioso del fratello minore non lo avrebbe certo avvantaggiato con le signore.

« Ebbene, ho l'onore di lavorare sui progetti per la futura trasformazione di Berlino in una capitale degna del Reich, un piano molto caro al Führer, così... » Gerhard raccontò la storia del suo incontro con Hitler.

Per Konrad fu dolorosamente chiaro che diceva la verità, non fosse stato che per il gusto con cui descrisse come il Führer si era congratulato con lui perché stava costruendo e anche difendendo il Reich.

« Come riuscite a fare l'architetto e il pilota della Luftwaffe allo stesso tempo? » chiese una delle ragazze, quella che forse si chiamava Jana.

È perché gliel'ho ordinato io, dannazione! pensò Konrad.

« Oh, sono un semplice riservista, un pilota di caccia part-time », disse Gerhard, con un sorriso modesto che fece sciogliere le tre ragazze.

« Vi piace volare? » cinguettò Sabi, volgendo verso di lui i grandi occhi castani da cerbiatta.

« Lo adoro. Quando sono su in cielo, libero come un uccello, mi sento più in pace, con il mio destino sotto controllo, circondato dalle meraviglie di questo magnifico pianeta. È la sensazione più splendida che si possa immaginare. »

Mentre le ragazze sospiravano adoranti, Konrad rifletté sull'amara ironia della situazione. Aveva spedito il fratello a svolgere un lavoro che avrebbe dovuto odiare, a fare parte di un settore delle forze armate per il quale il suo spirito libero avrebbe dovuto rivelarsi totalmente inadatto. E invece quel piccolo bastardo aveva finito per diventare il pupillo del Führer.

Gerhard aveva ripreso a raccontare del suo incontro con Hitler e riferì parola per parola la loro conversazione sulla Sala del Popolo. « In realtà è tutta roba noiosa, un gran parlare di sfiatatoi e circolazione dell'aria. »

« Come può essere noioso rivelarci cosa ha detto il Führer? » chiese Sabi.

« È vero che incontrare lui è diverso dall'incontrare chiunque altro al mondo? » volle sapere la ragazza.

« Sì, verissimo », confermò Gerhard. « È un'esperienza davvero straordinaria. »

Konrad pensava che nulla, ormai, potesse sbalordirlo, ma quell'elogio venato di timore reverenziale le batteva tutte. « Quindi adesso persino tu, scettico e ribelle, riconosci che il Führer è l'uomo più straordinario della nostra epoca? »

« Riconosco che ha un potere davvero unico. Il modo

franco e diretto con cui mi ha guardato, vicino a me quanto io lo sono ora a voi, è stato qualcosa di diverso da qualsiasi altra esperienza avessi mai fatto. In quell'istante non avrebbe potuto dire niente a cui io non avrei creduto, dare nessun ordine a cui non avrei obbedito. E sono convinto che chiunque di voi avrebbe provato esattamente la stessa cosa, nei miei panni.»

Il silenzio calò sul gruppetto: nessuno sapeva cosa ribattere.

Konrad si schiarì la gola. «Bene, ora devo andare. Persone da incontrare, cose da fare... Temo che per me questo sia un evento di lavoro. Mi ha fatto piacere vederti, Gerd. Congratulazioni per il tuo straordinario incontro con il Führer, è un privilegio davvero raro. Signore...» Chinò di nuovo il capo e si allontanò. Trattenersi non avrebbe avuto senso, non poteva competere con Gerhard.

Si fermò accanto alla balaustra della terrazza e guardò verso il fiume, osservando il panorama. Si accese una sigaretta e la fumò pensieroso, mentre il suo umore, un attimo prima così abbacchiato, cominciava a risollevarsi. Quella serata poteva anche essere sembrata un trionfo per Gerhard ma, a ben riflettere, era lui il vero vincitore: aveva preso un ribelle, l'aveva costretto sotto minaccia di morte a adeguarsi ai principi nazisti e lo aveva messo sulla buona strada per diventare un convinto sostenitore. La conversione di Gerhard alla causa di Hitler era stata l'equivalente moderno della conversione al cristianesimo di Paolo di Tarso sulla via di Damasco.

Ora appartieni a noi, fratellino, pensò Konrad, mentre gettava la sigaretta nelle limacciose acque della Sprea. *Appartieni a Adolf Hitler!*

Gerhard chiese a Sabi se voleva andare via con lui, poi Jana domandò se poteva unirsi, così lui fece scivolare una banconota da dieci Reichsmark nella mano del cameriere addetto ai vini e si vide consegnare, in cambio, una bottiglia dell'ottimo champagne francese che i camerieri stavano servendo. Raggiunsero il suo appartamento, dove scolarono rapidamente lo champagne e poi una bottiglia di schnapps che lui teneva nell'armadietto dei liquori. Scoprì di avere in frigorifero una bottiglia piena a metà di squisito Riesling e la portò in camera e le ragazze lo accompagnarono, tenendolo a braccetto e poi ridacchiando, mentre si toglievano le scarpe dai tacchi alti e facevano scivolare a terra il vestito. Le prese entrambe e poi rimase seduto contro la testiera trapuntata del suo letto matrimoniale a guardarle mentre giocavano a baciarsi e accarezzarsi finché non riacquistò le forze e fu in grado di unirsi di nuovo a loro.

Quando, effettuata ogni possibile permutazione, si ritrovarono tutti e tre esausti, Jana e Sabi si addormentarono accanto a lui, una per lato. Ma Gerhard era ancora perfettamente sveglio, ancora irrequieto nonostante la spossatezza fisica. Scese dal letto e rimase a guardare le due ragazze che, nel sonno, si risistemavano fino a raggomitolarsi in un groviglio di morbide curve, capelli dorati e castani, pelle tiepida e dolce, simili a due graziosi gattini dentro una cesta. Uscì sul balcone e, imitando senza saperlo il fratello, fumò una sigaretta mentre osservava la città addormentata.

Era stato corrotto, lo sapeva. Forse non del tutto, ma – anche se non aveva venduto la propria anima, non in maniera irrecuperabile – aveva come minimo lasciato che venisse usata per cause in cui lui non credeva. In cambio aveva ricevuto un nuovo status per accompagnare quello ereditato, perché l'approvazione personale del Führer lo aveva marchiato come astro nascente. Come un cantante che diventi una star dopo un'unica esibizione strepitosa, era considerato un giovane molto promettente nell'ambito del partito e del Reich. Non era esattamente famoso ma, come dimostravano le donne nel suo letto, godeva delle prerogative di chi lo era.

Si consolò con due riflessioni. La prima era che poteva sempre volare, conservando quella pura e incontaminata espressione del suo vero io. L'altra era che aveva descritto in modo molto prudente l'effetto che gli aveva fatto Hitler. Aveva notato la furia di Konrad quando aveva scoperto che il suo disprezzato fratello era stato benedetto dal Führer come a lui non era mai successo, ma aveva anche visto il suo compiacimento mentre ascoltava quello che riteneva l'elogio tipico di un seguace ammaliato e adorante. Non gli sarebbe mai passato per la mente che Gerhard non si beasse delle capacità quasi ipnotiche di Hitler come avrebbe fatto lui, ma in realtà fosse terrorizzato dal modo in cui sia lui sia l'intero Paese erano stati sedotti dal Führer.

Ma come posso sottrarmi a questo incantesimo? si chiese. Ho la forza di volontà e il coraggio di resistervi?

E il motivo per cui non riusciva a prendere sonno era il timore che la risposta fosse negativa.

A settembre Saffron tornò alla Roedean e affrontò di buona lena l'ultimo anno di scuola. Al termine del trimestre autunnale, due settimane prima di Natale, scoprì che le dispiaceva quasi andare in Kenya per le vacanze, non perché non le mancassero il padre e Harriet, ma perché si sarebbe persa i balli e le feste private a cui l'avevano invitata le compagne e i parenti.

A Lusima, i lavori di ristrutturazione erano finalmente terminati. Harriet aveva creato una galleria in miniatura di ritratti di famiglia, lungo la scalinata che collegava l'ingresso alle camere. Aveva contattato nonna Courteney, al Cairo, che le aveva mandato un piccolo ritratto a matita di Leon da bambino, e alcune vecchie fotografie che lo raffiguravano insieme ai genitori e ai fratelli. Centaine aveva fornito una foto da lei scattata a Saffron e Shasa durante la visita a Cape Town di quattro anni prima, e un'altra di Shasa in tenuta da polo, in procinto di gareggiare per il Sudafrica alle Olimpiadi di Berlino. Anche l'infanzia di Harriet era rappresentata; c'era poi una foto con tutte le commesse della sartoria specializzata in indumenti scolastici dove aveva conosciuto Leon e Saffron. E lì, collocata discretamente fra loro, c'era la testa di Eva che Vassileyev aveva copiato dal ritratto iniziale, aggiungendo alla sua espressione una nota lievemente malinconica che alludeva alla sua assenza, come se rimpiangesse di non poter essere lì con loro di persona. Includendo Eva nella famiglia allargata, Harriet aveva trovato il modo di onorare la sua importanza per Leon e Saffron senza lasciarsi mettere in ombra dal passato.

Saffron fu commossa da quel gesto premuroso e dalla fatica che Harriet aveva fatto per assemblare le varie immagini, ma non c'era modo di nascondere chi fosse ormai la padrona della tenuta. Harriet organizzò un grande tea party per tutti i dipendenti della tenuta e relative famiglie, con piccoli doni per tutti i bambini. Vi fu una cena per festeggiare l'arrivo di Saffron dall'Inghilterra: vi parteciparono famiglie del posto che lei conosceva da tutta la vita e, quando le signore si alzarono, notò che le donne della comunità – persino quelle con un background molto più altolocato – non avevano soltanto accettato Harriet come una di loro, ma le riservavano persino una certa deferenza. Naturalmente lei era la moglie di uno degli uomini più ricchi dell'intero Paese, ma la cosa di per sé non avrebbe impedito commenti malevoli per rimetterla al suo posto, rammentandole che fino a poco tempo prima lavorava in un negozio. Il suo comportamento, tuttavia, denotava una notevole sicurezza di sé e suggeriva un carattere d'acciaio, che riduceva al silenzio gli scettici ancor prima che aprissero bocca. Semmai, trasformando l'aspetto di Lusima e alzando lo standard della gestione domestica, dal cibo squisito al servizio impeccabile, al cesto di asciugamani perfettamente stirati nell'immacolato bagno al pianterreno – dove alle pareti erano appese vignette umoristiche e il davanzale incassato ospitava un vasetto di fiori profumati –, Harriett aveva spinto le persone a vedere Leon in una luce diversa. Un tempo era considerato un ex cacciatore bianco avvenente, persino affascinante, ma ancora leggermente rozzo, entrato in possesso di un'ingente somma di denaro in circostanze misteriose. Ora aveva acquisito una nuova identità come raffinato proprietario terriero e pilastro della comunità.

Dopo cena, Saffron si stese sul letto a ripensare agli avvenimenti della serata. Si rese conto che anche lei stava cambiando, proprio come il padre. Grazie all'appartamento di Chesham Place aveva trascorso a Londra alcuni weekend, una vacanza di metà trimestre e qualche giorno prima di prendere l'aereo, quindi cominciava a conoscere un po' meglio la città e a condurre una vita molto diversa dalla sua passata esistenza da maschiaccio in Kenya. Si incontrava con le amiche per pranzare o prendere il tè in ristoranti e caffè alla moda. Loro le insegnavano i piaceri del fare acquisti, persino quando non si comprava granché ma ci si limitava a visitare tutti i negozi più belli, guardando le altre clienti o la merce sugli scaffali o gli abiti appesi alle rastrelliere, facendosi un'idea di cosa era alla moda e cosa no, di cosa donava e cosa no. Comprava riviste come *Vogue*, *Tatler* e *The Queen*. I nomi dei più eleganti stilisti di Londra e Parigi le erano familiari come quelli delle splendide donne – attrici e aristocratiche – che indossavano i loro abiti alle feste. A ogni party a cui partecipava si rendeva sempre più conto che, se non conosceva Lady Tal dei Tali o la moglie dell'onorevole Come Si Chiama, conosceva la sorella minore o la nipote.

Dopo due settimane con i von Schöndorf in Baviera, a Pasqua, affrontò gli esami per l'Higher School Certificate nel giugno del 1937 e gli esami di ammissione a Oxford nel dicembre dello stesso anno, perché sia Oxford sia Cambridge insistevano per selezionare i propri studenti con test specifici. In quel caso trascorse le vacanze di Natale in Inghilterra, godendosi dieci giorni di feste prima di raggiungere il Devon in treno per passare il Natale con i Courteney. Poi prese il treno notturno per Edimburgo e festeggiò l'arrivo del nuovo anno con i cugini Ballantyne. Due mesi più tardi scoprì di essere stata ammessa al Lady Margaret Hall per studiare filosofia, politica ed economia, proprio come aveva progettato.

Trascorse a Londra i primi mesi del 1938. Capiva chiaramente che la Germania era la potenza europea in ascesa e che i rapporti dell'Inghilterra con il Reich, pacifici o meno, sarebbero stati il tema dominante degli anni a venire, così decise di migliorare il tedesco colloquiale appreso grazie a Chessi e alla sua famiglia. Cominciò a prendere tre lezioni alla settimana da un tutor che abitava a South Kensington.

La zia Penny Miller, la più anziana delle due sorelle di Leon, era rimasta vedova in giovane età, durante la guerra, e non si era più risposata; come Dorian, aveva ereditato il talento artistico di nonna Courteney e di recente si era trasferita a Londra dal Cairo, prendendo in affitto uno studio con appartamento annesso a Tite Street, non lontano da King's Road, a Chelsea. Era un quartiere variopinto, bohémien, e i suoi amici erano tutti pittori, poeti, musicisti e attori, tutti squattrinati, creativi, libertini e politicamente impegnati. Per Saffron era l'ennesimo nuovo mondo da esplorare, e lei capì ben presto di doversi vestire in maniera modesta per una serata a casa di zia Penny, nello stesso modo in cui doveva mettersi in ghingheri per i cocktail a casa delle sue amiche debuttanti. Ma adorava quel mondo libero e rilassato, fatto di cene a tarda sera in economici ristorantini greci e di interminabili conversazioni sul significato della vita e dell'amore davanti a bottiglie di vino rosso scadente, tanto quanto amava i sontuosi balli a Eaton Place o Park Lane, dove i passanti formavano capannelli sui marciapiedi per veder arrivare le ragazze che, in abito da sera e con i gioielli di famiglia, avrebbero trascorso la serata ballando sulle note di Ambrose e della sua orchestra. Ogni venerdì pomeriggio Saffron era in stazione, pronta a raggiungere la casa che l'avrebbe ospitata per quel weekend, dove l'aspettava un turbinio di battute di caccia, tiro al piattello, balli e cene. Perché nessuno, nemmeno i più radicali fra gli amici di zia Penny, trascorreva il weekend nella capitale, se poteva evitarlo.

L'inverno lasciò il posto alla primavera, poi le prime partite di cricket annunciarono l'arrivo di un'altra estate inglese. Leon e Harriet tornarono in Inghilterra: lui doveva occuparsi dell'ufficio di Ludgate Hill, mentre Harriet aiutò Saffron a prepararsi per la Stagione, che comprendeva eventi privati e pubblici tra cui il tennis a Wimbledon, la regata di Henley e la partita di cricket fra gli studenti di Eton e quelli di Harrow, tutti potenziali futuri mariti per le debuttanti. La Stagione durava tutta l'estate e rappresentava il debutto in società delle ragazze della upper-class, che lasciavano il rifugio delle case di famiglia per essere gettate nel mercato matrimoniale.

Saffron non aveva alcuna intenzione di trovare marito. Voleva frequentare Oxford e avviare una sua carriera commerciale, anche se non ne aveva ancora parlato con il padre. Decise comunque di stare al gioco, andando all'annuale ballo della regina Carlotta, dove tutte le ragazze facevano la riverenza davanti a una torta gigantesca. Fece un'altra riverenza, quella volta davanti al re, quando venne presentata a corte da sua cugina Violet. Per farsi concedere quell'onore, infatti, una ragazza doveva essere accompagnata da una patrona presentata a sua volta in passato, e Violet fu più che felice di farlo.

A luglio, Saffron, Harriet e la zia Penny convinsero Leon ad accompagnarle alla mostra degli espressionisti tedeschi, gli artisti di fama internazionale – fra cui Kokoschka e Kandinskij – banditi dai nazisti. Quello stesso mese Hitler aveva tuonato contro di loro, definendoli « deplorevoli sfortunati che soffrono palesemente di disturbi alla vista. Possono vivere e lavorare dove meglio credono, ma non in Germania ».

« Non sono certo un ammiratore di Mr Hitler, ma forse non ha tutti i torti », bofonchiò Leon mentre guardava i dipinti, la maggior parte dei quali, a suo parere, rientrava nella categoria « un bambino di sei anni avrebbe potuto fare di meglio » o, in alcuni casi estremi, « una scimmia ». Ma poi si fermò davanti al quadro di un artista di nome Magnus Zeller, che stando al cartellino lì accanto si intitolava *Der Hitlerstaat*, « Lo stato hitleriano ».

Mostrava un paesaggio in rovina nel quale un esercito di schiavi, sferzati da uomini con l'uniforme nera delle SS, trainavano un carro gigantesco su cui troneggiava la statua monumentale di un tiranno assiso simile a un faraone egizio. Il quadro era dipinto con una tetra tavolozza di grigi e marroni, e le uniche macchie di colore erano rappresentate dagli stendardi nazisti che sventolavano intorno ai piedi del mastodontico sovrano.

Leon si fermò davanti all'opera e la fissò attentamente, senza fiatare, poi si voltò verso Saffron. « Tu sei stata là. Dimmi, è così che finirà tutto? »

Lei ripensò ai vessilli che aveva visto durante le sue visite in Germania. Riesaminò tutti i manifesti propagandistici, di anno in anno sempre più numerosi e di tenore sempre più ostile: ormai non celebravano più i trionfi del governo nazista ma denigravano i suoi nemici, soprattutto gli ebrei. C'erano sempre più slogan antisemiti dipinti sui muri e sulle vetrine di negozi, o forse sembravano semplicemente più numerosi perché adesso lei riusciva a comprenderli. Ma poi pensò ai von Schöndorf, all'amicizia e alla generosità che le avevano dimostrato, sentimenti rispecchiati dalle tante persone che aveva conosciuto in Germania. Eppure aveva visto anche quelle divise nere. « Non lo so », disse alla fine, « ma temo di sì. »

Due giorni dopo, Saffron era nell'appartamento di Chesham Place quando il padre rincasò dall'ufficio.

« Ho parlato con Hartley Grainger », annunciò Leon. « Gli ho detto di non rinnovare nessuno dei nostri contratti tedeschi, quando scadono. Per il momento non c'è bisogno di prendere iniziative drastiche, quindi non annulleremo quelli ancora validi, ma non ne stipuleremo di nuovi. Tuo zio Frank non ne sarà felice, il commercio tedesco è una sua creatura. Ma credo che tu abbia ragione, Saffy: temo che si prepari una burrasca, ed è ora di cominciare a chiudere i boccaporti. »

In due anni Mr Brown aveva sentito menzionare Saffron Courteney ovunque andasse. A Oxford veniva considerata l'incarnazione di Zuleika Dobson, la *femme fatale* romanzesca di Max Beerbohm la cui bellezza fa impazzire di passione gli universitari. In Scozia, ospite dei cugini Ballantyne, aveva sbalordito tutti con la sua mira infallibile nel tiro al fagiano, così come aveva fatto nel Devon con la sua bravura e audacia come amazzone. Un altro ospite gli aveva raccontato: « Il guardacaccia si è girato verso Ballantyne e gli ha detto: 'La fanciulla sta facendo sfigurare ogni fucile della Scozia' ».

« Naturalmente la giovane Courteney è davvero incantevole », aveva affermato Lady Diana Cooper – una celebre bellezza dell'epoca appena trascorsa, ma ancora splendida a quarant'anni – a un cocktail party a Berkeley Square. « Ciò che più ammiro è il suo modo di gestire il denaro. È evidente che ne possiede parecchio. Posso assicurarvi che qualsiasi donna, guardandola, capisce subito che tutti i suoi abiti sono fatti su misura, e non da una sartina qualunque. Giusto l'altro giorno parlavo con Hardy Amies, che era estasiato e ha detto che vestirla è un enorme piacere. Anche Eddie Molyneux l'adora, se potesse la userebbe come modella. Naturalmente lei ha un fisico androgino e i vestiti cadono con molta più eleganza se non si è troppo formose. Ma il suo tratto più mirabile è l'understatement.»

«Cosa intendete?»

«Ebbene, è molto giovane e, per dirla senza mezzi termini, coloniale. Non è cresciuta in case eleganti, circondata da donne ben vestite che sanno presentarsi *comme il faut*. In un certo senso fa parte del suo fascino. Ha un che di selvaggio, dà l'impressione di poter andare a caccia di leoni senza battere ciglio, quindi ci si aspetta che sia volgare, sopra le righe.»

«Giusto un pizzico troppo appariscente?»

«Esatto. Caro Mr Brown, è un tale piacere parlare con voi. Capite sempre esattamente cosa vuole dire l'interlocutore.»

«Faccio del mio meglio, Lady Cooper. Ma come si manifesta questa mancanza di volgarità?»

«Be', con la sua assenza!» replicò lei, ridendo. «Voglio dire che, ogniqualvolta si vede Saffron Courteney, si pensa: 'Che ragazza elegante'. Le sue scarpe sono sempre perfettamente intonate al vestito e all'occasione. Le sue borsette sono deliziose, i suoi gioielli bellissimi ma discreti. In realtà è questo il termine giusto: discreta. Qualcuno deve averle detto, o forse l'ha capito da sola, che con un aspetto come il suo e una personalità così travolgente non c'è bisogno che i suoi vestiti siano nulla più che un raffinato fondale.»

«Sono sempre restio a esprimere commenti sulle donne, soprattutto in merito al loro rapporto con altre donne...»

«Una scelta davvero saggia. Non è un argomento su cui gli uomini abbiano molte probabilità di dire qualcosa di utile.»

«Ma lasciatemi suggerire una cosa, a livello meramente ipotetico...»

Lady Diana sorrise. « D'accordo, Mr Brown, soltanto stavolta, visto che siete davvero perspicace, per essere un uomo. »

« Credo che l'intelligenza di Miss Courteney traspaia nella libertà con cui voi, e altre signore con le quali ho parlato, le rendete omaggio. Immagino che una ragazza come lei, che arriva in Inghilterra, dotata di ricchezza e avvenenza, un vero asso nello sport... Be', una simile creatura potrebbe suscitare un notevole malanimo fra alcune rappresentanti del suo sesso. Naturalmente non mi riferisco a voi, Lady Diana, voi non avete alcun bisogno di temere la concorrenza... »

« Lo avete precisato appena in tempo. »

« Ma altre donne, soprattutto coetanee di Miss Courteney o magari di qualche anno più grandi, potrebbero risentirsi per la concorrenza da lei rappresentata e impegnarsi quindi a diffondere pettegolezzi malevoli, oppure criticare il suo comportamento. Sapete a cosa mi riferisco. »

« Temo di dover ammettere che lo so benissimo, sì. Ho suscitato questo effetto, quando avevo l'età di Saffron Courteney. »

« Eppure, per quanto la ragazza sembri aver fatto colpo sull'alta società, nel corso degli ultimi due anni non ho sentito pronunciare nemmeno una parola negativa su di lei, se non forse da parte di madri deluse perché i figli non sono riusciti a conquistarne il cuore. »

« Sì », confermò Lady Diana in tono pensieroso, « non si è sentito nemmeno il più vago accenno a una relazione sentimentale, il che è insolito, nel caso di una fanciulla tanto attraente. »

« È molto giovane, sapete, ha solo diciannove anni. »

« Verissimo. In ogni caso... »

« Forse non riesce a trovare un uomo abbastanza in gamba per lei. In base alla mia esperienza, le donne – e vi chiedo di nuovo scusa per la mia impertinenza – preferiscono guardare con ammirazione, persino con rispetto, l'uomo che amano.»

«Bene, di certo preferiamo dover alzare gli occhi per guardarlo. Io non sopporto che un uomo sia più basso di me, e se questo vale anche per lei limita sicuramente le sue possibilità di scelta, visto quant'è alta.»

«Dubito che donerà mai il suo cuore, o qualsiasi altra cosa, a un uomo che non sia straordinario quanto lei. E temo che potrebbe rivelarsi difficile trovarlo.»

«Insomma, Mr Brown, non immaginavo che foste così romantico. Credo nutriate una leggera *tendresse* per Saffron Courteney.»

«L'affetto di un uomo anziano, forse. Anche se dovrei aggiungere che le mie sono semplici congetture, visto che non l'ho mai incontrata.»

«Bene, dobbiamo assolutamente rimediare alla cosa!»

Sì, devo proprio, pensò Mr Brown.

I genitori di Saffron – perché ormai lei considerava Harriet una figura materna – si trattennero fino a settembre, quando la accompagnarono a Oxford perché iniziasse la sua nuova vita come studentessa universitaria. Era una giornata di inizio autunno, perfetta per cominciare il trimestre autunnale. C'era ancora un accenno di tepore nel sole che brillava nel cielo privo di nubi, e «la città delle guglie sognanti» – per dirla con il poeta Matthew Arnold – appariva nella sua forma migliore. Antichi edifici che avevano visto arrivare e andarsene innumerevoli generazioni di studenti osservavano le giovani matricole pervase dall'emozione e dall'ambizione, ma anche dal nervosismo e dalla titubanza.

«Non sai quanto ti invidio», affermò Harriet. «Avere la possibilità di venire in un posto simile per studiare insieme ad alcune delle menti più geniali del mondo... È l'opportunità più splendida che si possa avere.»

«Sono davvero fiero di te», le disse Leon, mentre lui e Harriet si accingevano a salutarla. «Hai deciso che avresti studiato qui, hai lavorato sodo e ci sei riuscita. Complimenti. Ora dovrai sfruttare al meglio l'occasione, perché voglio dirti una cosa: se lasci Oxford senza avere reso giustizia a te stessa o all'università, lo rimpiangerai per tutta la vita!»

Suo padre aveva ragione, ma durante le prime settimane vi furono occasioni in cui Saffron si chiese se l'istruzione a Oxford fosse davvero fantastica come si favoleggiava, almeno per le donne. Le docenti che gestivano il Lady Margaret sembravano ossessionate dai pericoli che gli incontrollabili impulsi dei colleghi maschi rappresentavano per le loro studentesse. Le ore durante le quali i giovani gentiluomini potevano accedere al college erano severamente limitate al pomeriggio e a inizio serata, ed era persino considerato inopportuno per le giovani signore farsi vedere a passeggiare con un uomo, a meno che non stessero spingendo entrambi una bicicletta.

Lei si considerava una ragazza intelligente, ma non riusciva a capire il senso di quell'indicazione. «Serve a far sì che tu possa avere sempre la bicicletta fra te e lui», le spiegò una studentessa dall'aria nervosa, durante la loro prima cena nel college. «Perché faccia da barriera fra voi due.»

«Mmm, capisco...» replicò Saffron, che aveva passeggiato lungo innumerevoli strade e in paesaggi di ogni genere con una miriade di amici maschi, alcuni dei quali palesemente infatuati di lei, senza sentire alcun bisogno di proteggersi con un veicolo di qualsivoglia genere. E poi, visto che l'altra ragazza appariva così solerte e spaventata dall'altro sesso, non riuscì a resistere alla tentazione di aggiungere: «Di solito, una volta che mi hanno visto sparare, gli uomini non mi creano alcun problema».

« Oh », strillò nervosamente l'altra, e rimase seduta lì, incapace di mangiare per almeno un paio di minuti mentre cercava di venire a patti con la specie di femmina totalmente sconosciuta che aveva accanto.

« Mia sorella maggiore studia a Somerville e conosce un trucco fantastico da usare se si trova su un taxi e un tizio cerca di prendersi troppe libertà con lei », intervenne un'altra ragazza. « Cerca un caldarrostaio e chiede al taxista di fermarsi, poi dice al tizio: 'Ti dispiacerebbe andarmi a prendere qualche caldarrosta?' Naturalmente lui non può certo rifiutare, così scende a comprare le caldarroste. Poi ripartono, e, se il tizio si allunga di nuovo verso di lei per cercare di baciarla, mia sorella gli lancia in bocca una castagna bollente, e a quel punto lui cosa può fare? »

Saffy fu ammaliata da quella visione degli uomini come bizzarre creature ostili, che bisognava respingere a ogni costo. Apprezzava la compagnia e le attività maschili, e si era sempre sentita in grado di eguagliare qualsiasi uomo come un tempo aveva eguagliato i ragazzini. Però amava anche farsi bella e ballare con un ragazzo attraente in cravatta bianca e smoking. Per quanto fosse alta e forte, non c'era niente di paragonabile al trovarsi fra le baccia di un uomo che le piaceva ed era più alto e forte di lei. Aveva baciato parecchi giovanotti ed era stata corteggiata da molti di più, ma non si era concessa a nessuno di loro.

Non era una bacchettona, né provava un riguardo mistico per la propria verginità. Non voleva serbarsi pura per un futuro marito, e nemmeno le mancava l'appetito per il sesso, ne era sicura. Era solo che non pensava di poter essere davvero felice a meno di trovare un uomo che le stesse alla pari, se non addirittura la superasse. Non avrebbe mai voluto essere costretta a trattenersi per paura che il marito non fosse in grado di gestire la sua intelligenza o indipendenza, o la sua ricchezza o qualsiasi altro dei suoi doni, che potevano rivelarsi anche dei fardelli. Pensava spesso che era un'enorme ingiustizia che tutte le caratteristiche che le rendevano più difficile trovare un uomo le avrebbero reso invece facilissimo conquistare una ragazza, se fosse stata un uomo. L'affascinante e ricco erede di una tenuta nel Kenya avrebbe avuto una fila di ragazze adoranti lunga come High Street, e sarebbe stato felice di accalappiare quelle che più gli piacevano.

Ma per lei era diverso: era la leonessa dominante del branco, che si sarebbe accoppiata solo con il maschio alfa. Lui la stava aspettando da qualche parte, ne era sicura, ma finché non lo avesse trovato avrebbe dovuto semplicemente pazientare, anche se c'erano occasioni in cui ogni centimetro del suo corpo e ogni suo più intimo istinto primordiale gridavano: *Voglio un uomo!*

«Tesoro, ti serve una moglie», disse un pomeriggio Athala von Meerbach al figlio Gerhard, mentre passeggiavano su un sentiero nei boschi dello Schloss Meerbach.

Lui gemette di frustrazione e irritazione. «Non ti ci mettere anche tu, mamma! Konrad non fa che ripetermi che, come buon tedesco e membro del partito, ho il dovere di trovare una graziosa mogliettina ariana con cui sfornare i soldati e le madri di domani. Gli dico sempre che non ho ancora trovato l'ariana giusta... ed è vero.»

«Non mi stupisce, se insisti per allacciare relazioni con ragazze come quella biondina, la figlia del fornaio.»

«Si chiama Jana, mamma.» Con profondo stupore di Gerhard, la sua avventura con le due ragazze si era trasformata in una relazione con una di loro. Non aveva mai amato davvero Jana, ma si era rivelata di piacevole compagnia, dentro e fuori dal letto, e avevano trascorso insieme un anno abbastanza gradevole. Jana aveva sempre saputo di non avere un futuro a lungo termine con lui e, alla fine, lo aveva lasciato per sposare un simpatico giovane investigatore della polizia criminale di Berlino. A Gerhard non si era certo spezzato il cuore, non proprio, ma aveva sentito la mancanza di Jana e il suo letto gli era sembrato improvvisamente vuoto, senza di lei. « Suo padre è un rispettabilissimo negoziante. Sembri dimenticare che adesso viviamo in un Paese socialista. L'idea che una determinata classe sociale sia superiore a un'altra non è più accettabile. »

« Gli uomini politici vanno e vengono, ma una grande famiglia dura per sempre. »

« Il Reich durerà mille anni, così dice il Führer. La nostra famiglia farebbe meglio ad abituarcisi. »

Athala guardò il figlio, ma non disse niente. Nessuno diceva mai niente che potesse essere considerato una critica verso il Führer o il suo governo: il rischio di essere sentiti e denunciati era troppo grande, persino per una contessa nel suo castello di famiglia. Ma con quell'occhiata gli fece capire che non intendeva tollerare quel genere di sciocchezze da parte sua.

« Senti, mamma », aggiunse lui, abbassando la voce, « la verità è che penso che per me non sarebbe giusto sposare qualcuno, al momento. Ho un lavoro da svolgere per Herr Speer e la maggior parte del mio tempo libero è assorbita dai miei doveri come riservista della Luftwaffe. Come potrei concedere a una moglie il tempo che merita? E come potrebbe lei conoscere il vero Gerhard? » Non osava avvicinarsi più di così alla verità, ossia che stava vivendo una gigantesca menzogna. Una donna che si fosse innamorata di ciò che vedeva, cioè dell'uomo con il distintivo del partito, intento a progettare la nuova Berlino del Führer e a servire nelle forze armate del Paese, avrebbe sposato una menzogna. Non sarebbe stato giusto nei suoi confronti.

Lui non avrebbe mai chiesto a nessuna di diventare sua moglie sulla base di un colossale inganno.

Athala si fermò, gli prese la mano e lo guardò negli occhi. « Capisco, tesoro, ma tu sei buono, gentile, generoso. È questo il vero Gerhard, e qualsiasi donna sarebbe felice di avere un marito con queste doti. Tuo padre, pace all'anima sua, non aveva nessuna di queste qualità. »

« Forse no, ma era pieno di energia, potente e sicuro di sé. Si può fare molta strada se non ci si preoccupa dei sentimenti altrui. »

« Può darsi, ma tu non sei così e io ne sono felice. Ascolta, ho organizzato una cena per sabato sera. Niente di speciale, solo una decina di invitati. Ho chiesto ai von Schöndorf di venire. Hanno una figlia molto carina, Francesca. Ora che ci penso sono sicura che tu la conosca... »

Gerhard scoppiò a ridere. « Oddio, mamma, mi ricordo di Chessi. È solo una ragazzina! Non puoi farmi sposare una poppante. »

« Un tempo, forse, ma ora non lo è più, proprio come tu non sei più uno scolaretto timido o un adolescente pieno di brufoli. Ha diciannove anni, credo, ed è piuttosto sofisticata per la sua età. I von Schöndorf l'hanno mandata a studiare in Inghilterra, dove ha conosciuto persone molto eleganti. Potresti esserne piacevolmente stupito. »

Lui sospirò. « D'accordo, allora. Fai sedere Chessi accanto a me, a cena. Prometto di essere gentile con lei, ma non di inginocchiarmi per chiedere la sua mano. »

« Bene, limitati a parlare con lei. Non si sa mai, potresti scoprire che ti piace più del previsto. »

« Devo venire a cena dai Meerbach? » gemette Chessi von Schöndorf. « Konrad è un bruto e la sua povera moglie non fa mai niente, a parte restare incinta e avere l'aria triste. » Era seduta sul letto, con il vassoio per la colazione posato in grembo.

La madre era seduta accanto a lei, e di tanto in tanto rubava un acino d'uva dal vassoio. « Hanno un altro figlio... E lui non ha nessuna moglie. »

« Se somiglia al fratello, vorrà parlare soltanto di due cose: di come i motori Meerbach siano superiori a qualsiasi altro motore sulla Terra e di come il Führer sia superiore a qualsiasi altro leader sulla Terra. »

« Ssst! Quando imparerai che adesso non sei in Inghilterra? Non puoi dire la prima cosa che ti salta in mente! »

« D'accordo, mi dispiace... Ma sono in camera mia, non mi sente nessuno. »

« Come fai a saperlo? Ora, per tua informazione, hai già conosciuto Gerhard, quando eri bambina. »

« Non me lo ricordo. »

« Non importa, il punto è che lui non è affatto noioso. Fa l'architetto e nel tempo libero pilota i caccia per la Luftwaffe. » Vedendo l'espressione sul viso di Chessi, capì che forse la figlia stava cambiando atteggiamento e decise di approfittare del vantaggio finché poteva. « Quindi è creativo, elegante e coraggioso. »

« È bello? »

« Ah, questo sarai tu a deciderlo. »

Chessi rifletté per un istante. « Credo che potrei mettere l'abito di Norman Hartnell, sai, quello che mi ha regalato Saffy. »

« Mi preoccupa ancora il fatto che abbia speso così tanto. Non avresti dovuto permetterglielo, non è giusto. »

« Ma ha insistito, Mutti! Ha detto che era il suo modo di ripagarmi per tutte le volte che è stata ospite da noi. Ed è un vestito magnifico... »

« Sì, davvero, e tu sei incantevole quando lo indossi. Nessun uomo potrebbe resisterti. »

« Certo che no! » Chessi sorrise. « Ma, se è un Meerbach, persino un Meerbach pilota, architetto, grande scienziato e chissà cos'altro, io sarò sicuramente in grado di resistere a lui! »

« Gerhard, vieni a salutare il conte e la contessa von Schöndorf », disse quel sabato sera la contessa Athala.

« È un vero piacere rivedervi », affermò Gerhard. « Siete stati davvero gentili a venire. Serbo ricordi molto felici di quando venivo a trovarvi da ragazzo. »

« E lei è loro figlia, Francesca... »

Lui spostò lo sguardo sulla ragazza che gli stavano servendo come esca matrimoniale e non riuscì a credere ai suoi occhi. La mocciosetta con i codini e le lentiggini si era trasformata in una splendida dea bionda, che stava a Jana come la Venere del Botticelli sta a un personaggio dei fumetti. Gerhard aveva sempre pensato che i von Schöndorf fossero poveri in canna, ma l'abito della ragazza era degno di una stella di Hollywood: un vestito da sera senza spalline in satin di un rosa chiarissimo, che le fasciava il seno pieno – Gerhard dovette costringersi a non fissarlo – e la vita sottile, per poi formare una cascata di tessuto lucido che arrivava fino a terra.

Mein Gott! pensò, poi riacquistò l'autocontrollo, prese la mano di Francesca e la baciò. « È un immenso piacere conoscervi, Komtesse. Sapete, quando mia madre mi ha detto che sareste venuta qui stasera, ho replicato: 'Ma è solo una bambina!' »

I von Schöndorf risero educatamente.

« Ma mia madre ha detto: 'Sciocco che non sei altro! Francesca è un'adulta, adesso, e molto graziosa'. »

Lei parve leggermente imbarazzata, ma i genitori la guardarono con orgoglio.

« Mamma, ti sbagliavi », continuò Gerhard e per un attimo,

proprio come aveva sperato, il suo tono brusco mise in allarme gli altri. Aspettò un secondo e poi, prima che qualcuno potesse protestare, aggiunse: « Francesca non è solo graziosa, è splendida ».

Francesca strinse con forza il braccio della madre, gesto che avrebbe potuto esprimere l'imbarazzo di una ragazza colta alla sprovvista dal complimento di un uomo, ma in realtà era una questione di necessità: temeva che le cedessero le gambe, se non si fosse aggrappata subito a qualcosa.

Aveva guardato Gerhard mentre Athala lo indicava, al lato opposto del salotto dove gli ospiti si erano riuniti per l'aperitivo. Stava parlando con una donna che sembrava molto più vecchia di lui. Era in cravatta bianca e smoking, ma la sua postura – una mano infilata nella tasca dei pantaloni e il peso spostato a destra, con la gamba sinistra un po' piegata di lato – lo faceva sembrare rilassato come se indossasse una vecchia giacca comoda e un paio di calzoni. Aveva sorriso alla madre e si era congedato con educazione dall'interlocutrice. Mentre attraversava la stanza, salutando un paio di altri ospiti, la donna con cui aveva appena smesso di parlare lo aveva seguito con gli occhi, come se non riuscisse a staccarglieli di dosso.

Non posso certo biasimarti! aveva pensato Chessi. Gerhard von Meerbach era l'uomo più bello che avesse mai visto e, quando lo vide raggiungere lei e i genitori, capì che a renderlo così attraente era l'abbinamento di qualità molto diverse. Sfoggiava l'atteggiamento disinvolto e sicuro dell'impavido aviatore, con quel corpo alto e snello e i capelli biondo scuro che gli ricadevano su un sopracciglio, tanto che solo a fatica lei riuscì a impedirsi di spostarglieli indietro. Ma gli occhi e la bocca, quando si era abbastanza vicini per poterli osservare – e oh, lei li osservò eccome! – denotavano una sensibilità e una perspicacia che smentivano la prima impressione di menefreghismo. Era un uomo che vedeva e sentiva. E Chessi intuì all'improvviso che era anche ferito. Non avrebbe saputo spiegare come lo avesse capito, ma ne era sicura, e a un tratto non desiderò altro che l'occasione di scacciare quel sentimento.

Un gong suonò in lontananza.

« Ah », disse Gerhard, « è ora di andare a cena. Francesca, volete concedermi l'immenso onore di accompagnarmi in sala da pranzo? »

Le porse il braccio e lei lo prese. Entrarono nella stanza seguiti da numerosi sguardi ammirati, perché formavano davvero una splendida coppia. E dietro di loro due madri si guardarono e si scambiarono un sorrisetto, come per dire: *Missione compiuta!*

Mr Brown aveva pochissimi amici, sempre ammesso che ne avesse: non poteva concedersi il lusso di rivelare il suo vero io a nessuno. Ma i suoi innumerevoli conoscenti sarebbero stati stupiti di scoprire che quel gentiluomo taciturno, dai modi così pacati e così poco propenso a gesti appariscenti o alle entrate in grande stile, così poco teatrale sotto qualsiasi punto di vista, si considerasse in realtà una sorta di impresario. In fondo si occupava di individuare, portare alla luce, istruire e infine sfruttare il talento. Perlustrava l'intero Paese in cerca di giovani menti brillanti: i ragazzi più intelligenti, più tenaci, più belli o persino in possesso della sua stessa dote, quella di passare inosservati. Prendeva nota di come li giudicavano gli altri, svolgeva ricerche sul loro carattere e le loro opinioni e poi li sottoponeva a un'audizione, proprio come un produttore di Broadway o di Hollywood, per stabilire se erano adatti alla parte che aveva in mente per loro.

Ma la differenza fra Mr Brown e quei talent scout professionisti era che i suoi soggetti non si accorgevano del suo interesse se non in una fase molto avanzata del processo. Se venivano reclutati, era per esibirsi nella massima segretezza. Una delle sue scoperte era stata Eva Barry, una ragazza intelligente e incredibilmente bella che proveniva da un'umile famiglia della Northumbria. Aveva servito sia lui che il proprio Paese con un impegno, un'abnegazione e un coraggio eccezionali. Un quarto di secolo dopo, Mr Brown si trovava su un treno diretto a Oxford per scoprire se la figlia di Eva poteva dimostrarsi altrettanto utile.

Era molto improbabile che Saffron Courteney fosse disposta a sacrificare la sua virtù per il suo Paese come la madre. Eva era poverissima, disperata e assetata di vendetta a sufficienza da essersi prostituita con il conte Otto von Meerbach, l'uomo che aveva rovinato suo padre, solo per distruggerlo a sua volta. In base a quanto aveva saputo Mr Brown, la situazione di Saffron era del tutto diversa. Possedeva una notevole ricchezza, oltre a una spiccata intelligenza. La morte della madre era stata un tragico scherzo del destino per il quale non si poteva incolpare nessuno. Il padre era vivo e vegeto e il suo rapporto con la ragazza rappresentava sotto molti punti di vista la chiave di volta dell'esistenza di Saffron.

Non significava, tuttavia, che non potesse un giorno rivelarsi utile. Quel giorno sarebbe potuto benissimo arrivare nel giro di mesi: ancora una volta Hitler aveva sfidato il resto dell'Europa a fermarlo, quando aveva annunciato la salda intenzione di inviare le proprie truppe in Cecoslovacchia, e ancora una volta era riuscito a farla franca con la sua impudenza. Neville Chamberlain, che un anno prima aveva sostituito Balfour come primo ministro, era andato a Monaco con il premier francese Édouard Daladier per incontrare Hitler e il suo amicone, Mussolini. Chamberlain e Daladier avevano ceduto la libertà dei cechi nella speranza di preservare quella che Chamberlain aveva definito « la pace con onore, la pace nella nostra epoca ».

Il suo rivale politico, Winston Churchill, aveva ribattuto: « Potevate scegliere fra la guerra e il disonore. Avete scelto il disonore e avrete la guerra ». Ma la gente accoglieva con gioia la speranza di evitare un conflitto. Mentre scorrevano le immagini dell'auto di Chamberlain che percorreva le strade tedesche, fra due ali di cittadini del Reich che esultavano e salutavano, un cinegiornale aveva declamato: « Nessuno dica che si è pagato un prezzo troppo alto per la pace nel mondo, finché non ha scrutato nella propria anima e si è scoperto disposto a rischiare la guerra e la vita delle persone a lui più vicine e più care, e finché non ha provato a calcolare la morte e distruzione che una guerra potrebbe portare ».

Ormai non ha più senso usare il condizionale, aveva pensato Mr Brown, guardando il cinegiornale. La guerra scoppierà sicuramente, l'unica incognita è quando.

Tenendo ben presente la cosa, e sapendo che tutte le guerre vengono dichiarate dai vecchi ma combattute dai giovani, Mr Brown era in cerca del sangue giovane di cui avrebbe avuto bisogno una volta iniziate le ostilità. Stando a tutto ciò che aveva sentito, Saffron Courteney avrebbe potuto fare proprio al caso suo.

Una folla di studenti sciamò fuori dal dipartimento di economia dell'università di Oxford. Uno sparuto gruppetto si fermò accanto alle biciclette appoggiate al muro esterno. Un ragazzo chiamò una delle pochissime donne appena uscite dalla lezione su Marshall e sul paradigma neoclassico di Pigou. « Ehilà, Courteney! Ci vediamo in biblioteca, oggi pomeriggio? »

Saffron si fermò e sorrise a Quentin Edery, che, pur sfoggiando il tono di voce e i manierismi di un Bertie Wooster trasportato nella vita reale, proveniva in realtà dalla scuola statale e una famiglia modesta delle West Midlands. Molto intelligente, aveva ottenuto una borsa di studio per il New College e non teneva segreta la sua ambizione di diventare Cancelliere dello Scacchiere in un governo laburista.

« Mi spiace ma non posso », replicò lei. « Manners vuole parlare del mio saggio e mi ha proposto di farlo davanti a un tè e delle focaccine. »

« Mmm, sembra un po' equivoco. Stai attenta: quando un uomo offre a una ragazza una focaccina calda imburrata, è un sicuro preludio a delle avance. »

Lei scoppiò a ridere. « Dubito che Manners intenda farmi delle avance. Credo di non essere affatto il suo tipo. »

« Sì, bisogna ammettere che non è un dongiovanni. Allora immagino che intenda fare un ultimo disperato tentativo di distoglierti dalla tua assurda e ormai datata fiducia nel capitalismo, per instradarti invece sulla via socialista dell'uguaglianza. »

« Mi sembra un'ipotesi più probabile. Il mio saggio criticava Keynes e suggeriva che la crescita economica verrebbe stimolata più efficacemente se i governi agevolassero le aziende private in cerca di credito, invece di sprecare risorse in spese pubbliche inefficienti. »

« Mio Dio, Courteney! A volte dimentico che dietro quell'incantevole facciata si cela la mente di una capitalista senza scrupoli, il cui unico desiderio è rendere i poveri ancora più poveri. »

« E tu, caro Quentin, aspiri a diventare un commissario sovietico che dice alle persone cos'è meglio per loro. Ho visto con i miei occhi come si possono salvare posti di lavoro e aumentare i salari, se si impedisce che aziende solide colino a picco durante una crisi economica: basta dargli credito e permettergli di continuare l'attività finché non riescono a rimettersi in piedi da sole. Sono convinta che i poveri starebbero meglio, con il mio sistema.»

«Se intendi convincere Manners, ti auguro buona fortuna: lui venera la terra su cui cammina John Maynard Keynes. Comunque adesso devo andare...»

Saffron guardò l'amico allontanarsi pedalando e pensò a quant'era strano che si potesse essere amici di qualcuno con cui si era in disaccordo su questioni così fondamentali. Quentin Edery voleva creare una società completamente nuova, in cui le persone come lei non avrebbero più goduto dei privilegi della ricchezza e della proprietà privata, mentre le persone comuni avrebbero ottenuto una giusta quota della prosperità che creavano con il loro lavoro. In linea di principio, Saffron non poteva obiettare, visto che non poteva certo dire di credere nelle quote inique, ma in cuor suo era africana, abituata a un mondo di predatori e prede, dove la vita è un'eterna gara per la sopravvivenza in cui vince il più forte. Quindi, per quanto apprezzasse l'idea che tutti vivessero in pace, condividendo tutto in parti uguali, non riusciva a credere che potesse funzionare nella realtà. I suoi ideali, di conseguenza, miravano ad assecondare la natura umana, accettando che l'uomo era un animale competitivo ma anche fallibile e cercando di fare buon viso a cattivo gioco.

Ripassò quell'argomentazione, chiedendosi come potesse convincere il professor Jeremy Manners, il geniale docente che teneva il corso di economia. Da New College Lane entrò nell'edificio principale, superò la portineria e uscì nel Front Quad. Il crepuscolo calava sulla città e le luci nella cappella erano accese, illuminando le finestre medievali di vetro istoriato come una serie di lanterne dai colori vivaci. Seguì il sentiero intorno al prato ovale fino a raggiungere un'arcata sull'estremità opposta. Vi passò sotto ed entrò nel Garden Quad, così chiamato perché era aperto su un lato e dava sui giardini, uno dei principali vanti di Oxford. Se fosse stata estate, dalle finestre del professor Manners avrebbe potuto ammirare l'ampio prato – sul quale, a differenza del Front Quad, gli studenti erano autorizzati a camminare –, la collinetta alberata in un angolo del giardino e le antiche mura della città che racchiudevano l'intero spazio, con splendide aiuole che, in primavera, sbocciavano in un tripudio di colori.

Ma non era la stagione dei fiori: era il periodo dei pomeriggi freddi e umidi, e Saffron accelerò il passo al pensiero del caminetto acceso, della tazza di tè bollente e, sì, delle focaccine che l'aspettavano al secondo piano.

Bussò sulla massiccia porta di quercia e sentì il suo insegnante dire: «Avanti!» Entrò in un'ampia stanza bordata di librerie, in cui ogni superficie piana era coperta di volumi, aperti o chiusi, riviste e documenti accademici assortiti, fogli protocollo e fotografie incorniciate che ritraevano Manners insieme ad amici, colleghi e l'occasionale uomo politico che gli aveva chiesto un consulto accademico.

Manners era alto e piuttosto corpulento, sulla quarantina, con una zazzera di capelli rossicci che ingrigivano sulle tempie. Portava un paio di ampi calzoni di tweed e un maglione a trecce sotto cui si intravedevano camicia e cravatta. «Ah, Saffron, sei stata gentile a raggiungerci.»

Soltanto a quel punto lei si accorse che su una delle poltrone sistemate intorno al caminetto c'era un uomo basso ed esile, con un completo grigio antracite dal taglio impeccabile, camicia bianca dal colletto rigido e una semplice cravatta blu. A giudicare dai capelli argentei e dal viso rugoso doveva avere una certa età, eppure Saffron si accorse che la guardava con occhi ancora molto vivaci e persino disturbanti, a causa della disinvolta e sfrontata schiettezza con cui la studiavano. L'uomo si alzò, liquidando con un gesto l'offerta di Manners di aiutarlo a sfilarsi dal profondo abbraccio della poltrona.

«Saffron, ti presento Mr Brown, un mio vecchio amico e,

potrei aggiungere, un'autentica *éminence grise* di Whitehall. Conosce tutte le persone che contano nel governo da... Da quanto, cinquant'anni, Brown?»

L'altro accennò un sorriso e fece una scrollata di spalle quasi impercettibile. «Oh, non saprei, Manners, ma sono in giro da parecchio.» Guardò Saffron. «Lieto di conoscervi, mia cara», disse, stringendole la mano.

«Accomodati, Saffron, ti prego. Posso offrirti una tazza di tè? Una focaccina?»

Lei accettò entrambe le proposte.

«Temo di dovervi delle scuse, Miss Courteney. Manners vi ha invitata qui con una scusa, quindi permettetemi di assicurarvi che non c'è nulla che non vada nel vostro saggio», disse Mr Brown.

«Mi è parso ben argomentato, con un uso interessante delle prove di prima mano», disse il professor Manners. «Capita raramente che uno studente sia in grado di sostenere la propria tesi con un resoconto da testimone oculare sui mezzi con i quali l'azienda di famiglia è stata salvata dalla bancarotta. Davvero notevole. Naturalmente sono in disaccordo con ogni sua singola parola, dalla maiuscola iniziale fino all'ultimo punto fermo, ma in ogni caso ottimo lavoro.»

«Allora come mai mi trovo qui?» domandò Saffron, spostando lo sguardo dall'uno all'altro.

«Mr Brown mi ha chiesto di poterti conoscere.»

«Sarebbe maleducato chiedere come mai?»

Mr Brown accennò un altro sorriso. «Certo che no, Miss Courteney. La verità è che il governo di sua maestà ha sempre bisogno dei giovani più brillanti e in gamba della nazione, perciò uno dei miei compiti consiste nell'individuare chi sembra particolarmente promettente. Forse non ne siete consapevole, ma si fa un gran parlare di voi.»

«Davvero?» chiese lei, colta alla sprovvista.

« Oh, sì. Ho sentito aneddoti su qualsiasi cosa, dalla vostra abilità nella caccia al vostro buongusto in fatto di abbigliamento. E ora ecco qui Manners che vi fa i complimenti per il vostro talento accademico. Ho dato un'occhiata al vostro saggio, spero che non vi dispiaccia. Concordo con Manners sul fatto che sia davvero ben scritto, e con voi sul fatto che la forza trainante di un'economia florida sia il mercato, e non lo Stato. »

« Come può un rappresentante di Whitehall fare un'affermazione del genere? » volle sapere Manners.

« Può farlo proprio perché sa come sono gli altri rappresentanti di Whitehall: dei totali incompetenti che non saprebbero gestire nemmeno casa propria. »

Saffron si sforzò di soffocare una risatina davanti all'espressione orripilata di Manners. « Grazie, Mr Brown. »

« Non c'è di che, mia cara. Oh, c'è un'altra cosa che ho dimenticato di menzionare. Comincio a risentire degli effetti della vecchiaia, temo. »

« Quale? »

« Solo che avevo un altro motivo per volervi incontrare. Vedete, molto tempo fa conoscevo vostra madre. La conoscevo piuttosto bene, quando si è trasferita a Londra per la prima volta. »

Brava! pensò Mr Brown. Hai capito benissimo a cosa alludevo e sei stata colta di sorpresa, ma ti sei ripresa in un baleno.

Guardò Manners e vide che non aveva notato nulla di strano, a parte l'ovvio stupore davanti a un collegamento inatteso fra due persone che non si erano mai incontrate prima. « Santo cielo, Brown, non me l'avevi mai detto! » esclamò il professore. « Non avrei citato tutta quella roba da cappa e spada, se avessi saputo che eri un vecchio amico di famiglia. »

« Non mi spingerei a definirmi tale, comunque sì, conoscevo

Eva Barry, come si chiamava prima di sposare il padre di Saffron. Era una donna davvero straordinaria. Sapevi, Manners, che ha ottenuto la medaglia al valore per l'audacia dimostrata nella campagna nell'Africa orientale? Il ministero della Guerra aveva dei dubbi, visto che brulica di palloni gonfiati, ma Delamere ha insistito dicendo che aveva dimostrato tanto fegato quanto gli uomini sotto il suo comando. Naturalmente è successo qualche anno dopo che io l'ho conosciuta.» Si stava rivolgendo a Manners, ma continuava a studiare Saffron per vedere come avrebbe reagito, ora che aveva ammesso di aver conosciuto Eva durante i suoi giorni come spia.

Era chiaro che Saffron sapeva tutto, perché non stava ponendo nessuna delle domande che una ragazza normale – soprattutto orfana di madre in così giovane età – avrebbe fatto a chi l'aveva conosciuta tanto tempo prima.

Dopo che ti avremo addestrata adeguatamente riuscirai a evitare questo genere di errori, pensò Mr Brown. Ma era solo un dettaglio insignificante. La ragazza era in tutto e per tutto figlia di sua madre: non solo era altrettanto bella – forse persino di più, sempre che fosse possibile – ma possedeva la sua stessa forza d'animo. Gliela lesse negli occhi azzurri che lo stavano fissando con una furia gelida, implacabile, benché la bocca sorridesse soavemente. Saffron conosceva l'intera vicenda, era chiaro, ed era saltata subito alla conclusione corretta che Mr Brown fosse responsabile del destino di sua madre.

Brown lasciò che Manners chiacchierasse per un po', offrendo un rabbocco della tazza di tè e un'altra focaccina – « Burro? Marmellata di fragole? » –, e poi chiese a Saffron: « Ho ragione di credere che abbiate visitato la Germania più di una volta, nel corso degli ultimi anni ».

« Esatto. La mia migliore amica a scuola era una ragazza tedesca, Francesca von Schöndorf. »

« Cosa ve ne è parso di quel Paese? »

Lei ebbe un attimo di esitazione, poi rispose: « Be', ho pensato della Germania quello che il professor Manners ha pensato del mio saggio. Ho trovato il Paese bellissimo, con una magnifica cultura – sapete, l'architettura, la musica, la letteratura e via dicendo –, e tutte le persone con cui ho parlato erano affascinanti, ma mi sono trovata in disaccordo con ogni singola parola del nazismo, dalla maiuscola iniziale fino all'ultimo punto fermo ».

Manners scoppiò a ridere e applaudì. « Questo merita il massimo dei voti! »

« Cosa vi spinge a dirlo? » le chiese Brown.

« Il nazismo è odioso proprio perché pieno di odio. Il modo in cui vengono degradati gli ebrei è terrificante. E racchiude un senso di prepotenza, con tutti quegli enormi stendardi rossi con sopra le svastiche, e uomini abominevoli che se ne vanno in giro tracotanti, sfoggiando l'uniforme elegante come se si credessero divinità. Ogni volta che ci sono andata ho trovato la situazione peggiorata. »

« Credete che i tedeschi vogliano una guerra? »

« No, sono convinta che il tedesco medio aborra l'eventualità di un nuovo conflitto. Finché non si mette piede in Germania, non ci si rende conto che hanno perso molti più uomini di noi nella Grande Guerra. Ma non si tratta di cosa vogliono loro, vero? Si tratta di cosa vuole Hitler. »

« Ah, sì, *der Führer*... Ditemi, cosa pensano di lui gli amici che vi ospitano? Immagino che, con un cognome come von Schöndorf, appartengano a quella che potremmo definire l'alta società. »

« Infatti. Quanto a cosa pensano di Hitler... » Saffron tentò di descrivere con esattezza l'opinione che i genitori di Chessi avevano del loro leader. « Presumo che pensino ciò che penserebbero i ceti elevati di questo Paese, se all'improvviso la famiglia reale scomparisse e un orrendo piccolo caporale con dei baffi ridicoli prendesse il suo posto, nominandosi capo supremo della nazione. Resterebbero sgomenti, lo troverebbero incredibile e farebbero del loro meglio per continuare a vivere come se non esistesse.»

«Parecchi membri dei ceti elevati inglesi sono decisamente indulgenti – troppo indulgenti, in realtà – con Herr Hitler», sottolineò Brown.

«Sì, ma solo nelle sue vesti di governante della Germania. Se fossero soggetti al suo dominio, non apprezzerebbero molto la cosa.»

Mr Brown fu colpito dalla sicurezza e dalla franchezza con cui Saffron esprimeva le sue opinioni. Se lo aspettava da un brillante studente di Oxford, anche se forse non da una matricola, ma le donne – persino le più brillanti, che in privato nutrivano opinioni molto categoriche – tendevano a sentirsi vincolate dalle regole del bon ton. Non che la giovane Courteney fosse in alcun modo petulante o prepotente. Le aveva posto domande dirette e lei aveva fornito risposte dirette. Si trattava piuttosto del fatto che non le passava nemmeno per la testa di comportarsi in un altro modo.

Tua madre non ha mai avuto questa caratteristica, rifletté lui. Era bella, coraggiosa e intelligente quanto te, ma non possedeva questa fiducia in se stessa. Non all'inizio, almeno. È questo, mia cara, il tuo enorme privilegio.

Guardò l'orologio. «Santo cielo, è davvero così tardi? Devo proprio andare. Manners, grazie mille per l'ospitalità, generosa come sempre.»

«È stato un piacere.»

«Miss Courteney, ho apprezzato di tutto cuore la nostra conversazione. Credo che siate una ragazza da tenere d'occhio e sarei davvero felice di avere un'altra occasione di parlare con voi. Se dovesse capitarvi di fare un altro viaggio in Germania, per esempio, sarei molto interessato ad ascoltare i vostri commenti al riguardo.»

«Ne sono lusingata», replicò lei, con un sorriso adeguatamente grato. «Sarei felice di riferirveli, pur essendo sicura che su quel Paese sappiate già molto più di quanto io non saprò mai.»

«Ah, ma non c'è niente come uno sguardo fresco... Bene, ora vado. Non preoccuparti, Manners, so trovare l'uscita da solo.» Mr Brown raggiunse le scale di legno e, mentre scendeva al pianterreno, pensò: Troveremo il modo di sfruttarvi, Miss Courteney. Oh, sì, un giorno ci tornerete sicuramente utile.

Appena prima della fine del trimestre, mentre stava facendo i bagagli per le vacanze natalizie, Saffron ricevette una lettera di Chessi von Schöndorf. Era scritta nel consueto stile colloquiale della ragazza, piena di notizie sulla sua famiglia e di domande sulla vita da studentessa di Oxford. La grande novità era che era stata invitata a unirsi a un gruppo di amici che subito dopo Natale avrebbero trascorso due settimane a St. Moritz. *Naturalmente lo sci sarà magnifico, anche se so che non ti interessa affatto!* aveva scritto, strappandole un sorriso: scherzavano spesso sul fatto che, durante i tre anni in cui Saffron era andata a trovare Chessi e la sua famiglia, non era mai riuscita a diventare una brava sciatrice. La cosa sconcertava entrambe, visto che non c'era stato nemmeno uno sport per cui Saffy non avesse un talento innato, ma per qualche misterioso motivo – concordavano sull'ipotesi che fosse legato alla sua infanzia in Africa –, benché fosse abbastanza coraggiosa per affrontare qualsiasi discesa, le sue capacità erano tutt'al più modeste. Chessi era entusiasta di essere più brava dell'amica perfetta almeno in un campo, e Saffron aveva messo a tacere la consueta indole competitiva. Era più che giusto che Chessi avesse le luci della ribalta, per una volta. Ma l'argomento dello sci venne ben presto dimenticato, perché era seguito da un annuncio molto interessante.

E adesso, Saffy, mia cara amica, devo darti la notizia più splendida di tutte: SONO INNAMORATA*!!! Lui si chiama Gerhard e proviene da un'ottima famiglia (e anche molto ricca, come continua a ripetermi Mutti!) Fa l'architetto, ma nel tempo libero pilota aerei da caccia per la Luftwaffe. Quindi è un artista e un guerriero coraggioso, ed è alto e bello come una star del cinema, ma ha degli occhi magnifici, molto gentili e premurosi. Oh, Saffy, quando mi guarda con quegli occhi mi sento al settimo cielo!!! Ci raggiungerà a St. Moritz verso la fine del nostro soggiorno, e credo che potrebbe chiedermi di sposarlo, e se lo fa risponderò di sì perché lo amo immensamente e voglio stare insieme a lui per tutta la vita!*

Le sembrò di sentire la voce di Chessi, ebbra di felicità, come se l'amica si trovasse lì accanto a lei, e stessero ridacchiando insieme per l'eccitazione e riesaminando nei minimi dettagli quello che lui aveva detto e fatto e cosa significasse. Contrastava nettamente con lo zelo della sua vita lì a Oxford, che sembrava colma di dibattiti appassionanti ma molto seri, imperniati su argomenti di grande importanza tra docenti e studenti, tutti decisi a raddrizzare il mondo.

Scrisse una risposta a Chessi, congratulandosi per la sua fortuna e insistendo per farle da damigella di nozze.

Passerò Natale e Capodanno in Scozia con i Ballantyne, il che è splendido, ma significa tenere a bada mio cugino Rory. Ricordi che ti ho parlato di lui a Pasqua? È un agente immobiliare, invece che un audace guerriero, ma piuttosto carino, credo. Il fatto è che è un ragazzo dolcissimo e gli voglio bene, ma solo come si vuole bene a un amico o a un parente. Spero solo che non cominci a prendersi delle libertà dopo aver bevuto troppo, il giorno di Natale. Se mi fa delle avance dovrò dargli uno schiaffo, e a quel punto cosa faremo?!

Rory fece del suo meglio. Si prese persino il disturbo di disegnare l'albero genealogico della famiglia sul retro di un vecchio rotolo di carta da parati. Il pomeriggio del 1° gennaio srotolò il suo capolavoro su un tavolo della biblioteca per dimostrarle che erano solo cugini acquisiti, perché la prozia di lei aveva sposato il prozio di lui, quindi non c'erano legami di sangue e di conseguenza nessun impedimento alle loro nozze. « Non che stia chiedendo la tua mano o niente del genere. »

« Meno male », replicò Saffron, « perché in caso contrario sarei costretta a risponderti di no, e preferirei di gran lunga non farlo, perché a quel punto non potremmo più essere così amici. Trovo che tu sia un ragazzo fantastico e ti voglio un bene dell'anima come parente, anche senza legami di sangue. Ma non sono innamorata di te. Non è per qualcosa che hai fatto o non hai fatto, solo che non provo niente di simile nei tuoi confronti. »

« Scommetto che c'è qualche cervellone a Oxford di cui sei innamorata. Ragazzo fortunato. »

« Non essere sciocco, certo che non c'è! Non c'è nessuno. »

« Allora forse ho ancora una chance. »

Lei preferì non replicare. « Avanti, torniamo in salotto. A quest'ora avranno servito il tè e tutti si chiederanno dove siamo finiti. »

Fu stupita di trovare un telegramma ad aspettarla su un vassoio d'argento. Il suo primo pensiero fu che fosse successo qualcosa di orribile a suo padre o a Harriet, ma quando lo aprì vide che era stato inviato dal Bardutt's Palace Hotel di St. Moritz.

MI DIVERTO UN MONDO STOP LUI ARRIVA FRA DUE GIORNI STOP MOLTO EMOZIONATA STOP VORREI FOSSI QUI BACI CHESSI.

« Sono stato a St. Moritz, sai », disse Rory, quando gli raccontò del messaggio. « Un posto magnifico. Sono orgoglioso di poter dire che sono sceso lungo la Cresta Run, il che è stato indubbiamente la cosa più terrificante che io abbia fatto in vita mia ma anche un autentico spasso. Hai presente il mio maglione da cricket, quello con le strisce bordeaux intorno al colletto? È il mio maglione del St. Moritz Tobogganing Club, dimostra che mi sono lanciato su quella pista con lo slittino. Ne vado molto fiero! »

Un sorriso malizioso balenò sul volto di Saffron. I suoi occhi scintillarono mentre un'idea prese forma nella sua mente. « Tanto per curiosità, come si potrebbe raggiungere St. Moritz da qui? »

« Ah, posso dirtelo con precisione, perché l'ho fatto. Si prende il Flying Scotsman di mezzogiorno da Edimburgo a Londra, arrivando alla stazione di King's Cross alle sette e mezzo circa. Poi attraversi Londra con la Tube fino a Victoria Station e prendi il treno notturno per Parigi, dove arrivi alla Gare du Nord alle nove del mattino... Non ti sto annoiando con questo elenco, vero? »

« Niente affatto. Continua, ti prego. »

« Bene, poi devi attraversare Parigi, stavolta con il Métro, naturalmente, fino alla Gare de Lyon, prendere il primo treno per Zurigo e viaggiare per altre cinque ore circa. Da lì raggiungi un posto chiamato Coira, cambi di nuovo – per l'ultima volta, grazie al cielo – e il treno ti porta fino a St. Moritz, arrivando giusto in tempo per un bell'aperitivo prima di cena. »

« Be', suona magnifico », commentò Saffron. « Credi che ai tuoi genitori dispiacerebbe molto se partissimo per la Svizzera domani? »

« Scusa... come hai detto? »

« Ho detto che credo che dovremmo andare a St. Moritz. Sarà una splendida sorpresa per Chessi e tu potrai mostrarmi la Cresta Run. Anche a me piacerebbe provarla. »

« Ma... non puoi! »

« E perché no? »

« Perché sei una ragazza. Le donne sono state bandite una decina di anni fa, non possono accedervi. »

« Ancora meglio », disse Saffron. « Adesso sono fermamente decisa a farlo. »

La mattina successiva, una telefonata all'ufficio di Edimburgo dell'agenzia di viaggi Thomas Cook la informò che potevano prenotare treni e persino stanze d'albergo a St. Moritz, ma ci sarebbe voluto almeno un giorno per organizzare la cosa. Poco più di ventiquattro ore dopo, Saffron varcò con passo deciso la porta della Thomas Cook seguita da Rory, pagò e si fece consegnare due biglietti di andata e ritorno per St. Moritz. Non era stato possibile trovare due stanze al Palace Hotel, ma le avevano prenotate alla Suvretta House. « Sono sicura che le troverete più che soddisfacenti, signorina », disse l'impiegata, con l'espressione di una scozzese rispettabile che intuisca che qualcosa merita la sua disapprovazione, pur non avendo ancora capito di cosa possa trattarsi.

Saffron inviò a Chessi un telegramma.

STO VENENDO DA TE BACI SAFFY.

* * *

Pranzò con Rory sul treno per Londra. Andarono a dormire e poi fecero colazione diretti a Parigi; presero un *croque monsieur* e una tazza di caffè nel bar della Gare de Lyon e infine scesero dal treno a St. Moritz, dove li aspettava un membro del personale dell'albergo.

Saffron consumò una cena sostanziosa, dopodiché andò a letto, dormì come un sasso fino alle otto e mezzo del mattino seguente e si fece portare la colazione in camera.

Era seduta sul letto a sorseggiare una grossa tazza di cioccolata calda e ammirare la splendida vista lungo la vallata, fino al lago ghiacciato, quando bussarono alla porta. « Chi è? »

« Sono io », rispose Rory. « Posso entrare? »

« Sì! » replicò lei, coprendosi un po' meglio il petto con la vestaglia per celare un vaghissimo accenno di scollatura.

« Santo cielo, non sei ancora in piedi? » esclamò Rory, quando la vide a letto. « Pensavo che avresti voluto correre subito dalla tua amica. »

« È troppo tardi. So com'è Chessi quando si trova vicino a una pista da sci. Sarà sicuramente andata a sciare al più tardi alle otto. Quindi la vedrò stasera, invece, e ho pensato che sarebbe davvero divertente se potessi raccontarle della discesa lungo la Cresta Run. »

« Non penserai davvero di andarci, vero? Speravo ti fossi levata quell'idea dalla testa. »

« Perché dovrei farlo? Ho fatto razzia nel tuo armadio e in quello di tuo padre per procurarmi degli abiti da uomo. Non ho altri motivi per indossarli. »

« Ma sul serio, Saffy, potresti farti male. »

« Come potrei farmi male sciando. Succede a un sacco di gente, ma non cercheresti mai di impedirmi di sciare. »

« Infatti, perché in quel caso nessuno darebbe a me la colpa di un incidente. L'unico modo in cui puoi scendere lungo la Cresta Run è con il mio aiuto, invece. »

« Oh, fossi in te non me ne preoccuperei. Non ti biasimerebbe nessuno per non essere riuscito a farmi ragionare. È impossibile. Ti basta chiedere al mio povero padre. »

« Benissimo, allora. La pelle è la tua, e non puoi dare la colpa a me se ti rompi l'osso del collo. Ti aspetto nella hall alle dieci, poi ti porterò a conoscere Herr Zuber. »

« Oh, quanto mistero. Chi è? »

« L'uomo senza il quale nessuno, maschio o femmina che sia, è autorizzato ad avvicinarsi alla Cresta Run. »

Saffron aveva mangiato, fatto la doccia e si era concessa il lusso di indossare biancheria intima particolarmente graziosa. Proprio perché devo sembrare un uomo fuori, voglio sentirmi femminile dentro, pensò. Raccolse i capelli in uno chignon e si calcò sulla fronte un berretto di lana di foggia maschile. Era alta come un uomo, quindi non era un problema, e un pesante maglione di lana sotto una giacca a vento con il cappuccio le fece apparire le spalle più massicce e celò il seno già non molto prosperoso. Il suo viso, però, era tutt'altro che mascolino; di solito era un bene, ma non quel giorno. Si avvolse una sciarpa intorno al collo e sulla bocca, e coprì i grandi occhi azzurri e le lunghe ciglia con un paio di occhiali da sole.

Aveva fatto del proprio meglio per sembrare un uomo. Si mise quindi al lavoro per comportarsi, muoversi e parlare come tale. Per anni la sua altezza l'aveva costretta a interpretare ruoli maschili nelle recite scolastiche – era stata un ottimo Romeo, anche se avrebbe preferito di gran lunga fare Giulietta –, e inaspettatamente quell'esperienza si rivelava utile. Si mise davanti allo specchio, infilò le mani nelle tasche dei pantaloni e si piegò in avanti. Gli uomini sono davvero fortunati a poterlo fare! pensò. Noi dobbiamo tenere sempre la schiena dritta e la testa alta e incrociare le gambe quando ci sediamo. Praticamente non ci rilassiamo mai. Il che mi ricorda che devo tenere le gambe larghe quando mi siedo!

Si esercitò a camminare senza ondeggiare i fianchi, ma tenendo le spalle in avanti. Il punto seguente all'ordine del giorno era la voce. Aveva deciso di parlare il meno possibile per limitare i rischi di tradirsi. Abbassò il più possibile la voce e tentò un paio di grugniti di assenso e dissenso, poi qualche brevissima frase: « Non vedo l'ora », « Giusto », « Certo » e « Capito ».

Conosco parecchi uomini che non dicono mai niente di più, rifletté, e si intimò di non ridacchiare né strillare per nessun motivo e nemmeno di definire carino o adorabile qualcosa. Era sicura che avrebbe gridato come un'ossessa mentre scendeva sulla pista da skeleton, ma una volta che fosse stata a sfrecciare sul ghiaccio a ottanta chilometri orari nessuno avrebbe potuto fare niente per fermarla finché non fosse arrivata in fondo.

Si diede un'ultima occhiata allo specchio, scrollò le spalle nel modo più virile possibile e andò a cercare Rory e il misterioso Herr Zuber.

Anche Gerhard era arrivato a St. Moritz il pomeriggio precedente. Era venuto in auto da Berlino, passando per lo Schloss Meerbach, che distava più di duecento chilometri da lì. Un tempo aveva finto di volere dei soldi per comprare una Mercedes, ma un paio di anni prima ne aveva acquistato un modello recente, una magnifica due posti 540K cabriolet rosso acceso, con pneumatici dalla fascia laterale bianca e sedili in pelle beige, quasi color miele, e non si era mai pentito della decisione: il brivido di guidarla alla velocità illimitata consentita sulle nuove *Autobahn* eguagliava quasi la sensazione di pilotare un 109. Non andò al Palace: aveva l'impressione che fosse meglio non vedere Chessi prima di farle la proposta di matrimonio. Sembrava più romantico, in un certo senso. Quando si era fermato a casa per una notte, per spezzare il viaggio, aveva avvisato la madre che stava per chiedere la mano di Francesca von Schöndorf.

Come previsto, Athala aveva accolto la notizia con gioia. « Oh, sono così felice per voi! » aveva esclamato, abbracciandolo. « Sin dalla prima volta che vi ho visti insieme ho pensato che foste una coppia perfetta. Francesca è davvero bellissima e molto affascinante. Diventerà una moglie magnifica e tu, figlio mio, sarai davvero un buon marito per lei. »

« Naturalmente, mamma, altrimenti perché la sposerei? »

Gerhard aveva detto sul serio: voleva davvero essere un buon marito. Suo padre e suo fratello potevano anche considerare i propri voti matrimoniali un dettaglio insignificante, che non gli impediva di avere relazioni con altre donne, ma lui sarebbe stato diverso. Avrebbe trattato la moglie con il rispetto che meritava, cosa che non sarebbe certo stata difficile. Chessi era incantevole e dolce come gli aveva preannunciato la madre e loro due formavano davvero una bella coppia, lo dicevano tutti.

Se soltanto fosse riuscito ad amarla. Oh, le voleva bene e non aveva mai avuto il minimo problema a sentirsene attratto fisicamente, pur rimpiangendo che fosse una devota cattolica e insistesse per mantenersi illibata fino alla prima notte di nozze. Era sicuro che, se avessero fatto l'amore, non sarebbe stato più così assillato da... non esattamente dal dubbio, piuttosto dalla sensazione di non provare la travolgente passione che aveva sempre immaginato accompagnasse il vero amore.

Certo, era da parecchio che era assorbito dal lavoro e passava gran parte del tempo libero con la Luftwaffe, quindi non aveva occasioni materiali per pensare all'amore. E la cara Chessi era talmente colma di entusiasmo e aspettativa, così rapita dall'idea stessa di diventare sua moglie, che bastava per tutti e due. Eppure, in un angolino del cervello, una vocina fioca ma insistente gli chiedeva se lui provava sentimenti altrettanto profondi, se era davvero sicuro che fosse una buona idea.

Be', ormai era troppo tardi. Stava per chiedere la mano di Chessi, e quale uomo non avrebbe invidiato la prospettiva di svegliarsi accanto a lei per il resto della vita? Si era premurato di non presentarla a Konrad, non certo perché temesse che potesse portargliela via – avrebbe anche potuto provarci, ma lei non avrebbe ceduto –, ma perché la presenza del fratello avrebbe evocato una sorta di livore, di veleno, rendendo l'occasione meno gioiosa. Konrad avrebbe conosciuto Chessi al ricevimento di nozze, non prima.

Quindi quella sera le avrebbe fatto la proposta di matrimonio e sarebbe andato tutto bene. Sì, avrebbe fatto tutta la differenza. Nel frattempo intendeva trascorrere la giornata rinverdendo il rapporto con un'altra vecchia fiamma, che aveva conquistato tre anni prima ma voleva dominare di nuovo. Buon Dio, quella strega crudele sì che sapeva maltrattare un uomo ma, dannazione a lei, ne valeva davvero la pena!

Herr Zuber era un uomo dall'aria bonaria e dai capelli brizzolati, la cui famiglia viveva a St. Moritz da tempo immemore. Gestiva un negozio in centro che non forniva soltanto la normale attrezzatura sciistica, ma anche il particolare equipaggiamento richiesto da chi affrontava la Cresta Run. Partendo dall'alto, la tenuta completa includeva un casco dotato di paraorecchie e allacciato sotto il mento con un cinturino, protezioni per i gomiti, manopole che sembravano una via di mezzo fra moffole invernali e i guanti di un cavaliere medievale – erano dotate di una placca metallica sul dorso e di coprinocche per riparare le mani dal ghiaccio duro e ruvido –, ginocchiere imbottite e infine scarponi la cui punta metallica terminava in due spunzoni dai bordi frastagliati.

«A volte sarebbero molto utili sulla pista da ballo, vero?» scherzò Rory.

Saffron reagì annuendo e grugnendo. Pensava di essere stata abbastanza brava nell'impersonare un uomo ma mentre usciva sentì Herr Zuber dirle: «Posso augurarle buona fortuna, Fräulein? Ho sempre ammirato le donne davvero coraggiose».

Lei si bloccò di colpo sulla soglia. Stava per negare con veemenza, ma poi giudicò più saggio scoprire subito dove aveva sbagliato, per evitare di essere smascherata in seguito. «Come l'avete capito?»

«Da tante cose. Avete dovuto togliere gli... non conosco la parola.» Indicò gli occhi di Saffron. «*Sonnenbrille.*»

«Gli occhiali da sole.»

«*Ach so.* E i vostri occhi... ah, nessun uomo potrebbe averne di così splendidi.»

«Grazie. Mi assicurerò di tenere sempre gli occhiali.»

«Anche le vostre mani. Dovreste tenere sempre i guanti perché avete... ah, dita sottili, *sehr hübsch.*»

«Cosa significa?» volle sapere Rory.

«Herr Zuber è stato così gentile da definire graziose le mie dita. *Vielen dank.*»

«*Bitte*, Fräulein. Non ho potuto fare a meno di notare che avete usato del profumo. Non ne conosco il nome, ma nessun uomo avrebbe mai questo odore. A meno che sia... come posso dire... non un vero uomo.»

«Cielo, il mio Shalimar! Devo essermelo messo stamattina dopo la doccia, senza riflettere.»

«Ho una piccola toilette qui sul retro e là c'è una bacinella. Se vi lavate il viso il profumo svanirà. Poi tenete gli occhiali e i guanti, e forse riuscirete a lanciarvi giù per la pista. Potrete raccontarmi tutto quando mi riportate l'attrezzatura. Fino ad allora *viel Glück*, buona fortuna!»

Saffron si lavò il collo e dietro le orecchie, poi si infilò occhiali scuri e guanti per calarsi nuovamente nella parte. Mentre lei e Rory uscivano dal negozio notò un uomo di alta statura che arrivava dalla direzione opposta, ma poi la porta si chiuse dietro di lei.

Rory annusò l'aria e disse: « Non sento alcun odore. Magnifico. Dalli! »

Risalirono insieme il sentiero che costeggiava la Cresta Run. Rory era convinto di avere ancora una carta da giocare per tentare di impedire alla cugina di rompersi l'osso del collo. « Non saliremo fino in cima. A metà altezza del canalone c'è una speciale partenza per i principianti, che tutti usano per le prime discese. In realtà è una regola, ora che ci penso. »

« Lo è anche vietare l'accesso alle donne e non intendo obbedire nemmeno a questa », ribatté lei. « Ora faresti meglio a dirmi cosa posso aspettarmi mentre scendo. »

« D'accordo », replicò lui con un sospiro. « La pista è lunga circa milleduecento metri e ha un dislivello superiore ai centocinquanta. Ha una pendenza media del 12,5 per cento, vale a dire che è molto ripida, posso assicurartelo, e i tratti più scoscesi sono di gran lunga peggio. Ascolta, Saffy, non credo sia una buona idea... »

« Basta! Ho deciso. La cosa migliore che tu possa fare adesso è aiutarmi. Dimmi cosa devo fare per riuscire ad arrivare in fondo tutta intera. »

« Punta i piedi. In questo dovresti essere brava. Conficca la punta degli scarponi nel ghiaccio e cerca di andare piano, all'inizio, finché non capisci come funziona. Non sentirti imbarazzata e non preoccuparti di sembrare stupida: lo sembreresti molto di più scivolando troppo in fretta e poi schiantandoti, piuttosto che arrivando in fondo tutta intera e a velocità costante. »

« Diresti la stessa cosa a un uomo? »

« Sì, e gli direi anche che la Cresta è piena di trabocchetti e sorprese. Alcune curve sembrano fatte apposta per sparare fuori dalla pista i discesisti dopo un gran bel volo, a meno che non mantengano un totale controllo sullo slittino. Il che mi porta alla questione della Shuttlecock... »

« Che cos'è? »

« La curva più letale del percorso, cugina Saffron, sempre ammesso che tu riesca ad arrivarci, il che probabilmente non succederà se sei tanto folle da partire dalla cima... »

Saffron gli scoccò un'occhiataccia di cui persino una gorgone sarebbe andata fiera.

« Benissimo, allora. Parti dalla cima, superi Stable Junction e il Church Leap, così chiamato per la pittoresca chiesetta accanto alla sommità della pista. Dopo alcune curve oltrepassi la partenza per i principianti e raggiungi il rettilineo detto Junction Straight, sul quale, se non stai molto attenta, potresti ritrovarti a prendere più velocità di quella che saresti in grado di gestire... come qualsiasi altro neofita, uomini inclusi! Sfrecci lungo la curva a destra detta Rise, piombi giù sul lato opposto, passi sotto il Nani's Bridge e dopo la svolta detta Battledore arrivi alla Shuttlecock, che è il perfetto esempio del tipo di curva a cui mi riferivo. »

« Quella che ti spara fuori? »

« Esatto. Si trova lì proprio per questo scopo: sbarazzarsi di coloro che vanno troppo forte. È una specie di valvola di sicurezza, per evitare che incorrano in problemi ancora più grossi continuando a scendere. C'è persino uno Shuttlecock Club per chi esce di pista in quel punto, con una speciale cravatta per i soci e via dicendo. »

« Magari posso farmi fare un reggicalze del club. »

« Io non direi una cosa del genere mentre chiunque altro può sentirti. »

« A proposito, cosa succede se esci dal lato sbagliato della pista e precipiti giù dalla montagna? »

Lui scosse il capo. « Non c'è niente da fare, temo. Giù accanto al lago c'è un piccolo cimitero riservato a chi è morto sulla Cresta Run. Gran brutto modo di andarsene, vero? »

« Sì... sì, bruttissimo », borbottò Saffron, e Rory vide che era genuinamente scossa.

« Non preoccuparti, stavo scherzando, non c'è nessun cimitero! Quando la pista si trova vicino a un crepaccio è bordata da reti di protezione, quindi chiunque cada finisce contro le reti. Guarda », aggiunse indicando un punto più su sulla collina. « Ce n'è una là in alto, su quella curva, la vedi? »

« Sei davvero un idiota! » esclamò Saffron. « Sono tentata di darti un pugno con i miei guanti metallici, così imparerai a non essere così crudele! »

Continuarono a camminare. Di tanto in tanto lei intravedeva figure prone che le sfrecciavano accanto formando chiazze scure dai contorni indistinti, i pattini metallici degli slittini che sibilavano furiosi sul ghiaccio.

« Quella è la partenza per principianti », spiegò Rory mentre passavano accanto a un capannello di neofiti fermi a bordo pista ad ascoltare le istruzioni di un veterano.

« Ciao ciao, neofiti! » disse Saffron, continuando a risalire la collina.

La partenza della Cresta Run era tutt'altro che imponente a vedersi. Una piccola baracca di legno ospitava gli slittini e dava riparo al cronometrista che registrava tutti i tempi, mentre una stufetta di ferro teneva al caldo lui e i discesisti nelle giornate davvero gelide. Quel giorno però c'era una perfetta temperatura alpina, con limpido cielo azzurro, un sole abbagliante e un alto strato di neve sul terreno. Alcuni sportivi – tutti con casco, guanti, imbottiture e scarponi appositi – erano seduti su una panca di fronte alla sommità della pista, chiusa da un'asse di legno incardinata a un palo. Un uomo con il maglione del St. Moritz Tobogganing Club era lì accanto e fungeva da starter.

Nessuno poteva lanciarsi giù per la pista ghiacciata prima che il discesista precedente ne fosse uscito, o perché era arrivato in fondo o perché era da qualche parte sulla neve, fuori dalla pista. A quel punto inviavano un segnale alla baracca, lo starter alzava l'asse e il discesista seguente poteva partire.

Uno degli uomini seduti sulla panca osservava Rory e Saffron con particolare interesse. Saffron si accorse di arrossire, temendo che lo sconosciuto la fissasse e notasse qualcosa di incongruo.

Ma poi lui fece un gran sorriso e, con un marcato accento americano, disse: « Ci sono! Sei Ballantyne, giusto? Eri qui nel 1937 ».

« Esatto. E tu devi essere... »

« Holland Moritz. »

« Certo, Moritz... Non amavi dire alle signore che il vecchio St. Moritz era un tuo antenato? »

« Potrei aver utilizzato un paio di volte quella frase, per rompere il ghiaccio », ammise lui, e Saffron dovette sforzarsi di non fissargli i perfetti denti bianchi, la pelle abbronzata e lo scintillio negli occhi castano scuro.

« Allora, chi è il tuo amico? » chiese Moritz.

« Oh, è S... » Rory si interruppe per un istante prima di aggiungere: « Stephen Courteney, mio cugino. »

« Piacere di conoscerti, Steve », disse Moritz, stringendole energicamente la mano.

« Piacere mio », replicò lei, sforzandosi di non fare una smorfia mentre le sembrava di sentirsi stritolare le ossa.

Subito dietro Moritz vide un uomo che sollevava lo slittino

e si avvicinava alla partenza. Quando l'asse di legno venne alzata, lui fece due o tre passi di corsa e si tuffò in avanti, tenendo lo skeleton di fronte a sé per poi gettarvisi sopra bocconi, la testa che distava solo una decina di centimetri dal ghiaccio mentre sfrecciava giù per il canalone e oltre la prima curva.

« Allora, sei veloce come tuo cugino, sulla pista? » le chiese Moritz.

« In realtà Stephen è un principiante. È il suo primo giorno. »

« Davvero? E partirai dalla cima? »

Saffron annuì.

Moritz fischiò di ammirazione. « Bene, hai le palle, questo è indubbio. »

« Oh, sì, Stephen ha davvero le palle », confermò Rory.

Lei annuì e grugnì di nuovo.

« Non ti va di parlare, lo capisco. Non ti biasimo, visto che è la tua prima volta sulla pista e via dicendo. Ti basta lanciarti e sarà tutto fantastico. Proverai un'eccitazione folle e non vedrai l'ora di tornare quassù per farlo di nuovo. Oh-oh, tocca a me... »

Pochi secondi dopo, Moritz correva verso la partenza, molto più velocemente del discesista che lo aveva preceduto, tuffandosi verso il ghiaccio e schizzando giù per la montagna come un proiettile umano.

« Non lasciarti trarre in inganno dal suo fascino tipicamente americano », le consigliò Rory. « Holland Moritz è il discesista più coriaceo che abbia mai affrontato la Cresta Run e vince tutte le gare a cui partecipa. Un ragazzo simpatico e un atleta formidabile. »

« La prossima sono io », annunciò lei.

« Sii sincera, sei davvero sicura di volerlo fare? »

Saffron guardò la pista. A un tratto non sembrava affatto una discesa con un dislivello del 12,5 per cento, bensì un canalone di ghiaccio verticale che l'avrebbe tenuta fra le sue gelide grinfie per milleduecento metri, percuotendola e pestandola, colmandola di terrore durante ogni singolo istante finché non fosse arrivata in fondo, un groviglio di gambe e braccia, sempre che riuscisse a sopravvivere.

Aveva una paura del diavolo.

« Sì, sono sicura », rispose.

« Benissimo, allora, non tentare nemmeno di imitare Mr Moritz e il suo salto in volo dalla linea di partenza. Raggiungila con passo costante, posa lo slittino, stenditici sopra e solo all'ultimo secondo datti una spinta delicata con un piede. Fintantoché sei in movimento non importa quanto parti piano: ci penserà la discesa. »

« Mr Courteney, la pista è tutta vostra. »

Saffron prese uno degli slittini e fu sbalordita nel sentirlo così leggero e inconsistente fra le mani. Era poco più grande di un vassoio da tè, con la sommità imbottita e un paio di pattini d'acciaio fissati alla sezione inferiore. Quel fragile strumento era tutto ciò che aveva per scendere la Cresta Run.

« Mr Courteney? »

« Arrivo », bofonchiò lei. Fece due passi, oltrepassò l'asse sollevata e si chinò in avanti con le braccia allungate di fronte a sé, tenendo lo skeleton a una trentina di centimetri di distanza dal ghiaccio.

Trasse un ultimo respiro profondo e si tuffò in avanti. Sentì lo slittino colpire il terreno, vi si lanciò sopra e sentì il ghiaccio sotto i pattini. Un attimo dopo era partita.

Fu la velocità a stupirla, sovrastarla, privarla di ogni controllo sul proprio destino e colmarla di un misto di puro terrore e sfrenata eccitazione, diverso da qualsiasi cosa avesse mai sperimentato. Aveva cavalcato stalloni al galoppo, incitandoli al massimo delle loro possibilità e lanciandoli contro ostacoli che sembravano impossibili da superare. Aveva guidato autocarri a gran velocità nelle savane africane, incurante delle buche o dei termitai; corso in auto lungo le strette stradine del Devon dove ogni curva era cieca e la paura di una collisione costante. Durante le vacanze con i von Schöndorf aveva insistito per scendere lungo le più ripide piste sciistiche che le Alpi bavaresi offrissero, benché non fosse una brava sciatrice.

Ma non aveva mai sperimentato una velocità simile.

Dipendeva dalla prossimità al ghiaccio e dal rumore assordante dello slittino che sferragliava lungo il canalone. Il suono rimbalzava ed echeggiava contro le pareti di ghiaccio sui due lati, tanto che sembrava penetrarle nella testa. Saffron veniva scaraventata da una parte all'altra, come se fosse rinchiusa dentro un gigantesco shaker. Lo skeleton sfrecciava su per i rilievi, si staccava da terra e ripiombava giù di schianto, lasciandola senza fiato. Riusciva a respirare solo a fatica e sentiva salire il panico mentre saettava giù per la collina. Si rese conto che forse c'era un valido motivo per cui quella pista era preclusa alle donne: lo slittino picchiava contro il suo seno in modo molto doloroso.

A dispetto delle istruzioni di Rory, si era detta che non avrebbe tentato di rallentare, ma mentre percorreva alla massima velocità un lungo rettilineo – era il Junction Straight? Non sapeva dove diavolo si trovava! – cercò di conficcare le punte metalliche degli scarponi nella superficie ghiacciata, per ridurre quella terribile e soverchiante velocità.

Ma la manovra non parve funzionare e lei accelerò sempre più. Sentì lo skeleton scagliato verso destra, poi sfrecciò sotto un basso ponte e lungo un'altra curva. Lo slittino salì sempre più in alto sulla parete laterale, più di quanto avesse mai fatto, tanto da darle la certezza che sarebbe finita oltre il bordo. Si sporse il più possibile nella direzione opposta, verso valle, ma senza risultato.

Lo slittino continuava a salire e lei riuscì a vedere al di sopra della parete del canalone. Si preparò psicologicamente all'inevitabile schianto, ma una mano invisibile parve ghermirla e gettarla di nuovo verso il fondo della pista. Ce l'ho fatta! si disse, e per una frazione di secondo si rilassò.

Dopo un attimo lo slittino sfrecciò su per un altro terrapieno, ancora più veloce di prima, e il bordo della parete si avvicinò, il bianco della pista chiaramente delineato contro la sconfinata distesa azzurra del cielo. Quella volta non vi fu nessuna mano invisibile a riportarla di nuovo al centro del canalone. Lo skeleton volò da una parte e il suo corpo da un'altra, e le parve di rimanere sospesa nell'aria come se volasse.

Poi la Terra esercitò la sua forza di attrazione, Saffron cadde e atterrò, con un'enorme esplosione candida, in un cumulo di soffice neve fresca.

Gerhard stava risalendo il sentiero verso la linea di partenza della Cresta Run, quando sentì un grido d'allarme giungere dalla pista alla sua sinistra. Si girò giusto in tempo per vedere uno slittino che schizzava in aria in una direzione mentre il suo proprietario precipitava in un'altra, finendo in una montagnola di neve a qualche metro da lui e restando steso lì, intontito dall'impatto e dallo shock.

Gerhard lo raggiunse di corsa e allungò una mano. Aveva studiato inglese a scuola e imparato qualche frase durante le sue due visite a St. Moritz. L'unico motivo per cui ci veniva era il desiderio di tentare la sorte sulla Cresta Run – c'erano montagne molto più vicine a casa, se avesse voluto limitarsi allo sci – ed era impossibile passare del tempo lì senza conversare con inglesi di ceto elevato. Quindi, senza riflettere a fondo, parlò in quella lingua. « Forza, lasciate che vi aiuti ad alzarvi. »

Il discesista gli afferrò la mano e lui lo tirò in piedi. Aveva una corporatura snella e le mani sorprendentemente piccole. Gerhard rimase impietrito, incapace di parlare, riuscendo a stento a respirare, guardando gli occhi più magnifici che avesse mai visto, a mandorla e di un azzurro intenso e terso come il cielo soprastante, bordati di lunghe e folte ciglia nere. Si sentiva come se lo avesse colpito un fulmine e si rese conto all'improvviso che era la famosa sensazione, l'immediata e intima connessione fra due anime.

E lui l'aveva sperimentata con un uomo.

Aveva il battito cardiaco accelerato mentre restava a guardare quegli occhi, che non si erano mai staccati dai suoi e sembravano persi nello stesso magnetismo. Ma poi il cuore prese a battergli ancora più forte per il panico. No, impossibile! Non sono un omosessuale! Ho avuto così tante donne. Non posso esserlo... vero?

Alla fine l'altro parve riscuotersi. Si portò una mano al viso e poi, con una voce che suonava allarmata quasi quanto Gerhard si sentiva, disse: « Occhiali scuri... caduti... Li avete visti? »

Lui si guardò intorno e li individuò sulla neve, a solo un paio di passi di distanza. Li raccolse e li porse al proprietario, che lo ringraziò con voce flautata e sommessa, e un sorriso timido. Timido e così incantevole che Gerhard avrebbe potuto giurare che... No, com'è possibile? Solo gli uomini possono scendere lungo la Cresta Run. È la regola. E gli inglesi sono come noi tedeschi, obbediscono alle regole.

« Bene, ah, meglio che cerchi mio cugino, sarà preoccupato. Per la mia caduta, sapete », disse il misterioso discesista, e si voltò per tornare su per la collina.

« Vi accompagno », replicò lui, cogliendo l'occasione d'oro

per svelare quel mistero. «Sarebbe più saggio avere accanto qualcuno, dopo un simile shock.»

«Ripensandoci, preferisco aspettarlo in fondo alla pista.»

«Benissimo. A proposito, come vi chiamate?»

«Courteney», rispose il discesista, voltandosi dall'altra parte mentre si incamminava.

Gerhard lo guardò allontanarsi. Proprio mentre stava per voltarsi e andare per la sua strada, Il misterioso Mr Courteney ancheggiò appena, un inconfondibile atteggiamento femminile. Gerhard scoppiò a ridere. Grazie a Dio! pensò, tornando sul sentiero.

Dopo un paio di minuti incontrò un inglese dallo sguardo spiritato che arrivava dalla direzione opposta e sembrava molto spaventato. «Avete visto mio cugino?» gli chiese. «Un tizio di nome Courteney. Credo sia caduto, ma non so dove.»

«*Ach so*... Sì, l'ho visto. È caduto nella Shuttlecock, ma vi prego, non preoccupatevi. Courteney è vivo e vegeto e vi sta aspettando in fondo alla pista.»

Saffron non riuscì a evitarlo. Sapeva che era folle tradirsi in quel modo, ma doveva assolutamente fargli capire che era una donna. Aveva avuto, proprio come lui, l'improvvisa e soverchiante certezza di aver appena incontrato il grande amore della sua vita, quello che stava aspettando, e ne era stata sconvolta persino più che dalla caduta. Aveva sentito parlare dell'amore a prima vista, naturalmente, in canzoni e film e insulsi romanzetti rosa, ma non aveva mai creduto che esistesse nella vita reale. Invece aveva appena scoperto il contrario, e purtroppo le era successo proprio mentre si spacciava per un uomo. Aveva notato il panico negli occhi dello sconosciuto mentre rifletteva sul significato della cosa, e anche se non l'avrebbe mai più rivisto doveva fargli capire che era tutto a posto. Ma come avrebbero mai potuto incontrarsi di nuovo?

Era assorta nelle sue riflessioni, rimuginando su quale fosse il modo migliore per rintracciare un uomo alto e bello – no, lui era ben più che bello, era *splendido* – fra la ressa di turisti che gremivano St. Moritz all'apice dell'alta stagione, quando Rory la raggiunse di corsa.

« Eccoti qui! Ero così preoccupato. Andavi così veloce che ho immaginato che avresti preso una gran botta. Grazie al cielo sei ancora tutta intera. »

« Sto benissimo », gli assicurò lei. « Sono finita in un enorme cumulo di neve e sono stata salvata da un affascinante gentiluomo tedesco. »

« Credo di averlo incontrato venendo qui. Mi è parso piuttosto compiaciuto. Deve aver capito che non sei un uomo. »

« Santo cielo », replicò Saffron, sforzandosi di suonare preoccupata anche se il suo cuore stava facendo salti di gioia. « Credi che lo riferirà ad altri? »

« Probabilmente sì. Non ci si può fidare di un tedesco, a mio parere. »

« Oh, non essere ridicolo, Rory. Ne conosci forse qualcuno? »

« Be', no, non personalmente... »

« Io sì, e sono persone squisite. Stasera ti presenterò alla mia cara amica Chessi von Schöndorf e ti assicuro che la troverai incantevole. Non si sa mai, potrebbe persino avere una graziosa amica tedesca che ti farà cambiare idea sulla sua nazione. »

« Non voglio una graziosa ragazza tedesca, voglio... »

« Ssst... » Saffron si accostò un dito alle labbra. « Non voglio sentire discorsi di questo genere. Vado al Palace a lasciare un messaggio a Chessi. Le chiederò dove ci incontreremo stasera, poi pranzeremo, e, non so tu, ma io ho intenzione di trascorrere il pomeriggio a compensare l'orrore di dovermi fingere un uomo assecondando tutti i miei più frivoli impulsi femminili. Farò un bel bagno turco bollente e pieno di vapore, seguito da un massaggio, poi mi concederò messa in piega e manicure. Potrei persino andarmi a comprare un vestito nuovo.»

«Perché prendersi tanto disturbo solo per fare visita a un'altra ragazza?»

«Innanzitutto non è un disturbo, ma un vero spasso, e in secondo luogo un'altra ragazza capirà meglio di quanto farebbe qualsiasi uomo come mai mi sono data tanto da fare. E in terzo luogo...» Lei si trattenne giusto in tempo. Il terzo motivo era che era convinta che avrebbe rivisto lo sconosciuto e voleva apparire nella sua forma migliore perché... «Oh», aggiunse.

Rory la stava guardando nella maniera tipica di un uomo sconcertato da qualsiasi cosa stia passando per la testa della donna accanto a lui. «'Oh' *cosa*?»

«Come, scusa?» replicò lei, palesemente distratta e senza badare davvero al cugino.

«Be', stavi per dirmi il terzo motivo per cui questa complessa procedura non sarebbe affatto un disturbo, quando ti sei bloccata di colpo e hai detto 'oh', e io mi sono chiesto semplicemente a cosa ti riferissi.»

«Oh... nulla. Fa' finta che non abbia detto niente. Hai ragione, sono una stupida e sono sicura che qualsiasi cosa tu scelga di fare oggi pomeriggio sarà molto più sensata.»

Suonava seccata e Rory non riusciva assolutamente a capire cosa avesse fatto per meritarselo.

Ma naturalmente non aveva fatto nulla, e in realtà il cugino era l'ultimissima cosa a cui Saffron stesse pensando, impegnata com'era a venire a patti con la catena di riflessioni che aveva collegato tutta una serie di idee, ricordi e percezioni frammentarie che le fluttuavano nel subconscio, portandola a un'orrenda conclusione.

Perché era stata assalita di colpo dalla terribile sensazione di sapere chi fosse quel bellissimo tedesco, l'uomo che era destinata a fare suo: era l'uomo che Chessi si aspettava di sposare entro breve. E se lui non aveva ancora chiesto la sua mano lo avrebbe fatto presto, probabilmente quella sera stessa. Si presume che io sia la sua migliore amica, pensò, come posso frappormi tra lei e l'uomo che ama?

Rifletté un altro po'. Calma, ragazza! Non sei sicura che sia davvero il suo fidanzato. E non ti sei intromessa fra loro due. Sei caduta letteralmente ai suoi piedi ed è stato un incidente e quello che è successo – qualsiasi cosa fosse – è stato del tutto involontario. Non avevi previsto di guardarlo negli occhi e innamorarti follemente di lui. È successo e basta.

Cercò di considerare la questione alla luce dell'unico trimestre di filosofia che aveva frequentato. Non aveva alcuna responsabilità morale per quello che sarebbe potuto accadere.

Ah, ma cosa mi dici di cosa potrebbe succedere in futuro? chiese l'angelo sulla sua spalla.

Saffron rifletté sulla domanda ed elaborò una risposta. La decisione non spetta a me ma a quest'uomo, chiunque egli sia. Se preferisce me non dovrebbe stare comunque con Chessi, e lei non sarebbe mai stata felice con lui. Se invece sceglie lei sarò molto seccata, ma avrò la coscienza a posto, saprò che la mia amica è perfetta per lui e che l'ho aiutato a dimostrarlo.

Il che la condusse al verdetto finale: era un adulto, poteva decidere da solo chi voleva di loro due.

Intendeva comunque fornirgli tutti i motivi per volere lei perché, in fondo, ancora non sapeva se era davvero il fidanzato di Chessi... vero?

Chessi e gli altri erano saliti al primo piano del Chesa Veglia, dove quattro tavolini con la tovaglia a scacchi rossi, bianchi e blu erano stati accostati per ospitare il loro gruppo. Gerhard aveva deciso di trattenersi un altro po' al pianterreno per bere un altro drink.

« Ti serve un pizzico di coraggio in più, vecchio mio? » gli aveva domandato uno degli altri. « Chissà da cosa dipende questa sensazione. »

Tutti avevano riso e Chessi era arrossita di felicità, perché tutti sapevano che quella sera Gerhard von Meerbach le avrebbe chiesto di sposarlo. Lei avrebbe accettato, ovvio: anche se non fosse stata perdutamente innamorata, ed era chiaro che lo era, quale ragazza sana di mente avrebbe mai rifiutato un giovane bello, affascinante, ricco e pieno di qualità come lui?

Così Gerhard rimase al piano di sotto, bevve una birra, fumò una sigaretta e si guardò intorno, osservando gli altri ricchi e le loro bellissime donne viziate, che si godevano la serata nel ristorante che la famiglia Badrutt aveva ricavato da una fattoria. Il locale aveva aperto solo tre anni prima, ma la ristrutturazione era stata condotta con maestria per dare la sensazione che si mangiasse e si bevesse lì da decenni, persino da secoli. Non si era fatto alcun tentativo di mascherare la struttura di base dell'edificio. Gerhard esaminava l'ambiente con gli occhi di un architetto professionista, e pensava che persino i suoi ex insegnanti modernisti della Bauhaus avrebbero approvato. Le massicce travi di legno che reggevano il soffitto di pino, scurite dal tempo (o macchiate per sembrare tali), erano state lasciate dov'erano, senza nasconderle né decorarle. Il soffitto era poi la sezione inferiore dell'assito che pavimentava la stanza soprastante. Le pareti di pietra erano imbiancate a calce, oppure rivestite di pannelli di legno su cui erano stati dipinti vasi di fiori in uno stile molto semplice, quasi infantile. Il tutto creava un effetto di accogliente e rustica semplicità, per gente di città che conduceva un'esistenza sofisticata. È una versione moderna della fattoria di Maria Antonietta nei giardini di Versailles, pensò Gerhard.

Ormai il suo bicchiere era vuoto, quindi non aveva alcun motivo per restare al pianterreno. C'era un limite al tempo che poteva trascorrere guardandosi intorno, tentando di rimandare una proposta che ormai era sicuro non potesse condurre a un matrimonio felice. Si tratteneva nella speranza di veder entrare la donna vestita da uomo, con quegli occhi azzurri che sarebbe stato felice di guardare in eterno, e quell'impudente, lieve ancheggiare che gli aveva acceso dentro un fuoco di pura lussuria che non si sarebbe mai spento.

Era assurdo. Perché mai avrebbe dovuto essere lì? A St. Moritz c'erano moltissimi altri posti in cui mangiare, e se la donna faceva parte del gruppo della Cresta Run si trovava sicuramente con i compagni nella loro Clubhouse ufficiosa, il bar dell'hotel Kulm. Gerhard immaginava che ormai si fosse sparsa la voce della sua piccola trasgressione, che tutti gli inglesi l'avessero già perdonata per aver infranto le regole e si stessero contendendo la sua attenzione. Ma lei non avrebbe mai guardato nessuno di loro come aveva guardato lui, ne era sicuro.

Ach, non essere così patetico e sentimentale! È stato solo un attimo fugace, non aveva nulla a che fare con la realtà. Quindi cresci, smettila di credere nei sogni a occhi aperti e vai al piano di sopra, a chiedere la mano della bellissima ragazza che diventerà la tua splendida moglie.

Pagò il barista. Recuperò il suo pacchetto di sigarette dal bancone e scese dallo sgabello. Si voltò e si accinse a raggiungere le scale.

E a quel punto, come se si fosse appena materializzata, più simile a un fantasma che a una donna in carne e ossa, eccola lì, con l'aspetto della protagonista di un romanzo russo, in pelliccia e colbacco neri. La sua pelle era chiarissima. Il rossetto scarlatto e gli occhi azzurri erano chiazze di colore sullo sfondo bianco e nero. Il cugino parlava con il direttore del ristorante, che stava indicando il piano di sopra, mentre lei faceva saettare lo sguardo da una parte all'altra scrutando il locale.

Gerhard capì subito che cercava lui. Non devo chiamarla né salutarla, significherebbe tradirsi. Devo catturare il suo sguardo. Dev'essere il caso a decidere, o il destino.

Si limitò quindi a guardare verso di lei, tentando di non essere troppo palese, e vide che lei percepì il suo sguardo, come un animale che individui l'odore di un predatore nel vento. Non tentò di fuggire come un animale braccato, bensì girò la testa e ricambiò la sua occhiata. E in quell'attimo Gerhard capì che il suo destino era segnato.

« Se ho capito bene cosa ha detto, la tua amica e il suo gruppo sono al piano di sopra. Le scale sono là in fondo, quindi dovremmo riuscire a trovarli in un batter d'occhio », annunciò Rory, debitamente compiaciuto per il successo dei suoi sforzi.

Saffron parve non averlo sentito, cosa non certo sorprendente, dato il frastuono del ristorante gremito.

Lui decise di riprovare, ma in maniera più stentorea, lenta e chiara, come se si stesse rivolgendo a un interlocutore duro d'orecchi, stupido o straniero, o tutt'e tre le cose insieme. « Ripeto, mia cara Saffron... i... tuoi... amici... sono... di sopra. »

« Cosa? Oh, sì, Chessi... Potresti essere così gentile da salire da solo? »

« Perché dovrei farlo? Non conosco nessuno. È amica tua. »

« Oh, è molto facile da individuare. Bionda, molto carina e con un seno fantastico. A quanto pare è la prima cosa che gli uomini notano di lei. »

« E tu? Non sei ansiosa di incontrarla? Insomma, hai fatto tutta questa strada proprio perché volevi vedere la tua più cara amica, e adesso non sembri affatto interessata a lei. Scusa, Saffy, ma cosa diavolo sta succedendo? »

Saffron gli rivolse il suo sorriso più ammaliante e accattivante. « Non sta succedendo niente, mio caro. Grazie alla più incredibile delle coincidenze, ho appena visto il misterioso cavaliere senza macchia e senza paura che mi ha salvata dopo la caduta di stamattina. E sarebbe davvero maleducato non andare a ringraziarlo. Sono sicura che non hai nessuna voglia di restare a girarti i pollici mentre lo faccio, quindi perché non vai su a presentarti? Puoi dire a Chessi che vi raggiungerò fra un attimo, non appena avrò ringraziato. »

« Posso benissimo aspettarti quaggiù. »

« Non farlo, ti prego, da bravo. »

Rory colse il messaggio, forte e chiaro: per qualche motivo la cugina non voleva nessuno fra i piedi mentre andava a salutare quell'uomo. « Oh, d'accordo. Capisco quando non sono desiderato. »

« Grazie, mio caro Rory. » Gli diede un bacetto sulla guancia e attraversò la stanza come un segugio sulle tracce di una volpe.

Avrei dovuto raggiungere la Shuttlecock prima che scendesse, pensò amaramente Rory. Sapevo che sarebbe uscita di pista. In vita sua non ha mai fatto niente in modo lento e costante.

Sospirò, rassegnato, e andò a cercare la giovane von Schöndorf e i suoi amici. Non fu difficile trovarli: erano seduti intorno a una lunga fila di tavoli, e una ragazza bionda molto carina – con un seno magnifico – si trovava a capotavola, fra due sedie vuote palesemente destinate al suo futuro marito e alla sua migliore amica.

Lui si chiese di colpo se sarebbero mai state occupate. Oh, be', non c'era tempo di pensarci, in quel momento. Raggiunse la ragazza e disse: « Ciao, mi chiamo Rory Ballantyne e sono il cugino di Saffron Courteney. Mi ha chiesto di riferirti che salirà fra un attimo ».

Lei si accigliò. « Davvero? Cosa l'ha trattenuta? » chiese, in inglese.

«Oh, nulla di importante, doveva solo ringraziare un tizio, un tedesco... Una storia davvero buffa, a dire il vero. Vedi...» Rory raccontò del tentativo di Saffron di ribellarsi alle regole che bandivano le donne dalla Cresta Run e di scendere lungo la pista ghiacciata. Lo stava raccontando in maniera magistrale, con una miriade di battutine e osservazioni divertenti. Ma aveva l'orribile sensazione che più la sua storia proseguiva e meno fosse gradita all'uditorio, e alla fine, invece delle risate che una ragazza finita a testa in giù nella neve avrebbe dovuto suscitare, e a tutte le domande e le richieste perché ripetesse questo o quel momento di un racconto tanto avvincente, non vi fu altro che silenzio.

Chessi disse qualcosa in tedesco e fece per alzarsi, ma uno degli amici le parlò con il tono universale di un uomo che dica a una donna che si sta comportando da sciocca, ma che non ha importanza, perché risolverà lui il problema. Poi si alzò e andò verso le scale.

Rory lo guardò scendere al piano di sotto e dopo un paio di minuti lo vide risalire, da solo. L'uomo raggiunse l'estremità del tavolo a cui era seduta Chessi, lanciò un'occhiata torva a Rory – come per insinuare che in qualche modo fosse tutta colpa sua – poi si rannicchiò. Posò una mano consolatoria sulla spalla della ragazza e le parlò con pacatezza, senza sorridere. Lei lo ascoltò e lo ringraziò con educazione, anche se Rory vide che si stava sforzando di ricacciare indietro le lacrime. Si alzò e, ignorando i numerosi appelli che si levarono, si diresse risoluta verso le scale.

Rory cominciava ad avere la netta sensazione che la sua presenza non fosse gradita. Era chiaro che lo incolpavano dell'assenza di Saffron, come se fosse suo complice. Avrebbe accolto con gioia l'occasione di spiegare che era all'oscuro di tutto come chiunque altro, ma non era il momento né il luogo adatto per farlo. Si alzò, salutò tutti con un cenno educato e se ne andò.

In fondo alle scale incontrò Chessi, che arrivava dalla direzione opposta. « Non è qui », annunciò la ragazza dal viso di bambola, irradiando una rabbia a stento controllata. « Se n'è andata, e ha portato con sé l'uomo che diventerà mio marito. Dille da parte mia che ha un giorno di tempo per spiegare, scusarsi e lasciare St. Moritz, in modo che io e il mio fidanzato possiamo andare avanti con la nostra vita. E che, se non accetta queste condizioni, può considerare conclusa la nostra amicizia. »

« Cielo, sì, riferirò il messaggio. Certo. Ascolta », aggiunse Rory in tono disperato, sentendosi ferito quasi quanto lei dal comportamento di Saffron. « Non so se può esserti di qualche consolazione, ma questo genere di cosa ce l'ha nel sangue. Sua madre era identica. È scappata con un tedesco, von Qualcosa, non ricordo di preciso... Comunque l'ha seguito in Africa e lì ha conosciuto il padre di Saffron, il cugino di mia madre, che gli faceva da guida nei safari. »

La furia sul viso di Francesca von Schöndorf svanì come neve al sole, sostituita dal balenare di un sorriso. « Racconta. Spero di non sembrarti indiscreta, ma mi pare di intuire che Saffron abbia ferito anche te. »

Rory si accigliò. « Be', sì, è vero. Insomma, le sono molto affezionato e via dicendo ma sì, in realtà mi ha deluso. »

« Allora abbiamo qualcosa in comune. Ora devo tornare dagli altri e cercare di non sembrare troppo sconvolta quando le mie amiche mi diranno quanto sono dispiaciute, mentre so benissimo che in realtà saranno entusiaste. Erano gelose del fatto che avessi conquistato Gerhard von Meerbach, e adesso che l'ho perso penseranno di avere una chance. Vediamoci domani, così potrai raccontarmi tutto del passato di Saffron, perché a me l'ha sempre tenuto nascosto. »

« Be', io so solo qualche dettaglio, ma ci sono un sacco di pettegolezzi in famiglia, sai, voci che circolano. Scusa, ma ho capito bene? Il tuo fidanzato si chiama von Meerbach? »

« Sì, perché? »

« Be', questo complica parecchio le cose. Mi chiedo se parlare sarebbe davvero una buona idea. Non è certo da gentiluomini vuotare il sacco riguardo a una signora, giusto? »

« Mio caro Rory, pensi forse che le azioni di Saffron siano quelle di una signora? »

Gli occhi di Rory schizzarono quasi fuori dalle orbite quando Chessi gli si avvicinò, sporgendo il suo seno spettacolare. Sentì il polso accelerare, i pantaloni tendersi e il cervello lavorare affannosamente. « Be', no... presumo di no. »

« Allora dobbiamo parlare. Perché non ci vediamo per un caffè? Alle undici nell'atrio del Palace Hotel. Per te va bene? »

« Ehm... Be', non vedo perché no. »

« Magnifico! Non immagini con quanta ansia aspetti la nostra chiacchierata. »

Quando Saffron lo raggiunse, lui non la salutò nemmeno. « Dobbiamo andare via. Subito! »

Lei non gliene domandò il motivo. Conosceva già la risposta, ma preferiva non sentirla pronunciare ad alta voce. Non voleva nemmeno che le dicesse il proprio nome, così poteva continuare a fingere di non sapere chi fosse.

« Dove alloggi? »

« Al Suvretta House. »

Lui sorrise. « Anch'io. Forza, sono venuto qui in auto, possiamo andarci con quella. »

« Oh », esclamò Saffron, quando vide le lucide linee della Mercedes.

« Ti piacciono le auto? » chiese lui, aprendole la portiera.

« Amo la velocità. »

« Anch'io », disse di nuovo lui, continuando a sorridere.

Era così bello che, quando riportò gli occhi sulla strada, Saffron si sentì come se le avessero appena dato un magnifico regalo di Natale per poi sottrarglielo.

Ci vollero meno di cinque minuti per percorrere le strade innevate e raggiungere l'albergo, ma furono sufficienti perché dentro Saffron montasse un misto di desiderio, spasmodica impazienza – provava un bisogno quasi disperato di sentire le braccia dell'uomo intorno a sé, di premere il corpo contro il suo – e apprensione. Era come essere in cima alla Cresta Run: sapeva cosa sarebbe successo e non aveva la minima possibilità di tornare indietro.

Tentò di distrarsi guardandolo guidare. Premeva sull'acceleratore senza dare l'impressione di mettersi in mostra, perché ogni suo movimento era calmo, preciso, perfettamente controllato. Non era nemmeno vicino al limite delle proprie capacità, e quella fiducia in se stesso lo faceva sembrare rassicurante ma anche molto attraente. Saprà senza dubbio cosa fare, anche se per me sarà la prima volta, pensò Saffron, desiderando che quel momento arrivasse in fretta.

Quando stavano per raggiungere l'albergo, lui disse: « Io sono nella 424, prenderò le scale. Tu sali con l'ascensore, così nessuno sospetterà niente ».

Davanti all'ingresso, un portiere in uniforme aprì la portiera a Saffron, che scese e – mentre lui dava la mancia all'uomo e gli passava le chiavi dell'auto – rimase ad aspettare ostentando tranquillità, come avrebbe fatto con qualsiasi amico. Entrarono nell'hotel senza nemmeno tenersi per mano.

« Buonanotte », disse lui quando arrivarono agli ascensori.

« Grazie per la cena squisita », replicò lei, poi varcò le porte senza nemmeno baciarlo sulla guancia. « Quarto piano, per favore », disse all'addetto.

Tentò di mantenere la calma e respirare, sperando che il ragazzo con il buffo cappellino non sentisse i battiti ossessivi del suo cuore. Il calore che le pervadeva tutto il corpo era quasi insopportabile. «Grazie», disse, con un garbato sorriso signorile, quando l'ascensore si fermò, l'addetto spinse da parte la grata metallica e le porte si aprirono.

Si diresse con passo lento e regolare, nel caso qualcuno stesse guardando, verso la porta della camera dell'uomo, che trovò leggermente socchiusa. La spinse.

Lui era lì. Chiuse l'uscio con un calcio mentre prendeva Saffron fra le braccia e la baciava impetuoso.

Lei gemette quando le loro bocche si unirono. Le labbra e la lingua di lui erano forti e sicure, e Saffron si arrese, concedendosi senza ritegno, esplorandogli il corpo e il viso con le mani, inspirandone l'odore, premendosi contro di lui e scoprendo con gioia la sua eccitazione. Era già stata baciata, ma non si era mai eccitata in quel modo. Aveva già sentito l'erezione di un uomo, ma aveva provato solo ilarità, imbarazzo o disgusto.

Ma con lui era tutto diverso. Provava una passione animalesca, e sapeva di avere suscitato la stessa sensazione in lui. Quel senso di trionfo e di potere la eccitò ancora di più.

Erano ancora vicino alla porta, ma il letto era troppo lontano. Lui la spinse contro il muro e, senza smettere di baciarla, le tolse il colbacco e lo gettò a terra. Lei scosse la testa per sciogliere i capelli e lui vi passò in mezzo le dita, poi ne ghermì una ciocca. Saffron li sentì tirare dolorosamente, così tentò di liberarsi ma senza volerlo davvero, e infatti lui non glielo permise, anzi, la strinse ancora più forte, intrappolandola. Lei rabbrividì, percorsa da un'ondata di puro piacere. L'altra mano di lui le sollevò la gonna con un'abilità frutto di una lunga pratica. Lei sporse le anche in avanti, sempre più eccitata.

Portava delle culottes di seta color pesca bordate di pizzo. Lui passò la mano sul tessuto morbido e liscio, umido degli umori di lei, e Saffron vi si spinse contro, rendendo palese la propria brama, fiera della sua spudoratezza. Le dita di lui si infilarono sotto l'elastico delle mutandine, abbassandogliele fin sotto le natiche e carezzandole la pelle, poi le abbassò fino alle ginocchia. Saffron le fece scivolare fino al pavimento e sfilò i piedi, mentre continuavano a baciarsi, la sua testa ancora prigioniera nella morsa di lui, che si sbottonò la patta.

Saffron lo sentì contro di sé, sentì le sue dita scivolare dentro di lei. Ebbe l'impressione di salire sempre più in alto, come una barca che raggiungesse la cresta di un'onda ma senza mai valicarla, perché l'onda continuava a crescere. L'onda era dentro di lei, una sensazione di piacere sempre più intenso, la brama di uno sfogo. E all'improvviso lui le aveva lasciato andare i capelli e la sua mano le si era staccata dall'inguine, ma Saffron lo sentiva ancora. Le mani di lui le cinsero le natiche e la sollevarono come l'onda che la cullava, e poi fu dentro di lei, e il suo calore ardente, la sua grandezza che la colmava, erano diversi da qualsiasi sensazione Saffron avesse mai provato.

Gemette di stupore e provò un fugace istante di disagio, ma quando sentì che lui si fermava lo supplicò: « Non fermarti! »

Lui si spinse dentro di lei, e Saffron non riuscì più a pensare. Era un groviglio di sensazioni, tatto, olfatto, gusto, suono, la vista dell'estasi sul volto di lui che rispecchiava la sua. Era del tutto inerme e il suo unico desiderio era che lui la consumasse, la possedesse, abbattesse la barriera fra i loro corpi finché non fossero diventati una cosa sola. Lui gemette, un'espressione di piacere profonda, gutturale, animalesca, e i suoi movimenti si fecero più energici e disperati. Saffron sapeva che anche lui era in preda a quell'insopportabile intensità, e all'improvviso si rese conto di gemere e gridare, ma non le importava: la sua intera esistenza era incentrata sulla gioia di quel reciproco possesso, su loro due. Poi arrivò in cima all'onda, che si infranse come un'esplosione, un terremoto, un'eruzione. Lo sentì venire dentro di sé e capì che anche lui lo aveva sentito. « Oddio... oddio... » boccheggiò.

Lui la tenne stretta per un istante, il petto che si alzava e si abbassava mentre riprendeva fiato, mentre lei era scossa da spasmi di piacere simili a piccole scosse di terremoto. Quando lui cominciò a ritrarsi, lo implorò: « Resta lì ». Trovava quasi intollerabile non sentirlo più dentro di sé.

Lui sollevò i pantaloni, le scostò con delicatezza una ciocca di capelli dal viso e sorrise. « Su, lascia che ti aiuti a toglierti la pelliccia. »

Saffron rise per l'assurdità della situazione: erano successe un sacco di cose, la sua vita era cambiata del tutto e per sempre, e non si era nemmeno tolta la pelliccia.

Lui la prese e la sistemò sopra una sedia, poi tornò da lei. « Ora lascia che ti aiuti a spogliarti. » Le slacciò l'abito sulla schiena, lasciandolo scivolare a terra, lo prese e lo stese sopra la pelliccia con la stessa sicurezza e meticolosità con cui aveva guidato l'auto.

Saffron si era tolta il reggiseno e stava per levarsi calze e reggicalze, quando lui le disse: « Aspetta ». Indietreggiò e la guardò, e lei, a dispetto della schiettezza con cui i suoi occhi la stavano scrutando registrando ogni dettaglio, si accorse che non provava nessun imbarazzo e nessuna vergogna.

Lui la prese di nuovo fra le braccia. « Grazie. Volevo imprimerti nella memoria fin nei minimi dettagli, così negli anni a venire, a prescindere da dove mi troverò o da quanto tempo sarà passato, potrò serbare in eterno il ricordo di te in questo momento. Il ricordo della donna più bella del mondo. »

Lei si sfilò le calze, guardandolo dal basso mentre anche lui si spogliava, e il suo sguardo era altrettanto voglioso mentre osservava le linee dritte e dure del corpo di lui, le spalle ampie, la vita e i fianchi stretti, il modo in cui i muscoli guizzavano sul torace, le braccia e le gambe e persino il rimasuglio di ciò che prima era stato così turgido. Non aveva mai osservato da vicino il corpo di un uomo, almeno non dal punto di vista di una donna che abbia appena sperimentato il magico combaciare della forma maschile e di quella femminile. Non aveva mai visto gli avambracci di un uomo e saputo quale sensazione desse la loro forza, né visto le sue natiche e provato il desiderio di affondarvi le unghie laccate di rosso, di tirarlo ancora più vicino, ancora più dentro di sé.

«Anch'io ti ricorderò», disse, mentre si stendevano sul letto. «Sempre e dovunque, per sempre.»

Lui annuì, sdraiandosi su un fianco, il viso che quasi toccava il suo, guardandola con un'espressione di intensa serietà. Erano legati l'uno all'altra, e qualsiasi promessa pubblica potessero fare avrebbe solo formalizzato un legame già indissolubile. Poi sorrise e chiese: «Ti rendi conto che, dopo tutto questo, non ci siamo ancora presentati?»

Lei ridacchiò. «È vero.»

«Benissimo», ribatté lui, mettendosi seduto e porgendole la destra. «È davvero un enorme piacere conoscervi, Fräulein. Mi chiamo Gerhard von Meerbach.»

Non avrebbe potuto apparire più scioccata o sgomenta nemmeno se lui l'avesse schiaffeggiata. «Io... io mi chiamo Saffron Courteney», riuscì a mormorare a bassa voce. «Hai detto 'von Meerbach', come la compagnia che produce motori?»

«Sì, è la mia famiglia.»

«Quindi sei imparentato con il conte von Meerbach?»

«Esatto. L'attuale conte è mio fratello maggiore Konrad, che ha ereditato il titolo da mio padre. Perché me lo chiedi? E perché hai quell'aria infelice, mia adorata Saffron? *Liebchen*, cosa succede?»

« Fra tutti gli uomini al mondo di cui potevo innamorarmi, sei l'ultimo che avrei dovuto scegliere. Chessi von Schöndorf è... Anzi, ormai dovrei dire 'era'... la mia migliore amica. »

Gerhard le toccò una spalla, sentendosi molto più nervoso e titubante di poco prima, quando la stava spogliando e possedendo con foga. « Non puoi fartene una colpa. Non conoscevi nemmeno il mio nome. »

« Ma sapevo chi eri. Lo sapevo... »

Lui annuì con aria comprensiva. « Capisco. Lo sapevo anch'io, temo, ma nessuno dei due ha scelto di ferire Francesca. È stato il destino. Se c'è qualcuno da biasimare, è il sottoscritto. Avevo la facoltà di scegliere, avrei potuto ignorare gli avvenimenti di stamattina e farle la proposta di matrimonio. Se ci fossimo incontrati a cena, avrei potuto mostrarmi educato e nulla più. Ma sarebbe stato impossibile, dovevo averti. E come potevo essere infedele a Chessi mentre le chiedevo di sposarmi? Quindi, ripeto, potevo scegliere e ho scelto te. »

Saffron sorrise, ma era un sorriso triste, ironico, che instillò la paura nel cuore di Gerhard. « Quindi abbiamo in comune anche un'altra cosa: la logica. Io mi sono detta che spettava a te scegliere e che, se l'unica cosa di cui dovevamo preoccuparci era quella scelta, avrei potuto sopportarlo. Se per avere te dovevo perdere Chessi, ero disposta a pagare quel prezzo. Mi avrebbe rattristato, certo, ma non ci avrei pensato due volte. Non è questo il nostro problema, però, giusto? »

Gerhard si accigliò, sconcertato. « Non lo so... Non capisco. Cosa stai cercando di dirmi? »

« Il nome Courteney non significa niente per te? »

« No. Dovrebbe? »

« E quello di Eva von Wellberg? »

« Nemmeno. Chi è? »

« Era mia madre. Ed era anche l'amante di tuo padre. Ha sposato mio padre, Leon Courteney, dopo... dopo... »

«Dopo cosa?»

«Dopo che lui ha ucciso il conte Otto von Meerbach sparandogli al petto, a bruciapelo, con un fucile da caccia.» L'autocontrollo che aveva mantenuto fino a quel momento s'infranse, e Saffron scoppiò in singhiozzi disperati. Gerhard riuscì a cogliere solo qualche parola pronunciata attraverso le lacrime. «Com'è possibile che noi... Oddio, fra tutte le persone possibili... così crudele, così ingiusto... Come potremmo mai amarci, adesso?»

Lui la tenne stretta e cercò di calmarla. Il fatto stesso che si comportasse così, invece di buttarla fuori dal suo letto, parve alleviare il turbamento di Saffron. «Ero molto piccolo quando è morto mio padre, quindi lo conoscevo a stento», le spiegò. «Ma so quanto ha fatto soffrire mia madre e so che genere di uomo è mio fratello, che a detta di tutti somiglia molto a nostro padre, quindi... È strano, ma questa faccenda non mi turba tanto quanto sconvolge te. Non so bene come mai. In un certo senso mi sembra sbagliato, eppure è ciò che provo... Aspetta un attimo.» Sollevò la cornetta del telefono accanto al letto e si fece passare il servizio in camera, poi ordinò una cena fredda per due da portare nella stanza 424: carni fredde assortite, salmone affumicato, pane e burro, un po' di formaggio, dell'uva e, visto che non sembrava più un'occasione da champagne, una bottiglia di Riesling. «Un Auslese», specificò. Il forte vino al sapore di miele, prodotto con l'uva più matura e quindi dal gusto più intenso, gli parve adatto. «Il migliore che avete, per favore. E anche una bottiglia di cognac e dell'acqua Perrier. Ci servirà un secchiello di ghiaccio per il vino, naturalmente.» Alla fine si girò verso Saffron e dichiarò: «Abbiamo parecchio di cui parlare e ancora più amore da fare. Dobbiamo tenerci in forze. Ora, è evidente che hai una storia lunga e complicata da raccontarmi, quindi comincia dall'inizio, dimmi tutto e quando avrai finito decideremo il da farsi».

Così lei gli raccontò ogni cosa: dalla rovina di suo nonno allo schianto dell'aeronave su un pendio montano del Kenya, alle sue conseguenze. Lui ascoltava attento, interrompendola solo per accertarsi di aver capito bene. Non era giunta nemmeno a metà della storia, con sua madre diretta verso la Germania per sedurre l'uomo che aveva rovinato suo padre, quando arrivò la cena. Gerhard fu colpito dalla compostezza di Saffron quando il cameriere entrò e la trovò a letto. Si era infilata un accappatoio di spugna e, in un tedesco quasi perfetto, discusse con lui dei vari cibi sul carrello, con disinvoltura, garbo e la tacita assunzione del comando tipica di chi era abituato sin dalla nascita a trattare con i domestici. Questa ragazza non deve avere più di vent'anni, forse meno, ma se domani stesso diventasse la padrona di una grande casa sarebbe perfettamente in grado di gestirla, pensò Gerhard.

Il cameriere stappò il vino, lo versò e poi scomparve, rallegrato da una generosa mancia. I due presero i bicchieri e li fecero tintinnare.

« A te », disse Gerhard. « Ora mangia e poi continua con il tuo racconto. » Sorrise al gusto con cui Saffron ripulì il ricco piatto di carni miste preparatole dal cameriere. Non era proprio il tipo di ragazza che parlava per ore della sua dieta e si cibava solo di acqua e lattuga.

Lei lo vide guardarla mentre divorava una coscia di pollo come una leonessa che consumi la sua preda e sorrise. « Non immaginavo che fare l'amore potesse far venire una fame del genere. » Posò la coscia ormai spolpata e bevve un altro sorso di vino. « O una tale sete. »

« Ora devi raccontarmi il resto della storia, come Shahrazād con il sultano. Ogni tanto ti imboccherò qualche acino d'uva, per incoraggiarti. »

Così lei continuò, e di quando in quando lui le infilava un acino fra le labbra oppure gliele baciava, e in un certo senso narrare quella vicenda di inganno, furto, infedeltà, tradimento e omicidio parve unirli, anziché separarli. Alla fine Saffron concluse: « Mio padre ha nascosto i cinque milioni di marchi sul fondo di un laghetto sulla montagna contro cui si è schiantato il dirigibile. Dopo la guerra lui e mia madre sono tornati là... » Sorrise. « E ci sono andata anch'io, in un certo senso, perché la mamma era già incinta. Hanno recuperato l'oro e papà ne ha usata una parte per comprare la nostra tenuta in Kenya... Oh, mi piacerebbe tanto portartici, un giorno. È una tale meraviglia, colline ondulate e una splendida vista sulle montagne in lontananza... »

« Sembra simile alla nostra tenuta in Baviera. »

« Avete forse leoni e ghepardi e rinoceronti e ippopotami e zebre e giraffe e... »

Lui scoppiò a ridere. « È una tenuta o uno zoo? »

« È l'Africa », rispose lei in tono serio. « E se vuoi conoscermi davvero non dimenticare mai una cosa: posso anche essere una suddita di sua maestà, posso anche studiare a Oxford e avere cugini sparsi per tutta l'Inghilterra e la Scozia, ma in realtà non sono affatto inglese: sono africana. »

Un sorriso malizioso balenò sul volto di Gerhard. « Stavo per dire una cosa, una cosa molto importante su noi due, il nostro amore e il nostro futuro, ma il modo in cui hai dichiarato 'Sono africana' è stato così... Com'è quella parola che usate voi inglesi? Ah, sì, è stato così sexy che temo, mia cara, di essere costretto a sedurti di nuovo. »

« Sei sicuro che sia una buona idea? »

« Sì », rispose lui, togliendole l'accappatoio senza la minima resistenza da parte di lei, e facendola sdraiare sul letto. « Voglio esplorarti come il dottor Livingstone e Mr Stanley hanno esplorato l'Africa. » Le diede un bacio leggero sulle labbra, poi scese lungo il suo corpo, la mano destra che correva giù per lo sterno per poi girare intorno al seno piccolo, ma grazioso e proporzionato alle linee allungate e armoniose del corpo atletico, dotato di velocità e forza ma inconfutabilmente femminile.

I capezzoli di un delicato rosa corallo si misero sull'attenti per lui con la fierezza di piccoli soldati durante una parata. « Qui, per esempio », sussurrò Gerhard, cingendole il sinistro con pollice e indice e stringendolo lentamente, delicatamente, fino a quando lei non emise un lieve rantolo e inarcò la schiena. Poi l'accarezzò dolcemente, mentre con l'altra mano strizzava il sinistro, tanto che lei si ritrovò avviluppata da due sensazioni totalmente diverse. Abbassò il viso sul sinistro e cominciò a stuzzicarlo con labbra, lingua e denti, a volte baciando la pelle, altre facendo guizzare la lingua sul capezzolo, per poi mordicchiarlo con dolcezza. Saffron gli fece correre le mani fra i capelli, gli accarezzò la schiena e poi, quando lui accostò il viso all'altro seno, cominciò a gemere e fremere di piacere e lo graffiò.

« Adesso devo cercare la fonte... » mormorò Gerhard e si spinse verso i piedi del letto in modo da portare le labbra e la lingua sempre più giù, finché lei non urlò: « Oddio... oddio... ti prego! » La penetrò con tutta la forza che aveva, come se potesse infilare l'anima dentro di lei, consumandola come un conquistatore, sebbene sapesse che lei lo aveva totalmente sopraffatto.

Rimasero stesi insieme sul letto finché lui non ebbe riacquistato energia sufficiente per versare dell'altro vino dolce e saporito, di cui si spartirono un bicchiere. « Tieni, provalo insieme a questo », le suggerì, passandole un pezzetto di Emmentaler, e l'abbinamento dei due sapori – il Riesling al gusto di miele e il forte formaggio salato – si rivelò inebriante.

« Mio Dio, è quasi fantastico come quello che hai fatto prima », affermò Saffron, e adesso nel suo sorriso c'era solo la felicità venata di compiacimento di chi è completamente appagato dopo un amplesso così intenso. « Ora dimmi la cosa importante, quella che stavi per dire prima che venissimo così piacevolmente interrotti.»

«Ah, sì... È davvero molto semplice. In passato sono successe cose terribili fra le nostre due famiglie. Sono stati arrecati torti gravissimi da entrambe le parti, quindi ora dobbiamo decidere: vogliamo vivere nel passato e conservare l'antico odio, oppure calarci nel presente e dedicarci al nostro amore? Se continuiamo a vivere nel passato l'odio si inasprisce, non si risolve nulla e noi due siamo infelici. Se invece ci concentriamo sul presente, aggiungeremo felicità alle nostre vite e, in un certo senso, anche al mondo. Quindi dico che dovremmo amare.»

«E io dico che ti amo, Gerhard von Meerbach.» Gli cinse nuovamente il collo con le braccia e lo baciò. Poi aggiunse: «Amo un von Meerbach. Cielo, che cosa incredibile!»

Parlarono e fecero l'amore per tutta la notte. Saffron gli raccontò della propria vita in Africa, di come sua madre fosse morta e il padre l'avesse cresciuta da solo per quasi un decennio, prima di trovare finalmente la felicità con Harriet. Parlò di Manyoro, di come lui e suo padre si considerassero fratelli, di com'era stato sempre presente quando lei aveva bisogno di lui, di quanto era stata felice quando le aveva detto che non era più la sua principessina e che da quel momento in poi l'avrebbe chiamata la sua regina. Quando Gerhard percepì il genuino rispetto e affetto di Saffron per quell'africano di colore, capì che non avrebbe nutrito altro che disprezzo per il nazismo e che il loro amore non avrebbe avuto la minima possibilità di durare, se lui non fosse stato del tutto sincero sulla vita condotta negli ultimi cinque anni.

Le parlò così del suo incontro con Heydrich e di come il secondo membro più potente delle SS, d'accordo con suo fratello, l'avesse costretto a stringere un patto con il diavolo. Confessò tutti i vantaggi ottenuti dimostrandosi un buon nazista e la gioia che provava nel pilotare un aereo, completamente solo nel cielo. « Ora capisco perché gli uccelli sono simbolo di libertà: è solo lassù che mi sento davvero libero. »

Raccontò della visita di Hitler e si accorse che persino quella ragazza inglese, che si considerava africana e disprezzava i pregiudizi razziali, era affascinata dal suo incontro a tu per tu con un uomo ormai famoso nel mondo intero, sia che lo si ritenesse abominevole sia che lo si adorasse. L'unica parte della storia che non le rivelò fu l'inizio, ossia il suo dono a Isidore Solomons: non voleva dare l'impressione di cercare scuse o dipingersi migliore di quanto non fosse.

Ma lei notò subito che mancava qualcosa. « Come ha fatto Heydrich a farti iscrivere al partito nazista? Immagino che nemmeno in Germania si possa costringere qualcuno a rinnegare le proprie idee per sostenere un partito in cui non crede. »

« Non ne sarei così sicuro », replicò Gerhard. « Se si arriva da una nazione davvero libera, dove si può dire e pensare senza timore qualsiasi cosa si voglia, e criticare il governo o discutere di politica con gli amici a cena o al bar, non si riesce a immaginare cosa significhi perdere quella libertà. In Germania non puoi discutere con nessuno, perché non puoi fidarti dell'interlocutore. Persino il tuo più vecchio amico, tuo fratello o tuo figlio potrebbero denunciare le tue opinioni alla polizia segreta. Mio fratello e Heydrich avrebbero potuto accusarmi di avere simpatie comuniste e spedirmi in un campo solo perché avevo studiato architettura in una scuola poi messa al bando, anche se in vita mia non ho mai votato per un candidato comunista né abbracciato quegli ideali. »

« Ma ci sono per forza dei processi, si ha sicuramente la possibilità di difendersi. »

« Forse cinque anni fa, e con molte difficoltà, ma ormai anche i giudici sono membri del partito e la giustizia è definita da quegli ideali. »

« Mio Dio, non ne avevo idea. È terribile. »

« Sì. E posso dirtelo solo perché non siamo in Germania e tu non sei tedesca. Ascolta... » Gerhard si interruppe, sospirò e poi aggiunse: « C'è una persona che dovresti incontrare, qui in Svizzera. È un uomo che potresti definire il mio Manyoro. Quando parlerai con lui, ti sembrerà tutto più sensato ».

Saffron uscì dalla camera di Gerhard mentre i primi raggi di sole cominciavano a insinuarsi fra le montagne. Crollò sul suo letto e dormì come un sasso fino alle dieci. Le avevano infilato sotto la porta tre messaggi lasciati per lei al banco del concierge. Erano chiusi in tre diverse buste dell'albergo, quindi non sapeva chi li avesse scritti, pur non trovando certo difficile indovinarlo. Decise di affidarsi alla sorte e ne aprì uno a caso.

Era un furibondo, straziato e devastante atto d'accusa da parte di Chessi von Schöndorf, che la ridusse in lacrime: sapeva quanto l'amica amasse Gerhard e come doveva sentirsi sconvolta e umiliata nel perderlo. A dispetto delle giustificazioni ben ponderate e dalla logica impeccabile che avrebbe potuto addurre a sua discolpa, restava comunque il fatto che aveva tradito la fiducia di una carissima amica.

Il secondo messaggio, quello di Rory, non era certo meno rabbioso.

Potrei forse capirti, se non perdonarti, se ti fossi prostituita con un inglese, ma gettare al vento il tuo onore con un dannato tedesco è abietto. Naturalmente, come tutta la famiglia ben sa, tua madre ha fatto la stessa cosa. A quanto pare hai preso da lei. Rimarrò qui a St. Moritz per alcuni giorni, a godermi la compagnia dei bravi ragazzi del Tobogganing Club, poi pren-

derò la via di casa e mi aspetto che tu faccia altrettanto. Forse temi che, una volta tornato in Inghilterra, infangherò la tua reputazione raccontando la verità su ciò che hai fatto. Puoi stare certa che le mie labbra sono sigillate. Non nutro alcun desiderio di abbassarmi al tuo livello. Mi vanto di essere un gentiluomo, ma tu non sei certo una signora.

Saffron si sentiva come se l'avessero percossa. Si stese sul letto, avvilita e sconvolta. In un colpo solo, in un unico istante di passione sfrenata, aveva perso due dei suoi più cari amici. Chessi era stata la prima persona a mostrarle un minimo di gentilezza su quel treno per la Roedean. Per tre anni, durante le vacanze pasquali, lei e la sua famiglia l'avevano accolta e trattata come una di loro. Come aveva potuto ripagare tanta generosità con un simile egoismo? E il povero Rory... Sapeva che la missiva del cugino doveva essere stata motivata tanto dall'invidia verso Gerhard e dall'amore non corrisposto per lei, quanto dalla disapprovazione per la sua immoralità. Non avrebbe trovato così immorale la cosa se ieri notte ci fosse stato lui, a letto con me, pensò. Ma ciò non rendeva il suo sdegno meno giustificato o sincero. Si era comportata come una sgualdrina, una puttana, una prostituta. Si era concessa a un uomo e lo aveva fatto con gioia e avventatezza, senza preoccuparsi delle conseguenze delle sue azioni. Per la prima volta le si affacciò alla mente la più ovvia delle conseguenze. Mio Dio, e se fossi incinta?

Sebbene avesse una fame da lupo, non riuscì a mangiare. Si sentiva sfinita eppure incapace di stare ferma. Doveva fuggire, ma non aveva nessun posto dove andare: una volta lasciate le quattro mura della sua stanza, si sarebbe trovata in territorio nemico.

La sua unica speranza era il terzo messaggio. Immaginava che fosse di Gerhard, ma riuscì a stento a strappare la busta, tanto le tremavano le mani, perché se anche lui l'avesse respinta non le sarebbe rimasto nulla.

Tesoro mio,

ho scritto a Francesca spiegandole che non posso sposarla e assumendomi la piena responsabilità delle mie azioni. Date le circostanze è preferibile che io lasci St. Moritz. Sto per andare a Zurigo e mi piacerebbe molto se tu potessi raggiungermi là, così che io possa presentarti « il mio Manyoro ». Lui ti spiegherà tutto. Mi si spezza il cuore sapendo quanta sofferenza proverai oggi. Sappi solo che ti amo con tutto il cuore. Ti aspetta una giornata molto difficile, ma sei una persona buona, gentile, splendida. Non dimenticarlo mai. Ti amo con tutto il cuore – G

P.S. Ti aspetterò fra le 15 e le 18 alla stazione di Zurigo. Se non mi trovi là, alloggerò al Baur au Lac.

Finalmente aveva un barlume di speranza, e anche un piano da seguire, qualcosa da fare, un treno da prendere. La rinnovata sensazione di avere uno scopo le risollevò leggermente l'umore. Era ben lungi dal sentirsi felice, ma l'opprimente e cupa disperazione cominciava ad attenuarsi. Ordinò e mangiò la colazione, scrivendo intanto due brevi messaggi per Chessi e Rory. Pur sottolineando che non aveva mai avuto l'intenzione di far soffrire nessuno, non tentò di giustificare il proprio operato, accampare scuse o fingere che non avessero motivo di sentirsi feriti. Si limitò a scusarsi, nei termini più schietti e sinceri che riuscì a trovare, senza nemmeno implorare il loro perdono perché sapeva di non averne il diritto: spettava a loro concederlo, a tempo debito, se mai lo avessero desiderato. E nel frattempo la cosa migliore che potesse fare – l'unica che avrebbe giustificato tutto il resto – era amare con tutto il cuore Gerhard von Meerbach.

Solo in seguito fu assalita da un dubbio. Aveva promesso...

be', non proprio promesso, ma sicuramente accettato di riferire a Mr Brown le sue impressioni sulla Germania e sui tedeschi. Doveva quindi dirgli di Gerhard? In fondo non era tornata in Germania, anche se – e a quel punto non riuscì a soffocare una risatina – sapeva parecchie cose in più su uno dei suoi abitanti.

No, quella era la sua vita privata, non erano affari di Mr Brown. Risolta la questione, proseguì con le attività della giornata.

Gerhard aspettava il treno da Coira sulla banchina della stazione di Zurigo.

Ormai prossima alla fine del viaggio, Saffron cominciava a sentirsi nervosa. E se, vedendolo nella fredda luce del giorno, lontano dall'eccitazione e dall'atmosfera di St. Moritz, si fosse resa conto di aver fatto la scelta sbagliata? E che quindi avrebbe fatto meglio a scaricarlo e tornare da Chessi e Rory, per implorarli in ginocchio di riprenderla? Non era certo una prospettiva allettante, supplicare non faceva parte della sua natura. Poi sorrise e si corresse: Tranne quando supplico lui di prendermi!

Il pensiero le diede un brivido, perché aveva scoperto di potere quasi ricreare la sensazione di avere Gerhard dentro di sé ripensando a cosa aveva provato. E quello squisito ricordo della magnifica notte trascorsa con il suo uomo la rassicurò sul fatto che sarebbe andato tutto bene.

E così fu. Gerhard sembrava più affascinante che mai, con il lungo cappotto di loden verde oliva e la sciarpa drappeggiata intorno al collo con un'eleganza disinvolta, che la spinse a chiedersi come mai nessuno degli innumerevoli studenti di Oxford sembrasse neppure lontanamente così raffinato. Gli si gettò fra le braccia e dal momento in cui lui la strinse non vi fu nient'altro al mondo tranne loro due. Sarebbe stata disposta a rinunciare a chiunque, pur di tenersi Gerhard.

«Mi stavo chiedendo se fossi davvero incantevole come ti ricordavo», disse lui, facendo eco ai suoi pensieri. «Ed eccoti qui, persino più splendida di ieri. Baciami.»

Lei si guardò intorno ed eruppe in una risatina nervosa. «Ma è pieno di gente! Ci vedranno tutti.»

«Che ci vedano pure. Tutti gli uomini mi invidieranno.»

E ogni donna rimpiangerà di non essere al mio posto, pensò Saffron, arrendendosi di buon grado alle labbra e alla lingua di Gerhard e desiderando che potessero rimanere così in eterno, avvinti in quel magnifico abbraccio.

Lui si staccò di gran lunga troppo presto. «Ti ho prenotato una stanza al Baur au Lac... Se fossimo a Parigi o a Nizza potremmo dormire nella stessa camera, ma gli svizzeri sono persino più morigerati di noi tedeschi e di certo non approverebbero.»

«Non si sa mai, potrei rifiutare di dormire nella stessa camera con te. Sono una giovane rispettabile, sai...» Poi, senza lasciargli il tempo di ribattere, aggiunse: «Be', lo ero, comunque».

«Forse un giorno, se avrò molta fortuna, riuscirò a renderti di nuovo rispettabile.»

«Preferirei finire l'università, prima. Non preoccuparti, in tutta Oxford non c'è nemmeno un uomo che potrebbe portarmi via da te.»

«Ah, non sarebbe bello poter fare progetti per il futuro? Ma nel mondo in cui siamo temo che nessuno di noi possa pianificare alcunché...»

«Non dire così», replicò lei, prendendolo sottobraccio per stargli il più vicino possibile. «Mi spaventa.»

«Tu? Spaventata? È una cosa che non mi sarei mai aspettato.»

« Ho paura di perderti. Ho sempre fatto del mio meglio per battere i ragazzi in tutti i campi. » Lo guardò dal basso con un sorriso malizioso. « Ecco perché sono scesa lungo la Cresta Run. Ma sono ancora una femmina, sai... sotto sotto. »

« Oh, lo so. *Mein Gott*, eccome se lo so! Ora vieni, la mia auto sta aspettando di portarci al Baur. Puoi lasciare là i bagagli, dopodiché abbiamo un appuntamento. »

« Con il tuo misterioso Manyoro? »

« Esatto! »

Poco dopo, mentre portava Saffron all'appuntamento che aveva organizzato, Gerhard le disse: « Sai, ho pensato molto a ieri sera... »

« Mmm, anch'io! » cinguettò lei.

Lui rise. « Non a quello! Be', non solo. »

« A cos'altro, allora? »

« Alla mia reazione quando hai detto che tuo padre aveva ucciso il mio. Avrei dovuto esserne sconvolto, vero? Avrei dovuto sentirmi furibondo, indignato. La notizia avrebbe dovuto segnare la fine di qualsiasi rapporto d'amore o persino di amicizia fra noi due. Invece non ho provato nulla. Non è certo normale, quindi continuo a chiedermene il motivo. Ho pensato che dipendesse dal fatto che è morto quando ero molto piccolo, e quindi non serbo alcun ricordo di lui, nulla che possa farmi sentire la sua mancanza. Ma non può essere, perché è proprio questo che dovrebbe riempirmi di rabbia: tuo padre mi ha privato dei ricordi che un figlio dovrebbe avere del padre, di tutte le occasioni in cui saremmo potuti andare a caccia o a sciare insieme, di tutti i giochi a cui avremmo potuto giocare, persino dei litigi e delle ribellioni dell'adolescenza. »

« So benissimo cosa vuoi dire. Per me è così, non avere accanto mia madre. Non abbiamo mai fatto tutte le cose che madre e figlia dovrebbero fare insieme, non ho mai imparato da lei come essere una donna.»

«Sì, ma tua madre era buona e gentile, e sono sicuro che ti amava e desiderava solo il meglio per te. Io invece non avrei mai avuto quei magnifici ricordi, nemmeno se mio padre fosse sopravvissuto. So che era un prepotente. È stato già abbastanza brutto crescere con mio fratello Konrad, che cercava sempre di schiacciarmi, a volte con le parole e altre volte con i pugni.»

«Sembra una persona orribile.»

«Crede che fare parte delle SS – arrestare le persone, torturarle, rovinare loro la vita – sia il lavoro più bello del mondo. E per lui lo è. È così da adulto ed era così da giovane. Ma eravamo solo ragazzi, non uomini, e anche se ripeteva sempre di essere il capofamiglia non è riuscito a sottomettermi né a impedirmi di diventare la persona che volevo essere.»

«Non all'epoca, comunque.»

«No, non all'epoca, e forse neppure ora, o almeno non ci riuscirà più. Ma il punto è che, se mio padre fosse rimasto in vita, avrebbe potuto controllarmi. Lui e Konrad l'avrebbero pensata allo stesso modo. Quando ero piccolo, Konrad strappava sempre i miei disegni, dicendo che soltanto le bambine giocano con pastelli e colori.»

«Ma è assurdo! E tutti gli uomini che sono diventati grandi artisti?»

«Konrad non pensa in quel modo. Anche se mi rendeva la vita un inferno, mia madre mi ha incoraggiato e sostenuto quando ho detto di voler diventare architetto e lui non ha potuto impedirglielo. Ma sono sicuro che mio padre avrebbe avuto la meglio su di lei e mi avrebbe impedito di studiare architettura. Se fosse stato vivo, non avrei potuto essere me stesso. Quindi sono giunto alla conclusione che tuo padre, uccidendolo, mi abbia salvato.»

« Capisco cosa vuoi dire, ma è davvero triste che tu la pensi così, e ancora di più che tu possa avere ragione. »

« Mmm... » Gerhard teneva lo sguardo fisso sulla strada. Si trovavano in una zona di strette viuzze pavimentate in acciottolato e bordate da edifici alti e antichi, molti dei quali ospitavano al pianterreno caffè o ristoranti. A un certo punto parve trovare quello che stava cercando, svoltò a destra e imboccò una stradina laterale ancora più angusta che sfociava in una piazzetta. « Siamo arrivati. »

Parcheggiò e poi guidò Saffron fino a un caffè-pasticceria chiamato Konditorei Kagan. Un cartello scritto a mano nella vetrina diceva KOSCHERES ESSEN SERVIERT HIER.

« Qui si serve cibo kosher », tradusse sottovoce lei.

« Un tempo si vedevano cartelli del genere anche in Germania, sai. In tutta Berlino c'erano panetterie, macellerie, gastronomie ebraiche, ma ormai... » La precedette dentro il locale.

Saffron vide un bancone a sinistra dell'ingresso, accanto alla vetrina davanti a cui erano sistemati tavolini e sedie, molti dei quali occupati da clienti che gustavano caffè e pasticcini per scaldarsi durante quel freddo pomeriggio invernale. Un uomo di mezza età – doveva essere il proprietario, Kagan – era dietro il bancone. Aveva una parola per ciascuno mentre serviva o dava il resto, e lei capì che erano tutti clienti regolari. Loro due infatti erano stati subito identificati come stranieri, e Gerhard si faceva notare ancora di più per via del cappotto di loden, un capo di vestiario chiaramente tedesco.

Lui raggiunse il bancone per interpellare l'uomo dietro di esso. « Herr Kagan? »

« Sì. Chi lo vuole sapere? » replicò l'altro, in tono diffidente.

« Mi chiamo von Meerbach. Max mi ha detto di chiedere di lui qui. »

Kagan cambiò subito atteggiamento, sporgendosi per stringergli con forza la mano. « È un onore conoscervi, Herr von Meerbach. Siete un *mensch.* »

Saffron rimase perplessa, visto che quello era il termine tedesco per « uomo ».

« Lo spero proprio », replicò Gerhard, suonando altrettanto sconcertato.

« *Oi vey iz mir!* » esclamò Kagan. « Il mio vecchio amico non vi ha dunque insegnato niente? In Yiddish, un *mensch* non è soltanto un uomo ma un uomo d'onore, un brav'uomo, qualcuno da ammirare. Voi avete fatto una gran bella cosa, Herr von Meerbach. Siete un *mensch.* »

Saffron si rese conto che, per quanto le parole di Kagan l'avessero fatta sorridere, aveva le lacrime agli occhi, commossa nel sentir descrivere Gerhard in termini tanto elogiativi.

« E voi, Fräulein », aggiunse l'uomo, spostando l'attenzione su di lei. « *Ei-yei-yei*, una vera *shainer maidel*! »

« Non ho il coraggio di chiedere cosa significhi », ribatté Saffron, sperando che la sua grammatica e il suo accento tedeschi non fossero troppo orribili.

« Significa che siete una bellissima ragazza, mia cara... ma non tedesca, credo. »

« No, sono inglese. »

Gerhard la guardò con un sorrisino, come per dire: *Pensavo avessi detto di essere africana.*

Lei rispose con una lieve scrollata di spalle: *È più facile così.*

« Un bell'uomo tedesco e un'incantevole fanciulla inglese, così chiaramente innamorati », disse Kagan. « Forse c'è ancora qualche speranza per questo triste mondo, vero? »

« Lo spero », dichiarò Gerhard.

« Ma vi sto trattenendo inutilmente e Max si starà chiedendo cosa succede. Andate sul retro, aprite la porta sulla destra e salite le scale. Una volta in cima, troverete Max. »

Si incamminarono fra i tavoli. Saffron si accorse che adesso venivano guardati in maniera ben diversa. Le donne, in particolare, erano palesemente curiose, chiedendosi cosa avessero fatto quei due per venire trattati con tanta cordialità da Kagan, tutt'altro che amico della nuova Germania nazista. Sorrise di quell'esame sfacciato.

« Cosa c'era di tanto divertente? » le chiese Gerhard, non appena ebbero varcato la porta.

« È solo che mi hanno ricordato le donne masai, che osservano le persone – in particolare gli uomini – nello stesso identico modo, squadrandoli senza vergogna, senza curarsi di quanto sia maleducato fissare qualcuno. »

« Ah, la mia adorabile ragazza africana... Vieni, cerchiamo il nostro uomo. »

Salirono le scale fino al pianerottolo dell'appartamento sopra il negozio, in cui vivevano Kagan e la sua famiglia. Ma, quando una delle porte affacciate su di esso si spalancò, non ne uscì Frau Kagan o uno dei suoi figli, bensì un uomo dall'aria distinta che Saffron giudicò più o meno coetaneo di suo padre. Portava un completo gessato, con panciotto, camicia dal colletto rigido e cravatta, e quando vide Gerhard il suo volto s'illuminò di felicità. « Mio caro ragazzo... »

« Izzy! » esclamò lui, poi si abbracciarono e si scambiarono pacche sulla schiena.

Quindi c'è un padre nella sua vita, dopotutto, pensò Saffron.

Gerhard si sciolse dall'abbraccio. « Izzy, ti presento Miss Saffron Courteney, la donna che amerò fino alla fine dei miei giorni. »

« E chi potrebbe mai biasimarti? »

« Saffron, lui è Isidore Solomons, che per molti anni è stato l'avvocato della nostra famiglia, come suo padre e suo nonno prima di lui. È anche un vero eroe. »

«*Ach*, per favore...» Isidore alzò gli occhi al cielo, poi la guardò e, passando all'inglese, disse: «È un vero onore conoscervi, Miss Courteney. Mi spiace di non avervi potuto invitare a casa mia. Mi piacerebbe che tu la vedessi, Gerhard – la nostra situazione economica è migliorata, dal nostro ultimo incontro –, ma potrebbe non essere prudente. Persino qui in Svizzera mi sento osservato. Ma prego, accomodatevi nel salotto dei Kagan, che ci hanno messo gentilmente a disposizione. C'è un enorme bricco di caffè pronto per noi. Miss Courteney, dovete assolutamente assaggiare i pasticcini. Se c'è qualcosa a cui un ebreo tiene davvero è il cibo, e dubito che in tutta Zurigo ci sia un pasticciere più bravo di Yavi Kagan».

«Si direbbe che voi due siate molto uniti, Herr Solomons», commentò Saffron.

«Sì, presumo sia vero. Ho preso l'abitudine di fermarmi qui ogni mattina, andando al lavoro, per una tazza di caffè e un paio di *mandelbrot.*» Indicò una montagnola di biscotti duri a forma di fettine di pane. «Sono aromatizzati con arancia, limone e vaniglia e coperti di scaglie di mandorle appena tostate. Intingeteli nel caffè, Miss Courteney, non ve ne pentirete.»

Lei ne inzuppò uno e poi diede un morso. «Mmm, squisito!» Suscitando la palese approvazione di Isidore, divorò il biscotto con la sua consueta velocità. «Quando siamo entrati Gerhard ha chiesto di Max. Capisco come mai preferiate non usare il vostro vero nome, ma esiste un motivo per cui avete scelto proprio questo?»

«Niente di particolare, davvero...» rispose Isidore.

«Sciocchezze!» protestò Gerhard. «La verità è che l'ho scelto io, perché durante la guerra Izzy si è meritato la Blauer Max, il più alto riconoscimento al valore che la Germania possa offrire. È come la Victoria Cross per gli inglesi.»

«Santo cielo», replicò Saffron, in soggezione.

« Sono sicuro che non siete minimamente interessata ai racconti di guerra dei vecchi », affermò Isidore.

« Tutt'altro, Herr Solomons. »

« Vi prego, chiamatemi Izzy e datemi del tu. »

« Posso chiamarti Max? In fondo è con questo nome che ti ho conosciuto. »

« Puoi chiamarmi come vuoi. E credo tu fossi sul punto di pronunciare quella che noi avvocati definiremmo una confutazione. »

« Sì, infatti. Sai, sono cresciuta fra i guerrieri masai in Kenya... »

« È africana, Izzy, lo diresti mai? » chiese Gerhard, guadagnandosi uno schiaffetto scherzoso sulla gamba per la sua impudenza.

« I masai mi hanno insegnato che per un uomo non esiste lode più grande dell'essere definito un grande guerriero, perciò voglio renderti onore con questo appellativo. »

« Grazie, mia cara, farò tesoro del complimento. E ora immagino che ti starai chiedendo come mai Gerhard ti ha portata qui, perciò voglio spiegartelo subito... »

Fu così che lei scoprì cosa aveva fatto Gerhard, come mai il proprietario ebreo di un caffè di Zurigo lo definiva un *mensch* e perché due nazisti erano stati così determinati a farlo rinunciare ai suoi principi.

« Grazie, Max. Ti ringrazio dal profondo del cuore », disse Saffron al termine del racconto, e si alzò per dargli un bacio sulla guancia. Poi tornò da Gerhard. « Alzati. Voglio abbracciare il mio uomo. » Lo strinse a sé e gli disse quanto era orgogliosa di lui.

Si sedette e per un po' fu felice di ascoltare i due uomini che si aggiornavano su quanto era successo dopo il loro ultimo incontro. L'affetto fra loro era evidente, e Saffron ascoltò affascinata, ansiosa di scoprire tutto il possibile sull'uomo che le aveva rubato il cuore.

« Izzy, è sbagliato che io ami così tanto volare, che mi senta orgoglioso di far parte della Luftwaffe, che adori avere un aereo magnifico, veloce e letale come un 109? » chiese a un certo punto Gerhard.

« Era forse sbagliato che von Richthofen si sentisse fiero di essere il nostro più valente asso dell'aviazione o adorasse pilotare il suo piccolo Fokker rosso? »

« Be', no, ma quello era diverso. »

« Perché? »

« Tu dovresti saperlo meglio di chiunque altro, Izzy. »

« Io so due cose, Gerhard. So che ero orgoglioso di servire il mio Paese, il nostro Paese, e so che odio Hitler e tutto ciò che rappresenta. Ma, anche se a Hitler piace molto fingere che il partito nazista e la Germania siano una cosa sola – il che, fra l'altro, è uno dei tanti motivi per cui lo disprezzo –, si sbaglia. La Germania esisterà ancora quando lui e i suoi malvagi scagnozzi non ci saranno più, e l'unica cosa che chiedo a Dio è di concedermi di sopravvivere abbastanza a lungo per poter vedere quel giorno e vedermi restituire il mio Paese. Quindi dico che no, non c'è niente di sbagliato nel tuo orgoglio. Ma ho una domanda da farti, ragazzo mio. »

« Dimmi pure. »

« Anni fa, quando avevi tutta l'arroganza e il senso di invincibilità tipici dei giovani, hai corso un rischio folle per aiutarmi. »

« E non l'ho mai rimpianto, nemmeno per un istante. »

« Non ne dubito, ma ecco la mia domanda. Adesso hai cinque anni di più, ti stai guadagnando una certa notorietà come architetto... » Isidore alzò una mano per impedirgli di interromperlo. « Lo so, non è lo stile architettonico cui avresti aspirato, ma stai facendo strada comunque. Hai anche una posizione all'interno della tua squadriglia e della Luftwaffe che ti riempie di orgoglio. E ora hai conosciuto la donna che sarà la tua compagna per tutta la vita, su questo non ho alcun dubbio, se solo il destino lo consentirà. Quindi ecco la mia domanda: se tu conoscessi un'altra famiglia tedesca, che si dà il caso sia ebrea, regaleresti anche a loro cinquemila marchi per aiutarli a fuggire? Perché ormai sappiamo con sicurezza, se anche nel '34 non lo sapevamo, che non c'è futuro per loro nel Reich nazista. Daresti loro i soldi e, insieme a essi, la vita? »

Saffron si accorse che il quesito aveva colto Gerhard alla sprovvista. Lui avrebbe voluto rispondere *Naturalmente*, e lei lo vide cercare di articolare la parola, ma si accorse anche che la sincerità gli impediva di pronunciarla.

Alla fine lui scosse il capo con mestizia. « Non lo so, non lo so davvero, ma ho una gran paura che non lo farei. »

Isidore annuì con aria comprensiva. « Capisco, e questo non diminuisce affatto la mia stima nei tuoi confronti. Hai compiuto la tua buona azione. Se ogni tedesco fosse generoso anche solo la metà, anche solo un decimo di quanto lo sei stato tu, oggi il mio popolo non si troverebbe davanti a questo letale pericolo. Quindi l'unica cosa che ti chiedo, Gerhard, è di serbare nel cuore il ricordo del giovane avventato ma splendido che eri. Cerca di averne cura come di una candela che deve rimanere sempre accesa. Non lasciare che la luce si spenga, un giorno potresti averne bisogno. »

Saffron guardò gli occhi di Isidore che si spostavano da lei a Gerhard, e li vide colmi di una tristezza così profonda da esserle quasi insopportabile: la tristezza di un intero popolo, un'eco di persecuzione e sofferenza la cui origine si perdeva nella nebbia dei tempi.

« Ricordi la poesia che ti ho letto, quella che diceva che il centro non regge più, 'L'onda fosca di sangue dilaga, e in ogni luogo sommerge il rito dell'innocenza'? »

« Yeats », mormorò Saffron.

« Infatti... Ragazzi miei, quel momento incombe su di noi, lo sento arrivare. Quel barbaro crudele non sarà contento finché non avrà fatto precipitare il mondo intero in una voragine di guerra e morte. Temo per tutti noi, e temo per voi, giovani che i vecchi sacrificheranno proprio come hanno sacrificato la mia generazione. Desidero vedervi insieme, mentre vivete in pace, con i vostri figli che vi corrono intorno giocando felici. Voglio essere là, con i miei capelli argentei e il mio bastone da passeggio, a sorridere alla vita e all'amore. Ecco perché ora dico a entrambi ciò che un tempo ho detto a te, Gerhard: qualsiasi cosa accada, restate in vita, per l'amor di Dio. »

Fu per puro caso che Mr Brown scoprì che Saffron era stata a St. Moritz, e lo venne a sapere non grazie a un funzionario dell'intelligence o un agente dei servizi segreti, bensì a un semplice pettegolezzo sentito a un ricevimento nuziale. Passava in mezzo alla calca che gremiva i saloni di una villa di campagna nel Wiltshire, quando udì una giovane voce femminile dire: « Hai saputo cosa ha combinato Saffy Courteney a St. Moritz, quest'anno? La sua è stata un'autentica cattiveria ».

Lui si fermò e si piazzò là dove riusciva a vedere una delle damigelle nuziali intenta a parlare con un'amica.

« Oh, racconta! » esclamò l'amica, allungandosi verso di lei con aria curiosa.

« Bene, per prima cosa è scesa lungo la Cresta Run, che è strettamente riservata agli uomini. »

« Santo cielo, che coraggio! »

« Personalmente credo che sia stato soprattutto esibizionismo. Ed è caduta, il che le sta bene. »

L'amica della damigella ridacchiò compiaciuta al pensiero di quella fanciulla dalla famigerata avvenenza che faceva una figuraccia.

« Ma non è stata quella la cosa davvero riprovevole che ha fatto... »

« Oddio, cosa ha combinato? »

« È scappata con un tedesco! L'ha rubato alla fidanzata, proprio sotto il suo naso, e ha passato la notte con lui. E non l'aveva mai visto in vita sua! »

« No! Terribile! » commentò l'amica, senza fiato, chiedendosi perché a lei non capitassero mai avventure del genere.

« Lo so! Avresti dovuto vedere il povero Rory Ballantyne, che l'aveva accompagnata a St. Moritz e fatta accedere in gran segreto alla Cresta, pur sapendo benissimo che non avrebbe dovuto. È montato su tutte le furie e da allora non si rivolgono più la parola. »

« Il caro Rory è così dolce... »

« Sì, un po' noioso, ma terribilmente dolce. »

Dopo qualche giorno Mr Brown fece in modo di trovarsi casualmente a Oxford durante l'ultima settimana del trimestre detto « Hilary » (da ex studente di Cambridge, non riusciva a capire – come non lo capiva nessun altro, del resto – perché mai non lo si chiamasse trimestre primaverile, quaresimale o pasquale) e invitò Saffron a pranzare con lui al Randolph Hotel. « Ho pensato che sarebbe piacevole recuperare il tempo perduto. Siete andata in qualche posto divertente, a Natale? »

« Sono stata su in Scozia dai miei cugini, i Ballantyne », rispose lei. Ebbe un attimo di esitazione, e Mr Brown si accorse che stava cercando di stabilire quanto fargli sapere. « Poi sono andata a sciare a St. Moritz, per puro sfizio. »

« Vi siete divertita? »

« Sì, molto. » Saffron si avvicinò per confidargli, con un sussurro teatrale: « Non ditelo a nessuno, ma ho fatto una cosa assolutamente *verboten*, ossia un giretto sulla Cresta Run ».

«Ah, sì, presumo che le donne non siano ammesse.»

«No, ho dovuto travestirmi da uomo. Non sono sicura di essere stata molto convincente.»

Lui le fece un sorriso amabile e poi, come un giocatore di poker che fa la prima puntata, chiese: «Avete appreso qualcosa di interessante, mentre eravate là?»

Lei lo guardò dritto negli occhi, non batté ciglio e, come un avversario che ci sta e rilancia, replicò: «Sì, in realtà. Ho conosciuto un uomo davvero straordinario».

«Sul serio? Ha detto qualcosa che potrebbe interessarmi?»

«Sì... È ebreo...» Lasciò in sospeso la frase abbastanza a lungo perché Brown si chiedesse se era andata a letto con un ebreo tedesco, poi proseguì, raccontandogli la storia di un avvocato che si era comportato da eroe durante la Grande Guerra ma era stato costretto a fuggire dal Paese che aveva servito così valorosamente. Narrò la vicenda con maestria, riuscendo a farla diventare commovente e illuminante. Benché rimanesse sul vago in merito a come e dove, di preciso, aveva conosciuto quel gentiluomo – di cui aveva giurato di non rivelare il nome –, era chiaro che la storia era vera. Ma non fece parola di un amante, men che meno un amante tedesco.

Mr Brown se ne andò di ottimo umore: di rado gli era capitato di veder nascondere così abilmente delle informazioni, rasostituendole con una convincente storia di copertura. La ragazza aveva davvero un gran talento.

Saffron e Gerhard si videro di nuovo a Pasqua, quando lui trovò un pretesto per andare a Parigi. I progetti disegnati da Speer per la nuova Berlino, ispirati dalle fantasie del Führer, si basavano in gran parte sui disegni di un architetto settecentesco, Étienne-Louis Boullée, le cui opere erano conservate alla Bibliothèque Nationale. Dopo aver assicurato a Speer che uno studio diretto del lavoro dell'antico maestro gli sarebbe stato di enorme aiuto, e promesso di pagare di tasca sua tutte le spese, Gerhard era stato autorizzato a esaminare di persona l'archivio Boullée. Prenotò una stanza al Ritz, passò diverse ore magnifiche a letto con Saffron, si fece fotografare insieme a lei davanti alla torre Eiffel – entrambi sorridenti e avvinghiati in un abbraccio appassionato – e, dopo averla salutata con un bacio alla Gare du Nord, riuscì persino a trascorrere un giorno nella Bibliothèque prima di tornare a Berlino.

A Parigi parlarono più a lungo di quanto avrebbero voluto della guerra imminente. Stabilirono di comune accordo che erano tenuti a fare la loro parte per il proprio Paese, ma che nessuno dei due avrebbe mai detto all'altro una sola parola sul proprio servizio per la patria. Se lo avessero fatto e fossero stati intercettati, sarebbero sorti sospetti di spionaggio e tradimento. Inoltre, se uno dei due avesse saputo cosa faceva l'altro e quali pericoli correva, non sarebbe riuscito a sopportarlo. E, infine, il loro amore dipendeva dalla loro capacità di dimenticare le differenze politiche e militari fra le due nazioni e vedersi come semplici individui. Avevano davvero bisogno di sapere soltanto una cosa, ossia che erano ancora vivi e ancora innamorati.

Gerhard aveva escogitato un modo di comunicare. Allo scopo di proteggere Saffron e le altre persone coinvolte, le comunicò solo l'indirizzo dell'ufficio di Isidore Solomons a Zurigo e in cambio le chiese un indirizzo in Inghilterra a cui Izzy potesse scrivere senza correre rischi. Lei gli diede quello della casa della zia Penny a Tite Street.

« Non ti dispiace, vero? » le chiese qualche sera più tardi, mentre cenavano in un ristorantino italiano a Chelsea.

« Dipende da come risponderai a tre domande », replicò la zia Penny.

« Bene, fammele pure. »

« Perfetto. Prima: sei sicura di amarlo? »

« Oh, sicurissima, dal profondo del cuore », affermò Saffron, e sua zia capì subito che stava dicendo la verità.

« Seconda: sei sicura che lui ti ami? »

« Senza alcun dubbio. »

« E terza: è un brav'uomo? »

« Sì, decisamente », le assicurò lei, poi le raccontò la storia di Isidore Solomons e di come erano stati accolti nel caffè di Herr Kagan a Zurigo. Alla fine erano entrambe in lacrime e Saffron si era assicurata la collaborazione e l'assoluta discrezione di zia Penny.

Quando tornò a Oxford per il trimestre estivo, si offrì di collaborare con la sezione locale dei Mechanised Transport Corps, un'organizzazione volontaria fondata durante la Grande Guerra per fornire autiste e meccaniche ben addestrate ai servizi armati affinché sostituissero gli uomini, consentendo loro di fare il proprio dovere al fronte.

Anche quell'anno Leon e Harriet arrivarono a Londra a giugno. Mentre mangiavano fragole con panna a Wimbledon e visitavano la mostra estiva della Royal Academy, avevano tutti e tre la triste consapevolezza che il ventennio di pace volgeva ormai al termine.

« Quando scoppia la guerra, lascerò Oxford », annunciò Saffron al padre. « Voglio fare la mia parte. »

« Ma non c'è alcun bisogno di lasciarla subito. Non verrai chiamata alle armi. Prima finisci gli studi e a quel punto, se la guerra – Dio non voglia – non sarà ancora terminata, potrai decidere come servire il tuo Paese nel modo più efficace. »

« Ma a che scopo rimanere a Oxford quando è mezza vuota e tutti i ragazzi che conosci si sono arruolati? Sarebbe tristissimo. Posso fare la mia parte, anche se consiste solo nel guidare un'auto o un camion, e tornare in un secondo tempo. Oxford sarà ancora lì, a prescindere da cosa succede in guerra. »

Leon capì che era impossibile dissuaderla e, pur volendo tenere al sicuro la sua bambina, ne ammirò il coraggio e la determinazione. Invece di discutere, decise quindi di aiutarla, perché il suo più grande timore era che rimanesse bloccata a Londra quando cominciavano a cadere le bombe: se c'era una cosa su cui tutti gli esperti militari sembravano concordi era che i bombardieri moderni potevano seminare morte e distruzione su una scala mai vista prima durante un confilitto.

Saffron, che non tornava in Kenya da un anno, partì per l'Africa con Leon e Harriet. Lungo la strada si fermarono al Cairo, ospiti di nonna Saffron nella vecchia dimora di famiglia dei Courteney a Garden City. Per un paio di giorni lei non poté fare a meno di notare che il padre sembrava stranamente indaffarato e taciturno, ma alla fine lui vuotò il sacco.

« Presumo che tu ti sia chiesta cosa stavo architettando », le disse, mentre bevevano un aperitivo prima di cena.

« In effetti sì. »

« Vale anche per me », intervenne Harriet, guardando la ragazza. « Non ne ha fatto parola nemmeno con la sottoscritta. »

« Bene, Saffron, ho la fortuna di vantare un pizzico di influenza in questa città. Se e quando inizierà lo spettacolo, la Courteney Trading darà un importante contributo allo sforzo bellico, dato il nostro petrolio, le navi e così via, quindi ho potuto chiedere qualche favore. Si dà il caso che l'esercito abbia appena nominato un nuovo comandante in capo delle truppe britanniche e dell'impero in Egitto, il maggior generale Henry Maitland Wilson, noto a tutti come Jumbo per motivi che ti saranno chiari non appena lo incontrerai. Comunque è appena arrivato qui al Cairo, non conosce quasi nessuno e ha bisogno di un autista. Ho detto che sarei stato felice di spiegargli i fondamentali, presentarlo a tutti, aiutarlo a sistemarsi allo Sporting Club e via dicendo. In cambio ho chiesto solo la possibilità di fornirgli una ragazza degli MTC ben addestrata che gli faccia da chauffeur, la mia adorata figlia in persona. Allora, cosa te ne pare? »

« Interessante », replicò Saffron, con il tono scettico di chi aspetta di scoprire qual è il trabocchetto.

« Oh, è ben più che interessante, mia cara », disse Harriet. « Qualsiasi ragazza coglierebbe al volo l'occasione di fare da autista a un generale. »

« Naturalmente lui vuole prima conoscerti », aggiunse Leon, « assicurarsi che tu sia presentabile, sappia guidare e non sia una sciocca creaturina che non sarà in grado di gestirlo. Gli ho assicurato che non ha motivo di preoccuparsi. Quindi sabato pranzerai con lui al club e se tutto va bene ho pensato di invitarlo a caccia di anatre sul Delta. Sono sicuro che sarà molto più contento, dopo averti visto sparare. »

« Be', sembrerebbe una magnifica opportunità. Ma se la guerra non scoppiasse? »

« In tal caso tornerai all'università. Ma voglio essere sincero con te, Saffy, penso proprio che scoppierà. Credo che Hitler voglia mettere le mani sulla Polonia. Deve muoversi prima che scoppi la tempesta, e quando lo farà non vedo come potremo permettergli di occupare un altro Paese senza intervenire. »

Aveva soltanto una richiesta da fare alla figlia e a Jumbo Wilson, e la menzionò durante il pranzo allo Sporting Club di Gezira. « Ritengo importante che Saffron possa difendersi e mi sono preso la libertà di procurarle una piccola Beretta 418, una pistola perfetta per una donna: piccola, leggera e facile da infilare nella borsetta. »

« Vi assicuro, Mr Courteney, che non ho la minima intenzione di portare vostra figlia in battaglia o in qualsiasi altra situazione pericolosa, se posso evitarlo », affermò Wilson, alto e massiccio come suggeriva il suo soprannome.

« Ne sono convinto, generale, ma ho combattuto una guerra in Africa, e l'Africa non è come l'Europa. Le linee del fronte non sono tracciate in maniera netta e ordinata sulla mappa. Non si può mai sapere quando o dove ci si potrebbe trovare nei pasticci.»

«Sapete usare una pistola, Miss Courteney?» chiese il generale.

«Sì, signore, ho una discreta esperienza in tal senso.»

«Sapete cosa vi dico, generale?» chiese Leon. «Perché non venite a caccia di anatre sul Delta con noi? Raduneremo un po' di persone e trascorreremo una splendida giornata.»

Jumbo accettò l'offerta. Saffron passò a prenderlo nel suo alloggio e lo accompagnò in auto fino al lago in cui avrebbero sparato alle anatre. Si dimostrò un'autista molto competente e una cacciatrice dalla mira eccezionale, almeno quanto qualsiasi uomo presente.

«Sarei felice di avervi come autista e di consentirvi di girare armata, anche se vi sarei grato se non faceste parola con nessuno del nostro accordo. Siete sia una civile sia una donna, e per entrambi i motivi non dovreste portare con voi un'arma.»

«Non una parola», ribatté Saffron, «ve lo garantisco.»

La mattina seguente si presentò al lavoro. Leon e Harriet tornarono in Kenya felici di sapere che stesse facendo la sua parte per il Paese, ma in un modo che riduceva al minimo i pericoli che avrebbe corso, nel caso fossero iniziate le ostilità.

Meno di un mese dopo, Hitler invase la Polonia. La Seconda guerra mondiale era cominciata.

Il Natale del 1939 fu un periodo felice, in Germania. La Polonia era stata conquistata con perdite inferiori alle ventimila unità, considerando morti e feriti. Dopo gli orrori dei combattimenti in trincea sul fronte occidentale durante la Grande Guerra, quando tanti uomini erano stati massacrati e il loro sacrificio si era dimostrato quasi vano, il *Blitzkrieg* consentì una vittoria militare indolore. In tutte le conquiste realizzate da Hitler non si era sparato un solo colpo. Il Reich dominava ormai il cuore dell'Europa, dal confine francese a ovest a quello russo a est, e in molti speravano che il Führer si accontentasse dei risultati ottenuti. L'orgoglio e lo status della Germania erano stati trionfalmente restaurati, quindi perché non godersi la nuova posizione di grande potenza mondiale?

Durante le vacanze, i palazzi e i castelli della Baviera erano gremiti di allegri gaudenti. Gerhard von Meerbach era ancora di stanza in Polonia e non poteva avere licenze né per Natale né per Capodanno, ma per Konrad – che divideva il proprio tempo fra il quartier generale di Heydrich a Berlino e la Meerbach Motori – non era un problema partecipare agli eventi mondani di maggior rilievo, benché la sua libertà d'azione fosse limitata dalla presenza della moglie Trudi. Quel giogo lo esasperava, ma era importante che si facesse vedere in pubblico con la consorte: rafforzava la sua immagine di uomo devoto alla famiglia, fondamentale all'interno del partito.

Durante una di quelle occasioni, poco prima di Natale, si ritrovò separato da Trudi, che era andata a spettegolare con un capannello di amiche. La padrona di casa lo prese per un braccio e lo condusse da un'altra ospite che in quel momento era sola, una bionda che secondo Konrad doveva avere almeno dieci anni meno di lui. Era una ragazza graziosa, con due seni più che soddisfacenti messi in mostra dall'abito da sera come un paio di pesche in una ciotola. Lei lo guardò con palese interesse: la divisa nera operava la sua consueta magia. Buon Dio, chissà se ho il tempo di portarmela a letto prima che quella stupida di Trudi si accorga della mia assenza, si domandò lui.

«Chessi, posso presentarti il conte von Meerbach?»

La padrona di casa vide la sua ospite irrigidirsi come se il nome non le fosse gradito. Ne rammentò di colpo il motivo e capì di avere commesso un terribile *faux pas*, ma non poté fare altro che aggiungere: « Conte von Meerbach, vi presento la contessa Francesca von Schöndorf ».

Anche Konrad aveva notato il disagio della bionda, perché se c'era una cosa che aveva imparato dalla sua sempre più vasta esperienza nel campo degli interrogatori era cogliere segnali di tensione o malessere in chi aveva di fronte. Quindi è questa la ragazza che Gerhard ha scaricato, pensò. Doveva essere impazzito!

Batté i tacchi, chinò il capo e disse: « Incantato di conoscervi, contessa. E spero mi consentirete di porgervi, in veste di capo della famiglia von Meerbach, le mie più sentite scuse per la spaventosa e imperdonabile condotta di mio fratello nei vostri confronti. Posso affermare che non si è dimostrato solo un villano maleducato, ma anche un cieco, a trattare in modo così stupido una donna splendida come voi ».

Chessi non intendeva certo lasciarsi irretire dalle lusinghe di un altro membro della famiglia, ma le parole del conte von Meerbach meritavano una risposta educata. « Grazie, siete molto gentile. »

« Bene, vedo che voi due avete parecchio di cui parlare », affermò la padrona di casa, ansiosa di defilarsi al più presto. « Ah! Sono arrivati Fritz e Amélie Thyssen. Vi prego di scusarmi mentre vado a salutarli. »

Chessi notò la smorfia che fece von Meerbach alla menzione del nome di Thyssen. L'industriale, convinto sostenitore del partito nazista ai suoi albori, aveva avuto alcune divergenze con il Führer per l'ostilità del governo nei confronti della Chiesa cattolica e per l'ossessivo desiderio di fare del riarmo il fulcro degli sforzi industriali tedeschi. In qualità di ufficiale delle SS e di capo di un'azienda i cui motori contribuivano ad alimentare lo sforzo bellico, von Meerbach non poteva che disapprovare.

Mentre aspettava che riportasse l'attenzione su di lei e proseguisse la conversazione, Chessi lo esaminò. Quindi questo è il famigerato Konrad! Sapessi le cose che tuo fratello ha detto di te! pensò. Non era affatto bello o elegante come Gerd, e non aveva nemmeno un briciolo della sua sensibilità o raffinatezza. Aveva lineamenti grossolani e un corpo da contadino – massiccio e dagli arti robusti, ricordava più un cavallo da tiro che uno stallone arabo –, tuttavia era circondato da un'inconfondibile aura di potere di cui il fratello minore era privo. Quello era un uomo abituato a prendersi ciò che voleva e a schiacciare chiunque lo intralciasse. Lei non dubitava che fosse un gran prepotente e un vero bastardo, ma poteva sfruttare la cosa: se l'ostilità di Gerhard per Konrad era ricambiata, avrebbe potuto approfittarne.

«Immagino sappiate che mio fratello e io non andiamo d'accordo», disse Konrad, quando tornò a concentrarsi su di lei. «So che si pavoneggia interpretando il ruolo del valente pilota di caccia, ma è una semplice facciata, meticolosamente progettata come uno di quei palazzi che ama disegnare. Io conosco l'uomo che si cela sotto di essa.»

Chessi aveva un asso da giocare nella partita con von Meerbach e durante una festa del genere, quando la conversazione rischiava di venire interrotta da un momento all'altro, non poteva permettersi di indugiare. «Ditemi, Gerhard vi ha rivelato perché, o meglio per chi, ha infranto la promessa che mi aveva fatto?»

Von Meerbach sorrise. «Credetemi, sono l'ultima persona al mondo con cui si confiderebbe, quando si tratta di questioni di cuore.»

«Allora ve lo dico io. Ero in vacanza a St. Moritz con alcuni amici. Gerhard si è premurato di raggiungerci per qualche giorno. Intendeva chiedermi di sposarlo, ne sono sicura, ma una mia ex compagna di scuola si è messa in testa di passare a salutarmi. Non so se ne siete al corrente, conte von Meerbach, ma ho studiato per due anni in Inghilterra. Ci siamo conosciute là. È venuta a St. Moritz dalla Scozia, dove trascorreva le vacanze di Natale, solo per vedere me, la sua più cara amica. Capirete, ci siamo conosciute nel '36, quando le nostre nazioni erano ancora in rapporti amichevoli.»

«Certamente, contessa. Il Führer ha tentato fino all'ultimo di conservare la pace con l'Inghilterra e il suo impero.»

«Giusto. Il fatto è che questa inglese è venuta a St. Moritz per vedermi ma, prima che avessimo la possibilità di incontrarci, è caduta letteralmente ai piedi di vostro fratello e ha deciso seduta stante che lo voleva per sé.»

«Sapeva del legame fra voi e Gerhard?»

«Sapeva che ero innamorata, ma mi ha giurato che non aveva idea che lui fosse il mio fidanzato. Sono stata stupida, forse, ma le ho creduto. Se avesse rispettato la nostra amicizia, ritratto i suoi artigli e restituito Gerhard alla sottoscritta, sarei forse riuscita a perdonarla, e a perdonare lui. Ma non ha voluto lasciarlo andare, e lui è parso fin troppo felice di essere stato preso.»

«Quindi l'amante di mio fratello era inglese?»

«Sì, ma perché parlate al passato? Come fate a sapere che non lo è ancora?»

Chessi aveva un'amica che continuava a farsi ricoverare in cliniche costose nel vano tentativo di dimagrire. Il suo problema era molto semplice: era ingorda e mangiava troppo. Pur riuscendo a tollerare una settimana di digiuno forzato, non appena usciva dalla clinica tornava alle vecchie abitudini. L'espressione che comparve sul viso di Konrad von Meerbach quando si rese conto che gli stavano offrendo un modo per annientare il fratello era molto simile a quella dell'amica di Chessi quando, subito dopo l'ultimo ciclo di cure, si trovava davanti un bel piatto di *spätzle* coperti da una generosa dose di formaggio.

« Potete dirmi il nome dell'inglese? » chiese, quasi sbavando.

« Sì. » La padrona di casa stava tornando verso di loro, quindi non c'era tempo da perdere. « Si chiama Saffron Courteney. È cresciuta in Kenya, dove suo padre possiede un'enorme tenuta. Sua madre si chiamava Eva e, prima della Grande Guerra, era l'amante di un ricchissimo e potente industriale tedesco morto in Africa all'inizio del conflitto, ucciso dal padre di Saffron. »

Konrad era impallidito. Aveva la mascella contratta come quella di un mastino e le labbra erano sbiancate per la rabbia repressa. La sua voce era bassa e roca quando domandò: « Come fate a saperlo? Se mentite o cercate di prendermi in giro... Se vi state vendicando della mia famiglia diffondendo calunnie e maldicenze... »

Chessi si spaventò, non riuscendo a capire perché il suo racconto avesse suscitato una reazione così violenta. « Vi assicuro, conte, che sto dicendo la verità. È stato uno dei cugini di Saffron a raccontarmi la storia. Era innamorato di lei, ci sentivamo entrambi traditi e lui è stato ben felice di dirmi tutto. »

Konrad la guardò, sporgendo la testa massiccia senza curarsi di apparire sgarbato, mentre la scrutava in volto per capire se mentiva, poi annuì. « Sì, vi credo. Non avreste potuto scoprire queste informazioni se non nel modo da voi descritto. Siete in grado di fornirmi altri dettagli? »

« Sì. »

« Conoscete il nome dell'industriale tedesco? »

« No, io... » Poi Chessi ebbe un'illuminazione. Oh, perché non l'ho capito subito? I ragazzi von Meerbach sono cresciuti senza un padre. Deve trattarsi per forza di lui!

« Ne riparleremo presto. Abbiamo parecchio di cui discutere. E credo che la nostra conversazione possa rivelarsi vantaggiosa per entrambi. »

* * *

Rory Ballantyne immaginava che prendere d'assalto una casamatta fosse emozionante, ma l'ufficiale istruttore nell'aula della 161 Officer Cadet Training Unit – o collegio militare reale di Sandhurst, com'era noto prima della guerra – lo faceva sembrare noioso come la grammatica latina. Sospirò di sollievo quando la lezione fu interrotta da un caporale.

« Scusatemi, signore », disse il caporale, « ma il maggior generale mi ha chiesto di venire a chiamare il cadetto Ballantyne. C'è un gentiluomo che desidera vederlo. »

« Non può aspettare fino al termine della lezione? »

« Mi dispiace, signore, ma devo portare subito fuori il cadetto Ballantyne. Il maggior generale è stato molto chiaro. »

L'istruttore emise un irritato sospiro da martire. « Benissimo, Ballantyne, andate pure. »

Rory si alzò dal banco, guardò un paio dei compagni seduti nella sua stessa fila e scrollò le spalle con aria sconcertata, per indicare che non aveva la minima idea di cosa stesse succedendo, poi seguì il caporale fino all'ufficio del maggior generale, dove venne presentato a un anziano gentiluomo di bassa statura e dai radi capelli candidi che si chiamava Mr Brown.

« Perché non andiamo a fare una passeggiata? » gli propose l'uomo. « Fino a Upper Lake, magari. Cosa ne dite? »

« Certo, signore », replicò Rory. « Credo di conoscere la strada. »

« Anch'io, caro figliolo, anch'io. »

Uscirono nella gelida aria invernale. Mr Brown avanzava lentamente, imbacuccato in un cappotto pesante, con sciarpa, cappello e guanti di pelle. Rory aveva la divisa da battaglia kaki, e rimpiangeva di non poter accelerare il passo per scaldarsi un po'.

Quando si trovarono su un sentiero ben lontano dagli edifici del collegio, dove nessuno avrebbe potuto sentirli, Brown disse: « Innanzitutto devo sottolineare, con il massimo rigore possibile, che qualsiasi cosa diciamo deve considerarsi strettamente confidenziale. Non dovete rivelare a nessuno l'argomento o lo scopo di questo nostro incontro. Sono stato chiaro? »

« Certo, signore. »

« Quando tornate dagli altri cadetti, dite semplicemente che sono un vecchio amico di famiglia, funzionario al ministero della Guerra, che visitava il collegio e ha chiesto di voi. »

« Capisco, signore, ma non so bene quale sia in realtà lo scopo del nostro incontro. »

« Sono venuto a chiedervi di vostra cugina, Saffron Courteney. »

Rory si allarmò. « Sta bene? Insomma, non è nei guai, vero? »

Mr Brown ridacchiò affabilmente. « Oh, no, no, nulla del genere. Si tratta piuttosto di una valutazione. Il nome di Miss Courteney è emerso per un possibile incarico e vogliamo accertarne l'idoneità, tutto qui. »

« Fa molto cappa e spada. In famiglia sono sempre circolate voci secondo cui sua madre era una spia, prima dell'ultima guerra. »

« Lo trovo alquanto improbabile. Non bisognerebbe badare troppo alle dicerie di famiglia. Fatti, Ballantyne, ecco cosa sto cercando. Allora, presumo che voi e Miss Courteney siate piuttosto legati. »

« Non come un tempo, temo, signore. »

« Oh, per quale motivo? »

E così Rory si ritrovò a raccontare la storia del viaggio a St. Moritz. Non voleva dire nulla che potesse screditare Saffron, perché in fondo faceva ancora parte della famiglia, ma c'era qualcosa di ipnotico nel tono gentile in cui Brown gli poneva una domanda dopo l'altra. Sembrava in grado di estorcere informazioni senza che l'interlocutore si rendesse conto di quanto stava rivelando. Rory si scoprì a descrivere come Saffron avesse insistito per scendere lungo la Cresta Run per poi svignarsela con un tedesco chiamato von Meerbach.

Mr Brown aveva drizzato le orecchie sentendo quel nome e volle conoscere tutti i dettagli scabrosi, benché Rory temesse che non si addiceva a un gentiluomo rivelare quei particolari su una signora, e per di più una cugina.

« Ma, accidenti », concluse, « è stato un autentico scandalo. Insomma, la guerra non era ancora iniziata, è ovvio, ma temevamo tutti che fosse imminente e che i tedeschi sarebbero stati di nuovo nostri nemici. Ed ecco Saffron che scappava con un maledetto tedesco! »

« Date l'impressione di esserne rimasto sconvolto. »

« Immagino di essermi arrabbiato parecchio, sì. Le ho scritto una lettera dai toni molto severi dicendole cosa pensavo. Non l'ho più rivista, se proprio volete saperlo. »

« Sospettavate che potesse avere simpatie naziste? »

Rory era sbalordito. « Saffy... una nazista? Buon Dio, no! Non ho certo apprezzato il suo comportamento, e non lo faccio tuttora, ma non nutre simpatie per Hitler. Non fa parte della sua natura. Tutto quel marciare con il passo dell'oca non è affatto il suo genere! »

« Allora come mai si è innamorata di un tedesco, secondo voi? »

« Perché una donna si innamora di un uomo? Lui è ricco sfondato e nient'affatto brutto, sempre che vi piacciano gli stranieri. La vera domanda è perché se n'è infischiata del fatto che fosse tedesco. »

« Bene, cadetto Ballantyne, è davvero questa la vera domanda. Voi che idea vi siete fatto? »

« Oh, è facile. Saffy se n'è infischiata perché se ne infischia di tutto. Non è come le altre ragazze: fa qualsiasi cosa le salti per la testa e al diavolo le conseguenze. Le donne non dovrebbero scendere lungo la Cresta Run, ma questo non l'ha certo fermata. Le inglesi non dovrebbero amare i tedeschi ma... Be', non so se lei lo ami, ma avete capito cosa intendo. »

«Certo.»

Si erano fermati accanto al lago e Rory guardava verso l'acqua. Più parlava di Saffron e meno desiderava incrociare lo sguardo di Brown.

«Tenete molto a lei, vero, cadetto Ballantyne?»

Lui si voltò e annuì.

«Temete di aver detto troppo?»

«Sì, infatti.»

«Non preoccupatevi. Tutto ciò che avete detto è al sicuro, con me. E sono d'accordo con voi, penso anch'io che Saffron Courteney sia una ragazza davvero fuori dal comune.»

«Non mi perdonerei mai se avessi detto qualcosa che possa danneggiarla.»

«State tranquillo. Non penso che vostra cugina sia in alcun modo sleale verso questo Paese. Come ho detto poc'anzi, sto solo raccogliendo informazioni per una valutazione.»

«Se state valutando lei, saprete che è una tiratrice dalla mira infallibile e un'amazzone provetta.»

«Così mi hanno riferito.»

«Buffo. Io e tutti gli altri cadetti ci addestriamo per diventare ufficiali, ma se Saffy fosse un uomo sarebbe un soldato migliore di tutti noi.»

«Cosa vi fa pensare che non lo diventerà, pur essendo una donna?» Per un attimo Mr Brown lasciò la domanda sospesa nell'aria, poi aggiunse: «Credo sia ora di tornare indietro, non pensate?»

L'uomo noto a Francis Courteney come Manfred Erhardt era un agente di alto livello dell'Abwehr, il servizio d'intelligence militare tedesco. Era sicuro di poter trasformare Francis in una risorsa estremamente preziosa, ma sentiva che il suo valore sarebbe notevolmente aumentato se avesse esercitato una maggiore influenza nell'azienda di famiglia. Era però evidente che i fratelli Leon e David gli bloccavano la strada. Erhardt considerava Leon Courteney un problema meno immediato, visto che viveva in Kenya e non era coinvolto nella gestione quotidiana della Courteney Trading. Il principale ostacolo all'avanzamento della carriera di Francis era David Courteney, l'amministratore delegato, che, d'altra parte, era molto più vulnerabile di Leon.

Erhardt mandò un messaggio a Francis chiedendogli se il fratello avesse in programma di lasciare il Cairo durante i due mesi successivi. Francis finse di voler organizzare una festa di famiglia e chiese a David quando sarebbe stato fuori città per non escluderlo. La segretaria del fratello, benché scettica sulle probabilità che quel noto misantropo improvvisasse un party, non poteva certo dirgli di no. L'informazione venne quindi fornita e subito trasmessa a Erhardt.

Quattro settimane più tardi, David partì per uno dei suoi regolari viaggi ad Alessandria in visita all'agenzia di spedizioni marittime della famiglia. Là cenò con il fratello Dorian e, visto che era una splendida serata e l'atmosfera era assai diversa da quella del Cairo – molto più rilassata, tipicamente mediterranea, che incitava all'avventura –, decise di tornare in albergo a piedi invece che in taxi. Conoscendo bene Alessandria, prese una scorciatoia che lo condusse lungo una viuzza laterale così stretta da essere poco più di un vicoletto.

Non sentì né vide l'uomo che scivolò fuori da un androne immerso nell'ombra, lo raggiunse alle spalle, gli ghermì il mento da dietro per spingerglielo verso l'alto e poi gli tagliò la gola da un orecchio all'altro.

Rubarono il portafogli, l'orologio e persino le scarpe di David. Il capo della polizia cittadina espresse il suo più profondo rammarico alla famiglia Courteney; l'orrendo crimine era palesemente opera di delinquenti comuni, ma nonostante le più scrupolose ed esaustive ricerche il colpevole non era stato individuato.

Dal punto di vista di Erhardt l'operazione aveva funzionato a meraviglia, ma poi si presentò un inatteso risvolto negativo: raggiunto il Cairo in aereo per il funerale del fratello, Leon Courteney decise di trasferirsi in città, così da occuparsi personalmente della gestione della Courteney Trading. Affidò a Loikot la responsabilità del bestiame di Lusima, lasciò che Manyoro continuasse a svolgere la funzione di leader e tutore della legge nella comunità di masai locale e incaricò un giovane e ambizioso sudafricano, Piet van der Meuwe, di occuparsi del fiorente versante agricolo della tenuta, dove si coltivava qualsiasi cosa, dai fagiolini al caffè. Disponeva già dei migliori avvocati e contabili di Nairobi e così, con le sue proprietà in mani fidate, si stabilì al Cairo con Harriet, e la Courteney Trading si abituò alla vita sotto il nuovo capo.

A ben pensarci, quel risvolto non era stato del tutto negativo: Francis Courteney era ancora più convinto che il destino e la sua famiglia cospirassero contro di lui. In base alla considerevole esperienza di Manfred Erhardt, niente era meglio dell'amarezza, del rancore e del senso di persecuzione per trasformare un uomo in un traditore.

Konrad von Meerbach aveva tre grandi compiti nella vita: assistere Heydrich, guidare l'azienda di famiglia e raccogliere abbastanza accuse contro Gerhard per farlo finire senza processo in un campo di concentramento. Una serie di conversazioni con Francesca von Schöndorf gli aveva fornito un autentico tesoro di pettegolezzi incriminanti e indizi per poterne ricavare prove schiaccianti. Lui e Francesca avevano celebrato la loro alleanza segreta con una cena a Berlino, dopo la quale lei lo aveva accompagnato volentieri nel suo appartamento. Ma, anche se il corpo di quella donna era ancora più invitante nudo di quanto non lo fosse vestito, l'episodio aveva avuto un retrogusto insoddisfacente per entrambi. L'ombra di Gerhard sembrava aleggiare sopra il letto, e più si ripetevano che era il loro modo per vendicarsi, più potere lui sembrava assumere – perché lui continuava a significare tanto per entrambi – e più il loro trionfo sembrava vacuo.

Non significava però che Konrad intendesse andarci piano con il fratello. Con la sconfinata pazienza di un ragno, si dedicò a tessere una tela in cui intrappolare la preda. Voleva le prove del fatto che Gerhard e Courteney fossero ancora in contatto, perché accusare il fratello di tradimento diventava ogni giorno più difficile.

Nell'aprile del 1940, alcune unità del settantasettesimo stormo caccia, compresa la squadriglia di Gerhard, vennero incaricate di fornire supporto aereo all'invasione della Norvegia. Durante la campagna, Gerhard abbatté due caccia della Royal Air Force che, benché fossero antiquati biplani Gloucester Gladiator, vennero comunque conteggiati tra i velivoli abbattuti: ancora uno e sarebbe diventato un asso dell'aviazione.

Quell'uno fu un bombardiere Wellington, abbattuto durante l'invasione della Francia, e seguito da altri due aerei, uno Hurricane e uno Spitfire – tutt'altro che antiquati –, nelle frenetiche settimane in cui gli inglesi furono fatti retrocedere verso il mare e costretti a un'umiliante ritirata dalle spiagge di Dunkerque, lasciandosi dietro l'intero equipaggiamento. A quel punto il *Reichsmarschall* Hermann Göring, comandante in capo della Luftwaffe, gli aveva appuntato sul petto una Croce d'argento. Grazie a quella decorazione, e alla famosa pacca sul braccio ricevuta dal Führer in persona, Gerhard aveva acquisito uno status che, per quanto immeritato, avrebbe reso molto arduo farlo cadere in disgrazia.

Se amassi una donna nemica, come mi terrei in contatto con

lei? si chiese allora Konrad. Qualunque soldato lontano da casa scriveva alla sua bella e ne riceveva le lettere, ma Gerhard e Courteney – non riusciva a costringersi a chiamarla « Saffron » nemmeno nella sua mente: la faceva sembrare troppo umana, quasi simpatica – non potevano scriversi direttamente, perché non esistevano comunicazioni fra il Reich e l'impero britannico. E in ogni caso lei non poteva certo scrivergli in inglese, né lui in tedesco a lei: in entrambi i Paesi c'erano censori che intercettavano la posta in entrata e in uscita, e qualsiasi messaggio scritto in un idioma nemico avrebbe fatto subito scattare campanelli d'allarme.

Doveva esserci un intermediario in grado di rendere sicura la comunicazione in entrambi i sensi. Doveva vivere in un Paese neutrale: solo così sarebbe stato in grado di ricevere e trasmettere a sua volta i messaggi. E doveva saper scrivere sia in inglese che in tedesco. Inoltre doveva avere un valido motivo per prendersi tutto quel disturbo, e correre non pochi rischi, allo scopo di aiutare i due piccioncini.

Konrad era steso a letto, a rilassarsi dopo un energico amplesso con una ballerina classica di uno dei teatri berlinesi di vaudeville, una ragazza longilinea e particolarmente snodata, quando intuì chi doveva essere l'intermediario. Vedendo il sorriso che gli balenò sul volto, la ragazza pensò che fosse contento di lei, ma la sua soddisfazione fu di breve durata: Konrad la buttò subito fuori da casa sua, sebbene fosse piena notte. Voleva solitudine, pace e silenzio per riflettere, non le insulse ciance di una ballerina senza cervello.

Nel giro di una settimana organizzò un'operazione di sorveglianza e intercettazione della corrispondenza, che già ad agosto individuò la prima comunicazione inviata dall'intermediario a Londra. La lettera non era indirizzata direttamente a Saffron ma a una sua parente, Penelope Courteney, che viveva in quella città. Più o meno nello stesso periodo intercettarono una missiva da Londra, quasi sicuramente la risposta a un messaggio di parecchio tempo prima. Le lettere dalla Svizzera all'Inghilterra seguivano un tragitto lungo e tortuoso attraverso Paesi neutrali come il Portogallo o la Svezia, e non sempre arrivavano a destinazione, quindi i due amanti avevano contatti epistolari sporadici, ma sufficienti a tenere viva la fiamma nei loro cuori, se erano innamorati.

C'era soltanto un problema: gli agenti tedeschi assegnati al caso non riuscivano a determinare quale fosse l'anello successivo della catena, quello che collegava l'intermediario a Gerhard. Le missive entravano e uscivano furtivamente dal Reich senza che il passaggio fosse visibile. Konrad cominciò a riflettere sull'estremità opposta della catena: in Germania doveva esserci un anello finale per Gerhard, l'equivalente di Penelope Courteney per la puttana inglese.

Qualcuno con un'indole diversa da quella di Konrad, che non vivesse all'interno di un sistema come quello nazista, non sarebbe giunto con altrettanta sicurezza alla conclusione cui arrivò lui, e forse non sarebbe stato disposto ad avviare un secondo programma di intercettazione della posta per dimostrare che la sua intuizione era esatta. Ma Konrad era quel tipo di uomo. Ebbe un'intuizione, agì in base a essa e dimostrò di avere ragione. Poi scoprì che il primo individuo da lui smascherato, quello che operava in un Paese neutrale, faceva parte di un'organizzazione pluriconfessionale volta ad aiutare e ricollocare famiglie – in particolare bambini – che avevano sofferto a causa delle politiche naziste, e che un altro suo membro di spicco era un prete cattolico. E con quella scoperta fu chiaro chi fosse l'ultimo anello della catena.

La ragnatela di Konrad era terminata e Gerhard, pur non sapendolo, era in trappola. Ma poi sorse un problema inaspettato.

«Credo che non sarebbe saggio far arrestare tuo fratello», affermò Heydrich una sera di agosto inoltrato, dopo che lui gli ebbe illustrato le sue scoperte. «È un asso dell'aviazione decorato e attualmente impegnato in operazioni di combattimento. Se dovessimo arrestarlo, il clamore arriverebbe fino ai vertici del partito, dopodiché avremmo il *Reichsmarschall* Göring che litiga con il *Reichsführer* Himmler per un uomo il cui unico crimine è essersi sbattuto la donna sbagliata. Presto o tardi entrambi si chiederebbero perché diavolo prendersi tanto disturbo, poi se la prenderebbero con me. A quel punto, credimi, mi farei da parte e lascerei che la loro furia congiunta si riversi su di te. Mi dispiace, Konrad, ma questa tua piccola faida familiare non vale i problemi che causerà. Abbiamo una guerra da vincere, una guerra contro il complotto ebraico internazionale. Otterremo la vittoria totale solo quando avremo spazzato via l'intera razza dalla faccia della Terra. Concentrati su quel compito, se non ti dispiace, invece che sulla vita sessuale di tuo fratello.»

«Sissignore», replicò lui, ma stava pensando ad altro. Adesso dici così, ma mi basterà trovare un'unica parola, in un'unica lettera, che riveli anche la più vaga informazione sensibile di carattere militare per farti cambiare idea, così come la cambieranno Himmler e Göring.

In quel preciso istante si udirono le sirene antiaeree. Heydrich, dietro la scrivania, conservò la consueta calma glaciale e Konrad rimase altrettanto impassibile. Doveva trattarsi di un'esercitazione. Göring in persona aveva garantito al popolo tedesco che nessun bombardiere inglese sarebbe mai riuscito a raggiungere nemmeno la Ruhr, sul confine occidentale del Reich, il più vicino all'Inghilterra. Berlino si trovava cinquecento chilometri a est della Ruhr, quindi molto più lontano dalle isole britanniche. Non c'era motivo di allarmarsi.

Poi il telefono sulla scrivania di Heydrich cominciò a squillare. Konrad non riuscì a sentire cosa stesse dicendo l'uomo all'altro capo del filo, ma il suo tono era indubbiamente molto agitato.

Heydrich ascoltò in silenzio, a parte gli occasionali « Sei sicuro? » e « Capisco », e alla fine disse: « Benissimo, informerò il mio staff ». Riagganciò e guardò Konrad. « Sembra che io abbia frainteso la situazione: non è un'esercitazione. Circa cinquanta bombardieri della RAF stanno seguendo una rotta che li porterà direttamente qui a Berlino. Dovrebbero arrivare sopra la città entro una decina di minuti. A quanto pare siamo sotto attacco. »

Quella notte la città era ammantata da una cappa nuvolosa e i bombardieri inglesi non riuscirono a trovare la strada per raggiungerne il cuore. Due persone rimasero leggermente ferite quando una bomba cadde vicino alla loro casetta da giardino in legno a Rosenthal, un sobborgo a nord della città. Le altre piombarono su terreni agricoli senza causare danni, colpendo raccolti e bestiame invece di edifici e persone. A Berlino cominciò a circolare una battuta: « Gli inglesi non possono sconfiggerci in battaglia, quindi cercano di ridurci alla fame ».

Ma il Führer era tutt'altro che divertito e Göring profondamente imbarazzato. Si prospettava una rappresaglia contro le città inglesi, e contro Londra in particolare, e ogni singolo pilota della Luftwaffe avrebbe dovuto prendere parte alla campagna. Se mai era esistita la speranza di far tornare dal fronte un asso dell'aviazione militare, il momento era passato.

Konrad doveva trovare un altro modo per rovinare il fratello.

« Calma, ragazzi. Occhi aperti, massima concentrazione. I nostri amici inglesi verranno presto a salutarci... »

La voce del suo capitano di squadriglia, Dieter Rolf, crepitò nelle cuffie di Gerhard von Meerbach. Cinquemila metri sotto di loro, il Tamigi si snodava come un nastro d'argento, scintillando nel sole pomeridiano, proprio al centro di Londra. Come sempre, Gerhard fece del suo meglio per non pensare a Saffron. Subito prima dell'inizio della guerra, gli aveva scritto dicendo che il padre voleva che tornasse a casa. Lui presumeva che intendesse l'Africa, ma forse si sbagliava. O magari non era riuscita ad arrivarci ed era bloccata in Inghilterra per l'intera durata del conflitto. Gerhard era ancora convinto che alla fine l'Inghilterra sarebbe caduta, proprio come avevano fatto Polonia, Francia, Paesi Bassi, Danimarca e Norvegia. A volte restava sdraiato sul letto a immaginarsi in veste di conquistatore, mentre ritrovava Saffron e... e poi cosa? Agli occhi del suo popolo sarebbe stata una traditrice, se si fosse legata a uno degli occupanti.

Non riusciva a sopportare il pensiero di non tenerla più fra le braccia, di non stendersi più accanto a lei per fare l'amore. Il profumo dei suoi capelli, il suono della sua risata e dei gemiti durante l'amplesso, la luce che le guizzava in fondo agli occhi color zaffiro, il modo in cui inarcava la schiena quando lui la penetrava, la sensazione dei suoi seni sotto le sue mani, la linea dei suoi fianchi, la curva delle sue natiche e il suo vitino sottile, la stretta bollente e umida del suo sesso...

Basta! Concentrati sul lavoro!

Fra i Messerschmitt e il fiume c'erano cinquanta cacciabombardieri Dornier 17 che volavano in formazione a bassa quota. I piloti ignoravano la distrazione delle batterie antiaeree, i cui proiettili esplodevano come fuochi d'artificio neri nell'aria intorno a loro e continuavano a puntare inesorabili verso il bersaglio.

Non era certo difficile da individuare. Di fronte a loro si levava del fumo dai London Docks. La rotta lungo il Tamigi era diventata così familiare che il 109 di Gerhard avrebbe potuto farla da solo, ma lui metteva in dubbio la saggezza di quel cambio di strategia. La politica iniziale di attaccare i campi d'aviazione del comando caccia della RAF aveva funzionato egregiamente. La RAF aveva perso talmente tanti aerei, in aria e a terra, che lui non riusciva a immaginare come avrebbe potuto rimpiazzarli. Cosa persino più importante, i suoi piloti più esperti che morivano erano sostituiti da principianti che sapevano a malapena pilotare un velivolo da addestramento, figurarsi sopravvivere a un combattimento aereo contro dei veterani. Certo, la Royal Air Force usava Spitfire e Hurricane, degni avversari dei 109 tedeschi, ma i ragazzi delle squadriglie di caccia della Luftwaffe erano sicuri della vittoria.

Poi quella dannata bomba era caduta su Berlino: un'unica bomba su una maledetta casetta da giardino. E all'improvviso tutto era cambiato. Certo, vedere le riprese di cinegiornale che mostravano Londra in fiamme giovava ai tedeschi, ma giovava anche alla Royal Air Force, che aveva avuto il tempo di radunare i suoi uomini, riempire i crateri provocati dalle bombe sulle sue piste di volo, riparare gli aerei, addestrare i piloti e farli riposare. Si era notata la differenza già nelle ultime due o tre settimane. Gli inglesi erano di nuovo in grado di combattere e avevano chiamato alcuni amici ad aiutarli: una squadriglia di piloti polacchi, tutti veterani dell'invasione e disposti a fare qualsiasi cosa pur di pareggiare i conti con gli odiati tedeschi.

Gerhard si abbandonò al ritmo che qualsiasi pilota di caccia intenzionato a restare vivo doveva adottare. Scrutava senza sosta il cielo in cerca degli aerei nemici indubbiamente diretti da quella parte. Ma da dove sarebbero arrivati? Le squadriglie di caccia su entrambi gli schieramenti stavano giocando a rimpiattino, nascondendosi dietro le nubi sparse, sapendo però che finché non erano viste non potevano nemmeno vedere: alla fine sarebbero dovuti uscire allo scoperto.

Quando lo stormo di quattro aerei guidato da Gerhard sbucò dalle nubi, un'altra voce gli gridò nelle cuffie: « Nemico a ore sei, basso! Hurricane! Sembra un'unica squadriglia, dritta da Londra e che punta sui caccia».

«Li vedo!» rispose lui.

Le silhouette nere degli Hurricane spiccavano chiaramente contro il baluginio del fiume. Gli stormi di 109 si staccarono, uno dopo l'altro, in una sequenza perfetta frutto di infinite ripetizioni, e ben presto giunse il turno di Gerhard di inclinarsi e lanciarsi in picchiata alla massima velocità, sfiorando i seicento chilometri orari mentre sfrecciava verso gli Hurricane sottostanti. Il boato dell'aria contro l'abitacolo sovrastò quasi il rombo del motore, mentre le cifre sull'altimetro ruotavano rapide come i frutti di una slot machine, non riuscendo a tenersi al passo con la velocità della discesa.

Lui avvertì il tipico senso di vertigine mentre il cuore lottava contro la forza di gravità per pompargli il sangue fino al cervello. Era sin troppo facile perdere i sensi durante una picchiata, e continuare a precipitare fino a terra e a una morte certa, ma se si fosse fermato troppo presto avrebbe esposto la pancia del suo aereo alle mitragliatrici nemiche. Doveva continuare a scendere sempre di più, puntando verso l'Hurricane che aveva scelto come preda, sperando di non essere visto finché non fosse stato ormai troppo tardi, riducendo poi la velocità per non oltrepassare il bersaglio.

Era quasi arrivato, abbastanza vicino da vedere la testa del pilota dentro l'abitacolo dell'Hurricane. Riportò il velivolo in assetto orizzontale, poi strinse la barra con il grilletto e abbassò la levetta che azionava le due mitragliatrici. Sulla sommità della barra c'era un pulsante che azionava il cannone. *Adesso!* Strinse il grilletto e premette il pulsante con il pollice. La cabina del caccia vibrò quando tutte le armi spararono.

In quel preciso istante venne dato l'allarme, perché all'improvviso gli Hurricane si sparpagliarono come storni minacciati da falchi predatori, alcuni salendo e altri scendendo in picchiata, molti ruotando e avvitandosi di lato. Il pilota a cui lui aveva mirato tirò a sé la cloche ed eseguì una rapida cabrata, finendo proprio sulla rotta di Gerhard.

Lui virò sulla destra e per una frazione di secondo che parve durare un secolo non poté fare altro che pregare, intanto che il 109 pendeva di lato, le ali quasi verticali mentre passava accanto all'Hurricane.

Stava lottando per mantenere il controllo dell'aereo e in quell'istante di vulnerabilità divenne lui la preda, perché di colpo la sua ala destra fu crivellata di proiettili fino alla fusoliera, a pochi centimetri di distanza dalla sua gamba. Si guardò intorno per vedere da dove provenisse il fuoco. Dallo specchietto non riuscì a vedere niente.

Poi sentì il pilota gregario, Berti Schrumpp, gridare: « È dietro di te, Meerbach, dietro di te! »

Gerhard reagì come il suo bersaglio di poco prima: tirò con forza la cloche e, mentre il muso del suo aereo saliva, sentì un'altra raffica di proiettili colpire la fusoliera, subito dietro l'abitacolo. Mi ha mancato per un soffio ben due volte, pensò. La terza non si sbaglierà.

Eseguì una cabrata quasi perfettamente verticale, l'opposto della picchiata di poco prima. La forza di gravità che lo aveva fatto scendere così veloce si opponeva alla sua salita, rallentando l'apparecchio tanto da fargli rasentare lo stallo. Un secondo prima che potesse verificarsi, Gerhard imbardò, ruotando la cloche in modo che il velivolo, al culmine della cabrata, scendesse lungo lo stesso tragitto e accelerasse di nuovo. Lo scopo era tornare subito a inseguire l'aereo nemico.

Solo che l'Hurricane non era più lì: nel caos della battaglia a distanza ravvicinata era stato impegnato da un altro 109 e costretto a un'azione evasiva. Mentre i bombardieri proseguivano la loro ronzante e immutata avanzata verso il bersaglio, i caccia viravano, scendendo in picchiata, sparando, mancando il bersaglio.

Poi lo centrarono. Un'improvvisa e abbagliante esplosione arancione e oro sgorgò dal motore di uno dei Dornier, che cominciò a precipitare, lasciandosi dietro un pennacchio di fumo.

« Per l'amor di Dio, lanciati! » gridò Gerhard, come se il pilota potesse sentirlo. Continuò a guardare per un paio di secondi, cercando tracce di un paracadute, ma non poté soffermarsi oltre: era completamente circondato dal pericolo e da bersagli.

Dalla radio della squadriglia eruppe un grido di trionfo quando qualcuno colpì un Hurricane e poi, come se un arbitro celestiale avesse fischiato la fine dell'incontro, il combattimento ebbe termine. C'era un limite alla quantità di tempo e carburante che potevano permettersi di consumare, se volevano tornare in Francia tutti interi. Si udì un sonoro lamento di protesta: « Ora quel bastardo riuscirà a tagliare la corda. Gli avrei dato il colpo di grazia, se avessi avuto qualche altro secondo ».

« E il suo amico avrebbe potuto darlo a te », replicò Rolf. « I ragazzi con i bombardieri sono riusciti a passare, l'importante è questo. Ora riportiamoli a casa sani e salvi. »

Heydrich aveva ragione. Negli ultimi mesi del 1940 Konrad fu così indaffarato che non ebbe il tempo di tramare per distruggere il fratello. A metà novembre era a Varsavia, a fare da occhi e orecchie per il suo capo mentre si davano le ultime rifiniture al ghetto in cui erano imprigionati i quattrocentomila ebrei della città.

« Come potete vedere, le mura sono quasi completate », gli spiegò orgogliosamente Ludwig Fischer, il governatore di Varsavia, mentre percorrevano in auto l'Okopowa, la strada che delimitava un lato del ghetto. « Nessuno di quei luridi giudei ne uscirà mai senza il nostro permesso. »

« Be', non possono rimanere qui in eterno, questo è certo », sottolineò Konrad mentre l'auto svoltava sul viale di Gerusalemme. « Ma almeno sprecate per loro solo una sezione limitata della città. Ho contato solo venti isolati da un'estremità all'altra. »

« Esatto. Sono fiero di poter dire che siamo riusciti a stipare un terzo della popolazione della città in un quarantesimo della sua superficie complessiva. »

« Davvero impressionante. Come ci siete riusciti? »

« Sfruttando lo spazio in maniera efficiente. All'interno del ghetto ci sono circa ventisettemila appartamenti, perciò avremo quindici ebrei per appartamento, vale a dire sei o sette di loro per ogni stanza. Quindi sì, di notte dovranno dormire molto vicini, ma vi assicuro che la cosa non gli dispiacerà affatto. »

« Perché? »

« Perché non intendiamo certo sprecare carburante per il loro riscaldamento, in inverno. Quindi, se si stringono come sardine in una scatoletta, si terranno al calduccio anche senza carbone per il fuoco! »

Konrad rise di cuore per quella magnifica arguzia. « Mi assicurerò di riferire le vostre parole all'*Obergruppenführer* Heydrich, che le troverà indubbiamente molto divertenti. Ma, tornando alle cose serie, immagino che il numero si ridurrà comunque per cause naturali. »

« Certo. L'abbinamento di lavoro forzato, razioni scarse e freddo eliminerà rapidamente i membri più deboli della popolazione. Ma ho saputo che state già lavorando anche su altri metodi per falcidiarli. »

« Ah, avete ricevuto una visita del furgone della Kaiser's Kaffee-Geschäft? »

Il volto di Fischer si illuminò come quello di un bambino a cui venga promessa una visita al circo. « No, ma sono impaziente di vederlo. »

« Ne avete ben donde. È affidato a un *kommando* capitanato da un certo Lange. È a tenuta stagna e fornito di una tanica di monossido di carbonio che, come forse sapete, è inodore ma letale. L'abbiamo testato su ritardati, pazienti di manicomi e così via nell'ambito del programma di eutanasia. È essenziale liberare la popolazione da questi individui tarati, che consumano risorse necessarie altrove. »

« I cosiddetti individui socialmente inutili. »

« Esatto. »

La questione degli « individui socialmente inutili » divenne una componente ancora più cospicua della vita di Konrad a Capodanno, quando a Heydrich fu affidato il comando dei progetti delle SS per l'occupazione della Russia. Si pianificava un'invasione per la primavera successiva e le SS avrebbero svolto un ruolo fondamentale, seguendo l'esercito e occupandosi dell'essenziale compito di epurare l'intera popolazione da ebrei e bolscevichi.

« Non si può semplicemente entrare in Russia e dire: 'Uccidiamo tutti i comunisti e gli israeliti'. Serve un'accurata pianificazione. Dove troveremo queste persone? Come le uccideremo? Cosa faremo dei corpi? Come convinceremo i nostri uomini a massacrare donne e bambini indifesi? Questo è un incarico di vitale importanza su cui bisogna riflettere a fondo », disse Heydrich.

Konrad fu ben felice di accontentarlo. Era un lavoro affascinante, emozionante. Essere coinvolti nella creazione di un impero era un privilegio concesso a pochi. Si sentiva quindi di ottimo umore quando, poco dopo essersi svegliato alle cinque e mezzo, fece la consueta doccia mattutina. Mentre si insaponava cantò una canzone francese che quella primavera sembrava essersi diffusa in tutta Berlino; si intitolava *J'attendrai* e parlava della promessa che ogni donna faceva al suo uomo in procinto di partire per il fronte, ossia che avrebbe aspettato giorno e notte, per sempre, il suo ritorno.

Quindi se lui non torna sei fottuta, tesorino mio, vero? pensò lui, e rise al pensiero della donna che invecchiava mentre il suo uomo marciva in un remoto campo di battaglia. Rise ancora più fragorosamente quando ebbe un'altra delle sue idee brillanti, quella volta davvero splendida.

A Zurigo, Isidore entrò come al solito nella Konditorei Kagan, ma Yavi, invece di accoglierlo nel modo consueto, lo chiamò con un cenno e con aria nervosa. Si piegò sopra il bancone per sussurrargli: « C'è un uomo seduto al vostro tavolo. Gli ho spiegato che era riservato ma ha insistito. Ha detto: 'Sono venuto per parlare con Herr Solomons'. È tedesco, credo appartenga alla Gestapo o alle SS. Riconosco l'odore di quei bastardi ».

Se Kagan diceva che lo sconosciuto era delle SS, c'erano buone probabilità che avesse ragione.

« Potete fare subito dietrofront e uscire, se volete », aggiunse.

Isidore scosse il capo. « No, sono già scappato abbastanza, non mi costringeranno a farlo di nuovo. »

Riconobbe chi lo stava aspettando prima ancora di arrivare al tavolo. « Buongiorno, conte von Meerbach », disse occupando la sua solita sedia, di fronte a Konrad.

« Buongiorno a te, Solomons », replicò Konrad. « Ti trovo davvero bene. Hai preso un po' di chili dall'ultima volta che ci siamo visti. È bello sapere che mangi in maniera adeguata. E la cosa ti dona, ti conferisce una certa sostanza. Chi mai vorrebbe un avvocato che non può permettersi un pasto decente, eh? I miei complimenti al tuo sarto, lui sì che sa come si taglia un abito. Dev'esserti costato parecchio, vero? Hai restituito a mio fratello i suoi cinquemila marchi? Se non l'hai fatto, potresti darli a me: in fondo erano soldi miei. »

« Mi sembra di capire che provenissero dal fondo Meerbach », puntualizzò Isidore, « di cui conosco i termini meglio di chiunque altro, visto che ho contribuito a formularli. Il denaro che vostro fratello ha scelto di darmi invece di prestarmelo – ha insistito molto su questo punto – apparteneva a lui in quanto beneficiario del fondo. Quindi non era in alcun modo vostro e, di conseguenza, io non sono affatto tenuto a restituirlo a voi, tutto o in parte. »

Konrad sorrise. « Ecco il mio scaltro piccolo ebreo. La tua razza ha sempre pronta un'argomentazione per tenersi stretti i soldi. »

« Dimenticate che qui non siamo in Germania, non avete alcun potere su di me. »

« Oh, lo pensate davvero? »

« No, è quello che stabilisce la legge, come ben so. »

« Ci sono vari tipi di legge, Solomons. Per esempio esiste la legge della giungla, in base alla quale i deboli vengono schiacciati dai forti, tanto che le specie inferiori vengono condotte all'estinzione mentre quelle forti prosperano e si diffondono sempre più. »

« Grazie per la lezioncina sulla selezione naturale. Ora ditemi cosa volete, leviamoci il pensiero e poi potremo entrambi proseguire con la nostra giornata. »

« Voglio che tu scriva due lettere, una a mio fratello e l'altra a quella cagna della sua amante inglese. »

« Mi spiace, ma non conosco nessuno che risponda a questa descrizione, quindi come potrei mai scriverle? »

« Nel modo in cui lo fai sempre, Solomons. Ah, bene, vedo dalla tua faccia che stiamo facendo qualche progresso. Ed ecco il tuo confratello giudeo, con il tuo pane ebreo e il tuo caffè kosher. »

Kagan aggrottò la fronte, ma Isidore gli posò una mano sul braccio. « Ignoratelo, Herr Kagan. Non ne vale la pena. »

« Se lo dite voi, Herr Solomons... Comunque dovrebbe considerarsi fortunato che ci siate qui voi a trattenermi. »

Isidore guardò Konrad. « Stavate per rivelarmi lo scopo di questo incontro... »

« È molto semplice. So che gestisci una sorta di ufficio postale per mio fratello e la sua amante, che è inglese, il che significa che entrambi sono in combutta con il nemico, reato per il quale Gerhard potrebbe essere deferito alla corte marziale e fucilato. È la legge, Solomons, per inciso. Penso che anche lei potrebbe venire giustiziata per tradimento, se agli inglesi venisse mai dato motivo di credere che l'autista di un generale – immagino tu non lo sapessi – ha scritto lettere a un ufficiale della Luftwaffe. »

« Cosa intendete con 'una sorta di ufficio postale'? »

« Intendo che ricevi lettere dall'Inghilterra scritte da una certa Frau Penelope Miller, che è la zia di Fräulein Saffron Courteney, l'amante di Gerhard. Sembra che a mandarti queste lettere sia la Courteney più vecchia, ma in realtà il loro contenuto è opera della nipote e destinato a mio fratello. Poi tu ricopi le righe chiave della lettera su un nuovo documento che consegni di persona a padre Weiss, quando lo incontri alle riunioni del comitato interconfessionale. Lui lo manda a un collega, padre Bauer, che lo passa a mia madre, che poi incorpora quanto scritto da te nelle proprie lettere a Gerhard. Il procedimento viene poi ripetuto in senso inverso quando mio fratello risponde a Fräulein Courteney. » Konrad sospirò. « Quante persone rischiano il collo solo perché due traditori possano tradire i rispettivi Paesi. Perché mai qualcuno dovrebbe voler fare una cosa del genere? »

« Perché sono due brave persone innamorate, e l'amore è una cosa preziosa, tanto più in un mondo pieno di uomini come voi, che diffondono l'odio e la morte ovunque vadano. »

« Diffonderò la morte fino a Zurigo, se non fate esattamente come dico. Farò uccidere te e riportare tua moglie e i tuoi figli oltre confine, in Germania, a casa loro, in modo che lì si possa trattare come qualsiasi altro ebreo. Farò arrestare per tradimento mia madre e il suo prete, e anche mio fratello. Mi assicurerò che gli inglesi scoprano cosa ha fatto Fräulein Courteney e ottengano le prove necessarie per condannarla. Farò tutto questo, e con gioia, per di più, se non fai come dico.»

Isidore lo guardò perplesso mentre lo scrutava in volto. «Cosa ti è successo, Konnie? Ricordo ancora quando eri bambino e ti portavo a cavalcioni sulle spalle in giro per il giardino. Ricordo mentre giocavi al sole con i miei fratelli e sorelle minori, con i miei cugini, tutti felici; alcuni cristiani e altri ebrei, ma tutti bambini tedeschi. Quand'è che ti sei trasformato in questa... in questa mostruosa perversione di essere umano? So che vuoi che io abbia paura di te, so che è questo a farti sentire forte. Ma io non ti temo, ti compatisco. Sei condannato, la tua anima è persa. Possa Dio avere misericordia di quello che sei diventato.»

Per un attimo, solo per un attimo, gli parve di essere riuscito a fare breccia nelle spesse mura che Konrad von Meerbach aveva eretto intorno al misterioso timore o dolore che lo motivava. Poi la maschera nazista gli calò di nuovo sul viso, come una saracinesca che scenda di scatto a ostruire l'entrata di un castello. «Dio non esiste», affermò. «Voi ebrei dovreste saperlo meglio di chiunque altro, perché nessun vero Dio lascerebbe mai che i suoi eletti vengano maltrattati come noi abbiamo maltrattato voi. E, credimi, quanto è successo finora non è niente in confronto a quello che deve ancora succedere. Ci saranno orrori che non puoi nemmeno immaginare. Quindi ora rammenta cosa succederà se ti azzardi a non assecondare le mie richieste.»

«Quali sono?»

«Scriverai due lettere, una a mio fratello e l'altra a Fräulein

Courteney, proprio come se stessi trasmettendo loro dei messaggi autentici.»

«Cosa devo scrivere in queste lettere?»

Konrad glielo spiegò, e Isidore capì cosa doveva aver provato il dottor Faust nel vedersi costretto a stipulare il patto con il diavolo.

Vittoria! Finalmente, dopo interminabili mesi caratterizzati solo da brutte notizie, l'esercito inglese – con un considerevole aiuto da parte degli Alleati imperiali – aveva messo in rotta il nemico. E Saffron, in qualità di autista del generale Jumbo Wilson, si sentiva come uno spettatore con i posti migliori dell'intero stadio.

Tutto era iniziato il 10 giugno 1940, quando Mussolini aveva dichiarato guerra a Inghilterra e Francia, decisione rimandata finché l'esercito tedesco non era arrivato praticamente alle porte di Parigi e quindi lui era stato sicuro di scendere in campo dalla parte dei vincitori. In Africa gli italiani possedevano un impero che comprendeva Etiopia, Somalia e Libia, e che condivideva un lungo confine con l'Egitto.

A settembre gli italiani sferrarono un'offensiva contro l'Egitto e avanzarono di un'ottantina di chilometri, fino al porto di Sidi Barrani, prima che la mancanza di provviste, equipaggiamento moderno ed entusiasmo li inducesse a fermarsi. Gli inglesi si raggrupparono e agli inizi di dicembre lanciarono una controffensiva, nome in codice Operazione Compass, che si rivelò un successo. Nel giro di due giorni riconquistarono Sidi Barrani e presero prigionieri quarantamila soldati italiani perdendo solo seicento uomini.

Jumbo Wilson era euforico. Saffron scoprì nel suo capo una piacevolissima compagnia mentre, alla guida dell'Humber Saloon kaki, lo accompagnava insieme ai suoi più stretti collaboratori in giro per il Cairo o lungo la strada costiera verso Sidi Barrani e oltre, mentre lui visitava le postazioni di comando delle divisioni indiana, australiana e inglese che guidavano l'attacco verso il confine libico.

I soldati italiani del XIII corpo d'armata, sotto il comando del generale Annibale « Barba Elettrica » Bergonzoli – così chiamato per la sua folta barba argentea abbinata a baffi appariscenti –, si attestarono sulle proprie posizioni nella cittadina di Bardia, trasformandola in un'autentica fortezza circondata da un fossato anticarro lungo trenta chilometri e costellato di capisaldi dotati di cannoni e mitragliatrici anticarro, ubicati in maniera tale che il nemico sarebbe stato esposto al fuoco da qualsiasi direzione attaccasse. Quasi centotrenta carrarmati, pronti a dirigersi ovunque i combattimenti si facessero più aspri, rafforzavano l'inespugnabilità di Bardia.

Il Duce nutriva la massima fiducia nel suo generale e scrisse a Bergonzoli per elogiarlo in quanto vecchio e impavido soldato, dichiarando: *Sono sicuro che « Barba Elettrica » e i suoi arditmentosi soldati resisteranno a qualsiasi costo, fedeli fino alla fine.*

Bergonzoli gli assicurò che non doveva dubitare dell'esito della battaglia: *Siamo a Bardia e ci rimarremo.*

Gli Alleati erano di diverso avviso. Gli inglesi della settima divisione corazzata, che si erano attribuiti il soprannome – destinato ben presto a diventare leggendario – di Ratti del Deserto, aggirarono Bardia per bloccare la ritirata agli italiani. Il 3 gennaio 1941 la settima divisione australiana sferrò l'attacco contro la fortezza e due giorni più tardi, al calar della sera, Bardia e altri quarantamila italiani si trovavano in mani alleate.

Fu a quel punto, mentre gli australiani avanzavano verso il porto di Tobruk, che Jumbo Wilson decise di visitare il quartier generale del maggior generale Richard O'Connor, cui era stato affidato il comando dell'Operazione Compass.

Come Leon aveva preannunciato quasi diciotto mesi prima mentre pranzava con Jumbo, Harriet e Saffron, la guerra in Africa era molto diversa da una campagna europea. Durante la Prima guerra mondiale, le linee del fronte occidentale che correvano fra una miriade di cittadine e villaggi francesi erano immobili e quasi imprendibili. Nel vuoto del deserto occidentale, dove la popolazione locale era costituita da poco più che scorpioni, vipere e densi nugoli di mosche, la battaglia si svolgeva invece a un ritmo talmente vertiginoso che esisteva a malapena una linea del fronte. In quel mare di sabbia i combattimenti assumevano alcune caratteristiche del conflitto navale, dove individuare il nemico era metà dell'opera.

O individuare gli amici, se per quello.

« Com'è stata la tua giornata? » chiese un giorno Harriet, quando Saffron rincasò dal lavoro.

« Ben poco emozionante. Solo un paio di commissioni in città e un'attesa interminabile fra l'una e l'altra. »

« Poverina. E se ti preparassi una bella tazza di tè? Dovrebbe riuscire a risollevarti il morale. Oh, a proposito, è venuto un ragazzo della compagnia con un telegramma per te. »

« Un telegramma? Che strano. »

« Buone notizie, spero », disse Harriet, passandoglielo.

« Teniamo le dita incrociate », replicò Saffy, sorridendo nell'aprirlo.

Poi il suo sorriso svanì, il sangue le defluì dal viso, il foglio le cadde di mano e lei rimase lì impalata per diversi secondi, pallidissima e silenziosa, prima di scoppiare in singhiozzi convulsi.

Harriet la raggiunse e le afferrò un braccio. « Seguimi », le disse dolcemente, per poi guidarla fino a una poltrona su cui Saffron rimase seduta, china in avanti, continuando a piangere sconsolata.

Harriet tornò verso il telegramma rimasto sul pavimento. Si chiese se fosse sbagliato leggerlo, ma se avesse scoperto da sola cos'era successo non sarebbe stata costretta a rattristare ancor più Saffy chiedendoglielo.

GERRY ABBATTUTO DISPERSO PRESUNTO MORTO STOP MI DISPIACE TANTO PENNY

Oh, povera, povera ragazza, pensò. Hai mantenuto il massimo riserbo su di lui, chissà perché. « Ti andrebbe di parlarmene? Non si sa mai, potrebbe essere d'aiuto. »

Saffron scosse il capo. « Non posso. Non posso dire nemmeno una parola su di lui. »

« Oh, sono sicura che non è vero. »

« Sì che lo è! » insistette la ragazza, volgendo verso di lei gli occhi disperati. « Non capisci, papà ne morirebbe, se mai venisse a sapere di lui. »

« Impossibile. Sarebbe terribilmente triste per te, ma di certo non si arrabbierebbe perché eri innamorata. Sei abbastanza grande per quel genere di cose. »

« Il problema è di chi ero innamorata, la sua famiglia. Per favore, possiamo smettere di parlarne? Non... non posso aggiungere altro. Davvero. »

« Capisco. Se cambi idea, puoi parlare con me quando vuoi. E se invece non la cambi... be', capisco anche quello. »

« Grazie », disse Saffron.

Diede un bacio a Harriet e andò in camera sua. Quella notte non chiuse occhio. Rimase stesa a letto per ore, ripensando ossessivamente a ogni istante trascorso con Gerhard, ricordando quando lo aveva visto la prima volta, l'odore del suo corpo, la prima volta che avevano fatto l'amore e si era impossessata di lui, dentro di lei, rendendolo soltanto suo. Prese tutte le lettere dalla borsa e le rilesse all'infinito, pur conoscendole già a memoria. Si rese conto che la sua riserva di ricordi era pateticamente scarna. Avevano trascorso così poco tempo insieme. Era stata derubata di così tanti anni d'amore. Quant'era fortunata Harriet! Aveva ancora il suo uomo. Anche se lui non poteva vederla, potevano stringersi, parlarsi, condividere la vita. Avevano un futuro. Lei no.

Rimuginò sul vuoto degli anni a venire. Forse avrebbe trovato un marito, e lui avrebbe persino potuto essere un uomo per il quale lei avrebbe provato affetto, complicità, il genere d'amore che nasceva dall'amicizia. Avrebbe potuto persino avere dei figli con lui, ma non sarebbero stati i figli di Gerhard. Non avrebbe mai provato l'immediata e istintiva passione animalesca che le aveva segnalato che lui era il suo uomo, più di chiunque altro. E qual era lo scopo di una vita senza tutto ciò?

Era appena spuntata l'alba e in lontananza, dall'altra parte del fiume, i richiami alla preghiera si stavano levando dalle moschee della città quando un pensiero le si affacciò di colpo alla mente, con estrema nitidezza, come una sorta di rivelazione. Si rese conto di godere ormai di un particolare tipo di libertà. Se non aveva un futuro, non importava cosa faceva nel presente, perché qualsiasi conseguenza delle sue azioni sarebbe stata fondamentalmente irrilevante: lei era comunque perduta, quindi poteva fare qualsiasi cosa desiderasse.

« Da che parte volete che vada, signore? » chiese Saffron quando, una trentina di chilometri oltre il confine libico, l'Humber raggiunse un punto in cui i solchi lasciati dai carrarmati che nell'ultima mezz'ora aveva utilizzato come strada si biforcavano. La tensione a bordo dell'auto era palpabile. Nel deserto avevano le stesse probabilità di incontrare un'unità ostile che una amica, quindi ogni svolta diventava una scommessa in cui la posta in gioco era la vita o la morte.

Lo stress costante rendeva nervosi e irritabili gli uomini intorno a lei, ma Saffron preferiva quel genere di situazione a un viaggio normale: doveva concentrarsi così tanto che non pensava a Gerhard. E non le importava di rischiare la vita.

Fintantoché porto con me qualcuno degli altri, pensava.

« A sinistra », rispose lo zelante ufficiale di stato maggiore, il capitano Wright, seduto sul sedile del passeggero. « Sono quasi sicuro che sia a sinistra. »

« Quasi sicuro? » esclamò Jumbo Wilson dal sedile posteriore. « Non è abbastanza. Dovresti saperlo per certo. »

« Ebbene, signore, l'ultimo messaggio che ho ricevuto diceva che il quartier generale era stato fissato tredici chilometri a sud-ovest di Bardia, in uno *wadi* », replicò Wright, per poi aggiungere, zelante: « È l'alveo di un fiume asciutto ».

« So cos'è uno *wadi*, Wright. Ne ho visti a sufficienza. »

« Perfetto, signore. Comunque la cartina ne mostra uno circa tre chilometri più avanti, sulla sinistra. Una volta che lo raggiungiamo e lo costeggiamo per un paio di chilometri sono certo che arriveremo al quartier generale di O'Connor. »

« Speriamo che la tua sicurezza sia giustificata. Andate a sinistra, Miss Courteney. »

« Sissignore », replicò Saffron.

Dopo un paio di minuti sentì nuovamente la voce di Jumbo. « Per l'amor del cielo, amico, potresti piantarla di dimenarti come se avessi le formiche nei pantaloni? Cosa diavolo succede? »

« Un lieve attacco di dissenteria del viaggiatore, signore », gli rispose la voce tesa dell'altro ufficiale di stato maggiore, il maggiore Morgan. « Avrei bisogno di fermarmi un attimo. »

Jumbo sospirò. Più simile al genitore di un bambino irrequieto che non a un alto ufficiale che si rivolgeva a un altro militare, disse: « Tieni duro finché non raggiungiamo questo maledetto *wadi* e poi cerca un posto adatto per fare i tuoi bisogni.

Meglio occuparsene prima che arriviamo da O'Connor, immagino».

«Mamma mia! Pensavo avessi detto di essere un meccanico!» Matteo Frescobaldi, un vigoroso e ostinato sergente della divisione Camicie Nere che si era fatto le ossa combattendo nella guerra civile spagnola e durante la conquista dell'Etiopia, era accanto al cofano aperto di un malconcio autocarro dell'esercito e non sembrava molto contento di quanto stava vedendo.

«Lo sono, sergente!» protestò la figura macchiata di olio del motore, intenta a pulirsi le mani annerite sulla sudicia uniforme mimetica. «Ma siamo bloccati nel bel mezzo di un deserto dimenticato da Dio senza attrezzi né ruote di scorta e sul fondo di un fiume senz'acqua.»

Frescobaldi sorrise della sua impudenza e gli diede uno schiaffetto amichevole sulla guancia. «Molto divertente», commentò. «Ma siamo in otto e soltanto cinque di noi, al massimo, possono stiparsi su quella...» Indicò le linee eleganti della Fiat 2800, l'auto di servizio per gli ufficiali che aveva requisito mentre la fortezza cosiddetta inespugnabile di Bardia si sgretolava tutt'intorno a lui. «Tu sarai uno dei tre che lasceremo indietro, se non riesci a rimettere in moto quel camion.»

«Non lascerete certo qui il camion, altrimenti come farete a spostare il bottino?»

Erano usciti furtivamente dalla cittadina la notte prima che cadesse, prendendo la cassaforte con i contanti affidati al generale Bergonzoli per contribuire a finanziare la sua campagna. O almeno pensavano che fosse quello il contenuto: non erano ancora riusciti ad aprirla.

«Hai ragione. Dovrò portare via il bottino, quindi ripara il camion, altrimenti di uomini ne lascio qui cinque.» Abbassò lo sguardo sul fucile mitragliatore Breda che teneva perennemente fra le braccia, come un bebè molto amato. « Non mi importa se vivi o morti. »

In quel momento sentirono avvicinarsi il rombo di un motore, che sembrava di un'auto più che di un camion. Frescobaldi corse in cima al basso crinale dietro il quale aveva nascosto i suoi uomini e i veicoli. Sorrise quando vide cosa stava arrivando, poi tornò indietro. « Lascia perdere il camion », disse. « Abbiamo un altro modo per andarcene da qui. »

Proprio di fronte a loro, su un lato del letto sassoso e completamente asciutto del fiume, spiccava una piccola macchia di piante spinose secche e grigie. Saffron rallentò e disse: « Potrebbe essere un punto adatto, signore? Per il maggiore Morgan, intendo ».

« Sì, va benissimo. Fermatevi », rispose Jumbo.

Lei fermò l'auto. Morgan saltò giù e corse verso le piante.

« Spero non abbia problemi, signore », dichiarò Saffron. « Gli conviene stare attento ai serpenti, là sotto. »

Il capitano Wright stava giusto soffocando una risata quando iniziarono gli spari. Fra le pareti del *wadi* echeggiò il crepitio di un fucile mitragliatore. Minuscole esplosioni di terra polverosa si alzarono intorno al maggiore Morgan, che tornò di corsa verso l'Humber, seguito dagli spari. A quindici metri dall'auto sembrò che qualcosa lo sollevasse e lo scagliasse in avanti. Rimase steso a terra, bocconi, con una chiazza rossa che si allargava sulla schiena della camicia kaki.

« Vai a prenderlo, Wright! » gridò Wilson. « Courteney, girate questa macchina. »

Wright saltò giù e si mise a correre verso Morgan piegato in due, attirando su di sé il fuoco della mitragliatrice leggera. Con la portiera ancora aperta, Saffron premette l'acceleratore a tavoletta facendo balzare l'auto in avanti, e dopo un paio di secondi tirò con forza il freno a mano, sterzò energicamente e l'Humber fece un testacoda praticamente sul posto, sollevando una nube di polvere che funse da cortina fumogena mentre lei tornava indietro.

Gli italiani stavano ancora sparando e si udì un picchiettio sulla sezione posteriore dell'auto quando una gragnola di proiettili colpì il cofano.

Saffron tenne ferma la macchina quanto bastava per consentire a Wright di caricare sul sedile posteriore Morgan, che urlava di dolore, poi ripartì.

Il fuoco dietro di loro cessò, ma le grida di sofferenza di Morgan erano più alte che mai e il tanfo di diarrea riempì il veicolo mentre gli si svuotavano le budella. Saffron guardò nello specchietto. Dietro di lei non c'era niente. Riportò l'attenzione sul *wadi* cosparso di sassi, pietre e persino alcuni grossi macigni lasciati dalle acque dell'antico fiume che si erano ritirate. Mentre guidava fin lì si era premurata di procedere con estrema lentezza e attenzione, fin troppo consapevole dei rischi di danneggiare il veicolo nel bel mezzo del nulla.

Premette un po' di più sull'acceleratore, poi guardò nuovamente nello specchietto e accelerò ancora. « C'è un'auto dietro di noi! »

Wright ruotò leggermente lo specchietto per vedere fuori. « Sembra un'auto di servizio italiana. C'è un tizio che si sporge dal finestrino con un fucile mitragliatore. State giù, signore, state giù! »

Il fucile sparò di nuovo, ma i proiettili li mancarono: le probabilità di colpire un veicolo in rapido movimento dal finestrino di un altro mentre entrambi procedevano su un terreno dissestato erano quasi pari a zero.

Ciò non impedì a Wright di sfoderare il suo revolver di servizio Enfield No.2, abbassando il finestrino e sparando tre colpi contro gli italiani che li seguivano.

« Non sprecare munizioni! » gli urlò Jumbo.

Si erano lasciati alle spalle un tratto di alveo secco relativamente piatto, ma il terreno tornò sconnesso. Saffron scoprì di non aver paura delle raffiche di proiettili, presa com'era dal tentativo di adottare la giusta velocità. Se fosse andata troppo piano sarebbero stati raggiunti dagli inseguitori, se fosse andata troppo forte avrebbero rischiato di colpire un masso e diventare un facile bersaglio.

« Cosa sta succedendo dietro di noi? » chiese.

« Il tizio con il fucile agita un braccio con foga, sembra italiano. Credo che voglia sollecitare il guidatore ad accelerare. »

Lei aumentò leggermente la velocità ma non fino al punto di perdere il controllo del mezzo. Che l'altro guidasse pure come un idiota: presto avrebbero scoperto chi sopravviveva più a lungo.

« Si avvicinano, signore! » gridò Wright. « Per l'amor del cielo, Courteney, non potete accelerare? »

« Lascia in pace la ragazza », gli ordinò Jumbo. Si girò sul sedile del passeggero, per poi abbassarsi di scatto quando il fucile riprese a sparare e una raffica mandò in frantumi il lunotto posteriore. Lei sentì una pioggia di minuscoli frammenti di vetro sulla schiena ma rimase incolume.

« Credo sia ora di farli smettere di sparare », affermò Jumbo.

Mentre Morgan continuava a premersi la camicia con entrambe le mani nel disperato tentativo di fermare l'emorragia, il generale si girò fino ad avere un solo ginocchio posato sul sedile del passeggero e si appoggiò allo schienale. Lui e Wright spararono diversi colpi, un paio dei quali centrarono l'auto degli inseguitori ma senza nessun risultato apparente, anche se l'uomo con il fucile mitragliatore fu costretto a ritrarsi all'interno del veicolo.

Gli italiani guadagnavano terreno di secondo in secondo. Quando la distanza fra le due auto si fu ridotta ulteriormente,

Jumbo Wilson esplose un colpo che finì sul parabrezza degli inseguitori.

« Gran bel colpo, signore! » gridò Wright mentre gli italiani sbandavano.

Il conducente riprese il controllo dell'auto e si lanciò su un tragitto diverso, avanzando parallelamente all'Humber ma più a sinistra.

« Adesso ho una visuale migliore », annunciò Wright: il fianco della macchina italiana era esposto quanto quello dell'Humber. Prese accuratamente la mira, puntando verso l'uomo con il fucile senza badare ai colpi che sparava, poi premette il grilletto.

Si udì un *clic.*

La pistola era scarica.

« Maledizione! » esclamò Wright. « Avete munizioni di riserva, signore? »

« No », ammise Jumbo. « Non immaginavo che ce ne fosse bisogno. »

« Neanch'io. »

Gli italiani avevano avuto un colpo di fortuna: il fondo del lato dello *wadi* su cui erano stati costretti a spostarsi era più liscio, e infatti stavano guadagnando rapidamente terreno. Il loro cofano anteriore si trovava quasi a filo con il retro dell'Humber, soltanto cinque metri scarsi che separavano le fiancate delle due auto. Ma adesso sembrava che l'uomo con il fucile avesse lo stesso problema dei soldati inglesi: aveva finito i proiettili. Saffron gli lanciò un'occhiata e lo vide chinarsi, evidentemente rovistando sul fondo dell'abitacolo. Così facendo espose il conducente.

« Vi dispiacerebbe aprire il vano portaoggetti, signore? » chiese lei.

« Come, scusate? » replicò Wright.

« Aprite il vano portaoggetti! »

« Fa' come dice, Wright », gli consigliò Jumbo, cominciando a capire quali intenzioni avesse la ragazza.

« Ora tirate fuori la mia borsetta e apritela. »

« Una pistola! » esclamò Wright. « Che fortuna. »

« Passatemela, per favore. » Lei guardò per un attimo l'auto italiana. L'uomo non aveva ancora ricaricato il fucile mitragliatore ma poteva benissimo essere solo questione di tempo.

« Fallo! » gli ordinò Jumbo.

Lei diede un'ultima occhiata attraverso il parabrezza, scoprendo che avevano davanti un breve tratto di terreno relativamente sgombro.

« Prendete voi il volante, signore. Proseguite sempre dritto. »

Wright si allungò verso di lei per afferrarlo. Saffron gli posò il braccio destro sulla spalla, mirò verso il finestrino del passeggero e sparò quattro colpi in rapida successione.

« Grazie, signore », disse poi. « Ora riprendo io il volante. »

Frescobaldi sapeva di avere un altro caricatore, perché ne aveva buttata una manciata sull'auto mentre saltavano a bordo per inseguire gli inglesi. Ma, mentre tastava freneticamente sul fondo del veicolo che sobbalzava, non riuscì a trovare nemmeno uno di quei dannati cosi.

Udì a malapena i quattro proiettili sopra il frastuono del Breda, fra il rombo del motore, il vento e lo sferragliare dell'auto sopra il terreno accidentato. Poi vide il conducente sussultare quando due pallottole gli centrarono la testa.

Il volante ruotò mentre la presa del morto si allentava. L'automobile sbandò, sfrecciò alla massima velocità per un'altra quarantina di metri, con tutti gli uomini a bordo che gridavano per il panico, e andò a schiantarsi contro un enorme masso.

Prese subito fuoco. Frescobaldi spinse la portiera accanto a sé con tutte le sue forze, ma il telaio si era deformato e lo sportello non si mosse. Nell'istante in cui fu avviluppato dalle fiamme, rimpianse di non avere un ultimo colpo da sparare.

Perché in quel caso avrebbe potuto usarlo contro di sé.

Quando raggiunsero il quartier generale, il maggiore Morgan era morto. Mentre il corpo veniva estratto dall'Humber, O'Connor si avvicinò al generale: « Santo cielo, Jumbo, si direbbe che tu sia finito nei pasticci ».

« Sì », confermò Wilson. Si voltò a guardare verso l'auto e vide Saffron seduta per terra, stremata, che stringeva la tazza di tè ben forte e zuccherato di cui aveva sicuramente bisogno. « È stata quella ragazzina laggiù a tirarcene fuori, sai. Ha ficcato quattro proiettili in un uomo senza battere ciglio, mai visto niente del genere. Dimmi, Dick, credi che sia tecnicamente possibile menzionare un civile di sesso femminile nei dispacci? »

« Non ne sono sicuro, se devo essere sincero. Credo che nessuno abbia mai preso in considerazione l'eventualità. »

« Mi sembra il minimo. Probabilmente lei otterrebbe una medaglia, se fosse un soldato e un uomo. »

Nella sede diplomatica e al quartier generale inglese al Cairo c'erano uomini il cui lavoro comprendeva archiviare rapporti molto discreti, inviati a unità londinesi che ufficialmente non esistevano. Mr Brown aveva pregato quegli agenti di informarlo di qualsiasi notizia interessante su Saffron Courteney. Gli exploit della ragazza del deserto corrispondevano indubbiamente alla definizione e lui divorò con enorme interesse i rapporti sull'accaduto. La capacità di Saffron di mantenere il sangue freddo mentre gli altri erano in preda al panico e la sua disponibilità a uccidere un nemico lo lasciarono impressionato, ma non certo stupito: che fosse un'ottima tiratrice si sapeva, e qualsiasi ragazza che si lanciasse giù per la Cresta Run aveva senza dubbio un certo sprezzo del pericolo.

Inoltre, sin da quando l'aveva conosciuta, Brown aveva l'impressione che possedesse un tratto caratteriale estremamente raro: la capacità di uccidere un altro essere umano a distanza ravvicinata, faccia a faccia. In tempo di pace una simile dote non andava certo incoraggiata, ma quando la nazione era in guerra diventava una risorsa indispensabile.

Ormai si era accertato che Saffron era in grado di uccidere quando stava rischiando la vita.

Ma era in grado di uccidere a sangue freddo?

Ecco cosa voleva scoprire.

Il generale Archibald Wavell, comandante in capo britannico in Medio Oriente, era responsabile di ogni soldato, marinaio e aviatore inglese, imperiale e alleato in Nordafrica, Mediterraneo orientale e Medio Oriente, compresi Palestina, Iraq e Iran. Nel febbraio del 1941, l'ennesimo Paese entrò nella sua sfera di influenza e lui convocò Jumbo Wilson nel suo ufficio al Cairo per discuterne.

Wavell non era certo minuto. Aveva una mascella forte e squadrata e, pur avendo i capelli grigi, conservava sopracciglia e baffi scuri. Aveva perso l'occhio sinistro combattendo a Ypres durante la Grande Guerra, ma il destro era ancora sano. In poche parole, rendeva giustizia alla solennità del suo rango, ma sembrava comunque piccolo in confronto a Jumbo Wilson.

Wilson aveva due anni più del suo superiore. Cosa più importante, erano entrambi ufficiali di altissimo livello, quindi quando si incontravano in privato mettevano da parte le formalità gerarchiche e parlavano come due vecchi amici.

« Ho un incarico per te, Jumbo. Credo possa portarti a una promozione, se giochi bene le tue carte. »

« Sembrerebbe interessante. Di cosa si tratta, di preciso? »

« Come sai, i greci hanno fatto uno splendido lavoro contro gli italiani in Albania, dando loro una sonora lezione. Adesso Mussolini è andato a lagnarsi con il suo amicone a Berlino, chiedendogli rinforzi, e Hitler sembra disposto a darglieli. I greci sono convinti che in primavera ci sarà un'invasione tedesca e hanno chiesto il nostro aiuto. »

« Spero che abbiamo risposto: 'Ci dispiace tanto, ma al momento siamo piuttosto indaffarati, quindi niente da fare. Vi auguriamo tutta la fortuna possibile'. »

Wavell fece una smorfia di imbarazzo. « Non esattamente. Ormai la Grecia è il nostro unico alleato rimasto in Europa, perciò non possiamo restare a guardare mentre viene anch'essa calpestata dallo stivale militare. Vogliamo quindi mandare là la prima brigata corazzata, la prima divisione neozelandese, la sesta e la settima divisione australiane e la brigata polacca, e voglio che tu assuma il comando dell'intera operazione. »

Wilson non aprì bocca.

« Non sembri entusiasta dell'idea. »

« Be', Archie, ti sono molto grato per l'incarico, ovviamente. Apprezzo davvero la fiducia che mi stai dimostrando e così via. »

« Te la sei meritata. »

« Ma, per l'amor del cielo... Mandare in Grecia così tante unità, indebolendo le nostre forze qui, è pura follia. Quegli idioti di Whitehall se ne rendono sicuramente conto. »

Wavell sospirò. « Temo che il problema sia piuttosto l'idiota a Downing Street. Winston è deciso ad aprire un fronte balcanico e considera la Grecia il posto migliore in cui farlo. Vuole solo tenerla lontana dalle grinfie teutoniche, e si è anche messo in testa che possiamo utilizzare delle basi aeree là per bombardare i giacimenti petroliferi romeni, isolando così la fonte principale di carburante dei tedeschi.»

«Un fronte balcanico?» ripeté Wilson, incredulo. «Signore onnipotente, a quanto pare non ha proprio imparato la lezione, a Gallipoli. Qualcuno deve farlo ragionare, altrimenti ci ritroveremo fra le mani un'altra catastrofe come quella.»

«Non hai tutti i torti, ma il primo ministro ottiene sempre quello che vuole.»

Esistono occasioni in cui un uomo continua a perorare la sua causa persino quando sa che è uno sforzo vano, solo perché non riesce a credere che qualcuno possa essere così sciocco da non capire. Fu proprio ciò che fece il maggior generale Wilson. «Ma è ovvio che abbiamo già abbastanza carne al fuoco qui nel deserto, soprattutto ora che i tedeschi si sono uniti alle danze. Non abbiamo più di fronte solo un branco di italiani. Rommel è un generale davvero in gamba, lo ha dimostrato con la settima Panzer-Division in Francia. Per di più le sue truppe sono molto resistenti, temprate dalla battaglia e abituate a vincere. Ma non sono invincibili, non se gli diamo addosso con tutto ciò che abbiamo. Farà una fatica del diavolo a tenere rifornito il suo esercito, tanto per dirne una. Ogni gallone di carburante per i suoi serbatoi, ogni goccia d'acqua, ogni proiettile dovranno essere trasportati dai camion per centinaia di chilometri lungo la litoranea. Possiamo batterlo, Archie, ma solo se disponiamo degli uomini e dell'attrezzatura necessari.»

Wavell sapeva che mandava Wilson a compiere una missione tanto assurda quanto disperata, e sapeva anche che, così facendo, le possibilità di sconfiggere Rommel sarebbero diminuite in modo drastico. Ed entrambi sapevano che sarebbero stati ritenuti responsabili dell'inevitabile sconfitta. Ma Wavell doveva obbedire agli ordini, il che significava spedire Wilson in Grecia.

«Sono d'accordo con te, Jumbo, davvero. Qui nel deserto

abbiamo ottime probabilità di rimandare a casa i tedeschi e dimostrare che possiamo affrontarli sul campo e batterli, ma Winston ha deciso che la Grecia rappresenta la nuova priorità. È come un bambino in un negozio di giocattoli... 'Voglio quello! No, voglio quell'altro!' E fa di testa sua, che ci piaccia o meno. »

« Quindi cosa prevede il piano? »

« A partire dalla prima settimana di marzo, ogni tre giorni, convogli di truppe lasceranno Alessandria per il Pireo. La marina ci farà da scorta, naturalmente. Nel frattempo John D'Albiac è responsabile del versante assegnato alla RAF; una volta che i suoi ragazzi si saranno sistemati nella Grecia meridionale potranno fornire anche copertura aerea, in caso di bisogno. »

Wilson si accigliò, pensieroso. « Manca meno di un mese. Dovrò trovarmi già sul posto con il mio stato maggiore quando i primi uomini sbarcheranno dalle navi. »

« Giusto. »

« Quindi mi conviene mettermi in marcia. »

« Bravo », disse Wavell. « E, Jumbo... »

« Sì? »

« Non preoccuparti. Qualsiasi cosa succeda, mi assicurerò che non diano la colpa a te. »

Il 1° gennaio 1941, alcuni caccia della Luftwaffe vennero ritirati dalle loro basi sulla costa della Manica e inviati in Polonia per iniziare un addestramento intensivo. Non gli spiegarono mai con precisione per cosa si stessero addestrando, ma l'immane concentramento di forze – sia dell'esercito sia dell'aviazione – appena oltre il confine orientale del Reich suggeriva che si stava preparando un'invasione della Russia. Ma poi, proprio quando sembrava che potessero ricevere da un momento all'altro gli ordini che li avrebbero spediti in azione contro i sovietici, i caccia vennero improvvisamente mandati in una direzione diversa.

« Rimanga fra noi, ma ho sentito dire che ci aspetta una gita nei Balcani e in Grecia », disse una sera Dieter Rolf a Gerhard, nella mensa ufficiali. « Sembra che i nostri amici italiani siano finiti nei guai e noi dobbiamo tirarli fuori. »

« Questo non costringerà a rimandare la... ah, l'altra grande offensiva? » chiese Gerhard. Per motivi di sicurezza era preferibile non pronunciare la parola « Russia ».

« Può darsi, ma non è un nostro problema, giusto? Fra un mese o due sorvoleremo il Partenone. »

« Chissà se riusciremo a trascorrere qualche giorno di licenza sulle isole greche. Sarebbe bello. »

« Eccome... A proposito, ho una lettera per te che arriva da casa. »

Gerhard la prese. Aspettò fin dopo cena per aprirla, riuscendo a stento a soffocare un sorriso mentre pensava alla gioia che avrebbe provato a leggere le parole di Saffy. Corse in camera sua, sbatté la porta, strappò la busta e dieci secondi più tardi crollò sul letto.

Non avrebbe saputo dire per quanto tempo rimase seduto sul bordo del materasso, tenendosi la testa fra le mani e singhiozzando disperato. A un certo punto la porta si aprì, qualcuno entrò nella stanza e poi Schrumpp disse: « Scusa, amico, non volevo disturbarti ».

Più tardi si addormentò e fece sogni orribili in cui compariva Saffron, solo che lui, per quanto tentasse, non riusciva mai a scorgerne il viso o avvicinarsi a lei.

La mattina seguente andò in mensa. Non se la sentiva di fare colazione, ma aveva un disperato bisogno di caffè per rimettere in moto il cervello. Non disse niente e nessuno gli rivolse la parola. Erano tutti abituati alla costante presenza della morte. Nonostante i trionfi della Luftwaffe, durante gli ultimi diciotto mesi di conflitto la squadriglia aveva perso quasi la metà dei suoi piloti originali, e molti dei sopravvissuti avevano perso fratelli e amici arruolati in altri reparti della Wehrmacht, o familiari uccisi in raid aerei e incidenti in patria.

Era meglio non soffermarsi su quelle cose, meglio lasciare che ognuno venisse a patti con la propria perdita e poi tornasse alla vita normale. Ci sarebbe stato tempo per il lutto una volta finita la guerra. Così Gerhard non proferì parola, ma aveva il cuore spezzato e l'anima devastata.

Saffron era stata il suo amore, la sua speranza, la sua redenzione. Senza di lei, quelle cose scomparivano. E cosa restava di lui?

Wilson era molto impegnato a pianificare, attuare e controllare gli spostamenti di più di tre divisioni di truppe, con la prospettiva che se ne aggiungessero altre se i combattimenti fossero diventati aspri come previsto. Saffron si ritrovò a fare la spola con Alessandria mentre il suo capo e il relativo stato maggiore incontravano i loro omologhi della marina. Negli intervalli fra quei viaggi, vi furono interminabili visite a tutte le unità che sarebbero state coinvolte nell'Operazione Lustre – come era stata ribattezzata la spedizione in Grecia –, incontri con Wavell e capatine ad Alessandria per vari motivi.

Era previsto che a fine febbraio Wilson si trasferisse dal Cairo ad Atene, e meno di una settimana prima della data prevista per la partenza Saffron non sapeva ancora se lo avrebbe accompagnato o meno. Alla fine racimolò il coraggio necessario per chiederlo.

«Ci ho pensato anch'io», ammise il generale. «Non si può negare che potreste tornare utile. Potrei sempre trovarmi un altro autista, ma voi conoscete le mie abitudini, sapete cosa dire, quando non aprire bocca e tutto quel genere di cose. Non voglio addestrare qualcun altro, quindi la mia conclusione è che sì, verrete. Però non vi lascerò nemmeno avvicinare al teatro dei combattimenti.»

«Ma, signore...»

«Non voglio sentire nessun 'Ma, signore', Miss Courteney. Saranno combattimenti aspri e cruenti, e il fronte non è certo il posto adatto a una donna, nemmeno se sa sparare. Quando inizia il pandemonio vi spedisco ad Atene, dove potrete rendervi utile. E, se le cose vanno male e i mangiacrauti ci mettono in difficoltà, voglio che prendiate il primo aereo o la prima nave per Alessandria.»

«Sì, signore», replicò con riluttanza Saffron.

«È un ordine.»

«Sì, signore.»

Con una guerra in corso, un impero da difendere e il mito dell'invincibilità britannica da tutelare, i quotidiani di lingua inglese facevano sempre del loro meglio per trovare il lato positivo di qualsiasi brutta notizia dal fronte. Leon si accorse comunque che la campagna greca andava male, e i suoi timori erano centuplicati dalla consapevolezza che Saffron si trovava là, senza dubbio vicina ai combattimenti, rischiando la cattura, il ferimento o persino – benché lui si sforzasse di non rimuginare su quell'eventualità – la morte. Una sera, meno di una settimana dopo che le prime forze tedesche avevano varcato la frontiera greca, fu convocato nel quartier generale di Wavell al Cairo. Essendo uno dei principali uomini d'affari dell'Egitto, con interessi sparsi in tutta la sfera di comando di Wavell, aveva incrociato un paio di volte quest'ultimo durante eventi mondani, ma loro due non avevano mai avuto rapporti professionali.

Uno dei membri dello stato maggiore del generale gli telefonò alle dieci e mezzo per informarlo che un'auto stava andando a prenderlo, chiarendo in maniera garbata ma perentoria che era un ordine, non un invito. « Sarebbe davvero utile se voi sapeste dove si trovano attualmente tutte le vostre navi, quindi se avete bisogno di consultare qualcuno per scoprirlo vi consiglio di farlo subito. »

Leon non aveva bisogno di consultare nessuno. Partecipava a regolari riunioni mattutine e serali per accertare l'ubicazione della flotta della Courteney Trading, composta da sei petroliere e una decina di mercantili di varie dimensioni. Fino a quel momento non avevano perso nemmeno un'imbarcazione, contrariamente a quanto succedeva con quelle sulla rotta dell'Atlantico settentrionale, i cui movimenti erano perennemente seguiti da branchi di U-boot tedeschi. Per il bene degli equipaggi delle sue navi – per non parlare del saldo bancario della sua azienda –, lui era intenzionato a mantenere il più possibile invariata la situazione.

A volte, quando lavorava fino a tardi, Wavell preferiva indossare abiti civili. In quella fredda serata di aprile, Leon lo trovò seduto alla scrivania in giacca a scacchi e foulard di seta bordeaux a pois bianchi, ordinatamente infilato in un maglioncino di lana blu. La scrivania era coperta di documenti, ma la mente precisa e ordinata del generale era attestata dalla fila di penne e matite meticolosamente allineate a destra, a portata di mano, e da un tampone di carta assorbente, un portacenere e un fermacarte in vetro schierati con la stessa cura delle truppe su un piano di battaglia.

« Ah, Courteney, siete stato gentile a venire con un preavviso così breve », esordì, togliendosi gli occhiali dalla montatura di tartaruga mentre si alzava per salutarlo. Si strinsero la mano e Wavell gli indicò con un cenno di accomodarsi su una poltroncina dallo schienale in pelle sistemata davanti alla scrivania. « È tardi e sono sicuro che preferireste essere a letto, quindi vado dritto al punto. Quella che sto per discutere con voi è una faccenda di enorme importanza e assoluta segretezza. Confido di poter contare sulla vostra discrezione.»

«Certo.»

«Ottimo. Dunque, presumo che stiate seguendo gli avvenimenti in Grecia.»

«Sì. Leggendo fra le righe dei resoconti sui giornali, si ha l'impressione che le cose non stiano andando granché bene.»

«È un vero eufemismo, Courteney. Che resti fra noi, ma la situazione è disastrosa. I greci avevano schierato la maggior parte dell'esercito su in Albania, a nord-ovest, per combattere gli italiani e il resto a nord-est, sulla frontiera bulgara. Il feldmaresciallo List ha mandato all'attacco la dodicesima armata tedesca in mezzo a loro e demolito l'intero fronte nel giro di poche ore. Tipica mossa da *Blitzkrieg*. Adesso metà delle sue forze armate hanno deviato verso ovest per intrappolare i greci sul fronte albanese, mentre l'altra metà ha puntato verso sud-est, isolandoli sul fronte bulgaro, ed è corsa verso il mare a Tessalonica. Abbiamo implorato i greci di organizzare una ritirata ordinata dall'Albania prima che venissero tagliati fuori, ma si sono rifiutati di restituire anche solo un centimetro di terreno agli italiani, quindi adesso sono sottoposti al martellamento di un paio di divisioni scelte delle SS e dovranno arrendersi nel giro di pochi giorni, forse addirittura di ore.»

«E i nostri ragazzi?» chiese Leon. «Devo confessare di avere un interesse personale nella vicenda, visto che mia figlia Saffron fa da autista al generale Wilson.»

«Mmm, non dev'essere facile per voi. Mio figlio è ufficiale subalterno dei Black Watch. È inevitabile preoccuparsi. Sono sicuro che Jumbo farà del suo meglio per riportare vostra figlia a casa sana e salva, ma devo confessarvi che la situazione non è certo rosea. Ci stiamo ritirando nel modo più ordinato possibile, ma siamo costretti a lasciarci dietro depositi di approvvigionamento – razioni, carburante, persino munizioni – e ora i tedeschi stanno usando il nostro materiale per rifornire le truppe che ci attaccano.»

«Riusciremo a far uscire i nostri ragazzi dal Paese? Si direbbe che siamo diretti verso un'altra Dunkerque.»

«Infatti. Temo che il parallelo includerà tutti i carri armati e i pezzi di artiglieria abbandonati lungo il ciglio della strada mentre corriamo verso il mare. Vedete, non avevamo nemmeno finito di schierare sul campo i nostri ragazzi quando è iniziata l'offensiva tedesca. Alcune unità stanno sbarcando per poi reimbarcarsi ancor prima che cambi la marea, perché è inutile cercare di farle arrivare fino al fronte.»

«Quanto tempo ci rimane?»

«Un paio di settimane al massimo. Può darsi che la prima settimana di maggio stiamo ancora resistendo, ma potrebbe anche succedere che a quel punto sia tutto finito, ecco perché mi serve il vostro aiuto con la massima urgenza possibile.»

«Certo, generale. Cosa posso fare?»

Wavell prese una sigaretta dall'astuccio d'argento sulla scrivania, che poi offrì a Leon, ottenendo un cenno di diniego. La accese e fumò per qualche secondo mentre riordinava le idee. «Uno dei problemi meno... pubblicizzati delle conquiste di Herr Hitler riguarda le riserve auree delle nazioni che occupa. In tutta sincerità, né noi né i governi dei Paesi interessati abbiamo avuto molta fortuna tentando di tenere quell'oro lontano dalle grinfie dei nazisti, e non vogliamo commettere lo stesso errore con la Grecia. Il nostro scopo è portarlo fuori dal Paese attraverso il Mediterraneo, lungo il canale di Suez e fino al Sudafrica prima che i tedeschi scoprano che è scomparso.»

«Non sarà certo facile, se i tedeschi si muovono in fretta come dite.»

«Esatto. Le probabilità di condurre a termine il viaggio prima che arrivino ad Atene sono molto scarse, ma se riuscissimo almeno a portarlo lungo il canale avrei la certezza di raggiungere Durban e da lì trasportarlo in treno fino a Johannesburg.»

«E volete che io vi fornisca la nave con cui farlo.»

«Esattamente.»

«Posso chiedervi come mai non affidate l'incarico a una nave militare, invece che a un mercantile?»

«Non ho sicuramente bisogno di dirvi che siamo a corto di risorse. Non posso rinunciare nemmeno a un solo cacciatorpediniere, o persino a una fregata, per impegnarli in una missione che li condurrebbe a migliaia di miglia di distanza dal fronte. Inoltre voglio fare tutto di nascosto. I tedeschi si fanno in quattro per tenere il conto di tutte le nostre navi da guerra, proprio come facciamo noi con le loro. Un mercantile, d'altro canto, dà molto meno nell'occhio.»

«Capisco. E quali dimensioni avrebbe questo carico?»

Wavell diede un'ultima boccata alla sigaretta e la spense. «Sono indotto a pensare che le riserve greche pesino intorno alle centotrenta tonnellate. Attualmente una tonnellata d'oro vale circa quattrocentomila sterline, il che porta il valore complessivo delle riserve a più di cinquanta milioni di sterline.»

Leon emise un fischio sommesso. «Hitler si comprerebbe un sacco di carri armati nuovi, con una somma del genere.»

«Circa cinquemila, insieme a tutti i pezzi di ricambio.»

«Presumo che, se non potete rinunciare a un cacciatorpediniere perché trasporti l'oro, non potrete certo rinunciarvi perché scorti la nave che lo trasporta.»

«Se anche potessi, non lo farei. Credo che questo tradirebbe le nostre intenzioni, non pensate?»

«In tal caso insisto perché i miei uomini abbiano almeno la possibilità di difendersi. Avranno bisogno di cannoni antiaerei.»

«Anche in questo caso direi che meno si attira l'attenzione e meglio è. Non abbiamo tempo di montare dei Bofors e men che meno di addestrare i vostri uomini a usarli.»

«Permettetemi di essere sincero, generale. Sono disposto a mandare una delle mie navi a prendere quell'oro. Vi darò persino la migliore fra quelle disponibili, la *Star of Khartoum*, così chiamata perché il mio defunto padre portava approvvigionamenti a Khartoum quando il generale Gordon era sotto assedio, nel 1885. In un certo senso sembra appropriato che ora svolga questo incarico. Inoltre è ben equipaggiata, ha solo un paio d'anni, è stata costruita seguendo mie specifiche istruzioni nel cantiere della Swan Hunter nel Tyneside ed è dotata di un motore Parsons Marine Steam Turbine da diecimila cavalli vapore. Può andare da Atene ad Alessandria a una velocità costante di venti nodi, anche tenendo conto della zavorra che dovrà portare.»

«Perché caricarvi del peso supplementare? La vorrete il più leggera possibile.»

«No, tutt'altro, se come dite voi lo scopo è passare inosservati. Se la *Star* ha nella stiva solo cento tonnellate d'oro, avrà una linea di galleggiamento molto alta e qualsiasi ficcanaso che ciondoli nella zona portuale si chiederà perché mai una nave che batte bandiera britannica stia lasciando la Grecia semivuota, quando abbiamo così tanta attrezzatura e tanti uomini con un gran bisogno di essere portati via.»

«Giusto. Quando potete partire?»

«Aspettate un attimo. Lo farò a due condizioni. Innanzitutto non intendo mandare i miei uomini incontro al pericolo senza che abbiano almeno qualche mezzo per difendersi. Maneggiare un cannone Bofors può anche essere superiore alle loro capacità, ma non c'è motivo per cui non possano usare una mitragliatrice. La marina monta delle Vickers 0.5 in impianti quadrupli come difesa antiaerea a breve gittata. Ne vorrei sei, se non vi dispiace.»

« Be', scambierò due parole con l'ammiraglio Cunningham per vedere se... »

« Le uniche parole che dovete dirgli sono: 'Questo è un ordine'. Sono sicuro che capirà. »

« Mi rincresce, Mr Courteney, ma non mi piace affatto che mi si parli in questo modo. »

« E a me non piace l'idea di informare le famiglie di bravi uomini coraggiosi che i loro figli e mariti sono morti perché non avevano i mezzi per difendersi da un attacco. Ci sono cinquanta milioni di sterline in oro che aspettano in un caveau di Atene. Se entro le otto di domattina voi mettete le mitragliatrici sulla banchina di Alessandria, entro mezzanotte io farò partire la *Star of Khartoum*, che attraccherà al Pireo quarantott'ore più tardi. Sempre che a quel punto i tedeschi non siano là, naturalmente. »

Wavell parve esitare.

« Cinquanta milioni di sterline valgono il prestito di qualche mitragliatrice Vickers, direi. »

« Benissimo, avrete le vostre mitragliatrici. Avete parlato di due condizioni. Qual è la seconda? »

« Più che una condizione è un'informazione: raggiungerò la Grecia a bordo della mia nave. »

« Non ce n'è alcun bisogno. Si stanno già dando disposizioni perché l'oro venga portato allo scalo e caricato. »

« Al diavolo il vostro oro, generale. Io voglio andare là per mia figlia. »

Wavell lo guardò. « Mr Courteney, mi vedo costretto a consigliarvi, con la massima fermezza possibile, di non farlo. Rischiate di mettere gravemente in pericolo sia voi stesso sia lei. »

« Me ne rendo conto, ma mia figlia è già in pericolo e io sarei di gran lunga più contento se potessi fare la mia parte per condurla in salvo. »

« Sapete, esiste la concreta possibilità che finiate per peggiorare la sua situazione, invece di migliorarla. Capisco benissimo il desiderio di un padre di aiutare un figlio e soprattutto una figlia, ma dovreste chiedervi perché intendete agire in questo modo. È davvero per il suo bene o per il vostro? »

« Mi state consigliando ufficialmente di non andare? »

« Sì, Mr Courteney. »

« Bene, prendo nota del consiglio, ma devo dirvi che non intendo seguirlo. »

Wavell si strinse nelle spalle. Per un attimo Leon intravide una traccia della profonda spossatezza mentale, del gravoso fardello delle innumerevoli situazioni di vita o di morte che accompagnavano il suo livello di comando. « Benissimo, allora. Ho fatto la mia parte per aiutarvi. Ora voi andate a fare la vostra per salvare vostra figlia. »

« Mi spiace, Leon, ma non puoi prendere la *Star of Khartoum* », dichiarò Francis Courteney. Guardò, in cerca di sostegno, gli altri uomini seduti intorno al tavolo della riunione mattutina sul resoconto spedizioni. « Sarà carica di cotone egiziano di ottima qualità diretto a Bombay, dove verrà trasformato in biancheria da letto degna di un maragià. »

« Perfetto, così non dovrò preoccuparmi della zavorra. » Leon guardò il direttore spedizioni della Courteney Trading. « Anwar, per favore, di' ai ragazzi al molo di sgombrare la stiva numero due, subito a prua della sala motori, e radunare accanto alla nave ogni addetto alla manutenzione, saldatore e carpentiere che abbiamo. Da un momento all'altro arriverà un convoglio di camion carichi di mitragliatrici gentilmente offerte dalla Royal Navy che dobbiamo installare. Non appena termina questa riunione, raggiungerò Alessandria in auto per sovrintendere ai lavori. »

« Sì, Mr Leon. »

« Perfetto. Prima di andarmene ti dirò dove le voglio montate, così possono mettersi subito all'opera. »

Francis non intendeva arrendersi. « È un vero oltraggio! Non possiamo andarcene in giro ad armare le nostre navi come pirati. »

« Visto che è esattamente così che i nostri antenati hanno accumulato la loro fortuna, non vedo proprio quale sia il problema. Mi sono accordato con il generale Wavell per mandare la *Star* in Grecia. Continuerò a discutere con te della faccenda in privato, ma per il momento mi limiterò a esprimere la convinzione che forniremo abbastanza aiuto allo sforzo bellico per giustificare i rischi che questo comporta. »

« È una nave praticamente nuova e sai bene quanto me che se viene danneggiata o affondata l'indennizzo che riceveremo non coprirà nemmeno lontanamente i costi necessari per rimpiazzarla. »

« Ne sono consapevole, Frank. »

« Bene, allora questo è un atto di grave irresponsabilità e mi vedo costretto a protestare in qualità sia di azionista che di direttore della compagnia. »

« Sono convinto che non dovremmo discuterne in pubblico, quindi lasciami dire soltanto una cosa. Se Hitler dovesse vincere la guerra, l'aspetto del nostro stato patrimoniale non avrà la minima importanza, giusto? »

« Non vedo perché no. Herr Hitler ha sempre reso palese il suo rispetto per l'impero britannico e sono sicuro che non vedrebbe motivo di devastarne l'economia o danneggiarne gli interessi commerciali. Naturalmente vorrebbe senza dubbio adeguare le nostre attività alle sue politiche economiche, come fa qualsiasi leader, ma... »

« Sono discorsi disfattisti che non intendo tollerare. Signori, il nostro incontro è giunto al termine. In veste di presidente del consiglio di amministrazione e azionista di maggioranza, ordino che la *Star of Khartoum* salpi al più presto per Atene. La riunione è conclusa. Frank, vorrei scambiare due parole con te. In privato.»

Leon aspettò che gli altri lasciassero la stanza, furibondo per avere dato al fratello l'opportunità di parlare in quel modo: prima di sera, resoconti del suo discorso si sarebbero diffusi in tutta la compagnia, demoralizzando i lavoratori leali alla causa degli Alleati e incoraggiando i pochi – lui era sicuro che ve ne fossero – che segretamente speravano in una vittoria dei nazisti.

Quando furono soli, si rivolse a Frank. «Come osi? Come osi tirar fuori la tua orrenda propaganda nazista davanti al personale? Chiunque ti ascoltasse avrebbe potuto pensare che tu voglia i tedeschi vincitori di questa maledetta guerra. Forse è davvero così... Allora, lo è?»

«No, no, certo che no, tutt'altro», farfugliò Francis. «Non è certo un segreto che io sia stato deluso dalla nostra entrata in quello che considero un conflitto del tutto superfluo. Ci siamo lasciati invischiare nei tentativi polacchi di provocare Berlino e abbiamo dichiarato guerra in un momento in cui non esisteva alcuna minaccia per gli interessi britannici o imperiali. Dal mio punto di vista è stato un grave errore e ci costringe a sprecare le risorse umane e materiali dell'impero in una guerra, quando le si sarebbe potute utilizzare in modo molto più proficuo in commerci pacifici e attività economiche. E non riesco proprio a capire perché mai qualcuno dovrebbe considerare poco patriottica un'opinione del genere.»

«Hai il diritto di pensare ciò che vuoi della politica governativa. La libertà di esprimere le proprie idee è una delle cose per cui stiamo combattendo e dubito che in Germania ve ne sia molta. Ma ora che la guerra è qui e dobbiamo vincerla, tutti noi – incluso te – abbiamo il dovere di fare tutto il possibile per favorire lo sforzo bellico.»

« In che modo mandare una nave da carico in Grecia aiuterà lo sforzo bellico, in nome del cielo? »

« Temo di non essere autorizzato a dirtelo. Ho dato la mia parola al generale Wavell di non rivelare alcun dettaglio del viaggio o della sua missione. »

« Vuoi mandare la nostra nave più veloce in un Paese che viene rapidamente sopraffatto... »

« Non c'è alcun motivo di supporlo. »

« Oh, non essere ridicolo, Leon. So leggere l'arabo e, credimi, i quotidiani arabi non girano intorno alle brutte notizie come fanno quelli inglesi. I tedeschi stanno per batterci, di nuovo. Quindi Wavell vuole che tu porti qualcosa o qualcuno fuori da là prima che entrino ad Atene. Credo di avere il diritto di sapere cosa vuoi caricare su una delle nostre navi. »

« Perché non lo chiedi a Wavell? Può decidere lui se dirtelo o meno. Nel frattempo io andrò in Grecia con la *Star*, quindi sarai tu il capo durante la mia assenza. »

Francis si illuminò.

« Sì, immaginavo che ne saresti stato felice. Ma si tratta solo di gestione quotidiana. Nessuna decisione importante deve essere presa senza il mio specifico consenso. E, se vengo a sapere che hai espresso anche la più vaga mancanza di fiducia nella nostra vittoria finale, ti spedirò fuori dall'edificio a forza di frustate, buon Dio. »

« Preferisco ignorare la minaccia e le calunnie. Né l'una né le altre ti fanno onore, Leon. »

Il telefono della sala riunioni squillò e Leon andò a rispondere.

Era Anwar. « Le mitragliatrici sono arrivate allo scalo, Mr Leon. Mi è stato detto che ci sono sei camion che le trasportano, e altri due con munizioni e l'attrezzatura per montarle. Se mi dite dove vanno sistemate mi assicurerò che i lavori inizino subito. Ho saputo che la marina ha anche fornito alcuni operai perché collaborino all'installazione e una decina di uomini per maneggiarle. Sostengono non sia saggio farle usare a marinai non addestrati che, in ogni caso, devono occuparsi delle proprie mansioni.»

Leon capì che era la soluzione più sensata e apprezzò la generosità dell'offerta. Wavell doveva avere chiarito a Cunningham la necessità di una collaborazione totale. «Benissimo. Voglio che tutti gli uomini della marina si vestano esattamente come i nostri ragazzi. Non devono dare nell'occhio distinguendosi dal resto dell'equipaggio. Quanto al posizionamento delle mitragliatrici, è molto semplice: un impianto quadruplo a prua e un altro a poppa, mentre i restanti quattro vanno sul ponte superiore, sopra il ponte di comando, uno per angolo.»

«In modo che formino un quadrato intorno al fumaiolo?»

«Esatto.»

«Verrà fatto tutto come da vostre istruzioni. Vi auguro un viaggio privo di rischi, Mr Leon.»

«Grazie, Anwar.»

«Miss Saffron tornerà dalla Grecia con voi?»

«Lo spero tanto.»

«Allora possa Dio onnipotente e misericordioso vegliare su di lei durante la traversata.»

Dopo meno di un'ora Leon si dirigeva verso Alessandria e poco più tardi, in pausa pranzo, Francis informò la segretaria che sarebbe uscito per un'oretta.

«Pranzate al club, vero, signore?»

«Forse, non ho ancora deciso.»

«Benissimo.»

Una volta lasciato l'ufficio della Courteney Trading, invece di dirigersi verso i club e i ristoranti frequentati dai membri più illustri della comunità britannica del Cairo, Francis raggiunse la Città Vecchia, infilandosi nei vicoli dove si vedevano ben pochi visi bianchi. Entrò nel ristorantino dove avrebbe lasciato un messaggio in codice per Hasan al-Banna, che sarebbe stato trasmesso a Berlino con metodi che lui era ben felice di non conoscere. Presumeva che le stazioni d'ascolto degli Afrika Korps fossero in grado di captare una trasmissione inviata a una certa ora su una determinata frequenza, per poi riferire il messaggio a Berlino. Ma non era certo un suo problema.

Leon mantenne la parola: la *Star of Khartoum* salpò dai dock di Alessandria dieci minuti dopo la mezzanotte. Il capitano Jerry McAloon, un energico irlandese con la pelle rovinata dal sole, dal sale e dall'alcol, condusse la nave in mare aperto e si accertò che vigesse un totale oscuramento. Poi si sedette con Leon e il sottotenente della marina a capo dei mitraglieri, di nome Jamie Randolph.

Randolph aveva un mento che pareva non aver mai avuto bisogno di un rasoio e sembrava a stento abbastanza adulto per ordinare un drink al pub, figuriamoci comandare degli uomini in battaglia. Ma Leon ripensò ai suoi esordi nei King's African Rifles e si rese conto di non essere stato molto più vecchio di lui quando aveva assunto il comando del suo primo plotone.

« Lasciatemi chiarire una cosa, Randolph », ringhiò McAloon. « Non mi piace mescolare marinai mercantili con uomini della marina. In base alla mia esperienza, provoca solo guai. Ma non intendo tollerare zuffe su questa nave, sono stato chiaro? »

« Chiarissimo, signore », replicò Randolph, guardandolo negli occhi senza battere ciglio.

« Io so di poter controllare i miei uomini. Quello che voglio sapere è se voi siete in grado di controllare i vostri. »

« In caso contrario, sarei un pessimo ufficiale. Se nasceranno disordini a bordo, non sarà per colpa dei miei uomini. »

McAloon guardò il ragazzo con i primi barlumi di rispetto. « Assicuratevi che sia davvero così. »

Mentre la *Star of Khartoum* solcava le acque del Mediterraneo orientale, diretta al Pireo, in un edificio nei pressi di Bletchley, nel Buckinghamshire, un'ottantina di chilometri a nord-ovest di Londra – un edificio la cui stessa esistenza era uno dei segreti meglio custoditi dell'Inghilterra –, una donna terminò di tradurre la trasmissione tedesca decodificata che le era stata assegnata e portò al suo supervisore la versione inglese del testo. Lui la lesse e capì subito l'importanza del contenuto, perché era stato sollecitato ad aspettarsi qualcosa del genere e, in quell'eventualità, a chiamare un numero di Whitehall.

L'uomo all'altro capo del filo ascoltò con interesse. « Ottimo lavoro. Bravi. » Poi si rivolse a un collega molto più vecchio di lui e annunciò: « Lo sanno ».

« Di già? Hanno fatto in fretta. »

« Be', per essere più precisi, diciamo che sanno abbastanza per poter indovinare il resto da soli. »

« Hanno il nome della nave? »

« Sì. »

L'uomo più anziano sospirò. « Allora provo compassione per i poveretti a bordo. »

Un anno dopo avere inseguito con i suoi commilitoni un esercito invincibile attraverso i Paesi Bassi e la Francia settentrionale, Gerhard von Meerbach si ritrovò a fare esattamente la stessa cosa in Jugoslavia e in Grecia. Incredibile quanto poco avessero imparato gli inglesi e i loro alleati, quanto fossero impreparati alla risolutezza delle offensive della Wehrmacht. Ancora una volta gli eserciti nemici erano stati aggirati sull'ala, circondati e costretti ad arrendersi o a fuggire a rotta di collo dal cappio sempre più stretto.

In aria la storia era praticamente identica. Quando la Luftwaffe aveva affrontato la RAF nei cieli inglesi, per la prima volta Gerhard si era sentito impegnato in una lotta alla pari. Ma lì in Grecia gli aerei inglesi erano in schiacciante inferiorità numerica, costretti a decollare da campi d'aviazione inadeguati, senza l'organizzazione centrale che li aveva resi tanto efficaci nell'estate del 1940. La campagna sembrava a malapena cominciata quando ebbe termine, e l'ennesima vasta distesa di cielo divenne dominio incontrastato degli Stuka e dei 109.

Gli altri piloti erano euforici per la vittoria facile, ma lui non ne ricavò alcun piacere. Ogni giorno volavano in limpidi cieli azzurri, ma senza Saffron il sole era scomparso dalla sua vita e il mondo intorno a lui era buio.

« Su con il morale, Meerbach », gli disse Schrumpp, quando furono tornati dall'ennesima missione riuscita. « Oggi ne hai abbattuto un altro. Dovresti andare in giro a pavoneggiarti, invece di ciondolare con la faccia triste come una vecchietta depressa. Si può sapere cosa ti è preso? »

Lui fece del suo meglio per sorridere. « *Ach*, è tutto troppo facile. Preferisco imprese più impegnative. »

« Be', io preferisco abbattere il nemico con meno fastidi possibile. » Schrumpp sogghignò. « Ma in fondo sono solo il figlio di un muratore di Francoforte. Immagino che voi nobili bavaresi abbiate standard diversi, vero? »

« Infatti. » Gerhard sollevò il capo con aria altezzosa e, con la sua inflessione più aristocratica, aggiunse: « Ora corri a prendermi un po' di schnapps, da bravo ».

« Oh, sì, signore, certo, signore! » esclamò Schrumpp, inchinandosi ossequioso.

«Bene, allora vai, datti una mossa!» Gerhard riuscì a mantenere una parvenza di buonumore mentre l'amico rideva e puntava verso il bar, ma non appena l'altro si fu allontanato di qualche passo si lasciò cadere su una poltrona malconcia.

Ah, Schrumpp, che brav'uomo onesto e innocente. Io non voglio che il nemico rappresenti una sfida, voglio che sia abbastanza bravo da uccidermi.

«Courteney! Autista Courteney!»

Saffron aprì gli occhi e vide un uomo stremato che cercava di aprirsi un varco tra la folla che gremiva l'atrio dell'ambasciata britannica. Indossava un completo di lino spiegazzato e il primo bottone della camicia era slacciato, la cravatta storta. Tutti gli inglesi presenti in Grecia stavano cercando di lasciare il Paese e sembravano convinti che la via d'uscita passasse dall'ambasciata, come se il suo personale oberato di lavoro potesse far comparire per magia un biglietto aereo quando non si poteva volare, o navale, quando tutte le imbarcazioni passeggeri erano salpate ormai da tempo.

Non erano i soli a sperare in un miracolo: c'erano anche ebrei, alcuni dei quali già in fuga da altri Paesi conquistati; artisti, scrittori e intellettuali consapevoli che avrebbero avuto il destino segnato, sotto i nazisti; cittadini di altre nazioni europee che guardavano alla madrepatria per ricevere assistenza nel momento del bisogno. Erano tutti radunati lì ed era impossibile aiutarli.

La vittoria dei tedeschi non aveva sorpreso nessuno. Da quando aveva inviato le sue truppe in Renania, cinque anni prima, Hitler non si era mai trovato di fronte un avversario che non riuscisse a battere, ma la velocità e l'inesorabilità della guerra lampo coglieva ancora di sorpresa le persone. Erano passati soltanto diciotto giorni da quando il primo soldato tedesco aveva varcato la frontiera greca eppure il conflitto era quasi finito. Camion pieni di soldati Alleati esausti, sudici, demoralizzati e spesso feriti, erano partiti verso Porto Rafti, ventiquattro chilometri a est di Atene, per raggiungere le navi della marina che dovevano riportarli ad Alessandria. Dovevano partire da lì perché il Pireo era stato praticamente paralizzato dai bombardamenti nazisti.

Quanto sarebbe passato prima che i tedeschi marciassero lungo le strade di Atene? Sicuramente non più di un giorno, al massimo due. Saffron aveva ricevuto l'ordine di andarsene. Wilson glielo aveva ripetuto quando era passato in gran fretta da Atene, per conferire con il re di Grecia e confessare che il suo Paese era perduto. Alcuni diplomatici le avevano assicurato che il modo migliore per lasciare il Paese dopo l'arrivo dei tedeschi era andare con loro, protetta dall'immunità diplomatica. «Indossate abiti civili e vi faremo passare per una segretaria», le aveva detto un giovane attaché. «Nemmeno i nazisti possono toccare chi lavora per l'ambasciata.»

Saffron aveva deciso di accettare. Non c'erano altre vie d'uscita, in ogni caso, e anche se ci fossero state non avrebbe avuto il tempo di cercarle. Lavorava senza sosta, accompagnando diplomatici e altri dignitari inglesi in giro per la città oppure aiutando a gestire il caos nell'ambasciata, preparando una serie interminabile di tazze di tè per tutte le persone stipate negli atrii, nei corridoi e persino fuori in giardino.

«Autista Courteney!» chiamò di nuovo l'uomo in completo di lino.

Lei si sfregò gli occhi affaticati, si alzò e agitò la mano. «Sì, signore.»

«Eccovi qua! Ho un altro giro da farvi fare. Di nuovo fino alla Banca di Grecia, con i soliti due passeggeri. Immagino che ormai la vostra vecchia Humber sia in grado di arrivare fin là anche da sola!»

« Credo proprio di sì. » Negli ultimi giorni aveva fatto regolarmente la spola con la nuovissima sede centrale in via Panepistimiou, portando sempre gli stessi due passeggeri. Uno era un tizio dalla vocina nervosa, magro, stempiato e baffuto di nome Watkins che sosteneva di essere un funzionario della Bank of England, anche se le riusciva difficile immaginare cosa facesse ad Atene. L'altro era molto più prestante, disinvolto, pericoloso e – almeno ai suoi occhi – più seducente, John Swift, che si presentava come secondo segretario all'ambasciata.

« Watkins non parla greco », le aveva spiegato Swift, durante il loro primo viaggio verso la banca. « Per lui è tutto arabo, giusto? »

« In realtà conosco un po' di greco antico », aveva protestato Watkins, « anche se purtroppo non sembra molto utile, nel secolo attuale. »

« Quindi io fungo da collegamento con i suoi omologhi nella Banca di Grecia, per assicurarmi che tutti capiscano. »

A Saffron sembrava che Swift si comportasse più da militare che da diplomatico. Può essere l'interprete di Watkins, aveva pensato. Scommetto che gli fa anche da guardia del corpo. Ma per quale motivo un ometto così mite ha bisogno di una guardia del corpo? Chi mai vorrebbe fargli del male?

Si mise in spalla la borsa con il suo indispensabile contenuto – portafogli, pistola e lettere di Gerhard – e andò a prendere l'Humber. Era accanto all'auto, sul marciapiede davanti all'ambasciata, quando comparvero i suoi due passeggeri.

Sembravano più preoccupati del solito e salirono sul sedile posteriore senza fiatare. Lei chiuse la portiera dietro di loro, si mise al volante e partì. Con il progressivo avvicinarsi dei tedeschi, i greci sembravano essersi dileguati, rifugiandosi in casa con la famiglia, ad aspettare il momento in cui il primo conquistatore sarebbe apparso sulle strade della capitale. Benché vi fosse carburante in abbondanza per i veicoli militari, dal momento che gli Alleati erano giunti con enormi forniture di benzina, cibo e munizioni in vista di una lunga campagna, le stazioni di rifornimento civili erano da tempo rimaste a secco. Il viaggio fino alla banca non fu ostacolato dal traffico, soprattutto alle sette di sera, quando il sole cominciava a tramontare.

Quella sera, però, fu diverso. Saffron sorpassò due camion, poi un terzo e un quarto che procedevano tutti nella sua stessa direzione. Tre di loro, uno greco e due inglesi, erano militari mentre il quarto era civile, con il nome della ditta proprietaria scritto in caratteri greci sulle fiancate. Erano tutti enormi, in grado di trasportare carichi pesanti e seguivano tutti lo stesso tragitto di Saffron, oltrepassando il Giardino nazionale, tagliando un angolo di piazza Syntagma e poi percorrendo via Panepistimiou. Sul ciglio della strada, accanto alla biblioteca nazionale, c'era un veicolo corazzato inglese con una massiccia torretta mitragliatrice, e subito dietro due camion dell'esercito circondati da soldati intenti a fumare, chiacchierare e fare quello che facevano tutti i soldati per la maggior parte del tempo: aspettare che succedesse qualcosa.

Ma i camion rallentarono quando alcuni poliziotti militari indicarono loro di fermarsi, guidandoli verso il ciglio della strada e facendoli passare davanti alla biblioteca, per poi fare inversione e portarsi davanti all'ingresso della banca. Lungo l'intera via erano disseminati altri poliziotti, fermi accanto agli autocarri parcheggiati o seduti sulle rispettive motociclette.

Anche Saffron ricevette l'ordine di fermarsi. Abbassò il finestrino quando un agente in uniforme inglese le si avvicinò e chiese di vedere i suoi documenti. Lei glieli passò e spiegò: «Sto portando questi due signori alla banca. Li stanno aspettando».

Swift scese dall'auto, raggiunse il poliziotto e lo prese da parte. Parve funzionare, perché dopo meno di un minuto tornò all'Humber annunciando: « Tutto sistemato, Miss Courteney. Potete proseguire ».

E infatti i poliziotti le stavano indicando di andare avanti. Lei seguì la fila di camion, fece inversione a U in fondo alla strada e tornò indietro lungo il ciglio opposto, fermandosi davanti a un altro veicolo corazzato che precedeva il primo autocarro della fila.

« Aspettateci qui. Non dovrebbe volerci molto », le disse Swift mentre scendeva insieme a Watkins.

Saffron si rese conto che era sempre lui a parlare per entrambi. Secondo lei non era perché Watkins era timido e riservato per natura, ma perché il capo era Swift.

A meno che non diluviasse, aveva preso l'abitudine di aspettare fuori dall'auto, invece che al volante. Lì ad Atene, in una giornata torrida, i raggi del sole di mezzogiorno erano meno brutali se ci si trovava all'aria aperta invece che ad arrostire dentro una lattina motorizzata. Così scese sul marciapiede e si guardò intorno.

L'ingresso della banca sembrava la rivisitazione moderna di un tempio antico: un porticato di marmo bianco semplice e lineare, con tre alte porte separate da due colonne classiche. Benché di solito fossero chiuse, quella sera le porte erano spalancate e da due di esse usciva un flusso ininterrotto di soldati che spingevano carrelli carichi di piccole casse di legno giù per la breve rampa di gradini e poi lungo il marciapiede, verso i camion su cui altri soldati le accatastavano. Alla fine i carrelli vuoti venivano riportati dentro l'edificio passando dalla terza porta.

« Ehi, signorina! »

Saffron si voltò per scoprire che il responsabile del mezzo corazzato, un sergente, si stava sporgendo dalla torretta.

Ne uscì, saltò a terra e si diresse verso di lei. « Avete intenzione di rimanere qui a lungo, tesoro? »

« Solo finché i gentiluomini che sto accompagnando non

avranno terminato la loro riunione, sergente. Hanno detto che non ci vorrà molto.»

«Non potete restare qui: bloccate la strada e noi dobbiamo partire. Andate a parcheggiare più avanti, in quella viuzza laterale. Va benissimo anche sull'angolo, fintantoché non ostacolate nessuno.»

«Non vorrei mai essere d'intralcio.»

Il sergente sorrise. «Potete ostacolare me ogni volta che volete, tesoro!»

Saffron rise: la maliziosa impudenza negli occhi del giovane rappresentava un gradito cambiamento rispetto alla paura, la fatica e il panico visti su così tanti volti per così tanti giorni.

Salì in auto e si spostò. Il sergente scomparve di nuovo nella sua torretta e il veicolo corazzato si avviò lentamente lungo la strada, oltrepassando Saffron, seguito dai primi camion. Dovevano esserne passati una decina quando la colonna si fermò. Due autocarri ostruivano la visuale in fondo alla stradina in cui lei si trovava, ma, guardando attraverso un varco, riuscì a scorgere l'estremità della fila che cominciava a muoversi sul ciglio opposto della strada.

Nel corso delle due ore e mezzo successive, il procedimento venne ripetuto altre sei volte. Il sole tramontò e l'unica luce divenne quella delle torce della polizia militare, che guidava gli uomini con i carrelli fino ai camion che stavano caricando, come uscieri del cinema che accompagnino gli spettatori ai loro posti. Alla fine l'operazione si concluse. Proprio mentre gli ultimi autocarri le passavano lentamente davanti, seguiti dai veicoli dell'esercito che chiudevano la fila, sentì bussare sul suo finestrino. Era Swift.

«Vi sarei molto grato se ci portaste sul davanti della colonna, Miss Courteney. Non temete di guidare sul lato sbagliato della strada. Andremo al Pireo, fra parentesi, e dobbiamo essere i primi ad arrivare.»

Saffron sapeva di non dover chiedere come mai fossero diretti al porto o cosa contenessero i camion, ma la domanda era comunque superflua: quando un Paese sul punto di essere occupato svuotava i caveau della sua banca centrale e ne spediva il contenuto alla nave più vicina, non era certo difficile immaginare cosa stessero trasportando i camion.

Spuntavano le prime foglie sui castagni lungo il Landwehrkanal, davanti al quartier generale dell'Abwehr, un lungo edificio di granito grigio a cinque piani dal tetto di tegole rosse che le spie di Hitler dividevano con l'Oberkommando der Wehrmacht, o OKW, l'alto comando supremo di tutte le forze armate. La stanza in cui venivano decriptate le trasmissioni in codice degli agenti sul campo si trovava al quarto piano. Le finestre ornate di tende e mantovane sbalzate, più adatte a un salottino che al centro nevralgico di un'agenzia di intelligence, davano sugli alberi sottostanti. Fu proprio lì che venne decodificata la trasmissione dal Cairo secondo cui gli inglesi avevano mandato in Grecia un mercantile chiamato *Star of Khartoum* per imbarcare un carico prezioso e di natura strettamente riservata. Non le fu assegnata una priorità alta. I capi dell'Abwehr avevano bisogno di aggiornamenti ora per ora sulle condizioni delle forze alleate che li fronteggiavano sul campo di battaglia in Grecia. Il suicidio del primo ministro ellenico Koryzis, causato dalla vergogna per il collasso della nazione, aveva influito sui piani per l'amministrazione politica dell'ultimo dominio della Germania. Ancora più importanti erano le informazioni segrete raccolte in vista dell'imminente invasione della Russia, con la relativa eliminazione del comunismo sovietico, l'unica causa cara al Führer quasi quanto l'annientamento degli ebrei.

Stando così le cose, la *Star of Khartoum* era già attraccata in ciò che restava del porto del Pireo bombardato, quando la sua potenziale importanza venne illustrata all'ammiraglio Canaris, capo dell'Abwehr, in riunione con tre subalterni di alto livello. Canaris era uomo dall'aria signorile che sembrava decisamente fuori posto fra gli spietati carrieristi, gli ideologi nazisti e – come lui stesso cominciava a capire – gli psicopatici assetati di sangue che popolavano i vertici del Reich, ma in gioventù era stato un brillante e audace ufficiale della marina e, nella mezza età, era diventato un astuto e sofisticato capo dello spionaggio. Ma non lo si poteva certo definire impetuoso.

« Quindi sappiamo che questa nave è diretta in Grecia », disse, una volta informato del contenuto della trasmissione dal Cairo. « Sappiamo che porterà un carico di enorme valore agli inglesi in Egitto, ma ancora non ne conosciamo la natura. » Alzò una mano per anticipare ogni obiezione. « Lasciatemi essere il primo a sottolineare, prima che lo faccia qualcun altro, che è altamente improbabile che si tratti di olio di oliva, retsina o formaggio greco. »

I tre sottoposti si esibirono nelle opportune risate alla battuta del capo, poi uno di loro replicò con sarcasmo: « Hanno forse altro da offrire? »

« L'oro, naturalmente », dichiarò un altro con una certa impazienza: era serio e non approvava l'ironia sul posto di lavoro. « Di cos'altro potrebbe trattarsi? Sperano di riuscire a portare l'oro fuori dalla Grecia prima che possiamo impadronircene noi, e dobbiamo fare ogni sforzo per fermarli. »

« Un punto di vista perfettamente sensato, Hümmel », commentò Canaris. « Direi che le probabilità che tu abbia ragione siano pari almeno al settantacinque, forse addirittura al novanta per cento. Ma a mio parere esiste un altro carico che gli inglesi potrebbero voler portare fuori dalla Grecia prima che noi possiamo trasferirlo a Berlino: antichità. Hanno già i marmi di Elgin e sono sicuro che preferirebbero mettere al sicuro gli altri tesori dell'antica Atene piuttosto che darli ai cittadini del Reich. »

« Questo spiegherebbe come mai abbiano mandato solo una nave da carico », ribatté Hümmel, capitolando solo fino a un certo punto. « Se volessi trasferire seicento milioni di Reichsmarks in oro, manderei davvero soltanto una nave del genere? Caricherei sicuramente l'oro sulla mia corazzata più potente, circondata da altre navi da guerra più piccole, e mi assicurerei che non possa assolutamente andare perso. »

« Logico anche questo », commentò Canaris, « ma ora voglio provare a smontare la mia stessa tesi. Considerate la posizione del generale Wavell e dell'ammiraglio Cunningham. La spedizione in Grecia si è rivelata la catastrofe che sicuramente temevano diventasse, causando un immane spreco di uomini ed equipaggiamento che sarebbero stati molto più utili in Nordafrica. Qual è la loro priorità, adesso? Salvare l'oro? No. Tutte le loro risorse devono concentrarsi su un unico obiettivo: riportare in Egitto il maggior numero possibile di uomini. E quindi dove piazzeranno gli incrociatori e i cacciatorpedinieri di Cunningham? Indubbiamente accanto alle navi per il trasporto truppe. Adesso devono trasferire l'oro in modo ben diverso, senza dare nell'occhio, così scelgono una piccola nave da carico a cui sono sicuri che non presteremo nessuna attenzione, quando ci sono così tanti altri bersagli più importanti da guardare. »

« Scusatemi, signore », disse il quarto funzionario dell'Abwehr seduto al tavolo, « ma non capisco bene quale differenza faccia cosa trasporterà la nave inglese. Limitiamoci ad affondarla e lasciamo che siano loro a preoccuparsi di cosa hanno perso. »

« Ha importanza, Friedlander, perché noi tedeschi ci vantiamo di essere la razza più colta della Terra. Non abbiamo bombardato Parigi prima di conquistarla perché sarebbe stato un oltraggio alla civiltà europea, e noi esistiamo proprio per difenderla. Se affondassimo una nave contenente inestimabili tesori dell'antichità, forniremmo agli Alleati una splendida opportunità propagandistica. 'Guardate questi barbari nazisti! Guardate come trattano i capolavori dell'arte classica.' Goebbels non sarebbe affatto felice di dover controbattere a un'affermazione del genere, e nemmeno lo sarebbero tutti i professori e i curatori dei musei che hanno fatto di Berlino il principale centro di studi sull'antichità al mondo.

«No, prima dobbiamo supplicare il generale List di accelerare la sua avanzata in modo da raggiungere il Pireo prima che la nave salpi. Il miglior risultato in assoluto sarebbe impadronirci della nave e del suo carico ancora intatto. Al contempo ordiniamo ai nostri agenti sulla terraferma di sorvegliare il porto con la massima attenzione. Quando arriva la *Star of Khartoum* non devono perderla di vista finché non hanno appurato la natura del suo carico. Dopodiché, se l'esercito non sopraggiunge in tempo, adotteremo questa tattica: se il carico è costituito solo da vecchie statue la lasciamo salpare indisturbata, e chissà, visto il ritmo a cui sta avanzando Rommel, magari lui sarà al porto di Alessandria a salutare la nave. Se invece a bordo c'è l'oro, ordiniamo alla Luftwaffe di affondarla a tutti i costi. Sarebbe già abbastanza grave non avere noi quell'oro, ma sarebbe un'autentica catastrofe se lo avessero i nostri nemici.»

Il generale Wavell aveva fatto un enorme favore a Leon, perché in calce a uno dei suoi dispacci a Jumbo Wilson aveva aggiunto la domanda: *Dove si trova la tua autista, Miss Courteney?* Wilson aveva innumerevoli questioni più importanti di cui occuparsi, ma sapeva che non era opportuno ignorare i quesiti di un superiore, nemmeno quando quest'ultimo era anche un amico, così rispose: *Atene c/o Ambasciata UK.*

L'informazione era stata passata alla *Star of Khartoum*, da cui Leon aveva inviato un messaggio radio all'ambasciata poco dopo essere arrivato al Pireo, scoprendo che la figlia aveva dato un passaggio a un funzionario della Bank of England e al suo ufficiale di collegamento dell'ambasciata. Lui sapeva cosa stavano prelevando dall'istituto; era probabile che l'inviato della banca volesse accertarsi che venisse caricato senza problemi sulla nave, nel qual caso Saffron lo avrebbe accompagnato là.

Rimase ad aspettare con un certo nervosismo finché non vide comparire l'Humber – l'unico indizio del suo avvicinamento erano i fari coperti dal nastro adesivo – e scenderne Saffron, elegante come non mai nella sua uniforme, per aprire la portiera ai passeggeri. Aspettò che la figlia avesse terminato prima di chiamarla.

Lei trasalì, si guardò intorno nell'oscurità quasi totale e poi, con un ampio sorriso sul volto, gli corse incontro. « Papà! Cosa ci fai qui? »

« Be', la nave è mia e, visto che era diretta proprio dove si trovava mia figlia, ho deciso di fare un giretto. Ora sali a bordo: ti ho fatto preparare una cabina, quindi dovresti godere di ogni comfort. »

« Non posso, devo riportare Mr Watkins e Mr Swift ad Atene. »

« No, invece. Wavell in persona mi ha autorizzato a riportarti ad Alessandria. »

« Sì, ma... »

« Niente 'ma'. » Leon si guardò intorno e vide un uomo in giacca e cravatta. L'abito non riusciva affatto a celarne la prestanza fisica: era chiaro che sapeva badare a se stesso. « Quello è Swift? »

« Sì. »

« Aspetta un attimo. » Leon lo raggiunse. « Mr Swift? Mi chiamo Courteney. Questa è la mia nave e la vostra autista è mia figlia. Sono autorizzato dal generale Wavell a riportarla ad Alessandria. Avete qualche obiezione? »

« No, nessuna. Posso benissimo tornare ad Atene da solo. »

« Voi e il vostro collega siete i benvenuti a bordo, se vi serve un passaggio per rientrare in Egitto. »

« Siete molto gentile, ma no, grazie. Abbiamo ancora qualche questione in sospeso da sistemare e faremo entrambi valere la nostra immunità diplomatica. I tedeschi non possono toccarci. »

« Buona fortuna, allora. » Gli strinse la mano e si allontanò.

« Per tutti i diavoli dell'inferno! » imprecò Swift, mentre si metteva al volante dell'Humber e accendeva il motore. « Avevo l'ordine di portare Saffron Courteney via da Atene incolume. »

« Be', ormai non succederà », disse Watkins, « ma non è certo colpa tua, vecchio mio. Cos'altro avresti potuto fare? Il vecchio Courteney non ha voluto sentire ragioni e tu non potevi certo dirgli di cercare un altro modo per tornare a casa senza scoprire le tue carte. »

« Credo proprio che tu abbia ragione... »

« Io ne sono sicuro. In ogni caso basta guardare quell'uomo per capire che non avrebbe mai preso nemmeno in considerazione l'idea di abbandonare la propria nave, e la ragazza non lascerà certo il padre nei pasticci, giusto? »

« Lo so, ma i miei ordini erano chiarissimi, dannazione: Saffron Courteney doveva uscire sana e salva da Atene. Dio solo sa perché, ma qualcuno molto in alto la tiene d'occhio. »

« Non posso certo biasimarlo. Quale uomo non lo farebbe? »

Swift reagì con un sorriso che sembrava più una smorfia. « No, non è come pensi. Credo che questo qualcuno abbia dei piani precisi per lei. »

« Be', in tal caso dovrà cambiarli. Ascolta, in questi casi mi ripeto sempre che bisogna pensare al quadro generale. Non si può compromettere un'intera operazione solo per il bene di un singolo individuo, o persino di cento individui. »

« Comunque mi dispiace molto per lei. Era una gran brava ragazza, davvero. »

« Oh, sì, era indubbiamente fantastica, ma pensa al quadro generale. »

Un agente tedesco ad Atene, che si spacciava per un giornalista romeno di sinistra costretto all'esilio in Grecia, raggiunse il Pireo come gli era stato ordinato. L'unico molo in funzione era circondato da guardie armate, ma i cumuli di macerie, i magazzini e gli edifici doganali erano ormai ridotti a gusci vuoti e fornivano una miriade di possibili nascondigli. L'oscuramento era un autentico dono del cielo per chiunque volesse passare inosservato, quindi non fu difficile arrivare in prossimità della nave. Vide uomini intenti a maneggiare cassette di legno non più grandi di quelle che si potrebbero vedere piene di frutta su un banco del mercato. Il loro imprecisato contenuto sembrava però molto più pesante di mele o pesche, per via del modo in cui le stavano scaricando dai camion allineati lungo la banchina e impilando sui pallet, i quali venivano a loro volta issati a bordo con un verricello.

L'agente in incognito tornò nel suo appartamento all'ultimo piano, prese una valigia da sotto il letto ed estrasse la sua macchina codificatrice Enigma portatile. Avendo celato il suo dispaccio in una sequela di insulsaggini prive di senso e, per quanto ne sapeva, indecifrabili, usò la radio nascosta nell'armadio per inviarlo.

Quella volta gli uomini nella stanza di decriptazione a Tirpitzufer non persero tempo. La notizia che gli inglesi cercavano di portare fuori dal Paese le riserve auree greche fu subito riferita sia all'OKW che all'ufficio del Führer, nella Cancelleria del Reich. Sollecitati da Göring perché fosse la Luftwaffe a occuparsi della questione, i pianificatori di alto livello risposero che non c'era il tempo di organizzare un raid notturno sul Pireo: il bersaglio era troppo piccolo e la zona era oscurata.

Proposero tuttavia di tenere sotto stretta sorveglianza l'imbarcazione, in modo che se ne potesse riferire l'esatto orario di partenza. Il sole sarebbe sorto alle 7.31 e a quel punto un aereo da ricognizione Junkers Ju 86 P-2 – capace di volare ad altitudini superiori rispetto a qualsiasi velivolo alleato, e con una portata di sedicimila chilometri che gli avrebbe consentito di perlustrare un enorme tratto dell'Egeo – sarebbe già stato in volo, pronto a individuare la nave. Secondo loro c'erano soltanto due rotte per Alessandria che la *Star of Khartoum* avrebbe potuto seguire: una deviava a ovest di Creta, attraverso lo stretto di Anticitera, mentre l'altra puntava verso lo stretto di Kasos, a est. Quando lo Ju 86 avesse cominciato a perlustrare la zona, la nave sarebbe stata in viaggio solo da poche ore, quindi non ci sarebbe stata ancora molta distanza fra le due rotte possibili e sarebbe perciò bastato un unico velivolo ricognitore per trovarla e segnalarla a una formazione di bombardieri Stuka con i relativi caccia. Era una vera fortuna, perché la Luftwaffe aveva soltanto uno Ju 86 nel teatro di operazioni dei Balcani. Non c'era alcun bisogno di riferirlo a Hitler.

«L'oro non raggiungerà mai Alessandria, mio Führer», gli assicurò Göring. «Avete la mia parola.»

«Avete dato a me e al popolo tedesco la vostra parola che nemmeno una bomba sarebbe mai caduta sulla Ruhr. Quella volta non l'avete mantenuta, Hermann, quindi perché adesso dovrei credervi?»

«Perché domani a quest'ora sapremo che tutto l'oro della Grecia si trova in fondo al mare.»

L'agente che aveva informato l'Abwehr del carico della *Star of Khartoum* ricevette l'ordine di tornare ai dock per poterne segnalare la partenza. Il messaggio che la nave era salpata poco dopo le due raggiunse Berlino circa un'ora dopo. La preda si era data alla fuga, i segugi si sarebbero messi ben presto sulle sue tracce.

Prima dell'alba, gli uomini della squadriglia di Gerhard vennero svegliati e informati di una missione di importanza vitale: un attacco di precisione contro un piccolo bersaglio al limite estremo del loro raggio di autonomia.

Il capitano della squadriglia, Rolf, li ragguagliò. « Il bersaglio è una nave inglese che trasporta un carico di rilevanza strategica e, prima che lo chiediate, no, non so altro. Ma gli ordini arrivano da molto in alto. Göring in persona ha espresso un interesse personale, quindi dev'essere qualcosa di molto importante.

« Quando la raggiungeremo, la nave si troverà quasi cinquecento chilometri a sud-ovest di qui. Porteremo dei serbatoi supplementari, ma dovremo comunque stare molto attenti. Quanto agli Stuka, dovranno sporgere le braccia dall'abitacolo e agitarle su e giù, perché anche con i serbatoi extra rimarranno praticamente a secco a metà del tragitto di ritorno. Il nostro compito, come sempre, è scortare i nostri lenti e grassi amici, ma quando avremo raggiunto la nave non prevediamo la presenza della RAF nella zona. Non hanno imbarcazioni di scorta là, quindi possiamo attaccarla noi. Se effettuiamo una serie ininterrotta di voli radenti per mitragliarla, riusciremo a distogliere dagli Stuka l'eventuale fuoco nemico, permettendo loro di sganciare le bombe direttamente nel fumaiolo.

« A me sembra un incarico piccolo ma complicato. La nave è un bersaglio facile, ma non si può mai sapere: potrebbe contrattaccare, si trova comunque molto lontano da qui e dobbiamo stare attenti al nostro livello di carburante. Quindi non sprecatene nemmeno una goccia facendo qualcosa che non siete costretti a fare, perché stasera, quando leggerò ad alta voce il messaggio di congratulazioni da Berlino, vi rivoglio tutti qui, sani e salvi insieme agli aerei.»

Gerhard si sentiva stranamente allegro mentre saliva sul suo 109 e si dedicava ai consueti controlli pre-volo. La missione era un gradevole cambiamento, un'interessante esercitazione tecnica con un bersaglio importante.

«Stamattina sembrate di ottimo umore, signore», gli disse un membro del personale di terra al lavoro sull'aereo.

«Hai ragione, lo sono. È una mattinata splendida, senza una nube in cielo, e presto sarò lassù anch'io.»

Lo Ju 86 incaricato di individuare la *Star of Khartoum* aveva sorvolato quanto restava delle forze terrestri e aeree degli Alleati in Grecia a un'altitudine di tredicimila metri, pari a una volta e mezzo l'altezza dell'Everest. Era così in alto che nessuno a terra aveva la minima idea della sua presenza. Mentre l'aurora dalle rosee dita spandeva i propri raggi sulle acque color del vino dell'Egeo, il pilota scese fino a seicento metri. Lui e i due membri dell'equipaggio pensavano di coprire un ampio tratto di mare con un unico passaggio, tenendo gli occhi aperti per individuare una nave solitaria.

La loro cabina era pressurizzata, rendendo lo Ju 86 molto più confortevole della maggior parte dei velivoli militari, e un thermos di caffè eliminava dal loro organismo la sonnolenza mattutina.

Per tre ore andarono avanti e indietro sull'Egeo come un pendolo la cui cordicella si allungava sempre di più a ogni oscillazione. Incrociarono una miriade di navi per il trasporto truppe in fuga e furono persino bersagliati da una svogliata raffica di fuoco antiaereo da parte dei cacciatorpedinieri di scorta all'esercito in rotta. Non si vedeva traccia di un natante che corrispondesse alla descrizione della *Star of Khartoum.*

« Dev'essere qui », mormorò il pilota. « Voglio tornare indietro da dove siamo venuti, seguendo la stessa rotta ma nella direzione opposta. Forse, da un'angolazione diversa, noteremo qualcosa che prima ci è sfuggito. »

« Non ci è sfuggito niente », puntualizzò il navigatore.

« Dev'esserci sfuggito per forza. Siamo a quasi duecentocinquanta chilometri a sud-est del Pireo. La nave dovrebbe avere viaggiato a quasi quindici nodi orari per allontanarsi oltre. È un piroscafo da carico, per l'amor del cielo, non una motosilurante. »

« È un piroscafo che trasporta un carico prezioso, e scommetto che il capitano e tutti i suoi uomini hanno una fifa blu. Tutti soli sull'acqua, senza scorta... So cosa farei io al posto loro: porterei le caldaie alla massima potenza e oltre, e se esplodono tanto peggio per loro. Vi dirò cos'altro farei: mi terrei lontano da tutte le altre navi, per non attirare l'attenzione. Cosa scommettete che gli italiani hanno dei sottomarini che le aspettano? Tutte le navi trasporto truppe che abbiamo visto erano dirette a ovest di Creta. Io dico di puntare verso sud-est e cercarne una che fila a tutta birra verso lo stretto di Kasos. »

« Secondo me è solo una perdita di tempo. »

« Ascolta, non abbiamo niente da perdere. Se non troviamo quella maledetta barca, siamo nei guai. Dobbiamo comunque tornare sui nostri passi, altrimenti non riusciremo a raggiungere la base, quindi se la nave è là, come dici tu, la vedremo. Ma, nel caso non ci sia, e mentre abbiamo ancora parecchio carburante nei serbatoi, vediamo se riusciamo a portare a termine con successo la nostra missione, eh, capitano? »

« *Ja*, hai ragione, non abbiamo niente da perdere a parte la faccia. Dammi la rotta per lo stretto di Kasos. »

Dieci minuti più tardi cominciavano giusto ad avere dei

dubbi, quando nelle loro cuffie eruppe il grido: « La vedo! Sia lodato Iddio, la vedo! » Era il terzo membro dell'equipaggio, appollaiato nel muso vetrato dell'aereo, da dove godeva di una perfetta visuale in tutte le direzioni.

E infatti, circa tre chilometri più a sud, c'era la *Star of Khartoum* che sfrecciava a quasi venti nodi orari.

Saffron non aveva mai visto un mare così limpido: le sfumature dell'acqua cristallina andavano da un intenso nero violaceo ai blu e ai turchesi più puri che si potessero immaginare. Le isole, improvvise e ben delineate, emergevano dall'acqua come guglie di chiese sommerse, ed erano un mosaico di case bianche e mulini bianchi e ulivi neri contro la polverosa terra color kaki. Avrebbe adorato esplorarle con Gerhard, un giorno, ma era inutile soffermarsi su quel pensiero. Si trovava su una nave in fuga e non aveva accanto il suo amante, bensì un branco di marinai addetti alle mitragliatrici che si vantavano di tutto ciò che intendevano fare una volta tornati ad Alessandria – i drink che si sarebbero scolati, le ragazze che si sarebbero portati a letto –, con il saltuario « Scusate, signorina » quando il loro linguaggio diventava troppo esplicito.

Se soltanto sapeste... pensava lei. Si chiese quanti di quei ragazzi – nessuno di loro era ancora uomo – avessero mai baciato davvero una donna, per non parlare di altro. Eppure lei aveva donato ogni centimetro del proprio corpo a Gerhard e preso, in cambio, ogni parte del suo. Quelle riflessioni le procurarono un lieve brivido di piacere.

« Splendida giornata, vero? » chiese una voce aristocratica dietro di lei.

Saffron si voltò e, da sopra gli occhiali scuri, vide Jamie Randolph. *Parlando di vergini...* « Sì, è un vero peccato sprecarla per una guerra. »

« Bene, sembra che siamo riusciti a sgattaiolare via all'insaputa di tutti. Con un po' di fortuna ci godremo un viaggio tranquillo fino ad Alessandria. So che suona stupido, ma quasi mi dispiace. Speravo tanto che i miei ragazzi potessero assaporare un pizzico di azione. Addestrarsi per ore e ore di seguito va benissimo, ma nessuno di noi si è mai trovato davvero sotto il fuoco nemico, per così dire. »

« Allora consideratevi fortunati », replicò lei, e il tono della sua voce spinse Randolph ad accigliarsi.

« Intendete dire che a voi è successo? »

« Sì. Soltanto una volta, ma è un'esperienza che preferirei non ripetere. »

« Be', lo immagino. Non è certo il genere di cosa che una donna dovrebbe affrontare, ma come dicevo... »

« Aspettate un attimo », lo interruppe Saffron. Strinse le palpebre mentre osservava il cielo dalla poppa della nave. « Abbiamo compagnia. »

« Dove? »

« A nord-ovest, ad alta quota. Seguite la linea della nostra scia, poi spostatevi leggermente a destra e alzate lo sguardo. Lo vedete? »

Randolph seguì le istruzioni, abbassandosi la visiera del berretto per riparare gli occhi dal sole. « Aspettate... non vedo niente... »

Lei gli si piazzò accanto e gli indicò un punto sopra di loro. Due uomini assegnati alla batteria più vicina avevano capito cosa stava succedendo e scrutavano anche loro il cielo.

« Lo vedo! » gridò uno dei due. « Guardate, signore, proprio dove stava dicendo la signorina... »

« Visto », replicò Randolph. « Aspettate, torno fra un attimo... » Attraversò il ponte e scomparve, scendendo la scaletta che portava al ponte di comando. Dopo un minuto era di ritorno con un binocolo. Lo usò e poi arricciò le labbra in una leggera smorfia di frustrazione. « È un aereo, d'accordo, ma non capisco di che tipo. Non somiglia a nulla che io abbia mai visto, nemmeno su quei diagrammi che bisogna imparare a memoria. Sapete, le sagome degli apparecchi nemici. »

« Posso dare un'occhiata? » chiese Saffron.

Randolph le passò il binocolo, consapevole che quella ragazza incredibilmente carina, che lui aveva avvicinato nella speranza di fare conversazione e magari flirtare un po', vantava più esperienza bellica di lui o dei suoi uomini.

« L'ho già visto », affermò Saffron, assumendo anche lei un'espressione perplessa e frustrata, « ma non riesco a ricordare dove o quando. Non in guerra, però. Sono quasi sicura che sia successo prima che iniziasse. » Guardò di nuovo. « Ci sono! So che sembra stupido, ma una volta ho volato su un aereo come quello, da Colonia a Monaco, credo. Una mia compagna di scuola viveva da quelle parti. Sono sicura che è tedesco, ma cosa diavolo ci fa un apparecchio di linea, qui? »

« Penso di poter rispondere », disse Randolph, felice di sapere qualcosa che lei ignorava. « Dopo l'ultima guerra, i tedeschi non erano autorizzati ad avere bombardieri, in base al trattato di Versailles e via dicendo, così hanno progettato aerei di linea che potevano essere convertiti in bombardieri. Il tipico subdolo trucco che quei dannati nazisti amano tanto. »

« Volete che provi a spararagli, signore? Per fargli capire che li abbiamo visti? » chiese il mitragliere.

« No, sprecheremmo solo munizioni e temo che ci servirà ogni caricatore che abbiamo. Scusatemi, Miss Courteney... » Si schiarì la gola. « Ascoltate, ragazzi. I tedeschi sanno dove siamo e, se hanno mandato fin qui un aereo per individuarci, è perché pensano che a bordo ci sia qualcosa che vale la pena di inseguire. »

« Credo proprio di sì, signore, visto che giù nella stiva abbiamo l'intero contenuto della Banca di Grecia. »

« Be', non so con precisione cosa ci sia a bordo, ma presumo che tu abbia ragione, Bowyer. Il fatto è che ci daranno la caccia. Con altri apparecchi, immagino. Se sono venuti fin qui dalla Grecia saranno davvero al limite della loro portata, quindi non indugeranno a lungo. Dobbiamo assicurarci che non riescano a prendere la mira, il che significa mantenere la mente lucida e sparare raffiche concertate contro bersagli specifici, invece di limitarsi a sventagliare a casaccio sperando per il meglio. Controllate le mitragliatrici per accertare che funzionino tutte. Al lavoro. Cerchiamo di allestire uno spettacolino con i fiocchi, d'accordo? Vediamo se riusciamo a fare colpo su Miss Courteney. »

« Sapete cosa vi dico, signore? Lei ha fatto colpo su di noi! »

« Vorreste accompagnarmi sul ponte di comando, Miss Courteney, e lasciare che queste canaglie facciano del loro peggio? » chiese Randolph. « Meglio avvisare il capitano che abbiamo compagnia. E poi, se non vi dispiace, vi lascerò sola. Devo passare parola ai ragazzi a prua e a poppa. È bello sapere che la nostra presenza qui non sarà stata vana, vero? È questo l'importante. Abbiamo qualcosa da fare. »

Sarebbe stato inutile cambiare rotta o cercare di nascondere la nave fra le isole: finché i tedeschi avevano quell'aereo dalle enormi ali triangolari simili a vele nel cielo che girava in tondo sopra di loro, osservando ogni loro movimento, era impossibile fuggire. Così il capitano McAloon scelse la linea di condotta opposta. Ordinò all'operatore radio di inviare un messaggio che specificava la loro rotta, velocità e posizione notificando che si aspettavano un imminente attacco dall'aria. In quel modo, con un briciolo di fortuna, se la *Star of Khartoum* fosse affondata, gli eventuali sopravvissuti avrebbero avuto qualche chance di essere tratti in salvo.

A Saffron erano stati dati un elmetto metallico e un giubbotto di salvataggio. Si legò i capelli sulla nuca, calcandovi poi sopra l'elmetto. Nel cielo continuava a non esservi traccia di altri aerei nemici, così, finché ne aveva ancora il tempo, scese nelle cucine e chiese al cuoco qualche foglio di carta oleata, che avvolse intorno al suo plico di lettere e fotografie e sopra la canna della pistola, spalmando poi uno spesso strato di lardo su entrambi gli involti per renderli ancora più impermeabili. Il cuoco le diede anche un gomitolo di spago, che lei fece girare più volte tutt'intorno alla borsa. Poi se la mise sul petto e vi infilò sopra il giubbotto. Se doveva morire non poteva fare granché al riguardo, ma se invece era destinata a finire in acqua non intendeva perdere i suoi beni più preziosi.

Completati i preparativi, tornò sul ponte di comando, dove trovò il padre che parlava con il capitano, elaborando insieme a lui piani su cosa avrebbero fatto con la flotta della Courteney Trading quando avessero potuto finalmente tornare a una normale e pacifica attività commerciale.

« Fossi in voi, capitano, non ascolterei nemmeno una parola di quello che dice mio padre », affermò Saffron, raggiungendoli e concedendosi il breve piacere di abbracciare l'alta, solida e confortante figura paterna. « Sa benissimo che, quando questa guerra orrenda finirà, assumerò io il controllo di ogni cosa. »

« Fossi in te non ne sarei così sicuro, signorina », ribatté Leon, fingendosi seccato. Poi la strinse forte e la baciò sulla testa, proprio come faceva quando era bambina.

Lei provò la stessa sensazione di allora, come se un muro la proteggesse da qualsiasi male il mondo potesse scagliare contro di loro, come se niente potesse andare storto.

A quel punto Jamie Randolph scese la scaletta su un lato del ponte di comando ed entrò ad annunciare: « Stanno arrivando. Stuka con una scorta di caccia Messerschmitt. Credo ci saranno addosso fra un paio di minuti. Meglio dare l'allarme ».

McAloon fece suonare due volte la sirena e in tutta la nave

gli uomini scattarono in azione. Giù nella sala motori le turbine vennero portate ancor più oltre i limiti per spremerne fino all'ultimo briciolo di velocità: più procedevano spediti e più sarebbero stati difficili da colpire.

Gli uomini assegnati alle mitragliatrici presero posizione, così come chi aveva le conoscenze necessarie per eseguire riparazioni d'emergenza. Leon aveva preso la precauzione di reclutare per il viaggio il miglior ufficiale medico dell'azienda, che era pronto in infermeria con un paio di inservienti. Il silenzio calò sul piroscafo mentre gli uomini si rifugiavano nei propri pensieri, nei propri timori, nel proprio amore per tutti i cari che avevano lasciato a casa e rischiavano di non rivedere mai più.

E poi, simili allo scoppio di un temporale, i primi Stuka planarono verso la nave e la battaglia ebbe inizio.

Saffron aveva sentito più volte il grido degli Stuka in picchiata, nei cinegiornali. Era il suono del *Blitzkrieg*, il suono dei nazisti che schiacciavano chiunque si trovasse sul loro cammino. Ma nulla l'aveva preparata per il volume e l'aggressione quasi fisica di quello strillo da *banshee* che si faceva sempre più acuto e stentoreo, echeggiando sul ponte di comando. I primi tre aerei si lanciarono in picchiata sulla loro preda, l'urlo del motore che diventò quasi isterico appena prima che i velivoli sganciassero le loro bombe, una dopo l'altra, a intervalli di pochi secondi, tornando poi in assetto orizzontale e cabrando.

Durante i primissimi minuti fu una battaglia che lei udì, più che vedere. Il frenetico crepitare delle mitragliatrici Vickers che tentavano disperatamente di respingere gli assalitori, poi il ruggito dei caccia tedeschi e il martellare delle loro mitragliatrici mentre si lanciavano all'attacco cercando di ridurre al silenzio quelle della *Star of Khartoum* in modo che gli Stuka potessero finire la preda a loro piacimento, il boato della voce del capitano McAloon mentre ordinava di far procedere la nave a zig-zag, affinché fosse più difficile da colpire per i caccia.

La manovra funzionò. Le prime tre bombe mancarono il bersaglio, provocando enormi geyser che si abbatterono come onde anomale sui ponti della *Star*, senza però provocare gravi danni. Ma se ne registrarono comunque: le squadre antincendio spensero le fiamme provocate da uno dei proiettili incendiari dei Messerschmitt nella tuga di poppa, sopra la quale era stata montata la batteria posteriore. L'incendio andava spento, o avrebbero dovuto abbandonare le mitragliatrici.

Poi ricomparve Randolph, con il viso terreo per lo shock e il dolore: il braccio sinistro gli penzolava insanguinato e inerte lungo il fianco. « Tre dei miei uomini sono a terra. Una delle batterie è fuori uso. Le mitragliatrici funzionano, solo che non c'è nessuno a manovrarle. Può darmi qualcuno, capitano? »

McAloon non mostrò nemmeno di averlo sentito. Molto probabilmente non l'aveva fatto: la cacofonia della battaglia era assordante e governare la nave richiedeva tutta la concentrazione del capitano.

Ma Saffron lo sentì. « Lo faremo noi! » gridò. Guardò il padre. « Forza, andiamo! »

Lui ebbe un attimo di esitazione, come se volesse consigliarle di rimanere al riparo, ma poi annuì e la seguì fuori.

« Le mitragliatrici sparano a coppie, un mitragliere per ognuna! » urlò Randolph mentre li accompagnava su per la scala, reggendosi alla ringhiera con la mano sana. « Non preoccupatevi per le munizioni, si caricano da sole. Ci sono due volantini, uno fa ruotare il supporto e l'altro controlla l'elevazione delle mitragliatrici. Capirete subito come funziona. »

Salendo dietro di lui, Saffron si rimise gli occhiali scuri, sapendo che era un gesto frivolo ma pure che il bagliore del sole di mezzogiorno sarebbe stato accecante. Arrivarono al ponte superiore. Solo due ore prima le era sembrato un posto incantevole e arioso, ma in quel momento si sentì completamente esposta, senza nulla a proteggerla dai proiettili e dalle bombe mentre lo attraversava di corsa, seguendo Randolph fino alla batteria abbandonata. Accanto alla base delle mitragliatrici c'era un morto, mentre un altro era appoggiato al caricatore a forma di tamburo contenente le munizioni. Saffron riconobbe un marinaio che aveva scherzato con il capitano McAloon prima della battaglia. Gli era rimasto solo metà cranio e la materia cerebrale gocciolava lungo quanto restava del suo viso e sopra il caricatore.

Randolph si sforzò di farsi sentire mentre un Messerschmitt sorvolava la prua puntando verso le mitragliatrici piazzate là. « Dovrete spostarli! »

Leon prese il secondo, trascinandolo via, mentre lei afferrò sotto le ascelle l'altro, facendosi spazio per andarsi a mettere dietro le mitragliatrici.

Il 109 che aveva appena attaccato la prua a volo radente tornò per un secondo passaggio. I serventi alle Vickers laggiù erano riusciti a sopravvivere al primo attacco e stavano ancora sparando quando il pilota scese nuovamente in picchiata, talmente basso sull'acqua da sparare in orizzontale mentre loro facevano altrettanto, come duellanti che si affrontino con le mitragliatrici invece che con la pistola. Poi uno dei mitraglieri venne centrato: il corpo sussultò per una serie di colpi in rapidissima successione che lo scaraventarono all'indietro, e la sezione posteriore del giubbotto di salvataggio si disintegrò in una poltiglia sanguinolenta mentre i proiettili lo attraversavano. Indietreggiò di un passo, poi di un secondo e infine di un terzo prima di cadere, le gambe che si piegavano sotto di lui, le braccia spalancate, gli occhi spenti che guardavano il caccia tedesco, la cui ombra sorvolò fulminea il suo cadavere.

« Prova il volantino! » gridò Leon.

Saffron lo prese. Era largo una trentina di centimetri, montato in orizzontale sopra una barra di metallo, con un'impugnatura verticale che lei poteva afferrare. La ruotò in senso orario e vide le canne delle mitragliatrici puntare verso l'alto, la girò in senso antiorario e tornarono giù.

« Tocca a me! » esclamò Leon, e provò l'identico mezzo di controllo. Ogni Vickers era dotata di un mirino parallelo, con un oculare e una lente rotonda. I cavetti del sistema di puntamento si intrecciavano una sessantina di centimetri più indietro. « Pronta a fare un tentativo? »

Lei annuì.

« Bene. La prua è a ore dodici. Sinistra è ore nove, destra tre e poppa sei. Okay? »

« Sì! »

Sopra di loro, gli Stuka giravano in tondo, aspettando che i caccia portassero a termine il loro compito. Un altro 109 si lanciò all'attacco, deciso a dare il colpo di grazia alla batteria prodiera, raggiungendola dalla direzione opposta a quella dell'aereo precedente.

E le mitragliatrici di prua erano puntate dalla parte sbagliata. Saffron e Leon se ne accorsero nello stesso istante, mentre l'unico servente sopravvissuto correva a occupare la posizione del compagno morto, ruotando freneticamente il volantino abbandonato per rivolgere le armi verso il caccia in arrivo.

Ma non si stava muovendo abbastanza in fretta.

« Ore tre, basso! » urlò Leon.

Cominciò a ruotare il volantino con più energia e rapidità possibili, ma le mitragliatrici si muovevano con lentezza straziante. Saffron girò la sua in senso antiorario, facendola abbassare fino a quando il puntatore non si trovò circa sei metri più su del ponte prodiero.

Il 109 si stava lanciando verso la *Star of Khartoum*, sempre più vicino.

« Aspetta! » gridò Leon.

L'aereo sfrecciava sopra le onde, le sue mitragliatrici che sparavano.

« Aspetta! »

L'uomo accanto alle Vickers si gettò sul ponte mentre i proiettili rimbalzavano attorno a lui e sui parapetti.

L'aereo era così vicino che Saffron vedeva il casco di pelle e gli occhialoni del pilota nell'abitacolo.

« Fuoco! »

Il crepitare delle quattro mitragliatrici martellò sui padiglioni auricolari di Saffron, ma poi, in un batter d'occhio, il caccia li oltrepassò, volando a bassa quota per un paio di secondi prima di cabrare, per poi inclinarsi in virata e prepararsi a tornare verso di loro.

« Mantieni quell'elevazione, non lo abbiamo mancato di molto. Io le preparo per il prossimo tentativo », disse Leon, mentre riposizionava le mitragliatrici.

Mentre loro erano occupati a prua, un altro apparecchio aveva attaccato la poppa. Sentirono un'improvvisa esplosione dietro di loro. Saffron si voltò per scoprire che l'intera sezione poppiera era in fiamme; non riusciva a scorgere la tuga a causa del fumo, ma poi vide una figura sbucare da quell'inferno, camminando in qualche modo a mezz'aria. Si rese conto che doveva trovarsi sopra la copertura della tuga, quindi era uno dei mitraglieri, ed era avvolto dalle fiamme, una torcia umana, e agitava le braccia e si dava manate sul corpo nel vano tentativo di spegnerle. Incespicò e cadde a terra, poi le lingue di fuoco lo avvilupparono nel loro abbraccio incandescente.

« Saffron! Saffron! »

Lei sentì la voce del padre come se provenisse da un'enorme distanza. Voltandosi, vide il 109 che si avvicinava per un nuovo attacco. Il mitragliere a prua era raggomitolato sull'assito del ponte, le braccia strette intorno alla testa, i nervi a pezzi.

Saffron se ne dimenticò. Guardò nel mirino, immaginando

di essere impegnata in una battuta di caccia e che il Messerschmitt fosse in realtà un fagiano o un'anatra: uccidere quell'uccello metallico non sarebbe stato più difficile che ucciderne uno vero.

Leon pensava la stessa cosa. Avendo girato le mitragliatrici verso il caccia, progettava di riportarle indietro, anticipando la rotta del 109: la velocità dell'aereo lo avrebbe portato all'interno del campo visivo del mirino, e il movimento delle Vickers avrebbe fatto sì che la gragnola di proiettili da mezzo pollice descrivesse un arco più ampio, come i pallini di un fucile, aumentando le probabilità che alcuni di essi colpissero il bersaglio.

Il 109 si fece sempre più vicino.

Loro aspettarono di nuovo.

Quando ritenne che fosse il momento giusto, senza aspettare un ordine preciso, Saffron sparò.

Gerhard rimase davvero impressionato. I primi tre Stuka avevano attaccato aspettandosi un lavoretto facile, ma gli inglesi lo avevano reso più arduo del previsto. La *Star of Khartoum* era sorprendentemente veloce e agile, si muoveva più come una nave da guerra che come un normale piroscafo mercantile e aveva denti affilati, con quelle batterie di mitragliatrici. Così i 109 si erano messi all'opera, sapendo di dover agire in fretta per neutralizzarle, perché ogni pochi secondi persi per attaccare il bersaglio costavano agli Stuka un chilometro di autonomia.

Schrumpp era stato il primo a lanciarsi contro le mitragliatrici di prua e le aveva quasi distrutte. Il privilegio di dare il colpo di grazia spettava a Gerhard, che durante il primo volo radente bersagliò l'area intorno alle Vickers e costrinse l'unico servente rimasto a tuffarsi sul ponte lasciando la sua postazione. Il passo successivo era ficcare alcuni proietti del cannoncino da 20mm montato nel muso del caccia dentro le mitragliatrici stesse, mettendole fuori uso e magari facendone esplodere anche le munizioni.

Tirò la cloche e cabrò, fece una virata, raggiunse l'apice dell'arco che descriveva nel cielo e sfrecciò di nuovo giù, sentendosi schiacciare contro il sedile dalla pressione della picchiata, prima di riprendere l'assetto orizzontale per lanciarsi nuovamente verso la nave. Puntò il muso dell'aereo direttamente contro le Vickers a prua e fece fuoco con il cannoncino e con le mitragliatrici delle ali, vedendo i proiettili traccianti dirigersi verso il bersaglio e poi l'intera batteria di fronte a lui sussultare sotto l'impatto dei colpi. Gli stavano sparando contro dal ponte superiore della nave, alla sua destra. Guardò da quella parte e notò una figura dietro un nido di mitragliatrici; avrebbe dovuto essere un uomo, ma per una frazione di secondo lui vide capelli scuri, occhiali scuri, una donna... un fantasma.

Poi il suo aereo venne colpito.

Gerhard percepì l'impatto dei proiettili che gli frantumavano le ali.

Ogni altro pensiero svanì mentre si concentrava sull'immediato presente. Prima domanda: era incolume? Abbassò lo sguardo e non vide sangue. Tutti i suoi arti funzionavano. Era illeso.

Ormai aveva oltrepassato la nave, riprendendo quota, e i comandi sembravano a posto, ma poi sentì nell'orecchio la voce di Schrumpp: « Vai a fuoco, Meerbach! Il tuo serbatoio supplementare di destra! »

Guardò l'ala e vide le lingue di fuoco sul serbatoio. Non ebbe esitazioni: doveva sbarazzarsene prima che le fiamme si propagassero sull'ala. Premette il pulsante di sgancio, ma senza risultato. Lo premette di nuovo. Il serbatoio rimase dov'era, con il fuoco sempre più diffuso che rischiava di farlo esplodere.

A un tratto la paura gli artigliò le viscere. Non stava volando abbastanza in alto per potersi lanciare con il paracadute, ma se l'aereo colpiva l'acqua era spacciato. E all'improvviso la sua indifferenza verso la morte, la sua perdita di interesse per la vita scomparvero. Il suo innato istinto di sopravvivenza rifiutava di lasciarsi soffocare. Gerhard voleva assolutamente vivere, ma quel maledetto serbatoio rifiutava di sganciarsi.

In un ultimo tentativo disperato iniziò ad azionare flap a casaccio, scrollando su e giù prima un'ala e poi l'altra. Adesso vedeva le fiamme correre lungo il bordo della destra. Lanciò il 109 in ogni possibile acrobazia a cui riuscisse a pensare, virando da sinistra a destra e poi cabrando praticamente in verticale, pregando che la forza di gravità strappasse il serbatoio dal suo alloggiamento, continuando a far oscillare le ali mentre si innalzava nel cielo.

La velocità di salita diminuì mentre il propulsore perdeva a ritmo costante la propria battaglia con la forza di gravità. Aveva quasi raggiunto la velocità di stallo ma non smise di salire, costringendo il caccia a inerpicarsi faticosamente. Il serbatoio poteva esplodere o l'aereo entrare in stallo da un momento all'altro, ed entrambe le opzioni lo avrebbero ucciso.

Non devo morire. Mi rifiuto di morire!

Eppure stava per accadere.

Ma poi sentì il 109 sussultare e alleggerirsi di colpo quando finalmente il serbatoio si sganciò, e fu quello a precipitare nell'Egeo mentre lui si lanciava in una picchiata controllata, facendo in modo che il vento spegnesse le ultime ostinate lingue di fiamma prima che il caccia riacquistasse l'assetto orizzontale.

Adesso però c'era un problema: circa il venti per cento del carburante rimasto era appena scomparso negli abissi marini.

«Tutto a posto?» gli chiese Rolf.

«Credo di sì. Sembra che non ci siano danni ai comandi e il motore funziona perfettamente. Il mio unico problema è il carburante.»

«Allora non sprecarne nemmeno una goccia. Torna verso casa. Con calma. E buona fortuna.»

«No, è tutto a posto, voglio portare a termine il lavoro», affermò Gerhard, e virò inclinandosi per girare in tondo sopra la nave colpita. In base ai suoi calcoli aveva abbastanza carburante per percorrere trecento chilometri.

La base, tuttavia, ne distava quasi quattrocento.

La sua unica speranza era iniziare subito il viaggio di ritorno, eppure qualcosa dentro di lui – lo stesso istinto che pochi minuti prima aveva preteso che sopravvivesse – lo sollecitava a restare. Era una follia, avrebbe dovuto andarsene. Eppure rimase. Persino quando i Messerschmitt completarono i loro voli di attacco e poi virarono verso la terraferma greca, e l'ultimo Stuka sganciò le sue bombe, Gerhard restò sopra la *Star of Khartoum* fumante e ormai in procinto di affondare.

«Beccato!» Saffron sorrise, esultante, quando vide le fiamme erompere dal caccia tedesco che le sfrecciava accanto. Osservò i disperati tentativi del pilota di sbarazzarsi del serbatoio che poteva annientarlo da un momento all'altro, e ne seguì la cabrata mentre continuava a scrollare freneticamente le ali. Quando alla fine il serbatoio piombò in mare si sentì ingiustamente defraudata del meritato successo, e quando vide il pilota cominciare a girare in tondo sopra la nave, come uno spettatore in attesa di vedere la fine della partita, fu assalita da una furia feroce, impotente.

Ma ormai non c'era più il tempo per pensarci. Gli altri 109 arrivavano da ogni direzione, puntando verso il ponte su cui si trovavano lei e il padre, tentando di metterli fuori combattimento proprio come avevano fatto con le mitragliatrici a poppa e a prua. Altre due batterie erano fuori uso, un altro uomo ucciso e tre feriti. Saffron sentì il ronzio simile a una zanzara rabbiosa dei proiettili che le fischiavano intorno e il frastuono quando colpivano il legno e il metallo, ma lei e il padre rimasero miracolosamente illesi.

Poi i caccia scomparvero su nel cielo, e per un attimo si udirono solo il rombo dei motori della nave, il mare contro lo scafo, le grida dei feriti e le urla degli uomini ancora impegnati nel tentativo di domare l'incendio nella tuga.

Lei si chiese se fosse finita.

E poi udì la risposta nel gemito del primo Stuka. Alzò gli occhi e lo vide tuffarsi in picchiata, un artefatto moderno e insieme primitivo: uno pterodattilo d'acciaio che voleva ucciderli, strillando di gioia davanti alla prospettiva della morte di Saffron.

Leon fece ruotare le mitragliatrici per fronteggiare il mostro e lei le portò alla massima elevazione, dopodiché spararono una lunga raffica, ma senza riuscire a colpire il bersaglio. Un secondo Stuka uscì dalla formazione, e poi un terzo, ed era evidente che stavano tutti per lanciarsi all'attacco. Lei capì che alcuni di essi avrebbero anche potuto mancare la nave, e magari un paio sarebbero stati colpiti, ma uno l'avrebbe sicuramente centrata. Non si poteva fare altro che continuare a sparare, reagendo all'attacco quando la prima bomba mancò il bersaglio, e anche la seconda.

La terza, invece, non sbagliò. Saffron vide la tondeggiante sagoma nera cadere dallo Stuka puntando verso il ponte di poppa. Lo colpì e scomparve sotto l'assito.

Ma non esplose.

Il sollievo fu così intenso da essere quasi sfiancante, ma poi un altro Stuka si lanciò in picchiata e il timore e l'adrenalina rinvigorirono Saffron, che sparò ed ebbe l'impressione di vedere i proiettili penetrare nell'apparecchio. L'abitacolo andò in frantumi e il motore prese fuoco, ma la sirena gemeva ancora e lo Stuka continuava a scendere.

E puntava direttamente verso il ponte superiore.

Lei si lanciò verso la scaletta ma non si prese il disturbo di scenderla, saltando verso il minuscolo settore di ponte alla base dei gradini, accanto a quello di comando. Mentre i suoi piedi toccavano l'assito e lei incespicava e cadeva, lo Stuka si abbatté sulla *Star of Khartoum* e il mondo parve esplodere intorno a loro.

Lo scoppio mandò in frantumi le finestre del ponte di comando. Se lei non fosse stata a terra, sarebbe stata uccisa da un migliaio di cocci di vetro affilati come rasoi. Per un attimo perse i sensi e quando li riacquistò scoprì che la *Star* era in fiamme. Impiegò qualche secondo per capire cos'era successo: lo Stuka aveva colpito il ponte superiore all'estremità opposta a quella in cui si trovava lei. Era quindi rimasta al riparo da quasi tutta la violenza della deflagrazione. Non appena se ne rese conto, pensò al padre.

Salì sull'intelaiatura contorta e deformata della scala e, una volta in cima, si trovò di fronte uno spettacolo di totale devastazione. Il fumaiolo al centro del ponte era stato quasi completamente distrutto, ne rimaneva solo un moncone dai contorni frastagliati che sputava fumo nero e oleoso. I resti dello Stuka erano conficcati nel muro laterale della tuga principale, la coda stranamente ancora intatta che ne spuntava obliqua. Tre delle piattaforme delle mitragliatrici erano sparse sul ponte, la quarta era scomparsa.

Ma dov'era suo padre?

Saffron si guardò intorno, tentando di distinguere qualcosa in mezzo al fumo soffocante, poi lo vide bocconi sul ponte mentre tentava di avanzare strisciando, cercando un appiglio con una gamba e trascinando l'altra, inerte. Dietro di lui, sull'assito, a malapena visibile attraverso il fumo, c'era una lucida scia di sangue scarlatto.

Alzò gli occhi. Aveva il viso terreo mentre cercava di puntellarsi su un gomito. Allungò una mano verso di lei e, muovendo soltanto le labbra, disse: « Saffy! »

Lei si coprì il naso per proteggersi almeno in parte dal fumo e corse dal padre che era stramazzato sul ponte, supino e quasi privo di conoscenza, un colorito malsano in volto e la fronte imperlata di sudore, i denti stretti e i lineamenti contorti dalla sofferenza. Saffron scoprì quale fosse la fonte dell'atroce dolore: la gamba destra dei pantaloni era strappata, la carne sottostante a brandelli come se un animale selvaggio l'avesse dilaniata con denti e artigli cremisi, e dal centro dell'orrenda ferita spuntava l'osso del femore, spezzato, scheggiato e dai bordi frastagliati.

Sentì la bile salirle in gola e le lacrime riempirle gli occhi. No! Non puoi mostrarti debole! Non ora! si disse. Si chinò su Leon e sussurrò: «Non preoccuparti, papà, ci sono qua io». Lo afferrò per le ascelle e, dando la schiena alla scala, cominciò a trascinarlo.

Le due estremità dell'osso rotto sfregavano l'una contro l'altra e lui non riusciva a impedirsi di urlare di dolore. Saffron si impose di non udire il suo strazio, limitandosi a tirare con più energia.

La *Star of Khartoum* era ferita a morte, ma gli Stuka avevano ricevuto l'ordine di distruggerla. Altri due aerei si lanciarono in picchiata. Uno mancò il bersaglio a causa del fumo denso, ma l'altro lo centrò, quasi nello stesso punto della bomba inesplosa, che scoppiò e diede il colpo di grazia alla nave.

La *Star* affondava lentamente. Il suo destino era ormai segnato e gli Stuka avevano superato il limite di sicurezza del consumo di carburante. Il comandante ordinò di tornare alla base e loro obbedirono, accompagnati dai fedeli caccia di scorta. La seconda bomba aveva ucciso chiunque si trovasse a poppa e provocato danni irreparabili anche in sala motori. Sulla nave c'erano pochissimi sopravvissuti, ma l'uomo accanto alla mitragliatrice prodiera era uscito incolume da quell'inferno, proprio come Saffron, e, quando la vide sul ponte superiore che cercava di trascinare in salvo il padre, la aiutò a portarlo giù per la scala e fino al ponte con le scialuppe di salvataggio. Un altro paio di sopravvissuti, fra cui il medico di bordo, stavano cercando di calarne in acqua almeno una prima che la *Star of Khartoum* colasse a picco.

Vi riuscirono giusto per un soffio e si allontanarono di una cinquantina di metri, remando, prima che la nave si spezzasse in due e affondasse.

Il medico fece tutto il possibile per curare Leon. Prima di correre verso le scialuppe aveva preso la sua borsa, presumendo di doversi occupare degli eventuali sopravvissuti, e riuscì almeno a versare del disinfettante sulla ferita aperta e somministrargli abbastanza morfina per alleviarne leggermente le sofferenze.

A un certo punto Saffron sentì il ronzio di un motore aereo. In mezzo a tutta la baraonda e il chiasso non si era resa conto che c'era ancora un caccia tedesco, quello da lei colpito, che girava in tondo sopra di loro. « Cosa fa? » chiese senza rivolgersi a nessuno in particolare.

Il medico alzò gli occhi, vide il 109 e borbottò: « Maledetto avvoltoio ». Agitò il pugno chiuso e gridò una sequela di violente imprecazioni verso il cielo. « Vi chiedo scusa », disse poi a Saffron, tornando a essere l'uomo garbato di sempre. « Non serve assolutamente a nulla, ma mi fa sentire meglio. »

L'altro sopravvissuto, Bowyer, il mitragliere che parlando con Randolph si era detto molto colpito da Saffron, dichiarò: « Credo che quel bastardo vi abbia sentito. Attenti, viene verso di noi ».

Cosa ci faccio qui? Perché sto sprecando carburante?

Ormai la scarica di adrenalina del combattimento si era esaurita e Gerhard sentì riaffiorare il tetro e deprimente senso di vuoto. Ripensò alla visione di poco prima, all'illusione di vedere una donna laddove non poteva esserci. Il cervello gli giocava brutti scherzi, il fato si faceva beffe di lui. Sentì una collera acre e vendicativa colmare lentamente il vuoto dentro di lui. Voleva prendersela con qualsiasi bersaglio riuscisse a trovare, in modo che qualcun altro soffrisse come lui.

Diede inizio a una virata che portò il suo aereo intorno alla patetica scialuppa di salvataggio che ospitava i pochi sopravvissuti. Mentre si lanciava in picchiata, recuperando l'assetto orizzontale solo a pochi metri di distanza dal mare, sapeva di tradire ogni suo principio, ogni briciolo di rettitudine e onore rimastogli, di diventare uguale al fratello e a tutti i bastardi crudeli che si trovavano come lui nella legione dei dannati. E non gli importava.

La scialuppa sfrecciava verso di lui, sempre più vicina. Gerhard vide le persone a bordo agitare penosamente i pugni chiusi. Un'unica rapida raffica avrebbe spazzato via quella minuscola imbarcazione e tutti i suoi passeggeri. Posò il dito sul grilletto.

Poi rivide il fantasma. Capelli neri, occhiali scuri.

Il suo primo istinto fu di sparare e continuare a farlo fino a eliminare per sempre il fantasma dalla sua immaginazione.

Ma dopo un millesimo di secondo qualcosa lo esortò a non farlo. Gerhard sfrecciò sopra la scialuppa senza sparare, salì in alto nel cielo, fece un giro della morte e si tuffò nuovamente in picchiata, tornando da dove era venuto.

«Avanti, bastardo nazista! Se vuoi ucciderci siamo qua! Fai pure!»

La voce di Bowyer era quasi isterica per la disperazione. Il pilota li stava prendendo in giro, stuzzicandoli. Avrebbe potuto ucciderli in qualsiasi momento, quindi perché non lo faceva?

«Eccolo che torna», disse Saffron. Messa di fronte alla prospettiva di una morte certa, era pervasa da una calma inattesa quanto misericordiosa. Sarebbe andato tutto bene. Avrebbe ritrovato Gerhard in un luogo in cui non c'erano guerre a tenerli separati, e tutto si sarebbe sistemato.

Tenne lo sguardo fisso sul caccia e si alzò per accoglierlo, immobile, offrendosi come vittima sacrificale.

Il fantasma era lei! pensò Gerhard. Sapeva che era impossibile, eppure l'alta figura che si stagliava sulla scialuppa, scuotendo la testa per far ondeggiare i capelli e guardando dritto verso di lui, era Saffron. Ne era assolutamente certo. È ancora viva! Mio Dio, è vero, è viva.

Rallentò fino a rasentare la velocità di stallo e poi spinse indietro la calotta dell'abitacolo, sentendo il vento sferzargli il volto come l'alito stesso della vita. Mentre passava sopra la scialuppa salutò con la mano e sarebbe stato pronto a giurare di aver visto Saffron sorridere.

Dopo un attimo aveva già superato l'imbarcazione e ormai non poteva effettuare un altro passaggio: la situazione del carburante, critica già prima che lui decidesse di rimanere sopra la nave, era adesso disastrosa.

Non gli importava. Saffron Courteney era ancora viva. Amore e speranza tornarono di colpo a riempirgli il cuore. Cosa importava se il suo 109 non aveva più carburante? Lui non aveva nemmeno bisogno di un aereo, poteva benissimo tornare in Grecia da solo, sulle ali della felicità.

« Buon Dio », disse il medico. « Che gesto incredibile. Credete che il pilota volesse complimentarsi con noi perché abbiamo combattuto valorosamente? »

« I tedeschi non fanno cose del genere, Doc », replicò Bowyer. « Non è affatto nel loro stile. Secondo me voleva piuttosto prenderci in giro, a meno che... » Un sorriso malizioso e impudente gli balenò sul volto. « Be', se non vi dispiace sentirvelo dire, signorina... »

Saffron non lo udì nemmeno: stava ancora cercando di dare una spiegazione a quanto aveva visto – o pensato di vedere – nell'abitacolo del caccia. Non sapeva se gridare di gioia oppure piangere amare lacrime per gli innumerevoli scherzi crudeli del destino.

« Signorina? »

Lei si costrinse a riportare l'attenzione sulle persone che aveva intorno. « Cosa c'è? »

« Stavo dicendo che eravate un vero spettacolo. Sembravate una stella del cinema o qualcosa del genere... Immagino che il nostro tedesco vi abbia dato un'occhiata e abbia pensato che nemmeno lui poteva sparare a una ragazza del genere. Insomma, che spreco, eh? »

« Bisognerebbe davvero essere crudeli per sparare a sangue freddo a una ragazza disarmata », concordò il medico.

Saffron non disse nulla. Pensò che non era affatto disarmata, almeno non nel momento cruciale. Ho colpito l'aereo con le mie mitragliatrici, e se era quello di Gerhard... Lo era, ne sono sicura, altrimenti perché mi avrebbe salutata? Oddio, ho rischiato di ucciderlo. E non avrei mai scoperto cosa avevo fatto o quanto ci fossi andata vicina. E se lo avessi ucciso...

Poi scoppiò in lacrime, e il medico le cinse le spalle con un braccio. « Su, su, mia cara, è tutto a posto. Siamo reduci da un'orrenda esperienza e voi vi siete comportata in maniera esemplare, ma ormai è finita. Presto verremo tratti in salvo, ne sono sicuro. Andrà tutto bene, vedrete. »

Era tardo pomeriggio quando una motosilurante della Royal Navy, inviata da Creta in risposta al messaggio del capitano

McAloon, riuscì finalmente a trovarli. Mentre Leon veniva issato a bordo, il medico prese da parte Saffron per sussurrarle: « Vostro padre è ferito molto gravemente. Se non sorgono infezioni dovrebbe sopravvivere, ma non è detto che possa riprendere a camminare ».

Lei non rispose, troppo stremata dalla battaglia e dagli avvenimenti successivi. Un marinaio la aiutò a salire sulla motosilurante dove le offrirono una tazza di tè, la classica panacea britannica per qualsiasi catastrofe. Mentre la bevanda operava la sua magia, Saffron aprì la borsa. Con tutte le precauzioni prese e l'inferno attraverso cui era passata, i suoi beni accuratamente incartati e spalmati di grasso non erano stati toccati nemmeno da una goccia d'acqua. Estrasse una delle sue preziose foto di Gerhard e vi si chinò sopra per poterla guardare senza farsi vedere. Era magnifico pensare che lui fosse ancora vivo.

Ma poi scosse il capo e mise via il suo insignificante tesoro, mentre rammentava a se stessa tutto quello che era andato perduto.

Il fiore all'occhiello della flotta della Courteney Trading era affondato. Molte brave persone avevano perso la vita, e per niente. L'oro della Grecia era finito in fondo al mare, a centinaia di metri sotto di loro, e nessuno l'avrebbe mai più ritrovato.

Gerhard rimase senza carburante a una decina di chilometri a nord di Atene, a un centinaio dalla sua base, ma aveva operato una salita lenta e costante fino a settemila metri di quota. Quando il motore si spense, lasciò che l'aereo si librasse semplicemente nell'aria, rammentando i suoi primi voli in aliante sopra la Baviera, assaporando la quiete e il silenzio dopo il clamore della battaglia, lasciando che la sua mente si beasse dell'immagine di Saffron, così fiera e coraggiosa e bella mentre guardava la morte dritta negli occhi, senza rendersi conto che in realtà stava guardando l'amore.

Mein Gott! Se avessi premuto quel grilletto... Ma non l'ho fatto, ed è l'unica cosa importante.

Si sentiva tranquillo quando l'inesorabile discesa ebbe inizio. Gli serviva solo un tratto di strada relativamente dritto, persino un campo pianeggiante, benché non ve ne fossero molti nella sassosa e montagnosa campagna ellenica. Studiavano cartine della Grecia da settimane, mentre venivano ragguagliati in vista di una missione dopo l'altra, e lui sapeva che una strada di grande comunicazione correva parallela alla costa. Guardò giù e, come previsto, eccola là, con il tipo di rettilineo che gli serviva.

Il Messerschmitt scese fin sopra una colonna di camion e uomini in movimento, passò a volo radente sull'ultima coppia di veicoli, sfiorandoli, e atterrò su un tratto d'asfalto deserto per poi fermarsi duecento metri più in là, in diagonale sulla carreggiata.

Gerhard uscì dall'abitacolo, si slacciò il giubbotto di salvataggio, si tolse il foulard di seta che portava al collo ed estrasse un pacchetto di sigarette dalla giacca. Aveva scoperto che fumare era una componente ineludibile della guerra, come il cibo scadente e le pallottole.

Vide avvicinarsi un gruppo di uomini e armamenti. Un'auto di servizio scoperta si staccò dalla colonna per sfrecciare verso di lui e far scendere un ufficiale con le spalline da *Oberst*, colonnello.

Scivolò giù dall'aereo, gettò la sigaretta e scattò sull'attenti.

«Cosa diavolo credi di fare?» gli chiese il colonnello.

«Ero in missione, Herr *Oberst*. Il mio aereo è stato colpito e ho perso parecchio carburante. Non potevo tornare alla base, così sono atterrato qui.»

«Be', stai bloccando la strada. Devo portare un'intera divisione fino alle porte di Atene prima di sera, quindi ti ordino di spostare il tuo apparecchio.»

«Mi rincresce profondamente, signore, ma non sono in grado di farlo. Come ho appena spiegato, sono rimasto senza carburante. Nel caso se ne trovi un po', e se i vostri uomini indietreggiano appena, dovrei riuscire a decollare senza troppi problemi.»

«Indietreggiare? Non l'abbiamo fatto per gli inglesi, perché diavolo dovremmo ritirarci per te?»

«In alternativa, signore, il terreno su entrambi i lati della strada è piuttosto piatto, quindi i vostri veicoli corazzati e i camion dovrebbero riuscire a girare facilmente intorno al mio aereo.»

«Spero che questa tua missione sia valsa la pena», affermò l'alto ufficiale in tono burbero.

«Oh, sì, signore», rispose lui mentre un sorriso trionfante gli balenava sul volto. «Abbiamo affondato una nave inglese che trasportava un carico di enorme importanza strategica. La missione è stata ordinata dal *Reichsmarschall* Göring in persona, che sarà molto soddisfatto del suo successo.»

Il colonnello colse il messaggio: quel pilota impudente, con i simboli degli aerei abbattuti dipinti sulla fiancata dell'apparecchio e la Croce di ferro al collo, godeva della protezione dello stesso Göring.

«Dirò al mio operatore radio di ordinare che portino qui del carburante il prima possibile. Mi aspetto che tu decolli non appena avrai fatto rifornimento.»

«Certo, Herr *Oberst*, lo farò con gioia.»

Ma fino ad allora rimarrò seduto sul mio aereo, fumerò le mie sigarette e penserò alla ragazza che amo.

Tutto sommato, era stato uno dei giorni migliori del suo servizio in guerra.

Le visite ai degenti nell'ospedale egiziano erano strettamente regolamentate. Durante le due settimane seguite al rientro di Leon da Creta, Harriet aveva tentato di trascorrere al suo capezzale ogni minuto che poteva, ma era anche consapevole di dover preparare la casa per il suo ritorno. Il chirurgo che lo aveva operato alla gamba era ormai sicuro di avergliela salvata, ma ci sarebbero voluti diversi mesi prima che Leon potesse anche solo pensare di camminare, e persino a quel punto sussisteva il rischio che si ritrovasse su una sedia a rotelle. In ogni caso lei doveva facilitargli il compito di muoversi per casa, e doveva farlo prima che il marito venisse dimesso, perché temeva che fosse troppo orgoglioso per ammettere di avere bisogno di aiuto, quando finalmente fosse tornato.

Fu così che una mattina Harriet si ritrovò a casa invece che in ospedale, a parlare con un architetto di come sostituire i gradini con delle rampe e aggiungere dei corrimano per aiutare Leon a camminare almeno nei primi giorni, quando ancora non si era ambientato.

Saffron aveva preso il suo posto al capezzale del padre quando sentì bussare alla porta. « Devo andare a vedere chi è? »

Leon annuì.

Lei andò ad aprire e si trovò davanti un ragazzo con gli occhiali e l'uniforme da capitano dell'esercito, che aveva al massimo tre o quattro anni più di lei.

« Oh », disse lui, nel vedere una bellissima ragazza con un abito estivo di cotone che lo guardava con limpidi occhi azzurri.

« Posso aiutarvi? » chiese Saffron, dato che l'ufficiale sembrava incapace di aggiungere altro.

« Ah, sì, certo, naturalmente... Mi chiamo Carstairs, intelligence militare. Potrei scambiare due parole con Mr Courteney? Mi è stato chiesto di riferirgli alcune informazioni. »

« In tal caso si accomodi, capitano Carstairs. »

L'uomo entrò nella stanza e si fermò accanto al letto mentre lei chiudeva la porta. « Scusatemi, Mr Courteney, ma quanto devo comunicarvi è piuttosto riservato. Riguarda l'affondamento della *Star of Khartoum* ed è solo per le vostre orecchie, per così dire. »

« Posso farvi una domanda, Carstairs? » si informò Leon.

« Certo, signore. »

« Siete mai stato in azione? Non mi riferisco solo al servizio durante una campagna e nel quartier generale, sto parlando della roba difficile, della prima linea, dove le persone vengono uccise. »

« No, signore, non posso dire di averlo fatto. Sono più un tipo da scrivania, mi occupo di analisi delle informazioni segrete. »

« Avete analizzato un quotidiano, ultimamente? »

« Mi spiace ma non riesco a seguirvi. »

« Bene, sulla stampa del Cairo sono apparsi alcuni articoli sulle gesta di mia figlia a bordo della *Star of Khartoum* mentre combatteva contro la Luftwaffe. Dicono che meriti una medaglia. Quindi se avete qualcosa da dire su quel viaggio potete dirla anche a lei, oppure non dirla affatto. Sono stato chiaro? »

« Chiarissimo, signore. Potrei chiedervi, Miss Courteney, se posso contare sulla vostra totale discrezione? »

« Naturalmente. »

« Benissimo, allora. Il mio messaggio è questo. Forse sapevate che il carico a bordo della *Star of Khartoum* era... Come posso definirlo? Insolitamente prezioso, diciamo. »

« Sì, lo sapevo. »

« E presumo che la consapevolezza che tale carico è andato perduto abbia accentuato lo... sgomento che potreste aver provato per la perdita della vostra nave e di così tanti membri del suo equipaggio. E per la vostra ferita, naturalmente. »

« Infatti. »

« Potreste persino esservi chiesto, di conseguenza, se ne sia valsa davvero la pena », sottolineò Carstairs, e il silenzio che seguì confermò la fondatezza della sua ipotesi. Si schiarì la gola prima di aggiungere: « Quanto ho da dire potrebbe, spero, garantirvi che in realtà avete fornito allo sforzo bellico un contributo assai più cospicuo di quanto crediate. Vedete, il fatto è che il carico che pensavate si trovasse sulla *Star of Khartoum* era in realtà... ehm, altrove ».

« Cosa volete dire? » chiese Saffron.

« Voglio dire che la vostra nave era un'esca. Il vero carico si trovava a bordo di un'altra e ha ormai raggiunto, fino all'ultimo grammo, la sua destinazione finale. »

« Ma questo peggiora le cose, invece di migliorarle. Tutti quegli uomini sono stati sacrificati invano! »

« No », la corresse il padre, « significa che la *Star* è stata messa a repentaglio, e alla fine affondata, per consentire all'oro di arrivare a destinazione. È valsa la pena di intraprendere quella missione. La mia unica domanda per voi, Carstairs, è come facevate a sapere che i tedeschi avrebbero abboccato all'amo. »

« Bene, abbiamo lasciato alcuni indizi per loro, per esempio tutti i camion incolonnati davanti alla Banca di Grecia, dove chiunque poteva vederli. In realtà il trasferimento è stato effettuato diverse sere prima, in maniera ben più discreta. Inoltre, cosa forse ancora più importante, avevamo motivo di credere che potesse verificarsi una fuga di notizie sul nostro versante, qui al Cairo oppure nel porto di Alessandria, o persino sulla nave stessa. »

« Volete dire che fra noi c'è una spia? » chiese Leon.

« Qualcosa del genere, sì. »

« Uno dei nostri? »

« Forse, oppure qualcun altro con un motivo per appoggiare la causa nazista. Ci sono una miriade di nazionalisti, ebrei e musulmani, che vogliono vederci andare via, e il nemico del loro nemico è loro amico. »

« Ebrei che sostengono Hitler? » domandò Saffron. « Non sembra molto probabile. Sono stata in Grecia, capitano, e so com'è la vita per gli ebrei là. »

« Ma non per gli ebrei qui, Miss Courteney. La maggior parte di loro è molto cordiale con noi, ma ci sono alcuni sionisti che ci vogliono fuori dall'intera regione, in particolare dalla Palestina ma anche dall'Egitto. Certo, odiano i musulmani radicali persino più di quanto odino noi, e il sentimento è reciproco: se e quando noi ce ne andremo, cominceranno a massacrarsi a vicenda. Ma per il momento noi siamo il loro comune nemico. »

« Bene, vi auguro buona fortuna nella ricerca del vostro uomo, Carstairs », disse Leon. « Se posso fare qualcosa non avete che da chiederlo. Potete contare sulla mia completa collaborazione. »

« Grazie, sono davvero lieto di sentirvelo dire. Buona giornata, Mr Courteney. Vi auguro una pronta guarigione. »

« Lasciate che vi accompagni, capitano », disse Saffron, poi lo seguì fino alla porta e lo guardò uscire in corridoio.

Un inserviente egiziano puliva il pavimento di linoleum, ma lei non gli badò e tornò dal padre.

Leon era stanco. Non aveva energie da sprecare, quindi andò direttamente al punto. « Credo che la spia sia tuo zio Francis.

Era al corrente della spedizione e, anche se non gli ho detto esplicitamente cosa avremmo caricato sulla nave, ne sapeva abbastanza per poter fornire a qualcun altro i mezzi per scoprire i particolari.»

«Lo credi davvero capace di una cosa simile?»

«Vorrei tanto poterti rispondere di no, ma la verità è che lo credo abbastanza pieno di rancore e rabbia per tradire la propria famiglia e il proprio Paese. E sappiamo tutti cosa pensa del fascismo, non ne ha mai fatto segreto.»

«Ma quale motivo ha per essere tanto furioso? Hai salvato la compagnia e gli hai fatto guadagnare un sacco di soldi.»

«Ai suoi occhi è quasi un'aggravante, temo. Quando qualcuno assume quel tipo di mentalità smette di vedere le cose in maniera obiettiva. E se tu fai qualcosa di lodevole che lo arricchisce, lui ti detesta ancora di più. Frank ha bisogno che io sia il cattivo nella sua fantasia distorta, e se io non interpreto quel ruolo è costretto a inventarsi altri motivi per cui lo sto truffando.»

«Che modo orribile di vivere.»

«Senz'altro, ma una volta che una persona finisce impantanata in quelle sabbie mobili è quasi impossibile tirarla fuori, a meno che non voglia davvero cambiare atteggiamento. Nel frattempo noi abbiamo un altro problema: non solo sospetto che Frank sia la spia, ma mi chiedo anche se Carstairs non mi stesse dicendo velatamente che i suoi sanno che si tratta di lui.»

«A cosa sarebbe servito dirtelo? Cosa possiamo fare al riguardo?»

«Vorrei tanto saperlo. Se fossi ancora tutto intero andrei ad affrontarlo apertamente e gli farei sputare la verità a forza di pugni, se necessario.»

«E poi? Non faremmo certo una gran figura – come famiglia o come azienda – se si scoprisse che uno dei fratelli Courteney è una spia dei nazisti.»

«Nessuno la farebbe. Immagino che potrei dargli la possibilità di scegliere: o accetta di andare in esilio in un posto come il Marocco o la Spagna – un Paese neutrale dove non può causare problemi –, oppure lo consegno alle autorità e lascio che lo processino per tradimento. È un reato punito con l'impiccagione, in fondo, e credo che persino Frank sarebbe disposto a rigare dritto pur di salvarsi la pelle.»

«Ma non puoi farlo, non al momento, comunque.»

«Non ricordarmelo, ti prego.»

«Magari potrei pensarci io, oppure Harriet. Altrimenti cosa ne dici di zio Dorian o della nonna? Li ascolterebbe?»

«Non possiamo coinvolgerli senza spiegare come mai ci trovavamo ad Atene, cosa che è meglio evitare. Se solo avessi già recuperato le forze, giuro che troverei l'autobus più vicino e ci spingerei sotto il mio caro fratello.»

«È una fortuna che tu non possa farlo. Ora riposati. L'importante è che tu ti rimetta in sesto. Nella peggiore delle ipotesi, se lo zio Francis viene smascherato come spia e lo scandalo rovina la Courteney Trading, avrai ancora Lusima e Harriet e me, e staremo tutti benissimo.»

«Sì, è vero, ma cosa mi dici di Dorian, della nonna e delle mie sorelle?»

«Possono venire tutti a vivere a Lusima. Lo spazio non ci manca di certo.»

«Mia cara Saffron», disse Leon, stringendole forte la mano, «sei davvero una figlia bellissima, gentile e splendida.»

«E tu sei molto buono, ma ora questa figlia deve essere molto severa con te. Più tardi passerà a trovarti Harriet, ma fino ad allora devi riposarti un po'.» Gli diede un bacio sulla fronte, lo salutò e uscì dalla stanza.

L'addetto alle pulizie era scomparso, benché il linoleum ancora sporco e asciutto dimostrasse che non aveva concluso il lavoro. Se fosse Harriet a gestire questo posto, non oserebbero mai comportarsi così, pensò Saffron, sorridendo mentre si dirigeva all'uscita.

Non appena lei era rientrata nella stanza del padre dopo aver salutato il capitano Carstairs, l'uomo che stava pulendo il pavimento del corridoio aveva preso spazzolone e secchio per poi dirigersi speditamente verso le scale. Due minuti più tardi era sbucato dall'uscita per il personale dell'ospedale e si era incamminato verso la Città Vecchia. Aveva alcune notizie importanti per Hasan al-Banna e prima gliele avesse riferite, meglio sarebbe stato.

Dopo due ore, un messaggio passato attraverso una postazione d'ascolto degli Afrika Korps era diretto verso Berlino.

Quando Saffron tornò a casa, Harriet le chiese come stava il padre.

« L'ho trovato abbastanza in forma, ma era stanco e così gli ho consigliato di riposarsi prima della tua visita. »

« Ha obbedito? »

« Sì, in realtà. Credo che fosse ben disposto nei miei confronti. Mi ha definito una figlia bellissima, gentile e splendida, è stato davvero buono. »

« Be', lo sei davvero. »

« Ti spiace se mi verso da bere? Avrei voglia di un gin tonic bello fresco. »

« Mia cara ragazza, non devi chiedermi il permesso, ormai sei un'adulta. Saresti così gentile da prepararne uno anche a me? E non andarci piano con il gin! »

Saffron portò il bicchiere sulla terrazza affacciata sul giardino, con il Nilo che si stagliava in lontananza. Ripensò a tutto quello che aveva saputo in ospedale e a cosa aveva detto il padre dello zio Francis. Il pensiero della morte e della devastazione provocate dal suo tradimento, oltre a sgomentarla, la riempiva di vergogna: era un Courteney come lei, e le sue azioni disonoravano l'intera famiglia.

Forse è giusto che venga smascherato, forse meritiamo che i nostri nomi vengano trascinati nel fango insieme al suo, pensò.

Ma lei non aveva fatto nulla di cui vergognarsi, e nemmeno suo padre. Perché mai avrebbero dovuto essere accomunati a Francis? E a cosa sarebbe servito rendere pubblico il suo tradimento? Non avrebbe giovato a nessuno se non a quanti volevano veder crollare l'Inghilterra e il suo impero, quindi meno persone sapevano cosa aveva fatto suo zio e meglio sarebbe stato.

Ma lui non può cavarsela impunemente, non può!

Sorseggiò il drink mentre rifletteva sul problema. La risposta le si affacciò alla mente di colpo, come la soluzione a un'equazione complessa. Riesaminò il proprio ragionamento per individuare eventuali pecche, ma non riuscì a trovarne. La risposta era corretta.

E adesso lei sapeva esattamente cosa andava fatto.

« Il tè alla menta è di vostro gradimento? » chiese Hasan al-Banna.

« È passabile », rispose sgarbato Francis Courteney.

« Forse un po' di zucchero ne migliorerebbe il gusto. »

« Forse. » Lui sospirò, impaziente. « Sentite, non sono venuto per cianciare di tè alla menta e di zucchero. Volevate vedermi e mi piacerebbe sapere come mai. »

Al-Banna scosse la testa con aria rammaricata. Allah era onnisciente e saggio, quindi doveva aver avuto un motivo per introdurre nella sua vita quell'infedele stupido, villano e ingrato, ma c'erano occasioni in cui era difficile capire quale potesse essere. Forse Allah vuole solo mettere alla prova la mia pazienza, pensò. Sì, poteva trattarsi di quello.

« I nostri comuni amici non sono contenti. Li avete messi su una falsa pista, a proposito della *Star of Khartoum.* »

« In che senso? Ho detto loro dove era diretta, quale carico avrebbe avuto a bordo e da dove sarebbe salpata, e poi loro l'hanno affondata, che era lo scopo. Sono io quello che dovrebbe essere scontento. Avrebbero dovuto sbarazzarsi di mio fratello e della sua mocciosetta, invece sono entrambi ancora vivi. Cos'hanno da dire su questo, eh? Eh?! »

« Hanno cose ben più importanti di cui preoccuparsi che della vita o della morte di due individui insignificanti. »

« Allora cos'è che li turba? »

« L'oro non si trovava a bordo. »

« E dov'era? »

« I nostri amici non lo sanno, ma se fossi in voi, Mr Courteney, mi premurerei di scoprirlo. Se poteste informarli di dove si trova in realtà, potrebbero sentirsi meno inclini a sospettare che li abbiate sviati di proposito. »

« Non ho fatto nulla del genere! Ho riferito tutto quello che sapevo, quello che mi aveva detto mio fratello. Se qualcuno li ha sviati è stato lui, non io. »

« Ne dubito sinceramente. Non ci sono prove che suggeriscano che vostro fratello sia legato all'intelligence inglese. Credo sia stato ingannato lui per primo e che lo abbiano usato come esca. Vi ha informato perché voleva convincervi della necessità di mandare la *Star of Khartoum* in Grecia. La vera domanda è se l'intelligence inglese sapeva che voi avreste passato le informazioni a noi. Se sì, siete ormai compromesso e la vostra posizione si è fatta... Mmm...» Hasan cercò il termine più adatto. «Vulnerabile, sì. Siete molto vulnerabile.»

«Volete dire che mi uccideranno?» chiese Francis, terreo. Un rivolo di sudore gli colò lungo la tempia. «Ma non ho fatto niente di male. Non è giusto!»

«Soltanto gli inglesi sono tanto sciocchi da credere che la vita dovrebbe essere giusta. Comunque, la situazione è perfettamente logica. Avete causato un'enorme quantità di problemi ai nostri amici, e per niente. Ora siete in debito con loro. Se riuscite a scoprire dove gli inglesi hanno portato le riserve auree della Grecia e a dimostrare che le vostre informazioni sono esatte, non ci saranno conseguenze. Se invece non ci riuscite...» Si strinse nelle spalle. «Allah è giusto. Riceverete ciò che meritate.»

Francis era sul punto di piangere per la paura, la rabbia e la furibonda autocommiserazione. Aveva fatto tutto il possibile per favorire la causa e trasmesso informazioni che riteneva vere e di importanza vitale. Come poteva sapere che Leon gli aveva mentito? Perché gli aveva mentito, sviandolo di proposito, ne era sicuro.

Mentre tornava a casa si fermò allo Sporting Club per un paio di whisky e poi, alticcio, andò a piedi fino al suo appartamento, in un elegante nuovo isolato fra il club e il fiume. Aprì la porta, gettò giacca e cappello sul divano e andò a versarsi un altro drink.

Si accigliò sentendo suonare il campanello. «Chi diamine sarà a quest'ora?» Avvertì una fitta di timore quando un pensiero gli si affacciò alla mente. Quei maledetti tedeschi hanno mandato qualcuno a farmi fuori?

No, impossibile. Lo avevano avvisato di cosa poteva succedere ma gli avevano dato una chance di rimediare. Finché lo credevano in grado di scoprire la vera ubicazione dell'oro, era più utile da vivo che da morto.

Trasse un bel respiro, soprattutto per riacquistare un minimo di sobrietà, e aprì la porta. Cosa diavolo ci fai qui, maledizione? pensò, quando riconobbe la visitatrice.

« Ciao, zio Francis », disse Saffron. « Non mi fai entrare? »

« Oh, immagino di non avere scelta. Accomodati, allora. »

Lei varcò la soglia, notando la piega amareggiata della bocca dell'uomo mentre gli passava accanto. La porta d'ingresso si apriva su un ampio atrio arredato lussuosamente, con pavimento di piastrelle di marmo, carta da parati di un intenso rosso orientale e, accostata al muro, una moderna consolle laccata di nero con sopra uno specchio coordinato. Lui la accompagnò fino al salotto attiguo, la cui parete in fondo era costituita quasi interamente da portefinestre che davano su un balcone da cui si godeva di una vista spettacolare sul Nilo e la Città Vecchia.

« Il tuo appartamento è davvero magnifico, zio », affermò lei. « Mi sono chiesta spesso come fosse. Quando ti ci sei trasferito? »

« Nell'estate del '39, subito prima che scoppiasse il finimondo. La mia solita iella: se avessi aspettato altri tre mesi avrei potuto comprarlo a metà prezzo, forse addirittura a un quarto. »

« Non è fantastico il modo in cui il successo della compagnia ha migliorato la vita di tutti? Lo studio di Dorian ad Alessandria è favoloso. »

« Ho fatto la mia parte, sai, non è stato solo merito di tuo padre. »

« Oh, lo so. Tu hai portato tutti gli affari con i tedeschi. Un vero peccato che siano dovuti finire. Non potresti offrirmi un drink? »

« Oh, sì, certo. Perdona la mia maleducazione », farfugliò lui. « Non ricevo molti ospiti, a dire il vero. Anzi, quasi nessuno. Dopo un po' dimentichi come si comporta un bravo padrone di casa, se ci perdi la mano. Bevi? Alcol, intendo.»

«Sì, certo.» Saffron ridacchiò. «Sono abbastanza grande, sai, ho quasi ventidue anni.»

«Sul serio? Buon Dio, il tempo vola. Allora, cosa prendi?»

Per un attimo lei intravide fugacemente l'uomo che Francis Courteney era stato un tempo, e che avrebbe potuto ancora essere, se non avesse scelto di vivere nell'amarezza invece che nella speranza, ingigantendo i torti subiti e dimenticando le gentilezze ricevute, sospettando delle motivazioni altrui invece di confidare nel loro buon cuore.

«Potresti prepararmi un Martini?»

«Non vedo perché no. Personalmente preferisco il whisky.»

Saffron prese posto su una poltrona e posò la borsetta aperta sul cuscino accanto a sé, mentre lo zio le preparava un cocktail fresco e forte, con giusto una punta di vermouth. «Mmm, è perfetto», gli disse. «Dovresti aprire un bar tutto tuo, chiamarlo Courteney's Bar and Grill.»

Lui si era seduto. Il suo bicchiere, riempito mentre preparava il Martini alla nipote, era già vuoto.

«Ehi, zio, ti serve un rabbocco. Non alzarti, ci penso io.»

Lei gli prese il bicchiere e, raggiunto il mobiletto dei liquori, glielo riempì e poi lo posò sul tavolino accanto alla poltrona di Francis, di fianco a una lampada in marmo a forma di colonna classica. Si avvicinò alle portefinestre, ne aprì una e rimase lì, appoggiata allo stipite. «Un panorama mozzafiato», disse. «Mi fa pensare a quella canzone...» Canticchiò le prime battute di *You Belong to Me*. «*See the pyramids along the Nile...*» Avanti, alzati da quella poltrona! pensò, mentre tentava di rammentare il secondo verso. Bisogna che tu sia in piedi! «Vieni a vedere, zio, sta passando uno dei barconi-ristorante. Ci sono delle persone che ballano sul ponte. Ascolta! Senti la musica?»

Lui scolò il whisky e si alzò barcollando. « Li vedo passare di continuo, ma se proprio insisti... »

Saffron aspettò di averlo accanto, quasi vicino come avrebbe potuto essere un amante, prima di chiedere: « Allora, zio Francis, perché ci hai tradito con i tedeschi? »

« Non ho fatto nulla del genere! » protestò lui. Si accorse di essere ubriaco. Non riusciva a riflettere lucidamente, non riusciva a trovare il modo di uscire dalla fossa che si era scavato da solo e che sembrava diventare sempre più profonda.

« Sì, invece! » disse bruscamente lei. Aveva rinunciato al ruolo della dolce nipotina, e nella sua voce c'era una nota inesorabile, aggressiva. « Hai detto loro che tuo fratello sarebbe salpato dal Pireo... Tuo fratello! L'uomo che ti ha salvato dalla bancarotta! L'uomo i cui soldi ti hanno permesso di comprare questa assurda sottospecie di bar di pessimo gusto, dove vivi in totale solitudine, senza che nessuno passi mai a trovarti! »

« Ho guadagnato io i soldi con cui ho comprato questo posto! Io! Non lui! »

« Se ci sei riuscito, è solo perché ti sei venduto ai nazisti. Ammettilo, lavori per loro. Li hai informati di dov'era diretta la *Star of Khartoum*, vero? » Per enfatizzare le proprie parole gli affondò nel petto un'unghia smaltata di rosso. « Hai detto loro che avrebbe trasportato l'oro greco, vero? » Lo colpì di nuovo con l'unghia, più forte.

« Smettila! »

« Oh, non ti piace quando una ragazza ti mette in imbarazzo? Be', non mi importa cosa ti piace o no. Mio padre, tuo fratello, giace in un letto d'ospedale con la gamba spappolata e potrebbe non camminare mai più... per colpa tua. »

Accidenti, mi ha colpito di nuovo! pensò Francis. « Ti ho detto di piantarla! » gridò, infuriandosi. Fece un passo verso di lei, con aria minacciosa, aspettandosi di vederla indietreggiare.

Saffron non si mosse. « Non mi fai paura. Sono stata in guerra, combattendo come tu non hai mai fatto. Mi hanno proposta per la George Medal, sai, per l'estremo coraggio dimostrato sotto il fuoco nemico. Continuavano a lanciarsi contro di noi, i tedeschi sembravano sapere esattamente dove ci trovavamo, sono riusciti a individuare la *Star of Khartoum* fra tutte le altre navi che fuggivano dalla Grecia cercando di tornare ad Alessandria. E tutto questo... » *Tac!* « ... a causa... » *Tac!* « ... tua. »

Lui le spinse via la mano.

Saffron lo schiaffeggiò con forza, tanto che Francis girò la testa di scatto, intontito, mentre barcollava all'indietro per la violenza del colpo.

Oddio! L'ho colpito troppo forte? si chiese, vedendolo stordito, disorientato. No, avanti, non puoi gettare la spugna proprio adesso! Non devi!

E poi la rabbia di Francis fece breccia nel torpore, la scarica di adrenalina gli affinò i processi mentali e gli restituì un pizzico di energia. « Questa te la faccio pagare, puttanella! » Le si avventò contro a pugni stretti, cercando di colpirle il viso, spingendola verso il centro della stanza.

Lei alzò le braccia per ripararsi la testa e trasalì mentre i pugni la colpivano.

« Sì! » urlò Francis, intervallando i colpi con le parole. « Ho raccontato tutto ai tedeschi! Vi volevo morti! Tutti e due! » Poi, senza preavviso, sferrò un forte pugno sotto i gomiti sollevati di Saffron, colpendola al plesso solare.

Lei boccheggiò, senza fiato, e abbassò la guardia mentre si sforzava disperatamente di respirare.

« Ti voglio morta! » gridò di nuovo Francis, e la colpì in viso, spaccandole il labbro e il naso.

Lei gridò di dolore mentre il sangue le zampillava da narici e bocca. Barcollò indietro, urtò il divano e vi cadde sopra, finendo accanto alla sua borsa.

Alzò gli occhi e vide Francis che le si avvicinava. I drink bevuti gli rendevano il passo malfermo, ma la cosa le fu di ben poca consolazione, perché lo vide afferrare la lampada da tavolo accanto alla poltrona su cui si era seduto all'inizio. Mentre lei indietreggiava spasmodicamente sul divano, tirando con sé la borsa, lui strappò il filo dalla presa elettrica, tolse il paralume e ghermì la lampada appena sotto la lampadina, brandendola come una mazza di marmo, la spessa base quadrata che fungeva da sommità.

Era fuori di sé per la rabbia e farneticava in maniera incomprensibile mentre avanzava verso il divano. Saffron infilò la mano destra nella borsa aperta.

Lui sollevò la lampada sopra la testa e si torse, per incanalare tutta la sua energia nel colpo con cui le avrebbe sfondato il cranio.

Fu a quel punto che Saffron sfilò la mano destra dalla borsa, la unì alla sinistra, le sollevò entrambe e – mentre lui sgranava gli occhi, orripilato – sparò a Francis Courteney dritto in mezzo agli occhi con la pistola che impugnava.

Saffron trasse un bel respiro e si guardò intorno. Si aspettava di dover allestire una scena conforme alla versione dei fatti che intendeva fornire, ma lo zio Francis aveva interpretato senza volerlo la sua parte in maniera così perfetta da rendere superflua qualsiasi simulazione. L'impatto del proiettile sparato a distanza ravvicinata lo aveva scagliato all'indietro e lui aveva lasciato cadere la lampada, che però era rimasta accanto al suo corpo, il che avrebbe confermato il resoconto di Saffron. Nel frattempo lei sanguinava ancora a causa del pugno ricevuto in pieno volto. Si passò la lingua sui denti, controllando con cautela se qualcuno traballava, ma sembrava tutto a posto. Quando si portò un fazzoletto al volto, scoprì che il naso era contuso e sanguinante, ma non rotto. Fu un vero sollievo. Un naso malconcio conferiva a un uomo un certo fascino, ma non donava affatto a una ragazza.

Una volta sicura che fosse tutto a posto, telefonò alla polizia. Si chiese se doveva fingersi in preda al panico e all'isteria, ma poi decise altrimenti: era nota per la capacità di mantenere i nervi saldi davanti al pericolo. Avrebbe dovuto sembrare turbata dall'accaduto, ma nessuno si sarebbe stupito che fosse lucida e controllata. «Vorrei denunciare una morte violenta», disse, quando le passarono l'ufficiale di turno, che era inglese. La polizia in Egitto operava come in tutto l'impero, ossia con agenti indigeni sottoposti al comando britannico. «Si tratta di mio zio. Abbiamo avuto un alterco. Lui era molto ubriaco e ha perso la calma. È stato terribile... mi ha aggredita e... e mi ha dato un pugno in faccia, poi ha cercato di uccidermi con una lampada di marmo e io, io... be', gli ho sparato. Credo che sia morto.»

«Rimanete dove siete, signorina, arriveremo subito. Non toccate né spostate niente. Dov'è il corpo?»

«In salotto.»

«Allora vi consiglio di aspettarci in cucina. Vi esorto a non lasciare la casa, altrimenti sarò costretto a emettere un mandato d'arresto nei vostri confronti, e non vogliamo certo una cosa del genere, vero?»

Saffron fece quanto le avevano chiesto. Si aspettava che un vicino venisse a bussare per capire cosa fosse successo, ma l'isolato era stato costruito per tutelare l'intimità dei suoi abitanti, quindi i muri erano spessi. Inoltre era stato sparato un solo colpo. Chiunque l'avesse udito avrebbe potuto benissimo non capire la natura del rumore, preferendo aspettare di vedere se ne sentiva altri, prima di prendere iniziative. Quindi, quando bussarono alla porta, fu la polizia a farlo. Saffron, che prima di andare ad aprire si era guardata allo specchio, era stata stupita ma anche contenta di scoprire che il suo viso dolorante aveva un aspetto persino peggiore del previsto.

Erano in quattro: un detective in borghese, due agenti in uniforme e un fotografo.

« Sono il sergente Ralph Riley », spiegò l'uomo in borghese. « Potreste darmi il vostro nome e indirizzo, signorina? »

Lei lo fece e gli mostrò un documento d'identità.

Il sergente Riley ordinò ai due agenti di mettersi di guardia davanti all'ingresso e prendere il nome di qualsiasi vicino curioso che venisse a dare un'occhiata. Pregò Saffron di sedersi al tavolo della cucina e aspettare per qualche minuto, poi lui e il fotografo andarono in salotto a esaminare la scena del crimine.

Una decina di minuti più tardi il sergente ricomparve, le si sedette di fronte e le chiese di raccontargli cos'era successo.

« Sono venuta a vedere se riuscivo a convincere lo zio Francis a far visita a mio padre, che si trova in ospedale. Io e papà eravamo su una nave affondata nell'Egeo e lui è stato gravemente ferito, ed era terribile che il suo stesso fratello non fosse mai andato a trovarlo. Ebbene, mio zio si è infuriato. Credo ce l'avesse con mio padre a causa di un imprecisato accordo d'affari, pur avendone tratto enormi benefici economici. E credo che fosse anche piuttosto ubriaco. Mentre ero qui ha svuotato due grossi bicchieri di whisky, e ho avuto l'impressione che avesse già bevuto parecchio prima che arrivassi. »

Riley alzò gli occhi dal suo taccuino. « Aspettate, mi sono

appena reso conto... Mi sembrava che il vostro nome mi suonasse familiare... Saffron Courteney, ma certo! Parlavano di voi sui giornali. Siete stata proposta per una medaglia.» Dal suo tono di voce si sarebbe detto che fosse sul punto di chiederle un autografo, aggiungendovi una dedica a sua moglie.

«Esatto.»

«Be', non avrei mai... Siete proprio caduta dalla padella nella brace, vero?»

«Presumo di sì.»

«Dunque, la scena del crimine non sembra lasciare adito a dubbi. È chiaro che avete ricevuto un colpo in pieno viso. Al termine della nostra chiacchierata chiederò al fotografo di scattarvi qualche foto a conferma. E, a meno che non ci fosse una terza persona di cui non ci avete parlato...»

«No, eravamo soli. Mio zio non ha domestici che abitino qui e riceveva pochissime visite.»

«Sono sicuro che i vicini potranno confermare la veridicità di queste affermazioni, ma sembra che vostro zio vi abbia colpita: ha degli schizzi di sangue sulla mano destra e sul polsino della giacca. E immagino che troveremo le sue impronte sulla lampada che voleva usare come arma contro di voi, a quanto dite. C'è soltanto un particolare che mi lascia perplesso, Miss Courteney.» Il sergente la guardò, senza alcuna traccia di ammirazione entusiasta. «Perché mai una ragazza fa visita a suo zio con una Beretta 418 nella borsa?»

«Perché la porto sempre con me, sergente.»

«Come mai?»

«Forza dell'abitudine, suppongo. Ho fatto da autista per il maggior generale Wilson, e dovevo accompagnarlo fino al campo di battaglia. Noi ragazze dell'MTC siamo dei civili, ovvio, quindi non siamo armate, ma mio padre era convinto che dovessi disporre di un mezzo per difendermi, in caso di problemi, e il generale Wilson... be', in realtà non dovrei dirvelo perché non voglio metterlo nei pasticci... »

« Fossi in voi non mi preoccuperei, signorina. In fondo, è un generale. »

« Bene: ha promesso di chiudere un occhio se gli avessi dimostrato di saper maneggiare una pistola, cosa che ho fatto. Sono cresciuta in Kenya, quindi so sparare molto bene. Ha anche insistito perché tenessi nascosta la pistola, quindi mio padre mi ha preso una Beretta perché era abbastanza piccola da tenerla nella borsa, e da allora non me ne separo mai. »

« Avevate già avuto motivo di usarla? In preda alla rabbia, intendo... »

« Sì. Durante l'Operazione Compass, all'inizio di quest'anno, ci siamo imbattuti in una pattuglia italiana e sono stata costretta a fare fuoco per tirarci fuori dai guai. »

« Avevate già sparato a un uomo, signorina? »

Saffron sentì la sua compostezza incrinarsi di colpo, e stavolta non stava affatto fingendo. Si morse il labbro inferiore e poi disse: « Sì... Ecco come mai sapevo cosa fare... ma... ma è orribile dover sparare a un altro essere umano... e lui era mio zio, un familiare... » Cominciò a piangere e prese dalla borsetta il fazzoletto macchiato di sangue.

« Mi dispiace, Miss Courteney, ma avrò bisogno di quel fazzoletto. Come prova », disse Riley. Si alzò per andare a prendere uno strofinaccio appeso davanti alla cucina economica. « Ecco, tenete. »

« Grazie. Mi sono appena resa conto... di cosa è successo. Mio zio non era un uomo gradevole, sergente, ma non avrei mai voluto... non avrei mai voluto tutto questo. »

« Ne sono sicuro. Chiedo solo al fotografo di scattarvi una foto, dopodiché uno dei miei uomini vi accompagnerà a casa. Devo pregarvi di non lasciare il Cairo. State per caso aspettando l'ordine di andare altrove? »

« No, sono in licenza. »

« Allora passatela qui, se non vi dispiace, finché non mi farò sentire di nuovo. »

Il giorno dopo, Leon chiese a Harriet di assumere il miglior penalista del Cairo, Joseph Azerad, perché si occupasse del caso di Saffron.

« Non temete, Mr Courteney, mi assicurerò che non vi sia nessun caso di cui occuparsi », gli disse Azerad. Era già stato informato da Leon dell'ammirazione di Francis per Oswald Mosley, e chiamò subito il capo della polizia del Cairo per sottolineare senza mezzi termini che sarebbe stato un vero oltraggio se una ragazza così coraggiosa, che aveva servito valorosamente il proprio Paese e il cui viso recava chiare tracce dei pugni di un bruto, fosse incolpata di quello che era stato senza dubbio un atto di autodifesa.

Telefonò inoltre ad alcuni suoi contatti nella redazione della *Gazette* e del *Mail* per informarli che la bellissima ed eroica Saffron Courteney era stata costretta a difendersi dall'aggressione dello zio, noto simpatizzante fascista. Spiegò al giornalista della *Gazette* che, se fosse andato allo Sporting Club, avrebbe trovato parecchie persone disposte a confermare che Francis Courteney era da lungo tempo un sostenitore di Mosley, e diede al cronista del *Mail* l'indirizzo del medico che avrebbe esaminato le ferite di Saffron e l'ora dell'appuntamento.

Saffron, che era stata avvisata in anticipo, guardò verso l'obiettivo mentre alzava una mano, come per proteggersi dall'invadenza della macchina fotografica. Il viso le si era notevolmente gonfiato da quando la polizia l'aveva fotografata ed era ormai coperto di lividi dai colori accesi. Nessuno che vedesse le fotografie avrebbe potuto dubitare del fatto che fosse stata percossa, e un'altra serie di ecchimosi sugli avambracci dimostrava che aveva cercato di difendersi dall'attacco dello zio.

Prima che la giornata finisse, fu chiaro che Francis aveva impugnato la lampada a mo' di mazza, confermando così la testimonianza di Saffron, mentre l'angolazione con cui il proiettile calibro .418 gli era penetrato nel cranio supportava l'affermazione che lei si fosse trovata stesa sul divano, impotente, e gli avesse sparato mentre le si avvicinava.

Prima della fine della settimana venne dichiarato il non luogo a procedere e Saffron ricevette un telegramma di Jumbo.

SAPUTO DI EVENTI AL CAIRO STOP CREDO VI SERVA CAMBIAMENTO D'ARIA STOP VENITE A GERUSALEMME STOP È UN ORDINE WILSON

Mentre Saffron faceva le valigie, Mr Brown leggeva un dettagliato resoconto dell'incidente, e quando arrivò all'ultimo paragrafo capì di dover prendere un aereo per il Cairo.

Ci vollero diverse settimane per organizzare il viaggio, ma alla fine riuscì a procurarsi una cuccetta su un bombardiere Liberator della RAF che trasportava due alti ufficiali appena trasferiti sul fronte nordafricano. Il pilota sorvolò la baia di Biscaglia e il Portogallo prima di atterrare a Gibilterra. Il giorno dopo puntò verso sud, passando sopra il Marocco prima di virare a est sopra il Sahara, a sud della zona di guerra nel deserto occidentale, per poi raggiungere il Nilo, che usò come guida per risalire fino al Cairo.

Quando sbarcò, Mr Brown si concesse un giorno di riposo, perché il viaggio era stato lungo, pericoloso e sfiancante. Poi andò nella sede diplomatica britannica per svolgere alcune discrete indagini. Scoperto ciò che gli serviva, salì su un treno che lo portò a El Kantara, nell'Egitto nordorientale, e successivamente su un convoglio di vagoni letto che lo condusse fino a Haifa, sulla costa mediterranea della Palestina. Una volta là, cambiò treno per l'ultima volta, puntando verso Gerusalemme.

Si era davvero preso parecchio disturbo e stava per scoprire se ne fosse valsa la pena.

Il quartier generale dell'esercito inglese occupava un'ala del magnifico King David Hotel di Gerusalemme.

«È molto semplice, Courteney», annunciò Jumbo, poco dopo l'arrivo di Saffron, e l'accompagnò davanti alla cartina del Mediterraneo orientale e del Medio Oriente. «Ecco qui il Cairo. Non ho certo bisogno di dirvelo, vero? E appena più a est c'è il canale di Suez, ossia la porta per l'India, l'Estremo Oriente e l'Australasia. Se mai dovessimo perdere il controllo del canale, sarebbe la fine dell'impero. Rommel avanza lungo la strada costiera verso il Cairo da ovest, e sta arrivando un po' troppo vicino, per i nostri gusti. I tedeschi hanno occupato la Grecia e Creta, il che significa che sono a un solo passo dal Mediterraneo orientale, visto che potrebbero andare da Creta ad Alessandria.»

«Ma non riuscirebbero mai a far passare una forza d'invasione oltre la Royal Navy, vero, signore?»

«Non avete tutti i torti, cara la mia ragazza, ma guardate qui.» Indicò con il suo frustino da ufficiale i territori del Libano e della Siria, appena più a nord di dove si trovavano loro, in Palestina. «Dopo l'ultima guerra, abbiamo assunto il controllo di Palestina e Cisgiordania e i francesi hanno messo le loro luride zampe su Siria e Libano. Adesso quei territori sono sottoposti al controllo di Vichy.»

«E il governo di Vichy è solidale con i tedeschi.»

«Quindi...» la sollecitò Jumbo, proprio come uno dei docenti a Oxford che la guidavano lungo un'argomentazione accademica.

« Posso farvi una domanda, signore? »

« Certo. »

« Quali forze hanno nella regione i francesi di Vichy? »

« Circa quarantamila soldati francesi, libanesi e siriani, quasi cento carri armati, trecento aerei e una modesta forza navale, ossia un paio di cacciatorpedinieri e tre sottomarini. Questo cosa vi dice? »

Saffron si avvicinò alla cartina, la osservò per alcuni secondi e poi disse: « Se si sentissero audaci, i tedeschi potrebbero far sbarcare degli uomini a Sidone, qui, a sud di Beirut. Oppure, se volessero tenersi lontani dalla nostra flotta, potrebbero salire ancora più a nord, vicino al confine turco. In entrambi i casi sbarcherebbero su suolo amico e si unirebbero alle forze di Vichy, dopodiché potrebbero dirigersi a est, verso i giacimenti petroliferi di Iraq e Iran, oppure puntare a sud, e in tal caso, se riuscissero a superare lo sbarramento delle nostre truppe qui in Palestina, avanzerebbero verso il Cairo e il canale, e ci attaccherebbero con un movimento a tenaglia, loro dal nord e Rommel da ovest ».

« Avete studiato a Oxford, vero? »

« Sì, signore. »

« Mai considerato l'ipotesi di frequentare l'accademia militare, invece? Buon Dio, vorrei tanto che i giovanotti sotto il mio comando avessero anche solo la metà del vostro acume in fatto di strategia militare. Posso chiedervi cosa fareste al mio posto? »

« Sì, signore. Attaccherei con la massima rapidità e la massima forza possibili, prima che i tedeschi abbiano l'occasione di fare la loro mossa. »

« È proprio ciò che mi hanno ordinato di fare. La chiamano 'Operazione Exporter'. Colpiremo i francesi con un misto di soldati britannici, indiani e australiani. E persino con le forze francesi libere.»

«Sono disposti a combattere contro i loro compatrioti?»

«A quanto pare non vedono l'ora di menare le mani. Li odiano ancora di più perché sono dei voltagabbana. Comunque li colpiremo da tutte le direzioni, marciando su Beirut e Damasco, oltre a impadronirci di tutti i principali oleodotti e porti. Io gestirò tutto da qui, naturalmente, ma mi conoscete: mi piace vedere cosa succede in prima linea, quindi ci sarà parecchio sfrecciare avanti e indietro. Pensate di potercela fare?»

«Certo, signore. Non vedo l'ora.»

«Questo sì che è lo spirito giusto! E posso garantirvi una cosa, Courteney: stavolta vinceremo.»

Wilson mantenne la parola. I disastri greci furono seguiti da una serie di trionfi nel Levante. Ci volle poco più di un mese per stanare i francesi di Vichy, eliminando intanto la maggior parte dei loro aerei e delle loro navi. Il 12 luglio, Saffron si trovava nell'antico porto dei crociati di San Giovanni d'Acri, dove Jumbo era impegnato nei negoziati con il suo omologo francese, il generale Henri Dentz, e un branco di pomposi ma inetti burocrati di Vichy nella mensa ufficiali della caserma Sidney Smith. Prima delle dieci di sera raggiunsero l'accordo per un cessate il fuoco, e un altro giorno e mezzo di trattative portò alla firma di un trattato che assegnava agli inglesi il completo controllo di tutti i territori francesi in Siria e Libano. Il trattato dell'armistizio recava la data del 14 luglio, giorno della presa della Bastiglia e festa nazionale in Francia, ma non fu un giorno di patriottismo e orgoglio, bensì di resa totale.

Una simile campagna alleata aveva sconfitto i ribelli nazionalisti in Iraq, assicurandosi così i giacimenti petroliferi del Paese, e si progettava di fare altrettanto in Iran. Un'enorme striscia del Medio Oriente era ormai saldamente in mano agli Alleati. Nel deserto si era giunti a una sorta di stallo. Il generale Wavell non era riuscito a ricacciare Rommel e soccorrere Tobruk assediata, pertanto era stato rimosso dall'incarico. Ma per Rommel era arduo avanzare: le sue linee di comunicazione erano ridotte male, e le forniture di carburante, cibo e acqua dovevano affrontare un lungo e pericoloso viaggio nel deserto per raggiungere il suo esercito.

Ma tutto ciò era ormai diventato secondario: era iniziato un nuovo conflitto, che faceva sembrare una semplice scaramuccia qualsiasi altra campagna bellica organizzata fino a quel momento. Hitler aveva rinnegato il proprio trattato di pace con Stalin per impegnare l'intera potenza della sua macchina bellica contro l'Unione Sovietica. Era l'Operazione Barbarossa, la più imponente della storia.

La carneficina sul fronte orientale era iniziata.

« Sai, Meerbach, credo che potresti aver ragione, dopotutto », affermò Schrumpp durante una tranquilla e luminosa serata estiva. « Persino io comincio a stancarmi di uccidere i russi nei loro aerei decrepiti. Mi fa quasi rimpiangere i tempi degli Spitfire e degli Hurricane: abbattere uno di quelli sì che dava soddisfazione. »

Erano davanti all'enorme tenda che fungeva da mensa ufficiali, montata accanto a un campo di aviazione in mezzo agli sconfinati campi di frumento ucraini.

Gerhard sorrise. « Ci sono ancora speranze di trasformarti in un gentiluomo! »

La squadriglia aveva interrotto le operazioni, per quel giorno, ma udirono il ronzio di motori aerei proveniente da sudovest.

« Non può essere uno dei nostri. Dal rumore si direbbe un Tante Ju. »

« Allora dev'essere importante », ribatté Gerhard.

Soltanto gli ufficiali di più alto livello e i funzionari del partito venivano trasportati sul fronte dagli aerei di linea Junkers Ju 52, requisiti dalla Wehrmacht per il servizio bellico.

« Pensi che dovremmo sforzarci di assumere un aspetto un po' più da ufficiali tedeschi? » chiese Schrumpp, passandosi una mano sul mento non rasato.

« Fossi in te non me ne preoccuperei, probabilmente non sono qui per noi. »

Il trimotore atterrò e rullò fino a fermarsi. Una Mercedes di servizio scoperta sbucò all'improvviso da dietro la torre di controllo – o da ciò che ne restava, dopo che i russi in ritirata avevano cercato di distruggerla – e sfrecciò sull'erba riarsa per raggiungere i nuovi arrivati.

« Ecco qua », disse Schrumpp, quando il portello della fusoliera si aprì e un membro dell'equipaggio vi piazzò sotto una scaletta a pioli. Due uomini scesero dall'aereo, uno in uniforme e l'altro in completo elegante e cravatta, con una ventiquattrore.

« Cosa ci fa qui un SS-*Brigadeführer*? » si chiese Gerhard.

L'altro si strinse nelle spalle. « Molto strano. In Francia o Grecia non li si vedeva quasi mai, mentre adesso l'intero Paese brulica di questi tizi. Ne stavo giusto parlando l'altro giorno con Rolf, che dice che esiste un nuovo tipo di unità di SS. Le chiamano unità operative e ci seguono ovunque. »

« E qual è il loro compito? »

« Non ne ho idea, ma trattandosi delle SS dev'essere legato agli ebrei. Forse sono qui per progettare le nuove patrie di cui parlano continuamente. Insomma, è quello il piano, giusto? Spedire via dal Reich i giudei e scaricarli tutti qui. Come se non avessimo già abbastanza da fare con la conquista della Russia senza doverci preoccupare anche di loro. *Ach*, al diavolo! Vieni, vecchio mio, andiamo a cercarci un'altra birra... »

Gerhard tornò nella tenda, distraendosi mentre l'amico prendeva i drink, gli passava un bicchiere e cominciava a parlare con altri piloti. Lui trasaliva ogni volta che sentiva Schrumpp o un altro compagno di squadriglia menzionare i « giudei » o gli « sporchi ebrei », ma alla veneranda età di trent'anni era un veterano, rispetto alla maggior parte di loro. Erano ingozzati di propaganda nazista sin da scolaretti, non conoscevano altro. Comunque Schrumpp aveva ragione, quella campagna era diversa dalle altre.

Quando avevano invaso la Francia nessuno aveva insinuato che i francesi fossero una razza inferiore, sarebbe stato assurdo, ma sin dal primo momento in cui erano stati informati del vero scopo dell'Operazione Barbarossa la campagna era stata presentata come una guerra fra razze: i nobili ariani tedeschi contro gli slavi e gli ebrei subumani. Le pellicole propagandistiche erano colme di immagini di uomini brutti, con il naso adunco e l'aria subdola, che incarnavano ogni stereotipo dell'ebreo malvagio, infido, implicato in incessanti complotti. E benché le parole non venissero mai pronunciate ad alta voce, il tono di tutto il linguaggio del partito era inconfondibilmente distruttivo: quelle erano persone che non dovevano solo essere sconfitte o persino ridotte in schiavitù, ma annientate.

Gerhard non riusciva nemmeno lontanamente a capire cosa significasse. Come si poteva spazzare via dalla faccia della Terra un'intera razza? Era inconcepibile. Ma non sopportava di vivere in un mondo in cui simili idee potevano essere espresse come principi guida di una nazione, né riusciva a capire come lui e Saffron avrebbero mai potuto ricongiungersi o vivere insieme in modo pacifico in un mondo del genere. Naturalmente non si poteva fraternizzare con il nemico in tempo di guerra, era normale, ma aveva l'impressione che in caso di vittoria nazista i popoli sconfitti sarebbero sempre stati considerati nemici da umiliare, sfruttare e rendere schiavi. Non era certo previsto che li si amasse, e men che meno che li si sposasse.

Quindi cosa devo fare? si chiedeva.

Si era sempre detto che non combatteva per Hitler, bensì per la Germania. Non c'era nulla di disonorevole nel servire il proprio Paese, il suo Paese. Ma esisteva ancora una distinzione fra il nazismo e la Germania? E, in caso contrario, cosa doveva fare un uomo retto, in nome di Dio?

Saffron era sdraiata accanto alla piscina del King David Hotel, sfoggiando un bikini bianco, leggendo *Rebecca, la prima moglie* e sorseggiando birra da un bicchiere infilato in un secchiello del ghiaccio, per mantenerla bella fredda. La birra le stava facendo venire sonno, così posò il libro sulle piastrelle accanto alla sdraio e si mise comoda. Era il suo primo giorno di licenza dopo settimane di frenetica attività e un sonnellino pomeridiano le sembrava il massimo del lusso.

Stava giusto per assopirsi, quando sentì una voce familiare. « Salve, Saffron. Non è certo come Oxford a novembre, vero? »

Si mise a sedere, scosse energicamente la testa per svegliarsi e si riparò gli occhi dalla luce per vedere in faccia il suo interlocutore. « Buon pomeriggio, Mr Brown. Spero non abbiate fatto tutta questa strada solo per vedere me. »

Lui fece uno dei suoi sorrisetti enigmatici. « Posso? » Si accomodò sul bordo della sdraio accanto alla sua e la guardò con la sua solita sconcertante schiettezza. Il suo sguardo non aveva nulla di viscido o minaccioso, ma la mise comunque a disagio.

« Prego », disse lei, cercando di mantenersi lucida.

Mr Brown appariva lindo e azzimato come al solito. Aveva sostituito il completo scuro di lana che indossava solitamente in Inghilterra con uno di lino grigio chiaro, ma portava colletto rigido e cravatta a dispetto del caldo. Si rimise in testa il panama che si era tolto per salutarla e rimase lì senza parlare, con aria soddisfatta.

Lei si guardò intorno. Il suo leggero caftano di cotone era per terra, dietro la borsa. « Vi dispiace se mi infilo qualcosa addosso? »

« Prego, fate pure », replicò Brown, continuando a fissarla.

« Vi dispiace distogliere lo sguardo? »

« Certo, che villano. »

Saffron prese il caftano, comprato in uno dei banchi del mercato del Cairo preferiti di sua nonna, e se lo fece passare sopra la testa, poi infilò la mano nella borsa, trovò il portacipria e si osservò nello specchietto. Sistemò alcune ciocche ribelli nel foulard che portava intorno alla testa e si mise il rossetto: era un tocco di pittura di guerra, per prepararsi alla battaglia verbale.

Mr Brown, nel frattempo, aveva notato un cameriere. « Portatemi un tè, per favore. Lapsang Souchong se lo avete, altrimenti un Earl Grey. Niente latte né zucchero, ma gradirei qualche fettina di limone. Grazie. » Si rivolse di nuovo a Saffron. « Ho saputo di vostro zio. Davvero impressionante. »

« In che senso? »

« Be', sapevo che possedevate un'indubbia forza mentale da utilizzare, dopo il debito addestramento, per questo genere di lavoro. E avete dimostrato in due diverse occasioni una mirabile audacia e un notevole autocontrollo in battaglia. Tuttavia non vi credevo capace di pianificare e mettere in atto impunemente un omicidio a sangue freddo con una simile efficienza, e tutto da sola. »

« Non si è trattato di omicidio, ma di autodifesa. Sono stata aggredita », replicò Saffron con la massima calma, pur sentendo accelerare il battito cardiaco alla semplice menzione del termine « omicidio ».

« Vedete, ciò dimostra che ho ragione. Vi ho appena accusata di un grave crimine e voi mi guardate dritto negli occhi, tranquilla come non mai, e negate di averlo commesso.»

«Non mi è piaciuto ucciderlo, sapete.»

«Lo spero ardentemente, perché altrimenti sareste una psicopatica e non vorrei mai una cosa del genere. Gli psicopatici sono inaffidabili, antepongono sempre i propri desideri al dovere. Ma ora basta con la psicologia spicciola. Ci avete fatto un enorme favore. Sapevamo da tempo che vostro zio vantava parecchie amicizie indesiderabili. Già prima della guerra la cosa era a malapena sopportabile, ma dopo l'inizio delle ostilità... Vostro zio era un vero e proprio traditore e siamo convinti che abbia fatto assassinare lui vostro zio David.»

«Pensavo l'avessero ucciso dei rapinatori.»

«Oppure hanno fatto in modo che la sua morte sembrasse la conseguenza di una rapina. In ogni caso, come avrete senza dubbio capito, non potevamo permettere che il caro zio Francis venisse smascherato pubblicamente, quindi rimaneva soltanto un modo di risolvere la questione, e voi avete scelto quello.»

«Mio padre non lo sa», dichiarò Saffron, stupita di come fosse facile parlare con Mr Brown del suo terribile atto. «Ha creduto alla mia storia e preferirei che la situazione restasse invariata.»

«Naturalmente... Ma, a proposito di vostro padre, vi ha mai parlato di me?»

«Oh, sì, mi ha detto che avete trasformato mia madre in una spia e poi mi ha spiegato cosa è stata costretta a fare lei.»

«Mmm...» Mr Brown ci pensò su, poi si illuminò. «Ah! È arrivato il tè, magnifico!»

Il cameriere avvicinò un tavolino, vi posò sopra la teiera e stava per versare, quando lui alzò una mano.

«No, grazie, preferisco farlo da solo.»

L'uomo si accigliò. Saffron gli disse qualche parola in arabo, accompagnata da gesti che chiarirono il concetto. «Ah, benissimo», disse il cameriere, poi si allontanò.

Mr Brown si diede da fare con il tè, poi, senza guardarla, chiese: «Quali lingue parlate?»

«Parlo lo swahili e il masai, e ho un'infarinatura di afrikaans e arabo, anche se quest'ultimo non lo so né leggere né scrivere. Quanto alle lingue non africane, in tedesco potrei leggere un giornale e sostenere una conversazione, ma non certo passare per madrelingua.»

«Non ancora. Ma vostra madre c'è riuscita.»

«Volete che faccia la stessa cosa che ha fatto lei? È per questo che siete venuto? Perché non ne ho la minima intenzione.»

«Non ho mai pensato il contrario. Sono venuto a proposito di un tipo di attività ben diverso.» Sorseggiò il tè con aria pensierosa, concentrandosi sulle proprie papille gustative. Emise un breve mugolio di compiaciuta approvazione e poi continuò: «Circa un anno fa, Mr Dalton, ministro dell'Economia bellica, ha autorizzato la formazione del cosiddetto Comitato Tecnico Congiunto, un nome che si poteva inserire nelle richieste di fondi o scrivere sulle porte dell'ufficio senza che desse nell'occhio».

«Perché suona molto noioso.»

«Infatti. Ma alcuni dei suoi sempre più numerosi membri gli attribuiscono una denominazione più accurata, chiamandolo Ministry of Ungentlemanly Warfare, ossia un 'ministero della guerra sporca'.»

Lei rise. «Così suona molto più divertente.»

«Sono lieto che lo pensiate. Ora lasciate che vi dica la verità sull'esercito privato di Mr Dalton. Il suo vero nome è Esecutivo Operazioni Speciali e ha lo scopo di infiltrare agenti nell'Europa occupata perché fungano da collegamento con gruppi di resistenza locali, organizzino reti spionistiche, effettuino ricognizioni sulle posizioni e operazioni nemiche, eseguano atti di sabotaggio e, in pochi casi particolari, uccidano uomini malvagi la cui morte salverà una miriade di vite innocenti. »

« E voi credete che sarei adatta a quel compito. »

« Ne sono sicuro. Le missioni affidate agli agenti di quell'unità saranno estremamente rischiose. Le probabilità di essere catturati, torturati dalla Gestapo e poi spediti in un campo di concentramento, o semplicemente fucilati, saranno così alte da rasentare la certezza. Il mio compito, quindi, è reclutare alcuni dei ragazzi e delle ragazze più dotati dal punto di vista intellettuale e fisico che vanti la nostra nazione, così che li si possa addestrare a dare la vita per il Paese. Lo faccio perché so che le missioni di cui si incaricheranno saranno della massima importanza. Le loro vite non saranno sprecate né il loro sacrificio inutile. »

« State cercando di appellarvi al mio idealismo? Non sono sicura di possederne molto. »

« No, mi sto appellando alla vostra correttezza. Vi ritengo corretta, Miss Courteney. »

« Mi viene in mente almeno una persona che non sarebbe d'accordo con voi. » Lo disse con disinvoltura venata di amarezza, non aspettandosi certo di essere capita. Sottovalutava Mr Brown.

« Vi riferite a Fräulein von Schöndorf? »

Saffron capì subito cosa intendesse. « Come fate a saperlo? Com'è possibile che lo sappiate? »

« Potete anche non crederci, ma mi trovavo a un ricevimento nuziale quando ho sentito parlare di cosa avete combinato a St. Moritz. Due sciocchine spettegolavano su di voi e sull'uomo che ho poi scoperto essere Gerhard von Meerbach. »

« E ora volete usarlo contro di me? »

« È un modo ben poco clemente di definire la situazione, ma resta il fatto che avete avuto – e sospetto abbiate tuttora – una relazione con il rampollo di una delle grandi dinastie industriali tedesche, il cui fratello è un alto ufficiale delle Schutzstaffel naziste, le SS.»

«Sono al corrente dell'attuale grado di Konrad von Meerbach e delle sue idee politiche. E sono sicura che sappiate che potreste rendermi la vita molto difficile, Mr Brown. Quindi sospetto che siate venuto qui pensando che, se non riuscivate a convincermi con le buone a prendere parte a questa vostra faccenda dell'Ungentlemanly Warfare, avreste potuto usare il ricatto. Ma arrivate tardi, non potete usare Gerhard von Meerbach come arma contro di me. È morto.»

Ah! Vi ho colto di sorpresa, vero? pensò Saffron.

Doveva ammettere che anche lei era stupita. Non aveva mai pensato di utilizzare la falsa notizia della morte di Gerhard come una mossa tattica, ma poi si era resa conto che, se Gerhard era morto, Brown non poteva usarlo contro di lei. Prese la sua borsa. «Avevamo trovato il modo di comunicare, grazie a un metodo elaborato e tortuoso che richiedeva secoli, ma funzionava. Ecco come l'ho scoperto...» Gli passò il telegramma. «Vedete, è morto. Abbiamo passato alcuni giorni insieme in Svizzera all'inizio del '39 e qualche altro giorno a Parigi a Pasqua. Non abbiamo fatto niente di male, ci amavamo perdutamente e, se non fosse scoppiata questa guerra orrenda e abominevole, ci saremmo sposati. Ma adesso lui è morto, quindi è tutto finito. *Kaputt.*»

«Miss Courteney, mi rincresce terribilmente.»

«Non ne avete motivo. Non mi avete ricattata e di certo non avete ucciso voi Gerhard. Ora, riguardo all'offerta di lavoro che stavate per farmi... accetto. Voglio rendermi utile, proprio come ha fatto mia madre durante l'ultimo conflitto. Sono molto grata al generale Wilson per avermi permesso di fargli da autista, ma so di poter fare di più. Credo di averlo dimostrato anche a voi. »

« Sicuramente. »

« In tal caso consideratemi dei vostri. Ho soltanto una richiesta. »

« Ditemi. »

« Prima di firmare sulla linea tratteggiata, vorrei tornare a casa, in Kenya. Se devo rischiare la pelle, prima devo parlare con una persona. »

Di ritorno da una missione, Gerhard sorvolava Kiev, passando sopra il Dnepr a un'altitudine di non più di trecento metri e scendendo a velocità costante, mentre si avvicinava con i compagni alla base aerea russa abbandonata che era la loro nuova casa.

Qualcosa attirò il suo sguardo mentre sfrecciava sopra una zona di terreno aperto ai margini della città. Sarebbe stato pronto a giurare di avere visto una lunga fila di donne, tutte completamente nude, fiancheggiate da uomini in uniforme, e poi un lungo fossato con qualcosa sul fondo. Era una catasta di corpi? Impossibile, vero?

Una volta atterrato, chiese a un paio di altri piloti se avessero visto qualcosa.

« Io no, amico », rispose Willi Kempen. « Forse era legato all'unità operativa delle SS che è arrivata qualche giorno fa. Ho saputo che avevano affisso dei manifesti che ordinavano a tutti i giudei di radunarsi nei pressi del cimitero alle otto di stamattina, portando denaro, documenti, indumenti pesanti. Si direbbe che stiano per mandarli da qualche parte. »

« Un paio di giorni fa ho sentito un maggiore dell'esercito discutere con uno di quei bastardi delle SS », raccontò Schrumpp.

« Ehi, Bertie, bada a come parli! Non sai che il fratello dell'aristocratico capitano della nostra squadriglia fa parte delle SS? »

« Verissimo », confermò Gerhard, « ma è anche un autentico bastardo. »

Quando le risate si spensero, Schrumpp tornò alla sua storia. « Quindi questo maggiore stava dicendo: 'Chi farà tutto il lavoro se uccidete i miei ebrei? Ho bisogno di falegnami che riparino i carri e di meccanici per i miei camion. Come faccio a rifornire i miei ragazzi su al fronte se non riesco a riparare i dannati camion?' »

« E cosa ha risposto l'uomo delle SS? » chiese Gerhard.

« Ha detto che se ne infischiava altamente di carri e camion. La sua unità aveva l'ordine di eliminare fino all'ultimo giudeo presente a Kiev e quello era quanto. 'Se la cosa non ti piace, manda una lettera di reclamo al *Reichsführer* Himmler', ha detto, testuali parole. »

Più tardi, quello stesso pomeriggio, Gerhard esaminò le cartine della zona. L'area che aveva sorvolato era indicata come Babij Jar. Prese mentalmente nota della sua posizione esatta rispetto al campo di aviazione, poi andò a chiedere a Rolf il permesso di effettuare un rapido volo di prova. « Voglio solo controllare i flap sulla mia ala destra. Stamattina i comandi sembravano un po' rigidi. Se c'è un problema, posso farlo sistemare in tempo per la missione di domani. »

« Perché darsi tanto disturbo? Potresti volare anche senza flap e i russi non riuscirebbero comunque ad abbatterti! »

Lui non replicò.

« Oh, d'accordo, fai pure, ma cerca di sbrigarti. Non possiamo sprecare carburante senza motivo. »

Gerhard decollò. Si esibì in qualche acrobazia a beneficio di chiunque guardasse da terra, non per fare sfoggio di bravura ma solo perché era ciò che avrebbe fatto se fosse stato davvero impegnato a testare la funzionalità dell'aereo. Si lanciò in un'ultima picchiata e poi riprese l'assetto orizzontale a un centinaio di metri dal suolo, rallentò fino a procedere a poco più di centottanta chilometri orari, la velocità minima, per avere una perfetta visuale su quanto stava succedendo sotto di lui. Si rese conto che il fossato visto in precedenza faceva parte di un burrone naturale. Era pieno zeppo di cadaveri, a quanto pareva ebrei, ormai così numerosi da traboccare quasi. Vide uomini e donne nude che venivano condotti fin sul bordo della trincea e disposti in una lunga fila, poi vide gli uomini delle SS – uno per ogni ebreo – puntare loro la pistola alla testa, sparare e farli volare nel burrone sotto la spinta del proiettile che gli si conficcava nel cranio.

Sorvolò la zona tre volte. Durante l'ultimo passaggio scrollò leggermente le ali dell'areo, come se volesse congratularsi con gli assassini sottostanti per l'ottimo lavoro che stavano facendo nello sterminare gli ebrei ucraini. Poi tornò alla base.

«I flap sono a posto, signore?» chiese il meccanico, quando lui scese con fatica dall'abitacolo.

Gerhard annuì, riuscì a malapena a rispondere. «Perfetti», disse, e si costrinse a fare un sorrisetto tirato, amaro. Tornò nella caserma in cui era alloggiato, andò subito in bagno e vomitò nel lavandino. Una volta svuotato lo stomaco, si sciacquò la bocca e raggiunse la mensa ufficiali, dove bevve fino a ubriacarsi in maniera mesta ma determinata, restando seduto da solo e cacciando con un gesto gli altri piloti.

Lo lasciarono stare. Parecchi uomini avevano motivo di stordirsi con l'alcol, ultimamente. Erano cose che succedevano, e nessuno li stimava meno per quello. Così Gerhard svuotò la bottiglia e intanto si rese conto che quanto aveva visto a Babij Jar, benché stesse succedendo lontano dal Reich, lontano dagli occhi del suo popolo, era la vera faccia dell'impero nazista, l'autentica fede che un giorno sarebbe stata praticata con venerazione nell'enorme e incredibile edificio su cui lui aveva sgobbato così a lungo. Quella era l'oscurità nell'anima di Hitler portata alla luce, sguinzagliata contro il mondo.

Izzy si sbagliava: non esisteva più nessuna distinzione fra nazismo e Germania. Era impossibile per chiunque fosse dotato di coscienza sostenere che stava combattendo per l'onore e l'orgoglio della Germania, perché ormai quest'ultima apparteneva a Hitler. Il Führer aveva trionfalmente dimostrato di avere ragione: erano tutti suoi schiavi, i soldati e il popolo, e lui poteva farne ciò che voleva.

La mattina dopo rimase fermo sulla pista con il suo aereo, in attesa di decollare in missione, pregando che le pillole che prendevano tutti per restare svegli facessero effetto prima che si addormentasse sul quadro dei comandi. Quella notte non aveva chiuso occhio, e nel buio aveva preso una decisione: Preferirei morire piuttosto che vivere nel mondo di Adolf Hitler. E non può esserci nessuna speranza per me, per Saffron o per il nostro amore finché lui è vivo, quindi devo dedicarmi al tentativo di annientare lui e tutte le sue coorti. D'ora in poi sarà questo lo scopo principale della mia vita.

Stava spuntando il sole e nulla era cambiato. Gerhard von Meerbach aveva giurato di dedicare la propria vita allo sforzo di liberare la Germania, e il mondo, dalla letale morsa del nazismo. Non aveva idea di come farlo o di chi sarebbero stati i suoi alleati, sapeva solo che andava fatto. E con quel tetro pensiero in mente rullò sulla pista, puntò il muso del Messerschmitt verso est e decollò, sfrecciando verso i primi raggi dorati del sole che sorgeva.

Saffron era in cammino sin dall'alba. Osservava la montagna che sbucava dall'oscurità con la colossale scarpata della Rift Valley alle spalle, scintillava della luce dorata dell'alba e poi appariva in tutta la sua imponenza quando la foschia che ne ammantava la vetta si fu diradata. Il carburante era così razionato che non sarebbe potuta andare fin lì in auto dalla residenza dei Courteney, e volare era fuori questione, ma era felice di avere camminato per un giorno fino a otto chilometri dalla montagna e di avere trascorso la notte sotto le stelle. A ogni passo, a ogni boccata di aria del Kenya si sentiva più a casa. Per le prime ore aveva attraversato terreni agricoli e piantagioni, fermandosi ogni tanto a parlare con i braccianti. Aveva riacquistato in un attimo la padronanza dello swahili e del masai, e ricordava il nome e il viso delle persone che incontrava. Molti erano uomini e donne che conosceva sin da bambina e che la accolsero come una figlia tornata dopo molto tempo, mentre Manyoro rimaneva in disparte, sorridendo come un padre orgoglioso per l'ottima impressione che lei faceva.

Saffron adorava i larghi sorrisi, la risata pronta e le forti emozioni che incontrava lungo la strada, la splendida cordialità africana così diversa dal carattere insulso, riservato e cupo di molti inglesi. Non la infastidiva nemmeno che tutte le donne anziane le chiedessero se aveva un marito e, in tal caso, quanti figli gli aveva dato. Rimanevano sconvolte scoprendo che era ancora sola e senza figli. Spiegò più volte che le sarebbe piaciuto averne ma che c'era una guerra in corso ed era troppo impegnata a servire il suo Paese per sposarsi e fare figli.

A quel punto Manyoro scuoteva il capo per manifestare il proprio sconcerto misto a tristezza, e concordava con tutte le sagge donne masai: non c'era davvero limite alla stupidità delle ragazze ostinate. Ma prometteva che avrebbe fatto un bel discorsetto alla nipote, per rammentarle quali fossero i suoi veri doveri.

Aveva insistito lui per accompagnarla. «Sei la figlia di mio fratello, mia regina, e stai per andare da mia madre. È naturale che io venga con te per proteggerti. Nessun uomo e nessun animale oserebbero mai disturbarti mentre cammino al tuo fianco.»

Saffron era felice di godere della compagnia di Manyoro. Era fiera della propria indipendenza, sapeva di essere in grado di combattere e di prendere decisioni difficili convivendo con le conseguenze, ma le piaceva comunque sentirsi protetta e sicura in compagnia di una figura paterna che adorava, e il cui amore per lei era tiepido e confortante come un falò in una fredda giornata invernale.

Sapeva inoltre che, per quanto sugli atti di proprietà di Lusima ci fosse il nome di Leon Courteney, e per quanto gli introiti delle sue aziende agricole finissero nel suo conto in banca, in realtà era Manyoro il re di tutto ciò che controllava. Veniva salutato dal personale della tenuta e dalle rispettive famiglie con il profondo rispetto dovuto a un sovrano, e rispondeva con il contegno regale di qualcuno che amava la sua gente ma ne era comunque il capo.

Non era tuttavia un sovrano del tutto soddisfatto. «Ci credi che ho offerto i miei servigi ai King's African Rifles e sono stato respinto, con la motivazione che sono troppo vecchio? Ah! Guardami, forse non sono ancora un possente guerriero?»

«Sei davvero il più possente dei guerrieri, zio Manyoro», confermò Saffron. Era vero: era ancora fiero e prestante, pur sfiorando ormai almeno la settantina. «È scandaloso che questi sciocchi ti abbiano dato le spalle, ma in fondo mio padre non ha mai fatto segreto del suo disprezzo verso gli alti ufficiali del suo reggimento, come tu ben sai.»

Manyoro annuì. «Verissimo. E aveva motivo di avercela con loro, perché erano sciacalli bugiardi che lo hanno tradito con menzogne e ingiustizia.»

«Quindi non dovresti prenderla sul personale. Quegli uomini non ti meritano. E comunque la tua gente ne soffrirebbe, se tu andassi in guerra. Hanno bisogno di te, e noi abbiamo bisogno degli alimenti che coltivano e della carne del bestiame che allevano. Credimi, zio, la mia gente ha fame. Vengono attaccati su tutti i fronti, hanno bisogno di tutto quello che potete dare loro. Quindi tu e tutta la tua gente della tenuta di Lusima rendete un enorme servizio al re e all'impero. »

« Vedo che dici la verità, mia regina, e ti ringrazio per questo. So che adesso tua madre ti guarda dall'alto e ha il cuore colmo di orgoglio, nel vedere che la figlia è diventata una donna così splendida e coraggiosa. E so che mia madre si colmerà di gioia nel rivederti, perché sei come una nipote per lei. »

Mentre il sole saliva verso lo zenit, Saffron risalì il sentiero montano con Manyoro, attraversando la bassa striscia di nubi oltre la quale la secca vegetazione della savana, l'erba e le acacie lasciavano il posto alle lussureggianti foreste montane sempre annaffiate da nebbie e pioggia. A mano a mano che si avvicinavano alla cima, percepiva la gioia che sgorgava da Manyoro come limpida acqua sorgiva fra rocce di basalto nero: si avvicinavano al suo luogo natale, la sua casa più autentica.

Superarono l'ultimo tratto di salita, il più ripido, e si ritrovarono sul plateau. Adesso le grida di gioia erano tutte per Manyoro. I bimbi gli sgambettarono intorno e lui li salutò tutti per nome. Erano i suoi pronipoti e lo colmava di orgoglio vederli così numerosi, sani e ben nutriti. Saffron era già stata lì, quando l'avevano presentata a Mama Lusima: era prima ancora che andasse alla Roedean, quindi non poteva aver avuto più di undici o dodici anni. Era stata troppo giovane per capire fino in fondo l'importanza dell'occasione o apprezzare l'anziana signora.

Quella volta, però, era adulta, e provò un timore reverenziale quando Manyoro la condusse attraverso gli alberi fino al luogo ombreggiato dove sua madre amava passare le giornate, assisa sullo scranno ricavato dal ceppo di un albero colossale.

Mama Lusima era così anziana che sembrava essersi spinta oltre qualsiasi incarnazione terrena della vecchiaia. Non si alzò per accogliere la visitatrice, ma le porse una mano e piegò la testa di lato per poter essere baciata sulla guancia. Con la massima delicatezza possibile, Saffron le posò le labbra sulla pelle tiepida, asciutta e sottile come il più impalpabile dei veli. Le ossa della mano di Lusima parevano così leggere e delicate nelle forti mani della ragazza che lei temette di spezzarle se avesse fatto pressione. Benché le membra fossero ancora ben dritte e la struttura ossea del viso conservasse la sua squisita eleganza, la donna sembrava più eterea che fisica, più simile a una regina in una fiaba africana che a una semplice mortale.

Quando Manyoro se ne andò con discrezione, lasciandole sole, Lusima sorrise e si spostò per farle posto sullo scranno. «Vieni a sederti accanto a me, bambina mia.»

Saffron obbedì. Non aprì bocca: l'intuito le disse che era preferibile lasciar condurre la conversazione a Lusima. Si lasciò esaminare dagli occhi scuri che non avevano perso nulla della loro perspicacia, finché l'anziana donna non sorrise e disse: «Sei una figlia degna dei tuoi genitori. Hai la bellezza e il coraggio di tua madre, e la forza e lo spirito combattivo di tuo padre. Mi piacerebbe molto conoscere colui che tanto ami, dev'essere un uomo davvero eccezionale».

Grazie alle storie raccontate dal padre sul suo primo incontro con Lusima, Saffron sapeva che la donna vantava la sconcertante capacità di sapere tutto già prima che l'interlocutore pronunciasse una sola parola, ma non riuscì comunque a impedirsi di boccheggiare. «Come... come fai a saperlo?»

L'altra scoppiò a ridere. «Ho il potere di vedere cose che altri non possono vedere, ma non ho avuto bisogno che mi dicessero che sei innamorata. E nessun uomo potrebbe conquistare l'amore di una giovane leonessa come te se non ne fosse davvero degno.»

«Grazie, Mama», ribatté Saffron, parlando con la formalità che secondo lei meritava una creatura così venerabile. «Sei tanto gentile quanto saggia. Sono sicura di non meritare complimenti tanto generosi. E naturalmente hai ragione, sono innamorata, e lui è un uomo buono, forte e bello.»

«E sa anche darti piacere, vero?»

Lei si ritrovò ad arrossire come una scolaretta. «Sì», rispose, sforzandosi di non ridacchiare. «Come un leone.»

«Ma adesso siete stati separati dalla guerra, e vi ritrovate a battervi su schieramenti opposti mentre la tua tribù lotta contro la sua.»

«Sì, e non so cosa fare. Sento che dovrei servire il mio Paese, ma non voglio morire... Non perché abbia paura, è solo che voglio sopravvivere per lui. Quindi sono combattuta.»

Lusima scosse il capo. «No, non sei combattuta. La tua testa sarà anche piena di idee contrastanti, ma la tua anima sa cosa deve fare. E, ancora una volta, non ho bisogno di una trance né della divinazione per vederlo. È ovvio. Devi dimostrarti adatta al tuo uomo, proprio come lui è adatto a te. Ma come potresti essere degna di lui se scegliessi la via della codardia? Rammenta, bambina, che il leone è il cacciatore del branco. Anche tu sei una cacciatrice. È questa la tua natura e non devi rinnegarla. Ora dammi di nuovo la mano.» Le carezzò la pelle fra le nocche e il polso. «Non lo faccio da diversi anni», mormorò. «Sapevo di avere la forza necessaria solo per un unico viaggio finale e che avrei capito quando fosse arrivato il momento...»

«Ma, Mama...» protestò Saffron.

«Ssst, bambina. Sei la luce nella vita di mio figlio M'Bogo. Lo faccio per entrambi...» Lusima chiuse gli occhi e tacque. Il silenzio si prolungò per quella che parve un'eternità, poi i suoi occhi si spalancarono, rovesciati, tanto che se ne vedeva soltanto il bianco. Quando iniziò la divinazione, si dondolò avanti e indietro come se si stesse muovendo a un ritmo sovrannaturale, e quando parlò non lo fece con la sua voce, ma con un tono sommesso, aspro e monocorde che sembrava più maschile che femminile. « Camminerai accanto alla morte, ma vivrai... Vedo te, ma non riesco a vedere il leone. Si trova là ma non può essere riconosciuto. Lo cercherai ma lo troverai solo quando avrai smesso di cercare, e se lo vedrai non lo riconoscerai, perché sarà senza nome e sconosciuto, e se i tuoi occhi si poseranno sul suo viso non lo vedranno, perché non sapranno che è il suo. E se è vivo sarà come se fosse morto. Eppure... eppure... devi continuare a cercare, perché, se sarà salvato, lo sarà solo da te. » La voce che non era quella di Mama Lusima si zittì, il corpo della donna tornò inerte e poi, come se si destasse da un sogno, lei si scrollò, batté varie volte le palpebre, posò lo sguardo su Saffron e sorrise. « Ora sai tutto quello che è dato sapere, bambina mia. »

« Non la rivedrò più, non in questa vita, almeno », disse Manyoro, mentre lui e Saffron scendevano lungo il sentiero di montagna.

« No, non è giusto », replicò lei. Non sopportava l'idea di avere accelerato il trapasso di Lusima.

« Non è questione di giusto o sbagliato. È la vita, che termina quando deve terminare. Mama voleva farti sapere che quello che è successo oggi era destinato a succedere. Non se ne andrà perché tu sei venuta: piuttosto ha vissuto fino al tuo arrivo. »

Lei annuì, accorgendosi che le parole di Manyoro le sembravano vere, persino inevitabili, in un modo che non avrebbe saputo spiegare fino in fondo.

« Spero che tu abbia appreso quello che avevi bisogno di sapere. »

« Sì. Ho saputo che io e il mio amore siamo fatti l'uno per l'altra. So che siamo destinati a stare insieme. So che il suo destino può realizzarsi solo se lo aiuto. E lo farò, Manyoro, te lo giuro... Lo farò. »

Cari Lettori,

è trascorso quasi un decennio da quando, al termine del *Destino del cacciatore*, abbiamo assistito al felice esito dell'incontro tra Leon Courteney ed Eva von Wellberg. Dalla mia pagina Facebook e dai messaggi che mia moglie Niso mi legge quotidianamente, so che i miei lettori non vedono l'ora di scoprire cosa ne è stato di Leon ed Eva. E io stesso desideravo tornare a occuparmi di quel ramo della famiglia Courteney, tanto che ho deciso di non poter attendere altro tempo.

È stato entusiasmante lavorare fianco a fianco con David Churchill, che ha collaborato con me per dar vita a Saffron, la coraggiosa (e testarda!) figlia di Leon ed Eva. Del resto in tutti i miei romanzi, a prescindere dalla serie cui appartengono, ho scoperto io stesso, a stesura ultimata, che i personaggi più formidabili erano sempre femminili. Ed è così anche con Saffron, che accompagna le sorti della famiglia Courteney mentre si avvicinano gli anni del secondo conflitto mondiale.

Quando la guerra cominciò ufficialmente, nel settembre del 1939, io ero un bambino di sei anni. La Rhodesia del Nord (oggi si chiama Kabwe ed è nello Zambia) fu coinvolta nella campagna d'Africa orientale, nella battaglia del Madagascar e a Burma, e in seguito collaborò con l'esercito inglese.

Nonostante la mia tenerissima età all'epoca, ricordo ancora in modo molto vivido quel periodo. E ritornare a parlarne, accanto a un autore di romanzi storici molto noto e competente, per immaginare una vicenda che arriva anche ad attraversare l'Europa, è stata un'esperienza meravigliosa. Una pura gioia di narrare che, sono convinto, traspare anche dalle pagine che abbiamo scritto insieme.

Sono sicuro che concorderete con me e che leggere *Grido di guerra* sarà altrettanto entusiasmante.